Raymond E. Feist est né en 1945 aux États-Unis. Depuis 1982 et la sortie de *Magicien*, il est l'un des plus grands best-sellers de Fantasy au monde. La plupart de ses romans se situent dans le même univers, celui de Krondor, et suivent les mêmes protagonistes et leur descendance. Le résultat est une saga grandiose et attachante à nulle autre pareille. *Faërie* est son seul roman fantastique, un véritable bijou du genre, rapidement devenu culte.

Du même auteur, aux éditions Bragelonne :

La Guerre de la Faille :
1. *Magicien*
2. *Silverthorn*
3. *Ténèbres sur Sethanon*

Le Legs de la Faille :
1. *Krondor : la Trahison*
2. *Krondor : les Assassins*
3. *Krondor : la Larme des dieux*

L'Entre-deux-guerres :
1. *Prince de sang*
2. *Le Boucanier du roi*

La Guerre des Serpents :
1. *L'Ombre d'une reine noire*
2. *L'Ascension d'un prince marchand*
3. *La Rage d'un roi démon*
4. *Les Fragments d'une couronne brisée*

Le Conclave des Ombres :
1. *Serre du Faucon argenté*
2. *Le Roi des renards*
3. *Le Retour du banni*

En collaboration avec Janny Wurts :

La Trilogie de l'Empire :
1. *Fille de l'Empire*
2. *Pair de l'Empire*
3. *Maîtresse de l'Empire*

www.milady.fr

Raymond E. Feist

Faërie

Traduit de l'anglais (États-Unis) par Jean-Daniel Brèque

Bragelonne

Milady est un label des éditions Bragelonne

Cet ouvrage a été originellement publié en France par Bragelonne.

Titre original : *Faerie Tale*

Illustration de couverture :
Miguel Coimbra

ISBN : 978-2-8112-0173-9

Bragelonne – Milady
35, rue de la Bienfaisance - 75008 Paris

E-mail : info@milady.fr
Site Internet : http://www.milady.fr

L'amitié est un des rares plaisirs authentiques de la vie. Je me considère comme exceptionnellement heureux sur ce point. Mes amis se sont dévoués pour moi de toutes les façons possibles et imaginables, qu'il serait trop long d'énumérer ici, mais surtout par leur amour, leur soutien et leur tolérance. Jamais je ne pourrai être aussi généreux qu'eux.

Mais, en guise de témoignage de reconnaissance, ce livre est dédié à :

la Bande du Jeudi soir :
Steve A., Jon, Anita, Alan, Tim, Rich,
Ethan, Jeff, Lorri, Steve B. et Bob
(et April, car je ne me souviens pas
de jours passés où elle n'ait pas été là)

en souvenir de l'époque où la maison d'April & Steve était l'appartement de Steve & Jon et où nous transpirions tous ensemble avant et pendant les examens, les travaux pratiques, les oraux, les thèses à soutenir, les boulots à trouver, les triomphes et les échecs, la douleur, l'amour et le passage à l'âge adulte… ensemble.

Remerciements

Toute ma reconnaissance à April et Steve Abrams, Richard Freese, Ethan Munson, Richard Spahl, Adrian Zackheim, Jim Moser, Lou Aronica, Pat LoBrutto et Janny Wurts, qui m'ont aidé à concrétiser une idée plutôt bizarre.

Raymond E. Feist
Avril 1987
San Diego, Californie

Prologue

Mai

Barney Doyle était assis devant son établi en désordre et tentait, pour la quatrième fois en sept ans, de réparer l'antique tondeuse d'Olaf Andersen. Il avait démonté le cylindre et envisageait sérieusement de faire donner l'extrême-onction à la machine – ce que les bons pères de l'église de Sainte-Catherine désapprouveraient sûrement. La tête du cylindre était fêlée – c'était pour ça qu'Olaf ne pouvait pas mettre l'appareil en marche – et sa chemise avait l'épaisseur d'une feuille de papier, du fait de l'usure et d'une précédente réparation. Andersen serait mieux inspiré d'investir dans une Toro électrique, avec cloches et sifflets incorporés, et de laisser cette ruine rouiller en paix. Barney savait qu'Olaf ferait tout un foin s'il lui fallait acheter un nouvel engin, mais c'était son problème. Il savait aussi que s'il réussissait à se faire payer après avoir émis une telle opinion, cela tiendrait du miracle. Toutes les parties concernées seraient bien plus satisfaites si Barney parvenait à convaincre cette machine agonisante de travailler un dernier été. Il se mit à aiguiser les lames d'un geste automatique tout en réfléchissant au problème.

Il pouvait encore tenter un coup. Un joint de bonne taille ferait l'affaire – et il réparerait la fêlure au moyen d'une soudure. Cela suffirait amplement. Mais, s'il échouait, il aurait perdu à la fois son temps et l'argent des pièces de rechange. Non, finit-il par décider, mieux valait dire à Andersen de se préparer à un enterrement.

Une brise chaude vint faire vibrer la fenêtre entrouverte. Barney décolla sa chemise humide de sa poitrine. *Meggie McCorly*, pensa-t-il distraitement tandis qu'un sourire naissait sur son visage ridé. Comme elle était belle quand elle rentrait de l'école chaque soir, vêtue d'une robe de coton toute simple dont le tissu tendu révélait de larges hanches et des seins plantureux. L'espace d'un instant, il fut envahi par un flot de souvenirs, si vivaces qu'il sentit l'écho du désir monter au creux de ses vieux reins. Il prit un mouchoir et s'essuya le front. Il savourait les senteurs printanières, le chaud parfum de la nuit, si semblables aux odeurs qui couraient dans les vergers et les champs du comté de Wexford. Barney repensa à cette nuit où Meggie et lui s'étaient éclipsés, fuyant la grange bondée et étouffante où tout le village dansait pour fêter le mariage de Paddy O'Shea et de Mary McMannah. Ce souvenir brûlant lui fit de nouveau porter le mouchoir à son front tandis que ses reins étaient envahis de fourmillements. *Il y a encore de la vie dans cette vieille carcasse*, pensa-t-il en souriant.

Pendant un long moment, Barney se perdit dans le souvenir d'une passion à moitié oubliée, puis il s'aperçut qu'il était toujours en train de passer son aiguisoir sur la lame de la tondeuse, dont le fil avait acquis un éclat argenté. Il reposa son outil et se demanda ce qui lui arrivait. Il n'avait plus repensé à Meggie McCorly depuis son arrivée en Amérique, en 1938. Aux dernières nouvelles, elle avait épousé un des fils Cammack, d'Enniscorthy. Il ne pouvait plus se rappeler lequel, ce qui l'attrista.

Barney perçut une esquisse de mouvement derrière la petite fenêtre de son appentis. Il rangea l'aiguisoir et alla jeter un coup d'œil dans la pénombre crépusculaire. Ne parvenant pas à discerner ce qui avait attiré son attention, il retourna près de son établi. Alors que la fenêtre sortait de son champ de vision, il perçut de nouveau quelque chose du coin de l'œil. Il ouvrit la porte et fit un pas dehors, puis s'immobilisa.

De vieilles images, des contes et des chansons à moitié oubliés surgirent de son enfance pour l'envelopper et il recula lentement pour regagner l'appentis. Des sensations de joie et de terreur si belles qu'il en avait les larmes aux yeux lui traversèrent l'esprit, jetant bas toutes les barrières de la raison. Les appareils électriques confiés à ses bons soins – un grille-pain cassé, la tondeuse, un mixer au moteur épuisé, la petite télévision sur laquelle il suivait le championnat de base-ball – furent terrassés en un instant par un héritage si ancien qu'il datait d'avant la société des hommes, un héritage qui venait de surgir juste devant son appentis. Sans quitter des yeux l'apparition, il battit lentement en retraite, jusqu'à ce que son dos vienne heurter l'établi. Tendant le bras derrière lui, il attrapa une bouteille poussiéreuse sur une étagère. Vingt-deux ans auparavant, au moment de son serment, Barney avait posé la bouteille de whiskey Jameson à cet endroit, en guise de mémento et de défi. En vingt-deux ans, il en était venu à ignorer sa présence, restant sourd à son appel, et elle avait fini par devenir un objet comme les autres dans le fouillis qui encombrait le minuscule appentis où il travaillait.

Il tira lentement sur le bouchon, déchirant le vieux timbre fiscal. Sans bouger la tête, sans quitter la porte du regard, Barney leva la bouteille jusqu'à sa bouche et se mit à boire.

La colline du Roi des elfes

Juin

1

— Arrêtez ! Tous les deux !

Gloria Hastings s'immobilisa, les mains sur les hanches, et lança le Regard noir à ses deux fils. Sean et Patrick cessèrent de se disputer la possession de la batte de base-ball. Leurs grands yeux se posèrent sur leur mère, le temps de juger, unanimement, que sa patience avait presque atteint le point de non-retour. Comme à leur habitude, ils conclurent un accord silencieux et Sean abandonna la batte à Patrick, pour se ruer aussitôt vers la porte, suivi de son frère.

— N'allez pas trop loin ! leur cria Gloria.

Elle écouta le bruit de leurs pas précipités sur les marches antiques et s'interrogea quelques instants sur le lien presque surnaturel qui unissait ses fils. Avant leur naissance, huit ans auparavant, elle avait considéré l'empathie entre jumeaux comme relevant du folklore, mais elle admettait à présent qu'il existait entre eux quelque chose qui sortait de l'ordinaire et dépassait la simple entente fraternelle.

Écartant ces divagations, elle examina le capharnaüm laissé par les déménageurs et se demanda de nouveau si tout ceci était bien sage. Elle erra au milieu des cartons, presque anéantie à l'idée de trier les centaines d'objets qu'ils avaient apportés de Californie. Décider quelle serait la place de chaque chose lui semblait une tâche digne de Sisyphe.

Elle parcourut la pièce du regard, comme si elle avait pu changer depuis sa précédente inspection. Le parquet fraîchement ciré – et qu'il faudrait cirer de nouveau dès que boîtes et cartons auraient été évacués – évoquait un style de vie qui lui était étranger. À ses yeux, l'énorme cheminée à l'ancien manteau sculpté paraissait provenir d'une autre planète et contrastait avec les cheminées en pierre et briques rouges de son enfance californienne. L'escalier aux rampes en érable poli et les portes coulissantes donnant sur le bureau et sur la salle à manger étaient des reliques d'une autre époque, évoquant des films des années trente avec William Powell ou Clifton Webb. Cette maison demandait, non, exigeait que l'on porte des cols amidonnés en cet âge du blue-jean. Gloria écarta une mèche de cheveux blonds qui tentait de s'échapper du foulard rouge qu'elle avait noué autour de sa tête et lutta contre un accès soudain de mal du pays. Cherchant par quel bout prendre cette tâche apparemment titanesque, elle leva les bras au ciel en signe de résignation.

— Phil ! Ce n'est pas un boulot pour un oscar de la meilleure actrice !

Ne recevant aucune réponse, elle quitta l'immense salle de séjour et appela son mari depuis le pied de l'escalier. Toujours rien. Elle emprunta l'étroit couloir pour se diriger vers la cuisine et poussa la porte battante. La pièce était orientée plein est, laissant pénétrer la lumière matinale par des fenêtres placées au-dessus de l'évier. Il ferait très chaud ici en juillet, mais les soirées seraient agréables une fois qu'on aurait ouvert portes et fenêtres pour laisser entrer la brise. Du moins l'espérait-elle. Le sud de la Californie était peut-être une fournaise, mais, là-bas, la chaleur était sèche et les soirées d'une beauté extraordinaire. *Mon Dieu,* pensa-t-elle, *que ne donnerais-je pas pour avoir un vrai patio et moitié moins d'humidité.* Luttant contre ses regrets, elle tira sur son chemisier trempé de sueur et laissa l'air la rafraîchir pendant qu'elle appelait de nouveau son mari.

En guise de réponse, un grattement sous la table la fit sursauter, et pousser un juron. Pas-de-Pot, leur labrador noir, était planqué là, l'air honteux, près des restes d'un sac de biscuits pour chien qu'il venait de tailler en pièces. Des débris croustillants jonchaient encore le sol.

— Toi, dehors ! ordonna-t-elle.

Pas-de-Pot connaissait les règles du jeu aussi bien que les jumeaux et il bondit aussitôt hors de sa cachette. Il patina sur le sol, à la recherche d'une sortie, soudain déconcerté par la nouveauté du territoire. Arrivé seulement la veille, il n'avait pas encore eu le temps de mettre au point des voies d'évasion. Il courut dans un sens, puis dans l'autre, hésitant entre garder la queue basse ou la remuer, jusqu'à ce que Gloria ouvre la porte du couloir. Pas-de-Pot se précipita vers l'entrée. Elle le suivit pour le faire sortir et, lorsqu'il se rua dehors, lui cria :

— Va chercher les jumeaux !

Elle aperçut soudain leur gros chat gris en train de faire sa toilette sur les marches de l'escalier. Philip l'avait baptisé Hemingway, mais tout le monde l'appelait Ernie. Se sentant persécutée, Gloria se dirigea vers lui, l'attrapa par la peau du cou et le déposa au-dehors.

— Et toi aussi ! jeta-t-elle en refermant la porte.

En vétéran rompu aux éruptions domestiques, Ernie réagit avec une dignité qui était l'apanage des ambassadeurs britanniques, des évêques de l'Église épiscopale et des chats. Il examina le porche, opta pour une place au soleil, tourna deux fois sur lui-même et s'installa pour une sieste.

Gloria revint dans la cuisine et appela de nouveau son mari. Ignorant pour l'instant les dégâts causés par Pas-de-Pot, elle quitta la pièce et passa devant la buanderie, jetant un regard soupçonneux vers l'antique machine à laver et le sèche-linge. Elle avait déjà décidé qu'une visite au plus proche centre commercial serait nécessaire, sachant avec une certitude terrifiante que ces machines n'attendaient qu'une occasion pour dévorer le linge qu'on serait assez stupide pour leur confier. La livraison de machines neuves ne prendrait probablement que quelques jours. Elle s'arrêta un instant sur le porche pour observer le sofa rapiécé qui l'ornait et rajouta mentalement quelques meubles de jardin sur sa liste d'achats.

Ouvrant la contre-porte grillagée, elle descendit vers la cour, un large carré de terre nue délimité par la maison, quelques vieux pommiers sur sa gauche, le garage décrépit sur sa droite, et la grange également mal en point à cinquante mètres devant elle. Elle aperçut son mari en train de parler à sa fille près de la vieille bâtisse. Il ressemblait toujours à un prof de fac, pensa-t-elle, avec ses cheveux grisonnants, son front dégarni et son regard intense. Mais il avait un sourire à vous faire fondre, un sourire qui le faisait ressembler à un petit garçon. Puis elle remarqua que Gabrielle, sa belle-fille, était en pleine crise de bouderie et elle envisagea un instant de faire demi-tour. Elle savait que Phil venait d'apprendre à Gabbie qu'elle ne reverrait pas son cheval avant la fin de l'été.

Gabbie avait les bras croisés sur sa poitrine et tout son poids reposait sur sa jambe gauche, une pose typique d'adolescente que Gloria et toute actrice de plus de vingt-cinq ans ne pouvaient imiter qu'au péril de leurs articulations. L'espace d'un instant, elle se surprit à admirer sans réserve sa belle-fille. À l'époque de leur mariage, la carrière de Phil absorbait tous ses instants et Gabbie résidait chez sa grand-mère maternelle, fréquentant une école privée en Arizona et ne voyant son père et sa nouvelle épouse que pour Noël, Pâques et quinze jours de vacances en été. Depuis la mort de sa grand-mère, Gabbie était venue vivre avec eux. Gloria aimait bien sa belle-fille, mais elle avait des difficultés à communiquer avec elle, et ces temps-ci, l'adolescente ombrageuse était en train de se transformer en superbe jeune femme. Elle sentit la honte et l'inquiétude l'envahir à l'idée que Gabbie et elle ne seraient jamais proches, mais écarta cette impression fugitive et s'approcha d'eux.

— Écoute, ma chérie, disait Phil. Dans quinze jours au plus, la grange sera réparée et nous pourrons penser à louer quelques chevaux. À ce moment-là, les jumeaux et toi pourrez aller galoper où bon vous semblera.

Gabbie agita ses longs cheveux noirs et ses yeux bruns se plissèrent. Gloria fut frappée de voir à quel point elle ressemblait à Corinne, sa mère.

— Je ne vois pas pourquoi on ne peut pas faire venir Bumper ici, papa. (La façon qu'elle avait de prononcer ce mot traduisait son désespoir d'être un jour comprise.) Tu as laissé les jumeaux amener ce chien débile, et toi, tu as amené Ernie. Écoute, si c'est une question d'argent, c'est moi qui paierai. Pourquoi faut-il qu'on loue des chevaux à un stupide fermier alors que Bumper est en Californie et que personne ne le monte ?

Gloria décida d'intervenir dans la conversation et se rapprocha.

— Tu sais bien que ce n'est pas une question d'argent, dit-elle. Depuis que Ned Barton a été obligé d'abattre un cheval pris de folie alors qu'il le convoyait par avion, son assureur lui a demandé de cesser toute activité jusqu'à ce que l'affaire soit réglée. Nous sommes en juin et Ned a dit qu'il lui faudrait au moins cinq semaines avant de trouver un van et un chauffeur pour conduire Bumper ici, et que le voyage prendrait encore une semaine en raison des étapes obligatoires. Il arriverait ici presque au moment de la rentrée, quand tu seras forcée de repartir pour ton université à Los Angeles. Tu n'aurais même pas le temps de le monter. Écoute, Gabbie, Ned veillera à ce que Bumper soit en parfaite santé et fin prêt à t'accueillir quand tu retourneras là-bas.

— Oooh ! répondit Gabrielle sur un ton de pure frustration, pourquoi m'avez-vous traînée dans cette *ferme* ? J'aurais pu passer l'été avec Ducky Summers. Ses parents étaient d'accord.

— Arrête de gémir, jeta Phil.

À en juger par son expression, il regrettait d'avoir employé un tel ton. Tout comme sa mère, Gabbie connaissait d'instinct les meilleures façons de l'agacer. À la différence de Corinne, elle ne le faisait que rarement.

— Écoute, ma chérie, reprit-il, je suis vraiment désolé. Mais je n'aime pas Ducky et ses copains. Ces gamins ont trop d'argent, trop de temps libre et pas assez de bon sens. Et les parents de Ducky sont quelque part en Europe. Cela m'étonnerait qu'ils sachent qui dort chez eux en ce moment, ajouta-t-il en lançant un regard entendu à sa femme.

— Je sais que Ducky est une idiote et qu'elle change de petit ami toutes les vingt minutes, mais je suis capable de me débrouiller toute seule.

— Je le sais, ma chérie, répondit Phil, mais tant que tu n'auras pas ton diplôme, il te faudra accepter mes prérogatives de père. (Il tendit une main pour lui caresser la joue.) Et un de ces jours, il y a un jeune crétin qui va venir t'enlever, Gabbie. On n'a pas été très souvent ensemble, je pensais qu'on aurait pu passer cet été en famille.

Gabbie poussa un soupir de résignation et se laissa embrasser par son père, mais son mécontentement était évident. Gloria décida de changer de sujet.

— J'aurais besoin d'un coup de main, dit-elle. Les lutins déménageurs sont en grève et les cartons ne vont pas se déballer tout seuls.

Phil adressa un sourire à sa femme et hocha la tête lorsque Gabrielle poussa un grognement de désespoir en se dirigeant vers la maison.

— Je la sous-estime sans doute, dit Phil quand sa fille eut atteint le porche, mais je me voyais déjà en train de retourner là-bas pour la faire sortir de prison après une descente des stups.

— Ou pour prendre en charge son premier avortement ? demanda Gloria.

— Ça aussi, peut-être. Elle est assez grande, malheureusement.

— Depuis plusieurs années, mon vieux, dit Gloria en haussant les épaules. Ce n'était pas pareil quand j'avais son âge, les sœurs de Sainte-Geneviève m'ont élevée dans la crainte de Dieu.

— Enfin, j'espère qu'elle a quand même la tête sur les épaules. Il est sans doute trop tard pour que je lui parle de la vie.

— Vu la façon dont ses jeans la moulent, je dirais que tu as six ou sept ans de retard. De plus, ça ne nous regarde pas, à moins qu'elle nous demande des conseils.

Phil eut un rire quelque peu gêné.

— Oui, en effet.

— C'est une question de sympathie, fiston. Ça a été dur de devenir sans crier gare parent d'une adolescente. Mais tu t'es bien débrouillé ces deux dernières années.

— Ce n'est pas plus facile pour toi, rétorqua-t-il.

— On parie ? dit-elle en lui souriant. Je ne suis pas sa mère et je me rappelle comment j'étais à son âge. Écoute, Gabbie ne va pas être la seule à piquer une colère si on ne m'aide pas avec ces cartons. Après le départ des jumeaux bagarreurs, du clown déguisé en chien et du chat prétentieux, il ne reste plus que toi, moi et Miss Jumping.

Le visage de Phil s'assombrit et ses yeux bruns eurent une lueur soucieuse.

— Tu regrettes qu'on ait déménagé ? demanda-t-il.

Gloria hésita, se demandant si elle devait partager ses doutes avec Phil. Elle décida que son mal du pays passerait dès qu'ils se seraient installés et fait de nouveaux amis, et choisit donc d'éviter le sujet.

— Non, pas vraiment. Je regrette seulement d'avoir à déballer. Tommy m'a appelée il y a une heure.

— Et que te voulait Super-Agent ? Te proposer un nouveau rôle dans un film ? demanda-t-il sur le ton de la plaisanterie.

Elle répondit par la négative en lui donnant un coup de coude. Tommy Raymond avait été l'agent de Gloria quand elle était actrice, à New York comme à Hollywood. Elle avait renoncé aux planches en épousant Phil, mais au fil des ans, Tommy avait gardé le contact et elle le considérait comme un des rares amis qu'elle eût dans le métier.

— Il voulait me faire savoir que Janet White présentait une pièce à Broadway cet automne.

— Tu as des démangeaisons ?

— Pas depuis que j'ai fait un four à Hartford, dit-elle en souriant.

Phil éclata de rire. La carrière de Gloria n'avait jamais réussi à décoller, que ce soit à New York ou à Hollywood, là où elle avait rencontré Phil. Celui-ci s'était mis à l'appeler l'« oscar de la meilleure actrice » et cette boutade était devenue une tradition familiale. Elle ne regrettait pas sa décision et n'avait que peu d'appétit pour la gloire, mais le théâtre, les exigences du jeu et l'ambiance de la troupe lui manquaient parfois.

— Bref, reprit-elle, nous sommes invités à la première.

— Smoking de location et tout le tralala, je suppose.

— En effet. À condition que Janet survive à la tournée en province. Allez, viens, beau brun, dit-elle en tirant son mari par le bras. Donne-moi un coup de main ; quand on contrôlera la situation, tu pourras aller chercher à manger chez McDonald ou ailleurs, et lorsque les enfants seront couchés, je te masserai le dos avant de te montrer certaines choses qu'on ne m'a pas apprises à Sainte-Geneviève.

— Je m'en doutais, dit Phil en l'embrassant sur la joue. Dans toute écolière catholique irlandaise, il y a une fille de joie qui sommeille.

— Et tu te plains ?

— Jamais de la vie !

Il l'embrassa dans le cou. Gloria le serra contre elle, lui prit le bras et ils se dirigèrent ensemble vers la vieille maison qui était à présent la leur.

2

Sean et Patrick avançaient le long du petit torrent, se frayant un chemin parmi les rochers en suivant le courant. La ravine devint plus escarpée et Sean, le plus prudent des deux, désigna du doigt la rive droite.

— On ferait mieux d'aller là-haut, dit-il.

À ce moment-là, Pas-de-Pot arriva au galop, langue pendante et queue agitée en signe de joie. Il courut autour des jumeaux, puis se mit à renifler le sol.

— Pourquoi ? demanda Patrick, qui n'avait que mépris pour tout ce qui ressemblait à de la prudence.

— Parce qu'on pourrait tomber là-dedans, répondit son frère d'une voix qui paraissait frêle au milieu du joyeux vacarme de l'eau. Et puis, maman nous a dit de ne pas aller trop loin.

— C'est idiot, elle dit toujours la même chose.

Patrick tira l'oreille de Pas-de-Pot et se remit à suivre le courant. Son gant de base-ball tenait à sa ceinture par une ficelle et sa casquette était crânement vissée sur sa tête. Il portait sa batte sur son épaule comme un soldat porte son fusil. Sean hésita quelques instants, puis suivit son frère, luttant pour garder sa propre casquette sur son crâne. Ils étaient peut-être jumeaux, mais Sean semblait dépourvu de l'assurance naturelle de Patrick, et sa timidité lui ôtait apparemment toute grâce, le faisant glisser sur les rochers plus souvent qu'à son tour.

Il trébucha et tomba sur le derrière. Quand il se releva, toute sa colère était dirigée contre son frère. Il s'épousseta et entreprit de descendre au fond de la ravine, dévalant à moitié la pente, serrant dans sa main son gant et sa balle. Arrivé en bas, il ne vit aucun signe de Patrick. La ravine faisait un coude sur sa droite.

— Patrick ? cria-t-il.

— Par ici !

Sean se mit à courir et s'arrêta pile près de son frère après avoir franchi le coude.

Une communication silencieuse s'établit entre les jumeaux. *Cet endroit est effrayant*, pensèrent-ils.

Devant eux se trouvait un antique pont trapu en pierres grises, dressé au-dessus du torrent pour permettre à un étroit sentier de se prolonger au creux des bois. Les pierres qui le composaient semblaient cabossées, comme si elles avaient résisté à la volonté de ses bâtisseurs et n'avaient cédé que devant la force. Chacune d'elles était couverte d'une mousse verdâtre, signe de la présence d'un mal si pernicieux qu'il avait infecté les rochers eux-mêmes de ses fluides malodorants. Envahie de broussailles sur chaque berge, l'arche du pont béait devant les jumeaux comme une immense gueule noire. On ne distinguait rien dans les ténèbres, excepté un petit disque de lumière de l'autre côté du pont. On aurait pu croire que la lumière s'arrêtait d'un côté de l'édifice pour ne reparaître qu'une fois ses limites franchies.

Les jumeaux savaient que ces ténèbres dissimulaient une tanière. Quelque chose les attendait dans la pénombre sous le pont. Quelque chose de maléfique.

Pas-de-Pot se figea et grogna tandis que ses poils se hérissaient. Patrick saisit son collier alors qu'il se préparait à bondir.

— Non ! cria-t-il.

Le chien le traîna sur quelques centimètres avant de s'immobiliser, sans pour autant cesser de geindre.

— On ferait mieux de rentrer, dit Sean. C'est bientôt l'heure du dîner.

— Ouais, le dîner, acquiesça Patrick, qui n'arrivait que péniblement à détourner les yeux des ténèbres sous le pont.

Pas à pas, ils reculèrent. Pas-de-Pot n'obéissait qu'à contrecœur aux ordres de Patrick. Il gémit, la queue entre les jambes, puis se mit à aboyer.

— Hé !

Les jumeaux sursautèrent en entendant ce cri, sentant leur poitrine se nouer de peur. Lorsque le labrador fit brusquement demi-tour pour protéger les deux enfants, Patrick, qui le tenait toujours par le collier, trébucha et Sean se jeta sur le chien, l'empêchant d'attaquer l'homme qui avait surgi derrière eux.

L'inconnu tendit ses mains vides pour montrer qu'il ne leur voulait aucun mal. Pas-de-Pot lutta pour se dégager.

— Arrête ! cria Sean, et le chien recula sans cesser de gronder.

Les jumeaux examinèrent le nouveau venu. Il était jeune, mais pas à leurs yeux, car toute personne âgée de plus de dix-huit ans était pour eux un adulte.

L'inconnu détailla lui aussi les deux enfants. Ils avaient des cheveux bruns et bouclés, de grands yeux bleus et un visage rond. S'ils avaient été des fillettes, on les aurait trouvées mignonnes. Dans quelques années, on les qualifierait certainement de séduisants. L'inconnu prit la parole, d'une voix douce et musicale, différente de celles que les jumeaux avaient l'habitude d'entendre.

— Excusez-moi de vous avoir fait peur. C'est ma faute. Je n'aurais pas dû crier. J'aurais dû savoir que votre chien serait nerveux.

Ne percevant aucune menace pour les deux garçons, Pas-de-Pot cessa de gronder et accorda à l'inconnu le bénéfice du doute. Les jumeaux échangèrent un regard.

— Écoutez, je m'excuse de vous avoir fait sursauter, d'accord ?

Les jumeaux acquiescèrent simultanément.

— Comment saviez-vous que Pas-de-Pot serait nerveux, monsieur ? dit Patrick.

Le jeune homme éclata de rire et les jumeaux se détendirent.

— Pas-de-Pot, hein ?

En entendant son nom, le chien remua faiblement la queue. L'inconnu s'approcha doucement, laissa le labrador lui renifler la main, puis lui gratta la tête. Quelques instants plus tard, ses battements de queue s'étaient faits plus intenses.

— On va être copains tous les deux, pas vrai ? Qui êtes-vous ? demanda-t-il en se penchant vers les deux enfants. Je ne savais pas qu'il y avait des pros dans le coin.

Sean sourit devant cette allusion à leur équipement.

— On vient juste d'arriver de Californie. On habite dans une ferme.

— Votre père s'appelle Philip Hastings ? (Les jumeaux acquiescèrent.) On m'avait dit qu'il allait s'installer dans la maison Kessler. Je ne savais pas qu'il était déjà arrivé. Eh bien, je ferais mieux de me présenter. Je m'appelle Jack Cole.

Il tendit la main, pas d'un geste moqueur d'adulte, mais comme il l'aurait fait pour n'importe quelle connaissance. Les jumeaux se présentèrent l'un après l'autre, lui serrèrent la main et décidèrent en silence que Jack Cole était un être humain acceptable, en dépit de son âge.

— Comment saviez-vous que Pas-de-Pot serait nerveux ? répéta Patrick.

— Ça fait un mois qu'un vieux raton laveur solitaire rôde dans cette partie de la forêt, et c'est sûrement lui que votre chien a reniflé sous le pont. Si c'est ça, heureusement que vous ne l'avez pas lâché. Cet animal a massacré presque tous les chats et la moitié des chiens du coin.

Les jumeaux parurent sceptiques. Jack éclata de rire.

— Croyez-moi, ce n'est pas une bestiole de dessin animé. Il est presque aussi gros que votre chien et c'est une vieille bête, teigneuse et méchante. Et ceci est son territoire, vu ?

Les jumeaux échangèrent un regard et hochèrent la tête. Jack regarda en direction de la ravine.

— Et cet endroit n'est pas un terrain de jeux. Quand il pleut dans les collines sans prévenir, et qu'il pleut fort, le torrent a vite fait de déborder. Vous n'auriez même pas le temps de vous en apercevoir. À votre place, je m'en tiendrais à l'écart, d'accord ? (Ils hochèrent de nouveau la tête.) Venez, je vous raccompagne chez vous. Ça va être l'heure du dîner. De plus, je voudrais connaître votre papa.

Les jumeaux tirèrent sur le collier de Pas-de-Pot et se mirent à remonter le long de la ravine. Alors qu'ils allaient franchir le coude, Sean regarda en direction du pont et, l'espace d'un instant, il eut l'impression que quelqu'un – ou quelque chose – l'observait depuis les ténèbres.

3

Gloria contempla les créatures grotesques sculptées dans le linteau au-dessus du porche et secoua la tête avec désespoir.

— Le rêve de toutes les jeunes filles : vivre dans Notre-Dame de Paris, murmura-t-elle.

En découvrant la maison, elle s'était interrogée sur la santé mentale de son mari. Phil voyait dans cet édifice un exemple parfait de l'architecture fin de siècle, une construction robuste, faite de poutres solidement jointes d'où les clous étaient presque absents. Ses matériaux auraient fait rêver un architecte d'aujourd'hui : frêne, chêne, épicéa pétrifié par l'âge, marbre et ardoise, planchers en teck et tuyauterie en cuivre. Mais Phil ne réalisait pas à quel point l'ensemble était hétéroclite et trahissait l'absence totale de goût du père d'Herman Kessler. Celui-ci avait bâti un salmigondis architectural. Un belvédère, arraché à quelque plantation sudiste, se trouvait à gauche de la maison, sous le regard aveugle des fenêtres gothiques. Les meubles Régence juraient avec ceux de style colonial, tandis qu'une tête de tigre empaillée était accrochée au mur de la pièce qui allait servir de bureau à Phil, contemplant d'un œil mauvais le tapis persan le plus laid qu'elle ait jamais vu. Il lui faudrait bien un an pour remettre en état la maison Kessler.

Elle pénétra à l'intérieur et se dirigea vers la porte de derrière, s'attendant à passer dix minutes à appeler les jumeaux avant de les voir apparaître. Mais alors qu'elle allait ouvrir la contre-porte grillagée, la voix de Patrick retentit dans l'air de cette fin d'après-midi.

— Maman !

Un sourire naquit sur ses lèvres lorsqu'elle vit ses fils émerger du bois. Pas-de-Pot courait à côté d'eux et un jeune homme les suivait. Il était vêtu d'un blue-jean et d'une chemise en flanelle aux manches retroussées, et chaussé de bottes.

— Voilà Jack, maman ! cria Patrick lorsqu'il fut à portée de voix. Qu'est-ce qu'on mange ?

Gloria regarda sa montre et s'aperçut qu'il était presque 17 heures.

— Des hamburgers ou du poulet, répondit-elle. Ça dépend de ce que votre père rapportera. Bonjour, Jack.

— Bonjour, Mrs. Hastings, répondit le jeune homme, dont la voix avait un fort accent sudiste.

— Comment êtes-vous tombé sur Heckle et Jeckle ?

— Je les ai aperçus dans la ravine. Les crues de printemps peuvent vous tomber dessus sans crier gare si vous ne faites pas attention. Mais ne vous inquiétez pas, ajouta-t-il en voyant ses sourcils se froncer. Ça fait quinze jours qu'il n'a pas plu dans les collines, il n'y a aucun risque qu'on ait un déluge. Mais cet endroit n'est pas un terrain de jeux. J'ai pensé qu'il fallait les prévenir.

Gloria lança un regard réprobateur aux jumeaux, qui décidèrent que le moment était venu de disparaître et s'engouffrèrent dans la maison dans un vacarme de baskets ponctué par un claquement de porte.

Elle leva les yeux au ciel et se tourna vers Jack.

— Merci, monsieur… ?

— Cole, Jack Cole. Et ce n'était rien, madame. J'espère que vous ne m'en voudrez pas d'avoir pénétré dans vos bois ?

— Mes bois ?

— Oui, votre propriété s'étend à plus de sept cents mètres derrière le pont.

— Sept cents mètres. Notre terrain est si grand ?

— Plus que ça. Le pont est à environ trois cents mètres d'ici, madame.

— Gloria.

L'espace d'un instant, Jack eut l'air un peu embarrassé.

— Excusez-moi, madame, mais je n'ai pas rencontré beaucoup d'actrices dans ma vie.

— Mon Dieu ! dit Gloria en riant. Un fan ! En plein milieu de la brousse, après toutes ces années ?

— Enfin, je ne vous ai jamais vue sur scène, madame, mais j'ai entendu parler de votre mari, et, chaque fois, on mentionnait votre carrière.

— La gloire est si éphémère, répliqua-t-elle en feignant le chagrin. Quoi qu'il en soit, il faut arroser ça, à condition que le frigo marche encore et qu'une bière vous tente.

— Je l'apprécierais énormément, répondit-il en souriant. J'espérais vous rencontrer, ainsi que votre mari.

— Alors entrez, et je vais vous chercher une bière. Phil ne devrait pas tarder à revenir avec le dîner.

Précédant le jeune homme dans la cuisine, Gloria dénoua le foulard sur sa tête, laissant voler ses cheveux blond cendré. À la fois amusée et alarmée, elle était consciente de son désir de plaire. Elle n'avait pas vu de caméra depuis son mariage et avait oublié les automatismes des jeunes actrices dans la jungle du spectacle. Et voilà que ce jeune homme, à peine plus âgé que Gabbie, lui faisait regretter l'absence de miroir. Se sentant ridicule, elle résolut de ne pas s'excuser de son apparence. Il était cependant fort séduisant : détendu, beau de visage et de corps, athlétique sans être trop musclé. Gloria sourit intérieurement en pensant à la réaction que Gabbie aurait en découvrant ce jeune homme. Il était vraiment adorable.

— On est encore en train de déballer, dit-elle en se tournant vers Jack.

Celui-ci prit un air soucieux.

— Je suis désolé de vous déranger, madame. Je peux revenir un autre jour.

Elle secoua la tête en ouvrant le réfrigérateur.

— Non, je voulais seulement m'excuser pour le désordre. Et c'est Gloria, pas madame, dit-elle en lui tendant une bière.

Les sourcils de Jack se levèrent quand il découvrit la bouteille blanche.

—Royal Holland, dit-il d'un ton approbateur.

—Phil est un oiseau rare : un écrivain bien payé. Il les achète par caisses.

Jack sirota sa bière et poussa un soupir de satisfaction.

—C'est facile à imaginer, vu le succès de ses films. Mais je me suis souvent demandé pourquoi il n'avait pas écrit d'autres livres.

—Vous avez lu un des livres de Phil ? demanda Gloria, soudain intéressée par le jeune homme.

—Tous. Et toutes les nouvelles qu'il a publiées. On aurait dû en faire un recueil.

—Vous avez lu les trois livres de Phil ? dit-elle en s'asseyant.

—Ses *quatre* livres, rectifia Jack. Il a écrit un roman sentimental sous le pseudonyme d'Abigail Cook.

—Mon Dieu ! Vous avez vraiment bûché la question.

—Vous avez trouvé le mot juste, dit Jack avec un sourire juvénile sur son visage d'homme. Je suis étudiant à Fredonia et…

Leur conversation fut interrompue par l'arrivée fracassante des jumeaux et de Pas-de-Pot.

—Papa est là ! hurla Patrick, un cri que Sean reprit en écho.

—Contentez-vous de parler au lieu de hurler, coupa leur mère.

Comme d'habitude, son ordre fut ignoré. Depuis deux jours, le déballage des cartons l'empêchait de préparer les repas, mais les enfants considéraient le fast-food comme de la gastronomie.

Phil entra par la porte du hall, porteur de deux cartons de victuailles. En les posant sur la table, il embrassa Gloria sur la joue.

— Hé ! Qu'est-ce que c'est ? On me trompe déjà ?

Elle ignora cette remarque.

— Phil, voici Jack Cole. C'est un de tes fans.

Phil tendit la main pour serrer celle du jeune homme.

— Il n'y a pas beaucoup de gens qui remarquent le nom du scénariste d'un film, Jack.

— Il a lu tes livres, Phil. *Tous* tes livres.

— Eh bien, Jack, dit Phil d'un air flatté, il y a encore moins de gens pour avoir lu mes… Est-ce que Gloria a bien dit *tous* ?

— Même *Les Vents de la passion*, d'Abigail Cook, dit Jack avec un large sourire.

— Eh bien, que je sois damné. Pourquoi ne restez-vous pas pour dîner ? Nous avons du poulet rôti avec deux sauces différentes et il y a une autre bouteille de bière au frigo.

Jack semblait sur le point de décliner l'invitation lorsque Gabbie pénétra dans la cuisine, portant des sacs emplis de frites, de petits pains et de sauces pour accompagner le poulet. Elle allait dire quelque chose, lorsqu'elle aperçut Jack. L'espace d'un instant, les deux jeunes gens restèrent face à face, s'examinant et se trouvant mutuellement à leur convenance. Le visage de Jack se détendit et il eut le plus large des sourires.

— Jack Cole, voici Gabrielle, dit Gloria.

Jack et Gabbie échangèrent un hochement de tête pendant que Phil ordonnait aux jumeaux d'aller se laver les mains. Gloria lutta contre l'envie de rire. Gabbie toucha d'un air absent le col de sa chemise, puis sa joue et une mèche de cheveux noirs, et Gloria sut qu'elle mourait d'envie d'avoir un peigne, un miroir et un chemisier propre. Et Jack semblait soudain incapable de s'asseoir confortablement. Le regard de Gloria alla de Jack à Gabbie.

— D'accord, une assiette de plus pour dîner, dit-elle.

4

Le dîner fut fort agréable. Phil, Gloria, Jack et Gabbie étaient assis autour de la table de la cuisine tandis que les jumeaux s'étaient installés sur une caisse en bois devant la télévision. Jack ne parlait pas beaucoup, car Phil avait entrepris d'expliquer le déménagement de la famille en réponse à ses questions.

— Donc, dit Phil, après le succès phénoménal de *Star Pirates* et de *Star Pirates II*, et vu le pourcentage que je reçois sur les recettes ainsi que mes droits d'auteur sur *Pirates III*, *IV* et tous les autres qu'ils vont filmer, je dispose de ce que j'aime à appeler l'« argent du diable ».

— L'« argent du diable » ? demanda Jack.

— Papa veut dire qu'il a assez d'argent pour dire à tous les producteurs d'Hollywood d'aller au diable, commenta Gabbie.

Elle avait réussi à trouver un peigne, un miroir et un chemisier propre, et elle n'avait pratiquement pas quitté Jack des yeux de toute la soirée.

— C'est ça. Maintenant, je peux me remettre à ce que je faisais le mieux à mes débuts : écrire des romans.

Jack finit son assiette et recula légèrement sa chaise.

— Ce n'est pas moi qui vous en ferai le reproche, dit-il. Pourtant, la plupart de vos films étaient excellents. La série des *Pirates* était vraiment bien écrite, comparée aux autres films du genre. J'aime beaucoup cet humour sardonique – cela rend les personnages crédibles. Et les intrigues tiennent debout… enfin, presque.

— Merci, mais le cinéma reste quand même une affaire de metteur en scène, alors que, même en tenant compte des interventions d'un éditeur, un livre reste l'œuvre d'une seule personne. Et ça fait trop longtemps que je n'ai pas pu écrire une ligne sans qu'un producteur, un metteur en scène, un autre scénariste ou même un acteur réclame en hurlant des changements dans le script. Un scénario de film est l'œuvre d'un comité. On ne sait rien de la vie tant qu'on n'a pas assisté à une conférence de rédaction de script. (Le ton de sa voix était mi-sérieux, mi-moqueur.) Torquemada aurait adoré ça. Un crétin dépêché par une multinationale et à qui il faudrait expliquer le *Journal de Mickey* vous dit comment réécrire certaines scènes de façon à ne pas offenser la femme du P.-D.G. Ou un agent demande des changements dans un scénario superbe sous prétexte que les actes du personnage *pourraient* être néfastes à l'image de la star. Je crois que certains auraient même demandé à Shakespeare de réécrire ses pièces – de faire divorcer Othello d'avec Desdémone, parce que les fans de leur client n'accepteraient pas qu'il tue sa femme. Ou le studio veut que l'on ait quelques scènes de nu afin que le film soit interdit aux moins de treize ans, parce qu'il pense que les adolescents ne vont plus voir les films tous publics. On se croirait telle Alice *de l'autre côté du miroir*, là-bas.

— C'est vraiment aussi grave ? demanda Jack.

Gabbie se leva et se mit à ramasser les serviettes et les assiettes en carton.

— Si l'on en juge par l'intensité sonore des hurlements de papa, dit-elle, oui, c'est grave.

— Je ne hurle jamais, dit Phil d'un air blessé.

— Oh ! que si, dit Gloria. J'ai souvent cru que tu allais casser le téléphone en raccrochant après avoir parlé à quelqu'un du studio. (Elle se tourna vers Jack.) Vous n'avez pas dit grand-chose. Nous ne vous avons pas donné l'occasion de parler de vous.

Jack sourit lorsque Gabbie remplaça sa bouteille de bière vide par une pleine, lui signifiant qu'il pouvait rester encore un peu.

— Il n'y a pas grand-chose à raconter. Je suis un petit gars de Durham, en Caroline du Nord, licencié ès lettres et faisant des études à l'université de Fredonia. J'avais le choix entre plusieurs filières, y compris quelque chose de vraiment intéressant à San Diego, mais je voulais Agatha Grant comme directrice de thèse, alors j'ai fait jouer un peu de piston, et me voilà.

Les yeux de Phil s'écarquillèrent.

— Aggie Grant ! C'est une vieille amie de la famille ! C'était ma directrice de thèse quand j'ai eu mon diplôme de lettres modernes à Cornell. Elle est à Fredonia ?

— À titre honorifique. Elle a pris sa retraite l'an dernier. C'est ce que j'entends par « faire jouer le piston ». Je suis son dernier étudiant. Je veux obtenir un doctorat en lettres modernes. Dans quelques mois, je passerai un oral pour savoir si j'ai le droit de continuer, et pour avoir une maîtrise. Je travaille sur les romanciers qui sont devenus scénaristes, sur l'influence du cinéma sur l'écriture romanesque. J'étudie des écrivains comme F. Scott Fitzgerald, Damon Runyon, William Goldman, William Faulkner et James Clavell. Ainsi que vous, bien sûr. Mais je me concentre surtout sur Fitzgerald. Quand je m'attaquerai à ma thèse proprement dite, je pense qu'elle lui sera en grande partie consacrée.

— Grâce à vous, Jack, je me retrouve en fort bonne compagnie, dit Phil en souriant.

— Tout ça est très technique et sans doute mortellement ennuyeux. (Il eut l'air embarrassé.) Quand j'ai lu dans le journal local que vous aviez acheté cette maison, j'ai pensé que je pourrais vous arracher une interview.

— Eh bien, je ferai tout pour vous aider. Mais je n'ai pas grand-chose en commun avec Fitzgerald. Je ne bois pas autant que lui. Je n'ai pas de liaison avec un autre écrivain. Et ma femme n'est pas folle… du moins la plupart du temps.

— Merci, dit sèchement Gloria.

— J'étais sur le point d'appeler Aggie et d'aller passer un week-end chez elle, à Ithaca. Je ne savais pas qu'elle avait déménagé. Dès que j'en aurai l'occasion, j'irai faire un tour à Fredonia pour la voir. Mon Dieu, ça fait des années !

— En fait, vous n'aurez pas besoin d'aller aussi loin. Elle habite de l'autre côté de la forêt, à la limite de Pittsville. J'ai une sorte de contrat avec elle. Je fais office de métayer, de factotum, et de temps en temps de cuisinier, bien qu'elle préfère en général se charger elle-même de la popote. Elle ne va à l'université que lorsqu'elle y est obligée, pour la rentrée, les colloques, les conférences, les réunions officielles, ce genre de choses.

— Dites-lui que je passerai la voir dans un jour ou deux.

— Elle est à New York pour deux semaines. Elle prépare un recueil d'essais pour un symposium à Bruxelles. Mais elle devrait revenir aussitôt après. Pour rien au monde elle ne manquerait la fête du 4 juillet à Pittsville.

— Eh bien, qu'elle nous passe un coup de fil dès son retour.

— Elle sera heureuse de savoir que vous êtes revenu au pays. Elle préparera sans doute quelque chose de spécial pour fêter ça. (Jack finit sa bière et se leva.) Eh bien, merci à tous – pour votre hospitalité et pour le dîner. Cela a vraiment été un plaisir.

Cette dernière remarque était adressée, fort peu subtilement, à Gabbie.

— J'espère que nous vous reverrons bientôt, Jack, dit Gloria.

— Si cela ne vous dérange pas. J'aime bien me promener dans le coin quand j'ai besoin de réfléchir à ma thèse, et je fais parfois du cheval dans les bois.

— Du cheval ? demanda Gloria, dont le visage avait pris un air calculateur.

La présence de Jack avait mis Gabbie de bonne humeur, une première depuis leur arrivée, et Gloria souhaitait réduire ses accès de mauvaise humeur au minimum.

— Il y a une ferme, à quelques kilomètres d'ici par l'autoroute, où on élève des chevaux. Mr. Laudermilch est un ami d'Aggie, et il me permet d'emprunter une bête de temps en temps. Vous montez ?

— Rarement, répondit Phil, mais Gabbie ne manque jamais une occasion.

— Oh ?

— Bumper – c'est mon cheval – est un Blanket Appaloosa, un champion. C'est le meilleur cheval de voltige de la Californie du Sud, et un des meilleurs coursiers des haras de Highridge.

— Je n'ai jamais monté un Appaloosa. Ils sont un peu têtus, à ce qu'on dit. Mais c'est une race solide. Un champion, hein ? Il doit avoir de la valeur, alors.

— Enfin, il est bon…

Gabbie haussa les épaules, indiquant que l'argent n'était pas un problème. Gloria et Phil sourirent.

— Chez moi, j'avais un Tennessee Walker, dit Jack. Peut-être aimeriez-vous faire un tour à cheval avec moi, quand vous serez installée ?

— Bien sûr, quand vous voudrez.

— Je pars chez mes parents, à Durham, après-demain. J'y resterai quinze jours. À mon retour ?

— D'accord., assura-t-elle.

— Entendu. Comme je l'ai déjà dit, cela a été un vrai plaisir. J'ai hâte de revenir vous voir.

Phil se leva et serra la main de Jack.

— Revenez-nous vite, lança Gloria lorsque Jack sortit par la porte de derrière. Eh bien, Gabbie, continua-t-elle une fois revenue à côté de son mari, les choses ne semblent plus si sombres à présent, hein ?

— Oh ! il est vraiment adorable, soupira Gabbie. Comme dirait Ducky Summers : « Il a des pectoraux à en mourir. » Mais comment vais-je faire pour ne pas vomir quand il se pointera ici avec un percheron débile ? Beurk !

Gloria eut un petit sourire.

— Allons déballer un dernier carton, puis j'irai mettre les gamins au lit.

Gabbie hocha la tête d'un air résigné et suivit Phil qui sortait de la cuisine. Gloria allait les rejoindre, mais alors qu'elle quittait la pièce, elle eut soudain la sensation d'être observée par des yeux hostiles. Elle se retourna brusquement et, l'espace d'un instant, crut apercevoir quelque chose par la fenêtre. En détournant les yeux, elle perçut une variation dans l'intensité de la lumière, comme si l'ampoule avait été sale. Ressentant une étrange impression de malaise, elle sortit de la cuisine.

5

Sean essaya de se tasser confortablement au fond de son lit. L'odeur qui s'en dégageait était nouvelle pour lui. On avait récupéré deux vieux oreillers de plume en découvrant que ceux des jumeaux ne se trouvaient pas dans le carton prévu, et, en dépit des housses propres, ces oreillers sentaient le renfermé et la poussière. Et la maison produisait d'étranges bruits. On entendait de vagues craquements et grognements. En percevant les murmures des créatures qui peuplaient les ténèbres, Sean s'enfouit encore plus profondément sous ses couvertures, jetant des coups d'œil anxieux depuis sa cachette, redoutant de relâcher sa vigilance ne fût-ce qu'un instant.

— Patrick ? murmura-t-il, mais seul le souffle régulier de son frère lui répondit.

Contrairement à Sean, Patrick n'avait nullement peur du noir. La première nuit, Patrick avait tenté de chasser son frère du plus haut des lits superposés – tous deux souhaitaient faire l'expérience du sommeil sur les hauteurs –, mais leur mère avait étouffé la bagarre dans l'œuf et c'était Sean qui avait dit le nombre le plus proche de celui auquel elle pensait. À présent, Sean s'interrogeait sur le hasard grâce auquel il avait hérité de la couche supérieure. Tout paraissait bizarre depuis les hauteurs.

Un rayon de lune traversa la fenêtre, et la lumière varia à mesure que les nuages rampaient lentement dans le ciel, plongeant la chambre dans la pénombre avant de l'éclairer d'une lueur qui rappelait celle du jour. Les ombres dansaient suivant un rythme étrange que Sean avait fini par reconnaître.

Dehors, un vieil orme se dressait devant la pièce, et ses branches oscillaient doucement sous la brise. Lorsque la lune n'était pas occultée, les ombres de l'arbre devenaient plus distinctes, les larges feuilles bruissaient dans le vent nocturne, projetant leurs silhouettes frissonnantes qui couraient dans la chambre, formes d'ébène et de gris dansant sur un rythme endiablé, peuplant la nuit de menaces.

Sean observait le manège des ombres avec un frisson d'angoisse qui était presque délicieux, sentant ses paumes devenir moites et se hérisser le duvet sur sa nuque. Puis quelque chose changea. Dans la partie la plus obscure des ténèbres, tout au fond de la chambre, quelque chose bougea. Sean sentit sa poitrine se serrer tandis que son estomac se glaçait. Avançant à contretemps dans le flot dansant de gris et de noir, une créature se dirigeait vers les lits des jumeaux.

— Patrick, répéta Sean à voix haute.

Son frère s'étira et poussa un soupir ensommeillé tandis que la créature se mettait à ramper sur le plancher. Elle avançait de quelques pas, sinuant sur le dessin du tapis, puis faisait une pause, et Sean devait faire des efforts pour la distinguer, car elle s'évanouissait lorsqu'elle était immobile. Durant un long et terrible moment, il ne vit plus l'ombre d'un mouvement, puis, alors qu'il commençait à se détendre, pensant que la créature avait disparu ou qu'il ne s'agissait que d'une illusion, elle bougea de nouveau. Une forme indistincte s'approcha lentement des lits superposés, disparaissant finalement au pied de la couche de Patrick, hors de la vue de Sean.

— Patrick !

Sean recula vers le coin de son lit qui était le plus éloigné de l'ombre rampante. Puis il entendit le bruit des griffes sur le bois, et quelque chose grimpa le long de l'échelle. Sean retint son souffle. Deux formes crochues, sombres et terribles tant elles étaient difformes, apparurent au pied du lit, se tendant à l'aveuglette pour saisir leur proie, suivies l'instant d'après par un masque de terreur et de haine, un visage noir et distordu aux yeux impossibles, deux iris d'un noir d'opale cerclés d'un jaune qui semblait luire dans la pénombre. Sean hurla.

Soudain, Patrick était réveillé et criait, et, un instant plus tard, Gloria était debout dans l'encadrement de la porte et allumait la lumière.

Phil arriva une seconde après, et on entendit la voix de Gabbie qui demandait depuis sa chambre :

— Qu'est-ce qui se passe ?

Gloria courut vers Sean et le prit dans ses bras.

— Qu'y a-t-il, mon chéri ?

— Quelque chose…, commença Sean.

Incapable de continuer, il désigna le sol du doigt. Phil entreprit de fouiller la chambre pendant que Gloria calmait l'enfant terrifié. Gabbie passa la tête par la porte de la chambre, vêtue du tee-shirt trop grand de plusieurs tailles qui lui servait de chemise de nuit, et redemanda :

— Qu'est-ce qui se passe ?

La voix empreinte d'un mélange de dédain et de soulagement, Patrick déclara :

— Sean a fait un cauchemar.

Le ton méprisant de son frère fit réagir Sean.

— Ce n'était pas un rêve ! Il y avait quelque chose dans la chambre !

— Eh bien, dit Phil, quoi que ce soit, c'est parti.

— Ce n'était qu'un mauvais rêve, mon chéri.

— Non, dit Sean, à la fois au bord des larmes parce qu'on ne le croyait pas et empli d'espoir à la pensée que les adultes puissent avoir raison.

— Recouche-toi et je vais rester près de toi jusqu'à ce que tu dormes. D'accord ?

Sean avait l'air sceptique, mais il acquiesça. Il se laissa border et commença à accepter l'idée d'un cauchemar. À présent que sa mère était auprès de lui et que la lumière était allumée, le visage noir semblait issu d'un rêve et n'avait plus rien de réel.

— Le mec ! dit Patrick d'une voix dégoûtée.

Il roula sur lui-même, se tournant vers le mur comme pour affirmer qu'il n'avait pas besoin d'être rassuré.

Gabbie s'éloigna en grommelant vers sa chambre alors que Phil éteignait la lumière. Gloria resta près du lit de Sean, attendant patiemment qu'il s'endorme.

Dehors, près de la fenêtre de la chambre des jumeaux, une créature noire et fabuleuse glissa le long de la gouttière et bondit sur la branche la plus proche. Elle descendit de l'arbre en allant de branche en branche, puis sauta d'une hauteur de trois mètres pour toucher le sol. La forme simiesque et contrefaite se déplaçait avec des gestes rapides qui n'avaient rien de naturel. Elle s'arrêta près du belvédère, regardant par-dessus son épaule de ses yeux opalescents, en direction de la fenêtre des jumeaux. Un autre mouvement, dans la forêt, la fit se baisser en hâte, comme si elle redoutait d'être découverte. Deux points de lumière étincelèrent l'espace d'un instant, filant entre les arbres, puis disparurent. La créature sombre hésita, attendant que les lumières se soient évanouies, puis se dirigea vivement vers le bois, émettant d'étranges chuchotis.

6

La maison devint un foyer, lentement et non sans résistance, mais tous ses recoins furent bientôt explorés et toutes ses odeurs devinrent banales. Ses bizarreries – l'étrange petit réduit sous l'escalier près de la porte de la cave, la remise au fond du jardin, le vacarme de la tuyauterie à l'étage – finirent par leur être familières. Gloria passa les membres de sa famille en revue : Gabbie n'était pas heureuse, mais elle avait cessé de bouder, et les jumeaux vivaient dans leur univers secret, apparemment heureux où que se trouve leur famille. C'était leur réaction qui l'avait le plus inquiétée, mais ils s'étaient adaptés sans la moindre difficulté. L'aspect le plus positif du déménagement était le changement d'attitude de Phil. Il écrivait chaque jour et semblait aux anges. Jusqu'ici, il avait refusé de lui montrer son travail, par pure superstition prétendait-il. Elle savait qu'il n'en était rien, car il leur arrivait souvent de passer la nuit à parler de ses idées. Il avait tout simplement peur qu'elle n'aime pas ce qu'il avait écrit et que sa réaction rompe le charme. *Chaque chose en son temps*, pensa-t-elle.

Dix-sept jours après la visite de Jack, le facteur apporta une lettre adressée à « Philip Hastings et sa famille ». Gloria l'ouvrit pendant que Phil parcourait une lettre de son agent littéraire.

— ... impatient de présenter votre nouvelle œuvre, lut-il à haute voix. Plusieurs éditeurs sont déjà intéressés...

— Lis ça, dit-elle en lui tendant la lettre.

Il regarda l'enveloppe et fronça les sourcils. Il était agacé lorsque Gloria ouvrait le courrier qui lui était adressé, ce qu'elle adorait faire.

— Il est écrit « et sa famille ». C'est moi, dit-elle avec un air de défi volontairement exagéré.

— Vaincu avant la bataille, soupira Phil. « Mrs. Agatha Grant a le plaisir d'inviter Mr. Philip Hastings et sa famille à dîner, dimanche 24 juin. Cocktail à 17 heures. Regrets seulement. »

— Qu'est-ce que ça veut dire ?

— Ça veut dire R.S.V.P. uniquement en cas d'empêchement, espèce de barbare californienne.

Gloria lui donna une petite tape amicale.

— Barbare ! Qui a donc massacré la prononciation de La Jolla la première fois qu'il m'a invitée ?

— J'ai fait ça, moi ?

— Certainement. C'était chez Harv Moran, à la réception de fin de tournage de *Bridesdale*. Tu t'es glissé jusqu'à moi pendant que mon cavalier allait chercher à boire – j'étais avec Robbie Tedesco. On s'était rencontrés au studio la veille et tu m'as dit : « Un de mes amis m'a prêté sa maison à *La Jaullai* pour le week-end. Pensez-vous que vous pourrez vous libérer pendant deux jours ? »

Elle avait pris une voix grave, imitant l'accent de son mari.

Celui-ci n'eut pas l'air vraiment contrit.

— Je m'en souviens, dit-il. Je n'arrive toujours pas à croire que j'aie pu faire une chose pareille. Je n'avais jamais demandé à une inconnue de passer le week-end avec moi. (Puis il sourit.) Tu es quand même venue.

— En effet, dit Gloria en riant. J'ai pensé que quelqu'un allait jeter le grappin sur ce gentil Yankee, et autant que ce soit moi.

D'un geste vif, elle saisit une poignée des cheveux grisonnants de son mari et l'attira vers elle pour l'embrasser.

— Et La Jolla était si belle, dit-elle.

— Toi aussi… et tu l'es toujours, dit-il en l'embrassant. Ça fait des années qu'on n'a pas fait un câlin à midi, ajouta-t-il en la mordillant dans le cou, l'ayant sentie réagir.

Mais le téléphone sonna.

— Je prends ! cria Gabbie depuis l'étage.

L'instant d'après, ils entendirent une porte claquer et les jumeaux qui envahissaient la cuisine.

— Maman ! cria Patrick.

— Qu'est-ce qu'il y a à déjeuner ? demanda Sean en contrepoint.

La passion les déserta. Gloria s'appuya contre son mari et hocha la tête.

— Telle est la rançon de la vie de famille, dit-elle, puis elle ajouta en embrassant Phil : Tiens-toi prêt pour ce soir, mon amour.

Gabbie apparut dans l'escalier, tirant le cordon du téléphone à deux doigts de son point de rupture.

— C'est Jack. Il est revenu. On va faire du cheval cet après-midi, puis on ira au resto et au cinéma. Je ne serai pas là ce soir. D'accord ?

— Entendu, dit Phil.

Les jumeaux arrivèrent de la cuisine alors que Gabbie disparaissait de l'escalier.

— Maman, dit Patrick, qu'est-ce qu'il y a à déjeuner ?

— On a faim, renchérit Sean.

Haussant les épaules, Gloria regarda son mari avec regret. Posant les mains sur les épaules de ses fils, elle leur fit faire demi-tour et leur dit :

— En avant, marche !

Soudain, elle avait disparu, partie pour la cuisine afin de nourrir sa progéniture. Phil percevait encore son odeur si douce dans l'air et sentait au creux de ses reins le désir que son contact éveillait toujours en lui. Poussant un soupir de regret devant ce moment enfui, il se remit à lire son courrier en se dirigeant vers son bureau.

7

Gabbie resta quelques instants muette de surprise.

— Génial ! dit-elle finalement, laissant traîner sa voix.

Jack sourit en lui faisant signe de venir prendre les rênes de la jument baie qu'il avait amenée. C'était un animal superbe et bien soigné. Gabbie prit les rênes.

— Ils sont très beaux tous les deux, dit-elle.

— Mr. Laudermilch élève des pur-sang et des hybrides de première qualité. Dans le temps, il faisait courir ses pur-sang, mais maintenant, il s'occupe surtout de courses d'obstacles.

Gabbie admira les deux montures, remarquant la courbe de leur encolure, la façon dont leur queue se soulevait, dont leurs oreilles pointaient légèrement vers l'avant.

— Ils ont une pointe de sang arabe, déclara-t-elle tandis que Jack lâchait les rênes.

Le jeune homme hocha la tête en souriant.

— En effet. Ces deux-là ne courent pas. Ce sont des chevaux de promenade, comme dit Mr. Laudermilch. Le tien s'appelle Pissenlit, et voici John Adams.

Elle serra l'encolure de la jument dans ses bras et la caressa.

— Salut, bébé, dit-elle d'une voix douce. On va être copines toutes les deux, hein ? (Elle eut vite fait de se hisser sur sa monture. Puis elle chercha la bonne position sur la selle anglaise, à laquelle elle n'était pas habituée.) Bon Dieu, ça me fait tout drôle.

— Excuse-moi, dit Jack. Je croyais que tu montais à l'anglaise.

Elle secoua la tête en faisant avancer la jument.

— Non, je suis une cow-girl. J'ai déjà monté à l'anglaise, mais c'était il y a longtemps. (Elle désigna ses pieds d'un geste de la main.) Bottes de cow-boy de première classe.

J'achèterai l'équipement approprié en ville. J'aurai un peu mal aux genoux demain, c'est tout.

Ils se dirigèrent vers la forêt, Gabbie laissant Jack prendre les devants.

—Attention aux branches basses, dit-il par-dessus son épaule. Ces pistes ne sont pas dégagées comme elles devraient l'être.

Elle acquiesça et étudia son visage comme il se tournait de nouveau vers le sentier. Elle sourit en voyant les mouvements que faisaient ses muscles dorsaux tandis qu'il conduisait son cheval. Décidément, c'est une affaire, pensa-t-elle, puis elle se demanda s'il avait une petite amie à l'université.

Le chemin devint plus large et elle s'avança à ses côtés.

—Ces bois sont magnifiques, dit-elle. J'ai davantage l'habitude des collines autour de la Vallée.

—La Vallée ?

—La Vallée de San Fernando. (Elle fit la grimace.) Tu vois, mec, j'suis une fille de la Vallée, j'veux dire, tu vois, branchée et tout, mec, toute cette merde. (Cette idée semblait l'irriter.) J'ai grandi dans l'Arizona. Ce cliché m'écœure. (Elle éclata de rire et Jack se joignit à elle.) Los Angeles n'est qu'un coin de désert aménagé. Si on coupe les tuyaux d'arrosage, toute la verdure s'en ira. Il n'y a que du chaparral – des broussailles – dans les collines au nord de la vallée. Quelques bosquets autour des ruisseaux. Pas mal d'eucalyptus – rien qui ressemble à cette forêt. Chaleur, sécheresse, et beaucoup de poussière. Mais je m'y suis habituée.

Il sourit, et elle décida qu'elle aimait le dessin de sa bouche.

—Je ne suis jamais allé à l'ouest du Mississippi, dit-il. Il y a quelques années, j'avais projeté d'aller faire un tour à Los Angeles, mais je me suis cassé la jambe en faisant de la voile et ça m'a fichu mon été en l'air.

— Comment as-tu fait ton compte ?

— Je suis passé par-dessus bord et je suis tombé sur une plaque d'eau trop dure.

Durant quelques instants, elle réfléchit à ce qu'il venait de dire, car il lui avait répondu d'un air impassible, puis elle lâcha :

— Crétin. Tu es aussi nul que mon père.

— Je considère ça comme un compliment, répondit-il en souriant. En fait, un imbécile qui croyait savoir naviguer a fait virer le bateau sans prévenir personne, j'ai pris la bôme dans la figure et je me suis retrouvé à la flotte. Ma jambe en a pris un coup. J'ai passé une demi-journée avec une gaffe en guise d'attelle pendant qu'on retournait à Tampa. Puis neuf semaines couché avec un plâtre, suivies de six semaines de rééducation. Le chirurgien qui m'a opéré était excellent, mais ma jambe n'est plus valide à cent pour cent. Je boite un peu quand il fait froid. Et je ne vaux rien à la course. Alors, je marche beaucoup.

Ils chevauchèrent en silence quelque temps, appréciant la douce chaleur printanière des bois. Il y eut soudain un instant difficile, chacun attendant que l'autre prenne la parole.

— Qu'est-ce que tu fais comme études ? demanda finalement Jack.

Gabbie haussa les épaules.

— Je ne suis pas encore bien décidée. Je n'ai passé que quelques U.V. En fait, j'hésite entre la psychologie et la littérature.

— Je ne connais pas grand-chose en psycho. (Elle le regarda d'un air intrigué.) Je veux dire, quels sont les débouchés une fois qu'on a le diplôme en poche. Mais dans les deux cas, il faut poursuivre après la licence si tu veux que cela serve à quelque chose.

Elle haussa de nouveau les épaules.

— Comme je te l'ai dit, j'ai à peine commencé. J'ai tout le temps. (Elle resta silencieuse pendant un long moment, puis déclara tout de go :) En fait, j'aimerais écrire.

— Sachant qui sont tes parents, dit-il, ce n'est guère surprenant.

Ce qui était surprenant, pensa Gabbie, c'était qu'elle le lui ait dit. Elle n'avait jamais fait cette confidence à personne, même pas à Jill Moran, sa meilleure amie.

— Voilà le problème. Tout le monde s'attendra à ce que je sois géniale. Et si ce que j'écris est nul ?

Jack la regarda avec sérieux.

— Alors, ce sera nul, dit-il.

Elle tira sur ses rênes, essayant de déchiffrer l'humeur du jeune homme. Il détourna les yeux, l'air pensif, le profil éclairé à contre-jour par un rayon de soleil qui traversait le feuillage.

— J'ai essayé d'écrire pendant un bon moment avant de renoncer, dit-il. Un roman historique, *Durham County*, l'histoire de mon coin au début du siècle. Il y avait des passages que je trouvais vraiment bons. (Il observa une pause.) C'était lamentable. J'ai eu des difficultés à l'admettre, parce qu'il y avait assez de copains pour m'encourager, et j'ai cru pendant longtemps que c'était réellement bon. Je pense qu'il faut tenter le coup.

Elle soupira en caressant l'encolure de la jument. Ses cheveux noirs vinrent dissimuler son visage lorsqu'elle dit :

— Mais toi, tu n'as pas deux écrivains pour parents. Ma mère a obtenu le prix Pulitzer et mon père a été nominé pour un oscar. Et je n'ai réussi à écrire que des poèmes débiles.

Il hocha la tête, puis fit virer sa monture et reprit le sentier. Après un long silence, il dit :

— Je pense qu'il faut quand même tenter le coup.

— Peut-être as-tu raison, répondit-elle. Écoute, est-ce que tu as gardé les pages que tes amis trouvaient bonnes ?

— J'ai tout gardé, dit-il avec un sourire embarrassé. Toute cette foutue moitié de roman.

— Je te propose un marché. Tu me laisses voir ton truc et je te laisserai voir le mien.

Jack éclata de rire à cette proposition digne d'une cour de récréation et secoua la tête.

— Qu'est-ce qu'il y a ? reprit Gabbie. Tu as peur ?

— Non, bafouilla Jack tout en continuant à rire de plus belle.

— Trouillard, dit Gabbie en riant à son tour.

— D'accord, je me rends. Je te laisserai lire mon truc… peut-être.

— Peut-être !

La discussion se poursuivit tandis qu'ils arrivaient au sommet d'une petite butte, puis disparaissaient derrière elle. Depuis les profondeurs de la forêt, une paire d'yeux bleus les regardait passer. Une silhouette émergea des buissons, souple et juvénile, qui avança avec agilité jusqu'au sentier. Cachée derrière un tronc d'arbre, la créature observa Gabbie qui s'éloignait en suivant le sentier. Ses yeux caressèrent le dos de la jeune fille, burent le spectacle de ses longs cheveux noirs, de sa taille fine et de ses fesses rondes qui se tenaient fermement en selle. Le rire de cette créature était enfantin, aigu et musical. C'était un bruit totalement étranger, à la fois juvénile et ancien, où perçait l'écho d'un chant sauvage, d'une bacchanale primitive et d'une nuit torride emplie de musique. Ses cheveux roux et bouclés encadraient un visage conçu par Michel-Ange ou par un peintre préraphaélite.

— Mignonne, dit l'adolescent en caressant l'ancienne écorce comme si elle avait pu le comprendre. Très mignonne.

Puis, tout près, un oiseau lança un appel et l'adolescent leva les yeux. De sa bouche monta une chanson inhumaine, un murmure sifflotant, comme si un moqueur avait imité l'appel. Le petit oiseau passa en flèche, cherchant l'intrus dans son territoire. Celui-ci poussa un cri de plaisir devant le succès de sa plaisanterie, tandis que l'oiseau continuait à chercher l'envahisseur. Puis l'adolescent poussa un soupir en pensant à la belle fille qu'il avait vue passer.

Au-dessus de lui, au milieu du feuillage, une créature de ténèbres était solidement accrochée à une branche. Elle avait observé les deux cavaliers avec autant d'intérêt. Mais ses pensées n'étaient ni joyeuses ni taquines. Un intense désir montait en elle, à mi-chemin entre l'appétit de la chair et l'appétit tout court. La beauté avait autant d'effet sur elle que sur l'adolescent. Mais ses désirs étaient d'une tout autre nature, car si la chair était la seule motivation de celui-ci, la beauté n'était qu'un commencement pour la chose noire tapie dans l'arbre, un point de départ. Seule la destruction de la beauté permettait sa compréhension. La plénitude de la beauté de Gabbie ne pourrait se révéler qu'à l'issue d'un lent voyage à travers la douleur et l'angoisse, à travers la torture et le désespoir, un voyage qui s'achèverait dans le sang et dans la mort. Et si la douleur était pratiquée comme doit l'être un art, lui avait appris le maître, alors un tel tourment pourrait durer une éternité.

Tandis qu'elle ruminait ses sombres pensées, émerveillée par cet univers de souffrance, la chose noire prit conscience d'une vérité. Le plaisir que lui procurerait la destruction de la jeune fille ne serait rien comparé à l'extase qui résulterait de la destruction des deux petits garçons. Quels enfants merveilleux, encore innocents, encore purs. Le véritable trésor, c'était eux. Dispenser terreur et douleur à des êtres tels que ceux-là pourrait... La créature frissonna par anticipation en évoquant cette image, puis s'immobilisa, de peur que celui qui se trouvait en dessous d'elle ne la remarque et ne lui dispense une douleur semblable. L'adolescent s'attardait encore quelques instants, une main posée sur le tronc d'arbre, l'autre caressant distraitement son bas-ventre tandis qu'il revoyait l'image de la superbe fille humaine qui était passée devant lui. Puis, dans un mouvement qui ressemblait à un pas de danse, l'homme-enfant bondit dans la végétation verdoyante, disparaissant aux yeux des mortels, laissant la petite clairière déserte, seulement peuplée par l'écho de son rire malicieux.

La chose noire resta immobile après qu'il eut disparu dans la forêt, car, en dépit de son apparence juvénile, c'était un adversaire redoutable, susceptible de lui causer le plus grand mal. Lorsqu'elle fut sûre qu'il était parti et qu'il ne lui jouait pas un de ses tours cruels, la créature s'éloigna de l'arbre dans un bond prodigieux. Les mouvements qu'elle faisait pour sauter de branche en branche n'avaient rien d'humain, les articulations de ses membres n'étaient pas de ce monde, et elle s'en fut pour aller accomplir sa sombre tâche.

8

— Que fait ta mère en ce moment ? demanda Jack.

— Je ne sais pas. Aux dernières nouvelles, elle était quelque part en Amérique centrale ou en Amérique du Sud, pour couvrir une guerre civile ou une révolution quelconque. (Gabbie soupira.) Je n'entends pas souvent parler d'elle, j'ai peut-être reçu trois lettres au cours des cinq dernières années. Mon père et elle se sont séparés alors que j'avais à peine cinq ans. Au moment où elle a eu l'occasion d'écrire son livre sur la chute de Saigon.

— Je l'ai lu. Il est excellent.

— Maman est un excellent écrivain, acquiesça-t-elle. Mais comme mère, c'est une cause perdue.

— Écoute, si tu préfères qu'on parle d'autre chose...

— Non, non. La plupart des détails sont du domaine public. Maman a essayé d'écrire deux romans avant que mon père et elle partent pour la Californie. Aucun d'eux ne gagnait beaucoup d'argent en vivant de sa plume, mais maman détestait que papa reçoive de bonnes critiques pendant qu'elle ne recevait que des lettres de refus. Papa m'a dit qu'elle ne le montrait pas, mais ça a sûrement été un des premiers problèmes de leur mariage. Puis on a proposé à papa d'adapter son deuxième livre, *Les Belles*

Promesses, et ils sont allés à Hollywood. Papa a écrit des scénarios et s'est mis à gagner pas mal d'argent, et maman m'a eue. Puis elle s'est lancée dans l'action politique pour lutter contre la guerre, en 68, juste après l'offensive du Têt. Elle a écrit des articles, des pamphlets, et puis un éditeur lui a demandé de faire un livre, tu sais, *Pourquoi nous résistons.*

— Il était très bon, quoique trop polémique.

Gabbie guida sa jument pour lui faire contourner un tronc d'arbre entouré de broussailles.

— Eh bien, reprit-elle, ses œuvres de fiction étaient peut-être nulles, mais le reste était explosif. Elle a eu ses bonnes critiques. Et beaucoup d'argent. Ça n'avait jamais été très facile entre eux, mais c'est à ce moment-là que les ennuis ont vraiment commencé, et la situation a eu vite fait d'empirer. Elle était tellement obnubilée par ce qu'elle écrivait sur le mouvement pacifiste, puis sur la fin de la guerre, qu'elle laissait tomber papa tout le temps. Pauvre papa, il devait se rendre à un dîner offert par le studio et elle n'était pas là, ou bien c'était une soirée habillée et elle se pointait avec une chemise en flanelle et un blue-jean, ce genre de truc. Elle est devenue de plus en plus engagée. J'étais trop jeune pour m'en souvenir aujourd'hui, mais d'après ce que m'a dit ma grand-mère, ils ne se sont pas très bien conduits tous les deux. Cependant la plupart des gens disent que leur rupture est entièrement imputable à maman. Elle peut être vraiment garce, et elle est têtue. Même sa propre mère l'en a rendue responsable.

» Bref, papa est rentré à la maison un soir et l'a trouvée en train de faire ses bagages. Le gouvernement suisse venait juste de lui donner la permission d'embarquer dans un vol de la Croix-Rouge à destination du Vietnam, pour couvrir la chute de Saigon. Mais il fallait qu'elle parte cette nuit-là. Les choses allaient mal entre eux et papa lui a dit que, si elle partait, ce n'était pas la peine qu'elle revienne. Elle n'est pas revenue.

— Je ne me permettrais pas de juger, dit Jack, mais c'était apparemment une occasion unique pour ta mère, je veux dire, avec Saigon sur le point de tomber.

Il se garda bien d'impliquer que son père avait manqué de discernement en exigeant que sa mère reste à la maison.

— Ouais. Mais à ce moment-là, j'étais à l'hôpital avec une méningite. J'ai failli mourir, à ce qu'on m'a dit. (Gabbie parut pensive durant quelques instants.) Je me rappelle à peine à quoi elle ressemble, excepté sur ses photos, et ce n'est pas la même chose. Bref, elle est devenue la chérie des gauchistes, et une fois la guerre achevée, c'était un écrivain politique fort respecté. Maintenant, c'est la grande dame de la gauche, le porte-parole des causes populistes dans le monde entier. Le seul journaliste autorisé à interviewer le colonel Zamora quand il était prisonnier des rebelles, et toutes ces conneries. Tu connais le reste.

— Ça a dû être dur.

— Mouais. Je n'ai jamais connu autre chose. Papa avait des horaires chargés, qu'il reste au studio ou qu'il se rende sur les lieux de tournage, aussi m'a-t-il laissée à la garde de ma grand-mère. Elle m'a élevée jusqu'à l'âge de douze ans, puis je suis allée dans une école privée en Arizona. Mon père voulait que je vienne vivre avec lui quand il a épousé Gloria, mais ma grand-mère n'a rien voulu savoir. Je n'en suis pas sûre, mais je crois qu'il a essayé de me récupérer et elle a usé de menaces. (Elle regarda Jack en plissant les yeux.) Les Larker sont une vieille famille, avec *plein* de fric, je veux dire *vraiment* plein de fric. Avions privés et sociétés multinationales. Et des avocats, peut-être plusieurs dizaines à leur service, et une grande influence politique, sans aucun doute. Je pense que Mamie Larker possédait deux juges à Phoenix. Quoi qu'il en soit, il lui aurait été facile de ruiner papa s'il avait voulu lui faire un procès, même s'il n'est pas spécialement pauvre. Alors, je suis restée avec elle. Mamie était un peu à droite d'Attila, tu sais ? *Négros*, sous-marins à la solde de Moscou et agitateurs communistes… Elle considérait Reagan comme un socialiste, trouvait que Goldwater était trop mou avec les communistes, et la John Birch Society était à ses yeux un gros tas de chouettes copains. Même si elle considérait maman comme vendue aux communistes, Mamie ne voulait pas que j'aille vivre avec « ce plumitif », comme elle appelait papa. Elle estimait que c'était sa faute si maman s'était vendue aux communistes, je pense. Bref, Mamie Larker est morte il y a deux ans et je suis allée vivre avec papa. J'ai passé ma dernière année de lycée et ma première année d'université avec la famille. Et voilà.

Jack hocha la tête, et Gabbie fut surprise de découvrir sur son visage une expression d'intérêt apparemment sincère. Elle en fut troublée, comme si elle était en train de passer une sorte d'inspection. Elle se sentit soudain empruntée en pensant au bavardage qu'elle avait infligé au jeune homme. Poussant sa monture en avant, elle demanda :

— Et toi ?

— Pas grand-chose, dit Jack en la rattrapant. Une vieille famille de la Caroline du Nord. Un bisaïeul ou un trisaïeul qui a choisi d'élever des chevaux plutôt que de faire pousser du tabac. Malheureusement, les chevaux qu'il élevait étaient lents, et tous ses voisins ont fait fortune pendant qu'il réussissait seulement à éviter la banqueroute. Ma famille n'a jamais eu beaucoup d'argent, mais nous avons une histoire fort riche… (il éclata de rire)… et des chevaux fort lents. Nous sommes attachés aux traditions. Je n'ai ni frère ni sœur. Mon père est un chercheur – un physicien – et il enseigne à l'université de Caroline du Nord, ce qui explique que j'y aie fait mes études. Ma mère est une femme au foyer, comme dans le temps. Mon éducation a été fort banale, j'en ai peur.

— Ça a l'air merveilleux, dit Gabbie en soupirant, puis, sur un ton plus léger : Allez, faisons une petite course !

Elle fit mine de talonner à Pissenlit.

Avant qu'elle ait pu achever son geste, Jack cria :

— Non !

Le ton de sa voix la fit sursauter, et elle se tourna pour lui faire face, sentant le rouge lui monter aux joues, à mi-chemin entre l'embarras et la colère. Elle n'appréciait guère ce ton.

— Désolé d'avoir crié comme ça, dit-il, mais il y a un méchant tournant devant nous, et un fossé à négocier avant d'atteindre le pont. Comme je te l'ai dit, ce sentier n'est pas aménagé.

— Désolée.

Gabbie se détourna, gardant le silence. Ils venaient de vivre un instant difficile, et aucun d'entre eux n'était sûr de savoir comment réparer les dégâts.

— Écoute, je suis vraiment désolé, dit finalement Jack.

— Non c'est moi qui suis désolée, répondit-elle avec pétulance.

Une expression farouche sur le visage, Jack haussa légèrement le ton.

— Eh bien, je suis plus désolé que toi.

Gabbie fit la grimace et cria :

— Ouais ! Eh bien, je suis plus désolée que tu ne le seras jamais !

Ils continuèrent à se disputer pour rire pendant quelques instants, puis franchirent le fossé et découvrirent le pont. La jument de Gabbie eut un sursaut et tenta de faire demi-tour.

— Hé !

Elle pressa le flanc de Pissenlit pendant que celle-ci tentait toujours de s'écarter du pont. Comme elle se mettait à secouer la tête, Gabbie saisit fermement les rênes et ordonna :

— Ça suffit !

La jument obéit.

— Qu'est-ce que c'est que ça ? dit Gabbie en se tournant vers Jack.

— C'est le pont du Troll.

Gabbie grogna devant ce jeu de mots[1].

— La-men-ta-ble.

— Eh bien, c'est comme ça que l'appellent les gamins du coin. Je ne pense pas qu'il y ait un troll qui guette les chèvres sous le tablier, mais pour une raison inconnue, les chevaux n'aiment pas le traverser.

---

1. Intraduisible. Troll Bridge signifie « pont du Troll » et toll bridge « pont à péage ». (*NdT*)

Comme pour démontrer ce qu'il disait, il lui fallut une poigne de fer et quelques coups de talon bien sentis pour faire traverser le pont à John Adams. Gabbie procéda de même et vit que Pissenlit hésitait à poser les sabots sur les pierres antiques, jusqu'à ce que la jeune fille lui donne un bon coup dans le flanc. Mais dès que la jument fut à mi-chemin, elle faillit bondir en avant, comme impatiente de quitter cet endroit.

— C'est vraiment bizarre.

— Je ne sais pas, dit Jack en hochant la tête. Les chevaux sont parfois étranges. Peut-être sentent-ils quelque chose. En fait, ces bois sont censés être hantés…

— Hantés ! coupa Gabbie d'une voix pleine de dérision.

— Je n'ai pas dit que je le croyais, mais il s'est passé deux ou trois trucs bizarres dans le coin.

— Par exemple ? dit-elle en avançant.

— Des lueurs dans les bois, comme des feux follets, mais il n'y a pas de marécage dans les environs. Peut-être des feux Saint-Elme. Quoi qu'il en soit, les gens disent qu'ils ont entendu de la musique dans les bois, et on raconte une histoire selon laquelle des enfants ont disparu.

— Un enlèvement ?

— Personne ne le sait. C'est arrivé il y a presque cent ans de cela. Une famille est allée pique-niquer dans les bois un 4 juillet, et deux enfants se sont perdus.

— Cela ressemble à un film que j'ai déjà vu.

— Oui, dit Jack en souriant, c'est le même genre d'histoire. Il est facile de se perdre dans cette forêt, et le coin était encore bien moins aménagé à l'époque : pas d'autoroute à l'ouest, rien qu'une piste à caravanes. Pittsville était dix fois moins étendue qu'elle ne l'est aujourd'hui. Pas de lotissements, pas d'hypermarché, rien que quelques fermes dispersées et beaucoup de bois. Ils ont cherché pendant un bon moment, sans rien trouver. Pas de cadavre, rien. Certaines personnes pensent que ce sont des Indiens qui les ont tués.

— Des Indiens ?

— Il y avait une réserve non loin d'ici. Une petite bande de Cattaraugus, d'Alleganies, ou une autre tribu. Ça fait un bon moment qu'elle est fermée. Mais quoi qu'il en soit, un groupe de fermiers s'y est rendu et ils étaient prêts à tirer. Les Indiens leur ont dit que c'étaient des esprits qui avaient enlevé les gosses. Et le plus drôle dans tout ça, c'est que les fermiers ont fait demi-tour et sont rentrés chez eux. Il est arrivé pas mal de choses dans ce genre au fil des ans. Cette forêt a une sacrée réputation d'étrangeté.

— Pour un gars du Sud, tu connais beaucoup de choses sur ce coin.

— Aggie, dit-il avec un sourire plein d'affection. C'est une sorte d'expert. C'est un vrai hobby pour elle. Tu verras ce que je veux dire quand tu la rencontreras. Tu vas chez elle dimanche prochain, n'est-ce pas ?

Elle sourit devant son intérêt à peine dissimulé.

— Je pense.

Ils arrivèrent près d'une rangée d'arbres, puis se retrouvèrent soudain devant un tertre nu qui s'élevait à une hauteur de sept ou huit mètres et qui dominait toute la clairière. Aucune plante n'y poussait, excepté quelques herbes, aucun arbre ni aucun buisson.

— Une butte-aux-fées ! dit Gabbie avec un plaisir évident.

— *Erlkönighügel.*

— Quoi ?

— *Erlkönighügel.* Littéralement : la colline du Roi des aulnes. Ou du Roi des elfes, dans la version originale danoise. C'est comme ça que le vieux Kessler l'a baptisée. C'est aussi le nom officiel de votre ferme dans le titre de propriété, bien que tout le monde ici l'appelle la maison Kessler.

— Génial. Y a-t-il une histoire là-dessous ?

Tout en guidant son cheval autour de la colline, Jack poursuivit :

— D'habitude ce genre de nom évoque une légende, mais je n'en connais aucune. Je sais seulement que les gens du coin appellent cette forêt le bois des Fées depuis la fondation de Pittsville, en 1820. Je pense que c'est ça qui a inspiré le vieux Kessler quand il est arrivé ici il y a quatre-vingts ans. Il y a beaucoup de mythes à propos des fées en Allemagne. *Der Erlkönig* est un poème de Goethe. Assez terrifiant.

Ils laissèrent la colline derrière eux et montèrent une légère pente qui conduisait au sentier menant à la ferme. Alors qu'ils s'éloignaient, Gabbie jeta un dernier regard sur l'éminence. Pour une raison indéterminée, elle eut la sensation que cet endroit attendait quelque chose. Chassant cette étrange idée de son esprit, elle se mit à chercher le moyen de persuader Jack de la rappeler.

9

La ferme d'Agatha Grant était un océan de verdure aux berges bordées de pavillons. La plupart des parcelles environnantes avaient été vendues au fil des ans et un lotissement flambant neuf, baptisé la Forêt coloniale, était tapi à moins d'une centaine de mètres de la grange. Seuls un vaste champ situé au nord de la maison et les bois qui se trouvaient au sud protégeaient la ferme des assauts de l'urbanisme. Agatha vivait littéralement à la lisière de Pittsville. Sa maison était une autre merveille du début du siècle, mais Gloria estima que la décoration en était nettement plus élaborée que celle de son domicile.

Agatha les attendait sur le seuil, une femme âgée aux yeux vifs qui semblait robuste et bien conservée en dépit de la canne à pommeau d'ivoire qu'elle tenait de la main gauche. Elle accueillit Philip avec chaleur et déposa des baisers polis sur les joues de Gloria et de Gabbie. Elle fit entrer ses invités dans son vaste salon, où Jack Cole les attendait, et les pria de s'asseoir. Les jumeaux se jetèrent comme un seul homme sur un confident, fascinés par son étrange forme. Gabbie et Gloria s'installèrent dans deux confortables fauteuils rembourrés, tandis qu'Aggie s'asseyait à côté de Phil sur un large sofa, tenant sa main dans la sienne.

Jack ouvrit un panneau mural, révélant un assortiment d'alcools. Il demanda aux invités ce qu'ils souhaitaient boire, et entreprit de les servir. Il tendit un verre à Phil, qui avala une gorgée et fut surpris de découvrir un excellent malt.

— Glenfiddich ? demanda-t-il.

— Glenfiddich.

— Merci, *monsieur*, dit Phil avec reconnaissance.

— Tu as quelque chose pour les enfants ? demanda Agatha.

Jack produisit deux gobelets.

— Du Coca. Ça ira ?

Les jumeaux prirent les verres qu'on leur tendait. Jack finit de servir les invités, puis alla s'asseoir à côté d'Agatha. Après quelques instants, celle-ci lui dit :

— Jack, arrête de me coller aux basques. Va donc t'asseoir près de cette charmante jeune fille. Ce sera beaucoup mieux.

Jack s'exécuta en souriant, s'installant sur le bras du fauteuil de Gabbie. Agatha sourit, et Gloria comprit pourquoi son mari l'aimait tant. C'était une personne pleine de chaleur humaine, et qui était capable de mettre très vite des inconnus à l'aise.

— Quand Malcolm Bishop a fait passer un entrefilet dans le *Pittsville Herald* selon lequel tu étais revenu au pays, j'ai eu peine à y croire. Qu'est-ce qui t'a ramené ici ?

Phil eut un petit rire et jeta un regard en coin à sa femme.

— J'ai décidé de me remettre à écrire des romans.

— Non, dit Agatha. Je veux dire pourquoi le comté de William Pitt ?

Il y avait dans la façon dont elle regardait Philip quelque chose qui mit momentanément Gloria mal à l'aise. Cette vieille femme demandait encore des comptes à Phil, comme s'il était toujours son étudiant, et, à en juger par l'expression de Phil, il estimait encore devoir lui répondre.

— C'est chez moi ici. La maison de mes parents est petite, il n'y a que deux chambres, et elle se trouve dans un quartier qui est assez mal famé aujourd'hui. J'ai donc cherché quelque chose de plus grand et j'ai trouvé la maison Kessler. (Il haussa les épaules.) Je ne sais pas. J'en avais marre de Los Angeles et du show-biz. Je me rappelle les champs de blé, et les parties de pêche à la mare de Doak. Je me rappelle les histoires que l'on racontait sur le bois des Fées : le soir de Halloween, nous nous mettions au défi d'aller dans cette forêt prétendument hantée, et aucun d'entre nous n'a jamais osé y pénétrer. Je me rappelle mes parties de base-ball et le vieux vélo rouillé sur lequel j'explorais les routes des environs, l'été. Et les plaisanteries débiles que les gosses de Charleston faisaient sur le lycée de *Pits*-ville[1] – on était furieux, mais ça ne nous empêchait pas de dire la même chose. Je me rappelle… chez moi.

Agatha hocha la tête.

— Eh bien, tu verras que pas mal de choses ont changé en vingt-cinq ans, dit-elle, puis elle sourit et toute tension disparut de la pièce. Mais il y a beaucoup de choses qui n'ont pas changé du tout. (Remarquant que les jumeaux avaient vidé leurs verres, elle leur dit :) Pourquoi n'allez-vous pas jouer dehors ? Nous avons des nouveaux venus dans la grange. Notre chatte a eu des petits.

Les jumeaux jetèrent un regard à leur mère, qui hocha la tête, et s'enfuirent aussitôt. Phil éclata de rire.

— Je détestais les conversations des adultes quand j'avais leur âge, dit-il.

Agatha hocha la tête en signe d'assentiment.

— Comme nous tous. Alors, est-ce que tu t'es remis à écrire ?

— Oui, mais c'est plus dur que je ne le croyais.

— C'est toujours plus dur.

---

1. The Pits signifie en argot « le trou perdu ». (*NdT*)

Jack éclata de rire à cette remarque.

— Je dis la même chose quand j'essaie de mettre de l'ordre dans ses papiers.

— Ce gamin est presque aussi empoté que tu l'étais, ce qui signifie que c'est un assistant légèrement meilleur que toi. (Phil ne parut pas relever cette pique.) Mais, de tous mes étudiants, tu es peut-être celui qui s'est le mieux débrouillé. Je suis contente que tu te sois remis à écrire des livres. Ces films n'avaient rien d'artistique.

La conversation s'orienta vers les différences entre scénarios et romans et tout le monde s'installa dans cette chaude ambiance, goûtant la vieille amitié d'Agatha et de Phil et l'amitié nouvelle de Jack et de Gabbie. Gloria resta en retrait, observant son mari. Phil répondit à toutes les questions d'Agatha, et en quelques minutes, Gloria apprit plus de choses sur le travail de Phil qu'elle n'avait réussi à lui en arracher en plusieurs semaines. Doutant de sa propre réaction, elle s'enfonça dans son siège pour mieux réfléchir.

Elle regrettait que Phil ne se soit pas confié à elle autant qu'il se confiait à Aggie, mais, d'un autre côté, Aggie était quelqu'un de spécial pour lui. Après la mort de ses parents dans un accident de voiture, Phil avait été élevé par sa tante, Jane Hastings. Mais Aggie Grant, la meilleure amie de Jane depuis l'université, avait souvent visité leur maison avec son époux, Henry. Lorsque Phil avait obtenu son diplôme à l'université de Buffalo, il était allé à Cornell pour continuer ses études auprès d'Aggie. Et c'était elle qui lui avait obtenu la bourse nécessaire. Aggie avait exercé une influence prépondérante sur la carrière de Phil, concéda Gloria. Plus qu'un membre de sa famille, elle avait été son mentor, puis sa directrice de thèse, et c'était encore aujourd'hui la seule personne qu'il respectait professionnellement. Gloria avait lu deux des œuvres critiques d'Agatha, et cela avait été une révélation pour elle. L'intelligence de cette femme était prodigieuse, et son intuition lui permettait presque de déterminer les pensées d'un auteur à partir de l'œuvre achevée. Elle n'avait jamais connu la célébrité en dehors du milieu universitaire et ne manquait pas de détracteurs, mais même les plus acharnés d'entre eux reconnaissaient que ses opinions méritaient d'être prises en considération. Aggie Grant émettait des théories sur des auteurs morts depuis longtemps et qui, intuitivement, semblaient exactes. Gloria n'était qu'une simple lectrice, pas une critique, et certains passages des livres d'Aggie lui avaient paru assez ésotériques. Non, si Agatha parvenait à faire parler Phil de son travail et de ses problèmes, Gloria lui en était reconnaissante. Elle se sentait néanmoins mise à l'écart.

Soudain, Agatha s'adressait à elle.

— Et que pensez-vous de tout ceci ?

Gloria improvisa, son talent d'actrice arrivant à la rescousse. Elle ne voulait pas qu'on s'aperçoive qu'elle avait rêvassé sans suivre la conversation.

— De son travail ? Ou du déménagement ?

Agatha lui lança un regard aigu, puis sourit.

— Le déménagement, bien sûr. Ça doit vous faire un sacré changement, après Hollywood.

— Eh bien, la côte est ne m'est pas inconnue. Je suis californienne, mais j'ai passé plusieurs années à New York quand je faisais du théâtre. Mais c'est la première fois que je m'essaie au rôle de femme de fermier.

— Vous n'en êtes pas vraiment une, ma chère. Herman Kessler avait juste assez de têtes de bétail pour avoir droit à l'exonération de taxe fédérale : une douzaine de moutons, et des poules et des canards en quantité. Cette ferme n'a jamais été exploitée. Fredrick Kessler, le père d'Herman, ne l'a jamais permis, et Herman non plus. Cela fait plus d'un siècle que ces prés n'ont pas vu une charrue ni ces bois une hache. En fait, cette partie du pays n'a jamais été exploitée comme le reste des terres environnantes. Les bois qui se trouvent derrière chez vous ne sont certes pas une forêt vierge, mais ce sont les plus touffus à plusieurs centaines de kilomètres à la ronde, peut-être la seule parcelle de bois non défrichée de tout l'État de New York.

— Je voulais vous poser une question, dit Phil. Quand nous étions à Cornell, vous étiez parfaitement installée à Ithaca. Et aujourd'hui, je vous retrouve dans ma ville natale. Pourquoi ?

— Un instant, dit-elle.

Elle se leva et sortit de la pièce, pour réapparaître presque immédiatement avec un gros classeur bleu. Elle revint vers le canapé et tendit le classeur à Phil en se rasseyant.

Il l'ouvrit et lut la page de titre à haute voix :

— *De la migration des mythes, du folklore et des légendes irlandaises en Amérique durant les XVIIIe et XIXe siècles.* Je croyais que vous étiez à la retraite, dit-il en refermant le classeur.

— Je suis à la retraite, mais je ne suis pas encore morte. Ce travail a été mon violon d'Ingres pendant plus d'années que je ne peux m'en souvenir. (Elle sembla réfléchir.) Je l'ai entamé peu de temps après le décès de mon Henry. Je travaillais déjà dessus quand j'étais ta directrice de thèse, mais je ne t'en ai jamais parlé. Aarne et Thompson ont accompli un excellent travail de classification qui a été publié en 1961. J'utilise leur index des motifs en prolongeant les travaux de Reidar Christiansen. Celui-ci a fait une étude comparative des croyances populaires irlandaises et scandinaves. J'essaie d'accomplir un travail similaire avec les vieux mythes celtiques et les légendes irlandaises qui sont arrivées jusqu'en Amérique.

Elle s'adressait à Gloria et à Gabbie autant qu'à Phil.

—Quand j'étais petite et que j'habitais à East Hampton, nous avions une adorable gouvernante, une Irlandaise nommée Colleen O'Mara. Miss O'Mara nous racontait, à mon frère et à moi, des contes merveilleux parlant d'elfes et de fées, de *leprechauns* et de *brownies.* Toute ma vie, j'ai été fascinée par les mythes. J'ai étudié les classiques et la littérature contemporaine, mais j'ai lu les contes de fées de Yeats avec autant d'enthousiasme que ses poésies – peut-être même plus. Quoi qu'il en soit, c'est à ce travail que je me consacre aujourd'hui. De nombreux Irlandais ont quitté leur pays – notamment à cause de la célèbre famine – et des milliers d'entre eux sont venus en Amérique. Bien sûr, la plupart se sont établis dans les grandes villes, ou sont allés dans l'Ouest pour travailler dans le chemin de fer. Mais Pittsville a été une des rares communautés rurales à intercepter plusieurs vagues de ces immigrants irlandais, dont beaucoup sont devenus fermiers. Cette partie du pays est presque une « petite Irlande ». Je la connais relativement bien, vu le nombre de fois où j'ai rendu visite à cette chère Jane. (Elle échangea un regard affectueux avec Phil en mentionnant sa regrettée tante.) Quand on m'a proposé une chaire à Fredonia, il ne m'a pas fallu longtemps pour décider où serait mon domicile. J'aime bien Pittsville. Ici nous ne sommes qu'à une demi-heure du campus. Et il s'est révélé qu'il existait des avantages inattendus.

Phil manifestant son incompréhension, Jack désigna l'ouest d'un geste de la main et dit :

— Mark Blackman habite non loin d'ici.

— Le spécialiste de l'occultisme ? demanda Phil avec un intérêt évident.

— Lui-même, dit Jack.

— Qui est ce Blackman ? demanda Gabbie.

— Blackman est un écrivain, un érudit, et bien d'autres choses, répondit le jeune homme. C'est un personnage assez excentrique et prompt à susciter les controverses. Il a écrit plusieurs livres bizarres sur la magie et l'occultisme, qui ont fort troublé le milieu universitaire. Et c'est l'adversaire préféré d'Aggie en matière de débat d'idées.

— Mark Blackman n'est guère orthodoxe dans ses recherches, dit Agatha, et certaines de ses opinions sont inadmissibles, mais c'est un homme absolument charmant. Vous allez bientôt le rencontrer. Il doit se joindre à nous pour le dîner.

— Merveilleux, dit Phil.

— C'est aussi une mine d'informations en ce qui concerne les recherches auxquelles je me livre, ajouta Agatha. Il a quelques livres très rares dans sa bibliothèque – et même, le croiriez-vous, une édition originale des *Légendes et Traditions féeriques du sud de l'Irlande*, de Thomas Crofton Croker –, ainsi qu'un nombre stupéfiant de journaux intimes et d'archives personnelles. Son aide m'a été très précieuse.

— Que fait Blackman à Pittsville ?

— Tu le lui demanderas. Je ne suis jamais parvenue à obtenir une réponse correcte, mais les efforts qu'il fait pour éviter le sujet sont fort amusants. Il m'a quand même dit qu'il travaillait à un nouveau livre, mais le thème m'en est inconnu. C'est tout. (Agatha fit une pause pour réfléchir quelques instants.) Je trouve cet homme fascinant, mais sa manie du secret est quelque peu irritante.

— Agatha est pour la libre circulation des idées, dit Phil en riant, ignorant les protestations de l'intéressée. Quand je me suis mis à écrire des récits de fiction alors que j'étais encore étudiant, elle ne comprenait pas pourquoi je refusais de les lui montrer avant qu'ils soient finis.

— Mon enfant, dit Agatha à Gabbie, votre père n'écrit pas. Il distille une liqueur magique au fond de son antre et malheur à celui qui rompt le charme avant qu'il ait accompli son œuvre.

Phil se joignit à l'éclat de rire général, et la conversation porta ensuite sur leurs vieux amis et collègues du temps de Cornell.

10

Patrick et Sean étaient penchés au-dessus de la caisse dans la grange. La chatte regardait les jumeaux avec indifférence pendant qu'ils caressaient ses chatons et jouaient avec eux. Les yeux de ses bébés venaient à peine de s'ouvrir, ils étaient encore maladroits et leurs galipettes suscitaient des éclats de rire de la part des deux garçons.

Patrick attrapa un chaton, qui poussa un petit miaulement, et se mit à le caresser.

— Ils sont chouettes, hein ?

Sean acquiesça en tendant la main vers un autre chaton. Un bruit dans le foin entreposé dans le coin le plus sombre de la grange attira son attention.

— Qu'est-ce que c'est ?

— Quoi ?

— Là-bas – il y a quelque chose qui bouge dans le foin.

Il désigna l'endroit du doigt. Patrick reposa le chaton et se releva. D'un air décidé, il se dirigea vers le coin sombre.

— N'y va pas ! dit Sean.

Patrick hésita et se tourna pour faire face à son frère.

— Pourquoi ? s'exclama-t-il.

À contrecœur, Sean s'avança à hauteur de son frère.

— Peut-être que c'est un rat, ou quelque chose comme ça.

— Oh, le mec ! dit Patrick. Qu'est-ce que tu es bébé.

Il regarda autour de lui et vit une vieille fourche rouillée près de la porte. Il s'en empara, à peine capable de la tenir droite. Il s'avança lentement vers le coin de la grange et se mit à donner des coups de fourche dans le foin. Pendant un long moment, il leur sembla que l'outil ne remuait que des paquets de foin. Puis Patrick enfonça la fourche plus profondément, écartant le foin à mesure.

Quelque chose sortit de dessous le foin : une créature haute d'à peine cinquante centimètres, qui dévisageait les jumeaux de ses grands yeux cillant sans cesse. C'était un petit homme, vêtu d'étranges habits de la tête aux pieds : un haut chapeau, une veste verte, des braies étroitement serrées et des brodequins à boucles dorées.

Les jumeaux restèrent immobiles, comme incapables de respirer. Le petit homme mit chapeau bas et, avec un rire sauvage et suraigu, sauta du tas de foin, bondit entre les garçons et atterrit sur le sol de la grange pour se mettre aussitôt à courir. Patrick fit écho au cri de terreur poussé par Sean, lâcha la fourche et pivota sur lui-même pour suivre du regard la minuscule créature, qui sauta sur un mur et disparut entre deux planches mal fixées.

Les jumeaux restèrent figés sur place, silencieux, les yeux écarquillés, tentant d'interpréter le kaléidoscope d'images qui venaient de défiler sous leurs yeux. Tous deux étaient tremblants, terrifiés par cette vision. Lentement, ils se firent face, et chacun d'eux perçut chez son jumeau le reflet de sa propre frayeur. Les grands yeux bleus écarquillés, le sourire figé, la posture rigide, tout cela disparut dans un éclair lorsqu'ils se précipitèrent vers la porte.

Ils coururent jusqu'au-dehors, tout en continuant à surveiller l'intérieur de la grange. Soudain une ombre se pencha sur eux et ils furent encerclés par deux bras puissants. Les jumeaux poussèrent un cri de terreur, paralysés par cette étreinte. Une étrange odeur arriva jusqu'à leurs narines et une voix basse et éraillée grommela :

— Eh bien ! Qu'est-ce qui se passe, garçons ?

Libérés, les jumeaux reculèrent d'un pas. Ils virent l'ombre acquérir la forme d'un vieil homme, grand et large d'épaules, aux cheveux gris en bataille, et au visage mal rasé, cuivré et couturé de rides. Ses yeux injectés de sang les examinaient, mais il leur souriait d'un air amical.

Le cœur de Patrick reprit un rythme normal et il jeta un regard à Sean. La même pensée leur traversa l'esprit, car ils avaient reconnu l'odeur qui enveloppait l'homme comme une aura parfumée. Cet homme sentait le whiskey.

— En bien, du calme, qu'y a-t-il ?

— Quelque chose là-dedans, osa Patrick, désignant la grange. Dans le foin.

L'homme précéda les jumeaux dans la grange, puis attendit qu'ils lui aient indiqué l'endroit exact. Il se dirigea d'un air décidé vers la fourche jetée à terre et fouilla consciencieusement le tas de foin.

— Il est parti maintenant, dit Sean.

L'homme s'agenouilla et déplaça encore un peu de foin, puis se releva et se servit de la fourche pour remettre un semblant d'ordre dans le tas. Il tourna vers les jumeaux son visage souriant et affable.

— Qu'est-ce que c'était ? Un rat ?

Patrick jeta un regard à Sean et lui adressa un signe de tête presque imperceptible, lui enjoignant de ne rien dire.

— Peut-être, répondit Patrick. Mais il était sacrément gros.

Sa voix était stridente, et il luttait pour regagner le contrôle de lui-même.

L'homme scruta les deux visages apparemment francs.

— Gros, tu dis ? Eh bien, s'il y avait des poules ou des canards ici, et il n'y en a pas, et si c'était la nuit, et on est en plein jour, je soupçonnerais une fouine ou un renard. Quel que soit l'animal que vous avez vu, il s'est enfui comme les promesses d'hier. (L'homme remit la fourche en place contre le mur. Il lança un regard acéré aux jumeaux.) Bon, garçons, lequel de vous deux veut être le premier à me dire ce que vous avez vraiment vu ?

Patrick demeura silencieux, mais Sean finit par dire :

— Il était gros et il avait des dents.

Sa voix tremblait toujours, aussi paraissait-il sincère.

Instantanément, l'expression de l'homme changea. En deux enjambées, il fut auprès d'eux, posant ses mains sur ses genoux afin de se pencher à hauteur de leurs visages.

— Gros comment ?

Patrick écarta les bras d'environ cinquante centimètres.

— Comme ça.

L'homme se redressa lentement, caressant de la main son menton rugueux.

— Par tous les saints, dit-il à voix basse. C'est peut-être ce sacré bandit qui aurait eu envie de bouffer du chaton.

— Quel bandit ? demanda Patrick, qui ne comprenait pas pourquoi quiconque aurait souhaité manger des chatons.

L'homme cessa de rêvasser et leur accorda toute son attention.

— Eh bien, c'est un vieux raton laveur, dit-il. Un tyran qui vit dans la forêt près d'ici. Ça fait un peu plus d'un mois qu'il s'est mis à massacrer poules et canards, et il lui arrive même de s'attaquer aux chats et aux chiens. (Il ajouta, comme s'il parlait tout seul :) Quoique, si c'était lui, maman chatte aurait piqué une colère royale.

Sean hocha la tête et Patrick dit :

— Jack nous a dit qu'il habitait sous un pont.

— Il vous a dit ça ? Jack Cole est un brave garçon, mais c'est un étranger, il vient de la Caroline du Nord. Mais il faut toujours que les adultes trouvent une réponse, même s'ils se trompent. (Les jumeaux acquiescèrent.) Si les fermiers savaient où se cache ce bandit, ça fait longtemps qu'ils l'auraient attrapé. Bon, garçons, je ne pense pas que Miss Grant serait heureuse d'apprendre qu'un vieux raton a fourré sa truffe dans sa grange et a menacé ses chatons. On est d'accord ?

Les jumeaux haussèrent les épaules et répondirent par l'affirmative. L'homme se frotta de nouveau le menton.

— Bien, j'ai votre parole. C'est dit. (Changeant de sujet, il continua :) Maintenant, qu'est-ce que vous faisiez dans la grange de Miss Agatha ?

— Elle a dit qu'on pouvait jouer avec les chatons.

— Eh bien, déclara l'homme, si elle l'a dit, c'est qu'elle l'a dit. Mais ils sont encore petits et, comme tous les bébés, ils ont besoin de repos. Pourquoi on n'irait pas dehors pour aller voir les agneaux dans le pré ? (Gentiment mais fermement, il les poussa vers l'extérieur.) Et qui êtes-vous, garçons ?

Les jumeaux lui dirent leurs noms, et l'homme s'exclama :

— Patrick et Sean ? Ce sont là des noms de braves Irlandais.

Patrick eut un sourire.

— Notre mère est irlandaise. Son nom était O'Brien.

— O'Brien ! Ce n'est pas une O'Brien de Ballyhack, par hasard ?

— Elle vient de Glendale, fit remarquer Sean.

— Bien sûr, en fait il y a beaucoup d'O'Brien un peu partout. (Une fois sorti de la grange, il s'immobilisa.) Eh bien, Sean et Patrick, on m'appelle Barney Doyle, ce qui est normal, puisque c'est mon nom. Heureux de faire votre connaissance. (Il serra solennellement la main aux deux garçons.) Et maintenant, allons voir ces agneaux.

Alors qu'ils se dirigeaient vers la cour derrière la maison, une porte s'ouvrit et Agatha Grant apparut.

— Barney Doyle ! Où allez-vous avec ces enfants ?

— Je vais montrer les agneaux nouveau-nés à ces garçons, Miss Agatha.

— Et ma pompe ? J'ai besoin d'eau pour dîner.

— Elle est réparée et elle marche comme si elle était neuve, ce que vous auriez su si vous aviez tourné le robinet. J'étais justement sur le point de venir vous le dire.

L'expression d'Agatha indiquait un certain scepticisme, mais elle se contenta de hocher la tête.

— Le dîner est dans une heure, aussi veillez à les ramener ici à temps pour qu'ils se lavent les mains.

— Oui, Miss Agatha.

Lorsqu'elle fut rentrée, Barney ajouta :

— C'est une brave dame, même si elle n'est pas irlandaise. Venez, on va voir les agneaux.

Alors qu'ils prenaient le sentier qui conduisait aux champs derrière la ferme, une voiture s'engagea dans l'allée qui venait de la route et se dirigea vers la maison. Les jumeaux se mirent à courir et Barney leva la main pour se gratter la tête. Il doutait fort qu'il y ait eu dans la grange un animal haut de cinquante centimètres et pourvu de dents, car la chatte aurait eu vite fait d'évacuer ses chatons si un prédateur s'était trouvé dans le coin. Mais il ne doutait nullement qu'il y ait eu quelque chose pour effrayer les garçons. Il adressa une prière à saint Patrick et à saint Jude, espérant que les enfants n'avaient été terrifiés que par des bruits et par des ombres, puis se hâta pour les rattraper.

11

Deux hommes descendirent de la voiture sous les yeux d'Agatha, qui était sortie sur le perron. Philip se tenait à côté d'elle et les observait. Le conducteur était un homme de haute taille, à la démarche vive et décidée. Ses cheveux étaient noirs, excepté quelques mèches grises aux tempes, et peignés en arrière pour dégager un front très haut. Il portait une courte barbe d'un noir de jais. Son âge était incertain : il pouvait avoir trente ans comme cinquante. En dépit de la chaleur, il était vêtu d'un pull-over blanc à col roulé et d'une veste de velours brun, et son pantalon était de la même couleur. Alors qu'il montait les marches, souriant et tendant la main à Agatha, Philip remarqua que ses yeux étaient si sombres qu'ils en étaient presque noirs.

— Mark, voici Philip Hastings.

— J'ai lu tous vos livres, Mr. Hastings, dit l'homme en lui serrant la main. Je fais partie de vos fans, en quelque sorte.

— Appelez-moi Phil, s'il vous plaît.

— Et voici Gary Thieus, dit Agatha.

— Et appelez-moi Gary, dit l'homme en serrant la main de Philip.

Son sourire découvrait une impressionnante rangée de dents. Ses cheveux étaient coupés très court, presque en brosse, et ses oreilles étaient décollées et presque pointues.

— C'est mon assistant, dit Mark, et le meilleur cuisinier à la ronde – vous exceptée, bien sûr.

— Entrez et venez boire quelque chose. Le dîner est en train de cuire et nous pourrons tous faire connaissance.

Agatha laissa Philip tenir la porte tandis qu'elle faisait entrer les nouveaux venus. Il les suivit ensuite à l'intérieur, observant que Gary avait la démarche élastique d'un joueur de basket-ball, ou du moins d'un sportif.

Jack offrit à boire pendant qu'Agatha se retirait dans la cuisine pour finir de préparer le dîner. Puis il retourna près de Gabbie. Gloria souriait à Mark qui lui racontait qu'il l'avait vue jouer au théâtre. Lorsqu'il mentionna un incident qui était survenu lors du deuxième acte, elle eut un large sourire.

— Vous avez vraiment vu la pièce ! dit-elle en lui serrant affectueusement la main. Dans ce qui était mon métier, on entend beaucoup de flatteries sans objet.

— Non, j'ai bien vu cette pièce et je me rappelle parfaitement votre performance.

— Jack, que dirais-tu d'une partie de tennis demain ? dit Gary.

Jack poussa un grognement.

— Que dirais-je de me laisser massacrer une nouvelle fois, tu veux dire ? Il sait que j'ai une patte folle et il adore m'embarrasser, dit-il à Gabbie.

— Est-ce que vous jouez ? demanda Gary à la jeune fille.

— Un peu, répondit-elle.

— Bien, j'appellerai Ellen et on fera un double.

Gabbie haussa les épaules.

— Au moins, on dégringolera ensemble, dit Jack. La petite amie de Gary est aussi bonne au tennis que lui – ce qui veut dire qu'elle est *très* bonne. J'espère que tu sais te tenir sur un court.

Gabbie parut amusée, et Gloria sourit derrière son verre en avalant une gorgée. Mark se pencha sur elle et lui demanda :

— Est-ce que Gabbie joue bien ?

— Gabbie joue au tennis comme si elle faisait la guerre, murmura Gloria.

— Gary est vraiment bon. Et Ellen aussi.

— Ce sera un beau match, dit Phil en venant s'asseoir près de sa femme.

— Vous avez acheté la maison Kessler, dit Mark. C'est l'une des propriétés les plus intéressantes du coin. J'ai moi-même essayé de la louer quand je me suis installé ici.

Gloria et Phil échangèrent un regard.

— C'était un coup de chance, dit Phil. Je me suis adressé à l'agence la semaine où elle a été mise sur le marché. Je l'ai eue pour une bouchée de pain. Mais Kessler est mort à peine un mois avant que je contacte l'agence. Vous avez donc eu affaire au vieux lui-même.

— Pas exactement. Quand je suis arrivé dans le coin, Kessler était en Allemagne et la maison est restée inoccupée pendant presque un an, mais je n'ai pu trouver personne pour me dire comment le contacter. Peut-être était-il en visite dans sa famille, ou chez des amis de son père. C'est là-bas qu'il est mort, vous savez.

— On me l'a dit, acquiesça Phil. Pourquoi souhaitiez-vous louer cette ferme ?

— Cet endroit est chargé d'histoire, dit Mark en souriant. Je travaille moi aussi sur un nouveau livre et, sans en révéler le sujet, je peux vous dire que l'histoire de la famille Kessler n'est pas sans rapport avec lui. Le père d'Herman, Fredrick Kessler, était un homme assez mystérieux. Il est arrivé ici en 1905, venant du sud de l'Allemagne, ou peut-être d'Autriche, et il avait beaucoup d'argent. Apparemment, sa citoyenneté lui a posé quelques problèmes lorsque la Première Guerre mondiale a éclaté mais, en dehors de ça, c'était un pilier de la communauté. Il a épousé une fille nommée Helga Dorfmann et en a eu un fils. Il a fondé une fabrique de meubles, en concurrence directe avec celles de Jamestown. Ses meubles étaient robustes et bon marché, et il a gagné beaucoup d'argent. Selon une anecdote des plus intéressantes à son sujet, il aurait enterré une fortune en or quelque part dans sa propriété.

Gloria se mit à rire, enchantée.

— Un trésor enfoui ! Commençons à creuser !

Gary lui adressa un large sourire.

— Votre propriété est très étendue. Ça risque de vous prendre du temps. De plus, ce n'est qu'une légende.

— Ce qui m'intéressait, continua Blackman, c'était la bibliothèque de Kessler et toutes les archives qu'il avait pu conserver, des journaux datant de la jeunesse de Fredrick Kessler, par exemple.

Gloria lança un regard à Phil, qui dit :

— Je n'ai fait que jeter un œil aux livres de la bibliothèque. L'agence n'avait aucune idée de ce qu'il y avait dans la maison. À sa mort, Kessler devait plusieurs arriérés d'impôts et l'État était pressé de vendre. La cour a désigné le banquier de Kessler comme exécuteur testamentaire. J'ai eu l'impression que les choses se sont passées de façon quelque peu informelle. La personne à qui j'ai eu affaire était pressée de se débarrasser de l'ensemble. La propriété a été dégagée de toute hypothèque et j'ai pu l'acquérir très vite. Quoi qu'il en soit, on m'a affirmé que Kessler n'avait plus de famille, aussi ai-je hérité de tous ses vieux vêtements, de sa vaisselle, de ses meubles et de ses livres. Je ne connais pas le dixième de ce qu'il y a dans la maison. Si vous voulez y faire un tour et emprunter ce qui vous plaira, vous êtes le bienvenu.

— J'espérais que vous m'y inviteriez. Peut-être viendrai-je dans quelques jours. Si ça ne vous dérange pas que Gary et moi envahissions votre maison, nous dresserons le catalogue de la bibliothèque pour que vous en ayez un inventaire exact quand nous aurons fini. Et si quelque chose m'intéresse là-dedans, vous me donnerez la priorité si vous souhaitez le vendre.

— Marché conclu.

— Il y a aussi quelques vieilles malles dans la cave et au grenier, dit Gloria.

Les yeux de Gary s'éclairèrent.

— Merveilleux ! Qui sait quels trésors reposent ainsi dans le noir !

— Jack m'a déjà dit que les bois étaient hantés, dit Gabbie en riant. Et maintenant, un trésor enfoui. Tu sais vraiment choisir tes maisons, papa.

Agatha réapparut pour demander de l'aide, aussi Jack et Gabbie se mirent-ils à dresser la table. Gary mentionna un film dont le scénario avait été écrit par Phil et la conversation s'orienta sur Hollywood et les frustrations des cinéastes. Gloria s'enfonça de nouveau dans son siège, laissant la discussion se faire sans elle. Pour une raison indéterminée, ces histoires de trésors enfouis et de bois hantés l'avaient mise mal à l'aise. Sans raison apparente, elle se demanda soudain comment se portaient ses deux fils.

12

Le dîner fut superbe. Conformément aux promesses de Jack, Agatha Grant se révéla être une cuisinière exceptionnelle. Elle leur offrit un repas des plus élégants, dont chaque plat était préparé avec une attention qui en faisait un pur délice. Même les jumeaux, qui avaient tendance à faire les difficiles, finirent leurs assiettes sans se plaindre.

Gloria avait remarqué qu'ils paraissaient distraits, et elle les avait surpris plusieurs fois en train d'échanger un regard, comme s'ils partageaient quelque secret. Elle leur demanda s'ils s'étaient bien amusés, et ils convinrent que la ferme d'Aggie était chouette.

— Barney nous a montré les agneaux, dit Sean.

— Qui est Barney ? dit Phil.

— C'est un homme, dit Sean. Il réparait la plomberie.

— Ouais, et il sent comme oncle Steve, dit Patrick en empalant une pointe de brocoli avec sa fourchette.

« Oncle » Steve Owinski était un ami de Phil, scénariste comme lui et alcoolique chronique.

Jack se leva et ramassa les assiettes pour les emporter à la cuisine.

— Barney Doyle, dit Agatha. C'est l'homme à tout faire du coin. (Voyant le visage soucieux de Gloria, elle poursuivit :) Il est un peu poivrot, mais complètement inoffensif. D'après ce qu'on m'a dit, il buvait pas mal dans sa jeunesse, mais ça faisait plusieurs années qu'il avait renoncé à la bouteille. Et voilà qu'il s'est remis à boire. Je ne sais pas pourquoi.

— Eh bien, dit Gary, vous savez qu'on dit que les alcooliques ne guérissent jamais vraiment.

Gloria acquiesça.

— Quoi qu'il en soit, dit Agatha, c'est un excellent bricoleur, et si vous avez un problème n'hésitez pas à l'appeler. Les magasins du coin ont des services après-vente effroyablement lents : ils veulent toujours rapporter l'appareil en panne et ils le gardent pendant des mois. Barney est digne de confiance, et il ne coûte pas cher. Il a un petit appentis, à peine une cabane, de l'autre côté de ma propriété, au bout de Williams Avenue. Vous pouvez passer par les bois en venant de chez vous. (Agathe eut un sourire affectueux.) Barney satisfait ma nostalgie des temps simples où il n'y avait qu e le bricoleur du coin pour réparer les dégâts domestiques. C'est un véritable symbole américain. De plus, j'ai autant besoin de lui pour mes recherches que pour l'entretien de ma maison. Cet homme est né en Irlande et il connaît une quantité incroyable de traditions orales irlandaises. En comparant ses connaissances avec celles des autres Irlandais d'ici, qui sont des immigrés de la deuxième, de la troisième ou de la quatrième génération, je peux commencer à mesurer les changements intervenus dans les mythes entre l'Irlande et l'Amérique.

Jack passa la tête par la porte.

— Café ?

Après avoir compté les réponses affirmatives, il disparut de nouveau dans la cuisine.

— Je crois que je vais donner un coup de main à Jack, dit Gabbie en se levant.

— Aggie a choisi un sujet difficile, dit Mark. Le folklore irlandais, comme la plupart des folklores eurozpéens, a été « figé » par l'imprimerie. Aujourd'hui, les enfants lisent des contes de fées plutôt que de les écouter sur les genoux de leur mère – s'ils en lisent encore.

— Vous ne pensez donc pas qu'elle trouvera beaucoup de variations ? demanda Phil.

Mark secoua la tête en signe de dénégation, tandis qu'Agatha souriait avec indulgence.

— Nous avons déjà eu cette discussion, dit-elle. Mark est une sorte d'anthropologue social du cru et il prétend qu'il n'y a plus de véritable tradition orale, en Europe comme en Amérique.

— Eh bien, peut-être chez les Indiens les plus âgés et chez les paysans des Appalaches, mais nulle part ailleurs. Pas quand on peut acheter un livre et lire la même histoire en Angleterre et en Amérique. N on, si vous faites des recherches sur le mythe des *cluricaunes*, vous trouverez les mêmes légendes de chaque côté de l'Atlantique, dans le comté de William Pitt comme dans celui de Cork.

— Que sont les *cluricaunes* ? demanda Phil.

— Des *leprechauns*, dit Agatha. On les appelle *lunkeen*, *luri-gandaun* et *luricans* dans différentes parties de l'Irlande.

Gloria se tassa un peu plus dans son siège. Quelque chose se passait entre les jumeaux, elle le sentait. Et cela l'inquiétait. Elle se demanda en silence pourquoi cette conversation la rendait nerveuse.

Agatha regarda les jumeaux et leur demanda :

— Savez-vous ce que c'est qu'un *leprechaun*, les garçons ?

— Un petit homme habillé en vert ? dit Patrick, une étrange expression sur le visage.

Les yeux de Sean s'écarquillèrent lorsqu'il entendit la réponse de son frère, puis son visage s'anima soudain et il s'exclama :

— Darby O'Gill !

— Exactement, dit Phil en riant.

— Qui est Darby O'Gill ? dit Mark.

— C'est un film de Walt Disney, *Darby O'Gill et les Farfadets.* Les enfants l'ont vu avant qu'on quitte la Californie.

— Ouais, dit Sean en faisant la moue. On recevait Disney Channel par le câble.

— L'affaire est entendue, déclara Mark. Les enfants d'aujourd'hui ont connaissance des mythes folkloriques grâce à la télévision.

— Ils ont été inconsolables en apprenant qu'on ne pouvait pas recevoir le câble à la ferme, dit Gloria en ébouriffant les cheveux de Sean. Désormais, vous devrez vous contenter de trois chaînes, comme les gens normaux.

— Je voulais vous faire la surprise, les enfants, dit Phil, mais j'ai commandé une antenne parabolique et elle sera installée la semaine prochaine.

Les yeux des jumeaux se mirent à briller.

— On aura des centaines de chaînes ! cria Patrick.

Tous les convives éclatèrent de rire et Gloria ordonna aux jumeaux de tempérer leur enthousiasme.

— Le père de Barry Walter reçoit la chaîne avec des dames toutes nues, dit Sean.

— On en reparlera à la maison, dit Gloria.

— Ne t'inquiète pas, dit Phil en riant. J'ai pris le modèle avec verrouillage parental. Les jumeaux ne regarderont pas de films classés X avant plusieurs années.

Jack et Gabbie revinrent avec des gâteaux et du café.

— À propos de mythes et de fées, est-ce que quelqu'un sait quelle nuit nous sommes ? interrogea Gary.

Mark et Agatha se regardèrent et éclatèrent de rire, mais ce fut Gloria qui répondit :

— La nuit du solstice d'été.

— Comme dans Shakespeare ? demanda Jack.

— Je croyais que le solstice avait eu lieu il y a trois jours, dit Phil.

— Sur le calendrier de l'Église c'est le 24, dit Gloria. Le jour de la nativité de saint Jean-Baptiste.

— J'ai lu *Le Songe d'une nuit d'été*, dit Phil. Je croyais que c'était seulement… une nuit au milieu de l'été.

— Il y a trois jours de l'année qui sont censés être importants pour les fées, dit Agatha. Le 1er mai, le 24 juin et le 1er novembre. Selon la légende, cette nuit est une nuit de pouvoir et une nuit de fête.

— Quelle est la signification des deux autres jours ? Je sais que le 1er novembre est le jour de la Toussaint, mais le 1er mai ?

— La fête du Travail, affirma Gary. Les fées sont marxistes.

Tandis que tout le monde riait, Agatha dit :

— C'est le jour qui suit la nuit de Walpurgis, tout

comme le jour de la Toussaint suit la nuit de Halloween. Tous deux sont des « Jours de voyage ».

Voyant qu'aucun des convives ne semblait comprendre, Mark ajouta :

— Selon la tradition irlandaise, les fées vont d'un endroit à l'autre ces jours-là. Nous parlons des fées vagabondes, bien sûr. Selon Shakespeare, elles restaient éternellement au cœur de la nuit :

» *Et nous, les elfes, nous qui fuyons*

» *Le soleil et tous ses rayons*

» *Avec le char de la triple Hécate*

» *Nous poursuivons l'obscurité comme un rêve qui se dilate*[1]...

» Mais il est le seul à penser ainsi. À en croire la tradition, les fées vivent six mois dans une forêt, puis la quittent pour une autre, qui peut se trouver de l'autre côté du monde. Et il leur suffit d'une seule nuit pour se déplacer.

Mark cita de nouveau Shakespeare :

— *Plus ailés dans notre ronde*

» *Que la lune vagabonde*[2].

— C'est pour ça que l'on trouve partout des contes de fées, dit Aggie. Au fil des temps, les fées ont vécu dans toutes les parties du monde. Si vous y croyez bien sûr.

— Et cette nuit est spéciale pour elles ? dit Gabbie en riant.

— Selon la légende, reprit Agatha, elfes et fées vont faire la fête jusqu'à l'aube.

---

1. Shakespeare, Le Songe d'une nuit d'été, acte V, scène 1, traduction de Jules Supervielle et Jean-Louis Supervielle, GF-Flammarion. (*NdT*)

2. Idem, acte IV, scène 1. (*NdT*)

— Allons à la butte-aux-fées qu'on a vue l'autre jour, dit Gabbie en se tournant vers Jack. Peut-être verrons-nous la fête.

— À votre place, je n'en ferais rien, dit Mark. (Tous les regards se tournèrent vers lui.) Cette forêt peut être très dangereuse la nuit, ajouta-t-il.

— Que voulez-vous dire, dangereuse ? fit Gloria, inquiète.

— Des fantômes ? dit Gabbie en faisant la grimace. Des esprits indiens ?

— Gabbie, laisse-le répondre ! coupa Gloria.

Gabbie rougit violemment, et elle était sur le point de répliquer lorsqu'elle vit Jack hocher la tête et désigner du menton les jumeaux captivés par ce qui se disait. Elle comprit aussitôt les inquiétudes de Gloria et se sentit ridicule.

— Pourquoi la forêt est-elle dangereuse, Mark ? À cause des animaux sauvages ?

Mark sourit et s'efforça de paraître rassurant.

— Non, rien de la sorte. Ça fait une éternité qu'on n'a vu ni loup ni ours. Rien de plus gros qu'une fouine ou un renard depuis le début du siècle. Mais il est facile de se perdre dans ces bois, et ils sont plus étendus que vous ne le croyez, et fort denses par endroits. (Mark se tourna vers Aggie.) Vous vous souvenez de Reno McManus ? Il s'est perdu une nuit en voulant prendre un raccourci, il est tombé dans un fossé et il s'est fracturé la hanche. Il s'est écoulé deux jours avant qu'on le retrouve. Mort de froid. Et il avait passé toute sa vie dans le coin. Ce n'est pas une bonne idée d'aller se balader dans les bois la nuit, c'est tout ce que je voulais dire.

— Reno McManus était un ivrogne, dit Agatha, et il se serait perdu dans sa propre baignoire. Si Jack et Gabbie prennent une lampe et ne s'éloignent pas du sentier, ils ne devraient pas avoir d'ennuis.

Ses yeux étaient malicieux lorsqu'elle jeta un regard vers les jeunes gens ; Mark était bien obtus de ne pas voir qu'ils souhaitaient rester ensemble quelque temps.

— Oui, c'est vrai, dit Mark.

Il laissa la conversation s'éteindre d'elle-même.

Agatha se leva.

— Retirons-nous dans le salon, comme des gens civilisés, et nous pourrons poursuivre cette excellente soirée. (Elle jeta un regard à Jack.) Va chercher le brandy, veux-tu ?

Ils quittèrent la salle à manger et furent bientôt confortablement installés au salon, où la conversation s'orienta vers d'autres sujets. Gloria, assise à côté de Phil, jeta un regard aux jumeaux, considérablement moins dissipés qu'à leur habitude. Elle avait été sur le point de leur demander quelque chose un peu plus tôt, à table, mais elle n'arrivait pas à se rappeler ce que c'était. Puis elle n'y pensa plus.

13

Jack et Gabbie avançaient lentement sur le sentier que le disque de lumière balayait devant eux, révélant branches mortes et autres obstacles mineurs. Gabbie avait insisté pour que Jack l'accompagne dans les bois, à la recherche de la fête des fées. La lampe torche clignota, puis sa lumière s'affaiblit.

—Merde! dit-il. La pile doit être foutue.

—Bonté divine, quel langage! dit-elle en prenant un accent sudiste exagéré. Un gentleman comme vous! (À moitié visible dans la pénombre, Jack eut un large sourire.) Ça va, Lancelot. J'ai déjà eu l'occasion d'entendre des jurons. Je suis une fille libérée.

—J'avais remarqué, dit Jack en riant doucement. Et aussi une fille pas ordinaire.

Gabbie resta silencieuse pendant qu'ils avançaient, puis:

—Tu ne dis pas ça seulement pour me faire plaisir, hein?

Il fit halte, laissant la lampe pointée vers le sol. Ils s'étudièrent mutuellement dans la faible lumière reflétée par le sentier. Il ne dit rien, mais se pencha vers elle et l'embrassa doucement. Elle se figea l'espace d'un instant, puis alla jusqu'à lui, laissant ses bras l'envelopper. Elle sentait toute la force de son corps, et son propre cœur qui battait d'excitation. Après quelques instants, elle s'écarta doucement en complétant à voix basse:

—Ah… c'était une excellente réponse.

—Oui, dit-il avec un sourire. (Passant un bras autour de la taille de Gabbie, il se remit à marcher et la jeune fille avança à ses côtés.) Je pense sincèrement que tu es une fille pas ordinaire, Gabbie. Tu n'as pas eu une vie facile, je sais, mais ça t'a rendue plus mûre. La plupart des filles de ton âge que je connais sont beaucoup moins adultes.

Elle s'appuya contre son bras.

—J'essaie parfois de le cacher, dit-elle. Toi… je crois que je te fais confiance.

— Merci.

Elle laissa s'écouler quelques instants, seuls demeurant le bruit de leurs pas sur le sentier et le souffle de la brise dans les arbres. La soirée était chaude et humide, et la lune presque pleine éclairait faiblement la forêt. Finalement, elle dit :

— Je... Est-ce que tu sors avec quelqu'un ?

— Personne en particulier, répondit-il sans hésiter, puis il ajouta après une pause : J'avais une copine à Chapel Hill, Ginger Colfield. On s'était rencontrés en allant s'inscrire à l'université, sur la liste Cole et Colfield se suivaient. C'était assez sérieux. Du moins pour Ginger. Mais après mon arrivée ici, il est devenu difficile de garder le contact. Ginger est à Atlanta à présent, elle travaille pour Coca-Cola, dans la publicité. Je crois qu'elle s'est fiancée. Depuis l'année dernière, rien de sensationnel. Et toi ?

— Rien qu'un copain de lycée, il y a deux ans en Arizona. Personne depuis. Quelques sorties sans lendemain.

— Ce n'est pas vraiment mon genre, dit Jack. Je préfère les relations sérieuses et durables. (Il fit une pause.) Mais la dernière en date m'a laissé un peu désemparé.

Gabbie se sentait à la fois réconfortée et troublée par cette révélation. Jack lui plaisait beaucoup, bien plus que tous les garçons qu'elle avait rencontrés ces derniers temps, mais elle avait peur que les choses aillent trop loin.

— Tu n'aimes pas les histoires d'amour par correspondance, hein ? demanda-t-elle.

Il s'immobilisa et lui demanda :

— Tu retournes en Californie en septembre, exact ?

Elle se tourna pour lui faire face.

— Oui. (Soudain, elle fut en colère contre elle-même

et contre son désir de brusquer les choses.) Écoute, je ne veux pas que ça devienne trop sérieux, d'accord ?

Il détourna les yeux, comme s'il avait cherché quelque chose dans la nuit, puis dit :

— Peut-être que c'est sérieux.

Elle se crispa, ne sachant comment réagir. Un flot de sentiments montait en elle depuis le fond de son cœur, la surprenant par son intensité. Elle eut soudain peur de Jack Cole et de l'effet qu'il exerçait sur elle. Mais elle savait aussi que ce qui serait dit pendant les prochaines minutes aurait un impact sur elle au moins durant le reste de l'été, et peut-être bien plus longtemps encore. Avec un soupir, qui libéra la tension qu'elle avait accumulée, elle se pencha en avant et posa la tête sur son épaule.

— Oh... qu'est-ce que tu es en train de me faire ?

Il la serra dans ses bras sans rien dire. Elle avait l'impression que son cœur allait jaillir de sa poitrine, qu'il lui était impossible de respirer ne fût-ce qu'une bouffée d'air. Il lui parla doucement à l'oreille.

— Tu pourrais demander ton transfert à Fredonia. Ou peut-être pourrait-on encore m'accepter à l'université de San Diego. Nous pourrions nous enfuir à Paris et vivre dans une mansarde – mais je suis nul en français. (Elle sourit.) Mais pourquoi n'attendons-nous pas demain pour voir si tu auras encore envie de me parler ?

Elle lui sourit, détendue par sa réponse. En dépit de la pénombre, elle lut dans ses yeux quelque chose de doux et d'aimant. Ressentant dans son corps une chaleur soudaine, elle lui déclara :

— Je pourrais attraper un très gros béguin pour toi, Jack Cole !

En guise de réponse, il l'embrassa. Lorsqu'ils se furent séparés, elle ajouta d'une voix rauque :

— Ou quelque chose de plus grave.

Ils s'embrassèrent de nouveau. Gabbie prit soudain conscience que, pour la première fois depuis qu'elle sortait avec des garçons, elle se trouvait avec un homme qui aurait pu l'emmener dans un coin et lui faire l'amour sans qu'elle ait hésité ou protesté. Son sang résonnait dans ses oreilles et son souffle était profond et rapide. L'espace d'un instant d'étrange détachement, elle se demanda si elle était en train de tomber amoureuse de cet homme.

Soudain, Jack se raidit, brisant l'atmosphère qui s'était installée entre eux.

— Qu'y a-t-il ? dit-elle.

— Écoute, chuchota-t-il.

Elle dressa l'oreille et n'entendit rien, puis il y eut un bruit ténu et inhabituel, presque entièrement dissimulé par le bruissement des frondaisons dans la brise nocturne, quelque chose de *différent*, agaçant à force d'être presque reconnaissable mais demeurant tout juste au-delà de la compréhension.

Puis il y eut dans l'air une qualité terriblement triste et pourtant merveilleuse. Quelque chose plana aux limites de leur esprit, contournant leur conscience pour venir toucher les plus primitives de leurs émotions. Gabbie sentit son pouls s'accélérer et des larmes lui monter aux yeux.

— Que se passe-t-il ? murmura-t-elle.

— Je ne sais pas, Gabbie, dit Jack en la serrant plus fort. Je ne sais pas. (Il inspira profondément, comme pour contrôler les émotions puissantes et inconnues qui s'emparaient de lui. Puis il ajouta :) Il se passe quelque chose d'étrange. (Il regarda autour de lui.) De ce côté, je crois.

À ces mots, le charme fut rompu sans raison apparente. Quelle qu'ait été la nature de leurs étranges et stupéfiantes émotions, elles s'évanouirent dès qu'il bougea. Gabbie inspira profondément à son tour, se forçant au calme, et le suivit.

Ils avancèrent avec prudence à travers les fourrés pour se diriger vers la source de leurs sensations. Alors qu'ils enjambaient un arbre abattu, Jack déclara :

— Je sais où nous sommes.

Gabbie regarda alentour ; elle n'avait pas la moindre idée de l'endroit où ils se trouvaient. Jack avait monopolisé toute son attention et elle fut soudain inquiète à la pensée que, s'il lui arrivait quelque chose, elle ne saurait absolument pas comment aller chercher de l'aide.

— Où sommes-nous ? demanda-t-elle.

Il tendit la lampe torche presque éteinte et dit à voix basse :

— Le pont du Troll se trouve juste derrière cette butte. À partir de là, le sentier va tout droit jusque chez toi.

Elle hocha la tête, soulagée de pouvoir retrouver son chemin. Jack avançait pareil à un soldat en patrouille, légèrement ramassé sur lui-même, tendu, comme s'il s'attendait à une embuscade. Il se fraya un chemin à travers les arbres et grimpa une petite éminence. Arrivé près du sommet, il jura.

— Qu'y a-t-il ? demanda Gabbie.

— Cette foutue lampe s'est éteinte.

Elle l'entendit taper la lampe sur sa paume, sans résultat. Après une nouvelle et futile tentative pour la faire fonctionner, Jack l'enfouit dans sa poche revolver et regarda autour de lui, laissant ses yeux s'adapter à la pénombre.

— Viens par ici, murmura-t-il.

Elle se mit à grimper et le rejoignit dans les ténèbres.

— Il y a un peu de clair de lune, dit-il, mais fais attention. Même si tu crois voir quelque chose, tu risques de tomber et de te casser une jambe.

— Est-ce qu'on ne devrait pas rentrer ?

— Il vaut mieux continuer et rejoindre le sentier de l'autre côté de la colline du Roi des elfes, c'est plus sûr. Viens.

Il la prit par la main et la guida jusqu'au sommet. Brusquement, son corps se tendit. Gabbie étreignit sa main.

— Qu'y a-t-il ?

Jack écarquillait les yeux de stupéfaction. Il ne put que tendre le bras devant lui. L'espace d'un instant, Gabbie ne comprit pas ce qui l'avait arrêté puis elle vit. Sur le sommet dénudé de la colline du Roi des elfes, quelque chose bougeait. On aurait dit qu'un nuage venait d'occulter la lune et faisait danser les ombres. Elle leva les yeux : le ciel était dégagé et on ne voyait aucune étoile tant la lune était brillante. Ses yeux s'adaptèrent lentement à la clarté et elle commença à percevoir ce qui se passait au sommet de la colline. Des silhouettes vaguement humaines semblaient se déplacer en une pavane lascive et ordonnée, sur une musique inaudible. La brise porta jusqu'à eux un son ténu de clochettes, mi-carillon, mi-musique. Une senteur embauma l'air, mélange d'épices et de fleurs sauvages, un parfum inconnu et pourtant familier.

Jack se frotta les yeux de sa main libre, comme s'il craignait qu'une affliction quelconque soit responsable de cette vision. Gabbie allait parler lorsqu'il l'attira contre lui derrière un arbre. Quelque chose s'approchait. Jack la serra très fort ; pour une raison indéterminée, elle fut terriblement effrayée.

Quelque chose s'avançait à travers la nuit, plongeant la jeune fille dans une terreur primitive, une angoisse d'enfant devant l'approche d'un danger inconnu dans les ténèbres. Elle s'accrocha à Jack. Celui-ci restait ferme, un roc derrière lequel s'abriter, son protecteur. À cet instant, quelque chose se produisit dans le cœur de Gabbie et elle comprit que Jack la défendrait. Cessant alors d'être inquiète pour elle-même, elle fut inquiète pour Jack et eut soudain peur de le perdre.

L'angoisse monta en elle, et Gabbie sut que quelque chose de puissant et de maléfique était tout proche. Quelle que fût sa nature, la chose était presque à portée de main. Gabbie enfouit son visage contre la poitrine de Jack et retint son souffle, écrasée par une peur inexplicable. Elle sentit une présence qui se manifestait tout près, puis autour d'eux, et cette présence savait qu'ils se cachaient derrière l'arbre et allait venir jusqu'à eux. Si elle les touchait, ils seraient perdus. Quelque chose de primitif en elle reconnut cette présence et un cri monta dans sa gorge.

Puis la présence disparut. Gabbie réprima son envie de hurler et de s'enfuir, ravalant sa propre terreur. Elle sentit Jack se raidir sous l'effet de la tension, sentit son souffle court et rapide. La chose qui s'était approchée d'eux, quelle qu'elle fût, avait fait demi-tour, et l'angoisse qui l'avait accompagnée s'était enfuie avec elle. Gabbie s'accrocha à Jack et tendit l'oreille, mais la présence maléfique, l'horreur sans nom, était partie.

Dans les ténèbres, ils n'entendaient que les bruits de la nuit, la brise qui faisait frissonner les branches anciennes, le friselis des feuilles qui parcourait la forêt. Une galopade fugitive leur signalait de temps en temps le passage d'un animal nocturne, peut-être un écureuil fuyant à l'approche d'un hibou, ou un raton laveur en train d'explorer les alentours.

Gabbie inspira profondément, tandis que le soulagement montait en elle. Elle sentit Jack se détendre lentement.

— Ça va ? murmura-t-il.

— Oui, souffla-t-elle en réponse. Qu'est-ce que c'était ?

— Je ne sais pas.

Il l'attira à l'écart du tronc d'arbre et jeta un regard vers la colline. Ce qu'ils avaient aperçu là-bas, quoi que ce fût, semblait avoir disparu sans laisser de trace. Après quelques instants de silence, Jack demanda :

— Qu'est-ce que tu as vu ?

Gabbie hésita, incertaine.

— Quelque chose. De vagues formes. Peut-être cette lumière dont tu parlais quand on a traversé les bois à cheval. Tu sais, des feux Saint-Elme. De toute façon, c'était très vague.

Jack resta silencieux durant un long moment.

— Oui, ce devait être ça, dit-il finalement.

— Pourquoi ? Qu'est-ce que tu as vu, toi ?

Il la regarda, le visage très pâle sous le clair de lune.

— Tu vas dire que je suis dingue, mais j'aurais juré voir tout d'abord un groupe de personnes en train de danser au sommet de la colline, toutes vêtues de robes longues. Puis soudain, j'ai eu l'impression de regarder dans le brouillard.

— Un peu trop de brandy ? dit-elle sans conviction.

— Peut-être. Mais une chose est sûre : c'était vraiment bizarre. (Il la prit par la main et la guida jusqu'au sommet, puis de l'autre côté vers le sentier qui conduisait chez elle.) Désormais, quand on me racontera des histoires étranges sur cette forêt, je crois que je les prendrai un peu plus au sérieux.

En chemin, Gabbie passa en revue ce qui leur était arrivé. À mesure qu'ils s'éloignaient de la colline du Roi des elfes, ses souvenirs devinrent plus ténus, moins distincts, si bien qu'elle fut peu à peu persuadée que les silhouettes qu'elle avait cru voir n'étaient que le fruit de son imagination, et que l'angoisse qu'elle avait ressentie n'était qu'une peur du noir irraisonnée. Lorsqu'ils franchirent le pont du Troll pour se diriger vers la maison, elle était presque sûre d'avoir été la victime de sa propre imagination.

— Jack ?

— Oui ?

— Ça va te paraître idiot, mais... qu'est-ce qu'on a vu sur la colline, là-bas ?

Jack hésita quelques instants, comme si cette question l'avait surpris, puis il se remit à marcher d'un bon pas.

— Quoi ? Quelque chose... Je ne sais pas. Je pense que c'était une illusion d'optique. Pourquoi ? Tu es inquiète ?

Elle répondit par la négative, puis cessa de parler. Il lui était impossible d'imaginer pourquoi quelques mouvements au loin l'avaient remuée à ce point. Elle était sûre que Jack et elle n'avaient vu qu'un jeu d'ombres et de clair de lune sur la colline dénudée. Et son esprit perdait à présent tout intérêt pour les mystères de cette sombre forêt, s'interrogeant sur les sentiments qu'elle ressentait pour Jack, et qui étaient déjà bien assez mystérieux pour elle.

Derrière eux, dans la pénombre, il sortit de derrière un arbre, tandis que le vent emportait au loin le bruit des danseurs. Il était sombre, son visage était sans traits, caché aux yeux des mortels. Puis il imposa à son masque de changer et fut soudain d'une beauté à couper le souffle. Sa silhouette était d'une étonnante perfection, ses yeux étaient bleus, pareils à la glace d'un lac gelé dans un paysage hivernal inconnu des mortels. Ses mouvements étaient souples, il semblait flotter dans la forêt, se déplaçant sans le moindre bruit. Sa forme était nimbée d'une légère aura, et autour de lui flottait un parfum d'épices et de fleurs des champs. Il était la lumière et la beauté, et il était le mal. Il observa Jack et Gabbie jusqu'à ce qu'ils aient disparu de sa vue, puis il se tourna pour faire face à la direction où Elle se trouvait. Sa présence toute proche l'avait empêché de troubler les deux mortels qui passaient près de lui. Elle seule pouvait défier sa volonté. Elle seule avait assez de pouvoir pour contrecarrer ses plans. Sentant une pointe de peur se mêler à sa colère, il éclata de rire, et l'obscurité fut déchirée par ce son. Avec un sourire dénué de tout humour, il s'inclina dans la direction de la cour de la Reine et disparut.

Sur le sommet de la colline, la cour de la Reine interrompit sa danse, car la musique s'était arrêtée. Dans un même mouvement, les musiciens se tournèrent vers la nuit, cessant de regarder les danseurs. Tous frissonnèrent, car ils savaient qu'il rôdait de nouveau dans l'ombre, s'emparant de tout ce qu'il désirait, et ils savaient aussi que, n'eût été la protection de la Reine, ils auraient été à sa merci. Ils étaient terrifiés, car entendre le bruit de son rire signifiait entendre la folie.

14

Gloria eut un léger sursaut en entendant claquer la porte de la cuisine. L'espace d'un instant, elle entendit comme un éclat de rire dans le lointain, mais elle chassa son inquiétude lorsqu'elle reconnut les voix de Gabbie et de Jack. Elle eut envie d'aller voir ce qu'ils faisaient, mais elle se ravisa, car, à en juger par le ton intime de leur conversation, elle ne serait guère la bienvenue. Étant donné l'attirance que Gabbie ressentait de toute évidence pour le jeune homme venu de Caroline du Nord, Gloria décida de ne pas jouer les trouble-fête.

Elle jeta un œil vers Phil, qui étudiait ses notes en vue du travail du lendemain. Puis elle entendit la voix de Patrick qui criait depuis la chambre des jumeaux :

— Maman ! Papa !

Sans réfléchir, elle quitta sa chaise d'un bond et se précipita vers l'escalier. La voix du garçonnet était surexcitée, pas alarmée, mais Phil suivit sa femme avec une expression soucieuse sur le visage, se demandant pourquoi elle était si nerveuse.

Ils pénétrèrent dans la chambre des jumeaux pour les découvrir tous les deux assis sur leur grand coffre à jouets, les yeux braqués vers la fenêtre et le visage émerveillé.

— Waouh ! dit Sean d'une voix traînante, et Patrick fit écho à son frère.

Près de la grange, une dizaine de minuscules points de lumière bleu-vert étaient suspendus dans l'air, voletant dans la pénombre et clignotant sans cesse.

— Génial ! dit Patrick.

Phil éclata de rire.

— Ce sont des lucioles, les enfants. Et vous trouvez ça formidable ? S'il pleut un bon coup, il y en aura des milliers dans le jardin. On prendra un bocal pour les attraper. Tu sais, dit-il en se tournant vers sa femme, j'avais complètement oublié ces vers luisants. C'est le genre de choses auxquelles on s'habitue quand on grandit à la campagne. Je ne savais pas que les enfants réagiraient ainsi en les voyant pour la première fois.

Gloria sourit. Quelque chose la rendait nerveuse et elle se sentait ridicule de s'inquiéter ainsi. Mais elle était néanmoins leur mère.

— Allez, dit-elle, retournez au lit.

— Oh ! maman, dirent simultanément les deux garçons.

— On ne peut pas les regarder encore un peu ? demanda Sean d'une voix suppliante.

— Eh bien, d'accord. Mais je reviens dans dix minutes, et si vous n'êtes pas couchés…

Les jumeaux sourirent. Ce n'était pas une menace sérieuse.

— On ira tout de suite au lit, assura Patrick.

Tous savaient que les jumeaux bondiraient sous les couvertures dès qu'ils entendraient les pas de leur mère dans l'escalier.

— Entendu, alors. Dix minutes.

Phil passa un bras autour de la taille de sa femme.

— L'année prochaine, vous entendrez les pépieurs.

— Qu'est-ce que c'est, les pépieurs ? demanda Sean.

— Les pépieurs du printemps, répondit son père. De petites grenouilles, de la taille d'une gomme, qui font un bruit du tonnerre. C'est très amusant.

— Super ! dit Patrick.

— Bonne nuit, les enfants, dit Phil, et les adultes quittèrent la pièce.

Patrick et Sean tinrent parole et allèrent droit au lit un instant avant que Gloria entre de nouveau dans leur chambre. Après qu'elle les eut bordés et qu'elle fut retournée au rez-de-chaussée, Patrick eut vite fait de s'endormir. Mais Sean était en proie à une étrange agitation et, après dix minutes d'efforts, il renonça au sommeil et retourna près de la fenêtre.

Il s'installa confortablement sur le coffre à jouets et regarda danser les petites lumières bleu-vert, fasciné par ce spectacle. Dans le climat désertique de la Californie, les lucioles étaient inconnues, et ceci était aussi beau que tout ce qu'il avait pu voir à Disneyland. Puis plusieurs points de lumière se dirigèrent vers la maison et Sean tendit le cou pour les voir avant qu'ils aient disparu derrière l'avant-toit situé sous sa fenêtre à pignon.

Il apercevait une vague lueur et savait que les lucioles étaient juste là où il ne pouvait les voir. Le visage écrasé contre la vitre, il pouvait à peine distinguer leur présence.

Puis soudain, une lumière bondit vers la fenêtre, le faisant sursauter. Ses yeux s'ouvrirent très grand lorsqu'il vit que la créature qui se trouvait devant lui n'avait absolument rien d'un insecte.

Suspendu dans l'air se trouvait un petit être de lumière, une femme minuscule, nue et parfaitement formée, pas plus grosse que le pouce de Sean, et qui flottait comme un oiseau-mouche grâce à des ailes lumineuses à peine visibles. L'espace d'un instant, les yeux énormes dans un visage si petit regardèrent Sean avec amusement, puis la créature s'en fut.

Sean était stupéfait. Il jeta un œil vers son frère endormi, puis se tourna vers la porte, laissée entrebâillée pour que ses parents puissent les surveiller sans risquer de faire du bruit. Il ne savait absolument pas quoi faire.

Après être resté assis un long moment, le cœur battant, Sean retourna au lit. Il fut long à trouver le sommeil.

Juillet

1

Les musiciens entonnèrent *La Bannière étoilée*, applaudis par la foule bien que les cuivres et les vents n'aient pas semblé jouer tout à fait en mesure. La fanfare des Cougars du lycée de Pittsville ouvrit la marche le long de Central Avenue, passant devant les bureaux du *Pittsville Herald* avant de tourner dans State Street pour se diriger vers le parc municipal. Le défilé du 4-Juillet était lancé.

Les jumeaux étaient assis sur le bord du trottoir, à l'abri de la pression des adultes grâce à leur petite taille. Chacun d'eux tenait à la main un minuscule drapeau américain et l'agitait vigoureusement. Alors que la retransmission télévisée du défilé officiel ne les intéressait guère, cette fête où l'on voyait des fanfares scolaires, des chars artisanaux et des célébrités locales au volant de voitures prêtées par le concessionnaire Buick les fascinait. Jamais ils n'avaient ressenti une telle exubérance, jamais ils n'avaient connu une telle ambiance de fête.

Patrick décocha un coup de coude à son frère. N'importe quel prétexte était bon pour se livrer à une bagarre fraternelle et Sean se prépara à riposter. Mais il se retint lorsque Patrick s'écria :

— Voilà Gabbie !

Phil et Gloria se tenaient debout derrière leurs fils et ils agitèrent la main lorsque Gabbie et Jack apparurent sur leurs montures. Les éleveurs et amateurs de chevaux des environs défilaient en une petite troupe dont tous les membres portaient des costumes de l'époque de la guerre d'Indépendance. Jack était monté sur John Adams, habillé en trappeur, une casquette à la Davy Crockett sur la tête et au bras une escopette digne d'un vide-grenier. Gabbie portait une tenue superbe, une pièce de musée sortie de la naphtaline pour l'occasion : c'était une robe de brocart, serrée à la taille et fort décolletée, ce qui faisait ressortir sa silhouette et encore plus sa poitrine. L'apparition de la jeune fille fut saluée par des sifflements. Elle rougit et Jack eut l'air agacé. Apercevant son père, sa belle-mère et les jumeaux, elle agita la main. En passant devant eux, elle prononça du bout des lèvres le mot « amazone » et leva les yeux au ciel, comme au désespoir. Gloria éclata de rire et hocha la tête, lui indiquant qu'elle comprenait son inconfort.

— N'est-elle pas adorable ? dit-elle tandis que les cavaliers défilaient.

Phil acquiesça, l'expression de son visage révélant l'amour et la fierté que lui inspirait sa fille. Gloria sourit pour elle-même en ajoutant :

— Jack aussi a fière allure.

Phil haussa les épaules tandis qu'un groupe d'enfants du collège William Pitt passait devant eux, défilant avec une résolution digne d'une garde d'honneur de l'armée.

— Sans doute, dit-il d'un air absent.

Elle éclata de rire.

— Quoi ? demanda-t-il.

— Tes instincts protecteurs de père sont en première ligne, à ce que je vois.

— Moi ?

Gloria regarda Jack et Gabbie tourner vers State Street et disparaître hors de leur vue.

— Je me trompe peut-être, dit-elle, mais on dirait qu'il se passe quelque chose de sérieux entre ces deux-là.

Phil avait l'air incrédule.

— Quoi ? Mais ce ne sont que des gosses.

— Pas à en croire les lois de l'État de New York, mon vieux. Tous les deux ont le droit de vote, ainsi que celui de faire la plupart des choses réservées aux adultes censément responsables.

— Eh bien, quoi qu'il en soit, ils sont encore jeunes.

Gloria se remit à rire et son mari prit un air irrité.

— Je suis ridicule, hein ? demanda-t-il.

Elle se contenta de hocher la tête tout en cherchant à étouffer son rire. Finalement, Phil lui sourit.

— Tu crois vraiment que c'est sérieux ?

— En tout cas, ils s'embrassent beaucoup, dit Sean à leurs pieds.

Les deux parents se penchèrent et Gloria demanda :

— Est-ce que vous avez espionné votre sœur ?

Patrick leva les yeux vers sa mère avec impatience.

— Oh, ils se disent bonne nuit sous notre fenêtre. (Il plissa les lèvres et fit semblant d'embrasser Sean, qui le repoussa en riant.) Smack ! smack !

— Hé ! ordonna Phil, essayant d'avoir l'air sévère. Laissez Gabbie tranquille.

Mais il perçut l'amusement de sa femme, le reflet du sien.

— Lâchez-lui les baskets, les enfants, finit par dire Gloria. Dans pas si longtemps, vous ferez comme elle. Et si le bon Dieu a le sens de l'humour, vos petites copines auront des petits frères.

Les deux garçons firent la grimace, comme si cette suggestion était aussi agréable que du foie pour dîner ou une visite chez le dentiste.

— Beurk! commenta Sean pendant que Patrick hochait la tête.

Le défilé continua, et lorsque le dernier char fut passé, Phil consulta sa montre et dit :

— Allons au parc maintenant. Il reste une heure avant la fin de la cérémonie, on pourra s'installer pour le pique-nique et allumer le feu en attendant que Gabbie et Jack nous rejoignent. Puis on mangera tranquillement jusqu'à l'heure du feu d'artifice.

Un petit garçon apparut comme par magie près de la famille Hastings. Il dévisagea les jumeaux, qui lui retournèrent son regard.

— Est-ce que vous voulez jouer ? dit-il en tapant du poing dans un gant de base-ball assez mal en point. (Comme un seul homme, les deux garçons saisirent leurs gants, qu'ils avaient posés sur le trottoir.) On va faire une partie dans le parc. Vous venez ?

Les jumeaux se levèrent d'un bond, signifiant leur accord par ce seul geste. Ils se mirent à courir, précédant leurs parents, à peine ralentis par le cri de Gloria leur ordonnant de ne pas trop s'éloigner.

2

Gabbie, l'air sombre, se dirigea vers l'endroit où la famille s'était installée pour pique-niquer, retenant d'une main ses jupons et conduisant Pissenlit de l'autre. Gloria aperçut sa belle-fille et dit :

— Oh, merde, ils se sont disputés.

Phil leva les yeux des braises qu'il attisait et dit :

— Oui. Elle ressemble tout à fait à sa mère quand elle voulait m'arracher la tête. Planquez la vaisselle.

Gabbie réussit à atterrir sur la grande couverture dans un frou-frou de soie et de lin en conservant sa mine coléreuse.

— Salut, Gabbie, dit doucement Gloria.

— Salut, ma chérie, ajouta son père tout en s'affairant près du barbecue.

Sa réponse ne fut qu'une sorte de grognement. Elle regarda autour d'elle et vit que les jumeaux étaient occupés à jouer au base-ball avec les gamins de la ville, tandis que les grandes personnes présentes s'affairaient à préparer le repas. Après plusieurs minutes de silence, elle demanda :

— Bon, pourquoi ne dites-vous pas quelque chose ?

Gloria prit la longue fourchette des mains de son mari et lui indiqua d'un signe de tête qu'il fallait qu'il aille parler à sa fille. Phil s'accroupit à côté de Gabbie et dit :

— Alors, quel est le problème ?

— Oh ! Une pom-pom girl débile avec des taches de rousseur et une paire de gros seins.

— Jack ? demanda Phil, souhaitant soudain n'avoir engendré que des fils.

— Oui, aboya-t-elle. On était en train de faire reposer les chevaux avant de les ramener et cette petite garce est venue lui parler – « C'est personnel » (elle imita une voix essoufflée) – et il m'a dit de ne pas l'attendre, qu'il n'en avait pas pour longtemps. Eh bien, s'il préfère les gamines, grand bien lui fasse.

Phil regarda Gloria, l'appelant à l'aide des yeux. Elle cessa de faire semblant de s'occuper du barbecue et s'assit à côté de sa belle-fille.

— Peut-être que tu es un peu dure avec lui, Gabbie.

Les yeux de la jeune fille lancèrent des éclairs et elle se releva brusquement.

— Il faut que je ramène Pissenlit chez Mr. Laudermilch.

— Si tu la montes jusque chez lui, dit Phil, comment vas-tu revenir ici ?

Contenant à peine sa colère, elle lui répondit :

— Il y a une voiture qui doit nous reconduire.

Gloria secoua la tête tandis que Gabbie remontait ses jupes et, d'une façon fort peu féminine, enfourchait la jument. Elle rassembla ses jupes autour de sa taille, révélant des jeans coupés au genou et ses mollets nus, et passa une jambe par-dessus la selle.

— Bon Dieu, j'ai horreur de monter en amazone !

Elle tira les rênes de sa jument et la fit partir à coups de cravache.

Gloria se tourna vers Phil.

— Oui, je pense que c'est du sérieux, dit-elle.

— Du moins de son côté, acquiesça-t-il en se relevant. Je comprends qu'elle ait été furieuse après avoir rompu avec Danny, l'année dernière… ça faisait un bout de temps qu'ils sortaient ensemble. Mais elle ne connaît Jack que depuis un mois. Je ne l'ai jamais vue dans cet état à cause d'un garçon.

— C'est parce qu'elle est tombée amoureuse d'un homme, mon vieux, dit Gloria. Un jeune homme, mais un homme. Le premier est toujours le plus dur.

Phil ne dit rien et jeta un regard vers ses fils en train de jouer.

— Peut-être que ça s'arrangera, dit-il.

Gloria éclata de rire et l'embrassa sur la joue.

— Il faut l'espérer.

Peu de temps après, Jack arriva, conduisant John Adams.

— Salut, dit-il d'une voix enjouée.

Phil et Gloria échangèrent un coup d'œil pendant que Jack regardait autour de lui.

— Où est Gabbie ?

— Elle nous a dit qu'elle devait ramener la jument à l'écurie, répondit Gloria.

— C'est exact, dit Jack. Mais je ne l'ai pas vue passer.

— Elle est partie par là, dit Gloria.

— Oh ! merde, dit Jack, qui s'empressa d'ajouter : Pardon.

— Il y a un problème entre vous deux ? demanda Phil.

— Pas à ma connaissance. Mais par là, on rejoint Williams Avenue. Elle a pris un raccourci par la forêt, derrière chez vous. Elle n'est passée que deux ou trois fois par là et elle risque de se perdre. Je ferais mieux de la suivre.

Gloria hésita et finit par dire :

— Gabbie semblait bien énervée.

— Énervée ? dit Jack en enfourchant son cheval.

— Quelque chose au sujet d'une pom-pom girl.

L'expression de Jack devint franchement incrédule.

— Elle a dit ça ?

— En ces termes, oui.

Jack secoua la tête d'un air stupéfait.

— C'est Sheila Riley. Elle a décidé de s'inscrire à Cornell et elle veut qu'Aggie lui écrive une lettre de recommandation. Elle m'a demandé de lui en parler. Aggie l'intimide un peu, c'est tout. De plus, elle sort avec un type de Penn. Gabbie était vraiment fâchée ?

— Dans une colère noire, confirma Gloria.

— Phil, sauf votre respect, avez-vous remarqué que votre fille a parfois tendance à être têtue et butée ? Voire même à s'emporter sans raison ?

— J'ai remarqué, Jack, j'ai remarqué.

Jack jeta un regard vers le ciel.

— Je ferais mieux de la suivre, dit-il. La nuit tombera dans une heure environ. Si elle ne se dépêche pas de traverser la forêt, il pourrait être difficile de la retrouver.

Sans ajouter un mot, il lança John Adams dans la direction de Williams Avenue. Phil se mit à rire.

— Qu'y a-t-il ? lui demanda Gloria.

— Rien, je crois que j'aime bien ce gars.

— Moi aussi.

— Hé ! regarde-moi ça, dit Phil en tendant la main.

Se tournant vers l'endroit où les enfants jouaient toujours au base-ball, Gloria demanda :

— Quoi donc ?

— Patrick vient de faire un sacré lancer de balle pour éliminer son adversaire, dit Phil en riant. Ce gamin a vraiment de la force dans les bras.

Gloria sourit devant la fierté paternelle de Phil.

— Eh bien, commençons à faire bombance, messire. La fin de la partie approche et notre champion a sa batte bien en main. Qu'ils perdent ou qu'ils gagnent, nos rejetons vont nous tomber dessus avec l'estomac dans les talons.

Phil éclata de rire et mit quelques hot-dogs sur le gril.

3

Gabbie passa devant l'appentis. Au-dessus de la porte, une pancarte peinte avec soin annonçait : *Doyle – Réparations en tous genres.* Elle pressa Pissenlit sur le chemin de terre qui contournait la bâtisse. En entrant dans la forêt, elle se trouverait au coin de la propriété d'Aggie Grant. Jamais elle n'était passée par là, mais Jack l'avait déjà emmenée faire du cheval dans le coin et elle savait vaguement où se trouvait le sentier qui conduisait chez Aggie et, de là, comment arriver à la ferme Laudermilch. De plus, elle ne souhaitait pas tomber sur Jack en traversant la ville, et le temps de conduire Pissenlit jusqu'à son écurie allait lui permettre de réfléchir.

La colère de Gabbie se dissipait pour être remplacée par une impression de perte. Elle n'avait jamais été aussi jalouse de sa vie et l'étrange tension qui lui faisait si mal à l'estomac était une sensation inconnue pour elle. Sa seule autre liaison sérieuse avait très mal fini, mais même en cette occasion, elle avait éprouvé une grande fureur à l'idée qu'on lui avait menti plutôt que ce terrible vide. Ses joues étaient brûlantes et ses yeux semblaient se mouiller sans raison. Elle se sentait malheureuse. *Comment a-t-il pu me faire ça?* se demanda-t-elle. *Facile*, répondit-elle. Cette petite garce de rouquine était une vraie bombe, ses seins étaient plantureux sans être trop lourds et ses jambes mettaient une semaine pour atteindre le sol. Des larmes montèrent aux yeux de Gabbie et elle plongea au fond du désespoir le plus noir.

Brusquement, elle prit conscience d'un bruit bizarre et sut aussitôt qu'un des fers de Pissenlit s'était défait. Avant qu'elle ait pu tirer les rênes, sa monture trébucha et son pas se fit hésitant. La jument boitait.

Gabbie mit aussitôt pied à terre et examina le sabot de sa patte antérieure gauche. Le fer tordu n'était plus accroché que par un seul clou. Elle jura en l'ôtant complètement du sabot. Deux des clous s'étaient délogés de la corne. Pissenlit avait dû marcher sur le fer à moitié libéré avec sa patte postérieure gauche et le décrocher complètement. Ignorant les taches de boue dont la patte de la jument avait maculé sa robe, Gabbie examina le sabot. Il y avait une large fêlure là où l'un des clous s'était tordu en se détachant et plusieurs trous là où s'étaient trouvés les autres clous. Elle jura de nouveau et envisagea la possibilité d'une blessure. Si la fêlure n'était pas trop profonde, elle pourrait être comblée ou maintenue en place par une agrafe. Sinon, elle continuerait à s'étendre jusqu'à atteindre la couronne.

—Ah, merde! cria Gabbie, frustrée. Quelle journée dégueulasse. Merci mille fois, monde cruel.

Elle garda le fer dans sa main droite et prit les rênes de la main gauche. Il allait lui falloir marcher en guidant la jument, car la monter sur ce sentier rocailleux risquait d'endommager davantage son sabot. Elle regarda par-dessus son épaule et fut soulagée de constater que Pissenlit ne semblait pas souffrir. Mais le sentier était dur et inégal, et il lui faudrait prendre garde à ne pas faire passer la jument n'importe où. Elle envisagea de retourner sur ses pas, mais le béton serait encore plus nuisible à ses sabots que cette piste en terre battue.

Il y avait devant elle une éminence rocheuse, qu'elle aurait dû escalader en temps normal pour rejoindre le sentier qui menait chez Aggie. À présent, il fallait la contourner.

— De quel côté ? se demanda-t-elle à haute voix.

Prenant par la gauche, elle se mit à avancer. Il ne lui serait pas difficile de retrouver le sentier, pensa-t-elle. Il n'était pas si éloigné de ces rochers.

Quelque temps après, Gabbie commença à ressentir les prémices d'une certaine inquiétude. Elle avait contourné l'éminence, elle en était sûre, mais rien ne lui semblait familier autour d'elle. Et la nuit tombait à une vitesse inattendue.

Elle tenta de déterminer la direction d'où provenait la lumière du soir. Le ciel étant plus clair à sa droite, elle estima que c'était par là que le soleil se couchait. Il lui fallait marcher vers le sud et elle avançait donc plus ou moins dans la bonne direction. Mais devant elle s'ouvrait une ravine qu'elle n'avait jamais vue auparavant.

Elle conduisit doucement la jument en bas de la ravine et découvrit un filet d'eau qui courait sur les pierres.

Elle fit halte pour réfléchir. Si elle suivait la ravine, elle parviendrait sûrement au pont du Troll et rejoindrait sa maison sans problème.

Elle mena Pissenlit sur l'autre rive et avança en suivant le courant. Les ombres de la forêt devinrent bientôt opaques et Gabbie sentit son esprit s'assombrir à l'unisson. Elle mettait trop de temps à trouver le pont, elle en était sûre.

Puis elle entendit un bruit qui la fit sursauter. C'était un bruit clair et saccadé, qui lui était familier mais qu'elle n'arrivait pas à identifier. Elle se dirigeait vers lui.

Gabbie fit halte. Le bruit se répéta plusieurs fois et elle sut que ce qu'elle entendait était impossible. Ce devait être autre chose, conclut-elle.

Elle mena la jument de l'avant et suivit la ravine le long d'une courbe douce, passant devant un bosquet si dense qu'il formait comme un écran. Derrière les arbres se trouvait un grand chariot, à l'une de ses roues était attaché un vieux cheval gris pommelé. À l'arrière, une forge portative brillait d'un éclat intense tandis qu'un homme examinait un bout de métal qu'il tenait devant lui avec de larges pinces. Il le plongea dans le feu, le retourna dans les braises et appuya du pied sur quelque chose. La forge brilla avec encore plus d'intensité et Gabbie vit qu'un soufflet était posé sur le sol. L'homme appuya sur la pédale jusqu'à ce que les braises soient incandescentes. Après quelques instants, il ressortit le morceau de métal du feu, le posa sur une enclume placée derrière le chariot et se mit à le frapper à coups de marteau.

Gabbie n'en croyait pas ses yeux. Un maréchal-ferrant était en train de travailler en plein milieu de la clairière.

Elle le regarda, fascinée, pendant qu'il retournait vivement le bout de métal, une sorte de clou épais. Elle regarda le fer à cheval qu'elle tenait à la main et se demanda si elle n'était pas en train de devenir folle.

Elle s'approcha du forgeron qui lui lança un regard. Elle chancela en voyant ses yeux. Ils étaient bleus au point d'en paraître électriques. L'homme était robuste mais jeune d'allure et, sous la suie qui maculait le visage et le corps, extraordinairement séduisant. Il mesurait bien un mètre quatre-vingt-dix et ses bras étaient fortement musclés. Sa barbe était noire, ainsi que les cheveux que l'on apercevait sous son chapeau à larges bords. Il portait une chemise en lin à l'ancienne, dont les longues manches étaient retroussées sur ses biceps. Des touffes de poils noirs étaient visibles dans l'échancrure de sa chemise et couvraient ses avant-bras. Son pantalon était maintenu par des bretelles noires. Soudain, Gabbie comprit. Il y avait des amish qui vivaient dans le comté de Cattaraugus. Elle en avait aperçu deux ou trois dans les magasins, en ville. Ils ne croyaient pas aux automobiles ou quelque chose comme ça, mais elle savait qu'ils pratiquaient encore certaines formes d'artisanat, comme leurs ancêtres. Et cette forge portative sortait tout droit du XIXe siècle.

L'homme examina son œuvre et la plongea dans un tonneau rempli d'eau. Posant ses pinces, il se dirigea vers Gabbie, porta un doigt à son chapeau et dit :

— Bonjour, mademoiselle. Vous avez des ennuis, semble-t-il.

Gabbie fut également surprise par son accent. On aurait dit qu'elle avait affaire à un Écossais, et elle croyait savoir que les amish étaient d'origine allemande ou hollandaise.

L'homme sourit, mais Gabbie fut frappée par la puissance qui émanait de son regard. Il l'examina de haut en bas, superficiellement, mais son regard était presque une caresse.

Elle rougit, regrettant soudain que le décolleté de sa robe soit aussi profond. Elle sentait la rougeur descendre jusqu'à sa gorge.

— Euh… oui, répondit-elle. Mon… (Gabbie arracha son regard de ces yeux si bleus pour le diriger vers le fer à cheval.) Mon cheval a perdu un de ses fers.

Elle le tendit devant elle. Le maréchal-ferrant le prit, l'inspecta, puis saisit la patte de la jument et examina son sabot.

— Ce n'est guère grave, mais vous avez bien fait de descendre de cheval. Nombre de dames auraient continué à le monter, pour se plaindre ensuite auprès du palefrenier que leur monture boitait. Nous aurons vite fait de réparer ça.

— Merci.

Gabbie suivit l'inconnu tandis qu'il menait Pissenlit vers la forge et l'attachait à une roue du chariot, légèrement déconcertée par la remarque du forgeron au sujet d'un palefrenier.

— Mais, et votre travail ? demanda-t-elle.

— Il est achevé, mademoiselle. J'ai cassé un pivot de l'attelage de mon chariot et j'ai dû en fabriquer un neuf. Dès que nous aurons pris soin de votre cheval, je reprendrai ma route.

Gabbie s'assit sur un tronc d'arbre et observa l'homme qui examinait le sabot avec un regard d'expert.

— Il va nous falloir limer ce sabot pour l'empêcher de se fendre, dit-il.

— Une agrafe ?

— Je ne crois pas que ce sera nécessaire, mais j'en aurais mis une si la fêlure avait été plus profonde. (Il détacha son regard du sabot pour adresser un sourire à Gabbie, et elle sentit la rougeur l'envahir.) Vous connaissez donc les chevaux, mademoiselle. Nombre de dames n'y comprennent rien. En général, elles laissent ce genre de souci à leur palefrenier.

Cet homme troublait considérablement Gabbie. Elle se surprit à rêvasser. Il était fort séduisant, bien que d'aspect rude, un peu comme un lutteur ou un trois-quarts. En général, ce n'était pas son type. Mais, bon sang, il était sexy. Elle porta une main à son front et le découvrit moite. Ce devait être la chaleur de la forge, ajoutée à cette journée étouffante. Elle inspira profondément. Il y avait quelque chose de très étrange chez ce forgeron.

— Excusez-moi de vous poser cette question, mais êtes-vous un amish ?

L'inconnu éclata de rire et un frisson parcourut le dos de Gabbie. Son rire était à la fois enjoué et menaçant.

— Non, mademoiselle. Je n'ai pas l'honneur de faire partie de ce peuple digne et fier. Mais ce sont là des gens qui comprennent et respectent les usages du passé, et qui savent vivre en restant simples.

L'homme posa le fer sur la forge et se dirigea vers la jument. Il prit une grande lime et commença à s'occuper du sabot.

— Le fer est à peine tordu, dit-il. Je l'aurai redressé en un rien de temps.

Gabbie frissonna de nouveau sans savoir pourquoi. La forêt était plus sombre à cette heure qu'elle ne l'aurait imaginé et elle ne savait pas où elle se trouvait. Luttant contre son malaise, elle dit :

— Je ne savais pas qu'il y avait des maréchaux-ferrants ambulants dans la région, Mr. ... ?

Avec un sourire éclatant qui lui donna la chair de poule, il répondit :

— Smith. Wayland Smith. Et nous sommes quelques-uns dans les environs, bien que je n'aie pas toujours été – comment avez-vous dit, mademoiselle ? – ambulant. J'avais une forge à White Horse, et durant de nombreuses années on m'a considéré comme le meilleur forgeron de la contrée, mais les temps changent et, en vérité, il faut aller où le travail se trouve.

Elle essaya d'évaluer son âge. Il pouvait avoir trente ans environ, mais ses manières lui disaient qu'il était bien plus vieux. Et il y avait autour de lui une aura de pouvoir, une puissance presque primitive et très sexuelle.

— Je serais bien resté à White Horse jusqu'à aujourd'hui, mais mon maître est venu me quérir... J'aurais quitté son service en ne le suivant pas...

Ses mots semblaient s'estomper et, de toute façon, Gabbie ne leur trouvait aucun sens. Maître ? Service ? Il parlait comme s'il avait été un serf ou un esclave. Mais toute sa curiosité s'enfuit tandis qu'elle observait le forgeron à la tâche.

Lâchant la patte du cheval, il récupéra le fer dans la forge et l'examina, le tournant et le retournant comme s'il avait lu quelque chose dans son éclat terne. Avec un sourire qui la fit frissonner, il plongea le fer luisant dans les braises et se mit à actionner le soufflet. Il lui dit quelque chose, mais elle ne comprit pas quoi. Elle se contenta de hocher la tête. Il appuya sur la pédale en suivant un rythme rapide, et seuls ses yeux savaient ce qu'il voyait dans le feu éclatant. Puis, pareil à un moderne Vulcain, il sortit le fer des braises et se tourna vers l'enclume d'un air résolu. Sa main droite saisit le marteau et il le leva très haut, l'abattant sur le fer dans un bruit qui fit sursauter Gabbie. Le marteau montait et descendait, et Gabbie fut peu à peu hypnotisée par ce spectacle et par ce bruit. Sur les bras de Wayland Smith, les muscles se contractaient et se détendaient à mesure qu'il tapait, et elle trouva cette vision fascinante. À chaque coup, il poussait un léger soupir, presque un grognement, et elle se rappela les soupirs de Jack lorsqu'ils s'embrassaient. Le forgeron sourit, d'un sourire amusé, et ses dents étincelèrent au milieu de sa barbe. Il fredonnait un air inconnu et semblait le rythmer de ses coups de marteau, comme s'il avait battu la mesure d'une danse d'un autre monde. Gabbie sentit ce rythme s'insinuer au plus profond de son âme et elle prit conscience de la chaleur humide qui naissait au creux de son corps. Ses yeux se fermèrent à moitié, comme dans un rêve ; la force primitive du forgeron le rendait presque beau. Des images de son corps, sa peau couverte d'une pellicule de sueur reflétant la lueur du feu tandis qu'il ondoyait au-dessus d'elle, envahirent son esprit et elle eut un frisson. Elle secoua la tête et une pensée lointaine lui traversa l'esprit : *Qu'est-ce qui m'arrive ?* Cette pensée disparut aussi vite qu'elle avait surgi et elle s'en souvint à peine. Elle regarda le forgeron.

La sueur se rassemblait sous les bords de son chapeau et coulait le long de ses joues. Sa chemise trempée lui collait à la peau. De tous les hommes qu'elle avait vus, Gabbie ne se rappelait aucun qui eût l'air si fort. Elle était sûre qu'il était plus fort que tous les footballeurs et tous les culturistes qu'elle avait pu voir à la télévision. Et la force de cet homme était plus fondamentale, plus primitive et plus naturelle que celle acquise par les hommes qui passaient des heures entières au gymnase. Une image fugitive de machines à exercice et de poids et haltères lui traversa l'esprit, et une comparaison la fit rire. Ceux qui soulevaient le fer n'étaient rien à côté de ceux qui le forgeaient.

L'homme leva les yeux en l'entendant rire et lui sourit. Elle faillit laisser échapper un cri sous la force de son regard. Elle sentait tout son corps rougir et frissonner. Un picotement chaud la parcourut des pieds à la tête et toute pensée cohérente s'enfuit de son esprit. Elle était de plus en plus excitée en regardant Wayland Smith taper sur le fer chaud posé sur l'enclume. Distraitement, elle se demanda si elle était en train de perdre l'esprit. Il ne fallait qu'une minute pour redresser un fer – elle avait observé les maréchaux-ferrants au travail depuis son enfance –, mais il lui semblait que cela faisait des heures qu'elle regardait cet homme. Et à chaque exhalaison du soufflet, à chaque coup de marteau, Gabbie sentait son esprit vaciller et un désir puissant et primitif monter en elle.

Wayland plongea le fer à cheval au fond du tonneau empli d'eau et Gabbie poussa un petit cri, les yeux soudain envahis de larmes amères, comme si c'était son corps que l'on avait plongé dans l'eau froide. Une brise fraîche pénétra dans la clairière et elle frissonna, immédiatement glacée. *Mon Dieu! Qu'est-ce qui m'arrive?* se demanda-t-elle. Smith porta le fer jusqu'à la jument, l'ajusta, et se mit à limer le sabot. L'outil égalisa la surface du sabot fêlé et le forgeron dosa soigneusement chacun de ses gestes afin que l'angle de pose du fer soit absolument correct. Sortant des clous de la poche de sa chemise, il entreprit de mettre le fer en place.

Gabbie se leva, anticipant son départ, et ses genoux vacillèrent. Elle fit un pas et s'aperçut qu'elle avait les jambes en coton. Il se passait quelque chose de bizarre ici, et elle était confuse et un peu effrayée. La brise amena un parfum de fleurs et Gabbie sentit sa tête tourner. Il y avait dans cette odeur une étrange qualité épicée qui faisait battre son sang… *Au rythme du marteau sur l'enclume*, pensa-t-elle distraitement.

Puis l'homme se redressa et dit :

— C'est fini, mademoiselle.

Gabbie sentait la sueur couler sur ses joues, et l'homme semblait s'adresser à elle depuis un endroit fort lointain.

— Merci, dit-elle faiblement.

Elle s'avança pour prendre les rênes. Puis elle sentit les mains de l'homme se poser sur sa taille. Son souffle se bloqua dans sa gorge et son corps s'embrasa tandis qu'un frisson d'excitation la parcourait de la tête aux pieds. Elle se retourna, s'attendant à moitié à ce que l'homme la prenne dans ses bras. Une infime partie de son esprit était prise de frénésie, mais elle était prisonnière d'un nuage de chaleur et d'odeurs. Elle sentait l'odeur salée de sa sueur, à moitié masquée par la fumée, mélangée au parfum de fleurs et d'épices. *D'épices ?* se demanda-t-elle. Ses yeux se fermèrent et ses lèvres s'entrouvrirent dans l'attente du baiser. Puis l'homme la souleva pour la mettre en selle, aussi facilement que si elle n'avait été qu'une enfant. Elle cligna des yeux, essayant d'éclaircir sa vision brouillée. Il tenait les rênes dans sa main et les lui tendait. Lorsqu'elle les prit, il lui dit :

— Continuez à suivre la ravine, mademoiselle Hastings. Vous arriverez bien vite au pont. De là, votre maison n'est qu'à quelques minutes. Et faites vite. La nuit tombe et la forêt n'est pas sûre quand le jour s'est enfui.

Il frappa Pissenlit sur la croupe et la jument avança, emmenant Gabbie loin du disque de lumière qui entourait le chariot. Sa tête tournait et elle inspira profondément, essayant de reprendre son souffle. Elle se surprit à pleurer, ressentant une profonde tristesse et ne sachant pas pourquoi. Puis, peu à peu, sa vision s'éclaircit.

Elle regarda autour d'elle et s'aperçut qu'elle savait où elle était. De plus, il faisait plus clair qu'elle ne l'aurait cru. Elle était restée au moins une demi-heure en compagnie du forgeron, et il aurait dû faire noir.

Que s'était-il passé ? Elle avait presque eu un orgasme lorsqu'il l'avait touchée, et cela la troublait d'une façon incompréhensible. Il était terrifiant de penser qu'un homme puisse avoir autant de pouvoir sexuel sur elle. Car c'était de cela qu'il s'agissait : un pouvoir sexuel, cru et primitif. L'embarras lui fit de nouveau monter les larmes aux yeux et elle les essuya avec un air de défi. *Bon sang, je ne suis plus une enfant pour être effrayée parce qu'un homme me fait de l'effet.* Mais une autre voix lui affirmait que ce qu'elle avait ressenti était différent de la simple excitation. Jack lui faisait de l'effet. Ce Wayland Smith la faisait tomber à la renverse. Soudain, elle fut terrifiée. Elle regarda derrière elle et ne vit aucun signe du forgeron et de son chariot. Puis elle pensa : *Je ne lui ai pas proposé de le payer !* Aussitôt après, elle se rendit compte qu'il savait où elle habitait et que, s'il souhaitait être payé, il saurait la retrouver. *Mais comment me connaissait-il?* Et l'idée qu'il puisse venir la voir l'excita et la terrifia tout à la fois. Elle regarda autour d'elle tandis que sa vision s'éclaircissait encore un peu plus. Jusqu'où était-elle allée dans cet état onirique ?

Le bruit d'un autre cheval parvint jusqu'à elle et elle se demanda si Wayland Smith avait décidé de la suivre. Mi-effrayée, mi-impatiente, elle fit demi-tour et attendit, puis, dans un flot de soulagement, aperçut Jack qui galopait le long de la piste.

Jack s'immobilisa à côté d'elle, se mit à parler et lut quelque chose sur son visage.

— Est-ce que ça va ?

Gabbie toucha ses joues et y découvrit des larmes. Elle se contenta de hocher la tête.

— Qu'y a-t-il, Gabbie ? Ce n'est pas à cause de Sheila Riley, n'est-ce pas ? Ce n'est qu'une gosse.

Elle le regarda, le visage envahi par la confusion.

— Sheila Riley ? demanda-t-elle tout doucement. Non.

Elle se pencha par-dessus l'espace qui séparait les deux chevaux et embrassa Jack, dardant sa langue dans la bouche du jeune homme. Dans son appétit, elle faillit tomber de sa selle.

Jack tendit une main vers elle, la redressant tout en l'écartant de lui à contrecœur, puis il toucha son visage.

— Dieu tout-puissant ! Tu es brûlante ! Viens, je te ramène chez toi.

Gabbie acquiesça d'un air morne. Elle laissa Jack prendre les rênes de Pissenlit pendant qu'elle s'accrochait à sa selle. Des images de feu et une odeur d'épices lui embrumaient l'esprit et elle ne comprenait pas pourquoi elle était aussi désemparée.

4

Gloria leva les yeux de sa lessive et vit Jack debout sous le porche.

— Salut ! Entrez donc.

— Comment va Gabbie ?

— Elle est fatiguée, mais sinon, ça va. Sa température était normale ce matin et le docteur a dit que ce n'était pas la peine de l'amener chez lui tant qu'elle ne remontait pas. D'après lui, elle a attrapé un microbe quelconque.

L'expression de Jack traduisit son désaccord.

— Elle était dans un drôle d'état, Gloria. Je ne suis pas un expert, mais je suis presque sûr qu'elle a eu une hallucination.

Gloria cessa de plier ses serviettes.

— Qu'est-ce qui vous fait dire ça ?

Jack croisa les bras et s'appuya contre la porte. À ce moment-là, Pas-de-Pot pointa sa truffe depuis la cuisine, aperçut Jack, lui adressa un soupir en signe de bienvenue, et retourna à l'intérieur.

— On est en train d'installer l'antenne parabolique et les ouvriers nous ont demandé de l'enfermer, dit Gloria. Il est trop collant. Il était toujours dans leurs jambes. Bon, que disiez-vous donc ?

— Elle m'a dit qu'elle avait rencontré un forgeron, un type avec un chariot tiré par un cheval, qui a remis en place un fer de sa jument. J'ai vérifié auprès d'un employé de Mr. Laudermilch et, selon lui, Pissenlit avait fêlé un de ses sabots il y a deux ou trois jours et on lui avait mis un nouveau fer. Il l'a examinée et n'a vu aucune différence. De plus, je n'avais que dix minutes de retard sur Gabbie et ce qu'elle a raconté n'a pas pu se passer aussi vite. C'était donc une hallucination.

Gloria avait l'air à la fois pensive et soucieuse.

—Ce n'est pas le genre de Gabbie de raconter des histoires. Elle a dû vous parler de sa mère et de sa grand-mère… enfin, bref, elle a eu quelques problèmes émotionnels durant son enfance. Elle a plutôt tendance à avoir les pieds sur terre. Elle a mauvais caractère, mais à part ça, c'est une fille qui a la tête froide.

—Eh bien, j'ai été gravement malade quand j'étais gamin, une forte fièvre, et je voyais des lapins géants qui se cachaient dans mon placard. L'esprit humain est capable de beaucoup de choses.

—La fièvre peut causer ce genre d'hallucinations, acquiesça Gloria du bout des lèvres. Peut-être devrait-elle quand même aller voir le docteur.

À ce moment-là, une voix en provenance de la cuisine attira leur attention. Gabbie sortit sous le porche et dit d'une voix enjouée :

—Gloria, je suis affamée… (Elle s'interrompit en voyant Jack et son expression s'assombrit.) Salut, dit-elle d'une voix glaciale.

Gloria posa la dernière serviette sur le nouveau sèche-linge.

—Je crois que je vais aller voir comment les ouvriers se débrouillent, dit-elle.

Elle se hâta de battre en retraite.

— Ça va ? dit Jack.

À sa grande surprise, Gabbie fut déconcertée par cette question.

— Bien sûr. Pourquoi est-ce que ça n'irait pas ?

— Tu étais dans un drôle d'état hier soir, voilà pourquoi.

Elle le dévisagea, la curiosité adoucissant momentanément son regard.

— Qu'est-ce que tu veux dire, « un drôle d'état » ? J'étais juste un peu... agacée. (Son expression s'assombrit de nouveau.) Et puisque tu en parles, qu'est-ce que tu fais ici ? Je croyais que tu serais avec Miss Gros-Bonnet.

— Sheila ? dit Jack, dont le front se plissa de souci. Je t'ai tout expliqué hier soir. Elle veut qu'Aggie lui écrive une lettre de recommandation pour entrer à Cornell. Elle est tombée amoureuse d'un type de Penn. Gabbie, tu ne te souviens pas que je t'ai ramenée chez toi ?

Le visage de Gabbie devint blanc comme un linge. Elle recula jusque dans la cuisine et s'assit près de la table.

— Je... je me rappelle être sortie du parc. Je suis entrée dans la forêt et... c'est un peu vague après ça. Je me suis réveillée ici ce matin, et j'ai donc pensé que j'étais bien rentrée... Pissenlit ! Je devais la ramener chez Mr. Laudermilch !

Jack attrapa une autre chaise et s'assit.

— Je m'en suis occupé hier soir, après t'avoir mise au lit.

— Tu m'as mise au lit ? dit Gabbie en rougissant.

Jack eut un sourire quelque peu emprunté.

— Eh bien, tu avais de la fièvre et il fallait que quelqu'un le fasse. Je t'ai mise au lit, j'ai téléphoné à Mr. Laudermilch et je lui ai dit ce qui s'était passé. Il a envoyé deux lads ici pour récupérer les chevaux, et quand tes parents sont rentrés, je suis parti.

Elle cacha son visage dans ses mains en gémissant.

— Je suis si embarrassée.

Il s'adossa confortablement à sa chaise.

— Oui, ça se comprend. Ce tatouage est vraiment hideux.

Elle le regarda entre deux doigts, mi-amusée, mi-irritée, et lui donna un coup de poing sur le bras.

— Espèce de salaud ! Je parie que ça t'a plu. Profiter ainsi de la situation.

La bouche de Jack esquissait un sourire, mais ses yeux étaient soucieux.

— En fait, j'étais très inquiet. Tu étais trempée de sueur, brûlante de fièvre. J'ai dû te rafraîchir avec une serviette mouillée. (Son sourire s'élargit.) Mais je mentirais en disant que je n'en ai pas profité pour prendre quelques notes au passage.

Elle le frappa de nouveau, plus fort cette fois-ci.

— Aïe ! protesta-t-il. Ça suffit !

Soudain, elle bondit sur lui et lui passa une main derrière le cou. L'attirant contre elle, elle l'embrassa longuement. Il lui rendit son baiser puis, lorsqu'elle s'écarta, demanda doucement :

— Pourquoi ai-je mérité ça ?

— Parce que tu étais inquiet et parce que tu n'as pas profité de la situation.

Il haussa les épaules.

— Gabbie, dit-il gentiment, quand tu m'attireras dans ton lit, je veux que ce soit parce que tu le veux vraiment, pas parce que la fièvre te fait délirer.

Les yeux de Gabbie s'écarquillèrent.

— T'attirer dans mon lit ?

Le sourire de Jack s'élargit encore plus.

— Oui, tu... euh... tu avais quelques idées intéressantes hier soir.

Gabbie dissimula de nouveau son visage derrière ses mains.

— Ô mon Dieu ! (Puis, au bout d'une minute, elle le regarda.) Je croyais que c'étaient des rêves. J'ai l'impression que je vais mourir. Qu'est-ce que j'ai dit ?

— Combien es-tu prête à payer pour le savoir ? dit Jack en riant.

Il quitta sa chaise d'un bond lorsqu'elle lui décocha un crochet à l'épaule.

— Espèce de goujat ! dit-elle en riant. Tu as intérêt à me le dire !

Jack s'éloigna d'elle à reculons, les mains tendues devant lui dans un geste suppliant.

— Eh bien, je ne sais pas...

Elle se rua sur lui et il s'engouffra dans la porte. Pas-de-Pot, qui s'était couché sous la table de la cuisine, se mit à aboyer devant ce soudain déchaînement d'activité, célébration canine pleine de bruit et de joie.

— Tais-toi, sale cabot, dit Gabbie en pouffant. Toi, dit-elle en désignant Jack du doigt, parle !

Pas-de-Pot aboya de plus belle. Jack interrompit son mouvement de retraite, en proie à un fou rire incontrôlable.

— Je me rends, dit-il. (Gabbie vint se blottir entre ses bras et il l'embrassa.) Tu n'as pas dit grand-chose, en fait. Tu m'as dit qu'un forgeron avait réparé le fer de Pissenlit, puis tu es restée tranquille jusqu'à ce que je commence à te déshabiller. À ce moment-là, tu as eu l'idée de me rendre la pareille.

Elle éclata de rire.

— Waouh ! Je devais vraiment être dans un drôle d'état.

— Oui, mais j'aime ça.

Elle leva les yeux vers lui.

— Ne t'inquiète pas, dit-elle en l'embrassant. Tant que tu ne tournes pas autour de Miss Gros-Bonnet, il n'y aura pas de problèmes.

Jack eut un large sourire.

— Tu étais vraiment jalouse ?

Gabbie posa sa tête contre l'épaule du jeune homme.

— Ouais. (Soudain, elle se mit en colère.) Bon sang, dit-elle avec un air de défi en s'écartant pour se tourner vers la cuisine. Ce n'est pas juste !

Il la rattrapa en une enjambée et la prit par le bras. Emportée par son élan, elle pivota sur elle-même et il l'attira contre lui.

— Qu'est-ce qui n'est pas juste ?

— Dans moins de trois mois, je serai de retour en Californie.

— Hé ! Tout ira bien.

Elle le regarda pendant un long moment.

— Promis ? demanda-t-elle.

— Promis, répondit-il en souriant.

Elle se mordilla la lèvre inférieure.

— J'ai essayé de te déshabiller ? (Il acquiesça.) Oh ! dit-elle en grimaçant et en se tournant de nouveau vers la cuisine. Je suis affamée. Mangeons quelque chose.

— Ce qui signifie, si je comprends bien, que tu souhaites changer de sujet. (Il l'admira tandis qu'elle se penchait pour scruter l'intérieur du réfrigérateur.) Mais tu m'as inquiété.

Elle lui jeta un regard par-dessus son épaule.

— Vraiment ?

— Oui, vraiment.

Elle avait l'air radieuse.

— Merci, dit-elle, puis elle lui demanda en se tournant vers le réfrigérateur : Jambon ou fromage ?

— Jambon.

Elle sortit le plat du réfrigérateur et referma la porte d'un coup de pied. Elle posa la nourriture sur la table, puis s'immobilisa, l'air pensif.

— Tu as dit que j'avais parlé d'un forgeron ?

— Oui, en effet. Pourquoi ?

— C'est bizarre. J'ai vu… l'image d'un homme… Je ne sais pas. Ce devait être la fièvre.

Jack se contenta de hocher la tête, mais il se posait des questions. Il se passait trop de choses étranges dans cette forêt, et il ne pouvait toujours pas s'empêcher de penser qu'il avait vu quelque chose sur la colline du Roi des elfes lors de la nuit de la Saint-Jean. Mais il ne se rappelait pas quoi. Et le soir, il faisait de drôles de rêves juste avant de s'endormir : des danseurs fantomatiques, une musique ténue et inhumaine… Il essayait de se souvenir de ces rêves le matin venu, mais ils lui échappaient toujours. Il savait pourtant qu'il s'était passé quelque chose. Il s'ébroua pour chasser ces divagations et attrapa deux assiettes dans un placard, les tendant à Gabbie.

Dehors, il entendit Gloria qui criait quelque chose aux jumeaux.

5

— Allez, les monstres, reculez.

À contrecœur, les jumeaux battirent en retraite d'un pas tout en observant les ouvriers. Le béton dans lequel le poteau était scellé avait été coulé quelques jours plus tôt et laissé à sécher, et on installait à présent l'antenne proprement dite. Patrick et Sean avaient traîné toute la matinée autour des deux hommes, leur posant des questions incessantes et restant dans leurs jambes. Les ouvriers semblaient ne pas s'en soucier, mais Gloria était décidée à leur ménager une zone démilitarisée dans laquelle ils pourraient travailler en paix. Elle jeta un regard vers la maison et se demanda si Gabbie et Jack avaient résolu leur différend. Elle était heureuse que Gabbie ait semblé dans son état normal ce matin, mais elle se sentait encore troublée en pensant à la nuit précédente. La poussée de fièvre avait été soudaine et sévère. Elle avait au moins 39,5 °, avait jugé Gloria en touchant son front. Mais ç'avait été un coup pour rien, comme disaient les commentateurs sportifs à la télévision.

Il y avait cependant quelque chose de troublant dans cette soudaine guérison. Cela ne collait pas avec les maladies qu'elle connaissait. Tout ce qui n'était pas un rhume, une grippe, une fracture ou une allergie était suspect. Des symptômes incohérents annonçaient toujours quelque chose de terrible. Gloria avait une peur bleue de la maladie, une terreur qu'elle n'avait jamais confiée à personne, même pas à Phil. Le cancer, les maladies cardio-vasculaires, toutes ces longues affections paralysantes aux noms interminables qui vous déforment les os, qui vous inondent les poumons de fluide, qui privent vos muscles de force… c'étaient là des horreurs que son esprit était incapable d'accepter. L'homme le plus fort et le plus robuste qu'elle ait jamais connu – son père – était mort d'un cancer. Et les symptômes de sa maladie avaient d'abord été trompeurs. Sa mort n'avait fait qu'amplifier la terreur de la maladie que ressentait Gloria. Elle avait cessé de fumer dès le lycée, alors que les autres filles s'y mettaient. Sans être une fanatique de la cuisine macrobiotique, elle évitait le sucre raffiné et les plats à haute teneur en cholestérol, et s'assurait que tous les membres de sa famille restaient actifs. Dès qu'elle avait rencontré Phil, elle avait insisté pour qu'il fasse du jogging, et à présent c'était devenu une habitude. *Non,* pensa Gloria, *ce n'était qu'un microbe.* Mais au fond d'elle-même, elle se demandait si elle ne devait pas pousser Gabbie à aller chez le médecin.

Ted Mullins, le marchand de télévisions du coin, supervisait personnellement ce genre d'installation. Les fermiers des environs lui avaient permis de faire de bons profits et cette antenne était la plus perfectionnée qu'il ait jamais vendue, aussi voulait-il que tout soit parfait. Satisfait du travail accompli jusque-là, il se tourna vers Gloria.

— Madame, il va falloir que je branche le câble dans la maison, maintenant. (Gloria hocha la tête d'un air distrait.) Le chien, madame ?

Elle sourit.

— Les enfants, allez chercher Pas-de-Pot et emmenez-le en promenade.

— Oh ! maman, gémit Sean.

Elle décocha le Regard noir aux deux garçons, qui se turent et se dirigèrent vers la maison.

— Et ne vous pressez pas de rentrer ! ajouta leur mère.

Mullins, un homme trapu d'une cinquantaine d'années, lui dit :

— Ce sont de beaux garçons. Vous devez être fière d'eux.

Tout en regardant Sean et Patrick disparaître au coin de la maison, elle sourit à ce compliment.

— Oui. Ce sont des gamins superbes.

— J'ai un fils qui a à peu près leur âge, Casey. Il faudrait qu'ils fassent connaissance.

— Est-ce que votre Casey joue au base-ball, Mr. Mullins ? demanda Gloria.

— Tout le temps, dit l'homme en souriant.

Gloria lui rendit son sourire.

— S'ils ne se sont pas déjà rencontrés, ça ne tardera pas.

Mullins s'essuya les mains à son mouchoir et le remit dans sa poche.

— On a finalement réussi à former une équipe de minimes ici plutôt que d'envoyer nos gars à Frewsburg, et les matchs commenceront l'année prochaine. On avait notre propre équipe dans le temps, mais la population a fortement diminué il y a quinze ans, au moment de la crise économique, quand les usines fermaient ou allaient s'installer ailleurs. Pas mal de familles ont déménagé dans le Texas ou le Kentucky, pour suivre le boulot. Il fallait que nos gamins aillent jouer à Frewsburg. À présent, des boîtes d'électronique s'installent dans le coin et on a assez de gamins pour former une équipe. (Il jeta un coup d'œil sur l'antenne, de toute évidence satisfait du travail.) Mais pour le moment, ils s'entraînent. Dites-leur qu'il y a une partie en cours chaque jour sur le terrain. Pas le terrain du parc, il est réservé au football, mais celui qui se trouve derrière la mare de Doak. Ça commence aux environs de 13 heures.

— C'est un peu loin d'ici.

— Pas très loin, en fait. Ils peuvent couper à travers bois pour arriver à Williams Avenue. C'est tout près du terrain.

Cela n'enchantait guère Gloria de savoir que les jumeaux allaient régulièrement utiliser les sentiers forestiers. Mais la forêt donnait sur leur cour et il semblait bien que la famille Hastings soit destinée à rester ici un bout de temps, aussi décida-t-elle qu'il lui faudrait se faire à cette idée. En se dirigeant vers la maison en compagnie de Mullins, elle lui dit :

— Je leur en parlerai.

Mullins se tourna pour donner quelques instructions à son ouvrier, qui lui adressa un signe de la main en réponse. Les jumeaux surgirent sur le seuil, tenant Pas-de-Pot en laisse.

— Mr. Mullins a un fils de votre âge, leur dit Gloria.

— Casey Mullins ? dit Patrick.

L'homme acquiesça pendant que Sean disait :

— On a joué avec lui hier, dans le parc. Il joue bien.

— L'affaire est entendue, dit Gloria.

— Eh bien, il est là-bas en ce moment, dit Mullins. Il y a une partie presque chaque jour, du côté de la mare de Doak. Je suis sûr qu'ils aimeraient vous avoir avec eux. (Il jeta un regard à Gloria, pensant qu'il se mêlait peut-être de ce qui ne le regardait pas.) Si votre mère est d'accord.

Patrick répondit à la place de sa mère :

— Elle est d'accord.

— Eh bien, que dites-vous de ça ? dit Gloria.

— On peut y aller, maman ? demanda Sean.

— Ne soyez pas en retard pour le dîner, et s'il vous arrive quelque chose, donnez-moi un coup de fil. J'irai vous chercher. Je ne veux pas que vous alliez dans les bois quand il fera noir. Vous avez une pièce de dix cents ?

— Le téléphone coûte vingt-cinq cents, maman, dit Sean avec un mépris mal dissimulé pour une telle ignorance. Et on a assez d'argent.

— D'accord, champion. Soyez prudents.

— D'accord ! dirent-ils en chœur, et ils se précipitèrent vers la forêt.

— On dirait qu'ils connaissent déjà le raccourci, dit Ted Mullins.

— Bien sûr, ce sont des enfants, dit Gloria. Les enfants connaissent toujours les raccourcis.

6

Patrick était furieux.

— Bon sang, tu es vraiment nul.

— Ce n'était pas ma faute ! répliqua Sean.

— On ne court pas se planquer derrière la batte au coup d'envoi, crétin. Tout le monde sait ça ! dit Patrick d'une voix dédaigneuse. (Il fit faire halte à son frère.)

Écoute, quand je te fais signe, tu fonces vers la troisième base, d'accord ? J'ai failli te taper sur la tête et Casey n'a pas vu la balle arriver. T'as vraiment réussi ton coup.

Sean s'écarta et avança en silence, traînant les pieds. La faute qu'il avait commise avait coûté la victoire à son équipe, ce qui en soi n'était pas grave, mais avait rabaissé leur statut auprès des gamins du coin, et ça, c'était très grave. Il leur faudrait supporter pendant une longue semaine d'être les derniers choisis lors de la composition des équipes, en compagnie des gros lards et des pleurnichards, jusqu'à ce qu'ils aient réussi à prouver de nouveau leur valeur. Tenant pour acquis, du fait qu'ils étaient jumeaux, que son frère devait être capable de faire les mêmes choses que lui, Patrick était toujours dur avec Sean lorsque celui-ci n'était pas à la hauteur. Sean était un bon lanceur – du moins contrôlait-il mieux son lancer que la moyenne – tandis que Patrick excellait à renvoyer la balle et se montrait capable de frapper avec précision, mais Sean perdait souvent de vue les nuances du jeu dans le feu de l'action alors que Patrick semblait toujours garder la tête froide. En vérité, Sean n'était que moyen là où Patrick se montrait exceptionnel. Sean était plus doué lorsqu'il s'agissait de réfléchir. Il pensait beaucoup et possédait une imagination active qui expliquait en partie sa timidité. S'il avait peur du noir, c'était à cause de toutes les créatures qu'il imaginait en train de rôder dans la pénombre, tandis que Patrick avait un esprit plus prosaïque, estimant que ce qu'on ne voyait pas ne pouvait pas être là. Sean jeta un regard à Pas-de-Pot : le chien paraissait n'avoir que peu d'intérêt pour les préoccupations sociales des jumeaux.

— Peut-être qu'on devrait s'entraîner ? dit finalement Sean.

Patrick haussa les épaules.

— D'accord, si ça peut t'aider. Mais pas besoin de s'entraîner pour savoir qu'il faut se planquer quand je renvoie cette foutue balle.

Ils tournèrent au bout de Williams Avenue, montant la petite colline qui menait à l'appentis de Barney Doyle. La porte s'ouvrit et Barney en sortit. Il referma vivement la porte derrière lui et posa quelque chose par terre. En se retournant, il aperçut les jumeaux et dit :

— Eh bien, mais ce sont les garçons Hastings, n'est-ce pas ?

Sean haussa les épaules, tandis que Patrick répondait :

— Bonjour, Mr. Doyle.

Ils se dirigèrent vers lui pendant qu'il rangeait ses clés.

— Nous allons avoir une belle nuit d'été, dit Barney en regardant tout autour de lui, avec un peu moins d'humidité, je crois. Un peu d'air sec de temps en temps nous ferait du bien.

Sean vit Pas-de-Pot renifler une soucoupe pleine de lait posée à côté de la porte et demanda :

— Vous avez un chat ?

Barney se pencha pour caresser la tête de Pas-de-Pot. Le chien sembla juger qu'il s'agissait là d'un être humain acceptable et il supporta ce geste amical avec bonne grâce.

— Pas de chat, garçons. Ceci est pour les *Daonie Maithe.* (Voyant que les jumeaux le regardaient sans comprendre, il ajouta :) Ce qui signifie, comme vous le sauriez si vous étiez bien éduqués, le « Bon Peuple » en gaélique.

Sean et Patrick échangèrent un regard, chacun accusant silencieusement l'autre d'avoir trahi sa confiance. Remarquant cet échange et se méprenant sur sa cause, Barney dit :

— Ce n'est rien, garçons. Je ne suis pas complètement fou. Nous sommes nombreux, parmi ceux qui viennent du pays, à laisser du lait dehors pour le Bon Peuple.

Les jumeaux restèrent silencieux, et Barney regarda autour de lui comme pour s'assurer qu'on ne les écoutait pas. Il s'agenouilla lentement, l'âge rendant ses mouvements pénibles, et murmura :

— Quand j'étais un gamin et que je vivais dans le comté de Wexford, j'habitais dans une ferme non loin de Foulksmills. C'était une belle ferme, même si nous étions pauvres comme Job. (Ses yeux, humides et injectés de sang, semblaient regarder quelque chose au loin.) Par un beau jour de mai, j'étais parti à la recherche d'un taurillon que mon oncle Liam avait donné à mon père. C'était une belle bête, mais qui avait tendance à partir à l'aventure. Ce qui lui convenait parfaitement, car il découvrait ainsi bien des choses et faisait bien des rencontres, mais c'était fort pénible pour moi, car c'était moi qui devais aller le chercher et le ramener à la maison – à la grande hilarité de mes frères et de mes sœurs. Eh bien, ce jour-là, le petit taureau avait fait la moitié du chemin jusqu'à Wellington Bridge – sachez, pour votre gouverne, qu'il s'agit là d'une cité lointaine et non d'un pont tout proche – et il faisait nuit lorsque je le rattrapai et lui fis prendre le chemin du retour. La nuit était douce et sentait les fleurs et le trèfle, et un vent chaud nous venait de la mer, c'était en fin de compte une belle nuit pour se promener dehors. Comme j'étais à peu près aussi jeune que vous l'êtes aujourd'hui, garçons, j'avançais prudemment avec mon taurillon, mais je n'avais pas peur, car les voyous étaient tous au pub à cette heure-là et il y avait bien moins de bandits que par le passé. Puis j'entendis une musique et j'aperçus des lumières.

Les jumeaux échangèrent un regard, et ce fut Patrick qui demanda :

— Des *leprechauns* ?

Barney hocha solennellement la tête.

— Les *Daonie Sidhe* au grand complet, murmura-t-il. De toutes les formes et de toutes les tailles, ils dansaient sur le sommet d'une colline et c'était là un spectacle majestueux et terrible. (Il se releva lentement.) Je ne les ai plus jamais revus, jusqu'à ce printemps.

— Les Danny Si ? Ils sont méchants ? demanda Sean d'une voix soucieuse.

Patrick le regarda, à la fois méprisant et soulagé que ce soit son frère qui ait posé cette question.

— Ce sont les *Daonie Sidhe*, mais « Danny Si » convient aussi bien. Méchants ? répéta Barney en se frottant le menton. Eh bien, voilà un beau problème. Il est difficile de dire s'ils sont bons ou s'ils sont méchants. Ils peuvent être l'un comme l'autre, suivant leur humeur. On dit qu'ils récompensent les gens vertueux et qu'ils punissent les pécheurs, mais, la plupart du temps, ils nous laissent tranquilles. Attendez un instant.

Barney enfouit une main dans la poche de sa salopette et sembla fouiller dedans à la recherche de quelque chose. Finalement, il ressortit sa main et la tendit vers les jumeaux pour leur permettre d'examiner un objet.

C'était une pierre polie, percée d'un trou en son milieu et accrochée à une lanière de cuir.

— Qu'est-ce que c'est ? demanda Patrick.

— C'est une pierre-à-fées.

— Oh ! s'exclama Sean.

Patrick ne paraissait guère convaincu.

— Ce n'est qu'un caillou, dit-il.

— Exact, jusqu'à un certain point. Mais une baguette magique est aussi un bâton, si on la considère comme telle.

— Est-ce que cette pierre est magique ? demanda Sean.

— À sa façon, garçon, à sa façon. Elle a le pouvoir d'empêcher le Bon Peuple de te faire du mal, donc elle doit être magique.

— Comment est-ce possible ? demanda Patrick, toujours pas convaincu.

— Comment elle y parvient, je ne saurais te le dire, mais je sais qu'elle le peut. Et n'importe quelle pierre ne fait pas l'affaire. On ne peut pas prendre un caillou quelconque et y percer un trou, tu sais. Il faut que la pierre ait été lavée par un torrent, que le trou soit naturel, et qu'on l'ait trouvée sèche sur la berge. Elle doit être magique, sinon pourquoi y aurait-il autant de règles à respecter ?

Cela parut sensé aux jumeaux. Patrick ne semblait guère intéressé, mais Sean se mit à caresser la pierre polie. Barney regarda autour de lui.

— J'ai l'impression que l'après-midi touche à sa fin et que vous allez être en retard pour dîner. Votre mère doit s'inquiéter. Garde la pierre, dit-il à Sean, pour que le Bon

Peuple ne te tourmente pas sur le chemin du retour, et je m'en trouverai une autre.

— Je peux la garder ? demanda Sean, enchanté.

— Oui, garçon, mais dépêchez-vous, maintenant. Et n'oubliez pas que le Bon Peuple vous sera agréable si vous lui laissez un peu de pain et de lait devant votre porte.

Sean passa la lanière autour de son cou et la pierre se blottit contre son nombril. Il raccourcirait la lanière une fois rentré chez lui.

— Merci, Mr. Doyle, dit Sean.

— Au revoir, dit Patrick.

Les jumeaux s'en furent, Pas-de-Pot trottant à leurs côtés, et lorsqu'ils pénétrèrent dans la forêt, ils se mirent à courir. Ils ressentaient une délicieuse impression de danger alors que les ombres se faisaient plus longues et plus profondes, conférant au bois un aspect des plus menaçants.

Ils coururent, crièrent, et jouirent au maximum de leurs huit ans et de l'été infini qu'ils allaient vivre avant que la rentrée leur impose sa dure réalité. Tout d'abord, la Vallée et leurs amis de Californie leur avaient manqué, mais les enfants de Pittsville paraissaient sympas et ils jouaient au base-ball tout le temps, ce qui était génial. De plus, ils leur avaient annoncé la création d'une équipe officielle l'année prochaine. L'été s'annonçait vraiment merveilleux.

Puis, avant qu'ils se rendent compte de l'endroit où ils se trouvaient, ils étaient arrivés au sommet de la colline dénudée, celle que Jack appelait la colline du Roi des elfes. Les deux garçons eurent un sourire nerveux et frissonnèrent en pensant aux mystères et aux choses de la magie. Ils eurent un échange soudain et silencieux et se lancèrent aussitôt dans un jeu qui leur était familier. Patrick se mit à décrire des cercles au sommet de la colline tandis que Sean reproduisait tous ses mouvements. Pas-de-Pot essaya de jouer avec eux, mais il ne pouvait pas résister à l'envie de courir à côté d'un des deux frères, puis à côté de l'autre. Ils poussèrent des cris de pure joie. Puis ils coururent vers les arbres. Ils traversèrent la forêt à vive allure grâce à l'énergie qui réside en quantité inépuisable chez les enfants, riant du plaisir tout simple d'être en vie. Puis ils arrivèrent près du pont.

Les deux garçons firent halte. Pas-de-Pot était à leurs côtés, le poil hérissé, un sourd grondement montant de sa gorge. Haletants, les jumeaux comprirent sans avoir à échanger un seul mot que le pont était de nouveau un lieu de terreur. Depuis leur rencontre avec Jack, ils avaient franchi le pont du Troll à de nombreuses reprises, et bien que cette expérience n'ait jamais été agréable, le pont avait été exempt de la menace qu'ils avaient ressentie en le découvrant pour la première fois. Mais à présent, l'impression de danger était de retour, plus forte que jamais. Patrick fit glisser la batte de base-ball de son épaule et la brandit comme un gourdin. Caressant la pierre que lui avait donnée Barney, Sean dit à voix basse :

— C'est revenu.

Aucun d'eux ne savait ce que c'était, mais tous deux savaient qu'une présence maléfique était tapie dans l'ombre sous le pont. Pas-de-Pot gronda et voulut bondir.

— Au pied ! cria Sean.

Le chien s'assit près de lui à contrecœur. Il gémissait et grognait, mais semblait décidé à obéir. Patrick hocha la tête et ils s'avancèrent, posant le pied sur les pierres du pont du Troll.

Soudain, le mal jaillit des profondeurs, virevolta autour d'eux comme un vent fétide. Les deux garçons marchaient à vive allure, les yeux écarquillés par la terreur tandis qu'ils franchissaient le pont d'un pas sûr. Ils connaissaient d'instinct les règles à respecter. Ils ne devaient regarder ni en bas ni derrière eux. Ils ne devaient pas parler. Ils ne devaient pas courir. Et ils ne devaient pas s'arrêter. Accomplir un de ces actes permettrait à la chose tapie sous le pont de bondir sur eux, de les saisir et de les traîner dans sa tanière. Les jumeaux n'avaient pas édicté ces règles, mais ils les connaissaient et les respectaient.

Arrivé au milieu du pont, Sean ressentit un violent désir de se mettre à courir et il jeta un regard à Patrick. En retour, Patrick lui lança un avertissement des yeux. Si on courait, on était perdu. D'un pas assuré, il conduisit son frère plus timide vers le bout du pont, jusqu'à ce qu'ils soient libérés de l'emprise de l'arche ancienne et ténébreuse. Pas-de-Pot hésita, et la main de Sean jaillit pour saisir son collier, forçant le chien à les suivre à une allure convenable. Dès que leurs pieds foulèrent le sentier, les jumeaux bondirent comme un seul homme et s'enfuirent en courant à perdre haleine. Pas-de-Pot hésita un instant, lançant au pont un aboiement de défi avant de se précipiter à leur suite.

Sean jeta un regard derrière lui, ne sachant pas si la règle s'appliquait encore à présent qu'ils avaient quitté le pont. Alors que celui-ci disparaissait derrière les arbres au travers desquels ils couraient, il aperçut la sombre présence. Elle l'avait vu ! Luttant contre sa panique, Sean dépassa son frère. Patrick vit Sean passer devant lui, et la course commença.

Lorsqu'ils atteignirent la maison, ils avaient complètement oublié la noire présence sous le pont du Troll et ne pensaient qu'à être le premier à toucher la porte. Comme d'habitude, ce fut Patrick qui gagna, d'une enjambée, Pas-de-Pot à ses côtés.

Gloria se trouvait dans la cuisine et finissait de préparer le dîner.

— C'est un peu juste, les gars, dit-elle sèchement en jetant un coup d'œil à l'horloge. (Ils dînaient à 18 heures l'été et à 19 heures durant l'année scolaire.) Vous avez à peine le temps de vous laver – et ne vous contentez pas de vous frotter les mains aux serviettes ! cria-t-elle tandis qu'ils disparaissaient en direction de la salle de bains.

Puis elle se remit à préparer le dîner.

7

— Regardez ça, dit Gary en tendant un livre à Mark.

Celui-ci l'ouvrit et le parcourut, puis sourit.

— Qu'est-ce que c'est ? demanda Phil qui cherchait quelque chose sur son bureau.

— De la poésie érotique en allemand, dit Gary. Ce vieil Herman avait des vices cachés.

— Ce n'est pas très bon, dit Mark en reposant le livre, puis, s'adressant à Phil : Écoutez, si nous vous gênons, n'hésitez pas à nous le dire.

Phil écarta le problème d'un geste de la main.

— J'ai fini le premier jet de mon bouquin et Gloria est en train de le lire en haut. Je vais emmener les jumeaux à la pêche. Si j'ai quitté Los Angeles, c'est en partie pour pouvoir passer du temps avec mes enfants. Quinze heures par jour au studio, et on finit par être des étrangers plus qu'une famille. (Il rangea une pile de papiers et se dirigea vers la porte.) Gabbie est sortie avec Jack, la bibliothèque est à vous.

Mark Blackman contempla le mur tapissé de livres du sol au plafond et secoua la tête.

— Ça risque de prendre plus de temps que je ne le croyais.

— Il y en a d'autres à la cave et au grenier, dit Phil depuis la porte. Amusez-vous bien.

— Bonne pêche, dit Gary en souriant.

Phil passa la tête par la porte du salon. Sean et Patrick étaient assis par terre devant le nouveau téléviseur à écran géant que Phil avait commandé la semaine précédente. Gloria n'avait fait aucun commentaire au sujet de cet achat – ils pouvaient se le permettre –, mais elle ne comprenait pas pourquoi son mari et ses fils avaient besoin de voir les joueurs en grandeur nature sur l'écran.

— Venez, les enfants, dit Phil.

Sean bondit et éteignit le poste. La retransmission en direct de Chicago avait commencé une heure auparavant. Les jumeaux adoraient orienter l'antenne afin de capter différents satellites et recevoir des images du monde entier, et plus particulièrement les matchs de base-ball retransmis depuis Atlanta, New York et Chicago. Sean saisit sa canne à pêche posée contre le mur et dit avec enthousiasme :

— Les Padres mènent de quatre points.

Patrick secoua la tête, dégoûté.

— C'est la faute à Sandberg, dit-il. Deux attaques durant la première période !

Il avait conservé son allégeance à l'équipe des Angels, mais avait décidé de soutenir les Cubs en première division. Sean était enchanté de voir que son équipe favorite était sur le point de remporter une troisième victoire consécutive sur les Cubs, à la grande consternation de son frère.

Phil ouvrit la porte d'entrée et découvrit Hemingway, qui avait choisi le seuil de la maison pour s'installer. Le chat ouvrit les yeux et observa trois des personnes qu'il tolérait dans sa maison. Phil le regarda longuement et, lorsqu'il fut évident que le vieux matou n'était pas décidé à bouger, l'enjamba pour passer.

— Souhaite-nous bonne chance, Ernie, dit Sean en refermant la porte derrière son frère. Peut-être qu'on te rapportera un poisson.

L'expression du chat montrait qu'il n'était guère optimiste sur leurs chances de réussite.

Gloria les entendit partir et sourit. Elle reposa le manuscrit à côté d'elle sur le lit et réfléchit au chapitre qu'elle venait de lire. Phil avait bien travaillé, mais son récit avait tendance à s'effilocher à cet endroit. Elle savait qu'il s'en apercevrait et arrangerait les choses lors de la révision. Mais elle savait aussi qu'il s'attendait à ce qu'elle le lui fasse remarquer.

Lorsqu'elle entendit la voiture démarrer, elle décrocha le téléphone qui se trouvait à côté d'elle et composa un numéro. À l'autre bout du fil, on décrocha dès la seconde sonnerie.

— Aggie ? Dites à Jack et à Gabbie que c'est bon.

Elle raccrocha, un sourire de conspirateur sur le visage. Quittant le lit d'un bond, elle traversa la chambre pieds nus et descendit l'escalier. Arrivée sur le palier, elle jeta un coup d'œil dans le bureau de Phil et recula d'un pas. Gary était dans la cheminée.

Mark Blackman était debout le dos à la porte, regardant par-dessus l'épaule de Gary pendant que celui-ci examinait quelque chose dans le mur du fond. Gloria entra doucement dans la pièce et dit :

— Je ne crois pas que vous trouverez beaucoup de livres par là.

Mark pivota sur lui-même, apparemment peu ému par son irruption.

— Regardez par ici, dit-il.

Il tendit la main, mais elle ne vit qu'une étagère vide.

— La profondeur de l'étagère située près de la cheminée ne correspond pas à celle des autres. Il y a un espace supplémentaire derrière elle.

— J'ai trouvé quelque chose, dit Gary dans la cheminée.

Il sortit de l'espace étroit et leur tendit une clé.

— Beaucoup de vieilles maisons comme celle-ci ont des cachettes derrière les briques de la cheminée ou sous un faux plancher, dit le jeune homme, ainsi que des caves secrètes. Parfois deux ou trois dans la même maison. Il y a une petite niche sur le côté du foyer, dissimulée par une pierre amovible.

Gloria prit la clé, remarquant qu'elle était couverte de suie, et demanda :

— Qu'est-ce que c'est ?

— Je ne sais pas, dit Mark. Avez-vous une porte qui ne s'ouvre pas ?

— Non, à moins qu'il y en ait une que je n'ai pas vue dans la cave. Je n'ai pas passé beaucoup de temps en bas.

(Elle se tapota distraitement la joue avec la clé, laissant une tache de suie sur sa peau.) Mark, que cherchez-vous exactement ?

— Je n'en suis pas sûr. Si je le savais, je saurais comment m'y prendre pour le trouver.

Il désigna la joue de Gloria, puis la clé.

— Tout cela n'a guère de sens, dit-elle en s'essuyant.

Mark alla jusqu'au bureau de Phil contre lequel il s'appuya, tandis que Gary s'asseyait sur une pile de livres.

— Gloria, demanda Mark, est-ce que vous avez lu mes livres ?

— Non, répondit-elle sans fausse honte.

— Ce n'est pas surprenant. La plupart d'entre eux sont toujours disponibles, mais on les trouve surtout dans les bibliothèques ou dans les rayons de certaines petites boutiques étranges – vous savez, à côté des récits écrits par ces gens qui sont allés sur Vénus en soucoupe volante ou qui savent où se trouve véritablement l'Atlantide. Mon œuvre est en grande partie consacrée à l'exploration de la vérité cachée des mythes et des légendes, surtout dans le domaine de l'occultisme et de la magie. Si un mythe donné dissimule un fond de vérité, je veux savoir lequel. J'ai écrit un livre assez long dans lequel j'avance l'idée que les visions mystiques suscitées par le peyotl sont en fait des souvenirs raciaux profondément enfouis que les hallucinogènes contenus dans le peyotl font remonter à la surface. Ma théorie est que les cultures indiennes du sud-ouest des États-Unis ont une conformation psychologique différente de celle des Européens, grâce à laquelle ces êtres « primitifs » entrent en contact avec leur mémoire génétique, une mémoire dont la plupart des gens « civilisés » n'ont même pas conscience.

— Tout ça m'a l'air bien jungien, dit Gloria.

Mark eut un sourire et Gary montra toutes ses dents.

— C'est très jungien, dit le jeune homme.

— Mais quel rapport avec vos fouilles dans ma cheminée ?

— Écoutez, je n'aime pas parler de mon travail avant de l'avoir montré à mon éditeur. Seul Gary sait ce que nous sommes en train de faire, mais vous avez droit à une explication. Croyez-moi cependant quand je vous dis que nous ne mijotons rien de répréhensible. Je ne voulais pas parler de mon travail en cours, c'est tout. (Il observa une pause.) Vous vous rappelez que, chez Aggie, je vous ai dit que je cherchais des informations sur Fredrick Kessler ? (Elle acquiesça.) C'est le seul dont j'aie pu retrouver la piste parmi un groupe d'hommes qui a été mêlé à une série d'événements étranges qui m'intéressent.

— À savoir ?

— À savoir pas mal de choses que j'essaie encore de comprendre. Mais ce que je sais, c'est qu'au début du siècle, dans ce qui est aujourd'hui le sud de l'Allemagne – la Bavière et une partie du Wurtemberg –, il y eut une soudaine résurgence d'attitudes primitives, comme si les paysans avaient embrassé de nouveau les croyances de leurs ancêtres, des croyances superficiellement chrétiennes mais qui dissimulaient en réalité un paganisme profond et persistant. Et il ne s'agissait pas de cas isolés. On entendait partout des rumeurs de magie et de sorcellerie.

— Génial, dit Gloria. Vous voulez dire que le père du vieux Kessler fréquentait des prêtres païens ?

— Non, rectifia Mark. Ce que je veux vous dire, c'est que le père du vieux Kessler était un homme mystérieux, bien plus connu que sa condition de petit négociant ne l'aurait laissé prévoir, à une époque où l'enfer se déchaînait parmi les paysans du sud de l'Allemagne. J'ai trouvé une demi-dizaine de références à Fredrick Kessler et à certaines personnes qui lui étaient notoirement associées. Mais le plus dingue dans tout ça… c'est que j'ai l'impression d'avoir un coffre-fort devant moi. Il y a quelque chose dedans, mais je ne sais pas quoi. (Il croisa les bras et une frustration évidente se lut sur son visage.) Quelque chose d'étrange et de mystérieux s'est déroulé il y a quatre-vingts ou quatre-vingt-cinq ans dans le sud de l'Allemagne, et ce fut très important, mais de quoi il s'agissait exactement… cela n'est pas encore clair. Et Fredrick Kessler était impliqué là-dedans. Je voulais parler à son fils, mais il était déjà en Europe quand je suis arrivé ici l'année dernière. J'ai essayé d'obtenir la permission de son avocat pour venir fouiller ici, mais il a refusé. Je me suis donc installé dans le coin et j'ai visité les lieux. Je ne suis pas entré dans la maison. Mais l'avocat a été mis au courant et a menacé d'appeler le shérif si je remettais les pieds dans la propriété. J'ai donc tué le temps en faisant des recherches dans les archives du journal local et dans les bibliothèques des environs, et j'ai même interrogé des gens qui avaient connu Kessler père – bien qu'il n'en reste guère. Lorsque Herman est mort, j'étais à Washington pour faire des recherches dans les archives bancaires. Quand je suis revenu ici, Phil et vous aviez déjà fait une offre pour la maison.

» Ce que j'ai réussi à déterminer, c'est que Fredrick Kessler et ses associés étaient au centre de ce retour aux croyances païennes, un événement sans précédent historique. L'Allemagne du début du siècle n'était pas un terreau idéal pour ce genre de phénomène. Aucun rapport avec la Transylvanie où les paysans peuvent croire que Dracula est sorti de sa tombe, ni avec l'Australie où les aborigènes croient aux esprits animaux. C'était comme si tous les habitants du Connecticut de 1905 s'étaient remis à croire aux esprits, aux elfes et aux anciens dieux. Et le plus surprenant, c'est que les chefs spirituels des Églises catholique et protestante, même ceux de la communauté juive qui était persécutée par les deux autres, se sont joints aux autorités séculières pour réprimer ce soudain retour au paganisme. C'était littéralement une chasse aux sorcières. Nombre de gens furent arrêtés, certains furent déportés hors de leurs villages et de leurs villes, et pas mal d'entre eux ont tout simplement disparu – je pense qu'ils ont été exécutés. L'affaire a été étouffée – même au siècle dernier, on se souciait de l'image de marque d'un pays –, mais c'était une véritable petite Inquisition.

— Eh bien, c'est une sacrée histoire, dit Gloria. Mais pourquoi tous ces mystères ? Pourquoi ne pas nous avoir tout dit ?

Mark haussa les épaules.

— Je n'aime pas parler de mes recherches, comme je vous l'ai dit. C'est en partie la raison. Et il y a aussi un aspect religieux. Les Églises traditionnelles n'aiment pas qu'on leur rappelle publiquement certains de leurs actes passés. Et d'aucuns se rebiffent quand on aborde le sujet du paganisme, même à notre époque.

— *Surtout* à notre époque, ajouta Gary. Les fondamentalistes peuvent faire beaucoup de bruit s'ils en ont envie.

— Et il y a toutes ces histoires de trésor, dit Mark.

— Vous en avez parlé chez Aggie comme d'une boutade.

— Eh bien, ce n'en est peut-être pas une. Qu'ils aient été mêlés à ces histoires de paganisme ou que ce soit pour une autre raison, Kessler père et ses associés ont quitté l'Allemagne en hâte à cette époque et ont débarqué au Canada, aux États-Unis et en Afrique du Sud. Ils étaient environ une dizaine. Tous voyageaient sans beaucoup de bagages, mais tous étaient devenus des hommes d'affaires prospères moins de deux ans après s'être établis dans leurs nouvelles patries. D'où est sorti cet argent ? Si vous consultez les livres de comptes, vous verrez que Kessler a eu besoin de vingt mille ou trente mille dollars pour se lancer, et il disposait apparemment de beaucoup plus.

— Ce qui représente deux cent cinquante mille dollars aujourd'hui, dit Gary.

Gloria ne pouvait pas s'empêcher de penser que Mark lui cachait encore quelque chose. Mais avant qu'elle ait pu le questionner davantage, la porte d'entrée s'ouvrit.

— Ça y est, on l'a ! cria Gabbie.

Jack entra en titubant, portant une grande boîte. Il la posa par terre et ressortit aussitôt.

— Nous en reparlerons plus tard, dit Gloria à Mark.

Jack et Gabbie apportèrent plusieurs autres boîtes et les déballèrent en hâte.

— Que se passe-t-il ? demanda Mark.

— C'est l'anniversaire de papa, annonça Gabbie en sortant d'une des boîtes ce qui ressemblait à un poste de télévision. On lui a acheté un ordinateur pour le traitement de texte. C'est de la légitime défense, ajouta-t-elle en souriant. Papa tape à la machine comme un pied. Au studio, il y avait des secrétaires pour retaper ses scripts. Ici, c'est Gloria ou moi qui aurions été de corvée.

En moins d'une demi-heure, un micro-ordinateur fut assemblé sur le bureau de Phil. On lui relia une imprimante et Jack fit rapidement quelques essais.

— Tout marche parfaitement, annonça-t-il.

— Eh bien, dit Mark, si vous devez faire une petite fête, il vaudrait mieux que nous partions. Nous reviendrons demain.

— Non, restez, dit Gloria. Écoutez, Phil est aussi entêté que vous quand il s'agit de parler de son travail, mais à présent que vous m'avez tout raconté, il sera fasciné. Et Gabbie va aller chercher des plats chez le traiteur chinois de Pittsville, nous n'aurons donc aucun problème pour vous accueillir à table.

— D'accord, dit Mark. Je présume qu'Aggie va nous rejoindre ?

— Bien sûr.

— Que veux-tu dire, *je* vais aller chercher le dîner ? dit Gabbie.

— Tu es désignée volontaire, répondit sa belle-mère. De plus, Mr. Laudermilch a appelé pour dire que nous pourrons garder Pissenlit ici pendant tout l'été à présent que la grange est aménagée. D'après lui, tu es parfaite avec les chevaux.

Les yeux de Gabbie s'écarquillèrent. Elle se tourna vers Jack.

— Espèce de sagouin ! Tu ne m'avais rien dit !

— C'était censé être une surprise, dit Jack en riant. De plus, c'est une idée de tes parents.

Gabbie se jeta au cou de Gloria.

— Merci, Gloria. C'est une jument superbe. Je l'aime presque autant que Bumper. Je prendrai bien soin d'elle.

— Il n'y a pas de quoi, Gabbie, dit Gloria en l'étreignant. Phil a aussi obtenu que nous gardions John Adams. Mais il faudra que tu les fasses travailler, et tu devras aussi apprendre à monter aux jumeaux pour remplir ton contrat.

Gabbie feignit le dégoût et se tourna vers Jack.

— Maintenant, il va falloir que je *le* supporte tous les jours.

— Hé ! protesta l'objet de son mépris simulé.

— Allez chercher les chevaux, et on dînera quand Phil et les jumeaux seront de retour, d'accord ?

— D'accord ! dit-elle avec enthousiasme en saisissant la main de Jack, et elle le tira hors du bureau.

Gloria les regarda partir, puis dit à Mark :

— Pourquoi ne continuez-vous pas vos recherches ? Moi, je vais retourner lire le manuscrit de Phil. Nous reparlerons du trésor de Kessler après dîner. Entendu ?

— Bien, dit Mark.

Gary et lui se remirent à examiner les livres et à en dresser le catalogue, tandis qu'elle montait à l'étage. Elle n'avait pas oublié la clé qui se trouvait dans la poche de son jean, et elle était sûre que Mark ne l'avait pas oubliée non plus.

Dans le petit réduit situé sous l'escalier, une chose noire était à l'écoute, suspendue sous les marches. Elle émit un soupir de satisfaction et jugea qu'il était temps de partir. Elle se déplaçait comme une gigantesque araignée noire, ses membres longilignes semblant se coller à toutes les surfaces qu'ils touchaient. Elle fit halte près d'une plinthe, examinant un étroit espace entre deux planches. La créature sembla se replier sur elle-même, comprimant os et articulations jusqu'à ce qu'elle parvienne à se glisser à travers la faille. Dans un sifflement presque silencieux, elle murmura :

— La clé ! La clé !

Puis, avec un gloussement, elle disparut entre les deux planches.

8

Il s'attardait à la lisière de la clairière, bien visible par la cour de la Reine, méprisant son pouvoir. Il était tapi dans l'ombre des arbres, cet être fou fait de pâle lumière et de doux parfums, et il attendait son serviteur, la chose noire, qui galopa à travers bois jusqu'à arriver aux pieds de son maître et lui murmurer à l'oreille.

Le maître examina la face minuscule faite de rage noire, sa propre expression elle aussi empreinte de colère et de démence. Ses dents blanches et parfaites étaient serrées en un rictus hideux tandis que ses yeux écarquillés étaient des orbes de folie bleutés luisant d'un éclat inhumain.

— Bien, bien, murmura-t-il à son serviteur, caressant sa tête noueuse comme un homme aurait caressé la tête d'un chien.

La petite créature simiesque caqueta de plaisir devant le bonheur de son maître. Un tel état d'esprit était si rare chez lui.

— À présent, retourne là-bas et attends. Quand l'heure viendra, nous leur montrerons la serrure.

Sans hésitation, la créature fila à travers bois, si furtivement que son passage était invisible à des yeux humains, en dépit de la vitesse de sa course.

L'être de lumière se redressa, étira ses bras et regarda le ciel. Lorsqu'il claqua des mains au-dessus de sa tête, le tonnerre retentit dans la forêt.

Une brise soudaine souffla sur la colline et la Reine se leva, tandis que sa cour se tournait vers la source du tonnerre.

— Tu oses…, commença-t-elle, mais les ombres étaient désertes.

Furieuse, elle siffla entre des dents aussi parfaites et pourtant inhumaines que celles de l'autre. Il avait de nouveau disparu. Elle se rassit lentement, tournant ses yeux vers un être qui hocha la tête, son regard reflétant sa propre terreur. D'un geste de la main, elle ordonna aux musiciens de se remettre à jouer, mais le tonnerre avait en partie chassé la joie de leur cercle. Et tous savaient que celui qui s'était moqué d'eux était le seul qui pût oser commettre un tel affront. Lui seul en avait le pouvoir. Et la nuit à venir serait plus froide de ce savoir.

9

Phil ouvrit la porte, précédant les jumeaux qui portaient un panier de pêche rempli à ras bord.

— Ohé ! dit-il. On est là.

Gloria entra dans la cuisine et se pinça le nez avec exagération.

— Dans l'évier !

Phil et les jumeaux obéirent et elle put contempler les sept poissons qu'ils avaient pêchés.

— Vous ne savez donc pas que vous êtes seulement censés noyer des vers et ne rien attraper ? dit-elle.

Les jumeaux se contentèrent de sourire avec fierté.

— Je vais les nettoyer et les vider, dit Phil en embrassant sa femme sur la joue. Il faut que j'enseigne cette pratique aux jumeaux.

— Beurk, des tripes de poisson ! dit Patrick en faisant la grimace tandis que Sean éclatait de rire.

— Allez d'abord vous laver, ordonna Gloria. J'ai quelque chose à vous montrer.

Elle les chassa jusqu'à l'évier de service près du porche et attendit qu'ils aient débarrassé leurs mains de toute odeur de poisson.

— Il faudra vous changer avant le dîner, mais d'abord suivez-moi.

Elle les conduisit jusqu'au bureau et ouvrit la porte.

— Surprise ! cria Gabbie, tandis qu'Aggie, Jack, Mark et Gary lançaient des souhaits de bon anniversaire.

— J'espérais que tout le monde aurait oublié, dit Phil en secouant la tête. À mon âge, je peux me permettre d'en rater un ou deux.

Gloria lui lança un regard désapprobateur. Puis il aperçut l'ordinateur qui trônait sur son bureau, orné d'un énorme ruban rouge.

— Ah ! fit-il en s'asseyant lentement devant lui.

— Bon anniversaire, papa, dit Gabbie en l'enlaçant.

Durant une longue minute, Phil resta assis à contempler silencieusement l'écran vierge.

— Comment ça marche ? dit-il finalement.

— Jack va te montrer.

Phil libéra sa chaise tandis qu'Aggie commentait :

— Il ressemble beaucoup au mien, en plus perfectionné.

— Je croyais que vous utilisiez une vieille Remington, dit Phil en riant.

— Mon garçon, au cas où tu ne l'aurais pas remarqué, nous vivons à l'ère de la technologie, gronda-t-elle. Et ne laisse pas ce truc te faire peur. Une fois que tu y seras habitué, tu jetteras ta vieille machine à écrire aux orties. Maintenant, quelque chose de plus traditionnel. (Elle tendit un paquet à Phil.) Bon anniversaire, Philip.

Il ouvrit le paquet et y découvrit un coupe-papier en argent superbement ouvragé.

— Aggie ! C'était celui d'Henry. Je ne peux pas l'accepter.

— Bien sûr que si, imbécile. Je ne suis pas éternelle et je préfère que ce soit toi qui en hérites plutôt que l'État de New York. (Elle contempla la gaine d'argent aux formes parfaites.) Je le lui avais offert lors de notre lune de miel au Mexique. Il a été fabriqué dans la région des mines d'argent. Il faut le nettoyer régulièrement. Il est entièrement en argent, poignée, lame et gaine, et se ternit très vite. (Elle sourit.) Garde-le, Philip.

Phil semblait sincèrement ému par ce cadeau, un bien personnel de l'époux d'Aggie.

— Merci, dit-il en l'embrassant sur la joue.

Les jumeaux se pressaient autour de Gabbie pour examiner l'ordinateur.

— Quels jeux on peut jouer là-dessus ? demanda Sean.

— On peut jouer à *Spy Hunter* ? s'enquit Patrick.

— Eh bien, dit Jack, en riant, oui, on peut, mais…

— Pas de jeux ! dit Gloria. Cet ordinateur est à votre père et ce n'est pas un jouet. Si vous commencez à vous amuser avec, il ne pourra jamais s'en servir.

— Oh ! maman, protesta Patrick.

— N'essaie pas de m'attendrir, dit-elle en feignant l'indignation. Allez vous laver, tous les deux. Dîner dans une demi-heure.

Les jumeaux s'inclinèrent et foncèrent vers l'escalier pour aller se laver et enfiler des tee-shirts propres.

Phil était penché par-dessus l'épaule de Jack pendant que le jeune homme lui expliquait le fonctionnement du système. Il lui indiqua les manuels d'utilisation et dit :

— Si vous avez un problème, appelez-moi.

— Il sera dans la grange, interrompit Gabbie.

— Probablement, dit Jack en souriant.

— Eh bien, dit Gloria, qui veut boire quelque chose ?

— Ça, c'est un signal pour moi, dit Gabbie.

— Quoi ? demanda Phil.

— Le dîner. Il faut que j'aille le chercher. Les meilleurs plats à emporter de chez Loo Fong. Je reviens dans un quart d'heure.

Tandis que Gabbie se précipitait vers la porte, Gloria dit à son mari :

— Amuse-toi avec ton nouveau jouet, Phil. Je vais m'occuper des poissons.

Il hocha la tête machinalement tout en tapotant le clavier.

La Porsche 911 Turbo de Gabbie était en Californie, attendant son retour à l'automne, aussi prit-elle la Pontiac de son père, conduisant comme d'habitude assez vite bien qu'avec prudence. Elle détestait traîner en route. Les plats commandés l'attendaient déjà, emballés dans deux cartons, aussi n'eut-elle qu'à les poser sur la banquette arrière. Après s'être assurée qu'aucune voiture ne venait, elle fit un demi-tour rigoureusement illégal et se dirigea vers ce que les gens du coin appelaient la voie express. Pour Gabbie, ce n'était qu'une petite route de campagne à deux voies, comparée à celles qu'elle avait l'habitude d'emprunter en Californie. En la prenant, elle se mit à rouler un peu au-dessus de la vitesse limite, certaine que la police locale tolérait ce genre d'infraction bénigne. Elle approchait du tournant qu'elle devait prendre pour rentrer lorsqu'un rai de lumière l'aveugla brusquement, jaillissant d'un bosquet situé sur une lointaine colline. Elle détourna la tête et abaissa le pare-soleil. Puis ses yeux s'écarquillèrent et elle regarda de nouveau dans la direction du soleil couchant. Au sommet de la colline, près de la route qui donnait sur l'autoroute, une silhouette se découpait à contre-jour.

Un coup de klaxon la fit sursauter et elle donna un brusque coup de volant vers la droite tout en freinant. Sa voiture s'était déportée à gauche, et le chauffeur du véhicule qui arrivait en face lui adressa un regard noir et un geste obscène. Elle tremblait en rangeant sa voiture sur le bas-côté. Elle coupa le moteur et inspira profondément à plusieurs reprises, puis jeta un œil sur la banquette arrière pour vérifier qu'elle n'avait rien renversé.

Elle avait dû imaginer ce qu'elle avait vu, marmonna-t-elle pour elle-même. L'espace d'un instant, découpé sur le ciel crépusculaire, elle avait aperçu quelque chose qui ressemblait à un vieux chariot tiré par un cheval. Un vague souvenir lui revint à l'esprit, mais il s'enfuit avant de s'être précisé. Il ne lui restait qu'un nom : Wayland. Et elle ne comprenait pas pourquoi elle sentait des larmes couler sur ses joues.

10

Après dîner, les adultes allèrent s'asseoir dans la salle de séjour tandis que les jumeaux se retiraient au salon pour regarder la télévision avant de se coucher. Jack et Gabbie s'étaient rendus dans la grange afin d'inspecter les deux chevaux loués à Mr. Laudermilch, bien que cela ne fût guère nécessaire. Gabbie avait déjà prévu de clôturer le pré qui se trouvait derrière la grange afin qu'ils puissent y galoper à leur aise. Gloria fit remarquer à Phil que sa fille faisait bien des projets à long terme pour quelqu'un qui devait bientôt retourner en Californie, mais il se contenta de hausser les épaules.

— Elle va avoir un choc en découvrant le prix de toutes ces barrières, déclara Gary.

Phil et Gloria éclatèrent de rire. Mark et Gary échangèrent un regard et Aggie leur dit :

— L'argent n'est pas un problème pour elle.

— la série des *Star Pirates* a dû vous rapporter beaucoup, Phil, dit Mark.

— Ce n'est pas de mon argent dont il est question, répondit Phil, qui ajouta devant son air interrogatif : Gabbie n'aime pas que nous en parlions, mais le fait est connu de tous : c'est une riche héritière.

— La famille Larker, de Phoenix, précisa Aggie.

Mark cligna des yeux, puis s'exclama :

— Bien sûr. C'est la fille de Corinne Larker.

— Qu'Helen Larker a déshéritée, ajouta Aggie, faisant de Gabbie la légataire universelle de sa fortune.

— Mais elle est…

— Quoi donc ? dit Phil.

— Je ne sais pas, dit Mark avec un haussement d'épaules. Normale. Sans prétentions… Comment dire ?

— Gabbie a la tête sur les épaules, dit Gloria. Elle n'a pas de goûts ostentatoires. Elle n'a reçu qu'une petite rente durant sa scolarité, jusqu'à ses dix-huit ans, et elle a appris à subsister sur un budget modeste. À présent, il lui suffit d'un simple coup de téléphone à l'avoué de sa grand-mère pour avoir ce qu'elle veut, ce qui lui convient parfaitement. Elle ne s'est permis que deux folies jusqu'ici : son cheval, qui lui a coûté plus d'argent que je n'ose l'imaginer, et sa Porsche, qu'elle conduit bien trop vite. À part ça, elle se contente de peu. L'avoué lui transmettra l'ensemble de ses biens le jour de son mariage ou celui de ses vingt-cinq ans.

— Si ce n'est pas trop indiscret, dit Gary, puis-je demander combien cela représente ?

— Je ne sais pas, dit Phil, plusieurs centaines de millions en tout cas.

— Eh bien, remarqua Gary, si elle veut une clôture, elle l'aura. (Avec un sourire faussement sardonique, il ajouta :) Je me demande combien ça coûterait d'engager un tueur à gages pour abattre Jack.

Tous les convives éclatèrent de rire et Mark dit :

— Demandez à Ellen. Si vous courez après Gabbie, c'est elle qui engagera un tueur pour vous faire la peau.

— Exact.

— Quand allons-nous rencontrer votre amie, Gary ? dit Phil.

— Eh bien, Mark et moi comptions vous inviter un de ces jours, et elle sera là. Ce soir, nous sommes en quelque sorte des invités surprise.

Phil leva un sourcil et Mark lui parla de la clé. Il répéta les hypothèses qu'il avait formulées sur Kessler et sur l'existence du trésor et, quand il eut fini, tout le monde demeura silencieux quelques instants.

— En bien, voilà une drôle d'histoire, dit Phil. Et ce trésor ? Pensez-vous vraiment qu'il est caché quelque part dans le coin ?

— C'est possible. Kessler est arrivé d'Allemagne, a fondé une entreprise sans l'aide de capitaux locaux, et a travaillé à perte pendant deux ans avant de commencer à faire des bénéfices. Il est évident qu'il a dû apporter une petite fortune avec lui. Je n'ai trouvé aucune information à son sujet en Allemagne, l'origine de cette fortune reste donc inconnue. Mais j'ai trouvé quelque chose d'intéressant dans les archives d'une banque de New York. L'agent d'une des firmes où Kessler s'est équipé mentionne que la première livraison de matériel lourd a été payée par un chèque garanti par des fonds en or, ce qui est pour le moins inhabituel. Et il a fini par payer ses factures grâce aux bénéfices de son entreprise, donc on n'a pas touché à cet or, pour autant que je sache.

— Vous pensez donc que Kessler a pu piller une cache d'or en Allemagne pour faire démarrer son entreprise ? dit Phil.

— Dit comme ça, ça a l'air idiot, admit Mark. Et avant de commencer à formuler des théories, il me faut davantage de faits concrets. Je n'en ai pas assez pour écrire un bon roman historique, encore moins une œuvre sérieuse.

— Et la clé ? demanda Gloria.

Mark se leva.

— Si vous trouvez la porte qu'ouvre cette clé, peut-être trouverez-vous quelque chose qui me dira ce que je veux savoir sur Fredrick Kessler : le rapport entre sa soudaine richesse et les étranges événements survenus en Allemagne à la même époque.

— Et, ajouta Gary, peut-être trouverez-vous son trésor – s'il existe.

— Il faut que nous partions, dit Mark. Si vous n'y voyez pas d'objections, nous continuerons nos recherches demain.

— Bien entendu, dit Phil en les raccompagnant jusqu'à la porte.

Lorsqu'ils furent partis, Gloria déclara :

— J'ai encore l'impression qu'il ne nous dit pas tout ce qu'il sait.

— Mark a tendance à faire des mystères, mais il est inoffensif, ma chère, dit Aggie. De plus, il se débrouille toujours pour dénicher ces détails merveilleux et complètement improbables.

— Vous pensez qu'il n'y a rien là-dessous ? demanda Gloria alors que Phil revenait dans la pièce.

— Je n'irais pas jusque-là, dit Aggie. Mais je refuse de suivre Mark lorsqu'il saute d'un fait à l'autre sans vraie logique. Ses livres sont amusants à lire, mais je ne les prends pas au sérieux. Il est obsédé par le folklore et par les secrets des anciens, et il ne supporte pas de ne pas savoir. Il n'est pas aussi atteint que ce Hollandais avec ses dieux astronautes et autres billevesées, mais Mark n'est pas non plus un chercheur discipliné. On l'a beaucoup critiqué, et non sans raison.

» Mais il faut dire pour sa défense qu'on trouve des éclairs de génie dans son travail. Certaines de ses hypothèses les plus outrancières ont été depuis confirmées par des travaux plus sérieux. Non, Mark n'est pas un charlatan. Il ressemble davantage à Indiana Jones qu'à Margaret Mead, voilà tout. Et lequel serait plus qualifié pour se lancer dans une chasse au trésor : Indiana Jones ou Margaret Mead ? Eh bien, conclut-elle en se levant, il se fait tard et je dois m'en aller. Si vous trouvez de nouvelles merveilles, faites-le-moi savoir.

Ils la raccompagnèrent jusqu'à la porte et Phil la conduisit à la grange pour aller chercher Jack. Gloria passa la tête dans le salon et informa les jumeaux que l'heure était venue d'aller au lit. En les suivant jusqu'à l'étage, elle ne put s'empêcher de penser que Mark ne leur avait révélé qu'une partie de l'objet de ses recherches. Et elle nota de chercher une serrure correspondant à la clé qui se trouvait dans sa poche.

Août

1

Le mois d'août est traditionnellement un mois de canicule, pendant lequel Sirius, l'étoile du Grand Chien, est au firmament. La saison de base-ball est aux deux tiers entamée et la chaleur et l'humidité commencent à se faire sentir. Les scores sont plus bas et les bras des lanceurs se fatiguent. Les blessures chroniques s'aggravent et les équipes cherchent des remplaçants dans les divisions inférieures quand elles ne s'échangent pas directement des joueurs. Les performances se font médiocres et les équipes qui, en juillet, se vantaient de pouvoir remporter le championnat déclarent à l'approche de septembre : « Attendez l'année prochaine. » Une équipe qui réussit à rester en tête du classement durant le mois d'août est une bonne équipe.

Gabbie redoutait le mois d'août, car ensuite viendrait septembre, et il lui faudrait alors se décider : retourner en Californie ou rester à Pittsville. Août était déjà vieux d'une semaine et le temps filait vite. Jack et elle en avaient déjà parlé, mais quelque chose les empêchait d'échanger les promesses qui la feraient rester dans l'État de New York. Elle se sentit soudain terrifiée tandis qu'elle retournait un nouveau tas de foin avec sa fourche. Elle interrompit sa tâche et s'appuya sur le long manche pour réfléchir. Jack était parti pour New York avec Aggie afin de rencontrer les membres d'un comité quelconque. Cela faisait une semaine qu'il était absent et Gabbie avait eu tout le loisir de penser sérieusement à lui. Elle était amoureuse de Jack, ou du moins était-elle attirée par lui plus qu'elle ne l'avait jamais été par aucun garçon. Et cela l'inquiétait. Était-ce l'amour ? Parfois, elle avait l'impression d'être une petite fille et tout lui faisait peur. Elle avait jusque-là affronté la vie en dissimulant ses craintes aux autres, en paraissant calme et pondérée, voire dure. À l'école privée qu'elle avait fréquentée, la plupart des autres filles la détestaient à cause de sa beauté et de son argent, mais sa façade protectrice ne s'était jamais effritée. Gabbie pouvait être blessée sans le laisser paraître, mais ce n'était pas parce qu'elle n'en montrait rien qu'elle ne souffrait pas.

Au lycée, elle n'avait eu qu'un seul ami, Danny. Elle s'était crue amoureuse de lui. Il lui avait semblé différent de la plupart des autres garçons et elle avait pensé que leur relation survivrait à son départ pour la fac. Après son inscription à Stanford, elle avait reçu trois lettres de lui. La troisième lui avait appris qu'il avait rencontré une autre fille.

Le visage de Gabbie s'empourpra à ce souvenir. Saisie par la rage, elle avait bondi dans sa voiture et foncé vers Stanford, ne s'arrêtant qu'une fois en route pour faire le plein. Sur l'autoroute les radars avaient repéré sa Porsche qui filait à plus de 180 km/h, et elle avait atteint Palo Alto en moins de cinq heures. Elle avait tourné et viré dans Stanford jusqu'à 1 heure du matin, heure à laquelle

Danny avait regagné son dortoir après être sorti avec sa nouvelle conquête. Leur confrontation avait été humiliante pour elle. La nouvelle liaison de Danny était purement sexuelle. Gabbie et Danny n'étaient jamais passés à l'acte. Leurs jeux amoureux s'étaient toujours arrêtés au moment où Gabbie avait dû refréner les ardeurs du garçon. Durant les dernières semaines avant son départ, ils avaient dépassé le stade des préliminaires, chacun amenant l'autre jusqu'à l'orgasme, mais elle avait toujours refusé de faire l'amour avec lui. Elle ne voulait pas être pénétrée, car cet acte aurait signifié admettre leur amour. Et cette fille avait couché avec lui dès le premier rendez-vous. Danny en était totalement obsédé. Il considérait Gabbie comme une intruse surgie de son passé, dont il fallait se débarrasser le plus vite possible, sans tendresse aucune. Il l'avait traitée de sainte-nitouche et d'allumeuse, puis avait décrit avec force détails les prouesses sexuelles de sa nouvelle conquête, comme si l'enthousiasme qu'elle manifestait prouvait son amour pour lui. Gabbie s'était enfuie, malade de honte.

Elle s'était attendue à ce que Gloria et son père la tancent vertement, mais ils s'étaient montrés merveilleux, lui offrant leur soutien moral sans la critiquer. Elle n'avait plus jamais cherché à revoir Danny. À présent, elle comprenait que sa réaction lui avait été dictée par une vanité blessée et un désir de possession frustré. L'accès de jalousie qui l'avait saisie lors du pique-nique du 4-Juillet était quelque chose de totalement différent : elle avait été terrifiée à l'idée de perdre Jack.

Gabbie se remit à aérer le foin et sourit en pensant à Jack. Il y avait tellement de différences entre Danny et lui. Danny était un brave garçon, la plupart du temps, mais ce n'était qu'un adolescent. Jack était un homme, doux et aimant. Il ne parlait jamais de Ginger, la fille qui était partie pour Atlanta, sinon pour répondre à ses questions. Il lui avait dit que cette liaison l'avait laissé un peu désemparé et elle supposait que c'était pour cela qu'il hésitait à parler de l'avenir. Chaque fois que Gabbie se souciait du lendemain, Jack se contentait de lui dire : « Tout s'arrangera. »

Bien sûr que tout s'arrangera, Jack Cole, pensa-t-elle. Sentant une émotion intense l'envahir, elle se rendit compte que ses yeux étaient humides de larmes. Elle l'aimait, bon sang. Et elle savait que, bientôt, elle allait l'entraîner dans un coin et faire l'amour avec lui. Il ne s'était jamais montré impatient ni accusateur, apparemment satisfait de lui laisser l'initiative. À deux reprises, elle avait regretté qu'il ne soit pas un peu plus dominateur. Depuis qu'ils étaient allés se promener dans les bois après la soirée chez Aggie, elle était prête à faire l'amour avec lui. La retenue dont il faisait preuve la rendait d'autant plus sûre qu'il était l'homme idéal pour devenir son premier et peut-être son seul amant. Gabbie inspira profondément, soudain consciente de sa nervosité. Jack devait arriver dans une heure ou deux et elle songea que cette nuit serait peut-être la bonne.

Gabbie finit d'aérer le foin dans les boxes et rangea la fourche. Les chevaux étaient dans le pré et passaient la nuit dehors à cette époque de l'année, mais le foin moisissait quand même. Les jumeaux avaient pris une nouvelle leçon avant de partir jouer au base-ball comme chaque après-midi. Gabbie était surprise de découvrir à quel point elle aimait leur servir de professeur. Lorsqu'elle était arrivée de l'Arizona, les jumeaux avaient six ans, ils étaient mignons mais un peu pénibles. À présent, c'étaient de vrais petits hommes, chacun avec sa personnalité. Ils réussissaient même à accomplir les menues corvées qu'elle leur confiait dans la grange avec un minimum de jérémiades. En dépit de leurs taquineries au sujet de Jack, ils semblaient sincèrement aimer leur demi-sœur et son ami, et ils étaient pleins de gratitude après chaque leçon. Et elle les adorait, en dépit de leur tendance à entrer sans frapper dans la salle de bains. Il lui arrivait souvent d'être dérangée dans son bain et cela se terminait généralement par un jet d'éponges à la tête d'un frère ou de l'autre.

Gabbie essuya la sueur qui couvrait son front. Elle ne savait pas si elle pourrait s'habituer à cette humidité après avoir passé des années dans la chaleur sèche de l'Arizona puis de Los Angeles. Les ondées subites en plein été lui étaient inconnues, et celle de ce matin avait été superbe. Même en ce début de soirée, alors que le soleil disparaissait derrière les collines à l'ouest, la grange ressemblait à un bain de vapeur. Elle tira sur sa chemise pour laisser pénétrer l'air. Elle portait rarement un soutien-gorge et l'air vint lui rafraîchir les seins. Elle déboutonna sa chemise et l'agita, laissant l'évaporation la rafraîchir. Elle s'observa tandis que la fraîcheur faisait naître la chair de poule sur ses seins. *Pas aussi gros que ceux de Sheila Riley, peut-être, mais pas mal quand même*, pensa-t-elle en les touchant distraitement. Lorsque ses doigts passèrent sur ses mamelons, ceux-ci se durcirent et elle pensa à Jack.

— Seigneur, dit-elle à haute voix, j'ai du sexe plein la tête.

Un bruit la figea. Un rire. Elle pivota sur elle-même, se couvrant vivement. Elle chercha la source de ce bruit et leva les yeux vers le grenier à foin, à moitié invisible dans la pénombre du soir.

— Il y a quelqu'un là-haut ? (Un rire juvénile éclata dans l'ombre.) Sean ? Patrick ? (Nouvel éclat de rire.) Est-ce que vous m'espionnez, monstres ?

Sa voix était furieuse et elle se sentit rougir.

Là-haut, on continuait à rire et Gabbie fut soudain effrayée. Ce n'était ni Sean ni Patrick. Il y avait quelque chose d'inquiétant et de presque dément dans ce bruit. Gabbie se tournait vers la porte de la grange lorsqu'une voix mélodieuse murmura :

— Je t'en prie, ne pars pas, Gabrielle.

Elle pivota sur elle-même et découvrit un jeune garçon, âgé de quinze ans au plus, qui la regardait depuis le grenier, en partie dissimulé par les ombres.

— Que... ? Qui êtes-vous ?

L'adolescent sauta et Gabbie sentit son cœur s'arrêter. Le fenil était situé à plus de trois mètres de haut mais il atterrit comme un gymnaste descendant des barres parallèles, les deux pieds fermement plantés sur le sol. Il portait un pantalon bizarrement taillé, apparemment tissé de lin cru, et maintenu à la taille par une corde. Elle se rappela les pantalons de grand-père portés par quelques garçons à l'école. Il était pieds nus et torse nu, et légèrement plus grand qu'elle. Son corps était musclé, mais sans exagération, et ressemblait davantage à celui d'un adolescent athlétique qu'à celui d'un homme, tandis que ses cheveux étaient une masse de boucles brunes, d'une couleur qu'elle n'avait jamais vue auparavant et qui rappelait étrangement celle de l'écorce. Son visage était juvénile mais étrange – des pommettes saillantes, un front haut, une bouche presque cruelle et de grands yeux dont le bleu la frappa, et qu'elle fut certaine d'avoir déjà vus. Tout doucement, déconcertée, elle dit :

— Qui… êtes-vous ?

— Un vagabond parti en quête, ma belle. (Il la regardait fixement, parcourant son corps des yeux comme s'il l'avait caressée. Son expression était approbatrice et ouvertement possessive.) Ne pars pas encore, car ta compagnie est fort plaisante.

Il parlait d'une drôle de façon, avec un accent impossible à identifier et pourtant familier. Il tendit la main et le cœur de Gabbie bondit de nouveau. Elle sentit la terreur monter en elle. Elle était à deux doigts de pousser un cri ou de s'enfuir, mais se trouvait incapable d'accomplir quoi que ce soit. L'adolescent lui toucha les cheveux, puis la joue. Lorsque le bout de ses doigts lui frôla le visage, Gabbie se tendit, un frisson naquit au creux de son cou pour descendre jusqu'à sa gorge et jusqu'à son ventre. Ses mamelons se durcirent encore une fois et son corps s'empourpra tandis qu'elle tremblait de plus belle. Une odeur de fleurs et d'épices l'enveloppa et sa tête se mit à tourner.

Elle resta immobile, prête à chanceler, tandis que le jeune garçon tournait autour d'elle. Elle était incapable de le suivre des yeux, comme si sa tête avait refusé de pivoter. Derrière elle, l'adolescent se pencha jusqu'à poser sa joue contre la sienne, laissant reposer son menton sur son épaule.

— Je n'aurais pas osé te troubler, Gabrielle, dit-il doucement, si la chanson de ton désir n'était montée jusqu'à moi. J'ai senti ta chaleur, et elle a fait naître la chaleur au creux de mes reins. (Il rit, un son qui fit courir un frisson le long du dos de la jeune fille.) Ton corps est superbe, un plaisir pour mes sens. Et ce plaisir, je vais te le rendre, car ton désir est aussi visible pour moi que la tempête qui approche l'est pour le corbeau.

Elle sentit une main se poser au creux de ses reins, puis glisser jusqu'à ses fesses. Elle tremblait, incapable de bouger, paralysée comme un cerf devant les phares d'une voiture. Son esprit hurlait mais elle ne pouvait émettre aucun son. Son désir montait sans qu'elle puisse l'endiguer. L'adolescent se plaça devant elle, et elle put de nouveau le voir. Il ne portait rien sous ses pantalons et elle devina son érection. Ses yeux étaient électriques, d'un bleu pareil à la lumière de l'éclair. Ses traits juvéniles étaient masqués par une ombre issue du fond des âges, à la fois antiques et enfantins. Il était splendide et terrifiant. Il s'approcha d'elle et elle ne vit plus que ses yeux. Bleus, comme la surface chatoyante d'un lapis-lazuli, comme une glace parfaite, ils buvaient toute sa volonté. Sa voix la caressa, douce et sensuelle.

— Peut-on laisser une fleur aussi belle se faner ? Non, lui murmura-t-il à l'oreille. (La chaleur de son souffle courut sur sa joue et dans son oreille, et elle frissonna.) Si cette fleur doit être perdue, qu'on la cueille plutôt que de la laisser faner. Viens, suis-moi, enfant.

Il la poussa doucement et elle avança vers la porte de la grange. L'adolescent la précédait, mi-sautillant, mi-dansant, et il atteignit la porte avant elle. Il fit halte pour jeter un œil au-dehors et, satisfait de voir que la voie était libre, ouvrit la porte en grand. Gabbie continuait à avancer sans que sa volonté y soit pour quelque chose.

Son esprit était étrangement détaché de son corps, privé de toute initiative. Elle marchait à un rythme saccadé, comme si la force qui la condamnait n'était pas habituée à son corps. *Son* corps ? se demanda son esprit. Elle lutta pour s'arrêter, et sentit ce corps presque étranger s'immobiliser près de la porte.

L'adolescent se retourna pour lui faire face, et un sourire incandescent vint brûler ses yeux comme l'aurait fait un éclair.

— Tu connais tes propres désirs, lui dit-il d'une voix mélodieuse. Ne t'arrête pas. Viens, viens avec moi. (Il décrivit paresseusement un demi-cercle avec sa main et ajouta :) Écoute, Gabrielle, écoute.

Au loin naquit une musique, une mélodie si douce et si poignante que les yeux de Gabbie furent inondés de larmes. Cette symphonie la bouleversa, bien qu'elle ne fût apparemment produite que par un quintette – une harpe, trois flûtes et un autre instrument à vent qu'elle n'identifia pas. Mais elle déferlait sur la jeune fille comme une marée, libérant des émotions qui surgissaient des profondeurs inconnues de son être. Gabbie éclata en sanglots, car cette musique à la fois triste et merveilleuse était trop belle pour être l'œuvre d'un mortel. C'était la plus belle musique qu'elle ait jamais entendue, et la plus mélancolique.

Puis le thème musical devint plus allègre, la mélodie se fit plus vive, entraînante. Gabbie sentit son corps réagir, son pouls s'accélérer tandis qu'elle se mettait à suivre le rythme, mi-marchant, mi-dansant, derrière l'étrange adolescent. Il se retourna et entama une gigue autour d'elle. Produisant comme par magie une flûte de Pan, il se mit à jouer à contrepoint et Gabbie eut envie de rire, d'un rire à mi-chemin entre la joie et la démence. Une minuscule partie d'elle-même observait ce qui se passait et s'efforçait de chasser la folie qui s'était emparée d'elle, et cette partie isolée était la seule trace de logique dans un univers voué à la démence, car tout était devenu féerique autour d'elle.

La grange paraissait floue, comme vue à travers une vitre humide, et la lumière du ciel était électrique, d'un bleu incandescent qui vibrait d'une énergie invisible et néanmoins présente. Les arbres bruissant dans le vent parlaient un langage incroyablement ancien. Même la boue sous ses pieds semblait digne d'amour, tapis chaud et humide, idéal pour la danse.

L'adolescent s'avança dans le pré, Gabbie à ses côtés. Elle n'était qu'une marionnette dont il manipulait habilement les fils. Elle se surprit à virevolter, à courir en décrivant des cercles comme elle l'avait fait étant enfant, animée par la pure joie du mouvement. Un bruit joyeux fit écho à son rire et elle vit le jeune garçon lui adresser un sourire radieux.

Sans le moindre effort apparent, il sauta par-dessus la barrière en prenant appui d'une main sur un piquet. Gabbie dut escalader cet obstacle, mais même ce mouvement maladroit se fit sur le rythme de la musique, en parfaite harmonie avec elle. Il la conduisit parmi les arbres, dans l'air frais et verdoyant de la forêt. Et dans la douceur du soir, les arbres chantonnèrent et Gabbie les écouta.

Jamais la forêt ne lui avait paru aussi vivante, vibrante d'énergie. La pénombre devint une obscurité douce et accueillante, transparente, alors qu'une nouvelle dimension lui était révélée. Elle distinguait chaque branche et chaque feuille, et chaque arbre était unique à ses yeux. Elle découvrit qu'il existait un autre monde caché, enchâssé dans le monde de sa naissance. Elle savait que cet autre monde avait toujours été là mais qu'elle n'avait jamais été capable de le percevoir. À présent, captive de cette danse joyeuse et endiablée, elle le distinguait enfin. Et dans les ténèbres, l'adolescent brillait d'une faible lueur bleue.

Puis il se mit à danser autour d'elle, décrivant un cercle tout en continuant à jouer, tel Pan en pleine bacchanale. Gabbie contemplait son dos et ses épaules pendant qu'il virevoltait autour d'elle, ses jeunes muscles saillant sous sa peau. Une odeur de fleurs des champs, de miel et d'épices assaillit ses narines tandis que l'adolescent se rapprochait d'elle. *Mon Dieu, comme il est beau !* pensa-t-elle en le sentant tout proche. Lorsqu'il lui faisait face, elle voyait qu'en dépit de sa folle danse, il était toujours en érection, adressant un hommage à sa beauté. Elle fut submergée de désir pour ce jeune garçon. Elle sentait son corps acquérir une existence propre, s'éveiller à la vie par le désir. Chaque fibre de ses muscles brûlait d'envie de s'animer, de se dilater et de se contracter, et elle se joignit à la danse. Sa peau était électrique, ses cheveux volaient tout autour d'elle comme un sombre halo. Ses mamelons étaient douloureusement durcis et son ventre était inondé de chaleur. Une voix lointaine hurla de terreur au fond d'elle-même, la suppliant de fuir. Elle la chassa de son esprit.

Sans qu'elle ait vu le jeune garçon s'approcher d'elle, Gabbie sentit vaguement ses mains la dénuder. L'air frais vint caresser ses seins tandis qu'une langue agile lui léchait la joue. Son corps se tendit, se ramassant comme un ressort, puis l'adolescent frôla son sein gauche. Elle explosa dans un éclair de chaleur moite, son corps se détendant dans un spasme sauvage et incontrôlé.

Ses genoux vacillèrent et elle allait s'effondrer quand un bras étonnamment puissant l'étreignit, la retenant comme si elle n'avait été qu'une enfant. Sa peau était trempée, tout son corps était inondé de sueur, et elle hoqueta pour reprendre son souffle. Enfoui dans un coin obscur de son esprit, l'être conscient nommé Gabbie tressaillit soudain de terreur lorsqu'elle perdit tout contrôle sur son corps, qui acheva de se détacher d'elle. Elle sentit sa chute se transformer en doux effondrement. Elle frissonna lorsque des ondes de plaisir la traversèrent de part en part, étouffant sa dernière once de volonté.

— Viens, jeune beauté, dit doucement l'adolescent, viens et laisse-moi te faire le don du plaisir.

Il se pencha sur elle et l'embrassa. Puis il se mit à boire son âme.

Il déboutonna vivement la braguette de son jean. Ses mains tracèrent des cercles de feu sur son estomac et elle sentit son souffle se figer dans sa gorge. Il baissa la tête et embrassa ses seins et elle sentit le ressort se ramasser de nouveau à l'intérieur de son ventre. Son esprit était submergé par un désir chaud et moite, et elle était incapable de penser. Il glissa une main sous l'élastique de son slip jusqu'entre ses jambes. Gabbie se débattit et rua comme un animal sauvage, un gémissement de plaisir primitif montant de ses lèvres.

Emprisonné à l'intérieur d'elle-même, isolé de son propre corps, l'esprit de Gabbie se consumait. Et à travers cette chaleur palpable, elle percevait des images, un kaléidoscope de souvenirs, couleurs lumineuses éparses derrière ses paupières, dansant comme des perles colorées dans une lumière aveuglante. Elle vit tous les hommes qui l'avaient attirée restitués jusqu'au moindre détail. Ils se tenaient devant elle, tous en érection et prêts à la satisfaire. Elle se rappela comment, jeune écolière, elle avait vu un étalon prêt à monter une jument, et le rire des filles lorsqu'elles avaient vu un lad attraper l'énorme pénis du cheval et essayer de le guider à l'intérieur de la jument sans se faire écraser par l'animal surexcité. Les rires juvéniles devinrent des soupirs passionnés lorsque les filles partagèrent l'acte de la jument. Puis elles entourèrent Gabbie, et la séance de douche collective qui suivait le cours de gym se transforma en arène sensuelle, tandis que des corps jeunes et fermes se trémoussaient dans des nuages de vapeur et luisaient dans une lumière bleue. Des désirs dont elle n'avait jamais rêvé montèrent en elle et elle souhaita caresser ces corps souples, explorer leur mystère moite et goûter leurs lèvres. Il y eut un éclat de lumière écarlate – non, c'était un véritable feu – et un homme gigantesque lui apparut. Ses bras se levaient et s'abaissaient tandis qu'il frappait une enclume de son marteau, et son corps parfait était inondé de sueur. *Wayland*, pensa-t-elle. Puis elle sut que l'adolescent était à côté d'elle, que sa langue fouillait les doux replis de son ventre.

À travers le voile écarlate de son sang qui battait, elle vit le jeune garçon avancer pour se placer au-dessus d'elle. Son visage se brouilla et, l'espace d'un instant, une autre face la contempla, dont les traits étaient ceux de la folie façonnés par un artiste dément. Un visage à la cruelle beauté la regardait, puis ce visage vint à la rencontre du sien. Son souffle brûlant était aussi doux que du cidre, sa langue dardée avait une saveur poivrée. Le baiser qu'il lui donna lui scella les lèvres. Le contact de sa peau laissa la jeune fille en état de choc, et le plaisir monta en elle jusqu'à atteindre une intensité qu'elle était incapable de supporter. Entre ses jambes, la chaleur moite devint électrique, et tandis que son désir atteignait de nouveaux sommets, la satisfaction de ce désir persistait à rester juste hors d'atteinte. En quête d'un assouvissement inaccessible, Gabbie traversa la frontière entre la passion et le tourment. Le désir s'enfuit et, en cet instant, le plaisir se transforma en douleur.

Gabbie connut le supplice. Et la terreur l'engloutit. Une peur profonde et incontrôlée, la certitude qu'elle était sur le point d'être perdue, au-delà de toute rédemption, l'envahit, l'emportant loin des plaisirs de la chair et de la passion. Elle poussa un cri de terreur intérieur, mais ses lèvres ne firent que gémir de plaisir car son corps était toujours détaché d'elle-même. Prisonnière de sa propre chair, elle sut que ceci n'avait rien de l'amour. Aimer signifiait donner et ceci était prendre, ceci était la violation de quelque chose de précieux. Gabbie hurla de nouveau mais son corps ne produisit que des cris grossiers de satisfaction sexuelle.

L'adolescent s'attaqua à elle avec une fureur bestiale, ses dents et ses ongles labourant la peau blanche, chaque morsure et chaque griffure faisant naître un cri de plaisir. Gabbie se recroquevilla de peur, spectatrice à l'intérieur de son propre corps, si abêtie par son grotesque désir que même la douleur devenait délice. Elle pleura en silence, en proie à une terreur mortelle. Elle sentit les mains étrangères user d'une magie perverse sur sa chair et se rendit compte qu'il allait la prendre. Et elle sut au fond d'elle-même que, dès qu'il l'aurait prise, elle ne retournerait plus jamais dans le monde qu'elle avait connu. Car au-delà de ce plaisir et de cette douleur ne se trouvait que la mort.

Alors même que sa passion et sa terreur approchaient de leur point culminant, il y eut un bruit, et cette minuscule partie de Gabbie qui était emprisonnée dans son esprit se tourna vers lui. Quelqu'un prononçait son nom. C'était une voix lointaine, mais elle se rapprochait. Puis elle reconnut cette voix qui appelait :

— Gabbie ?

Une douleur atroce jaillit dans son ventre, pareille à un choc électrique dans une chair trop sensible pour supporter la plus douce des caresses. Elle se cambra et se tordit comme si le courant avait traversé son corps, hoquetant en silence, incapable de crier si intense était cette décharge d'énergie. Mais même cela n'était qu'un avant-goût du supplice à venir. Elle ne put que gémir sans bruit tandis qu'une marée de douleur et de chaleur déferlait en elle pour la consumer, et elle comprit qu'elle devrait endurer ce supplice pour l'éternité avant la venue de la mort.

Puis la chaleur écarlate disparut, mais la douleur resta. Gabbie sentit comme une cascade d'eau glacée couler sur son corps fiévreux. Son cœur se cabra et son souffle se figea tandis qu'elle se raidissait. Puis son cœur se remit à battre et un souffle abrupt emplit ses poumons de glace. Elle resta immobile, malade et frigorifiée, son corps ravagé parcouru de frissons après cette brusque transition entre la chaleur étouffante et le froid glacial. Quelque chose se détacha d'elle, la laissant dériver sur une mer de jais glaciale, et le battement sourd dans ses oreilles était celui des vagues lointaines qui venaient se briser sur des récifs d'ébène. Elle flottait sur un océan arctique et ténébreux. La première sensation à pénétrer cette obscurité fut une odeur de terre mouillée. Sa tête ne tournait plus sous l'effet des senteurs entêtantes. Elle sentait à présent la richesse de l'humus, ainsi qu'un mélange d'odeurs de bois, de feuilles et d'herbe, et le parfum ténu d'une renarde qu'apportait le vent nocturne. Lentement, maladroitement, son esprit se relia à son corps. Elle devint consciente d'un tremblement, une sensation toute proche, puis se rendit compte que c'était son corps qui frissonnait, que c'étaient ses dents qui claquaient. Elle remua la tête et la douleur fit irruption derrière ses yeux, lui faisant pousser un cri. Puis il y eut une lumière presque aveuglante.

— Oh ! dit la voix lointaine. Gabbie ! Ô mon Dieu !

Gabbie sentit le brouillard d'encre se lever. Elle cligna des yeux et secoua la tête. Sa terreur s'était évanouie, comme si quelqu'un l'avait chassée, mais la douleur et le froid terrible persistaient et elle ne pouvait pas s'empêcher de trembler. Puis Jack se pencha sur elle.

Il posa une lanterne à terre et elle détourna les yeux de sa lueur aveuglante.

— Ô mon Dieu, que s'est-il passé ? murmura-t-il, la gorge serrée.

La vue de Gabbie restait brouillée et elle ne comprenait que vaguement ce qu'il disait. Le sens de ses paroles s'enfuyait avant qu'elle ait pu le saisir. Des fragments de pensée s'assemblèrent peu à peu dans son esprit et elle baissa les yeux vers son corps. Celui-ci était presque complètement dénudé, sa chemise était déboutonnée et à moitié ôtée, son jean et son slip étaient baissés jusqu'aux chevilles. Elle gisait dans la boue, au cœur de la forêt, près du sentier qui conduisait au pont du Troll. Ses seins étaient couverts de morsures et de griffures, son ventre était baigné de sang. Ses mamelons la lançaient sous l'effet du froid et la douleur envahissait son bas-ventre au moindre mouvement. Gabbie prit conscience de ses cheveux mouillés et étalés sur son visage, obscurcissant sa vision, et elle tenta faiblement d'écarter les mèches noires de ses yeux. Elle cligna des yeux, confuse, et se mit à pleurer. Elle tendait faiblement une main vers Jack.

— Ô mon Dieu, Gabbie, que s'est-il passé ? dit-il en la prenant dans ses bras pour la bercer.

Finalement, elle fut capable de parler.

— Jack ?

Sa voix était aussi sèche que le murmure des feuilles.

Gabbie sentit le jeune homme la relever en hâte. Lorsqu'il la porta vers la maison, elle perdit tout contrôle sur elle-même. Les dernières traces de la terreur glaçante et du désir dément qu'elle avait ressentis s'évanouirent, faisant place à une révulsion si profonde que son esprit fut noué par le tourment. Elle pleura à lourds sanglots qui secouaient son corps de tremblements incontrôlables. Son estomac se noua et quelques instants plus tard elle tourna la tête pour vomir.

— Jack, j'ai si peur, murmurait-elle entre deux sanglots.

Elle pleurait encore lorsqu'il la porta à l'intérieur de la cuisine, juste avant qu'elle plonge dans l'inconscience.

2

Gabbie cligna des yeux. Le sang battait à ses tempes et elle avait la bouche sèche.

— De l'eau, dit-elle, et sa voix n'était qu'un murmure.

Gloria lui remplit un verre à la carafe et l'aida à lever la tête. Gabbie fut prise de vertige et se sentit défaillir sous l'effort. L'eau était fraîche et elle but avec avidité. Son vertige la quitta brusquement et elle regarda autour d'elle. Elle était dans sa chambre.

Gloria se tenait à côté du lit, Phil derrière elle.

— Ça va, ma chérie ? demanda Gloria.

— Bien sûr, répondit faiblement Gabbie. Que s'est-il passé ?

Gloria jeta un regard à Phil, qui dit :

— Nous espérions que tu pourrais nous le dire. Tu ne te souviens pas ?

— Me souvenir de quoi ? demanda Gabbie.

Gloria s'assit sur une chaise près du lit.

— Tu es allée dans la grange vers 19 h 30, dit-elle. Jack est arrivé à 20 heures et j'ai cru que tu étais remontée dans ta chambre. Quand j'ai vu que tu n'y étais pas, Jack a pris une lanterne et il est allé dans la grange. Tu n'y étais pas non plus, mais il a vu des traces de pas dans la boue, et il les a suivies dans le pré et jusqu'à la forêt. Il a continué à les suivre et il t'a retrouvée sur le sentier.

Le front de Gabbie se plissa tandis qu'elle réfléchissait.

— Je… je me souviens être allée retourner le foin pour les chevaux, et je pensais… (Sa voix s'estompa.) Je ne me souviens de rien d'autre.

Soudain, elle fut saisie par l'angoisse, mais il lui fut impossible d'identifier la source de ce sentiment. Ce n'était qu'une terreur sourde et sans nom. Toute couleur disparut de ses joues et elle murmura :

— Que s'est-il passé ?

— Ma chérie, dit Phil, quelqu'un a tenté de te violer.

Gabbie garda le silence. Cela lui paraissait impossible. Si on avait essayé de la violer, elle s'en serait souvenue.

— De me violer ? dit-elle à voix basse.

Elle leva les yeux vers son père et vit que son visage était un masque de froide colère. Pour la première fois depuis qu'elle était venue vivre à ses côtés, elle le voyait hors de lui.

— Quelqu'un a tenté de me violer ?

— Tu étais salement amochée, ma chérie, dit Gloria. Et brûlante de fièvre. Tu étais…

Gabbie baissa les yeux vers son corps, comme pour tenter de voir à travers les couvertures et le tee-shirt qu'elle portait, comme pour tenter de voir à l'intérieur d'elle-même.

— Est-ce… est-ce que…

Gloria prit la main de Gabbie.

— Le docteur va arriver, dit-elle. Écoute, nous en reparlerons plus tard si tu veux. Tu as besoin de repos.

Gabbie se laissa tomber sur les oreillers.

— Je ne suis pas fatiguée. Seulement dans les vapes.

— Tu ne te souviens de rien ? demanda Phil.

Gabbie sentit sa peur s'estomper. La possibilité d'un viol lui semblait très lointaine. Elle avait l'impression d'avoir été battue et meurtrie, mais pas… Elle ne savait pas ce qu'elle ressentait. Puis elle dit :

— Jack ?

— Il est en bas, il attend, dit Phil. Il est resté ici toute la nuit et il a dormi sur le canapé, s'il a pu dormir.

— Et les jumeaux ?

Gabbie était soudain inquiète pour ses frères. Si un dément rôdait dans les parages, ils étaient peut-être en danger.

— Ils vont bien.

— Est-ce que je peux voir Jack ?

— Bien sûr, dit Gloria en se levant.

Phil embrassa Gabbie et sortit de la chambre derrière sa femme. Presque aussitôt, Jack fut au chevet de Gabbie. Il avait l'air hagard, mal rasé et mal réveillé. Il la regarda en souriant.

— Salut.

— Salut toi-même, dit-elle en lui retournant son sourire. Je n'ai pas droit à un baiser ?

Il se pencha sur elle pour l'embrasser.

— Est-ce que ça va ?

— Je... je ne sais pas, dit-elle. Euh... je ne me rappelle pas grand-chose.

Elle étudia son visage et vit qu'il luttait pour paraître d'humeur légère. Derrière ses paroles douces et son sourire, il était bouleversé et profondément inquiet.

— Et toi, dit-elle, est-ce que ça va ?

Le masque se brisa et des larmes perlèrent aux yeux du jeune homme. Sa voix était nouée par l'émotion.

— Non, je... je ne suis pas à la hauteur dans ce genre de situation. (Il inspira profondément.) Je ne suis pas un type violent, Gabbie, mais je te jure que si je mets la main sur celui qui a fait ça, je le tue.

L'intensité de son émotion surprit Gabbie.

— Hé ! Calme-toi.

Jack perdit tout contrôle sur lui-même et les larmes coulèrent sur ses joues. Il prit la main de Gabbie et la regarda.

— Je… je t'aime, tu sais ? dit-il.

Elle sourit.

— Je sais. Je t'aime, moi aussi.

Il s'assit sur le lit et se pencha sur elle pour l'embrasser de nouveau.

— S'il t'arrivait quelque chose… je deviendrais dingue, tu sais ?

— Oui, je sais, murmura-t-elle.

Elle l'attira contre elle pour que sa joue repose contre la sienne, ignorant sa barbe râpeuse. En cet instant, elle sentit le lien qui les unissait et sut que tous les doutes qu'elle avait pu entretenir avaient disparu. Il y eut un long silence.

— C'est drôle, reprit-elle, mais je n'ai pas l'impression d'avoir été violée. Hé ! calme-toi, Jack, ajouta-t-elle en le sentant se raidir. Je suis sérieuse. Je me sens… fatiguée, et meurtrie, mais… je ne crois pas… (Elle le regarda.) Je crois que je le saurais.

Ses yeux se fermèrent lorsqu'elle embrassa Jack. Elle desserra ses bras et il se redressa.

— Il s'est passé quelque chose, dit-elle doucement. (Sa voix devint un murmure tandis que des fragments d'images défilaient devant elle.) Mais ce n'est pas ce qu'ils croient.

Avant que Jack ait pu répondre, un des jumeaux cria :

— Le docteur est là !

On entendit la porte d'entrée s'ouvrir, puis se refermer, et Sean ou Patrick souhaiter bruyamment la bienvenue. Un instant plus tard, le Dr John Latham entrait dans la chambre et en chassait Jack pour examiner sa patiente. Jack descendit au rez-de-chaussée et trouva Phil et Gloria en train de discuter avec un homme dans la salle de séjour.

L'homme leva les yeux lorsque Jack entra, et Phil dit :

— Jack, voici l'inspecteur Mathews.

Le policier était arrivé sur les talons du médecin et il reprit ce qu'il était en train de dire lorsque Jack était arrivé.

— Je suis désolé, Mr. Hastings, mais si elle ne se souvient de rien, nous ne pouvons pas faire grand-chose.

Phil avait l'air furieux.

— Ma fille a été violée et vous ne pouvez rien faire ?

Le policier leva les mains en signe d'apaisement.

— Mr. Hastings, je sais que vous êtes bouleversé, mais nous ne saurons pas si elle a été violée ou non tant que nous n'aurons pas l'avis du médecin. D'après son état tel que vous le décrivez, nous pouvons écarter l'hypothèse que votre fille se soit infligée ses blessures elle-même, ce qui prouve sans doute qu'il y a eu agression. Mais si nous n'avons aucun signalement du suspect, c'est l'impasse. Nous enverrons une voiture faire des patrouilles la nuit dans les environs pendant quelque temps, et nous surveillerons les étrangers un peu suspects qui débarqueront en ville, mais nous n'avons aucun indice. Bon sang, si c'est l'œuvre d'un vagabond, il peut se trouver n'importe où à présent. (Il fit une pause et ajouta :) Je ne suis pas avocat, mais même si on trouvait quelqu'un, nous n'aurions pas assez d'éléments pour l'inculper. Sans témoignage détaillé, il serait impossible de l'accuser de ce crime.

— Écoutez, dit Phil, je me fiche de savoir de quoi vous allez accuser ce salaud. Tout ce que je veux, c'est que vous l'attrapiez.

— Nous ferons notre possible. Maintenant, j'aimerais avoir un entretien avec votre fille dès qu'elle pourra me recevoir. (Il se tourna vers Jack.) C'est vous qui l'avez trouvée ?

Jack acquiesça et le policier l'entraîna à l'écart pour lui poser quelques questions.

Quelques minutes plus tard, le Dr Latham descendit.

— Elle va bien, dit-il. Contentez-vous de la surveiller pendant un jour ou deux et prévenez-moi si elle a de la fièvre. (Il lança un regard désapprobateur à Phil et à Gloria.) Je regrette que vous ne l'ayez pas amenée aux urgences dès hier soir.

Gloria prit un air emprunté.

— Je ne… ça n'avait pas l'air très grave, dit-elle. Je veux dire, ses blessures n'ont commencé à s'enflammer que ce matin, ou pendant la nuit. (Sa voix s'affaiblit lorsqu'elle ajouta :) Je n'aime pas tellement les hôpitaux…

— Eh bien, je lui ai fait une piqûre antitétanique, ainsi qu'une piqûre de tétracycline, ces égratignures ne s'aggraveront donc pas, mais… écoutez, je ne vais pas vous faire un sermon. Mais à l'avenir, évitez de faire un diagnostic aussi rapide, d'accord ?

— Nous nous en garderons bien, dit Phil en lançant un regard à sa femme.

La nuit précédente, Phil avait complètement paniqué et Gloria était apparue comme une forteresse de calme, rassurant son mari en lui affirmant que Gabbie n'était que légèrement blessée. Il avait été forcé d'en convenir, ayant aidé à mettre la jeune fille au lit et ayant vu que les blessures sur son ventre et sur ses seins étaient apparemment superficielles. Gloria avait estimé que la température de Gabbie était peu élevée, aussi avait-il accepté à contrecœur de ne pas se précipiter à l'hôpital. Ce matin, lorsque Gloria était montée la voir, la jeune fille était toujours fiévreuse et elle s'était débarrassée de ses couvertures durant la nuit. Gloria avait vu que ses blessures s'étaient infectées pendant son sommeil et elle s'était jetée sur le téléphone, obtenant le nom du Dr Latham auprès d'Aggie. Il avait fallu toute la force de persuasion de Gloria et tout le poids du nom d'Aggie pour forcer le médecin à faire une visite à domicile.

—Que s'est-il passé, docteur? dit Phil. Est-ce que Gabbie a été violée?

—Je suis quasiment sûr que non, dit Latham. Il n'y a aucun signe de pénétration physique.

—Vous en êtes certain? insista Phil.

Le médecin comprit son inquiétude.

—À cent pour cent? demanda-t-il. Non, tout est possible, mais je parierais mes trente ans d'expérience qu'on ne l'a pas pénétrée. Non, votre fille a été sérieusement malmenée – ces morsures sont symptomatiques d'un esprit malade. (Il resta pensif durant quelques instants.) Les marques sur son corps sont assez bizarres, on dirait des brûlures plutôt qu'autre chose. Et je jurerais qu'il y a des petites cloques sous la toison pubienne. (Il remarqua l'expression déconcertée de Phil et de Gloria et dit:) Non, je ne pense pas qu'elle ait été violée. Mais, ajouta-t-il après un bref silence, tout bien considéré, c'est pratiquement la même chose. Elle a été brutalisée et il lui faudra de l'aide pour surmonter cette épreuve. Je peux vous recommander quelqu'un, si vous voulez.

— Un psychiatre ? dit Phil.

— Ou un psychologue. Ou quelqu'un du centre d'aide aux femmes violées de Buffalo, peut-être. Les symptômes de traumatisme ne seront peut-être pas visibles avant un certain temps, aussi soyez vigilants. Si elle a des problèmes, s'il lui est difficile de s'endormir ou si son comportement change brusquement, si elle connaît des périodes de soudaine agitation ou au contraire de calme anormal, faites-le-moi savoir. Je vous donnerai une recommandation.

Phil remercia le médecin, et le policier monta pour poser quelques questions à Gabbie. Lorsqu'ils furent tous les deux partis, Gloria se rendit dans la chambre de la jeune fille pour s'asseoir auprès d'elle. Phil et Jack restèrent dans la salle de séjour et échangèrent un regard qui leur révéla que leurs sentiments étaient identiques : l'outrage et l'impuissance.

3

— Hé ! cria Gabbie.

Comme d'habitude, les jumeaux ignorèrent ses protestations et continuèrent à se battre. Écartant ses couvertures, elle se leva et traversa le palier d'un pas décidé en direction de leur chambre. Sean et Patrick étaient en train de se rouler par terre et leur joute était à deux doigts de se transformer en véritable pugilat.

— Hé ! cria de nouveau Gabbie.

Les jumeaux cessèrent de se battre.

— Quoi ? dit Sean en levant les yeux.

— Dehors, ordonna Gabbie.

— Quoi, dehors ? dit Patrick avec cette expression malicieuse dont seuls sont capables les petits frères.

— Votre bruit, ton frère et toi, voilà quoi. Dehors, dit-elle, à bout de patience. Ou alors, vos petits postérieurs seront dans le plâtre quand papa et Gloria rentreront. (Elle tourna les talons sans attendre leurs protestations. Puis un bruit lui fit faire demi-tour.) Quoi encore ?

Patrick s'était relevé et essayait de porter Sean.

— J'essaie de l'emporter dehors.

Les deux garçons s'effondrèrent sur la moquette, en proie au fou rire.

— Oh non ! dit Gabbie en battant en retraite vers sa chambre.

Les jumeaux avaient fait preuve de considération envers elle pendant vingt-quatre heures depuis le moment où Jack l'avait ramenée à la maison. La veille, ils avaient marché sur des œufs et parlé à voix basse afin de ne pas la déranger. Aujourd'hui, ils avaient repris leurs bonnes habitudes. Elle renonça au repos et ôta le tee-shirt trop grand de plusieurs tailles qui lui servait de chemise de nuit. Elle s'immobilisa quelques instants pour contempler son corps nu dans le miroir accroché à la porte et frissonna. Ses plaies s'étaient estompées à présent, mais de nouvelles marques étaient apparues à leur place, pareilles à de minuscules cloques, résidus d'une rencontre terrible dont elle ne se souvenait plus. Poussant un soupir, elle attrapa un slip dans un tiroir et l'enfila. Après s'être vêtue d'une chemise et d'un jean, elle chaussa ses bottes, résolue à oublier tout cet intermède étrange. De plus, il fallait qu'elle exerce les chevaux.

Arrivée sur le palier, elle vit que les jumeaux avaient disparu et supposa qu'ils étaient allés jouer au base-ball dans le parc, comme chaque après-midi. Phil et Gloria étaient partis passer la journée à Buffalo. On avait invité Phil à prononcer un discours dans une bibliothèque et Gloria avait presque dû lui faire une scène pour le convaincre d'accepter. Phil n'avait rendu les armes que lorsque Mark s'était proposé pour garder la maison en son absence, et Gloria et lui avaient décidé de partir toute la journée afin de faire quelques achats et d'aller dîner au Cloître, qui avait la réputation d'être l'un des meilleurs restaurants de tout l'État.

En passant devant la bibliothèque, elle aperçut Mark assis devant l'ordinateur de son père et passa la tête par la porte.

— Salut. Comment ça va ? dit-elle.

Mark leva les yeux et lui sourit, et Gabbie se surprit soudain à penser à quel point il était sympathique. Elle n'avait passé que peu de temps avec Mark et Gary, fréquentant surtout Gary à cause des parties de tennis qui les opposaient, Jack et elle, à Ellen et au jeune homme. Mais lorsqu'elle était avec Mark, elle trouvait toujours sa compagnie fort agréable.

— Ça va, dit-il. J'ai presque fini et je suis prêt à affronter la cave demain. Et vous, comment allez-vous ?

Elle haussa les épaules.

— Je suis encore meurtrie. Mais je survivrai.

— C'est bien.

— Que faites-vous avec l'ordinateur de papa ?

— Je l'utilise pour dresser le catalogue de la bibliothèque. Je ferai une copie des disquettes et votre père pourra les garder. Il lui suffira de les mettre à jour chaque fois qu'il vendra ou achètera des livres.

— Ça m'étonnerait qu'il y pense, dit-elle en secouant la tête. Il adore le traitement de texte, mais le reste pourrait tout aussi bien venir d'une autre planète.

— Je sais, dit Mark en riant. C'est moi qui ai écrit le programme d'inventaire.

Gabbie s'attarda un long moment près de la porte, apparemment incapable de dire un mot.

— Vous voulez en parler ? demanda finalement Mark.

— C'est assez étrange.

— Tout ce qui est étrange m'est familier. (Il la regarda longuement.) Gabbie, si vous ne souhaitez pas me parler, je ne serai pas vexé. Mais si vous avez besoin d'une oreille amicale, je serai plus qu'heureux de vous écouter. (Il sourit.) Et je suis aussi un psychologue.

— Je ne le savais pas, dit-elle, apparemment surprise.

— C'est le cas de la plupart des gens. Je n'exerce pas, mais j'ai un doctorat en psychopathologie et une autorisation délivrée par l'État de New York qui fait de moi un psychothérapeute. C'est comme ça que je me suis intéressé à l'occultisme, en enquêtant sur les phénomènes psychologiques bizarres. Le sujet de mon premier livre était la psychologie paranormale, et cela m'a conduit à d'autres parties du domaine de l'occulte. Mon internat est assez loin aujourd'hui, mais je sais encore écouter.

Elle observa une pause, comme pour réfléchir à ce qu'il venait de dire. Puis elle finit par lui demander :

— En toute confidence ?

— Absolument.

Mark appuya sur une touche du clavier pour sauvegarder ses données tandis qu'elle allait s'asseoir sur une chaise. Il se redressa sur son siège, séparé de la jeune fille par le bureau, et resta silencieux.

— Ce qui m'inquiète, dit Gabbie après quelques instants, c'est que je ne me rappelle pas grand-chose. Je veux dire, j'ai entendu parler des blocages causés par les traumatismes, mais je ne me sens pas spécialement… traumatisée, vous savez ? (Il hocha la tête.) C'est un peu comme… comme un rêve. Comme quand on se réveille et qu'on se rappelle presque ce qu'on a rêvé, peut-être une image ou quelque chose comme ça, mais on ne se souvient de rien d'autre.

— De quoi vous souvenez-vous ?

— Je me souviens… d'avoir entendu quelque chose. Et je me souviens… d'avoir senti quelque chose.

— Quoi donc ?

— Des fleurs des champs, je crois. Du moins, ça ressemblait à l'odeur des fleurs des champs. Et cette odeur devait être très forte pour que j'aie pu la sentir dans la grange. (Elle rit, légèrement embarrassée.) C'est idiot, hein ?

— Non, absolument pas. L'odorat est un sens fondamental, plus fort que vous ne l'imaginez. Vous pouvez regarder une photo de votre grand-mère, par exemple, et ne pas vous souvenir d'elle, puis sentir son eau de Cologne préférée et voir surgir un souvenir des plus vifs. C'est très fréquent.

— Eh bien, je ne crois pas que j'aie jamais senti quelque chose de similaire. C'était une odeur épicée. Je me serais souvenue si…

Sa voix s'estompa et ses yeux s'écarquillèrent.

— Oui ? demanda doucement Mark.

Toute couleur quitta le visage de Gabbie.

— J'avais *déjà* senti cette odeur de fleurs. Ça… ça m'étonne que je ne m'en sois pas souvenue tout de suite, car c'était aussi dans des circonstances bizarres.

— Quand ? dit Mark, de toute évidence intéressé.

— Quand Pissenlit a perdu son fer le 4 juillet.

Elle lui raconta sa rencontre avec le maréchal-ferrant. Mark s'inclina et ses coudes vinrent se poser sur le bureau.

— C'est étrange, continua-t-elle. J'avais oublié tout ce qui s'était passé ce jour-là jusqu'à cet instant. Ça doit être la grippe.

— Quelle grippe ?

— J'ai attrapé un microbe le 4 juillet. C'est Jack qui m'a retrouvée. Il croit que ce forgeron était une hallucination. Pas moi. Je pense qu'il s'agissait d'un de ces amish de Cattaraugus. Il en avait bien l'air, avec son chapeau, ses bretelles et ses bottes. Et il avait un accent. Il avait un vieux chariot, avec une forge portative à l'arrière. Mais cette forge paraissait… vraiment antique, vous savez, pas comme les forges modernes qu'on trouve à l'arrière des camions. Je ne sais vraiment pas comment la décrire.

Mark resta silencieux.

— Vous savez, dit finalement Gabbie, j'étais vraiment en colère contre Jack et j'ai trouvé ce forgeron très beau. J'ai pensé que j'aimerais bien le revoir, mais je crois que les amish ne… je ne sais pas, ils ne sortent pas avec les filles qui ne sont pas de leur foi ? Ou quelque chose de ce genre.

Mark sourit et se mit à parler doucement.

— Non, je ne pense pas. Écoutez, Gabbie. Peut-être y avait-il bien un forgeron. Je ne connais pas grand-chose au sujet des amish, mais je pourrais vérifier. Est-ce qu'il vous a dit quel était son nom ?

Elle plissa le front, puis ses yeux s'élargirent.

— Smith. C'est ça. Son nom était Wayland Smith.

Le seul changement dans l'expression de Mark fut un léger plissement autour de ses yeux.

— Wayland Smith, répéta-t-il d'une voix atone.

— Oui. (Elle paraissait lutter pour se rappeler quelque chose.) Il m'a dit qu'il venait d'un endroit nommé White Horse. Je pense que c'est sa ville natale. C'est à peu près tout, sauf que…

Elle baissa les yeux.

Après un long silence, Mark demanda :

— Oui ?

— Eh bien, il m'a… il me plaisait beaucoup, vous savez.

Mark demeura silencieux, se tapotant distraitement la joue avec un crayon. Puis il demanda :

— Est-ce que cela vous a troublée ?

Les yeux de Gabbie rencontrèrent les siens, et la jeune fille parut embarrassée.

— Oui, en quelque sorte. C'est comme s'il y avait deux personnes en moi : mon moi, mon moi véritable, est normal, vous savez. (Elle baissa la voix, trahissant son malaise.) J'ai des désirs, vous savez. Je suis… Jack me fait de l'effet, vous savez…

Mark sourit. Son sourire était aimable et rassurant, exempt de toute moquerie.

— Oui, je sais.

Gabbie eut un sourire emprunté.

— Je fais ça quand je suis nerveuse. Vous savez, tu sais, vous savez. (Elle secoua la tête.) Mamie avait l'habitude de me réprimander parce que je finissais chaque phrase par « tu sais ». (L'atmosphère sembla devenir moins lourde et Gabbie se détendit.) Écoutez, quand je suis avec Jack, je suis dans tous mes états, mais c'est normal... (Elle commença à dire quelque chose, puis se ravisa et conclut par :) Vous voyez ?

Ils éclatèrent de rire tous les deux.

— Je vois, dit Mark.

— Mais avec ce forgeron... eh bien, il était bien fichu et tout ça, mais pendant qu'il travaillait, je ne pensais qu'à son corps. (Elle poussa un lourd soupir.) Je veux dire, c'était un bel homme, mais... (Elle réfléchit durant un long moment, puis dit finalement :) Mais je n'ai pas l'habitude d'être obsédée par le corps d'un homme. Je veux dire, Jack est bien bâti, et j'aurais des problèmes avec un type vraiment repoussant, mais c'est ce qu'un homme dit et pense, ce qu'il ressent, c'est ça qui m'attire, je crois.

Elle semblait de nouveau lutter pour trouver ses mots.

— Et ce Wayland Smith était différent ?

— Ô mon Dieu, oui ! dit Gabbie. (Elle se tut durant quelques secondes, rassemblant ses souvenirs.) Je le regardais travailler et je transpirais de partout, et je ne pensais qu'à une chose : poser mes mains sur son corps. (Elle eut un rire emprunté en faisant mine de saisir quelque chose, puis hocha la tête en signe d'étonnement.) Il m'a soulevée pour me mettre en selle après avoir remis le fer en place et quand il m'a touchée, j'ai failli jouir dans mon jean. (Le ton de sa voix passa de l'embarras à la détresse.)

Mark, ça me terrifie, j'étais prête à le baiser sur place, dans l'herbe. Je veux dire, je ne pensais absolument pas à l'amour, à la fidélité que je dois à Jack, à ma virginité ou à quoi que ce soit d'autre. Je ne voulais qu'une chose : lui arracher son froc et baiser. (Elle baissa la voix.) On aurait dit qu'il avait un pouvoir sur moi. Est-ce que je suis dingue, ou quoi ?

Mark sourit.

— À mon avis, dit-il, vous êtes plus « ou quoi » que dingue.

Gabbie lui rendit son sourire.

— Quoi qu'il en soit, reprit-il, le sexe est toujours une expérience délicate. (Il l'étudia durant quelques instants.) Surtout si c'est quelque chose de neuf. Vous parviendrez peut-être à mieux assumer une attirance sexuelle quand vous aurez un peu plus d'expérience, mais cela restera susceptible de vous perturber. De temps en temps, nous rencontrons quelqu'un qui nous met dans cet état-là sans que nous le connaissions ni d'Ève ni d'Adam. La plupart du temps, l'expérience partagée, la confiance mutuelle et une certaine période d'accoutumance sont nécessaires pour bâtir un véritable couple, vous savez ? (Ils sourirent tous deux à ces mots.) Mais cet autre truc, la chimie des organismes, le coup de foudre, appelez cela comme vous voulez, est quelque chose de terrifiant. Même les croulants comme moi en font parfois l'expérience. Il y a un an, j'ai rencontré quelqu'un lors d'un congrès d'écrivains… eh bien, sans rentrer dans les détails, lorsque nous nous sommes serré la main, on aurait dit un choc électrique. J'ai failli en tomber à la renverse.

Gabbie s'anima brusquement.

— C'est ça ! J'ai failli jeter mes vêtements par terre quand il m'a touchée. (Elle baissa les yeux.) C'était presque un orgasme.

— Il s'agit de quelque chose de puissant et de fondamental. Et de totalement insensé. C'est à cause de ça que des gens s'attachent viscéralement à des partenaires qui ne leur conviennent absolument pas.

Gabbie hocha la tête.

— Comme ma mère et mon père ?

— Je n'ai jamais rencontré votre mère, mais à en juger par le peu de chose que m'a dit votre père, c'était sans doute ça. J'ai vu des photos de votre mère, et c'est une beauté. Tout comme sa fille. (Il lui fit un clin d'œil. Gabbie sourit sans fausse honte de ce compliment.) Et votre père était très jeune quand ils se sont rencontrés. Ce fut véritablement un coup de foudre. Même aujourd'hui, ils ne pourraient peut-être pas vous dire eux-mêmes ce que chacun trouvait alors à l'autre. (Il fit une pause.) Ce que je veux vous dire, c'est que lorsqu'on fait l'expérience de cette attirance chimique, elle est toute-puissante et n'a aucun sens. Et c'est terrifiant. De plus, cela vous donne l'impression que quelqu'un d'autre vous tient en son pouvoir, ce qui n'a généralement rien d'agréable. Nous en venons parfois à détester ceux que nous aimons à cause de ce pouvoir qu'ils ont sur nous. (Gabbie semblait toujours inquiète.) Écoutez, vous m'avez dit que vous aviez la grippe, n'est-ce pas ? (Elle acquiesça.) Eh bien, nos actes sont parfois étranges quand nous sommes dans un état fiévreux. Je ne suis pas médecin, mais je lis les revues professionnelles et je sais que la fièvre a des effets bizarres sur les hormones et sur le métabolisme en général.

Peut-être la fièvre est-elle partiellement responsable de l'effet que ce type a eu sur vous. Ou du moins avez-vous réagi avec plus de force parce que votre métabolisme était un peu mal en point et parce que vos inhibitions étaient amoindries. Ou quelque chose comme ça.

— Je l'espère, dit Gabbie en soupirant. Je… j'espère que ce n'était pas quelque chose que… vous savez, quelque chose que je désirais vraiment… en secret ou quelque chose comme ça. (Elle baissa les yeux vers ses mains, croisées sur ses genoux.) Peut-être que cet autre type, dans la forêt… a vu quelque chose en moi…

— Gabbie, dit doucement Mark, si vous êtes excitée par un jeune hercule séduisant aperçu dans la forêt, ça ne signifie pas pour autant que vous êtes une pute. Ça ne fait pas apparaître un signe au néon au-dessus de votre tête invitant chaque homme qui passe à vous sauter dessus. Et même si vous pratiquiez le sexe comme un sport, même si vous aviez une dizaine d'amants, le viol est quelque chose de différent. De tout à fait différent.

Mark étudia Gabbie sans rien dire durant quelques instants. Son expression était sérieuse, mais le ton de sa voix resta rassurant lorsqu'il reprit :

— Il est fréquent que les victimes d'un viol sombrent dans la confusion et perdent de vue la responsabilité de l'agresseur. Vous risquez de ne plus savoir où vous en êtes et de vous croire responsable parce que vous êtes une victime. Vous comprenez ? (À en juger par l'expression de la jeune fille, elle avait encore des doutes.) Écoutez, vous vous surprenez à penser des trucs comme : « J'aurais dû être capable d'empêcher ça », « Je désirais peut-être inconsciemment être violée », ou « C'était la volonté de Dieu », ou des conneries dans ce genre, et vous êtes malade de honte.

Elle leva un peu les yeux.

— J'ai commencé à penser des choses comme ça. J'ai pensé que, peut-être… vous savez, que je l'avais provoqué… que c'était ma faute.

— Ce n'est *pas* votre faute. Mais la peur et la confusion peuvent vous le faire penser. (Il la regarda longuement.) Et parfois, ceux qui vous entourent peuvent renforcer ce genre de sentiments par leur propre confusion. Votre ami ou votre père, des problèmes de ce côté-là ?

— Non, papa et Jack ont été parfaits. (Ses yeux semblèrent s'éclaircir, et elle sourit.) Oui, ils ont été formidables.

Mark sourit de nouveau.

— Rappelez-vous : ce n'était pas votre faute. D'accord ? (Elle acquiesça.) Bien, avez-vous réussi à présent à vous rappeler ce qui s'est passé dans la grange ?

— Je ne sais pas, dit-elle avec un haussement d'épaules. J'ai moins de mal à me souvenir de ce forgeron qu'à me souvenir de ce qui s'est passé dans la grange. Le type dans la grange ? Il était jeune, plus jeune que moi peut-être, c'est tout. Et il était… mignon, mais aussi un peu effrayant, peut-être même dingue. Charismatique. Il m'a parlé, mais c'est comme si j'avais vu bouger ses lèvres sans entendre un seul mot, comme si le son avait été coupé. Puis soudain il s'est jeté sur moi. Je ne me rappelle vraiment pas grand-chose. Je ne me rappelle même pas comment nous sommes arrivés dans la forêt. (Elle se pencha en arrière.) Alors, suis-je folle ?

Il éclata de rire.

— Non… enfin, peut-être un petit peu. (Elle sourit.) Il n'y a aucun sentiment « correct » à avoir dans un cas pareil, Gabbie. La colère, le remords, l'hostilité, la dépression, même l'euphorie, tout est susceptible de vous saisir à un moment donné. Assurez-vous seulement que vous maîtrisez vos sentiments et, si les choses tournent mal, n'hésitez pas à m'appeler à l'aide, d'accord ?

Gabbie hocha la tête.

— J'ai pris l'habitude de maîtriser mes sentiments. J'ai eu pas mal de problèmes en grandissant.

— C'est ce que j'ai cru comprendre. (Il observa une pause.) À votre place, je continuerais à vivre comme avant. N'essayez pas d'oublier, mais laissez surgir les souvenirs à mesure qu'ils vous reviendront, et ne vous inquiétez pas s'il ne se passe rien pendant un long moment. Tout vous reviendra en temps et en heure.

— Eh bien, ça m'a l'air sensé, dit-elle en se levant. (Elle se mordilla la lèvre inférieure tout en réfléchissant.) Je pense que cette odeur était… liée à cet attrait sexuel. (Elle soupira.) Bref, si je me rappelle quelque chose d'autre, je pourrai vous en parler ?

— Bien sûr, quand vous voudrez.

Elle se dirigea vers la porte.

— Il faut que j'aille inspecter les chevaux. Jack a peut-être mis du désordre, vous savez, dit-elle d'un ton enjoué.

— La grange ne vous fait pas peur ?

Elle sourit.

— Je ne crois pas qu'il rôde encore dans le coin, non ?

— Si vous voulez, je vous accompagne.

— Non, ça ira. Je suis une grande fille. (Elle fit mine de partir, puis s'arrêta et dit :) Merci, Mark.

— Il n'y a pas de quoi, Gabbie.

Il la regarda s'en aller. C'était une jeune fille adorable. Il sourit en entendant de nouveau Gary parler d'engager un tueur à gages pour abattre Jack. Si elle avait eu dix ans de plus, il aurait pu avoir la même idée. La porte d'entrée claqua quand elle sortit et il sourit, ajoutant en pensée : *Ou si j'avais quinze ans de moins.* Il eut un petit rire et haussa la barre jusqu'à vingt ans. Puis il chassa cette pensée et décrocha le téléphone. On lui répondit après deux sonneries.

— Gary ? Rendez-moi un service. Allez dans mes archives et cherchez le nom de Wayland Smith. Voyez ce que nous avons sur lui. Pas la peine de me rappeler. Attendez que je sois rentré… Non, je resterai ici jusqu'à 23 heures environ, je crois. Phil et Gloria seront sûrement rentrés à cette heure-là. Allez au cinéma avec Ellen et amusez-vous bien.

Il raccrocha. Après s'être renfoncé dans son siège, il réfléchit un long moment au récit de Gabbie. Finalement, se résignant à patienter pour avoir des indices sur ce nouveau mystère, il se retourna vers l'ordinateur qui attendait patiemment qu'on lui injecte de nouvelles données.

4

Lorsque Mark rentra chez lui, Gary l'attendait dans la pièce qui leur servait de bureau. Blackman posa sur la table les feuilles qu'il avait éditées sur l'imprimante de Phil.

— Vous êtes rentré plus tôt que je ne l'aurais cru, dit-il.

— Ellen travaille, rappelez-vous. Contrairement à certains d'entre nous, elle ne peut pas grappiller une heure de sommeil supplémentaire le matin. Un brandy ?

Gary indiqua le verre qu'il tenait. Mark déclina son offre.

— J'ai cherché Wayland Smith dans vos archives, dit Gary.

— Qu'avez-vous trouvé ?

— C'est un personnage folklorique, qui apparaît dans le vieux poème anglais « La Complainte de Deor », et que l'on retrouve dans le *Kenilworth* de Walter Scott. On le considère comme un compagnon de Volund, et il y a une longue histoire à son sujet dans la *Grande Edda*. Il est censé être une sorte de super-forgeron, un peu comme Paul Bunyan était un super-bûcheron. Ce que vous savez déjà, je suppose. À présent, est-ce que vous voulez bien m'expliquer de quoi il retourne ?

— Avez-vous noté l'endroit où il était censé vivre ? dit Mark.

Gary se leva en maugréant pour se diriger vers le bureau encombré de papiers. Il prit un paquet de fiches et les feuilleta. Après en avoir sélectionné une, il reposa le reste.

— Il n'est écrit que « White Horse ».

— Regardez « White Horse » dans mes archives géographiques.

Gary s'exécuta, et trouva bientôt une autre fiche.

— White Horse, dit-il. Uffington, près de Wantage, au sud-ouest d'Abingdon dans le Berkshire. Le Cheval blanc est un monument d'origine inconnue, peut-être prédruidique, une estampe à flanc de colline, obtenue en dégageant la couche de terre pour exposer le calcaire en soubassement. D'autres monuments similaires se trouvent dans le Wiltshire, dans le Yorkshire et ailleurs, mais celui d'Uffington est le plus célèbre. (Gary reposa la fiche.) D'accord. Et maintenant, est-ce que vous allez me dire ce qui se passe ?

— Gabbie prétend avoir rencontré Wayland Smith le 4 juillet.

Gary se rassit.

— Merde, dit-il tout doucement.

— Bien parlé, comme d'habitude.

— Non, je veux dire, peut-être que ce nom n'est qu'une coïncidence.

— Un maréchal-ferrant ambulant, avec une forge portative antique dans sa charrette, qu'elle a pris pour un amish à cause du style vieillot de ses vêtements et de son langage ? Et qui lui a dit qu'il venait de White Horse ? (Il continua, expliquant en détail ce que Gabbie lui avait raconté.) Et rappelez-vous que cela relève du secret médical. Je lui ai accordé une consultation confidentielle.

— Depuis quand les doctorants en linguistique historique font-ils office de psychologues ? Je plaisante. Je ne dirai pas à Gabbie que vous m'avez parlé de sa vie sexuelle. (Il se rassit et tambourina sur le bras de son fauteuil.) Ça n'a aucun sens, Mark. C'est comme si on croisait Huckleberry Finn sur son radeau en faisant du canoë sur la rivière. Quelqu'un a dû lui faire une blague.

Mark garda le silence durant un long moment.

—Il est possible qu'il ne s'agisse que d'une série de coïncidences, dit-il finalement. Peut-être Gabbie a-t-elle raison et ce Smith est-il un forgeron amish de Cattaraugus, qui se prénomme Wayland et qui vient d'une ville nommée White Horse. Même si je ne crois pas qu'il y ait une chance sur un million pour que nous trouvions un amish au nom anglais.

Gary se releva, attrapa un atlas sur une étagère et feuilleta son index.

—Voilà. Il y a deux villes nommées White Horse. La première en un seul mot, Whitehorse, dans le Yukon, au Canada…

—Je pense que nous pouvons l'écarter sans risque.

Gary plissa le front devant cette interruption.

—L'autre se trouve… (il sourit comme s'il venait de se venger)… dans le comté de William Pitt, État de New York. (Il alla à la page indiquée.) C'est à un jet de pierre de la frontière de Cattaraugus, à mi-chemin entre ici et Pearlington, il y a donc peut-être des amish dans le coin.

—Rendez-moi un service.

—Je sais: aller là-bas et voir s'il y a un forgeron nommé Wayland Smith qui travaille dans les environs.

—Oui. Il ne sera pas dans l'annuaire si c'est un amish. (Mark soupira.) Je ne pense pas que vous le trouverez, mais nous ne devons rien négliger. Toute cette histoire me tracasse, continua-t-il. Ou bien les dieux de la coïncidence s'amusent à nos dépens, ou alors Gabbie a eu l'expérience paranormale la plus stupéfiante que nous ayons jamais rencontrée.

— Ou quelqu'un a monté un coup incroyablement tordu, proposa Gary.

— À quoi pensez-vous ?

Gary regarda Mark par-dessus le bord de son verre de brandy.

— Peut-être qu'un escroc a jeté son dévolu sur elle.

— Pourquoi ?

Gary se pencha en arrière sur son siège.

— Il y a des millions de bonnes raisons.

— Son héritage ? dit Mark.

Gary hocha la tête.

— Je suis allé faire un tour à la bibliothèque locale et j'ai consulté de vieux numéros de *Fortune* et du *Wall Street Journal.* Phil ne rigolait pas quand il a parlé de plusieurs centaines de millions. Ça m'étonnerait que Gabbie ait une idée précise de l'étendue de la fortune de sa grand-mère. Eldon Larker, l'arrière-grand-père de Gabbie, était un véritable chevalier d'industrie sans scrupule, un enfant de chœur comparé aux Vanderbilt et autres Mellon, mais néanmoins fort doué pour faire du fric. Et son grand-père a réussi à accroître encore le pactole. Des puits de pétrole au Moyen-Orient, des mines d'or et de diamants en Afrique du Sud, des usines d'électronique en Californie, une fabrique de textiles à Taïwan, un grand parfumeur à Paris, des actions dans une compagnie de location de voitures, une chaîne de librairies religieuses… et des dizaines d'autres trucs. Et à moins que la mère de Gabbie trouve un moyen de faire annuler le testament – ce qui semble improbable, les avocats d'Helen Larker étaient trop futés –, cette gamine est riche, avec un *R* majuscule.

— Un *R* vraiment majuscule ?

— Si l'on parle en liquidités, peut-être trois ou quatre millions de dollars. Mais si elle revendait tout son actif, qui sait ? Je pense qu'elle vaudrait aux alentours de quatre-vingts millions de dollars.

— Pourquoi ce soudain intérêt ?

— Pure curiosité, dit Gary en haussant les épaules. (Puis il sourit en ajoutant :) Et peut-être vais-je laisser tomber Ellen pour aller piétiner les plates-bandes de Jack.

— On aura tout vu, dit Mark, qui resta ensuite silencieux.

Après un long moment, Gary demanda :

— Ça vous tracasse vraiment, hein ?

— Ça n'a aucun sens. Je crois que je vais accepter un brandy, si cela ne vous dérange pas.

Gary lui servit un verre.

— Si quelqu'un en voulait à l'argent de Gabbie, dit Mark, il y aurait un millier de plans plus plausibles à monter. Je soupçonnerais davantage un jeune tennisman au physique de star, à l'accent italien et à l'endurance sexuelle digne d'un marathonien plutôt qu'un forgeron rural. Je ne sais pas. Mais je pense qu'une tentative pour s'emparer de son argent est improbable.

— Si ça, c'est improbable, comment faut-il qualifier une rencontre avec un authentique mythe folklorique ?

Mark ferma les yeux, soudainement épuisé.

— Je ne sais pas. Mais je vous parie un dîner en ville que vous ne trouverez aucun Wayland Smith à White Horse, État de New York.

— Je ne parie rien, dit Gary. J'ai appris à ne pas douter de votre intuition. (Il sirota son verre.) Bien, admettons que j'aille là-bas et que je ne trouve rien. Et ensuite ?

— Je ne sais pas. Je ne sais vraiment pas. (Après un nouveau et long silence, il ajouta :) Quand Aggie revient-elle ?

— Dans deux jours, je crois. Jack est retourné à New York pour l'aider à rapporter tout son barda. Pourquoi ?

— Laissez-lui un jour de répit, puis allez faire un tour chez elle. Soyez aussi circonspect que possible, mais j'aimerais que vous la sondiez sur une idée qui commence à germer dans ma tête.

Gary reposa son verre et prit un crayon et un papier. Quand les choses commençaient à se cristalliser dans la tête de Mark, cela conduisait en général à un nouveau projet ou à un tournant décisif dans le projet en cours.

— Aggie en saura bien plus que quiconque sur les mythes folkloriques des îles Britanniques et leurs relations avec des événements historiques. Tâchez de lui soutirer ce qu'elle sait sur les prêtres druidiques… (Mark donna à Gary une longue liste de sujets apparemment disparates sur lesquels interroger Aggie.) Voyez aussi si elle connaît les légendes à propos de Smith, conclut-il.

Gary finit de prendre des notes.

— Ça va être difficile de mêler tout ça à la conversation.

— Vous trouverez bien un moyen, dit Mark en souriant.

— Oui, *sahib*, dit Gary en se levant. À présent, je file au lit. Entre une fiancée athlétique qui m'écrase à chaque set pour en rire ensuite pendant tout le film et un patron aux idées bizarres, je suis crevé. Et la journée de demain risque d'être longue.

Mark lui souhaita bonne nuit d'un geste de la main et resta un long moment à contempler son brandy, essayant de comprendre les récents événements. Il en revenait toujours au sentiment que la réponse la moins probable, une réponse apparemment impossible, allait se révéler être la bonne. Et cette certitude l'emplissait d'une étrange et fabuleuse angoisse. Car s'il avait raison, alors les événements mystérieux qui avaient secoué l'Allemagne au début du siècle étaient sur le point de se reproduire dans le comté de William Pitt, État de New York.

5

Patrick regarda autour de lui et Sean lui fit signe que la voie était libre. Ils ouvrirent la porte de derrière et descendirent en hâte les trois marches. Patrick posa la soucoupe emplie de lait sur le sol et les deux garçons regagnèrent aussitôt la maison. Ils regardèrent le lait pendant quelques instants, puis Sean dit :

— Peut-être qu'ils ne viendront pas si on reste là. Comme le père Noël.

— Peut-être, dit Patrick en haussant les épaules. Viens. Si maman nous attrape, on va le sentir passer.

Ils rentrèrent, évitant la colère de leur mère, qui était dans le salon en train de regarder un film débile avec leur père. Montant l'escalier sur la pointe des pieds, ils atteignirent le havre de leur chambre. En un clin d'œil, chacun d'eux se retrouva sous les couvertures.

Ils rendaient visite à Barney Doyle de plus en plus souvent, et le vieil homme les fascinait avec ses histoires fabuleuses de héros irlandais aux pouvoirs magiques. C'était parce qu'ils l'avaient vu poser une soucoupe de lait devant sa porte qu'ils avaient décidé de faire la même chose. Le sommeil fut difficile à venir, tant ils étaient impatients de voir si le Bon Peuple, comme l'appelait Barney, était venu boire leur lait durant la nuit.

En bas, le lait fut dédaigné jusqu'au moment où le propriétaire d'une paire d'yeux luisants l'aperçut depuis sa cachette. Une silhouette apparut lentement dans le clair de lune et examina la soucoupe. Le nez d'Ernie se plissa délicatement et, découvrant que ce nectar inattendu était frais, le chat se mit à le laper.

Un léger bruit lui fit lever la tête. Derrière lui, quelque chose d'étrange et de déconcertant approchait avec prudence. Un petit homme, guère plus haut que le chat, s'avançait en agitant une canne minuscule en direction d'Ernie. D'une voix ténue et suraiguë, il cria :

— Ouste ! Décampe !

Le chat recula, d'abord tenté par l'idée de donner un coup de griffe à cet homme, mais quelque chose l'en empêcha. D'autres êtres arrivaient derrière l'intrus, et son instinct de félin lui dit qu'il avait intérêt à ne pas jouer avec eux. Ils n'étaient ni comestibles ni hostiles, seulement bizarres. Ernie battit en retraite et s'assit pour observer ces créatures. Elles étaient au nombre d'une demi-dizaine, minuscules, certaines avec de petites ailes dans le dos, d'autres étrangement vêtues ; leur odeur et leur aspect étaient étranges. Les intrus se placèrent autour de la soucoupe, puis l'un d'eux y plongea un doigt, le retira et goûta le liquide. Il hocha la tête et tous se penchèrent sur la soucoupe et se mirent à boire.

Puis une autre créature émergea des ténèbres : quelque chose de dangereux. Le dos du chat s'arqua et il feula. Une chose noire et terrible sortit de la pénombre, une chose si maléfique que le chat se leva et recula en feulant et miaulant. Les petits êtres se tournèrent et virent la créature qui s'approchait, et tous s'écartèrent du lait, agitant leurs petits poings en signe de frustration et de colère. Mais eux aussi renoncèrent au lait devant l'approche du mal, et ils fuirent sous la maison. Ernie n'hésita qu'un instant avant de vider les lieux. Il fit demi-tour et courut vers la grange, bondissant en haut d'un pommier décharné. Lorsqu'il eut atteint la plus haute des branches capables de supporter son poids, le chat s'y installa et regarda la chose noire s'approcher du lait. Les articulations de cette créature semblaient anormales, comme si elle avait été le fruit de l'union d'un singe et d'une araignée. Mais le chat ne se souciait guère de ce genre de considérations, une seule chose lui importait : cette créature était dangereuse. Il émanait d'elle une sombre aura et une odeur infecte lorsqu'elle se pencha sur la soucoupe, émettant de petits cris de plaisir en buvant le lait.

6

Gabbie passa la tête par la porte.

— Je vous dérange ?

Mark leva les yeux vers l'escalier depuis l'endroit où il était assis, au milieu des piles de vieux bouquins et des malles qui encombraient la cave.

— Non, non, dit-il.

Gabbie descendit quelques marches avant de s'asseoir, si bien que Mark fut obligé de lever les yeux vers elle.

— Des ennuis ? demanda-t-il.

— Quelques cauchemars, c'est tout. (Elle resta silencieuse durant quelques instants, comme hésitant à parler. Puis elle regarda le capharnaüm dans la cave.) Qu'est-ce que vous avez trouvé ?

— Une tonne de bizarreries. Les deux Kessler avaient des goûts éclectiques. (Il attrapa un livre.) Thomas Mann. Une édition originale qui vaut une fortune, ou alors une réédition sans valeur. Il faudra que j'écrive à un de mes amis libraires pour le savoir. (Il ramassa un autre volume.) Et voici *Le Jeu des perles de verre*, de Herman Hesse, une authentique édition originale celle-ci. Et alors que je commençais à penser que les Kessler, *pater et filius*, étaient des gourmets littéraires, voilà que je trouve ces trucs. (Il désigna une autre pile d'un geste de la main.) Des livres d'occultisme foireux, des théories charlatanesques sur les régimes sans mucus et les bains d'eau glacée, des livres pornographiques, des romans populaires sans intérêt datant du XIXe siècle à nos jours, des thèses de philosophes illuminés, toutes sortes de foutaises, je ne sais vraiment pas où ils ont trouvé tout ça. (Mark se releva.) C'est à n'y rien comprendre.

Gabbie tendit la main pour attraper un livre placé au sommet d'une autre pile, près de l'escalier, et lut son titre. C'était le *Guide des gnomes, des fées, des elfes et du Petit Peuple*, de Thomas Keightley.

— Ça vaut quelque chose ?

— J'ai déjà l'édition originale, publiée en 1850 sous le titre *Mythologie féerique*, dit Mark. Ceci n'est qu'une réédition sans valeur. (Il regarda autour de lui.) Ma curiosité n'est peut-être pas fondée, mais je suis persuadé que les Kessler avaient une bonne raison de rassembler autant de trucs bizarres. (Soupir.) Mais qu'en sais-je ? Peut-être faisaient-ils partie de ces gens qui aiment acheter des livres au mètre, en fonction de la couleur de leur reliure, pour garnir leurs étagères dans une intention décorative.

Gabbie éclata de rire.

— À en juger par la frustration de Gloria, dit-elle, le vieux Kessler ne se souciait guère de décoration.

Elle remarqua un morceau de papier dans le livre et ouvrit celui-ci à la page 317. Il s'y trouvait la reproduction d'une vieille gravure.

— La pénombre dans cette cave va vous rendre aveugle, dit Gabbie en fronçant les sourcils.

Elle se releva et monta jusqu'à la porte ouverte pour mieux voir le livre. Mark retourna à sa corvée et attrapa un nouveau volume dans une malle. Il s'apprêta à le poser sur une pile et décida que celle-ci était assez haute pour qu'il la remonte dans le bureau et en enregistre les titres dans l'ordinateur. Soudain quelque chose lui fit lever la tête.

Gabbie étudiait la gravure d'un air concentré, apparemment incapable de la quitter des yeux.

— Ce n'est pas ça, dit-elle après un long moment.

Mark posa le livre qu'il tenait et alla jusqu'au pied des marches.

— Que voulez-vous dire, « ce n'est pas ça » ?

— Il est trop jeune.

Elle baissa les yeux vers Mark, et celui-ci y lut une terreur sans nom. Sa voix était épaisse et étouffée, comme si elle expectorait ses mots.

— C'est lui quand il était bébé, quand il était petit garçon. Il est plus âgé à présent.

Mark monta l'escalier en hâte et prit doucement le livre des mains de la jeune fille.

— Que voulez-vous dire ? demanda-t-il calmement.

Les larmes perlaient aux yeux de Gabbie.

— Regardez son visage. C'est difficile de le voir, mais c'est lui.

— Qui donc ?

Gabbie dut déglutir.

— C'est le garçon de la grange. Celui qui a tenté...

Mark s'approcha doucement de Gabbie et la laissa se blottir dans ses bras. Elle tremblait comme un animal terrifié.

— Ô mon Dieu ! murmura-t-elle avec désespoir. Je suis en train de devenir folle.

Mark laissa la jeune fille pleurer tout son saoul tout en la serrant très fort. Le psychologue en lui savait que cette catharsis serait profitable à long terme et ferait disparaître sa terreur – la question de sa folie n'avait qu'un intérêt momentané. Pour Gabbie, la véritable épreuve allait commencer maintenant et, avec de la chance, elle ne durerait pas longtemps car la jeune fille était fondamentalement saine, résistante et bien dans sa peau. Mais l'amateur de mystère qu'il était s'étonnait de ne ressentir aucune surprise devant cette révélation. Il ouvrit le livre derrière le dos de Gabbie afin de voir l'illustration qui l'avait tant affectée. Le mot que Kessler fils avait inscrit dans la marge en caractères gothiques était *Butze.* Il savait qu'il s'agissait d'une variante de *Putzel* ou de *Putz.* Il regarda la gravure et secoua la tête. Était-il devenu si insensible au merveilleux que l'impossible échouait désormais à l'émouvoir ? Car si Gabbie n'était pas folle, ou si les dieux de la coïncidence ne s'étaient pas déchaînés, la jeune fille qui avait déjà rencontré Wayland Smith dans la forêt avait été agressée par Puck.

7

Phil lançait à Mark des regards ouvertement réprobateurs. Lorsque celui-ci et Gabbie étaient remontés de la cave, la jeune fille était au bord de l'hystérie, incapable de cesser de pleurer. Gloria se trouvait auprès d'elle à l'étage, et Mark leur avait suggéré d'appeler le Dr Latham si elle ne se calmait pas. Phil avait soumis Mark à un feu roulant de questions et n'était guère satisfait de ses réponses.

— Phil, je sais que c'est votre fille et que vous êtes inquiet, mais je ne peux pas discuter de ce qu'elle m'a dit sans son autorisation.

Phil enrageait. Il se tenait immobile dans l'entrée, les poings sur les hanches, incapable d'exprimer sa colère. Finalement, quelque chose en lui sembla se briser et sa colère se changea en inquiétude. Il inspira profondément et dit :

— Excusez-moi. Mes remarques étaient déplacées.

Mark haussa les épaules.

— Pas vraiment. Vous assumez bien votre rôle de père.

— Venez. J'ai besoin de boire quelque chose et je n'aime pas boire seul.

Mark consulta sa montre. Il était midi passé de quelques minutes. Il n'avait pas l'habitude de boire si tôt dans la journée, même lors de ses déjeuners avec les éditeurs, mais Phil semblait avoir besoin d'une oreille compatissante.

Ils venaient juste de se servir un whisky lorsque Gloria apparut. Sa colère était évidente. Elle prit le verre qui se trouvait dans la main de Phil, avala une bonne gorgée d'alcool et dit :

— Merci. Sers-t'en un autre.

Phil s'exécuta tandis qu'elle s'asseyait en face de Mark.

— Maintenant, que se passe-t-il, bordel ? dit-elle.

Phil lança un regard à sa femme, qui n'avait pas l'habitude d'être aussi grossière. Il vit qu'elle était aussi inquiète au sujet de Gabbie qu'elle l'aurait été si les jumeaux avaient été concernés. Bizarrement, il se sentit réconforté de voir qu'elle se souciait autant de sa belle-fille que de ses fils.

— Je viens de dire à Phil que je ne peux pas discuter des problèmes de Gabbie avec des tiers sans son autorisation.

— Vous êtes son docteur ou quoi ? dit Gloria, de toute évidence inquiète. Quand je l'ai quittée, elle venait de tomber dans les pommes à force de pleurer. Elle a l'air complètement retournée. Je ne sais pas quels sont ses problèmes, mais il est évident qu'elle est morte de peur. Bon sang, Mark, que se passe-t-il ?

Mark se pencha vers la jeune femme.

— Premièrement, oui : je suis son docteur.

Gloria cligna des yeux. Mark les informa de ses qualifications et reprit :

— Je l'écoute gratuitement, mais je considère que j'ai les mêmes responsabilités envers elle que si elle me payait soixante-quinze dollars l'heure pour venir s'allonger dans un cabinet de Park Avenue.

— Bon sang ! dit Gloria, brusquement furieuse. C'est notre enfant ! Et elle est malade. Dites-moi ce qui se passe !

Mark eut une brusque illumination lorsque Phil s'assit auprès de sa femme, la regardant avec un mélange de fierté et d'inquiétude. Gloria était aussi terrifiée que Gabbie, et Mark comprit pourquoi. L'idée de la maladie mentale – de quelque maladie que ce soit – la plongeait dans l'effroi. Il tenta de mettre en balance le souci qu'il se faisait pour Gabbie avec le vœu de dédramatiser les choses pour Gloria. Lentement, s'efforçant de l'inquiéter le moins possible, il dit :

— Écoutez, je peux vous faire part de certaines choses. Quand Gabbie sera réveillée, je vous en dirai plus si elle m'y autorise. Mais dans le cas contraire, je n'en ferai rien. Vous devez le comprendre. (Il se hâta de poursuivre avant que Gloria puisse lui lancer un ultimatum.) Gabbie a eu une expérience assez terrifiante, qui l'a tellement choquée qu'elle n'en avait aucune conscience avant ce matin. (Il observa une pause afin de les laisser absorber cela, puis reprit :) Je ne veux pas vous donner un cours sur la psychologie des victimes, mais elle vient de sortir de la phase de déni, qui fait partie de toute réaction normale, et il lui faut à présent assumer sa terreur. Mais elle n'est pas émotionnellement malade. (Gloria sembla se calmer en entendant ces mots.) Elle réagit comme n'importe quelle personne normale réagirait après avoir été terrifiée par un fou.

» Le viol n'a rien à voir avec le sexe, c'est une agression. Poussé par un désir de puissance, le violeur veut jouir d'une domination totale sur les femmes. Il déteste les femmes. Il essaie d'humilier sa victime, pas de… l'aimer.

Et le sexe est une arme pour lui, pas un but en soi. Cette théorie n'est pas de mon cru, elle est reconnue par tous. (Un temps.) Le viol est un acte d'agression physique et psychologique. La perte de contrôle dont la victime fait l'expérience est aussi terrifiante que tout le reste. C'est une sensation d'impuissance et de déshumanisation : vous êtes à la merci de quelqu'un qui peut user de vous à volonté. Et il y a toujours une menace de violence supplémentaire ou de mort. (Mark secoua la tête.) Rien ne peut être plus terrifiant que cela. C'est pour ça que Gabbie réagit encore comme si elle avait été violée, bien qu'il n'y ait pas eu d'acte sexuel. Elle est furieuse, honteuse, elle se sent coupable, *et cætera*.

» À présent, elle tente de surmonter sa douleur. La meilleure chose à faire pour nous est de la soutenir moralement. Ce qu'il lui faut surtout pour l'instant, c'est qu'on la laisse tranquille.

Mark se leva et essaya de paraître aussi rassurant que possible aux yeux de Phil et de Gloria.

— Elle s'en remettra. Je sais que ce n'est pas grand-chose, mais c'est tout ce que je peux vous dire en attendant l'autorisation de Gabbie. D'accord ?

Gloria le regarda longuement, comme pour tenter de voir par-delà son masque de professionnel. Finalement, ses dernières réticences parurent s'envoler et elle dit :

— D'accord. D'accord, bon sang !

— Écoutez, je n'essaie pas délibérément de faire des mystères. Si vous vous voulez en reparler, je serai heureux de vous écouter. Vos propres réactions commencent tout juste à se manifester. Pour l'instant, je crois que je vais redescendre à la cave et continuer à travailler. (Mark avala une gorgée de whisky, puis reposa son verre sans le vider. Il jeta un regard vers l'escalier.) Je resterai ici jusqu'à son réveil. Peut-être voudra-t-elle encore me parler. (Il se leva tandis que Phil et Gloria hochaient la tête.) Si vous avez besoin de moi, je suis en bas.

Lorsque Mark fut parti, Gloria se détendit et posa sa tête sur l'épaule de Phil. Après un long moment, celui-ci demanda :

— Ça va ?

— Non, répondit-elle à voix basse.

8

Mark était assis en train de lire lorsque Gary entra. Le jeune homme se dirigea vers le bar, servit deux whiskies bien tassés et lui en tendit un. Mark leva un sourcil.

— Vous en aurez besoin, dit Gary en ôtant son blouson orné du blason des SuperSonics de Seattle.

— D'accord, je suis suspendu à vos lèvres. Qu'avez-vous trouvé ?

— Il y a autant d'amish à White Horse qu'à Salt Lake City.

— Donc, vous n'avez pas trouvé Wayland Smith.

— Si, et vous me devez un dîner en ville.

— Oh ? dit Mark, à présent intéressé. (Il aurait été fort soulagé de trouver des éléments corroborant le récit de Gabbie.) Vous lui avez parlé ?

— Difficile. Ça fait un bon moment qu'il est mort.

— D'accord, racontez.

— Dès que je suis arrivé en ville, j'ai demandé à droite et à gauche s'il y avait un maréchal-ferrant dans le coin. Le sellier local m'a beaucoup aidé. Il y a trois maréchaux-ferrants dans les environs, et ils vivent tous dans des villes proches de White Horse. Quand il m'a demandé pourquoi je ne consultais pas l'annuaire, j'ai dû lui expliquer que le type que je cherchais était sans doute un amish et qu'il n'aurait pas le téléphone. Il m'a dit qu'il n'avait jamais vu de maréchal-ferrant amish et que, même s'il en existait un, il était peu probable qu'il trouve du travail à White Horse. D'après ce qu'il m'a dit, les gens du coin seraient un peu réac que ça ne m'étonnerait pas. Quoi qu'il en soit, j'ai ensuite rencontré un vieux bonhomme, du nom de Ry Winston, qui se rappelait avoir entendu son père parler de Wayland. Il m'a conduit au cimetière et il y avait une petite pierre tombale au nom de Smith. Il est apparemment mort en 1905.

Mark secoua la tête et grogna. Il but une gorgée et dit :

— Exactement ce qu'il nous fallait. Des fantômes. (Il fronça les sourcils.) Pourquoi cette date m'est-elle familière ?

— Je vais y venir.

Mark soupira. Gary avait le sens du coup de théâtre et détestait qu'on l'oblige à se presser quand il racontait une histoire.

— Ce serait donc un contact avec l'au-delà ?

— Nous pouvons écarter l'hypothèse d'une escroquerie délirante, dit Gary. Si c'était le cas, ce serait le record absolu de la loufoquerie. Je ne vois pas pourquoi quelqu'un se serait fait passer pour ce type. J'ai fait pas mal de recherches. Smith était un véritable phénomène local, si bien qu'on a raconté pas mal d'histoires à son sujet, parmi les gens de la même génération que le père de Ry, et ce dernier en connaissait un certain nombre. J'ai aussi appris pas mal de choses intéressantes à la bibliothèque. La notice nécrologique dans le journal local ne cachait rien de sa réputation. Cela m'a pris une demi-journée pour trouver le numéro qu'il me fallait dans leurs archives. (Il but une gorgée puis reprit :) Il semble que ce vieux Wayland ait été une sorte d'Hercule, le type le plus fort du coin. Il a remporté toutes sortes de concours débiles comme on en faisait à l'époque, vous savez : lancer un cheval, briser une enclume avec les dents, soulever des immeubles, *et cætera*.

Mark éclata de rire. Gary avait tendance à employer des images fort colorées lors de ses récits.

— Un des détails les plus troublants dans l'histoire, continua le jeune homme, c'est que ce type n'a vécu dans le coin que six mois environ.

— Ce devait être quelqu'un pour que le père de Ry se soit rappelé tant de choses à son sujet.

— Le moins qu'on puisse dire, c'est qu'il était célèbre, un véritable boute-en-train, presque une légende de son vivant. Il travaillait devant la Taverne du Coq, le saloon local, où il avait attaché son chariot. Il avait loué une chambre au-dessus de l'établissement. Il est prétendument décédé en 1905, mais on n'a jamais retrouvé son corps. Il a disparu une nuit, après une fête. On suppose qu'il avait bu un coup de trop et qu'il s'est noyé dans la rivière qui coule près de la taverne. La pierre tombale a été payée par ses compagnons de beuverie en souvenir de lui. Apparemment, c'était le chef de ce qui était à l'époque l'équivalent d'une bande de blousons noirs. « Des vauriens en tout genre, des ouvriers agricoles itinérants et des chômeurs », pour citer le canard. De plus, selon Ry, il sautait régulièrement les plus belles filles de la ville, y compris un bon nombre de jeunes mariées. Il y a apparemment un mystère là-dessous, car ses activités dans ce domaine n'ont jamais été très discrètes, et Ry ne comprend pas pourquoi. Les habitants de White Horse sont encore assez coincés, et ils devaient être carrément puritains à l'époque. Et il y a ceci : j'ai dit à Ry qu'il était bizarre qu'aucun mari cocu n'ait songé à l'abattre. Même si c'était l'homme le plus fort du coin, un coup de fusil aurait facilement égalisé les chances. Ry s'est contenté de hausser les épaules et de répondre : « Wayland était comme ça. Papa m'a dit que personne n'aurait levé la main sur lui. Il avait le pouvoir. »

Mark réfléchit durant quelques instants.

— Quel pouvoir ? (Il resta silencieux un court moment, puis demanda :) Et ensuite ?

— Avec toutes ces histoires de sexe, j'ai demandé à Ry si Wayland n'avait pas des descendants dans le coin et il m'a répondu : « Ce vieux Wayland n'a eu aucun gosse, d'aucun lit. » Selon lui, le maréchal-ferrant était stérile et c'est pour ça que ces dames l'aimaient tant : pas de risque de se faire engrosser.

— C'était donc un Casanova au petit pied, dit Mark.

— Oui, mais voici pourquoi la date a titillé votre curiosité. Il a débarqué en ville le même jour que Kessler.

L'expression de Mark trahissait son intérêt.

— Quoi ?

— On mentionnait l'arrivée de Kessler, « un gentleman allemand cherchant à investir », dans le numéro même qui annonçait que Smith avait installé sa forge en ville. Les deux hommes sont arrivés le 4 mai 1905.

— Mais Kessler n'est pas arrivé à Pittsville avant le 2 juin.

— Exact. Kessler a loué une chambre à White Horse pendant quelques semaines, au-dessus de la Taverne du Coq – durant la période où nous le croyions jusqu'ici à New York –, puis il est parti s'installer à Pittsville.

— D'accord, considérons pour l'instant qu'il s'agit d'une coïncidence. Et ensuite ?

— Voilà le plus beau. Quelques années auparavant, on avait importé un groupe d'Allemands misérables – c'était une sorte de trafic d'immigrants, ils devaient payer leur voyage par plusieurs années de travail. C'était probablement illégal et, tout aussi probablement, la municipalité était dans le coup. Bref, on raconte une histoire juteuse au sujet de Wayland, d'une bourgeoise locale et d'une bonne allemande. Un soir, la bourgeoise est entrée dans sa cuisine et a trouvé Wayland en train de faire subir les derniers outrages à la bonne sur le carrelage, alors que la bonne était censée servir les hors-d'œuvre aux invités. Il y a eu une belle bagarre et on a appris que Wayland sautait aussi la bourgeoise – bref, ça a fait un scandale comme on les aime tant dans ces petites villes. Mais le fin mot de l'histoire, c'est que cette bourgeoise n'était autre que la femme du maire, et quant à la bonne, il s'agissait d'Helga Dorfmann. Le maire l'a mariée à Kessler aussitôt après, afin de lui faire quitter la maison et, semble-t-il, la ville.

— La femme de Kessler ?

— En personne. Ils ont convolé moins d'une semaine plus tard.

— Il y a donc une bonne chance pour que Kessler et Smith se soient connus, de près ou de loin. (Mark se tut durant plusieurs minutes, puis éclata d'un rire déconcerté.) Pourquoi ne m'avez-vous pas trouvé un maréchal-ferrant amish, Gary ? dit-il en feignant la colère. Bon, nous avons donc un véritable héros folklorique dans l'État de New York, qui semble identique à celui d'Uffington. Mais quel lien y a-t-il entre lui et le Wayland Smith rencontré par Gabbie ?

— Et si je vous disais que son chariot était identique à celui dont Gabbie vous a fait la description ?

— Vous l'avez vu ?

— Dans le journal. La photo était vieille et floue, mais elle était là. Ils ont pris Smith en photo après qu'il eut dévoré un arbre ou quelque chose comme ça, lors d'une fête du 4-Juillet. Et son cheval était vieux et gris pommelé.

— Je ne pense pas que vous en ayez fait une copie ?

Avec un large sourire et un geste emphatique, Gary produisit une photocopie. La reproduction n'était pas très bonne, mais on distinguait le maréchal-ferrant devant son chariot. La légende disait : « Wayland Smith, récemment arrivé à White Horse, vainqueur du concours de ferrage de cheval lors de la fête de l'Indépendance. »

— Qu'en pensez-vous ? dit Mark, troublé. Un phénomène parapsychique ? Gabbie voit-elle des fantômes ? Perçoit-elle une sorte de champ psychique présent dans les parages ? Peut-être avons-nous la preuve d'une fugue temporelle, peut-être a-t-elle passé quelques instants en 1905 ? Ou peut-être Smith a-t-il atterri dans son futur pendant quelques minutes ? Une réminiscence d'une vie antérieure ? (Il eut un soupir de résignation.) Je ne sais vraiment pas quoi penser.

— Moi non plus, mais on peut écarter la suggestion inconsciente, l'illusion due à l'hystérie et tout le baratin de l'hypnotisme. Gabbie est nouvelle dans le coin et elle n'a pas pu avoir vent de ces histoires. Ça m'étonnerait que plus de dix personnes les connaissent à Pittsville.

Mark tambourina sur le bras de son fauteuil.

— Peut-être nous laisserait-elle faire des tests pour voir si elle a des pouvoirs paranormaux.

Gary regarda longuement Blackman.

— Ça fait trop longtemps que je vous connais, Mark. Vous avez déjà une idée sur la question. Mais vous ne voulez pas m'en parler.

Mark se passa une main sur les yeux, comme s'il était fatigué. Après un long moment de silence, il dit :

— Vous avez raison. Mais laissez-moi réfléchir quelque temps.

— D'accord, réfléchissez. Il faut que j'appelle Ellen. Je suis en retard et elle me doit une revanche.

Gary se précipita à l'étage pour téléphoner de sa chambre. Mark resta assis, sirotant son whisky tout en examinant la solution qui prenait forme dans son esprit. Elle était si fantastique qu'il voulait d'abord éliminer toutes les autres réponses plus vraisemblables. Et il y avait encore beaucoup de lacunes dans son raisonnement. Il s'enfonça dans son siège et regretta soudain d'avoir abandonné ses études de psychologie expérimentale. Les rats et les pigeons ne lui avaient jamais posé autant de problèmes. Et ils ne l'avaient jamais terrifié à ce point.

9

La pluie battante tombait sur les jumeaux et sur Pas-de-Pot comme un millier de minuscules marteaux, insistante, impitoyable, leur piquant les yeux et s'insinuant dans leurs narines pour les faire éternuer. Patrick et Sean avançaient d'un pas décidé dans la forêt, déjà trempés jusqu'aux os. La pluie était fraîche mais pas encore glacée. Leur état d'esprit était identique, partagé entre l'irritation devant cette averse et la joie d'avoir une bonne excuse pour être trempés et couverts de boue. Ils n'avaient jamais vu un orage estival comme celui-ci en Californie. Les coups de tonnerre étaient assourdissants, les éclairs aveuglants. La faible lumière du crépuscule, presque chassée par les lourds nuages qui se massaient dans le ciel, déformait les perspectives. La forêt paraissait plate et inhabituellement dense. Les clairières devenaient des cavernes ténébreuses et les troncs d'arbres familiers se transformaient en silhouettes sinistres, noires sur fond gris. Les jumeaux étaient enchantés de la frayeur dispensée par les ombres de la forêt, comme s'ils s'étaient lancés dans une aventure fabuleuse. Pas-de-Pot ne paraissait pas se soucier de la pluie, à moins que la joie des enfants lui ait fait oublier sa fourrure mouillée.

Ils débouchèrent sur la colline du Roi des elfes, comme d'habitude lorsqu'ils revenaient du parc, et quand ils furent à son sommet, un éclair suivi d'un terrifiant coup de tonnerre les cloua sur place. Ils sursautèrent comme un seul homme, car cette démonstration de force était considérablement plus impressionnante que celle qui l'avait précédée. Patrick poussa un hurlement, à mi-chemin du glapissement et du cri de ralliement, et dévala l'éminence en courant, Sean le suivit à un pas de distance. Arrivé à mi-parcours, Patrick saisit sa poitrine et tomba en criant :

— Je suis touché !

Il roula jusqu'en bas de la pente, Sean derrière lui. Tous deux atteignirent le sol couverts d'herbes mouillées, de boue et de feuilles mortes. Ils étaient à présent dans un état lamentable. Pas-de-Pot aboya de joie, puis vint renifler les deux garçons l'un après l'autre, léchant leurs visages déjà humides. Patrick se leva d'un bond et courut vers le sentier qui conduisait à la maison.

La pluie les poussait en avant de sa pression insistante. Lorsque des gouttes parvenaient à franchir l'obstacle des branchages, elles venaient frapper un sol boueux, explosant en rebondissant et maculant les jumeaux de taches de boue. Le bas de leurs jeans devint noir. Lorsque les gouttes de pluie frappaient les branches, elles se massaient avant de retomber vers le sol, grossies et comme plus mouillées, et frappaient les jumeaux avec un « plop » audible. Jamais ils n'avaient connu de pluie si magique. Même menaçante, c'était la plus belle, la plus merveilleuse des pluies.

Patrick quitta le sentier et descendit le long de la rive, se dirigeant vers un raccourci de l'autre côté du ruisseau. Sean cria après son frère, qui l'ignora. Il ne savait pas si Patrick avait choisi de ne pas l'entendre ou bien si le bruit de la pluie et du vent dans les arbres l'en empêchait, mais il fut néanmoins agacé.

Presque arrivé à l'amorce du chemin à travers bois, il rattrapa Patrick et lui fit faire demi-tour.

— Hé !
— Quoi ?
— Ne passe pas par là.
— Pourquoi ?
— Il faut qu'on passe par le pont. Jack a dit qu'il pouvait y avoir une crue.

Patrick lança à son frère un regard éloquent, lui signifiant qu'il s'inquiétait sans raison et que son inquiétude résultait d'un manque de courage plutôt que du souci d'un risque véritable.

— Il est trop tôt, dit-il. Il s'est mis à pleuvoir il y a une heure à peine. Qu'est-ce que tu peux être trouillard !

Sean resta muet. Il cherchait à se rappeler quelque chose que Jack leur avait dit en les prévenant, mais il n'y arrivait pas – quelque chose au sujet de la pluie dans les collines. Patrick s'écarta de lui et franchit la courte distance qui le séparait de la berge du ruisseau, faisant halte une fois arrivé là. Le ruisseau était à présent à hauteur de cheville, et l'eau vive lui donnait une apparence fort différente de celle à laquelle ils étaient habitués. Pas-de-Pot attendait, à mi-distance entre Patrick et Sean, ne sachant lequel suivre. Patrick hésita, apparemment sur le point de faire demi-tour, mais il vit son frère et prit une décision. Il s'engagea dans l'eau.

— Patrick ! cria Sean. Maman va te gronder !

Patrick s'avança dans l'eau, découvrant qu'elle atteignait à présent ses genoux.

— Pourquoi ? Tu vas cafter ? (Il se tourna pour faire face à son frère plus timide, un air de défi sur le visage.) Hein ?

La pluie s'était mise à tomber dans les collines deux jours plus tôt, une douce ondée qui avait peu à peu augmenté de violence. Des mares s'étaient constituées au creux des rochers, rassemblant leurs forces avant de dévaler vers la plaine. Les filets d'eau étaient devenus des ruisselets, qui avaient formé des torrents. Le niveau d'eau du bassin artificiel près de Wurtsburg s'était élevé jusqu'à ce que le contrôleur ait décidé d'ouvrir une valve d'écoulement. La petite inondation qui en avait résulté avait envahi la ravine généralement asséchée qui allait jusqu'à Munson Springs. À Dowling Mills, l'eau s'était écoulée dans un caniveau qui l'avait détournée vers Pittsville. Là, au nord du bois des Fées, l'eau s'était rassemblée derrière un barrage fait de branchages, de feuilles, de boue et de débris divers. Ce barrage n'était pas étanche, et le courant qui passait sous le pont du Troll devint un torrent lorsque des milliers de litres d'eau se mirent à courir sur les rochers d'ordinaire secs. Puis l'eau venue de Wurtsburg et détournée à Dowling Mills heurta le fragile barrage. Celui-ci céda, désintégré par les flots. Une vague d'un bon mètre de haut se précipita le long de la ravine.

Un bruit sinistre couvrit le roulement du tonnerre et le vacarme de la pluie, un grondement sourd et tout proche. Patrick hésita et, en cet instant, fut perdu, car il se retourna au lieu de se précipiter vers la berge.

Sean suivit le regard de son frère et vit la muraille d'eau qui s'avançait à vive allure dans la ravine.

— Patrick ! hurla-t-il lorsque les flots engloutirent son frère.

Il se précipita vers le bord, tentant d'attraper Patrick.

L'eau arrivait à peine à la taille, mais elle renversa Patrick, puis le ramassa et l'emporta vers l'aval. Sean vit la tête de son frère disparaître sous l'écume bouillonnante.

Poussant un cri de terreur, il bondit pour saisir Pas-de-Pot, qui était sur le point de sauter à l'eau pour aller repêcher Patrick. Sean était pris de panique, mais il savait que, quel que soit le sort de Patrick, le labrador serait lui aussi emporté par les flots. Il tira sur le collier du chien et remonta en haut de la berge, ses pieds faisant voler la boue tandis qu'il se précipitait vers le pont du Troll.

La pluie transformait la scène en un clair-obscur, un camaïeu de gris exempt de toute couleur, et soudain Sean ne sut plus où il était. Pleurant de terreur, il cria le nom de son frère tout en tournant sur lui-même, à la recherche du sentier qu'il avait foulé du pied un instant plus tôt. Pas-de-Pot hésita et, poussant un aboiement, bondit entre deux arbres. Sean courut après le chien, espérant qu'il savait où il allait.

Patrick s'étouffait en luttant en vain contre la force des eaux. Puis il remonta à la surface, crachant et toussant. Le ruisseau n'était guère profond, mais le courant entraînait le corps du petit garçon avec une force phénoménale. Et tous les rochers semblaient glissants, ne lui laissant aucune prise. Il essaya d'appeler à l'aide, mais chaque fois qu'il ouvrait la bouche il avalait de l'eau. Tentant de garder son sang-froid, il lutta contre le courant, en vain. Son esprit paniqué se rappela quelque chose qu'on lui avait appris sur la plage de Santa Monica, quelque chose au sujet des courants marins, et il essaya de nager perpendiculairement au flot. Il ne réussit qu'à tourner sur lui-même et à rebondir contre les rochers. Il était terrifié et son calme naturel s'effritait. Et soudain il fut plongé dans les ténèbres.

Il sut aussitôt où il était : sous le pont. Et la Chose noire y était aussi.

Des griffes le saisirent et il sentit son tee-shirt se déchirer tandis que la douleur éclatait dans son bras. Il donna un faible coup de poing devant lui, atteignant quelque chose de mou et de charnu. Il sentit qu'on le soulevait, et son nez s'emplit d'une odeur de viande pourrie.

La Chose noire était accrochée au pont par trois de ses membres, la tête en bas comme une araignée gigantesque. Elle saisit le bras de l'enfant d'une de ses mains griffues et, au milieu du vacarme des eaux, Patrick entendit les sons inhumains qu'elle émettait. Le petit garçon vomit, son estomac se nouant de terreur. Il tapa des poings et des pieds, et appela à grands cris son père et sa mère.

Les eaux l'attirèrent de nouveau vers le bas et des griffes acérées lacérèrent sa chair. Lorsque la Chose noire tenta d'agripper Patrick, ses griffes lui labourèrent le visage et la poitrine. Il fut de nouveau soulevé et, l'espace d'un instant, un éclair illumina la scène. Un bruit lointain, étrange et saccadé, lui vint brièvement aux oreilles avant que l'horreur emplisse son univers. Un masque noir aux yeux jaunes flottait à quelques centimètres de son visage. Un sourire maléfique se dessina sur ce visage de cauchemar, révélant des dents pointues, et la main griffue attira Patrick un peu plus près de l'apparition. La Chose noire était plus petite que le garçonnet, mais elle était incroyablement forte.

Une autre vague descendait le long de la ravine, grâce aux bons soins du bassin artificiel de Wurtsburg. Elle vint heurter l'arche du pont, hésita un instant puis s'engouffra sous le tablier, faisant monter le niveau des eaux et augmentant leur vitesse. Patrick sentit l'eau le frapper, le libérant de l'étreinte de la Chose noire. Dans un brouillard de douleur et d'épuisement, il se sentit emporté par les flots, s'étouffant d'eau et de peur. Les griffes vinrent encore le lacérer. Un cri inhumain retentit dans ses oreilles, en contrepoint de ses propres cris de terreur, étouffés par l'eau qui emplissait sa bouche et son nez. Il essaya d'inspirer, mais il n'y avait rien à inspirer, et ses poumons eurent un spasme et rejetèrent de l'eau. Il inspira de nouveau pendant que sa tête flottait au-dessus de l'eau et entendit un bruit saccadé. Puis les ténèbres l'engloutirent et l'eau emplit ses narines. La douleur revint lorsque les griffes saisirent une nouvelle fois son bras, le blessant cruellement.

Puis l'eau l'emporta et les griffes durent renoncer à leur proie. Patrick alla violemment heurter les piliers de pierre et se sentit partir, emporté par la fatigue, la douleur et la terreur. On le soulevait, et il sentit l'eau quitter ses poumons dans une explosion, puis il toussa, cracha, et vomit une dernière fois.

Comme dans un brouillard, il entendit quelqu'un appeler son nom et comprit vaguement qu'il s'agissait de Sean. Le bruit saccadé se révéla être celui des aboiements de Pas-de-Pot. Il se força à ouvrir les yeux et découvrit un visage familier penché sur lui. Derrière un rideau de pluie presque aveuglant, le visage de Jack flottait au-dessus du sien.

— Tout va bien, Patrick. Tout va bien.

Patrick sentit Jack le soulever dans ses bras et se mettre à courir – une course hésitante, comme s'il boitait – en direction de la maison, Gabbie et Sean à côté de lui, Pas-de-Pot sur ses talons. Patrick se demanda d'une façon étrangement détachée comment il se faisait que Jack et Gabbie se soient trouvés près du pont, et pourquoi la Chose noire l'avait laissé partir. Puis il sombra dans l'inconscience.

10

Le visage de Gloria était figé en un masque dénué de toute émotion. Elle gardait les yeux fixés sur Patrick tandis que le médecin soignait ses blessures. Voyant que les jumeaux ne rentraient pas après leur après-midi de base-ball, et étant donné l'intensité de la pluie, elle avait commencé à s'inquiéter. Jack et Gabbie s'étaient portés volontaires pour aller à leur rencontre dans la forêt. Ils n'étaient qu'à cinquante mètres du pont lorsqu'ils avaient entendu Pas-de-Pot aboyer. Gloria avait ouvert la porte de la cuisine en percevant les cris de Jack, pour découvrir que son fils n'était qu'une masse de blessures sanguinolentes. Sans attendre une ambulance, ils avaient enveloppé Patrick dans une couverture et foncé à travers l'averse jusqu'à l'hôpital de Pittsville. Gloria avait téléphoné à Aggie, chez qui Phil s'était rendu pour discuter de son dernier manuscrit.

À présent, ils attendaient tous d'avoir des nouvelles de Patrick. Phil s'était précipité à l'hôpital et, avec sa femme, ils avaient reconstitué ce qui s'était passé.

Pour la quatrième fois, Gloria déclara :

— Si jamais je vous reprends à aller près de ce torrent…

Elle laissa sa menace planer dans l'air.

Patrick se tortilla. Sean n'était qu'à quelques mètres de là, en compagnie de son père, de Gabbie et de Jack, et il était inhabituel qu'un seul des jumeaux subisse la colère de leur mère.

Sean était assis dans la salle d'attente, les yeux fixés sur la porte vitrée qui le séparait de son frère. Gloria lui jeta un regard et il parut se tasser sur son siège. Il avait reçu le message et savait qu'il était tout aussi responsable que Patrick de la témérité de celui-ci. Il avait eu peur pour son frère, mais il était également furieux qu'on le blâme pour la stupidité de Patrick.

— Ce n'est pas ma faute, maman, dit-il en élevant la voix. Ce n'est pas moi qui suis descendu dans le torrent. C'est Patrick.

Son père le regarda, secoua la tête et sourit. *Ce n'est pas grave*, semblait-il dire. *Maman est en colère, c'est tout, ça lui passera.*

Gloria se tourna vers le médecin qui soignait toujours Patrick et elle sentit les larmes lui monter aux yeux, mais elle ne dit rien.

Le médecin laissa une infirmière appliquer le dernier pansement et eut un sourire rassurant. Il conduisit Gloria vers la salle d'attente pour rejoindre Phil et les autres.

— Tout ira bien, dit-il.

Gloria sentit le soulagement l'envahir, et les larmes arrivèrent.

— Dieu merci, dit-elle avec sincérité.

Le médecin, un jeune interne, à peine plus âgé que Jack, sourit en ajoutant :

— Il a été sérieusement malmené et certaines de ses coupures ont l'air vilaines, mais la plupart sont superficielles. Comment a-t-il fait son compte ?

— Il a été emporté par le torrent dans le bois des Fées, dit Jack, et il s'est retrouvé sous le pont du Troll. Il y avait un amas de branchages dessous et il est passé au travers.

Le docteur eut une grimace en entendant cela.

— Ça y ressemble, en effet. Quoi qu'il en soit, l'eau froide a empêché le sang de couler et nous lui avons mis des points de suture sur le cuir chevelu. Nous avons pansé les petites coupures et lui avons fait une piqûre antitétanique. Je ne pense pas qu'il y ait d'autres problèmes. Vous pouvez le ramener chez vous. Surveillez-le en cas de poussée de fièvre ou de signes d'infection. Je veux qu'il revienne me voir dans quelques jours pour qu'on change les pansements. Dans huit jours, on pourra lui enlever les fils.

— Y aura-t-il… des cicatrices ? dit Gloria.

Le médecin haussa les épaules.

— Vous n'avez pas d'inquiétude à avoir. Il lui en restera deux ou trois sur les bras et sur le torse, juste assez pour pouvoir se vanter auprès de ses copains. Elles auront toutes disparu avant l'âge adulte. Et il n'a que quelques égratignures au visage. Il n'est pas défiguré, si c'est ce qui vous inquiète.

Cette dernière phrase fut prononcée avec douceur, mais d'un ton ferme signifiant que cette hypothèse était définitivement exclue.

— Eh bien, il avait l'air si mal en point, dit Gloria, de toute évidence soulagée.

Le jeune médecin hocha la tête.

— Beaucoup de blessures sont impressionnantes avant qu'on les ait nettoyées. Les plaies au cuir chevelu ne sont pas belles à voir et celle de Patrick était de première. C'est surtout de là que venait tout le sang. En fait, ce n'était pas aussi grave que ça en avait l'air.

— Mais il y avait tellement de sang, dit Gloria.

Le jeune médecin reprit d'une voix ferme et calme :

— Comme je vous l'ai dit, ce n'est pas aussi grave que ça en a l'air.

Phil vint réconforter sa femme et dit :

— Merci, docteur.

— Il n'y a pas de quoi. Avant de partir, n'oubliez pas d'aller à l'accueil afin de remplir les papiers pour l'assurance. Je laisserai son dossier au bureau des infirmières pour que votre médecin de famille le voie demain matin, avant qu'il disparaisse dans les archives administratives.

— Nous n'avons pas encore de médecin de famille ici, mais je pense que le docteur Latham s'en occupera. Il a déjà soigné notre fille.

— Eh bien, John Latham est un excellent choix. C'est un des derniers authentiques médecins généralistes. Et il est merveilleux avec les enfants. Il doit venir visiter ses patients demain. Je lui donnerai le dossier de Patrick.

Il serra la main de Phil et s'en fut.

— Jack, dit Phil, vous voulez bien ramener tout le monde à la maison ? Je vais rester ici et m'occuper de la paperasse.

— D'accord, dit Jack.

Gloria marchait à côté de Patrick que l'on avait installé dans un fauteuil roulant. Il semblait à moitié endormi. Sean suivait en silence. Ils sortirent de la salle d'attente pendant que Phil se dirigeait vers le bureau des admissions. Dehors, sur le parking, les flaques d'eau reflétaient une lune basse qui pointait entre deux nuages. Tout doucement, presque pour lui-même, Sean dit :

— Ce n'était pas les branches. C'était la Chose noire.

Personne ne parut l'entendre, bien que Gabbie ait raffermi l'étreinte de sa main sur la sienne. Patrick fut installé sur les genoux de sa mère, et, contrairement à son habitude, il ne protesta pas d'être ainsi traité comme un bébé. Sean se replia sur lui-même, certain qu'il ne devait pas répéter ce qu'il avait dit au sujet de la Chose noire. Il y avait des choses qu'il fallait garder pour soi, et il soupçonnait que l'ultime confrontation avec la Chose noire ne concernait que Patrick et lui-même, sans qu'aucun adulte puisse les aider. Lorsque le petit garçon eut grimpé sur le siège arrière du break de sa mère, il réfléchit à tout cela. En dépit de la terreur que lui inspirait la Chose noire tapie sous le pont, il avait l'impression étrange que son sort était décidé. Patrick avait survécu. Il avait surmonté la première épreuve. Sean ressentit un réconfort glacé devant ce fait. Et tout en se blottissant contre sa sœur, il s'endormit peu à peu, plongeant dans un sommeil étrange et inquiétant au cours duquel il rêva d'une berge boueuse et glissante, et d'une paire d'yeux jaunes dans un visage noir.

11

— Papa ! Ça recommence ! cria Patrick.

Phil sortit de son bureau et regarda l'écran géant de la télévision. L'image était brouillée et la contrariété se lisait sur le visage des jumeaux. Les Phillies livraient aux Mets une partie décisive et les Cubs devaient rencontrer les Pirates dans une heure. Les deux garçons avaient attendu ce doublé avec impatience, mais la télévision faisait des caprices depuis huit jours. Mr. Mullins était déjà venu deux fois sans parvenir à résoudre le problème. Il avait exprimé toute sa sympathie à Phil, lui disant que rien n'était plus agaçant que ce genre de panne intermittente. Phil décrocha le téléphone pour l'appeler et, après avoir échangé les politesses d'usage, lui demanda :

— Écoutez, je sais que vous n'avez rien trouvé, mais n'y a-t-il vraiment rien à faire ?

— Dis-lui d'installer un filtre sonore, cria Patrick.

Phil cligna des yeux.

— Selon le Thomas Edison en herbe, il nous faut un filtre sonore, dit-il, éclatant de rire en entendant la réponse de Mullins. Oui, ils savent tout. (Quelques instants plus tard, il raccrocha.) Mr. Mullins va nous apporter un nouvel amplificateur et faire un échange standard. Il enverra le nôtre au fabricant et lui demandera de le vérifier. En attendant, il va contrôler les câbles et s'assurer que tout marche bien. Et vous pourrez regarder vos matchs. Et, au fait, l'ampli fait office de filtre sonore, petit malin.

Sean sourit tandis que Patrick se contentait de hocher la tête. Patrick était beaucoup plus calme ces derniers temps et refusait de parler de son expérience avec quiconque. Phil en était venu à penser que l'accident survenu à son fils l'avait bien plus marqué qu'il ne l'avait cru. On lui avait enlevé ses pansements huit jours plus tôt et ses cicatrices commençaient à s'estomper sous son bronzage. Mais au lieu du petit garçon bruyant et joueur qu'il avait été c'était à présent un enfant pensif et introverti. Sean était plus calme lui aussi, mais comme il imitait généralement le comportement de Patrick, Phil ne s'en était pas soucié. Les jumeaux se levèrent lentement et Sean éteignit le poste de télévision.

— Vous allez au parc ? leur demanda leur père.

Patrick haussa les épaules.

— Peut-être, répondit Sean.

— Eh bien, vous aurez besoin de ça.

Il ouvrit le placard de l'entrée, en sortit une batte de base-ball flambant neuve et la tendit à Patrick. Celui-ci avait perdu sa batte et son gant sous le pont lors de l'accident. Les deux enfants le remercièrent.

Puis Phil donna un gant neuf à Patrick en disant :

— Il va falloir que tu le formes.

Patrick regarda son cadeau d'un air de connaisseur. Sean essaya de ne pas paraître envieux et échoua. Phil resta immobile quelques instants, puis produisit un autre gant flambant neuf pour Sean.

— Vous aviez tous les deux besoin d'en changer, de toute façon, dit-il. Sean, pourquoi tu n'offres pas ton vieux gant au club des poussins ?

Sean sourit et donna un coup de poing dans le cuir neuf.

— D'accord.

— Que ça vous serve de leçon, dit Phil. On fait parfois des bêtises et on s'en sort quand même. Mais que ça ne devienne pas une habitude, hein ?

Les deux garçons acquiescèrent.

Phil regarda ses fils s'en aller d'un air pensif. Ce qui l'avait le plus inquiété dans l'histoire, c'était que les jumeaux n'étaient plus allés jouer au parc depuis l'accident, quinze jours plus tôt. La rentrée était proche et Phil avait espéré que les jumeaux pourraient jouir des derniers jours de l'été avant d'avoir à s'adapter à leur nouvel environnement scolaire. Il les regarda sortir de la maison sans enthousiasme. Même leur équipement neuf ne semblait pas les avoir remis en forme. Alors qu'il se demandait s'il ne devrait pas les emmener voir un psychologue, la voix de Patrick retentit dans l'air calme.

— Le facteur est passé !

Phil sourit. Certaines choses n'avaient pas changé. Patrick n'aurait jamais l'idée de rebrousser chemin pour dire quelque chose à son père s'il pouvait le lui crier depuis le fond du jardin.

Phil sortit en hâte et tomba sur sa femme qui arrivait de derrière la maison, où Gabbie et elle étaient en train de superviser l'installation de la nouvelle clôture. Gloria lui sourit.

— J'ai failli me faire renverser, dit-elle.

— Les jumeaux ?

— Oui. Ils sont partis je ne sais où, et ils sont pressés.

Phil se sentit soulagé. Le seul fait que les jumeaux se soient mis à courir lui semblait rassurant. Ils arrivèrent près de la boîte aux lettres et éclatèrent de rire lorsque leurs mains se frôlèrent en voulant l'ouvrir en même temps.

— Après vous, mon cher, dit Gloria.

— Je n'en ferai rien.

Phil ouvrit néanmoins la boîte et en sortit le courrier. Il le tria rapidement et tendit plusieurs enveloppes à sa femme – pour la plupart des publicités. Il ouvrit l'une de celles qu'il avait gardées et la parcourut pendant que Gloria en lisait une autre.

— Écoute, dit-elle, Tommy doit passer dans le coin la semaine prochaine et il va venir nous rendre visite.

— C'est gentil, dit Phil. Comment va Super-Agent ?

— Il ne le dit pas. Et je me demande ce qui l'amène par ici.

— Connaissant Tommy, ce n'est sûrement pas une visite de politesse. Il n'est même pas venu nous voir quand il était au Beverly Hills Hotel, à deux pas de chez nous. Il a fallu qu'on y aille. Peut-être a-t-il du travail pour toi.

Gloria eut un rire de dérision.

— J'aurai tout entendu, dit-elle tandis qu'ils se dirigeaient vers la maison. Ça fait presque dix ans que je n'ai pas travaillé à New York. Un producteur de Broadway prête en moyenne dix minutes d'attention à une jeune actrice – à moins qu'elle ait été nominée pour quelque chose –, et seulement si elle couche avec lui ou si elle lui doit du fric. Et comme tu l'as peut-être remarqué, je n'ai pas exactement brûlé les planches.

— On a déjà vu se produire des choses plus étranges. Tiens, dit-il en lui tendant la lettre qu'il avait ouverte.

Elle la lut rapidement, puis lui donna un coup de poing sur le bras.

— Espèce de salaud ! Tu m'as laissé bavarder sans dire un seul mot. (Elle se jeta sur lui pour l'étreindre.) Félicitations.

— Hé! je n'ai pas encore donné mon accord. Ils souhaitent certaines choses que…

Elle lui coupa la parole d'un baiser.

— Oh, tais-toi. C'est à ça que servent les agents. Tu régleras ces détails plus tard. Je suis fière de toi, mon chéri. Le premier éditeur, et il te fait déjà une offre. Ce n'est pas très bien payé, dit-elle en se reculant, mais ce n'est pas non plus à négliger.

— Eh bien, rappelle-toi que mes livres n'ont pas exactement fait partie de la liste des best-sellers du *New York Times*. Les éditeurs se foutent de mon travail à Hollywood.

— Écoute, c'est un contrat, comme disait mon père. Signe le contrat, et on s'inquiétera des détails ensuite.

— Viens. On va dîner en ville ce soir.

— Bonne idée.

Elle sourit et lui passa un bras autour de la taille. C'était la première fois que Gloria se sentait détendue depuis la nuit où Gabbie avait été agressée.

12

— Au secours!

Gabbie cessa de marteler la planche que Jack maintenait en place et ils échangèrent un regard de surprise. Puis Jack laissa tomber la planche et ils coururent vers la maison.

L'ayant contournée, ils découvrirent un ouvrier suspendu au linteau qui courait sous le toit. Phil essayait frénétiquement de redresser l'échelle que l'homme avait fait tomber en se débattant. Ted Mullins se précipitait vers la scène de l'accident. Phil bloqua l'échelle pendant que Jack montait dessus et saisissait l'homme.

— Ma main est coincée, dit l'ouvrier en serrant les dents.

Il réussit à reposer les pieds sur l'échelle, mais ne parvint pas à dégager sa main.

Jack leva les yeux et vit que l'une des étranges gargouilles sculptées sur le linteau s'était brisée, capturant la main de l'ouvrier comme dans un étau.

— Donnez-moi un levier ou un gros tournevis, dit Jack.

Ted prit un tournevis de bonne taille dans sa boîte à outils et le lui tendit.

— Tenez-vous prêts à l'attraper.

Jack enfonça le tournevis sous la gargouille puis il souleva de toutes ses forces, utilisant le tournevis comme levier et poussant la gargouille vers le haut afin que l'ouvrier puisse glisser sa main hors des mâchoires serrées.

L'homme tomba, mais Phil et Ted réussirent à le rattraper. Jack examina la gargouille.

— Elle s'est détachée, remarqua-t-il à haute voix.

La gargouille s'était en partie descellée, ce qui l'avait fait basculer vers l'avant. Sa partie inférieure était venue frapper une poutre située sous le linteau et l'horrible tête avait refermé ses mâchoires sur la main de l'ouvrier. Si elle s'était brisée complètement, celui-ci serait tout simplement tombé. En l'occurrence la sculpture avait coincé sa main, et son propre poids l'avait empêché d'échapper à l'emprise des mâchoires.

— J'ai cru que cette saleté m'avait mordu, s'exclama l'ouvrier en enveloppant sa main dans un mouchoir.

Sa peau s'était déchirée et le mouchoir blanc fut bientôt teinté de rouge.

— Vous feriez mieux de faire soigner ça, dit Phil.

— Je vais l'emmener à l'hôpital, dit Ted.

Il aida l'homme à se lever et Phil se tourna vers Jack et Gabbie.

— C'est vraiment étrange, dit-il.

— Complètement bizarre, oui, acquiesça Gabbie. Que faisait-il là-haut, au fait ?

— C'est là que les câbles de l'antenne pénètrent dans la maison.

— Je ne les vois pas, dit Jack en levant les yeux.

Phil lui montra l'endroit où le câble coaxial et les autres fils électriques couraient le long de la poutre la plus proche de l'antenne pour disparaître dans un trou creusé à la base du linteau.

— Ensuite, ils vont à l'intérieur.

Jack grimpa en haut de l'échelle.

— Ces gargouilles sont toutes scellées dans une grosse poutre, dit-il. Il y a quelques vis récentes. (Il baissa les yeux.) Regardez, il y en a un tas en bas. (Phil vit une dizaine de vis en bas de l'échelle.) Il était en train d'ôter la dernière quand la gargouille s'est descellée.

Jack entreprit d'enlever la dernière vis et la mit dans sa poche. Il agrippa la poutre.

— Fais attention, conseilla Gabbie tandis que Jack tirait vers lui l'encombrante pièce de bois.

Jack put bientôt apercevoir le câble.

— Les fils vont dans cette direction, dit-il en suivant la poutre du regard, puis ils rejoignent le salon.

— C'est là que se situe le branchement. Mullins les a fait passer par là afin de les cacher à la vue, dit Phil.

— Bien pensé. Mais ça rend les réparations difficiles. (En examinant le câble, Jack vit quelque chose sous le toit qui attira son regard.) Hé, Ernie ? C'est toi qui rôdes là-dedans ? (Il cligna des yeux, comme pour mieux scruter la pénombre. Puis il se tourna vers Phil.) Vous avez une lampe de poche ?

— Oui, je vais la chercher, dit Gabbie.

Jack continua à maintenir la poutre pendant que la jeune fille se précipitait à l'intérieur. Elle revint peu après et lui tendit une lampe de poche. Jack la braqua dans les ténèbres.

— Hé ! qu'est-ce que c'est que ça ? Il y a quelque chose là-dedans.

— Quoi donc ? demanda Phil.

— Je ne sais pas. Même avec la lampe, il fait sacrément sombre. Et c'est tout au fond.

— Comment as-tu pu le voir ? demanda Gabbie.

Jack lui lança la lampe de poche.

— J'ai cru voir quelque chose bouger l'espace d'un instant, dit-il. Une illusion d'optique, sans doute.

Il remit la poutre en place et revissa en hâte la vis qui la maintenait.

— Mullins voudra sûrement inspecter le câble, dit-il en descendant de l'échelle, je laisse donc tout en l'état.

— Et la chose que tu as vue ? Tu peux l'attraper ? demanda Gabbie.

— Elle est trop loin. Même avec un manche à balai, je ne pourrais pas la toucher.

— Comment est-elle arrivée là ? s'interrogea Phil.

Jack examina le toit.

— C'est la chambre des jumeaux, là-haut ?

— Oui.

— On peut aller y jeter un coup d'œil ?

— Bien sûr.

Ils rentrèrent et grimpèrent l'escalier quatre à quatre. Dans la chambre des jumeaux, Jack se dirigea vers la fenêtre et regarda au-dehors pour se repérer par rapport au linteau.

— Ça devrait être par là, dit-il en désignant l'endroit où le mur rejoignait le plancher.

Il déplaça un coffre à jouets et examina le mur sous la fenêtre. Phil et Gabbie s'approchèrent. Rien ne leur parut sortir de l'ordinaire, jusqu'à ce que Phil remarque une étrange dépression à la base du mur.

— Donnez-moi le tournevis, dit-il.

Jack et Gabbie observèrent Phil tandis qu'il insérait le tournevis dans une fente et tirait vers le haut. Une partie du plancher bougea assez pour qu'il puisse glisser les doigts dessous, et une trappe se souleva, formée par trois bouts de latte qui s'emboîtaient si exactement dans le reste du plancher qu'ils en étaient invisibles. Cette trappe était fort étrange car les lattes étaient de longueur différente, au bord irrégulier coupé selon les lignes du bois pour en parfaire le camouflage.

— Eh bien, que le diable m'emporte, dit Phil.

— On trouve plein de trucs de ce genre dans les vieilles maisons, dit Jack avec un sourire. Elles ont été bâties avant que les banques soient assurées. La plupart des gens du coin pourraient vous montrer l'endroit où leur arrière-grand-père planquait son bas de laine. Avec quelques couches de cire pour dissimuler les fentes, on ne les sent même pas en passant la main dessus.

Phil alluma la lampe de poche dont le rayon vint éclairer une sorte de sac ou de paquet. Jack tendit la main et saisit avec délicatesse ce qui lui sembla être une liasse de papiers.

— La carte du trésor, à votre avis ? dit Phil.

Jack observa le paquet. Il était enveloppé dans du tissu taché de blanc.

— Allons dans votre bureau, dit-il.

Ils descendirent et déposèrent leur trouvaille sur le bureau. Jack examina la substance blanche qui avait taché sa main et dit :

— Je crois que c'est de la cire.

Phil manipulait le tissu avec prudence.

— Ça m'a l'air friable. Cela doit être fort vieux.

— Peut-être pas. (Jack pressa des miettes de substance blanche entre ses doigts et les renifla.) De la paraffine, dit-il. On s'en sert pour rendre les objets étanches. Le problème, c'est que ça brûle bien. On s'amusait à enfoncer des allumettes allumées dedans quand j'étais scout.

— Je ne savais pas que tu avais été scout, dit Gabbie d'une voix taquine.

— Il y a beaucoup de choses que tu ne sais pas, ma chérie, lui rétorqua Jack.

— Est-ce qu'on peut ouvrir ce paquet ? demanda Phil.

— Je pense que oui, répondit Jack. C'est la cire qui est friable, pas le papier.

Jack avait vu juste, car l'emballage se révéla être fait de toile cirée. À l'intérieur se trouvaient plusieurs documents.

Jack et Phil les examinèrent.

— Qu'est-ce que c'est ? dit Gabbie.

Jack haussa les épaules.

— Ils sont tous rédigés en allemand, dit-il. J'étais nul en allemand au collège, et c'était il y a longtemps. Tu saurais les lire ?

— Je ne comprends que l'espagnol, et encore pas très bien, avoua Gabbie.

Ils entendirent un bruit de voiture dans l'allée. Gabbie regarda par la fenêtre et dit :

— Nous sommes sauvés. C'est Mark.

Elle sortit de la chambre en courant.

— Il est un peu en avance, dit Phil en regardant sa montre.

Jack sourit.

— J'aime bien les gens qui savent arriver à point nommé.

Mark et Gary entrèrent dans le bureau, Gabbie à leur côté. Jack se tourna vers eux, remarquant avec un certain malaise la façon dont Gabbie s'accrochait au bras de Mark. Depuis qu'ils avaient entrepris des séances de thérapie, la jeune fille parlait souvent de lui. Jack lutta pour chasser cet accès de jalousie malvenu.

— Gabbie dit que vous avez trouvé quelque chose d'intéressant, dit Gary.

Phil indiqua le tas de papiers et Mark en prit un. Il le parcourut rapidement et le tendit à Gary. Ils le lurent l'un après l'autre, puis éclatèrent de rire.

— C'est merveilleux !

— Qu'est-ce que c'est ? dit Gabbie, qui sautait sur place d'excitation.

— Les comptes de Fredrick Kessler. Ce vieux brigand était un authentique escroc.

— Et ce n'est pas peu dire, déclara Gary en désignant une feuille de papier.

— Quoi ?

— Il va falloir que je déchiffre soigneusement ces relevés, dit Gary, mais il semble qu'il ait simultanément effectué des transactions avec plusieurs banques. Et si je ne me trompe pas… hummm… (il compara plusieurs feuilles)… il utilisait la même garantie pour tous ses prêts. Et je pense que ce genre d'opération n'est guère apprécié, conclut-il en souriant de toutes ses dents.

— Du moins par les banques, dit Mark. Mais regardez ça.

Gary s'exécuta et poussa un sifflement.

— Que je sois damné ! C'est incroyable.

— Quoi donc ? demanda Gabbie, enchantée de leur découverte.

— C'est une note rédigée par le président d'une banque… euh… Mr. Schmidt, de la Compagnie financière allemande de New York, qui certifie avoir vu l'or utilisé comme garantie. (Mark parcourut rapidement les autres documents.) Regardez, il y en a plusieurs autres. Celui-ci vient de la Banque germano-américaine de Brooklyn.

— Tous ces banquiers ont des noms allemands et tous les documents sont rédigés en allemand, dit Gary.

— Ça n'a rien d'extraordinaire, dit Mark. Les immigrants préfèrent s'adresser à leurs compatriotes. Quand elle a été fondée à San Francisco, la Banque d'Amérique s'appelait Banque d'Italie.

— Pouvaient-ils avoir des contacts en Allemagne ? s'étonna Gary.

— Je ne sais pas, mais c'est possible. Peut-être des relations d'affaires mutuelles dans leur pays d'origine. Des banques germano-américaines avec des bureaux dans les deux pays, peut-être. Quoi qu'il en soit, une chose est sûre : ce vieil escroc a utilisé le même or pour garantir plusieurs prêts.

— Comment a-t-il pu faire ça ? demanda Jack. Est-ce que les banques n'ont pas fait des démarches pour vérifier si cet or était déjà hypothéqué ? Ou bien pour le mettre en lieu sûr ?

— Les choses étaient bien moins strictes avant la Grande Dépression, fit remarquer Mark. À cette époque, on ne s'embarrassait pas de préjugés. Comme le gouvernement n'exerçait aucun contrôle, une banque pouvait être aussi bien une officine comptable poussiéreuse qu'un cartel d'investisseurs boursicotant avec les économies des clients. Il y avait bien plus de risques d'abus. Les banques faisaient souvent faillite. (Il continua à consulter les documents et dit finalement :) Mais en fin de compte, rien de tout cela ne nous dit ce qu'il a fait de son or.

— Peut-être l'a-t-il vendu ? dit Jack.

— En ce cas, je suppose qu'il aurait laissé l'acte de vente là-dedans, dit Mark en indiquant le tas de papiers.

Gary acquiesça.

— Il semblait prendre soin de tout noter. Ces archives lui auraient été fatales si les banques les avaient découvertes avant qu'il ait remboursé les prêts.

Gabbie semblait fort déçue.

— J'espérais une carte du trésor.

— Et moi, dit Mark, j'espérais quelque chose susceptible de lier Kessler avec ce qui s'est passé en Allemagne au début du siècle. Mais ceci est néanmoins une nouvelle pièce du puzzle.

— Peut-être y a-t-il une autre cachette secrète quelque part dans la maison.

— Vous voulez jouer à la chasse au trésor ? dit Gary.

— Faites ce que vous voulez, tous les quatre, dit Phil. Gloria et moi allons dîner en ville. Puisque vous êtes tous là, je peux vous le dire : on m'a fait une offre pour mon livre.

Cette annonce fut accueillie par une salve de félicitations, et Gloria, qui sortait de la douche, cria depuis le palier du premier étage :

— Qu'est-ce qui se passe en bas ?

— Descends ! lui cria Phil en réponse. On fait la fête !

— Pas avant que j'aie mis autre chose qu'une serviette de bain. Attendez que je sois habillée !

Quelques minutes plus tard, Gloria entrait dans la pièce, vêtue d'une robe, les cheveux encore humides.

— Que se passe-t-il ?

— La carte du trésor et de l'or perdu, dit son mari en entamant une danse autour du bureau. Une histoire de corruption dans les milieux financiers. Des banquiers en ligue avec de mystérieux Allemands. (Mark et Gary se mirent à rire.) Des escroqueries à faire rougir le pire des charlatans. Et des secrets issus du fond des âges, des merveilles et des horreurs, une grande aventure ! (L'embrassant sur la joue, il ajouta d'une voix allègre :) Et un authentique miracle : un éditeur qui sait reconnaître le génie d'un auteur.

— Alors, tu réagis enfin ! dit Gloria en souriant.

Il lui rendit son sourire et l'embrassa de nouveau. Elle le serra dans ses bras.

— Eh bien, faisons la fête, dit-elle par-dessus son épaule. Gabbie, téléphone à la pizzeria. Jack, débouchez la bière. (Elle poussa un petit cri, mi-amusée, mi-outragée, lorsque Phil lui mordilla le cou et lui donna une petite tape sur les fesses.) Espèce d'animal ! Et va chercher les jumeaux ! ajouta-t-elle à l'intention de Gabbie alors que celle-ci quittait la pièce.

Au-dessus d'eux, dans l'espace étroit qui séparait le plafond de l'étage supérieur, la Chose noire bougea. Le paquet était découvert et le maître serait content. Les choses se passaient toujours mieux quand le maître était content. Cette créature très simple, maléfique à bien des égards, désirait sincèrement plaire à son maître. Et le maître avait été furieux quand il avait découvert que la Chose noire avait attaqué le garçon sous le pont. Et la Chose noire n'aimait pas que son maître soit en colère. Elle n'avait pas souhaité passer outre la volonté du maître, mais le garçon avait pénétré dans sa tanière et son odeur était si fraîche et si juvénile, si chaude et si tendre. L'espace d'un instant, la Chose noire frissonna de plaisir, se rappelant le parfum chaud et moite du sang de Patrick. Puis elle se rappela le déplaisir du maître et la douleur, et son frisson devint un frisson de peur. Émettant un bruit qui ressemblait à un soupir de bébé, elle avança comme une araignée dans l'espace secret entre le plancher et le plafond, suspendue par ses membres longilignes. Arrivée au niveau du linteau, sous la chambre des jumeaux, elle poussa une étroite planche et se faufila au-dehors, glissant le long d'une gouttière. La Chose noire n'aimait pas sortir durant la journée, car la lumière du soleil réveillait en elle de vagues images de l'époque où elle avait été jeune. De tels souvenirs lui étaient douloureux. Et le soleil ne lui accordait que peu de cachettes. Mais l'après-midi touchait à sa fin et les ombres se faisaient plus longues, aussi put-elle rejoindre la forêt sans problème. De plus, pensa-t-elle, rien dans cette maison ne pouvait la menacer. Rien ne pouvait la blesser. Rien.

13

Patrick exhiba ses cicatrices avec un mélange de fierté et d'angoisse. Fier des marques de son courage, il attendait avec anxiété ce que Barney allait lui dire au sujet de la Chose noire sous le pont. Les jumeaux se trouvaient devant le vieux bricoleur perché sur un tabouret près de son établi. Un mixer complètement démonté gisait devant lui.

— Eh bien, il t'a bien griffé, hein, Patrick Hastings ?

Il regarda les jumeaux avec des yeux injectés de sang qui leur étaient devenus familiers.

— Il a essayé de me mordre, acquiesça Patrick. Mais je me suis échappé, Barney.

Barney soupira et avala une gorgée de la bouteille qu'il gardait toujours près de lui. Quittant son tabouret, il les conduisit au-dehors et s'assit sous le porche. Il regarda autour de lui, comme s'il s'attendait à voir quelque chose.

— Encore un peu plus de deux mois, dit-il. Il faut les supporter encore deux mois et quelques jours.

Il avala une nouvelle gorgée.

— Pourquoi deux mois ? demanda Sean.

— Le Jour du voyage, Sean. Le Bon Peuple fera ses bagages et s'en ira à minuit, il aura disparu à l'aube de la Toussaint. (Il avala une gorgée, puis inspira profondément.) Et avec un peu de chance, nous ne les verrons plus jamais. Deux fois dans ma vie, c'est deux fois de trop. (Il adressa aux jumeaux un clin d'œil de conspirateur.) C'est pour ça que je me suis remis à boire. Le Bon Peuple aime bien les fous et les ivrognes, dit-on, et ils ne m'embêteront pas tant que mon haleine aura l'odeur de l'orge.

Il cligna de nouveau des yeux, tapant l'arête de son nez avec son index.

— Le troll sera parti ? demanda Patrick.

— Oui, lui et tous les autres, bien que je ne pense pas que ce soit un vrai troll. Le troll est une créature immense et redoutable, qui saute sur tous les intrus. Je crois que vous avez rencontré une bête du peuple noir, une de ces créatures misérables qui ont perdu tout espoir de salut. Peut-être même… enfin, il ne sert à rien de se demander ce que ça peut être. (Il fit le signe de la croix.) Mais si c'était un troll, tu ne serais jamais sorti de dessous ce pont. Cette Chose noire reste tapie là, mais la rivière t'a emporté dans sa tanière et tu étais pour elle une proie facile. Ne va plus sous ce pont et tout ira bien. La règle veut qu'un tel être ne s'aventure jamais en pleine lumière. Mais les règles ne sont pas toujours respectées.

— Je l'aurai, dit Patrick avec une ferveur soudaine.

— Quoi ? dit Barney, dont les sourcils gris se haussèrent d'étonnement.

— Je veux me venger, dit le petit garçon au bord des larmes. Elle m'a fait mal et je lui ferai mal moi aussi. Je la forcerai à s'en aller.

— Du calme, garçon, dit Barney en lui posant une main sur l'épaule. Premièrement, tu n'as pas de pouvoirs magiques. Deuxièmement, il ne s'agit que d'une petite créature, et si tu lui faisais mal, tu attirerais l'attention d'un de ses semblables, plus grand et encore plus méchant. Si je ne me trompe pas, elle est au service de quelqu'un qui est capable de te tourmenter pour l'éternité. Et troisièmement, elle aura disparu en novembre. Je te conseille vivement de ne rien faire.

— Non, je veux me venger.

Comprenant sa résolution, Barney secoua la tête.

— Eh bien, ce ne sera pas une mince affaire. (Il se rassit avec un soupir, prit un air pensif, et demanda après quelques instants :) Sais-tu manier l'épée ?

— Je sais me servir d'une batte, dit Patrick.

— Bien sûr, c'est fort utile si tu te précipites armé d'une longue épée à deux mains que tu agites autour de toi avec enthousiasme. Mais cette bête a l'air vive et agile, et difficile à atteindre. (Barney lança à Patrick un regard dur.) Sais-tu tirer à l'arc ? As-tu une flèche en argent pour la blesser ?

— C'est pour les loups-garous, dit Sean, incrédule.

— Peut-être bien, mais ça blesse aussi le Bon Peuple. Ils n'ont que peu d'amour pour le métal, ils détestent le fer – bien que je ne croie pas que le métal puisse leur faire mal, contrairement à ce que prétendent certains contes. Sinon, ils auraient disparu depuis longtemps, depuis que l'homme a su se servir d'une forge. Et ils adorent leur or, l'entassent dans des cavernes sous la terre – l'estimant autant que le font les hommes. Mais une flèche ou une lame d'argent, même un projectile d'argent lancé par une fronde, non, ils n'aiment pas ça. C'est le métal de la lune, et comme ce sont des créatures de la nuit et que leurs pouvoirs procèdent de sa nature, ils le redoutent. (Il se releva lentement.) Il faut que je finisse de réparer le mixer de Mrs. Macklin. Retourne chez toi, dit-il à Patrick, et quand tu auras un arc avec des flèches en argent, ou une épée en argent, reviens ici et je te dirai ce qu'il faut faire ensuite.

— Oh ! Barney, ce n'est pas juste ! gémit Patrick.

Barney se pencha en avant, les mains sur les genoux.

— Comme ma sainte femme de mère – Dieu la protège ! – disait plus souvent qu'à son tour : « Quel rapport avec la justice ? C'est comme ça. » Allez, rentrez chez vous avant qu'il fasse noir et que la chose sous le pont ne se réveille.

Les jumeaux n'eurent nul besoin d'encouragement supplémentaire et s'enfuirent comme un seul homme vers la forêt et leur maison. Lorsqu'ils eurent disparu de sa vue, Barney secoua la tête et murmura :

— Et si saint Patrick veut bien veiller sur cet enfant qui porte son nom, tu ne risques pas de trouver une épée en argent de sitôt, Patrick Hastings.

14

La fête était d'autant plus agréable qu'elle était impromptue. Aggie accourut après un coup de téléphone, et lorsque Ted Mullins revint de l'hôpital où il avait emmené son ouvrier, on l'invita à se joindre aux convives. Les jumeaux arrivèrent au moment où on livrait les pizzas et se mirent à manger avec enthousiasme. Gloria remarqua qu'ils étaient toujours fort abattus, mais certains signes laissaient présager un retour à la normale.

— Oh, bon sang ! dit soudain Gabbie. J'ai laissé les outils dehors. Je ferais mieux d'aller les chercher.

Sans rien dire, Jack se leva et sortit avec elle.

— Tu es bien calme, dit Gabbie lorsqu'ils arrivèrent près de la clôture. Il y a quelque chose qui te tracasse ?

— Je ne pensais pas que tu l'avais remarqué, dit-il en haussant les épaules. Tu semblais bien passionnée par ta conversation avec Mark.

Gabbie regarda longuement le jeune homme, puis se baissa pour ramasser les outils. Gardant les yeux fixés sur le sol tandis qu'elle mettait les clous dans leur sac, elle dit :

— Eh bien, il est de fort plaisante compagnie.

Jack ne vit pas que son ton était moqueur.

— Sans doute, dit-il d'une voix atone, ramassant les marteaux et les rangeant dans la boîte à outils.

Elle sourit intérieurement. Jack resta silencieux tandis qu'il ramassait la boîte et le niveau. Puis il dit :

— Je vais ranger ça. Tu veux rentrer le bois dans la grange ?

— Non. Mettons une toile goudronnée dessus.

Elle s'attarda près de la porte de la grange tandis qu'il allait ranger les outils sur une étagère.

— À mon avis, dit-elle d'un ton léger, si tout marche bien, il nous faudra quatre ou cinq semaines pour finir d'installer la clôture.

Il y eut un long silence à l'intérieur de la grange, puis Jack émergea de l'obscurité.

— Tu vas rester ici ? demanda-t-il.

Gabbie décida de le remettre à sa place.

— Je n'ai pas encore décidé. Je pense que je pourrais engager quelqu'un pour achever le travail, si je m'en vais. (L'expression de Jack s'assombrit.) Je reviendrai quand même pour Noël, ainsi que l'été prochain.

Sans dire un mot, il passa devant elle, saisit un tas de planches destinées à la clôture et les emporta dans la grange, ignorant sa suggestion de les laisser dehors. Gabbie commença à s'énerver. Jack pouvait se montrer aussi pénible qu'il était adorable. Elle avait déjà décidé de rester, mais elle refusait de le lui dire sans qu'il se soit engagé plus sérieusement auprès d'elle. Elle était prête à tout pour lui, mais, bon sang ! une fille aime bien qu'on la sollicite. Et, féminisme ou pas, ce n'était pas elle qui allait lui poser la question. Son aventure avec Ginger avait rendu le jeune homme réticent quand il s'agissait d'envisager une liaison permanente, et Gabbie n'allait pas lui laisser croire que tout était acquis.

Elle soupira en l'entendant s'affairer dans la grange. Elle n'aimait pas le voir aussi troublé. Peut-être sa propre attitude était-elle infantile, après tout, pensa-t-elle. Elle était sur le point de lui parler lorsque quelque chose accrocha son regard. Dans la pénombre, alors que le ciel virait du rosé au bleu pâle au-dessus des arbres indigo, une silhouette lumineuse se tenait à la lisière de la forêt. Et une odeur de fleurs et d'épices assaillit ses narines.

Elle hurla.

Jack sortit de la grange en un instant, tandis que des cris d'alarme s'élevaient de la maison.

— Qu'y a-t-il ? demanda Jack.

Les larmes aux yeux, Gabbie désigna la forêt du doigt.

— C'est lui ! réussit-elle à dire.

— Reste ici, dit Jack alors que la porte de la cuisine s'ouvrait.

Il enjamba la barrière et courut vers la forêt et la silhouette qui disparaissait déjà. Les jumeaux se précipitèrent vers leur sœur, malgré les cris de leur mère qui leur ordonnait de rester à l'intérieur.

Phil, Gary et Mark arrivèrent près de Gabbie, et Phil ordonna aux jumeaux de rentrer.

— Que se passe-t-il ? dit Mark.

— Je l'ai vu, dit Gabbie en désignant les arbres. J'ai vu le garçon qui… qui était dans le bois.

— Tu en es sûre ? dit Phil.

Il regarda autour de lui, et il était évident à son attitude qu'il ne comprenait pas comment elle avait pu voir quelque chose dans la faible lumière du crépuscule.

Gabbie se contenta de hocher la tête.

— Où est Jack ? demanda Mark.

— Il lui a couru après, dit-elle.

Sans un mot, Gary enjamba la barrière et fonça vers le sentier qui traversait la forêt.

Peu de temps après, Jack et Gary rentrèrent ensemble dans la cuisine, où les autres les attendaient.

— Je crois que je l'ai vu, dit Jack qui boitait, mais cette foutue patte folle m'a ralenti.

— Vous avez vu quelque chose ? demanda Mark à Gary.

Celui-ci secoua la tête en signe de dénégation.

— J'ai appelé la police, dit Phil. Ils vont nous envoyer quelqu'un.

Aggie et Ted Mullins se levèrent simultanément.

— Il faut que je m'en aille, dit Aggie.

Mullins opina du chef, disant qu'il se faisait tard et qu'il reviendrait le lendemain pour finir d'inspecter le câble de l'antenne. Il allait escorter Aggie jusqu'à sa voiture, puis la suivre jusqu'à sa maison et ensuite rentrer chez lui. Les jumeaux furent consignés dans leur chambre, bien qu'il leur restât encore une heure avant d'aller au lit. Ignorant leurs protestations, Gloria leur ordonna de jouer calmement en attendant.

— Qu'avez-vous vu, Jack ? dit Mark.

— C'était vraiment incroyable, dit-il en se massant distraitement l'épaule. J'ai cru voir un garçon d'une quinzaine d'années. Et j'aurais juré qu'il brillait. Ce devait être un effet de la lumière. Mais je l'ai vu suffisamment à travers les arbres pour pouvoir le suivre jusqu'à la colline du Roi des elfes.

Mark et Gary échangèrent un regard.

— Je crois que je vais aller jeter un coup d'œil par là, dit Mark.

— Vous ne croyez pas qu'il vaudrait mieux attendre la police ? dit Phil.

— Je viens avec vous, dit Gary. Si c'est un gamin… eh bien, il a attaqué une jeune fille, mais ça m'étonnerait qu'il s'en prenne à deux adultes. Vous avez une lampe ?

Gloria attrapa une lampe à pétrole dans un placard et la tendit à Gary, lui donnant aussi quelques allumettes. Il prit la lampe et eut vite fait de l'allumer.

— Nous allons nous assurer qu'il ne rôde plus dans les parages, dit Gary avec un sourire, et nous serons vite rentrés.

— Peut-être devrais-je venir avec vous, dit Jack sans cesser de masser son épaule.

— Non, tu as mal à la jambe, dit Gabbie. Et qu'est-ce qui est arrivé à ton épaule ?

Jack parut surpris par cette question, puis il se rendit compte de ce qu'il faisait.

— Je ne sais pas. J'ai dû me froisser un muscle en sautant par-dessus la barrière.

— C'est décidé, dit Gabbie. Tu restes ici.

— Tout ira bien, dit doucement Mark.

Et les deux hommes s'en furent sans un mot de plus.

— Est-ce que quelqu'un voudrait bien me dire ce qui se passe dans cette maison de dingues ? demanda Gloria.

— J'aimerais bien le savoir, dit Phil.

15

— Par ici, dit Gary en désignant une direction du doigt.

Mark acquiesça.

— Je vais aller par là, dit-il.

Il fit un geste circulaire de la main et Gary s'éloigna, la lueur de la lampe traçant son chemin, tandis que Mark s'enfonçait dans la pénombre.

Depuis une dizaine de minutes, ils étaient provoqués par des mouvements furtifs, comme si une présence avait été tapie hors de portée de leur lampe, assez près pour être perceptible sans jamais se révéler. Mark avançait avec prudence, faisant le moins de bruit possible, mais il avait néanmoins l'impression qu'un véritable vacarme accompagnait sa progression à travers les fourrés. Il se demanda si les Indiens de jadis avaient vraiment parcouru ces bois dans un silence total.

Au-dessus de sa tête, un rire suraigu le fit sursauter. Il leva les yeux, se tordant le cou pour essayer d'apercevoir ce qui se trouvait dans les branches.

— Qui est là ?

De nouveau ce rire, suivi d'un bruit de course, comme si quelque chose s'enfuyait dans les frondaisons. Puis Mark entendit un choc sourd dans un arbre voisin. La personne qu'il suivait, quelle qu'elle soit, sautait d'arbre en arbre comme Tarzan. Mark courut pour suivre le bruit.

Il avançait aussi vite que possible, mais l'obscurité et la densité de la forêt le retardaient dans sa course. Il cogna un arbre de l'épaule et jura, puis fut surpris par un rire enfantin qui éclata devant lui. Il suivit ce bruit et découvrit peu après qu'il s'était perdu.

— Gary ! cria-t-il en faisant halte.

Une voix lointaine fit aussitôt écho à son cri.

— Gary ! cria-t-elle.

Mark tenta de déterminer la direction d'où était venu ce cri, puis appela de nouveau Gary. L'écho retentit, imitant sa voix pour se moquer de lui, mais il venait à présent d'une autre direction.

Mark regarda autour de lui, sans pouvoir déterminer où il se trouvait. Il tenta d'estimer sa position grâce à la lune, mais le feuillage épais l'empêchait de voir le ciel. Puis il entendit qu'on l'appelait au loin.

Lorsqu'il fit un pas vers la voix, on cria son nom d'une autre direction. Mark fit halte. La personne qui s'était moquée de lui imitait à présent la voix de Gary. Il fut pris de terreur. Quelqu'un se jouait d'eux.

Lentement et précautionneusement, Mark chercha des yeux une clairière ou un sentier. Il jeta un regard derrière lui, tentant de localiser Gary. Il contourna un tronc d'arbre, s'avança. Et se figea.

La poitrine de Mark se contracta et il lui devint difficile de respirer. Il cligna des yeux, comme pour s'éclaircir le regard, et ses jambes se mirent à trembler. Il se força à reculer d'un pas, puis d'un autre et battit lentement en retraite devant le spectacle qui s'offrait à ses yeux. À moins de six mètres de lui se trouvaient trois femmes d'une beauté époustouflante.

Vêtues de légères robes blanches qui frôlaient le sol, elles souriaient, et sur leurs lèvres charnues se dessinait une courbe pleine de séduction tandis qu'elles tendaient les bras vers lui, avançant avec une grâce ondoyante et inhumaine. Il se força à respirer régulièrement et se passa une main dans les cheveux.

— Mon Dieu, murmura-t-il, incapable de faire un pas de plus.

Il vacilla et tendit la main pour agripper un tronc d'arbre tout proche. Il était certain que, s'il avait pu voir leurs pieds, il aurait découvert que chacune de ces femmes avait des serres d'oiseau ou des sabots de chèvre, comme l'affirmait la légende. Car devant lui se trouvait une légende devenue réalité : les Dames blanches. Mark fut assailli par une odeur de fleurs et d'épices, et une boule de chaleur naquit au creux de son estomac. Il sentit sa tête tourner tandis que la chaleur irradiait ses reins, l'attirant douloureusement vers elles. Son corps tremblait d'un désir si intense qu'il sentait sa poitrine se contracter ; il lui semblait impossible de continuer à respirer. Il avait l'impression que l'air était humide et brûlant, comme par une chaude nuit d'août à La Nouvelle-Orléans, sans le moindre souffle de vent. Il se força à aspirer de l'air. La sueur envahit son front et il pressa sa main droite contre l'arbre, avec une telle force que l'écorce pénétra dans sa paume. Seule la douleur pouvait lui permettre de rester sain d'esprit. Cette douleur dans sa main était réelle.

Son esprit battait la campagne. Il essaya de bouger, mais la peur et l'émerveillement le paralysaient. Il connaissait le conte des Dames blanches et savait que leur étreinte signifiait la mort. Faisant appel à toute sa volonté, il pencha la tête et la cogna violemment contre l'écorce, s'ouvrant une plaie à la tempe. La douleur occulta le flot de désir brûlant qui l'avait envahi, lui accordant un instant de clarté. Il lutta pour faire un pas en arrière et se rappela soudain un fragment du conte, et avec lui une prière censée protéger des Dames blanches. À peine capable de parler, il murmura les mots en vieil allemand.

Une expression de regret passa sur les visages si beaux des Dames blanches. Celle qui se trouvait au centre parut prête à pleurer, tandis que les deux autres se contentaient de se détourner, disparaissant hors de sa vue, comme si elles avaient franchi les portes d'un autre monde. Mais la femme triste resta, sa robe diaphane collant à son corps et en révélant les détails dans une vision tentatrice. Ses seins, dardés sous le mince tissu, et ses lèvres, humides et gonflées par le désir, laissaient espérer une extase au-delà de tout ce qui était imaginable, et Mark faillit hurler, déchiré par la terreur et la passion. Excepté ses pieds, toujours dissimulés, cette femme était parfaite, et terrifiante par cette perfection même, car aucune femme humaine ne pouvait posséder une telle beauté. Son étreinte lui procurerait une jouissance insupportable. La mort par l'amour. Mark pensa distraitement au fond de lui-même qu'elle allait le baiser à mort. Une odeur douce et moite arriva jusqu'à lui, une odeur de fleurs et d'épices, mélangée à une senteur plus musquée, qui lançait un message des plus clairs à un centre nerveux enfoui dans son cerveau. Il pensa vaguement à une sorte de phéromone. Luttant contre le désir aveugle qu'il avait d'aller vers elle, il frappa de nouveau l'écorce avec sa main, se déchirant la paume, utilisant la douleur en guise de bouclier. Il se força à reculer d'un autre pas et à répéter la prière séculaire en vieil allemand. La terreur le frappa avec une force redoublée quand il réalisa que la prière n'avait aucun effet sur cette vision. Elle s'avança presque jusqu'à le toucher et il se sentit chanceler tandis qu'elle s'approchait de lui. Son esprit, qui semblait s'être enfoui au fond de lui-même, observait son corps perdre tout contrôle. Ignorant la douleur de sa main, il fit un pas vers son anéantissement. À l'intérieur de la prison de son propre esprit, Mark poussa un cri de désespoir.

Puis la Dame blanche pivota sur elle-même tandis qu'un cor retentissait au loin, suivi d'un rire dément. Le cor de chasse résonna dans la nuit, et un bruit de sabots lui fit écho dans la forêt. Comme la Dame blanche hésitait, Mark sentit son pouvoir décroître. Elle le regarda et il sentit la passion exploser de nouveau dans son corps. Elle avança d'un pas, la main tendue. Soudain, une silhouette sauta du haut d'un arbre, un garçon ou un homme de petite taille. Il leva une main, la paume tendue vers la Dame blanche, qui recula, puis disparut, comme si elle était passée par une porte invisible.

Mark n'hésita pas et fit demi-tour pour s'enfuir, trébuchant dans la pénombre, courant loin de cette folie. Son pied se prit dans une racine et il tomba. Il tenta de se lever, mais ne réussit qu'à s'asseoir. Il se sentait fiévreux et toute force l'avait déserté. On aurait dit que des cavaliers galopaient à travers la forêt, se dirigeant vers lui. Il lutta pour se redresser, saisit un arbre et inspira profondément pour s'éclaircir les idées. Se forçant au calme, il regarda autour de lui. Il ne savait absolument pas où il était. Derrière lui, le bruit de galopade se fit plus intense.

Mark se tourna vers ce bruit, puis se pressa contre le tronc. Des silhouettes minuscules jaillirent entre les arbres. Des dizaines de corps luisants, pas plus gros que des moineaux, certains de la taille d'un insecte, couraient et volaient dans la nuit. Du battement de leurs ailes minuscules montait un bourdonnement quasi hypnotique, un contrepoint au sang qui battait à ses tempes douloureuses. Une créature passa près de lui, visible l'espace d'un instant – une femme plus petite qu'un canari, nue, les cheveux dorés, des ailes d'oiseau-mouche dans le dos, nimbée d'une aura de lumière vert-bleu. Des êtres plus petits que des humains mais plus grands que les homuncules ailés qu'il venait de voir s'enfuyaient à travers bois en bondissant comme des lapins. Mark sentit son esprit défaillir en apercevant de petits hommes vêtus de tuniques vert et rouge, de petites femmes aux robes de dentelle et de lumière. Il sentit des larmes couler sur ses joues et se demanda s'il devenait fou, car ces créatures étaient aussi improbables qu'elles étaient réelles. Mais elles avaient d'étranges couleurs, comme façonnées par une nature qui exigeait de la chair une luminescence venue de l'intérieur car la pénombre nocturne ne les dissimulait aucunement. Chacune apparaissait devant lui dans ses moindres détails, chacune s'imprimait sur son œil comme suivie à jamais par une douce lumière.

Le fracas des sabots écrasant les buissons annonça la venue d'une nouvelle vague. Des cavaliers d'apparence incroyable se précipitaient vers lui, et il sentit un hurlement monter dans sa gorge. Soudain une main couvrit sa bouche tandis que l'adolescent réapparaissait brusquement devant lui. Il saisit Mark avec une force surprenante et le traîna derrière l'arbre, se plaquant contre lui afin de le cacher aux cavaliers. Mark était maintenu par une poigne d'acier, le dos pressé contre l'écorce, le corps de l'adolescent collé au sien. La même odeur de fleurs des champs et d'épices qu'il avait sentie en apercevant les Dames blanches assaillit ses narines, mais son effet n'eut cette fois rien d'enivrant ni d'érotique. Il se sentit même dégrisé. La forêt résonnait de l'écho des cavaliers qui défilèrent devant Mark et son protecteur, apparemment incapables de les voir. Mark ne pouvait que se demander comment ils faisaient pour ne pas remarquer les deux silhouettes plaquées contre l'arbre alors que leurs chevaux les frôlaient en passant. Il aperçut des formes à la beauté inhumaine montées sur des chevaux comme il n'en avait jamais vu, des animaux étrangement gracieux aux yeux luisants, qui paraissaient davantage flotter que courir si agiles étaient leurs mouvements. Ces chevaux étaient d'un blanc impossible, couleur de neige étincelante où dansaient des reflets d'un bleu glacial, et dans la pénombre leurs longues crinières flottantes et leurs queues en panache semblaient parsemées de fils d'or et d'argent. Les cavaliers étaient vêtus d'armures aux formes et aux couleurs étranges, magnifiques et grotesques à la fois. Leurs casques ouvragés étaient couronnés de protubérances qui auraient capturé la lame d'une épée au lieu de la détourner. L'un était coiffé d'ailes d'aigle couleur ébène, l'autre de cornes de taureau ivoire, un troisième d'andouillers en or pur. Ces casques, ainsi que les piques et les lances qu'ils portaient, paraissaient invulnérables aux obstacles que les branches dressaient devant leur course. Leurs cuirasses étaient ciselées et couvertes d'arabesques, et leurs épaulières, leurs cottes de mailles et leurs cuissardes semblaient décoratives plutôt que fonctionnelles. Ces apparitions étaient pourtant effrayantes et Mark était terrassé par leur spectacle.

Les cavaliers disparurent dans la forêt et il resta plaqué contre l'arbre. Il entendit un bruit au-dessus de lui, comme si une créature avait bondi de branche en branche à folle allure, tentant vainement de rattraper les cavaliers. Elle se déplaçait dans les frondaisons comme un grand singe, bondissant au-dessus de sa tête, et, l'espace d'un instant, Mark sentit une présence maléfique et dangereuse, et sa peur grandit encore. Puis la pression qui s'exerçait sur sa poitrine disparut et l'autre s'écarta.

Mark s'effondra lentement sur le sol, les genoux trop tremblants pour le soutenir. Il s'appuya contre l'arbre et s'essuya le front. Sa main était ruisselante, de sang ou de sueur, il n'en savait rien.

Se forçant à respirer calmement, il regarda son protecteur. C'était un jeune garçon, un adolescent répondant à la description de l'agresseur de Gabbie. Mark leva les yeux vers son visage et l'étudia. Puis il sut. Il n'y avait rien de jeune dans le visage qui le regardait dans la pénombre. Une éternité se lisait dans ces yeux.

— Le Fou et sa cour chevauchent cette nuit, dit lentement l'adolescent. Être aperçu par eux, c'est être perdu.

D'une voix qui était à peine plus qu'un murmure, Mark commença :

— Vous...

— Je ne suis pas celui que tu crois, interrompit l'adolescent d'un air sévère. Tout ne t'a pas encore été révélé, Mark Blackman, continua-t-il doucement. Apprends que ce qui a été fait l'a été par un autre. (Ses traits s'adoucirent.) Et ce qui a été tenté l'a été parce que les désirs de cette jeune fille avaient attiré son attention. (Les yeux de l'adolescent se plissèrent et, même dans l'obscurité, Mark perçut en eux une lueur bleue et féerique.) Je sers un autre maître, continua-t-il, quelqu'un qui souhaite préserver de tout mal cette jeune fille et ses proches, quelqu'un qui est devenu par là même ton bienfaiteur. Plus tard, continua-t-il d'un air presque absent, tout te sera peut-être révélé. (Il eut un sourire malicieux.) Ou peut-être pas. À présent, tu as une dette envers moi, gardien du savoir. Oublie.

Avec un clin d'œil, il bondit vers une branche et disparut. Mark se recroquevilla sur lui-même, serrant les bras autour de ses genoux, tant son âme avait froid. Des larmes coulèrent le long de ses joues et il pleura sans honte. Il plongea la main dans la poche de son manteau et en retira le petit magnétophone dans lequel il avait l'habitude d'enregistrer ses idées, tentant de mettre un semblant d'ordre dans les scènes démentes dont il venait d'être témoin. Il remarqua vaguement le sang qui coulait de sa main sur l'appareil tandis qu'il se forçait à parler. Ce fut une tâche difficile, même pour un homme aussi professionnel, aussi discipliné et aussi expérimenté que lui, car sa voix se brisa et il fut obligé de s'interrompre pendant qu'un flot de sanglots jaillissait de sa gorge et qu'une douleur glacée lui contractait la poitrine. Il découvrit que les images qu'il avait crues gravées dans son esprit se faisaient moins distinctes, plus diffuses, à chaque instant qui passait. Alors il se pressa de se rappeler les moindres détails de sa vision. Mais il y eut un sentiment qui ne disparut pas. Pour la première fois de sa vie, il était vraiment terrifié.

16

Gabbie leva les yeux lorsque Mark et Gary entrèrent dans la pièce. Un seul regard lui suffit pour voir que quelque chose n'allait pas. Une traînée brune maculait le front de Mark, pareille à du sang séché. Mais c'était son expression qui était la plus alarmante : ses traits étaient tirés et son visage n'était qu'un masque figé et incolore. Les autres s'en aperçurent aussi et Gloria demanda :

— Est-ce que ça va ?

Elle lui apporta une chaise et Mark s'assit.

— Oui, dit-il en hochant la tête. J'ai fait une bêtise, c'est tout. Je me suis éloigné de Gary. Vous n'avez pas idée à quel point cette forêt peut être terrifiante quand on y erre en pleine nuit. (Il eut un sourire forcé.) Je crois que je suis seulement un peu secoué. Je suis tombé et je me suis blessé en tentant de me raccrocher à un arbre.

— Oh ! ça a l'air mauvais, dit Gabbie avec une grimace.

— Rien qu'un peu de peau arrachée, dit Mark.

Gloria sortit en hâte, revint aussitôt avec une trousse de premiers secours et entreprit de panser sa blessure.

— Vous devriez voir un docteur, dit-elle quand elle eut fini.

— J'ai eu une piqûre antitétanique il y a deux mois. Ça ira.

— Vous voulez boire quelque chose ? demanda Phil.

Mark secoua la tête en signe de dénégation.

— Je crois que nous allons rentrer chez nous, à présent que la police est arrivée.

Mark avait été retrouvé assis au pied d'un arbre par deux policiers, dont les lampes avaient attiré Gary. C'était lui qui avait ramené son ami. Les policiers étaient toujours à la recherche du suspect, mais ils n'étaient guère optimistes quant aux résultats de leur ronde. Ils avaient dit sans ménagement aux deux hommes qu'on ne se lançait pas en pleine nuit à la poursuite d'un criminel sans doute violent.

Gary salua la compagnie tandis que Mark restait silencieux, apparemment plongé dans ses pensées. Vu son attitude, tous sentaient qu'il était troublé et personne ne lui en voulut de partir ainsi sans dire un mot. Près de la voiture, Mark sortit son magnétophone de sa poche et le donna à Gary.

— Demain, avant que je sois réveillé et levé, je veux que vous me passiez ça. Et enregistrez en même temps sur un autre magnéto, conclut-il après une pause.

— Vous pensez qu'il se passe quelque chose que seul votre subconscient peut comprendre, c'est ça ? dit Gary.

— Peut-être, mais je veux laisser une nuit à cet ordinateur… (il se tapota la tête)… pour traiter les données.

En faisant démarrer la voiture, Gary lui demanda :

— Est-ce que vous vous sentez bien ?

— Oui. Ça ira, répondit doucement Mark.

— Que s'est-il passé dans la forêt ? Vous avez l'air en état de choc. (Gary ne reçut aucune réponse et poursuivit :) Pendant un instant, j'ai cru entendre… je ne sais pas. On aurait dit des chevaux. Et une étrange musique. Que s'est-il passé ?

Mark allait parler, mais il se ravisa.

— Je ne sais pas si je pourrais vous le décrire, dit-il finalement. Je ne sais pas grand-chose pour l'instant. Je vous le dirai demain quand vous m'aurez passé cette cassette.

Gary connaissait trop bien Mark pour discuter. Il serait mis au courant en temps voulu. Avec un soupir de résignation, il passa en prise et s'éloigna de la maison des Hastings.

17

Gary baissa les yeux vers son employeur et ami. Le souffle de Mark était lent et régulier, mais ses pupilles bougeaient sous ses paupières. Il était en phase de mouvement oculaire rapide. Il rêvait et dans cet état serait sensible à toute suggestion et capable de se rappeler des choses enfouies dans sa mémoire. Ils avaient déjà utilisé cette technique par trois fois, et toujours avec des résultats intéressants.

Gary avait écouté la cassette avant de s'endormir et il le regrettait, car cela avait tellement excité sa curiosité et troublé son esprit qu'il était debout depuis l'aube, à écluser du café dans la cuisine. Il avait décidé de laisser Mark dormir jusqu'aux environs de 8 heures, heure à laquelle il avait l'habitude de se réveiller. Il était à présent 7 h 45. Gary alla doucement s'agenouiller au chevet de Mark et mit en marche l'un de leurs magnétophones portatifs, s'assurant qu'il était réglé pour enregistrer et que son micro était dirigé vers les lèvres de Mark. Tout doucement, afin de ne pas le réveiller, Gary envoya l'autre cassette. Il contempla la tache brunâtre sur le petit appareil tandis que la voix de Mark en sortait, empreinte d'une terreur comme Gary ne lui en avait jamais connu. Durant toutes les années qu'ils avaient passées ensemble, parfois dans les situations les plus bizarres, Gary n'avait jamais vu Mark montrer la moindre frayeur.

« Forêt sombre dans la nuit. Une voix moqueuse qui prononce mon nom. Trois femmes en blanc, les Dames blanches. Mon Dieu, ô mon Dieu ! » On entendit un sanglot, puis un reniflement. « Des lumières et des silhouettes minuscules… ô mon Dieu. Ce sont des fées ! De toutes petites fées. Des petites créatures nues avec des ailes. Ô Seigneur ! Des *leprechauns* et des *brownies* qui passent… » Nouveaux sanglots. « Et des cavaliers. Ô mon Dieu, c'est la Chasse sauvage. Puis un jeune garçon à l'odeur épicée. Des cavaliers en armure tout autour de nous. L'adolescent les empêche de me voir. Ô mon Dieu ! Ô mon Dieu ! »

La voix de Mark s'estompa lorsque Gary enfouit le magnétophone dans sa poche. Il savait que l'on n'entendait plus rien pendant un long moment, puis, juste avant que la bande arrive en bout de course, le bruit étouffé de la voix d'un policier et la réponse de Mark qui avait en partie retrouvé son contrôle. Le dialogue s'achevait avec la bande. Il éteignit l'appareil, car il savait que cette partie de l'enregistrement n'intéressait nullement Mark.

Il observa le visage de son ami tandis qu'il rembobinait la bande et la refaisait passer. Il remarqua cette fois-ci que les mouvements oculaires de Mark étaient plus prononcés et qu'une pellicule de sueur couvrait son visage. Son souffle se fit plus court et plus rapide. Puis il émit quelques bruits et, brusquement, poussa un cri inarticulé et s'assit, les yeux grands ouverts, tout à fait réveillé.

Il cligna des yeux, saisit le magnétophone que Gary avait posé à côté de lui et parla dans son micro.

— C'était… la nuit. Nous étions dans la forêt à la recherche de l'agresseur de Gabbie. J'ai crié votre nom, Gary, et quelqu'un a imité ma voix pour se moquer de moi. Puis j'ai cru entendre votre voix, mais l'appel provenait de toutes les directions, comme si quelqu'un l'imitait. Je me suis retourné et j'ai vu trois *Weissen Frauen*, qui m'ont fait signe de les rejoindre. Pendant que j'essayais de rompre leur charme, un bruit de galopade a retenti, et parmi les arbres… (Ses yeux paraissaient hantés.) Des centaines de créatures minuscules et luisantes ont jailli autour de moi, volant, bondissant et courant. Elles étaient suivies par des cavaliers. C'était la Chasse sauvage. Puis un garçon, un adolescent, celui-là même qui a tenté de violer Gabbie, je crois, a sauté en bas de l'arbre et m'a protégé des cavaliers. Après leur passage, il a dit : « Le Fou et sa cour chevauchent cette nuit. Être aperçu par eux, c'est être perdu. » Puis il a dit qu'il n'était pas... quelque chose qui a rapport avec... essayé de forcer Gabbie à... il servait un maître et à présent un autre... quelque chose comme ça... et puis... il a souri et m'a dit : « À présent, tu as une dette envers moi, gardien du savoir. Oublie. » Ensuite, il a disparu. (Mark se passa une main sur le visage.) C'est tout ce dont je me souviens.

Gary hésita, puis demanda :

— Avez-vous vu les cavaliers ?

Mark sortit du lit et enfila une robe de chambre, tandis que Gary tendait le micro vers lui.

— Oui. Ils n'étaient pas humains et je n'ai jamais vu de chevaux pareils à ceux qu'ils montaient.

Il décrivit brièvement les montures et les armures des cavaliers.

— Est-ce que leur meneur avait une tête de cerf? dit Gary. (Mark cligna des yeux.) Dans certaines légendes, le meneur de la Chasse sauvage a une tête de cerf.

Mark hocha la tête.

— J'ai vu un cavalier, c'était peut-être le meneur, dont le casque était couronné d'andouillers. Peut-être que c'était ça. (Mark avait de nouveau l'air épuisé.) Il faut que j'aille me laver. Nous en reparlerons après ma douche.

Mark se dirigea lentement vers la salle de bains pendant que Gary descendait dans la cuisine pour brancher la cafetière. Lorsque le café fut prêt, il en monta deux tasses dans la chambre de Mark. Celui-ci avait fini de se doucher et était à moitié habillé quand Gary entra. Il prit la tasse que lui tendait le jeune homme et but lentement.

— Quel rêve ! dit-il après quelques instants. Je dois être trop obsédé par cette affaire Kessler. Peut-être ai-je besoin de vacances.

— Quoi ? fit Gary en clignant des yeux.

— J'ai dit que je devais travailler trop dur. Vous ne me croiriez pas si je vous racontais les rêves que j'ai faits cette nuit.

Gary alla jusqu'au magnétophone, rembobina la cassette et la fit défiler. Lorsque Mark entendit sa propre voix, il cessa d'enfiler son pull-over, un bras passé dans la manche. Quand la bande fut terminée, il finit lentement de s'habiller. En s'asseyant pour mettre ses chaussures de marche, il dit :

— Ils vous amènent à oublier.

— Qui ça ? dit Gary.

— Les fées. Les elfes, quels qu'ils soient – quoi qu'ils soient. C'est pour cela que Gabbie n'avait que quelques-unes des réactions normales d'une victime après une tentative de viol. Elle a oublié l'incident et ne s'en souvient que lorsque quelqu'un le mentionne. (Il baissa les yeux vers ses souliers, les coudes posés sur les genoux.) Quand je suis sorti de la douche, j'étais persuadé que tout cela n'était qu'un rêve. Je croyais m'être blessé la main en courant après le garçon à travers bois, et je croyais que nous ne l'avions jamais retrouvé. (Il passa sa main valide sur son visage.) Tout cela se tient.

— Bien, dit Gary en s'asseyant sur un fauteuil près de la commode. Alors, vous pouvez me l'expliquer.

— Quelles que soient ces créatures, elles peuvent faire en sorte qu'un être humain oublie qu'il les a vues. Vous ne comprenez donc pas ? C'est pour cela qu'on les considère comme mythiques, parce que personne ne peut se souvenir de les avoir vraiment vues. Nous n'avons en notre possession que des rapports fragmentaires, des bribes d'histoires. Et vu la superstition des siècles passés, les gens n'avaient pas tendance à poser des questions. Supposez un instant que vous soyez un fermier du Moyen Âge et que quelqu'un entre en courant dans votre hutte pour vous parler de petites créatures luisantes, ou quelque chose comme ça, et qu'il ait tout oublié le lendemain. C'est ainsi que naissent les légendes.

Gary désigna le magnétophone et demanda :

— Que vous rappelez-vous de la nuit dernière ?

Mark réfléchit durant quelques instants.

— Nous étions à la recherche de l'agresseur de Gabbie. Nous… avons été séparés. (Son front se plissa.) J'ai cru… j'ai cru voir quelqu'un, peut-être plus d'une personne. J'ai essayé de le suivre. Je… je crois que je… Il y avait quelqu'un d'autre. Il… il m'a dit quelque chose. Il y avait du bruit. Le vent, peut-être. Puis je me suis retrouvé tout seul, et vous et les flics êtes arrivés.

Gary rembobina la bande et la fit repasser. Mark écouta et son visage devint de nouveau blanc comme un linge.

— Il faut faire des copies de cette bande, dit-il. Je ne veux pas courir le risque de perdre la seule chose capable de me rappeler ce que j'ai vu. Puis vous allez m'hypnotiser et me conditionner pour que je n'oublie pas. Et je vais faire de même pour vous. Ça ne servira peut-être pas à grand-chose, mais ça ne peut pas faire de mal. (Il regarda longuement Gary.) Vous et moi allons passer tout le temps qu'il faudra à chercher à savoir ce que Kessler a fait entre son arrivée en Amérique et sa venue à White Horse. Et nous allons faire quelques recherches sur Wayland Smith. Et fouiller le grenier et la cave des Hastings pour y trouver… je ne sais quoi. (Il se passa une main sur le visage, comme s'il n'avait pas dormi.) Il doit bien y avoir une explication sensée.

— Mark, que diable se passe-t-il ?

— Si vous appliquez votre imagination fertile à ce problème, vous n'aurez aucun mal à voir l'évidence. Ce qui s'est passé en Allemagne au début du siècle se passe de nouveau ici, dans le comté de William Pitt, en plein milieu de l'État de New York.

Gary eut un sourire.

— Si vous avez raison, c'est sans doute le coup du siècle pour vous.

— Je n'ai pas envie de penser à tout cela pour l'instant. Je veux simplement assimiler ce qui nous est arrivé jusqu'ici, et je crois que Fredrick Kessler nous donnera toutes les réponses. Que nous ayons affaire à des fantômes, à des envoyés de la planète X ou à des fées, c'est Kessler la clé…

Les yeux de Gary s'écarquillèrent.

— La clé ! Je l'avais oubliée.

— Il faut qu'on fouille cette maison et qu'on trouve la serrure qu'ouvre cette clé.

Gary se releva.

— Vous savez, je suis très excité par cette histoire. C'est vraiment stupéfiant.

Mark acheva de nouer ses lacets.

— Rappelez-vous ce qui est arrivé en Allemagne.
— Vous voulez dire les rites anciens et tout ça ?
— Je veux dire que beaucoup de gens ont péri.
L'expression de Gary s'assombrit.
— Oui, je vois ce que vous voulez dire.
Sans autre commentaire, il descendit au rez-de-chaussée.

Septembre

1

— Mark!

Il s'écarta vivement du bureau de Phil, sans même se soucier de sauvegarder son fichier tant la voix de Gabbie était affolée.

En entrant dans la cuisine, il la découvrit en train d'aider Jack à s'asseoir près de la table. La sueur coulait à flots sur ses joues et sa chemise était collée à son torse, presque complètement trempée. Vu la chaleur et l'humidité de cette journée, une suée était envisageable, mais celle-ci n'avait rien de normal. Gabbie, qui avait travaillé avec lui à installer la clôture, ne transpirait que légèrement.

— Qu'y a-t-il ? dit Mark.

— Jack est malade, mais il refuse de rentrer chez lui.

La colère et le souci se mêlaient dans sa voix tandis qu'elle regardait le jeune homme.

Celui-ci tenta de minimiser la gravité de son état.

— Ça va. J'ai dû être piqué par un insecte. Donnez-moi quelques minutes pour reprendre mon souffle, et on va pouvoir se remettre au travail.

— Jack, dit Mark en se penchant vers lui, si vous êtes malade, ne vous fatiguez pas…

Ses mots furent interrompus au moment où sa main touchait l'épaule de Jack. Celui-ci poussa un cri de douleur. Gabbie porta ses mains à sa bouche.

— Jack, qu'y a-t-il ? demanda-t-elle, les yeux agrandis par l'inquiétude.

Mark s'agenouilla.

— J'aimerais examiner cette épaule.

Jack acquiesça faiblement, le laissant déboutonner sa chemise. Mark s'acquitta de sa tâche avec maladresse, gêné par sa main droite encore pansée. Il défit le dernier bouton et retira la chemise avec douceur.

— Ô Seigneur ! dit Gabbie en découvrant l'épaule de Jack.

Elle était rouge d'infection et un dôme de chair écarlate se dressait au-dessus de l'articulation. Le centre de l'inflammation était presque pourpre, tandis que la chair était d'un rouge vif autour de l'enflure.

— Ce n'est pas une piqûre d'insecte, Jack, déclara Mark. Vous êtes salement infecté. Il faut qu'on vous emmène à l'hôpital, tout de suite. Je vais conduire. Si je ne me trompe pas, vous risquez un empoisonnement du sang.

Jack tourna la tête afin d'apercevoir son épaule.

— Il n'y avait rien ce matin, dit-il d'une voix faible.

— Eh bien maintenant, il y a quelque chose, dit Mark en sortant de sa poche les clés de sa voiture. Tenez, dit-il en les tendant à Gabbie. Faites démarrer ma voiture pendant que j'éteins l'ordinateur de votre père. Conduisez-la derrière et j'aiderai Jack à sortir.

Gabbie se précipita vers la porte d'entrée et il reposa doucement la chemise sur l'épaule enflammée de Jack. En moins d'une minute, l'ordinateur était éteint, les portes fermées à clé, et la voiture de Mark fonçait vers l'hôpital de Pittsville.

2

Le jeune médecin examina l'épaule de Jack, la tâtant doucement, mais même ce léger contact fit naître une grimace sur les lèvres du jeune homme. Gabbie était à ses côtés, tandis que Mark observait la scène à travers la porte vitrée de la salle des urgences.

— Je crois que vous devriez aller attendre là-bas, dit le médecin à Gabbie. Ça ne va pas être beau à voir.

Gabbie resta muette et se contenta de hocher la tête.

Le médecin demanda de la novocaïne et fit une injection au-dessus de la partie infectée de l'épaule. Sous l'effet de la douleur, le jeune homme agrippa le bord de la table sur laquelle il était assis, mais il ne dit rien.

— Cette épaule est vraiment brûlante, dit le docteur. Vous ne sentirez plus rien dans quelques instants.

Il attendit, puis toucha la peau près de l'endroit où il avait fait la piqûre. Voyant que Jack ne bronchait pas, il fit une nouvelle injection, plus près du centre de l'inflammation. Puis il attendit que toute l'épaule soit insensibilisée.

— Vous n'auriez pas dû être aussi négligent, Mr. Cole, dit-il. Il y a huit jours, ce n'était peut-être qu'un furoncle, mais aujourd'hui, c'est une infection de première et vous êtes à un cheveu de la septicémie.

— Je n'avais pas de furoncle il y a huit jours, dit Jack, reprenant des couleurs à présent que la douleur avait disparu. Docteur, je n'avais même pas de furoncle ce matin.

Le médecin parut sceptique.

— Je ne vais pas discuter avec vous, Mr. Cole, mais ceci n'a pas pu apparaître en quelques heures. Vous n'avez ressenti aucune douleur à l'épaule ces derniers temps ?

Jack secoua la tête, mais Gabbie intervint.

— Tu n'arrêtais pas de te frotter l'épaule avant-hier soir, après avoir couru dans la forêt, tu te rappelles ? Et tu n'as pas cessé de l'exercer hier, comme si elle était raide. Je t'ai vu.

— Je croyais que j'avais froissé un muscle en sautant par-dessus la barrière, dit Jack. (Après une pause, il ajouta :) Oui, j'avais mal hier.

Le médecin hocha la tête, comme si c'était là un aveu de négligence de la part de Jack. Il prit un scalpel et dit :

— Si le sang vous fait tourner de l'œil, je vous suggère de regarder votre charmante amie.

Il incisa l'enflure en son centre et l'infirmière qui se trouvait à ses côtés commença à éponger le sang.

— Eh bien ce n'est pas joli, joli, dit le médecin en fouillant la plaie. Si j'avais su qu'il y avait autant de pus, je vous aurais envoyé en salle d'opération et j'aurais appelé un chirurgien.

Il demanda un autre plateau pour recueillir le pus et fit un signe de tête à l'infirmière. L'une de ses collègues vint chercher Gabbie, et, sans dire un mot, ils allongèrent Jack sur la table. Le médecin demanda qu'on prépare une injection d'antibiotiques et continua à s'affairer sur l'épaule du jeune homme.

Il enfouit son scalpel plus profondément, à la recherche du centre de l'infection, et dit :

— Qu'est-ce que c'est que ça ?

Il tint sa lancette en place et demanda un rétracteur plus grand. Ouvrant davantage l'incision, il fouilla la chair pour en extraire un petit objet blanc.

— Je crois que nous avons localisé le problème. (Il déposa l'objet sur un carré de tissu vert et déclara :) Je pense qu'un fragment d'os s'est détaché de votre omoplate et s'est infecté, Mr. Cole.

La voix de Jack était très faible.

— Je n'ai jamais eu d'ennuis à l'épaule, docteur. Je me suis cassé la jambe il y a quelques années. (Il ferma les yeux quelques instants, puis reprit :) Si j'avais un fragment d'os quelque part dans le mollet, ça me surprendrait moins.

Il décrivit son accident de voile au médecin pendant que celui-ci nettoyait son épaule.

Lorsqu'il eut fini, le médecin ordonna à Jack de passer par la pharmacie et d'y prendre de la pénicilline pour une semaine. Il lui conseilla de ne pas faire d'efforts pendant deux ou trois jours. Jack devrait se faire examiner l'épaule le lendemain, puis de nouveau dans une semaine, et le jeune homme promit d'aller voir le docteur Latham.

Gabbie et Mark emmenèrent Jack, et le médecin contempla la salle des urgences que l'on était en train de nettoyer. Il alla jusqu'à son plateau à instruments pour examiner le fragment d'os et découvrit que le carré de tissu sur lequel il l'avait posé avait disparu. Regardant autour de lui, il allait s'étonner à haute voix de cette absence lorsqu'il entendit retentir une sirène. Une ambulance approchait de l'hôpital et le médecin oublia aussitôt le fragment d'os importun, ôtant ses gants sales pour se diriger vers un lavabo et se laver de nouveau les mains.

3

Mark était assis à son bureau, plongé dans ses pensées. Gary était allé dîner avec Ellen et il ne le reverrait pas avant le lendemain matin. Son assistant passerait probablement la nuit chez Ellen, car le couple préférait se retrouver en privé dans l'appartement de la jeune fille plutôt que chez Mark. Celui-ci contemplait sans mot dire le carré de tissu vert qu'il avait adroitement subtilisé dans la salle des urgences. Il était taché par le sang de Jack, à présent bruni, et sur cette tache se trouvait un petit objet blanc.

Cela faisait presque une heure que Mark regardait cet objet. Il soupira et ouvrit un tiroir. Mark fumait rarement la pipe, et la présence d'une odeur de tabac dans son bureau était signe d'inquiétude ou de souci. Si Gary était entré, il aurait su aussitôt que quelque chose n'allait pas. Le tabac était sec et à moitié éventé, mais Mark bourra néanmoins sa pipe. Il allait se brûler légèrement le palais, mais le petit rituel ainsi que le goût de la pipe avaient un effet lénifiant sur lui, et en cet instant il avait grand besoin de se calmer.

Lorsqu'il eut allumé sa pipe, il se leva et se servit un verre de brandy, vidant un peu plus la carafe. Il fallait qu'il pense à acheter une autre bouteille en ville, ou à demander à Gary de le faire. Ces derniers temps, ils avaient bu plus que de coutume, signe certain de stress car tous deux ne buvaient généralement qu'après une dure journée de travail.

Il retourna à son bureau et y posa son verre, abandonnant sa pipe dans un cendrier qu'il n'employait guère. Il prit la petite loupe Bausch & Lomb qu'on lui avait offerte lorsqu'il avait acheté le *Compact Oxford English Dictionary* et examina avec soin le petit objet posé sur le carré de tissu.

Ce que le médecin avait pris pour un fragment d'os était en fait un morceau triangulaire de silex blanc, long de quatre millimètres à peine. Cette pointe coiffait un minuscule morceau de bois, dont la présence avait été dissimulée aux yeux du médecin par la masse de pus qui entourait l'objet. Mark ouvrit un tiroir de son bureau et en sortit une boîte : il avait parmi sa collection de compas et de cutters une pince effilée utilisée d'ordinaire par les philatélistes et deux pinces à épiler plus petites.

Mark utilisa la première pour séparer la flèche miniature du tissu, travaillant avec moult précautions car sa main bandée rendait ses mouvements maladroits. Il la plaça sous la loupe, la tournant et la retournant pour l'examiner sous tous les angles. Son esprit luttait pour accepter la réalité de ce qu'il tenait devant lui et il s'interrogeait en silence sur l'origine de ce minuscule projectile.

Reposant la loupe, il recula dans son fauteuil. Sans réfléchir, il prit la petite flèche au creux de sa main valide, remarquant qu'elle semblait presque dénuée de poids. Son esprit revint deux jours en arrière et il tenta d'organiser ses souvenirs sombres et confus de l'étrange rencontre qu'il avait faite dans la forêt. Il avait écouté les bandes une bonne dizaine de fois, et Gary et lui s'étaient hypnotisés mutuellement afin de ne rien oublier, mais, après chaque nouvelle écoute, il s'apercevait que ses souvenirs étaient lointains, dénués de couleur et de substance, comme s'il avait tenté de se rappeler un vieux film et non un des épisodes les plus terrifiants de sa vie. Quel pouvoir pouvait ainsi obscurcir un esprit humain ? songea-t-il. *The Shadow*[1], répondit-il, sachant bien que cette repartie était née de sa frustration devant l'impossibilité de définir cette force qui hantait la forêt.

Soudain, sa rêverie fut interrompue par une légère douleur à la paume de sa main gauche, comme si un insecte l'avait piqué. Il eut un sursaut involontaire, puis baissa les yeux. La flèche minuscule était à présent plantée dans la partie charnue de sa paume, sous le pouce. Il se demanda comment il avait fait son compte, mais ne se sentit nullement alarmé. La douleur avait été à peine perceptible. Il tendit la main vers la pince à épiler pour extraire la flèche, puis sentit son cœur s'arrêter de battre lorsqu'il vit la pointe disparaître dans sa chair, comme sous l'effet d'une succion.

Mark resta interdit et replia ses doigts. Il ressentait une étrange sensation dans sa main, comme s'il s'était froissé un muscle, mais n'éprouvait aucune douleur. Puis il sut. Il saisit un cutter dans la boîte et, serrant les dents, incisa sa paume là où il avait vu la flèche disparaître. La douleur le frappa comme une vague écumante et ses yeux s'inondèrent de larmes, mais il enfonça davantage la lame. Le sang coulait à flots et il plaça sa main au-dessus du tissu vert. Il laissa tomber le cutter et s'empara de la pince. Il pressa la plaie sanglante contre le tissu et, l'espace d'un

---

1. « L'Ombre » : héros des pulps des années trente, capable de passer inaperçu au sein de la foule la plus compacte. (*NdT*)

instant, le linge ayant absorbé le sang, il put observer la blessure. Il aperçut la minuscule flèche dans l'incision et y plongea la pince, saisissant le projectile. Ignorant la douleur qui le secouait comme une décharge électrique, il cligna furieusement des yeux pour en chasser les larmes. Celles-ci coulaient sur ses joues lorsqu'il finit par extraire la flèche de sa main, la déposant sur le carré de tissu de nouveau gorgé de sang.

Mark se leva et s'aperçut que ses jambes menaçaient de le trahir. Il réussit à atteindre la salle de bains sans avoir fait tomber une seule goutte de sang sur le sol, et nettoya sa blessure. Par chance, il avait agi vite et le projectile ne s'était pas enfoncé trop profondément. Il étancha le flot de sang avec une gaze, levant la main au-dessus du niveau de son cœur pour arrêter le saignement. Puis il inspecta les dégâts. Ce qui lui avait paru aussi douloureux qu'une amputation et qui avait saigné comme une blessure mortelle n'était en fait qu'une coupure à peine longue de trois centimètres et profonde de quelques millimètres. Il l'aspergea copieusement de Néosporine et la pansa. Cette plaie guérirait sans qu'il soit nécessaire de la suturer. À présent, les deux mains de Mark lui faisaient mal, mais cet inconfort était le cadet de ses soucis.

Il retourna à son bureau et saisit la petite flèche, prenant soin d'employer la pince. Avec un regret sincère, il prit son briquet à gaz, l'alluma, et plaça sans hésitation la flèche au-dessus de la flamme, regardant la minuscule hampe se consumer en un instant et la pointe en silex se calciner. Lorsqu'il eut fini, il pressa la pointe noircie entre son pouce et son index. Comme il s'y était attendu, elle s'effrita sans effort.

Mark se rassit, puis avala une bonne gorgée de brandy. Ce qu'il avait observé, ce qui l'avait blessé, était un authentique dard d'elfe. Il avait détruit la pièce à conviction, mais il n'avait nul besoin d'une preuve supplémentaire. Il était convaincu, et il ne lui importait guère pour l'instant de convaincre un tiers. Il savait désormais ce qui rôdait dans la forêt derrière la maison des Hastings.

Jack avait été blessé par une des minuscules créatures que Mark avait vu fuir à l'approche de la Chasse sauvage. Mark comprenait à présent pourquoi les légendes médiévales prétendaient que ces blessures étaient mortelles. L'arme minuscule était indétectable par les médecins de l'époque et l'infection ne tardait guère à suivre sa pénétration. Sans les antibiotiques, Jack serait déjà à l'article de la mort.

Mark réfléchit, puis se leva et se mit à arpenter la salle de séjour. Durant des heures, son esprit s'attela à définir le problème et à ébaucher une contre-attaque.

Peu de temps avant l'aube, il alla sélectionner plusieurs livres sur les étagères qui entouraient son bureau.

Trois heures plus tard, Gary ouvrit la porte d'entrée et trouva son patron au travail. Un seul regard lui suffit pour s'apercevoir que Mark avait passé une nuit blanche. Une odeur âcre de tabac flottait encore dans l'air. Gary renonça à la repartie spirituelle qu'il avait au bord des lèvres et se contenta de demander :

— Que se passe-t-il ?

Mark désigna une pile de livres d'un geste distrait.

— Il faut que nous fouillions dans ce tas de stupidités pour en extraire du concret. (Il leva les yeux vers Gary.) L'autre nuit, pendant que nous tournions en rond dans les bois, Jack a été atteint par un dard d'elfe.

Gary s'assit, les yeux écarquillés.

— Ah.

— Je suis sérieux, dit Mark en levant sa main droite. J'ai commis l'erreur de poser cette saloperie sur ma paume et elle s'est enfoncée dans ma chair.

Gary faillit dire quelque chose, puis se ravisa. Il regarda Mark, fit de nouveau mine de parler, puis s'arrêta. Finalement, il ne put que secouer la tête et demander :

— Café ?

— Bonne idée.

En se levant pour aller dans la cuisine, Gary dit :

— Qu'est-ce qu'on fait ?

— On fouille là-dedans pour trouver tout ce qu'on peut dénicher sur les mœurs des fées et comment se protéger d'elles. (Il leva les yeux vers Gary.) Pas le genre d'histoires gnangnan dont regorgent les contes, mais toutes les références sur le comportement à adopter en cas de confrontation : rituels, prières, coutumes, protocole, tout. Quand on en aura fini, je veux un manuel de savoir-vivre avec les fées.

Gary se tenait debout, complètement abasourdi. Il resta silencieux un long moment, incapable d'exprimer sa stupéfaction.

— Café, répéta-t-il finalement, et il se dirigea vers la cuisine.

4

Gabbie tenta de soulever la malle et celle-ci oscilla légèrement.

— Attends une minute, dit Jack. C'est lourd, ce truc.

Il contourna une pile de magazines et vint aider la jeune fille. Ils se mirent à pousser ensemble et la malle glissa lentement sur le sol, révélant le bas de bibliothèque qu'elle avait dissimulé.

Cela faisait presque deux semaines qu'on n'avait vu ni Mark ni Gary, depuis le jour où Mark avait emmené Jack à l'hôpital. Mark avait téléphoné pour annoncer qu'ils avaient trouvé quelque chose, et qu'ils se remettraient bientôt à travailler au catalogue. Puis la veille, Gary avait appelé pour dire qu'il emmenait Ellen passer le week-end à New York, Mark se trouvant à Buffalo pour donner une conférence à l'université le vendredi, une corvée qu'il s'était engagé à exécuter plusieurs mois auparavant. Ni l'un ni l'autre ne seraient de retour avant le dimanche soir.

Gloria avait décidé qu'il fallait continuer à débarrasser la cave pour que Mark ait quelque chose à cataloguer, et elle avait désigné Jack et Gabbie comme volontaires pour cette tâche. Les deux jeunes gens avaient déjà pillé une dizaine de vieilles malles, dont le contenu avait été grossièrement trié en attendant que Mark se charge du dépouillement final. Jack se mit à genoux et parcourut quelques titres.

— Il y en a certains que je peux lire, d'autres non, dit-il. Je suis pas mal rouillé en allemand. (Il attrapa un livre.) Un manuel de physique, je crois.

La porte en haut de l'escalier s'ouvrit.

— Gabbie ! cria Gloria, Tommy est arrivé.

— Génial ! dit Gabbie en bondissant. Viens. Tu vas adorer Tommy. C'est vraiment quelqu'un d'extraordinaire.

Jack s'essuya les mains sur son jean et suivit Gabbie dans l'escalier. Dans l'entrée, Phil était en train de serrer la main à un homme gigantesque, au moins cent cinquante kilos répartis sur une carcasse haute de deux mètres. Ses cheveux châtains étaient effrontément rejetés en arrière et sa barbe était rousse au point d'en paraître orangée.

Gabbie étreignit le géant et se laissa donner une petite tape sur les fesses.

— Tommy, je suis si heureuse de te revoir !

Le géant la serra presque jusqu'à l'étouffer.

— Gabrielle, tu es si adorable que je crois que je vais quitter ma femme et m'enfuir avec toi.

Gloria éclata de rire.

— Tommy, tu n'es pas marié.

— Quoi ! dit Tommy en feignant la surprise. Est-ce que Caroline a déjà divorcé ?

— Oui, répondit Gloria en le prenant par le bras. Ça fait environ cinq ans.

— Ah là là ! dit-il en feignant le regret. C'est si difficile de garder le compte de ses épouses. Ça fait quatre, je crois bien. Gabbie, aimerais-tu être la cinquième Mrs. Raymond ? Tu serais sans doute la plus belle et la plus séduisante du lot. Je pourrais te couvrir de soie et de joyaux et te montrer au Tout-New-York.

Gabbie éclata de rire et déclina son offre, tandis que Gloria conduisait Tommy dans la salle de séjour.

— Combien de temps restes-tu ? demanda-t-elle.

— Je repars après dîner, j'en ai peur, répondit-il en s'asseyant lourdement dans un fauteuil. Figure-toi que je dois me rendre à Erie, en Pennsylvanie. J'ai une belle-sœur qui marie sa fille demain, aussi ai-je décidé de combiner tous mes voyages en un seul. Un périple qui défie l'imagination, je sais, mais c'est nécessaire. Si le sort m'est favorable, je serai bientôt de retour dans mon petit nid de Manhattan, sans avoir trop souffert du voyage.

— Son petit nid, dit Gabbie à Jack en riant. C'est un penthouse qui vaut au moins deux millions de dollars.

— Tommy, dit Gloria, voici Jack Cole. Jack, ce personnage s'appelle Tommy Raymond, mon ex-agent.

La main de Jack fut engloutie par la poigne gigantesque de Tommy, qui s'était à moitié levé.

— Jack Cole ! Bien, j'allais demander à Phil de vous faire venir si vous n'aviez pas déjà été là.

Il se rassit dans son fauteuil.

Jack parut surpris. Il ne voyait vraiment pas comment l'ex-agent de Gloria pouvait être au courant de son existence, et encore moins pourquoi il souhaitait le rencontrer. Il jeta un coup d'œil à Gabbie et la vit qui essayait d'attirer l'attention de Tommy en secouant la tête d'un air affolé.

Tommy continua à parler sans avoir remarqué sa mimique.

— Ça fait un moment que je devais rendre visite à ces gens adorables, et, après avoir lu ce que vous faites, j'ai décidé de joindre l'utile à l'agréable, et de passer par ici.

De toute évidence, Jack était abasourdi, clignant des yeux comme un hibou aveuglé.

— Après avoir lu… ce que je fais ?

Il se retourna et sa silhouette fut découpée à contre-jour sur la fenêtre, un mélange de surprise et d'irritation sur ses traits.

— Oui, dit Tommy. L'extrait de votre manuscrit que Phil m'a envoyé.

Tous les regards se tournèrent vers Phil, qui regarda Tommy sans comprendre.

— Je ne t'ai jamais envoyé un manuscrit de Jack, Tommy.

Puis tous les regards quittèrent Phil pour converger lentement vers Gabbie, qui regardait Jack d'un air contrit.

— Euh… j'avais l'habitude de signer moi-même mes permissions de sortie en terminale, papa. Je crois que je sais parfaitement imiter ta signature, à présent.

Jack avait l'air furibond.

— Tu lui as envoyé une copie de mon roman !

Gabbie contre-attaqua aussitôt.

— Eh bien, oui !

— C'est dégueulasse ! cria Jack.

— Hé ! on se calme, tous les deux, dit Phil sans grand résultat.

— On était convenus que chacun lirait ce qu'avait écrit l'autre, pas qu'il le montrerait à tous les passants, dit Jack.

— Il y avait de très bonnes choses dedans.

— Je m'en fiche ! Je ne voulais pas que quelqu'un d'autre le lise.

— Ça suffit ! dit Gloria.

Jack et Gabbie se turent tous les deux.

— D'accord, dit Gloria. À présent, qu'est-ce qui se passe ?

— Jack et moi étions convenus de nous montrer l'un à l'autre ce qu'on avait écrit, tu sais, pour se consoler mutuellement. Mais il y avait de bonnes choses dans son roman.

— Alors, tu l'as envoyé à Tommy ? dit Phil. Pourquoi ne me l'as-tu pas montré ?

— Tu es mon père, dit Gabbie en haussant les épaules. Et puis j'ai pensé que, si Jack recevait des encouragements de la bouche d'un professionnel inconnu de lui, il se remettrait à écrire.

Jack bouillonnait intérieurement.

— Tu n'avais pas le droit de faire ça, dit-il d'une voix douce où perçait néanmoins la colère.

L'éclat de rire de Tommy empêcha Gabbie de riposter.

— Quoi qu'il en soit, Jack, elle l'a fait et je l'ai lu. Maintenant, est-ce que ça vous intéresse de savoir ce que j'en pense ?

La curiosité de Jack l'emporta sur sa colère.

— Oui, sans doute.

— Eh bien, en tant que prosateur, vous êtes lamentable. (L'expression de Jack s'assombrit encore plus, mais Tommy continua :) Mais vous écrivez d'excellents dialogues. En fait, vous êtes peut-être un des meilleurs dialoguistes que j'aie jamais lu. Vos personnages ne sont que des marionnettes pitoyables jusqu'au moment où ils ouvrent la bouche. Puis ils se mettent à danser sur la page, ils sont merveilleux et lumineux. Si vous en faites un roman, *Durham County* sera au mieux une mauvaise parodie d'Edna Ferber. Mais dans un autre média, ce pourrait être un excellent projet.

— Une pièce de théâtre ? dit Gloria.

— Peut-être, mais je pencherais plutôt pour un scénario. Je pense que cela ferait un film merveilleux.

Jack fut complètement pris de court.

— Un film ?

— Oui. Peut-être même une mini-série télévisée. Je représente surtout des acteurs, mais mon agence a toutes sortes de clients dans le monde du cinéma et du théâtre : scénaristes, metteurs en scène, *et cætera*. Et nous avons des agents à New York et à Hollywood qui ont l'habitude de travailler avec des écrivains. De plus, un des meilleurs scénaristes de ces dernières années est assis à quelques mètres de vous, et si je ne me trompe pas, il est tout disposé à vous aider à mettre ce projet sur pied. Quand vous serez prêt à le livrer, je serai plus qu'heureux de veiller à ce qu'il soit présenté aux studios dans les meilleures conditions.

— Est-ce qu'un autre agent acceptera de travailler avec moi simplement parce que vous le lui aurez dit ? demanda Jack, qui semblait encore déconcerté.

Tommy éclata de rire.

— Vous n'avez pas compris la situation, fiston. Bien sûr qu'un des agents de ma boîte acceptera de travailler avec vous. C'est moi le propriétaire de l'agence. Le boss, en quelque sorte.

— Jack, dit Gloria, si j'avais été une actrice à moitié aussi douée que Tommy l'est dans sa partie, je serais devenue une star. Foncez.

Tommy éclata de rire.

— Ma chérie, tu étais une comédienne des plus douées. Ton seul défaut était un manque d'ambition prononcé. C'est pour ça que tu as eu l'excellente idée de te marier et de laisser tomber les planches. Eh bien, Jack Cole, dit-il avec un sourire, qu'en pensez-vous ?

Jack s'assit sur le rebord de la fenêtre.

— Euh, merci. Je… je crois que je suis encore un peu sous le choc. J'ai besoin d'y réfléchir.

— Eh bien, pas de problème. (Il se tourna vers Phil.) Pourrais-je avoir un brandy ?

— Bien sûr, Tommy, dit Phil en riant. Un brandy. Ça marche.

Jack prit un air ombrageux et dit doucement à Gabbie :

— Toi. Dehors.

Il n'attendit pas sa réponse et se dirigea vers la porte d'un pas décidé. Tout le long du couloir, il ne regarda pas une seule fois derrière lui pour voir si elle le suivait. Lorsqu'il eut atteint le porche, il se retourna et dit :

— Tu n'avais vraiment pas le droit.

— D'accord, peut-être, répondit-elle avec un air de défi. Mais Tommy dit que tu es bon.

Jack regarda vers le lointain.

— Tout ça m'a sacrément remué. Je ne sais pas si je dois me sentir trahi ou si tu es en train de me prouver quelque chose.

Elle s'approcha et leva les yeux vers lui.

— Il y a des moments où tu es vraiment débile, Cole. (Elle se mit sur la pointe des pieds et l'embrassa.) Pourquoi est-ce que je te supporte, au fait ?

Toute colère quitta Jack lorsqu'il la prit dans ses bras. Après un long moment, il demanda :

— Que dois-je faire, alors ?

— Que veux-tu faire ?

Il resta silencieux durant un long moment.

— Et si on se mariait ? dit-il finalement.

Elle s'accrocha à lui en posant la tête sur son épaule. Puis elle lui glissa les bras autour de la taille et le serra très fort. Des larmes montèrent à ses yeux.

— Ça marche pour moi, répondit-elle. (Elle l'embrassa longuement et dit :) Je t'aime, je t'aime tant.

— Moi aussi, je t'aime, Gabbie, soupira-t-il en la serrant un peu plus fort. (Il resta de nouveau silencieux un long moment, puis dit :) Tu sais, je commençais à perdre les pédales en pensant que tu allais repartir. Je ne savais vraiment pas ce que j'allais faire.

— Comme je te l'ai déjà dit, il y a des moments où tu es vraiment débile. On est le 10 septembre. Les cours commencent dans quinze jours à Los Angeles. Je devrais être partie la semaine prochaine si je retournais là-bas. Est-ce que tu as vu des signes de préparatifs ? J'ai déjà écrit à la fac pour leur dire que je restais ici. Et tout ça à cause de toi, imbécile. (Elle fit une pause.) Mais peut-être que je devrais leur écrire pour leur dire que je viendrai finalement cet hiver.

— Pourquoi ?

— Écoute, si tu dois écrire un scénario, il faudra qu'on aille à Hollywood et qu'on te trouve un endroit pour travailler.

— Une minute, dit-il d'un air troublé. Il faut que je finisse ma thèse et que j'obtienne mon doctorat. Je peux me débrouiller pour avoir un appartement à la cité universitaire, à moins qu'on loge tous les deux chez Aggie, mais je ne peux pas me permettre d'entretenir une épouse à Los Angeles pendant que je me lancerai dans une carrière de scénariste. (Il fit une pause.) Et je ne suis pas sûr de savoir si c'est vraiment ça que je veux. Mais si je dois essayer, ce serait idiot de ne pas demander à ton père de m'aider s'il est prêt à le faire, ce qui signifie que je dois rester ici. Écoute, tout ça arrive trop vite.

Elle voulut parler, mais se ravisa, sentant que Jack était sur le point de lui confier quelque chose d'important. Finalement, il dit :

— Quand j'ai eu mon diplôme en Caroline du Nord, Ginger et moi n'arrêtions pas de faire des plans. (Il observa une pause, se souvenant de cette époque.) Enfin, c'était surtout elle qui en faisait. Mais… enfin, j'étais peut-être trop timide. Ou pas vraiment amoureux d'elle. (Il regarda Gabbie dans les yeux.) Peut-être. Ou peut-être que je ne voulais pas m'ouvrir à elle et prendre ce qu'elle avait à m'offrir. Mais l'idée de l'épouser me filait une trouille bleue. Bref, je suis venu ici et elle est allée à Atlanta, et après quelque temps on a cessé de se voir, voilà tout. Je pense que c'est en grande partie ma faute. Je ne voulais pas être responsable de quelqu'un d'autre, je crois.

Gabbie sourit.

— Tu es *vraiment* débile, Jack, dit-elle, mi-amusée, mi-irritée. Je suis sérieuse. Tu n'as pas besoin de prendre soin de moi. Je suis forte et j'ai de la ressource. Ce qu'il va te falloir apprendre, c'est à me laisser prendre soin de toi… si ton ego de macho sudiste te le permet.

— Pourquoi ? Tu vas travailler pendant que j'écrirai ?

Elle secoua la tête.

— Voyons à quel point tu es libéré, mon gars. Tu vas écrire, j'irai à la fac, et nous vivrons de mon argent. Qu'en dis-tu ?

— Écoute, je ne veux pas que ton père nous entretienne…

— Il ne s'agit pas de l'argent de papa, Jack ! J'ai parlé de *mon* argent. (Elle détourna les yeux, ne sachant pas comment il allait réagir à ce qu'elle allait dire, puis elle plongea.) Si tu ne l'as pas compris jusqu'ici, tu ne le comprendras jamais si je ne mets pas les points sur les *i*. (Elle fit une pause et inspira profondément.) Je suis riche. Riche à millions. (Voyant qu'il la regardait sans comprendre, elle continua :) Tu te rappelles la première fois qu'on est allés faire du cheval, je t'ai dit que les Larker avaient du fric ? Et pas qu'un peu. Et quand mamie Larker est morte, j'ai hérité de tout. Elle a déshérité ma mère. À part une petite somme qu'elle a léguée à une œuvre de charité et une autre à l'université de l'Arizona, c'est moi qui hérite du moindre *cent*. Le compte est bloqué pour l'instant : son avoué doit approuver toute demande de ma part – mais il me donne toujours ce que je veux. Et quand je me marierai ou quand j'aurai vingt-cinq ans, l'avoué s'en ira et j'aurai tout le pactole. Je ne pense pas qu'on arriverait à tout dépenser, même si on le voulait.

Jack avait l'air stupéfait.

— Tu rigoles, dit-il.

— Non. On va avoir un gros tas de millions le jour de notre mariage, mec.

Il siffla. Puis il eut un large sourire.

— J'ai toujours rêvé d'épouser une riche héritière.

Elle lui rendit son sourire.

— Eh bien, c'est ce que tu vas faire. Pourras-tu supporter que ce soit moi qui paie les factures pendant un certain temps ?

— Je pense, acquiesça-t-il. Mais même si cette histoire de scénario débouche sur quelque chose, je vais quand même décrocher mon doctorat et enseigner à temps partiel, d'accord ?

— D'accord. Mais ne nous inquiétons pas de ça pour l'instant. (Elle l'étreignit et l'embrassa.) Allons annoncer la nouvelle aux parents, puis fichons le camp et trouvons un endroit où on pourra être seuls.

— Aggie est à New York pour tout le week-end. Il n'y a personne chez elle. (Il la regarda au fond des yeux.) Tu es sûre ?

— Tout à fait sûre, dit-elle, les yeux brillants.

Ils retournèrent dans la maison, et bientôt Gloria se mit à pleurer et Phil déboucha une bouteille de champagne. On téléphona à des parents et à des amis lointains, et Tommy Raymond insista pour inviter tout le monde à dîner avant de partir pour le coin le plus reculé de la Pennsylvanie. Mais en fin de compte, Jack et Gabbie s'éclipsèrent, prenant la voiture de Phil pour se rendre chez Aggie.

5

Un bruit violent réveilla Gloria. Elle resta quelques instants à l'écoute, à moitié endormie et encore désorientée, avant de parvenir à analyser le vacarme. Quelque part en bas, Pas-de-Pot aboyait, tandis que les voix interrogatives des jumeaux emplissaient la nuit. Elle jeta un coup d'œil au réveil pendant que Phil sortait du lit. Le cadran lumineux indiquait 3 h 10.

— Qu'est-ce que c'est que ce barouf ? dit Phil.

— Sois prudent, lui conseilla-t-elle pendant qu'il enfilait sa robe de chambre.

L'espace d'un instant, elle réfléchit aux bizarreries de la nature humaine. Phil allait peut-être se retrouver face à face avec un rôdeur, mais il refusait de l'affronter nu. Son pantalon de pyjama gisait dans un coin, résultat de leurs étreintes enthousiastes en début de nuit.

— Qu'est-ce qu'on est censés faire ? dit Phil, hésitant. Appeler la police ?

— Je ne m'en souviens pas. Faire du bruit ou quelque chose comme ça. Leur faire peur, je crois.

— Je ne veux pas alerter les enfants. Sean et Patrick seraient prêts à descendre retenir le voleur jusqu'à l'arrivée du shérif et de ses adjoints.

Un bruit sourd leur parvint depuis le rez-de-chaussée et Pas-de-Pot aboya de plus belle. Gloria eut un sursaut.

— Enfin, fais quelque chose.

— J'y vais. Toi, appelle les flics.

Gloria se dirigea vers le téléphone pendant que Phil avançait avec précaution dans le couloir. En passant devant la chambre de Gabbie, il l'aperçut debout près de la porte, le visage anxieux.

— Reste ici, ma chérie, lui dit-il sans s'arrêter.

Son regard trahit le souci qu'elle se faisait pour son père. Les jumeaux étaient debout devant leur porte, Patrick armé de sa batte de base-ball. Phil le dessaisit de ce gourdin de fortune et dit à ses fils :

— Je prends ça. Vous deux, gardez l'escalier. (Patrick semblait sur le point de protester, mais son père ajouta :) Protégez les femmes.

Sean et Patrick s'installèrent en haut des marches, l'air résolu, les bras croisés, mettant au défi quiconque de leur passer sur le corps.

Phil descendit lentement l'escalier, aux aguets. Il n'y avait aucun signe de la présence d'un rôdeur, à part les aboiements de Pas-de-Pot. Il leva distraitement la batte, la tenant comme s'il s'était agi d'un gourdin, prêt à frapper d'estoc ou de taille. Il se sentait un peu ridicule, mais néanmoins rassuré par cette arme dérisoire.

Un grondement, suivi d'un choc sourd, le fit sursauter. Pas-de-Pot se remit aussitôt à aboyer avec une frénésie accrue. Le labrador se trouvait à côté de la porte de la cave, suppliant en gémissant qu'on l'y laisse entrer. Des bruits de remue-ménage provenaient d'en bas, comme si on avait été en train de tout casser. Puis il y eut un miaulement strident. Phil étouffa un rire en se dirigeant vers la porte. Apparemment, Hemingway avait rencontré un intrus et discutait avec lui des notions félines de territoire et de droit de passage. Un nouveau choc fut suivi par un hurlement de douleur, qui se transforma bientôt en cri d'agonie. Phil se hâta d'ouvrir la porte tandis qu'un flot de questions venait de l'étage.

Pas-de-Pot descendit les marches au pas de charge, aboyant de plus belle, pendant que Phil allumait la lumière et levait sa batte. Si autre chose qu'un chat errant s'était aventuré dans la cave, Hemingway risquait d'avoir besoin d'aide. Phil se souvenait vaguement que Jack, Gabbie ou quelqu'un d'autre lui avait parlé d'un raton laveur – la terreur du coin. Il descendit le petit escalier en hâte.

Une créature noire et agile, et bougrement grosse comparée au chat, bondit depuis une pile de livres jusqu'au vasistas et disparut avant que Phil ait pu la distinguer. Pas-de-Pot se rua à sa poursuite, grimpant sur un amas de livres pour atteindre une table située sous la fenêtre. Se dressant sur ses pattes postérieures, il aboya sur un ton outragé en direction de la bête qui était sans doute déjà loin.

— Pas-de-Pot ! cria Phil. Tais-toi, le héros ! Descends de là !

Après un dernier aboiement, le chien fit silence et sauta de la table avec un reniflement de défi.

— Hemingway ? dit Phil en regardant autour de lui.

Un miaulement affaibli et pitoyable lui répondit, et il localisa le chat sous une bibliothèque branlante. Des dizaines de livres étaient répandus sur le sol et seule une malle avait empêché le meuble de tomber tout à fait. Le chat gisait au milieu des dégâts.

— Hemingway ? dit doucement Phil en tendant la main.

Il toucha quelque chose de chaud et d'humide, et un hurlement de douleur retentit tandis que des griffes labouraient sa main. Il jura en la retirant vivement. Hemingway n'avait jamais griffé aucun membre de la famille. Phil poussa la bibliothèque et Hemingway apparut à la lumière de l'ampoule nue accrochée au plafond.

— Ô mon Dieu, murmura Phil.

Le chat gisait sur un tas de livres et de magazines ensanglantés, le ventre ouvert du cou à l'aine. Un amas d'intestins d'une longueur impossible était répandu sous lui. Gloria surgit en haut de l'escalier.

— Phil ? demanda-t-elle.

— Ne descends pas ! dit Phil.

Le chat leva les yeux vers lui, comme s'il priait Phil de redresser la situation. Sa petite langue pointa, lécha sa truffe, et il eut l'air totalement désorienté. On aurait dit qu'il était honteux d'être retrouvé en si piteux état. Hemingway essaya de miauler, et on n'entendit qu'une imitation étranglée et pitoyablement faible de son fier cri de matou. Sa tête s'inclina lentement sur le côté, jusqu'à toucher un livre à la couverture verte, puis oscilla pour adopter un angle bizarre avec son cou. Ses yeux vitreux contemplaient Phil d'un regard aveugle. Hemingway était mort.

Gloria ignora l'ordre de Phil et descendit. Arrivée en bas des marches, elle parut incertaine de ce qu'elle voyait.

— Oh merde ! dit-elle finalement, à voix basse.

— Une bête est entrée et Hemingway a essayé de la chasser. Elle… elle l'a étripé.

Gloria se tourna lorsque les jumeaux apparurent à la porte.

— Vous deux, *restez là-haut !*

Le ton de sa voix indiquait clairement aux jumeaux à quoi ils pouvaient s'attendre en cas de désobéissance. Ils se reculèrent et Gabbie apparut à leur place.

— Que s'est-il passé ? demanda-t-elle.

— Une bête est entrée et… a tué Ernie, répondit Gloria.

Les yeux de Gabbie s'emplirent de larmes.

— Oh non, dit-elle doucement. Pauvre Ernie. Qu'est-ce que c'était ? Un autre chat ?

— Non, dit Phil. C'était trop gros. Peut-être une fouine ou un renard, ou quelque chose comme ça. Je ne l'ai pas bien vu, il a filé trop vite. On aurait dit un énorme matou noir. Peut-être que c'était le raton laveur dont Jack a parlé aux jumeaux. Quoi qu'il en soit, il était vraiment gros.

Depuis l'entrée, les jumeaux entendirent et échangèrent un regard en silence. Ils savaient. Ils hochèrent la tête et pensèrent ensemble : *La Chose noire.*

Gabbie descendit dans la cave tandis que Phil prenait un vieux journal pour recouvrir Hemingway.

— Seigneur, tout ce sang. (Elle jeta un coup d'œil sur les dégâts.) Comment ont-ils fait pour renverser ce meuble ?

— Hemingway était juste à côté, dit Phil en haussant les épaules.

— Je ne pense pas qu'un chat ait pu faire tomber ça. (Elle regarda autour d'elle.) Jack et moi avions mis toute une journée à ranger tout ça.

Elle ne se lamenta pas sur le travail qu'il leur faudrait refaire. Hemingway était le chat de son père et elle savait qu'en dépit de son calme apparent, il ressentait durement cette perte.

— On va enterrer Ernie, annonça Sean.

— Près des pommiers, renchérit Patrick.

— Entendu, dit Gloria, mais demain matin. Et tôt. Il y a école demain. À présent, au lit. (Ses yeux s'écarquillèrent.) Ô Seigneur ! Je ferais mieux d'appeler la police et de leur dire qu'il ne s'agissait que d'un combat de chats. Ils ont sûrement envoyé une voiture ici.

Alors que Gloria reconduisait les jumeaux vers leur chambre, Gabbie s'exclama :

— Regarde ça.

Phil vint près de sa fille, qui examinait quelque chose derrière la bibliothèque renversée.

— C'est une porte, dit-il.

— Qu'est-ce qu'elle fait cachée derrière le meuble ?

Gabbie monta sur une malle et se pencha en avant. Prenant appui de sa main droite contre le mur, elle tendit la main gauche et essaya de tourner le loquet.

— Elle est fermée.

— Peut-être que la clé que Mark a trouvée l'ouvrira, dit Phil. On essaiera demain.

— Va la chercher et essayons tout de suite, dit Gabbie, tout excitée.

— Il va falloir déplacer toutes ces saletés ayant de pouvoir accéder à la porte. (Regardant autour de lui, comme incapable de se décider, Phil ajouta :) Et cet endroit n'est guère beau à voir. Je pense qu'il ne faut toucher à rien avant d'avoir tout nettoyé.

Gabbie se tourna pour faire face à son père.

— D'accord, mais si on essaie la clé tout de suite, on verra si ça vaut la peine de déménager tout ce bazar.

Admettant la justesse de ce raisonnement, Phil monta à l'étage et alla chercher la clé dans le tiroir où Gloria l'avait rangée. Lorsqu'il redescendit, sa femme était en train de raccrocher le téléphone.

— Qu'y a-t-il ? demanda-t-elle.

Il lui expliqua la situation pendant qu'ils redescendaient à la cave. Phil tendit la clé à Gabbie, qui n'avait pas quitté son perchoir. La jeune fille se pencha et mit la clé dans la serrure.

— Ça rentre ! annonça-t-elle. (Elle la fit tourner.) Ça marche ! Je ne vois rien, ajouta-t-elle lorsque la porte se fut ouverte de quelques centimètres.

— Descends, alors, dit Gloria. Tu pourras venir fouiller ici demain. Jack et toi pourrez même y passer toute la journée si ça vous chante. Mais pour l'instant, nettoyons les dégâts, et ensuite, au lit.

Gabbie sauta de la malle avec souplesse.

— D'accord. Mais je meurs d'envie de savoir ce qu'il y a là-dedans.

— Sans doute d'autres saletés, murmura Phil en rassemblant les pages du journal autour d'Hemingway.

Gloria et Gabbie battirent en retraite dans l'escalier, laissant Phil seul avec son chat. Phil ignora la substance molle et poisseuse qui lui collait aux doigts et emporta le chat près d'un carton vide. En déposant doucement le corps sanguinolent à l'intérieur, il dit :

— Comme Papa Hemingway lui-même. Tu croyais pouvoir tout faire, tout affronter, n'est-ce pas ? Eh bien, espèce de connard, tu as enfin rencontré plus fort que toi. (Il soupira sans chercher à refouler les larmes qui perlaient à ses yeux.) Eh bien, tu as été un bon compagnon pendant toutes ces années, Hemingway.

Il poussa un nouveau soupir et laissa le carton en haut des marches, pour que les jumeaux puissent enterrer le chat le lendemain matin. Sans rajouter un mot, Phil s'essuya les yeux et éteignit la lumière.

Dehors, près du vasistas, la Chose noire vit la lumière s'éteindre. Avec un bruit malsain, un rire pervers, elle s'éloigna de la maison. Son maître serait content. Son seul regret était que l'homme fût arrivé avant qu'elle ait fini de torturer le chat. Chasser le chat tout autour de la cave afin que les humains puissent trouver la serrure avait aiguisé les appétits de la créature. Elle avait étripé l'animal avec une joie intense, puis avait tiré sur ses intestins fumants, mais le chat était encore vivant lorsque la Chose noire s'était vue obligée de fuir. Il ne lui avait pas été permis de prolonger ses tortures quelques instants encore. Elle se sentait frustrée. Peut-être une autre fois. Peut-être le maître allait-il la laisser jouer avec l'un des garçons. Pensant à cette agréable perspective, elle s'enfuit en courant dans les ténèbres.

6

Jack saisit une étagère, souleva un côté du meuble, et le fit pivoter en utilisant l'autre côté comme axe de rotation. Il le reposa avec un grognement audible, puis se massa l'épaule. Depuis qu'on l'avait soigné, quinze jours auparavant, son épaule s'était de nouveau infectée, et le Dr Latham avait dû faire une nouvelle incision pour nettoyer la blessure et prescrire à Jack une seconde dose d'antibiotiques. Tout semblait enfin être rentré dans l'ordre, mais son épaule était encore sensible. Avant que le meuble ait touché le sol, Gabbie avait déjà ouvert la porte.

Elle braqua la lampe torche qu'elle avait apportée dans la cave et l'alluma. Elle fit un pas dans la pièce et s'arrêta.

— Jack, dit-elle doucement.

— Quoi donc ? dit-il en enjambant les tas de livres sur le sol pour s'arrêter derrière elle.

— Va chercher papa.

Jack jeta un regard dans la pièce et hocha la tête. Il monta l'escalier quatre à quatre et, quelques instants plus tard, Phil était aux côtés de Gabbie. Il observa la pièce pendant que sa fille la balayait avec le rayon de sa lampe.

La petite pièce avait été creusée dans le sol à côté de la maison, de façon qu'il soit impossible de deviner son existence avec la seule aide des plans. Son plafond était renforcé afin qu'aucune dépression du sol ne trahisse son emplacement. Des crochets étaient disposés sur le mur à leur droite, auxquels étaient suspendues des robes poussiéreuses. Elles étaient blanches, à l'exception d'une robe rouge et, à en juger par les chatoiements que leur arrachait le rayon lumineux, elles étaient sans doute en soie.

—Quoi? dit Phil en les apercevant. Kessler faisait partie du Ku Klux Klan?

—Je ne pense pas, dit Jack tandis que Gabbie continuait à explorer la pièce avec le rayon de sa lampe.

Sur le mur opposé il y avait des étagères où des livres et des rouleaux de papier étaient soigneusement disposés. Au fond se trouvait une table en bois, sur laquelle était posé un étrange lutrin portant un grand livre flanqué de deux chandelles. Une tapisserie de style Renaissance recouvrait tout le mur situé au fond, dépeignant une scène de chasse. Un groupe de cavaliers, portant d'étranges armures, sortait d'une forêt. À leur droite, de très jolies femmes vêtues de blanc dansaient en cercle devant un trône sur lequel était assise une reine d'une très grande beauté. À l'extrémité droite de la tapisserie, celle-ci devenait franchement érotique, les membres de la cour de la Reine, dévêtus, s'étreignaient avec enthousiasme et se livraient à des prouesses sexuelles par couples ou en groupes. De l'autre côté, des morceaux de gibier étaient pendus aux arbres. Gabbie sentit sa gorge se nouer en s'apercevant qu'une partie de ce gibier était humain. Sous la table, contrastant étrangement avec le reste de la pièce, était posée une boîte métallique aux lignes modernes, à deux tiroirs.

—Qu'est-ce que c'est que cet endroit? dit Gabbie.

—Je ne sais pas, dit doucement Phil. Nous ferions mieux d'appeler Mark.

7

Mark et Gary arrivèrent un quart d'heure plus tard. Phil, Jack et Gabbie furent effarés par l'apparence des deux hommes. On aurait dit que Mark n'avait pas dormi depuis huit jours, et le visage de Gary était d'une couleur sinistre, comme s'il avait attrapé un rhume ou une grippe. De toute évidence, ils avaient travaillé dur et étaient probablement surmenés. Mark s'anima dès qu'il aperçut le contenu de la pièce.

— Vous n'avez touché à rien ?

— Non, on s'est contentés de regarder ça bouche bée, répondit Phil.

— Bien. (Baissant les yeux vers la masse sanguinolente de livres et de magazines épars, il demanda :) Qu'est-ce que c'est que ça ?

— Une bête a tué Hemingway la nuit dernière, dit Phil. Mon chat, ajouta-t-il devant l'incompréhension des deux hommes.

— Tué ? dit Mark.

— Éviscéré. Les jumeaux l'ont enterré avant que Gloria les emmène à l'école.

Mark et Gary échangèrent un regard.

— Y avait-il une drôle d'odeur dans la cave ? dit Mark.

— Je n'ai rien remarqué, dit Phil. Pourquoi ?

Mark s'agenouilla pour examiner les dégâts, puis se releva en secouant la tête comme si cette question était sans importance.

— Les renards, et les animaux sauvages en général, laissent parfois une forte odeur derrière eux, expliqua-t-il. Je suis désolé, Phil.

Phil semblait avoir accepté la mort de son chat.

— Merci. C'était un vieux briscard et il n'allait pas tarder à livrer son dernier combat.

Mark acquiesça.

— Qui a vu ceci ?

— Rien que nous, dit Phil. Gloria devait aller faire quelques courses en ville après avoir déposé les jumeaux. Elle sera là dans moins d'une heure.

— Et je préférerais que personne ne soit mis au courant pour l'instant, dit Mark.

— Pourquoi ? demanda Phil.

Mark eut un léger soupir.

— Je ne suis pas encore sûr de savoir ce qui se passe. (Il marqua une pause, réfléchissant quelques instants.) Tout ceci a un rapport avec le mystère qui entoure Kessler, dit-il en désignant la pièce. Et peut-être aussi avec d'autres événements bizarres. Quoi qu'il en soit, tant que je ne dispose pas de faits concrets, je pense qu'il vaut mieux n'informer personne, à moins que cela s'avère nécessaire. Nous en parlerons à Gloria, bien sûr, mais si les jumeaux peuvent être maintenus dans l'ignorance, ou du moins avertis de ne pas en parler à l'école…

— Nous nous contenterons de leur dire que vous avez trouvé quelque chose de secret, dit Phil. Je connais bien mes fils. Ils vont être insupportables si on essaie de les tenir à l'écart. Si nous les mettons dans la confidence, ils garderont le silence… au moins pendant un certain temps.

Mark acquiesça à contrecœur. Cette maison était celle de Phil, aussi décida-t-il de lui laisser régler la question des jumeaux. Il se tourna vers Gary pour lui tendre un trousseau de clés.

— Allez chercher le gros magnéto et quelques cassettes vierges, les deux appareils photo et un bloc-notes, ensuite nous commencerons. (Alors que Gary se dirigeait vers l'escalier, Mark ajouta :) Et vous prendrez le sac qui est dans le coffre, s'il vous plaît. Pouvez-vous m'installer une lampe et une rallonge ici ? dit-il en se tournant vers Phil.

Phil remonta en hâte et revint peu après avec une lampe prise dans la salle de séjour et une rallonge provenant de son bureau. Mark ôta l'abat-jour de la lampe et la brancha à la rallonge tandis que Phil branchait l'autre extrémité dans une prise située sur le mur de la cave. La pièce fut illuminée d'une lueur crue.

Mark sortit de sa poche son petit magnétophone et l'alluma.

— Ici Mark Blackman. Nous sommes le 12 septembre. Je me trouve dans la cave de la résidence de Philip Hastings, 76 Frazer Road, départementale 6, comté de William Pitt, État de New York, résidence connue dans le voisinage sous le nom de maison Kessler, ou colline du Roi des elfes. J'enregistre la découverte d'une pièce secrète, découverte effectuée à… (Il éteignit l'appareil.) À quelle heure avez-vous trouvé cet endroit ?

— Vers 3 h 15, répondit Gabbie.

Gary descendit les marches de la cave avec l'équipement que Mark lui avait demandé de rapporter et se mit à préparer les appareils photo.

Rallumant son magnéto, Mark reprit :

— À 3 h 15, heure approximative, aujourd'hui même. La pièce mesure à peu près dix mètres de profondeur, cinq mètres de large et trois mètres de haut. Des mesures exactes seront effectuées. (Alors même qu'il prononçait ces mots, Gary attrapait un mètre pliant qu'il avait sorti de son sac.) Cette pièce a été creusée à l'est de la maison proprement dite, afin que son existence soit insoupçonnable. Le plafond est soutenu par des poutres entrecroisées en vue de prévenir un effondrement de la couche de terre. Les matériaux de construction des murs ne sont pas visibles au premier abord. Sur le mur de droite, vu de la porte, se trouvent huit crochets, espacés à peu près de trente centimètres. À chaque crochet est suspendue une robe, de couleur blanche, excepté la plus éloignée de la porte qui est rouge. Elles semblent être en soie ou en satin. Contre le mur gauche sont installées des étagères qui vont du sol au plafond... (Il continua à décrire la pièce dans ses moindres détails. Lorsqu'il s'approcha de l'autel, il dit :) Les chandelles semblent être en cire ordinaire, mais sont peut-être faites d'un matériau moins banal. Les bougeoirs sont apparemment en or. La...

— En or ! s'exclama Gabbie.

Jack lui fit signe de se taire. Le spectacle de Mark en plein travail les fascinait.

— ... la table semble être en frêne, à moins qu'il s'agisse d'un bois d'apparence similaire, peut-être de l'olivier. (Il l'examina en se penchant, sans rien toucher.) Il s'agit d'un exemple typique du travail des artisans locaux datant du XIXe siècle. Une spéculation : elle a peut-être été fabriquée dans l'usine de Kessler, voire par Fredrick Kessler lui-même. Le livre est ouvert. Les dimensions de ses pages sont approximativement de trente-sept centimètres sur vingt-deux. Il est écrit… en allemand, rédigé en écriture gothique, mais dans un dialecte qui m'est inconnu, peut-être en vieil allemand. (Il décrivit certaines des caractéristiques de cette écriture, puis conclut :) Il s'agit probablement de la copie d'un texte plus ancien, car ce livre ne semble pas vieux de plus d'une centaine d'années.

Il tourna son attention vers la tapisserie, éteignant le magnétophone pendant quelques instants.

— Pouvez-vous faire un peu plus de lumière par ici ? demanda-t-il en se tournant vers Phil et Jack.

— Je peux vous apporter une autre lampe, ainsi qu'une multiprise, dit Phil.

— Il y a une lampe de travail dans la grange, dit Gabbie, du genre qu'on accroche au capot d'une voiture quand on répare son moteur.

— Allez les chercher, je vous prie, dit Mark.

— Je m'occupe de celle de la grange, dit Jack, et il monta l'escalier à la suite de Phil.

— Gabbie, si cela ne vous dérange pas, peut-être pourriez-vous nous préparer quelques sandwiches. Ou si vous le préférez, je vais vous donner de quoi acheter des hamburgers. Nous risquons d'être ici pour un bon moment.

— Euh… je peux vous servir les restes de la dinde qu'on a mangée hier soir. Et vous préparer une carafe de limonade. (Elle consulta sa montre.) Déjeuner dans deux heures, ça ira ?

— Très bien.

Mark ôta sa veste de velours et la jeta négligemment sur une malle poussiéreuse. Il reprit son monologue, décrivant en détail les illustrations de la tapisserie, puis il ouvrit le premier tiroir de la boîte métallique.

— Cette boîte ne semble pas vieille de plus de vingt ans. À l'intérieur du tiroir supérieur se trouve ce qui semble être une correspondance, ainsi que plusieurs autres documents. (Il ferma le premier tiroir, ouvrit le second, et y trouva des papiers du même type.) Il semble y avoir approximativement deux ou trois cents documents dans la boîte.

Il éteignit son magnéto. Gary plongea la main dans le sac et en retira un rouleau de papier adhésif opaque et un feutre noir, qu'il tendit à Mark.

— Maintenant, nous commençons à dresser le catalogue de nos trouvailles, dit le jeune homme à Gabbie.

— C'est fascinant, dit-elle, les yeux écarquillés.

Mark sourit.

— Redites-moi ça dans six heures, quand nous y serons encore.

Gary découpa un bout de ruban adhésif et le tendit à Mark, qui y inscrivit le chiffre 1. Il posa le ruban sur la plus haute étagère de la bibliothèque, à gauche, sous un rouleau de parchemin. Il continua ainsi jusqu'à ce que Phil et Jack reviennent et installent les lampes. Puis il sortit un Polaroïd et prit quelques photos pour juger de la lumière. Après avoir réglé son Nikon, il se mit à tout photographier. Gabbie, Jack et Phil s'installèrent pour les observer.

8

Trois heures plus tard, Mark était toujours au travail. Phil était remonté dans son bureau pour effectuer les dernières révisions sur son manuscrit avant que l'éditeur le fasse composer. Gloria était rentrée et on lui avait montré la pièce nouvellement découverte. Elle avait observé Mark et Gary pendant quelque temps, puis était remontée lorsque les jumeaux étaient rentrés de l'école. Il ne fut guère difficile de persuader les deux garçons de ne pas rester dans la cave. Après avoir passé quelques minutes à regarder Mark parler dans son magnéto à mesure qu'il examinait des parchemins et que Gary les photographiait, ils perdirent tout intérêt pour l'opération. Rien à voir avec *Indiana Jones et le Temple maudit.* Ils promirent de garder bouche cousue au sujet de la pièce secrète, sûrs qu'elle n'impressionnerait en rien leurs copains.

Gabbie et Jack observaient la scène avec intérêt. Gabbie n'était guère portée à la contemplation, mais elle était captivée par le travail de Mark. Jack était également curieux. En tant qu'étudiant en lettres, il ne connaissait rien du travail de terrain et trouvait fort instructive la façon dont Mark s'assurait d'identifier chaque article avant de le déplacer. Rien ne serait égaré, et l'ordre exact de la procédure était enregistré par Mark qui parlait sans arrêt dans son micro et par Gary qui prenait photo sur photo. Mark avait enregistré deux cassettes de quatre-vingt-dix minutes et entamait à présent la troisième. Il éteignit son appareil et se redressa en grognant.

— Mes genoux sont trop vieux pour camper plus longtemps sur ce béton glacé. (Il éteignit les lumières en sortant de la pièce.) C'est l'heure de la pause.

Ils montèrent au rez-de-chaussée où les attendait une pile de sandwiches. Il était à présent trois heures passées. Gabbie disposa les sandwiches sur des assiettes et les distribua pendant que Jack prenait une carafe de limonade dans le réfrigérateur. Gloria et Phil vinrent les rejoindre.

— Vous avez trouvé de quoi il s'agit ? demanda Phil.

— On n'en a pas vu la moitié, et ce qu'on a vu est déjà incroyable, dit Mark.

Gary hocha la tête en signe d'assentiment.

— Il y a des parchemins rédigés en grec, en vieil allemand, en russe ancien, en amharique ; quelques-uns sont en latin, en hébreu… D'autres, je n'en sais rien. Il va falloir que je fouille dans mes bouquins, mais je pense que certains sont en pahlavi.

— Qu'est-ce que c'est ? demanda Gabbie.

— Du perse médiéval, dit Gary. C'est une langue morte.

Jack et Gabbie échangèrent un regard.

— Du perse ? s'émerveilla Jack. Qu'est-ce que Kessler faisait avec des parchemins en perse ?

Mark haussa les épaules et se tourna vers Gary.

— Pourrez-vous les traduire ? lui demanda-t-il.

Gary lui répondit entre deux bouchées de sandwich.

— En partie. Mes cours de linguistique pratique sont bien loin. Je me débrouillerais mieux avec le slavon ou le vieil allemand, mais je peux m'occuper des manuscrits en russe, en allemand et en latin. Le pahlavi… ? Je n'ai jamais été très fort en langues indo-européennes. Je crois n'avoir vu que deux ou trois fois des textes dans ce langage. Je peux trouver des dictionnaires et tenter le coup, mais c'est trop oriental pour moi. Mais je connais quelqu'un à Washington qui lit ça comme si c'étaient des bandes dessinées. Nous pouvons photocopier les documents et les lui expédier en exprès, il suffira de quelques jours pour avoir la réponse.

Mark secoua la tête.

— Voyez d'abord ce que vous pouvez accomplir seul. On appellera votre ami seulement en cas de besoin.

— Et ces robes, dit Gloria, qu'est-ce que c'est ?

— J'ai de vagues idées là-dessus, mais je préfère ne rien dire tant que nous n'aurons pas traduit quelques livres et quelques parchemins. Je lis l'allemand, Gary pourra donc se consacrer aux autres. J'arrive même à déchiffrer le vieil allemand, avec l'aide d'un dictionnaire. Et s'il y a des textes en français ou en flamand, je peux aussi m'en occuper. Ça me prendra du temps, mais je pense que nous avons trouvé ce que nous cherchions depuis deux ans. Kessler et ses associés ont été mêlés à ce qui s'est passé en Allemagne vers 1900, et…

Il observa une pause. Il semblait troublé, en dépit de son air calme.

— Il s'est produit quelque chose de terrible, dit-il finalement, et Kessler et ses amis ont été contraints à la fuite. Il y a dans cette histoire des éléments si… si extraordinaires que je ne veux même pas y faire allusion.

— Tout ceci n'est pas dangereux, n'est-ce pas ? demanda Gloria qui, de toute évidence, pensait aux jumeaux.

Mark réfléchit durant une minute, puis :

— Tout est possible. Mais je ne pense pas. Du moins, tant que nous ne crions pas la nouvelle sur les toits, nous devrions être tranquilles.

— Mark, dit Gloria, je n'aime pas ça. Que se passe-t-il ?

Mark lança un regard à Gary, et le jeune homme haussa les épaules. Mark rumina en silence durant quelques instants.

— Je n'en sais rien, dit-il finalement. Je vous ai dit une partie de ce que je savais sur Kessler et sur ses amis allemands, et sur les étranges événements qui se sont déroulés à cette époque. Peut-être... peut-être certaines personnes seraient-elles intéressées par notre découverte. C'est pour ça que je veux garder le silence. J'aurai une meilleure idée de ce qui se passe quand nous en aurons terminé.

— Combien de temps vous faudra-t-il ? demanda Phil.

— Nous avons quasiment fini de dresser un premier catalogue. Il ne reste plus que quelques documents à répertorier. Puis nous nous occuperons de la boîte et compterons les lettres qui s'y trouvent. Ensuite, je pourrai commencer à traduire les documents qui sont en allemand et en français... (il sourit)... pendant que Gary attrapera des migraines avec les autres, y compris celui en pahlavi.

— Je commencerai par quelque chose de moins exotique, dit Gary, et je garderai le pahlavi pour la fin. Il va falloir que je retourne à la maison et que je localise mes dictionnaires. J'espère que je pourrai me rappeler où je les ai fourrés.

— La plupart de vos archives de fac sont sur l'étagère du bas, derrière mon bureau.

Gary hocha la tête, finit son sandwich, et dit :

— J'y vais tout de suite.

— Bien, fit Mark. Gabbie et Jack, vous pouvez m'aider. Si ça ne vous dérange pas, précisa-t-il en se tournant vers eux.

— Pas le moins du monde, dit Gabbie.

— Entendu, dit Jack.

Tous deux semblaient ravis d'être ainsi enrôlés.

— Eh bien, allons-y.

Mark avala une dernière bouchée de sandwich et vida son verre de limonade. Puis il vit l'expression soucieuse de Gloria et se dirigea vers elle, lui posant une main sur le bras.

— Il n'y a rien de dangereux là-dedans, dit-il en la regardant dans les yeux.

Elle lui rendit son regard et hocha lentement la tête. Elle s'écarta de lui pour aller nettoyer la table, pendant que Phil retournait dans son bureau et que Gabbie et Jack se dirigeaient vers la cave.

En sortant de la cuisine, Mark se demanda si Gloria s'était aperçue qu'il mentait.

9

Le dernier document prélevé sur les étagères était un rouleau de vélin. Mark demanda à Jack et à Gabbie de le tenir à plat pendant qu'il le photographiait. Prenant son micro, il dit :

— Document 136 : une feuille en vélin, semble-t-il, mesurant… (Gabbie avait préparé le mètre, et Jack et elle donnèrent les dimensions du document à Mark)…

soixante et un centimètres sur soixante-seize. (Il s'agenouilla pour l'examiner.) Aucune écriture apparente. Sept lignes, en ordre dispersé, placées au bord droit de la feuille – voir photo. Une ligne issue du bas suivant un angle de 60 degrés, d'une longueur d'environ... dix-huit centimètres, puis bifurquant d'environ 250 degrés pour se prolonger sur une longueur de trente centimètres. Cette ligne s'achève par un cercle de un centimètre de diamètre. Trois points se trouvent dans le coin supérieur gauche. Une spirale part de ce cercle vers un autre cercle, plus grand... (il compta)... faisant neuf tours dans le sens inverse des aiguilles d'une montre avant d'achever sa course. La nature de ce document n'est pas apparente.

Il demanda aux deux jeunes gens de le rouler, puis dit :

— Ça y est, c'est fini. Maintenant, on peut commencer à traduire. (Il sourit, de toute évidence ravi de leur découverte.) Faisons une pause jusqu'au retour de Gary.

En sirotant un café à la cuisine, Mark reprit :

— Je pense que nous allons trouver les réponses que nous cherchions. Je les sens, presque à portée de main.

Il paraissait à la fois heureux et troublé.

— Qu'est-ce qui vous a mis sur cette piste, exactement ? demanda Gabbie.

Mark se mit à réfléchir.

— Il y a dix ans, je travaillais sur un livre ayant pour sujet les sociétés secrètes. Je ne l'ai jamais terminé. Impossible de trouver un éditeur, car deux livres sur ce sujet venaient de se planter. Bref, j'étais en train de faire des recherches en Allemagne, à Münster – une société secrète nommée le Saint-Vehm y avait été active à la fin du XVe siècle –, lorsque je suis tombé par hasard sur des lettres écrites par un prêtre catholique d'Ulm et datées d'octobre 1903. Il connaissait son correspondant, qui était prêtre à Münster, depuis le séminaire. C'est par erreur que ces lettres avaient été classées dans les archives du diocèse, elles auraient probablement dû être enfouies au fond des caves du Vatican. Elles parlaient de certains « jugements » et sous-entendaient qu'on avait procédé à des exécutions capitales. Le prêtre d'Ulm était profondément troublé par les événements qui s'étaient déroulés dans sa paroisse, ainsi que par la réaction de l'Église. Ce fut le premier indice que quelque chose de mystérieux s'était passé en Allemagne au début du siècle.

» J'ai déjà exposé à Phil et à Gloria le puzzle que j'ai réussi à reconstituer grâce à diverses pièces glanées au fil des ans : on a assisté à cette époque à une brève résurgence de certains rituels païens. Les paysans sont revenus à des croyances profondément enracinées dans la culture germano-gothique, et dont certaines incluaient des rites primitifs centrés sur le culte de la Déesse blanche : cela ressemblait aux pratiques druidiques de l'Angleterre antique. D'après ce que j'ai pu découvrir, il s'est passé pas mal de trucs bizarres. Des choses terribles, laissait-on entendre… peut-être même des sacrifices humains. (Il passa de nouveau quelques instants à réfléchir, comme s'il hésitait à poursuivre.) Cela a enflammé mon imagination, dit-il finalement. J'ai travaillé sur d'autres projets ces dernières années, mais je savais toujours au fond de moi que je finirais par découvrir ce qui s'était passé en Allemagne il y a quatre-vingt-cinq ans. Lorsque j'ai fini mon livre sur le vaudou, il y a deux ans, j'ai décidé de prendre des vacances. Je pense que mon subconscient était déjà au travail, car j'ai choisi de me rendre en Allemagne. Je suis allé à Munich pour la fête de la Bière, puis je me suis rendu à Ulm pour faire quelques recherches. Et j'ai eu un coup de chance. Je n'ai rien tiré des archives des églises locales, catholique ou luthérienne, mais j'ai trouvé dans celles du journal un article sur certains hommes d'affaires du coin qui étaient brusquement partis pour les États-Unis, le Canada et l'Afrique. C'est ça qui m'a orienté vers Kessler et ses amis. (Il secoua la tête.) Quoi qu'ils aient trafiqué, ils n'ont pas ménagé leurs efforts pour brouiller les pistes, et certaines archives ont disparu lors des Première et Seconde Guerres mondiales. D'un récit à l'autre, le nombre des personnes impliquées dans l'histoire changeait… quelle qu'ait été l'histoire en question. Ils étaient parfois une bonne vingtaine, parfois pas plus de dix. Et ils ont changé de nom en chemin – même de nationalité, quand c'était possible.

» Par trois fois, j'ai abouti à une impasse, perdant la trace d'un des membres du groupe à Alberta, au Canada, d'un autre en Australie, et du troisième dans ce qui était jadis l'Afrique-Orientale allemande. Puis j'ai suivi Kessler. Si j'avais commencé par ce vieux Fredrick, qui sait ? j'aurais pu trouver tout ceci plus tôt. Mais ça n'a plus d'importance à présent.

Il semblait y avoir un sens caché dans ses paroles, et Gabbie allait les commenter lorsque Mark reprit :

— Quand je suis revenu d'Allemagne, j'ai passé quelques semaines à New York, j'ai appelé Gary qui se trouvait à Seattle, et nous sommes venus à Pittsville. Nous avons commencé à faire des recherches sur ce vieux

Fredrick Kessler afin d'essayer de dénicher la vérité. Et on dirait bien que nous y sommes arrivés.

Gary revint à ce moment-là, portant trois gros volumes sous le bras et plusieurs autres livres dans un sac qu'il tenait à la main.

— Eh bien, dit-il, je ne serai peut-être pas capable de déchiffrer ces parchemins, mais au moins cela ne sera pas par manque de documentation.

Mark reposa sa tasse de café.

— Bien. Allons-y.

10

Gloria passa la tête par la porte de la cave.

— Mark ! Est-ce que vous comptez travailler toute la nuit ?

Mark quitta des yeux le vieux livre qu'il était en train de traduire sur son carnet de notes et consulta sa montre.

— Il est 20 heures passées ?

— Oui. Vous avez laissé filer le dîner.

Mark se rappela avoir entendu la jeune femme les appeler à table : il lui avait répondu qu'il montait tout de suite, puis s'était empressé d'oublier de le faire.

— Aggie est là, continua Gloria, et elle va s'en aller. Vous devriez arrêter pour la journée et venir manger quelque chose et boire un verre.

Gary se leva lentement, faisant craquer ses articulations raidies, et dit :

— J'approuve cette proposition.

Quelques minutes plus tard, les deux hommes avaient remis la cave en ordre, allant jusqu'à refermer à clé la porte de la pièce secrète.

En haut, Phil leur offrit un verre de brandy et Gloria fit réchauffer leur dîner.

— Où sont Gabbie et Jack ? demanda Gary.

Phil haussa les épaules, mais Aggie répondit :

— Probablement chez moi.

— Eh bien, dit Phil en sirotant son verre, nous mourons d'envie de savoir ce que vous avez déniché.

Mark et Gary échangèrent un regard, et Mark dit entre deux bouchées :

— Je préfère attendre d'en savoir plus avant d'émettre une hypothèse sur nos trouvailles.

Gloria le prit par le bras et le conduisit vers un fauteuil. Le forçant à s'asseoir, elle lui dit :

— Mais nous sommes entre amis, vous n'avez donc pas besoin de vous inquiéter si vous êtes obligé un jour de vous rétracter, et si vous ne nous dites rien je vous assommerai avec le plus gros des livres de la cave.

Le ton de sa voix ne parvenait que difficilement à cacher son inquiétude.

Mark sourit et leva une main pour se protéger.

— D'accord, je me rends. (Son sourire s'estompa tandis qu'il réfléchissait.) J'ai une idée assez dingue, dit-il finalement, jetant un regard à Gary qui semblait se contenter de lui laisser l'initiative. Mais n'oubliez pas que nous serons sans doute obligés de modifier nos théories en chemin. Peut-être apprendrons-nous que Kessler n'était qu'un chercheur comme nous, quelque chose comme un historien amateur.

— Qui dissimulait ses travaux dans une pièce secrète ? ricana Gloria.

— Un historien amateur et paranoïaque ? proposa Gary.

Ils éclatèrent tous de rire, et Gloria dit :

— Alors, quelle est votre idée assez dingue, les enfants ?

— Je n'ai réussi à traduire qu'une partie d'un livre, dit Mark. Nous nous contentons de procéder par sondages afin de nous faire une idée générale, sans souci d'exhaustivité. Mais il semble que tous ces livres et tous ces parchemins soient en rapport avec une sorte de… de tradition.

— De tradition ? dit Phil. Je ne comprends pas.

— Une sorte de religion, peut-être un culte. Rappelez-vous, je faisais des recherches sur les sociétés secrètes quand je suis tombé sur la lettre qui m'a lancé là-dessus. Quoi qu'il en soit, si Kessler et ses associés sont responsables de ce qui s'est passé en Allemagne au début du siècle, ou même s'ils sont seulement impliqués là-dedans, ce n'est qu'un élément dans quelque chose de beaucoup plus vaste.

— Pouvez-vous être plus précis ? dit Aggie, de toute évidence fascinée.

— Pas avant que nous ayons passé plusieurs semaines en traductions diverses. Certains de ces documents, s'ils sont authentiques, sont fort anciens.

— À savoir ? demanda Phil.

— Ces parchemins en pahlavi datent du VIIIe siècle, peut-être du VIIe siècle, dit Gary. Deux ou trois manuscrits en grec sont… peut-être plus vieux de plusieurs siècles. Peut-être même datent-ils du Ier siècle avant Jésus-Christ.

— Leur état ne vous pose pas de problèmes ? demanda Gloria. J'ai lu quelque part que ces vieux parchemins pouvaient tomber en poussière.

— Non, dit Mark. Leur état est étonnamment bon. Quelqu'un a veillé à leur bonne conservation. Si vous examinez attentivement cette pièce secrète, vous verrez qu'elle a été isolée du froid et de l'humidité. De plus, peut-être s'agit-il de copies et non d'originaux. Pour en être sûrs, il nous faudrait un équipement spécial capable d'analyser les fibres des parchemins, ainsi que l'encre. Mais, vu leur âge, nous tombons sur les problèmes caractéristiques de ce type de documents : les fautes d'orthographe, les codes personnels des scribes ou les dialectes provinciaux qu'ils employaient. Le risque d'erreur est très élevé. (Il soupira, fit mine de parler, se ravisa, puis reprit finalement :) Phil, je n'aime pas dire une chose pareille, mais… je pense qu'il vaut mieux garder le secret quelque temps encore.

— Vous aviez dit autre chose cet après-midi, dit Gloria. Pourriez-vous préciser votre pensée ?

— Je… je ne suis sûr de rien, dit Mark, mais il est possible que quelqu'un… (il fit un vague geste de la main)… soit fort intéressé par tout ceci.

— Si ces documents sont aussi vieux que vous semblez le penser, intervint Aggie, je suis certaine que nombre d'historiens seraient fort intéressés.

Mark secoua la tête.

— Non, je veux dire que quelqu'un aurait intérêt à tenir cette affaire secrète.

Il repoussa son assiette vide et sirota son brandy.

Gloria parut troublée.

— Est-ce que…

— Probablement pas, l'interrompit Mark. C'est seulement « au cas où », et j'insiste encore une fois : ne vous inquiétez pas à ce sujet tant que nous n'avons aucune certitude.

— Le mystérieux Mark Blackman, dit Aggie en haussant les épaules.

Mark semblait sur le point de lui lancer une réplique cinglante, mais il se contenta de dire :

— Excusez-moi. Je suis fatigué. Vraiment, il n'y a à mon avis aucune raison de s'inquiéter. Disons simplement que je prends trop de précautions, d'accord ?

— D'accord en ce qui me concerne, dit Phil. De toute façon, je préfère qu'on avance lentement. J'ai un livre à finir, et une maison pleine d'historiens risquerait de me déranger dans mon travail.

Gary but son café et dit :

— De toute façon, il va nous falloir un certain temps avant de savoir ce qu'on a trouvé exactement. Je suis en train de traduire une lettre en russe, écrite par un ecclésiastique habitant quelque part sur les bords de la mer Noire, et il n'arrête pas de faire référence à certaines choses que le lecteur est censé savoir. Je trouve des phrases du type « Je suis d'accord avec vos conclusions », et je n'ai aucune idée de ce dont il s'agit. J'espère que la lettre à laquelle celle-ci fait réponse se trouve quelque part dans la pièce, sinon je ne saurai jamais quelles étaient ces conclusions.

Son ton faussement déconfit déclencha un éclat de rire général.

— Vous trouvez beaucoup d'obstacles de ce genre dans votre travail ? demanda Phil.

— En général, on ne fait pas ce type de travail, dit Gary. Il y a plusieurs siècles de paperasses dans votre cave, Phil. De la paperasse venue du monde entier. Nous avons des lettres, des parchemins et des livres écrits en hébreu, en latin classique, en latin de cuisine, en grec ancien, en vieil allemand, en vieil anglais, et d'autres dans des langues dont je ne sais pas s'il s'agit de chinois, de japonais, de coréen, ou d'un pidgin de langues asiatiques. À un moment ou à un autre, on va être obligés de consulter des experts, des traducteurs qualifiés. (Il jeta à Mark un regard entendu.) Bientôt.

Mark secoua la tête en signe de dénégation.

— Pas avant que nous ayons une idée globale de ces documents et des relations qui les lient. Il y a… quelque chose au cœur de tout cela, j'en suis sûr.

» Si nous étions des archéologues de l'avenir ayant découvert une bibliothèque contemporaine, nous pourrions passer des années à travailler dessus avant de comprendre que les livres que nous étudions étaient rangés par ordre alphabétique d'auteur. Ou supposons que nous ayons en main un ensemble de livres sur la politique contemporaine. Ces livres, ces parchemins et ces lettres ont un sujet commun. Une fois que nous l'aurons découvert – qu'il s'agisse d'un culte, d'une religion, d'une société secrète –, alors nous nous occuperons des détails.

— Bien, fit Aggie en se levant. Je rentre chez moi.

Mark et Gary convinrent que l'heure était trop tardive pour travailler et souhaitèrent une bonne nuit à Gloria et à Phil. Ils accompagnèrent Aggie jusqu'à sa voiture, puis la suivirent jusqu'à la route.

Alors que la voiture de Mark s'éloignait, Phil dit :

— Des sociétés secrètes, hein ?

Gloria resta silencieuse, puis ajouta :

— Et des documents étranges. Tout ceci me fait peur.

Phil regarda longuement sa femme.

— Peur ? Moi, je trouve ça excitant. Et il y a toujours cette histoire de trésor. Peut-être n'est-ce pas une légende, après tout.

— Tu veux que je te donne une pelle pour aller creuser ? dit Gloria d'une voix presque sarcastique.

— J'ai tout le trésor qu'il me faut ici, dit-il en la prenant dans ses bras. (Il l'embrassa, glissant une main le long de son dos pour lui caresser les fesses. Gloria demeura tendue et ne lui rendit pas ses caresses.) Hé, qu'est-ce qui ne va pas ?

Elle posa la tête sur l'épaule de son mari.

— Mark nous ment, Phil. Il nous cache quelque chose depuis l'instant où il a posé les yeux sur cette pièce.

Phil baissa les yeux vers sa femme.

— Est-ce que tu n'exagères pas un peu ? Aggie nous avait dit que Mark aimait rester discret sur son travail. Il nous a dit lui-même qu'il préférait ne pas en parler. Il est prudent, voilà tout.

Gloria soupira.

— Tu as peut-être raison, dit-elle.

Mais elle savait que c'était faux.

11

— C'était Mark, dit Gloria en raccrochant le téléphone.

Phil, assis à son bureau, regarda sa femme qui se trouvait dans l'entrée et dit :

— Qu'y a-t-il ?

— Il s'envole ce soir pour New York. Il dit qu'ils sont bloqués et qu'ils vont consulter quelques spécialistes. Gary emmène des copies des documents les plus exotiques pour les montrer à ses amis de l'université de l'État de Washington et Mark ira voir ses collègues de New York.

Phil fut alerté par le ton étrange de sa voix.

— Il y a quelque chose qui t'inquiète, ma chérie ?

Gloria se passa les bras autour du torse et secoua la tête comme pour s'éclaircir les idées.

— Non, je ne crois pas. Mais…

— Quoi donc ?

— Je ne sais pas, mais j'ai eu une sensation bizarre quand Mark a raccroché, comme si… comme si je ne devais plus jamais le revoir.

Phil faillit lui lancer une pique, puis se ravisa en se rendant compte que sa femme était vraiment troublée. Il se leva et alla près d'elle.

— Hé ! l'Irlandaise, qu'est-ce qui se passe ? dit-il doucement, la prenant dans ses bras et la serrant gentiment.

— Ça fait des années que tu ne m'as pas appelée comme ça. (Elle posa la tête sur sa poitrine.) Ce n'est rien, juste un coup de froid dans le cœur.

Phil hésita quelques instants, puis tendit le bras derrière sa femme et décrocha le téléphone. Il composa un numéro.

— Qu'est-ce que tu fais ? demanda Gloria.

— Attends. (Le téléphone sonna à l'autre bout du fil, puis on décrocha.) Mark, ici Phil. Quand partez-vous ?

(Après avoir entendu la réponse, Phil ajouta :) Écoutez. Pourquoi ne venez-vous pas ici avec Gary, puis nous irons tous dîner à Buffalo ? Ensuite, nous tiendrons compagnie à Gary au bar de l'aéroport jusqu'au départ de son avion. Comme ça, il ne sera pas obligé de rester assis tout seul pendant deux heures. Et vous ne serez pas obligés de payer une ou deux semaines de parking... Non, non, ça ne nous dérange pas. Ça nous fera plaisir.

Il raccrocha.

— Qu'est-ce que ça veut dire ? demanda Gloria.

— L'avion de Mark décolle à 22 heures et celui de Gary à minuit. Et comme ça, tu pourras oublier tes craintes au sujet de Mark. (Il consulta sa montre.) Tu le reverras dans deux heures. Il arrive ici à 17 heures.

— Merci, dit Gloria en souriant.

— Pourquoi ?

— Pour ne pas t'être moqué de moi.

Il haussa les épaules et, à ce moment-là, la porte de la cuisine claqua violemment au passage des jumeaux.

— Maman !

Le hurlement de Patrick annonçait sans ambages l'arrivée des deux frères. La porte s'ouvrit et ils apparurent devant leurs parents, Sean tenant un paquet d'enveloppes.

— Le facteur est passé, les informa-t-il.

Phil prit le courrier tandis que Gloria disait :

— Devinez qui a fait cuire des cookies ?

Poussant des cris de joie, les jumeaux suivirent leur mère dans la cuisine tandis que Phil ouvrait le courrier avec le coupe-papier en argent que lui avait offert Aggie, découvrant le montant de sa facture mensuelle à l'American Express. L'instrument lui rappela Aggie et il cria à sa femme :

— Appelle chez Aggie et dis à Gabbie qu'on aura besoin d'elle ce soir pour garder les jumeaux.

Il secoua la tête. Sans faire de bruit, Gabbie s'était mise à séjourner là-bas de plus en plus souvent, et on ne l'avait guère vue chez les Hastings ces derniers jours, sauf dans la grange. Quelle que soit l'intensité de ses sentiments pour Jack, elle ne négligerait jamais les chevaux. Enfin Phil regarda la dernière lettre de la pile. Il la regarda de nouveau, examinant l'adresse de l'expéditeur comme s'il n'en croyait pas ses yeux. Puis il cria :

— Et dis-lui qu'il y a une lettre pour elle ici. Une lettre de sa mère.

12

Le visage de Gabbie était un masque indéchiffrable lorsqu'elle eut fini de lire la lettre. En la repliant lentement, elle regarda son père et se mit à rire.

— Maman s'est mariée, dit-elle.

— Elle s'est mariée ? dit Phil en clignant des yeux.

Gloria observa sa réaction avec intérêt. Corinne était le seul sujet tabou entre eux dans le passé de Phil. Celui-ci ne lui avait donné que quelques détails sur son premier mariage et refusait d'en discuter davantage. Au début de leur liaison, Gloria avait craint que Phil ne soit encore amoureux de sa première femme. Elle avait eu vite fait de comprendre que la vérité était diamétralement opposée. Gloria savait que Phil éprouvait encore à l'égard de Corinne une colère et une hostilité rentrée, ainsi que d'autres sentiments qu'il ne partageait pas avec sa seconde épouse. C'était la seule partie de la vie de Phil dont Gloria se sentait tenue à l'écart.

Gabbie continuait à rire, d'un rire profondément amusé où perçait une note d'amertume.

— Elle a épousé Jacques Jeneau.

Les yeux de Gloria s'écarquillèrent.

— Le millionnaire français ?

La bouche de Phil s'incurva et ses yeux se mirent à briller. L'espace d'un instant, Gloria crut qu'il allait pleurer, mais il rejeta soudain la tête en arrière et éclata de rire. Il était au bord des convulsions, et riait si fort qu'il passa par-dessus le bras de son fauteuil et tomba sur le sol avec un bruit sourd. Il resta par terre, toujours hilare.

— Jeneau ! hoqueta-t-il.

Le rire de Gabbie fit écho à celui de son père et elle dut s'essuyer les yeux tant le fou rire la gagnait. Les rires du père et de la fille rebondirent l'un contre l'autre, s'alimentèrent l'un l'autre, jusqu'à ce que Gabbie soit obligée de s'asseoir et de retenir son souffle pour s'arrêter.

— Qu'est-ce qu'il y a de drôle ? demanda Jack, qui se tenait calmement debout près de la porte d'entrée.

Gloria lui répondit par un haussement d'épaules.

Phil demeura quelques instants étendu, la tête nichée au creux du bras, tandis que son rire s'apaisait. Finalement, il inspira profondément, puis soupira. Gabbie se couvrit le visage des mains, essuyant ses joues mouillées.

— Qui est Jacques Jeneau ? demanda poliment Jack.

— Ah ! c'est toute une histoire, dit Phil en se redressant et en s'essuyant les joues à son tour.

Il se leva et alla s'agenouiller près de sa fille. Il lui passa les bras autour des épaules et la serra très fort, une démonstration d'affection dont il était peu coutumier.

— Ça va, gamine ?

Gabbie avait cessé de rire et elle leva vers son père des yeux rougis par les larmes. Elle renifla et hocha la tête.

— Ouaip, fit-elle en l'embrassant sur la joue. Quelle blague, hein ?

— Si ça ne vous dérange pas, dit Gloria, vous pourriez nous expliquer ce qu'il y a de drôle ?

Phil resta à genoux auprès de Gabbie.

— Jacques Jeneau est un play-boy français qui adore les bateaux à voile et les femmes à moteur. Son passe-temps favori est de perdre des régates et des procès de divorce. (Il s'assit par terre, un bras sur les genoux de Gabbie.) Nous l'avons rencontré lors d'une soirée à New York, en 1966, je crois. C'était pour une œuvre de charité. Corinne recevait pas mal d'invitations pour ce genre de trucs, à cause de sa famille, bien que nous ayons été pauvres comme Job. Et on y allait souvent – du moins lorsque l'entrée était gratuite. Il y avait toujours à boire et les buffets étaient bien garnis. Lors de cette soirée, Jeneau a dragué Corinne. (Il sourit à l'évocation de ce souvenir.) C'était avant qu'elle vire au rouge, mais elle le considérait quand même déjà comme un parasite. Nous l'avons revu une demi-dizaine de fois par la suite, et chaque fois il a tenté sa chance. On prenait ça à la rigolade. Ça fait presque vingt ans qu'il la chasse par intermittence. Apparemment, il a fini par l'attraper. Quelle blague.

— La vraie blague, c'est cette lettre. (Gabbie poussa un soupir et se tourna vers Jack.) Au temps pour la grande dame de la Gauche américaine. Regarde-moi cet en-tête gravé à l'or fin ! Ça vient en droite ligne d'une boutique de luxe parisienne, bon sang.

Gloria n'y tenait plus, et elle prit la lettre des mains de Gabbie. Elle la lut, puis demanda :

— Elle regrette toutes les années perdues et t'invite à lui rendre visite ?

— Il est un peu tard, dit Gabbie en se relevant.

Elle alla près de Jack, qui la prit dans ses bras.

— Ne sois pas trop dure, dit Phil en se relevant. Peut-être qu'elle s'est radoucie avec l'âge.

— Si elle a épousé Jeneau, elle ne s'est pas radoucie mais ramollie. (Elle fit la grimace.) Je l'ai rencontré lors d'une réception pour nababs chez mamie. Il a tenté de me draguer ! Et je n'avais que quinze ans !

— Et alors ? fit Jack en souriant. Tu étais sûrement bien roulée pour une fille de quinze ans, ou bien ne serait-ce qu'un vieux polisson ?

— Vieux ? dit Gabbie en soupirant de résignation. Non, en fait, il est superbe. Un sosie de Robert Redford avec de grands yeux bruns et des cheveux roux, et des tempes en argent pur. Et un corps de culturiste. Ruisselant de suavité bien française. Mais il est si transparent. Il a l'habitude de voir les femmes se jeter à ses pieds. Je pense qu'il a été autant amusé que choqué quand je l'ai rembarré.

— Telle mère, telle fille, dit Phil. Ça faisait des années que Corinne l'intriguait. Sans doute n'a-t-il pas supporté qu'elle se soit refusée à lui.

Gloria se tapota le menton avec la lettre.

— Comme disent les Chinois : « Puissiez-vous vivre en des temps intéressants. » Bon, maintenant qu'on a bien rigolé, si vous voulez dîner, il vaudrait mieux que j'aille m'occuper du rôti. Mark et Gary ne devraient pas tarder.

Elle rendit la lettre à Gabbie en passant devant elle.

— Ce ne serait pas une mauvaise idée pour un voyage de noces, les enfants, dit Phil en se dirigeant vers la porte. La Provence est une région superbe.

— Qu'en penses-tu ? dit Gabbie en se tournant vers Jack.

— Je pense que nous ferons ce que tu voudras. On pourrait toujours se débrouiller pour faire un tour par Nice – cocktail à bord du yacht, ce genre de plan. Quitte à se casser ensuite si le yacht se transforme en galère.

— J'y réfléchirai, soupira Gabbie. Peut-être devrions-nous aller voir maman, au moins une fois.

— Euh, dit doucement Phil, maintenant que tu sais où elle est, tu pourrais peut-être l'inviter à ton mariage ?

— Je réfléchirai à ça aussi. Mais elle ne m'a pas invitée au sien, dit-elle avec un soupçon de colère.

Phil posa une main sur l'épaule de sa fille.

— Je comprends. Agis comme tu l'entends, d'accord ? (On entendit soudain le bruit d'une voiture qui s'approchait de la maison.) Ce doit être Mark et Gary. On rentrera après minuit.

— Amusez-vous bien, dit Gabbie.

Au moment où Gloria allait prendre son manteau dans le placard, Mark frappa à la porte. Gloria donna rapidement ses dernières instructions pour le dîner et passa la tête par la porte du salon pour souhaiter bonne nuit aux jumeaux. La voiture de Mark repartit peu après, et Gabbie et Jack se retrouvèrent seuls dans le bureau.

Jack étudia le visage de Gabbie à la douce lumière qui venait du porche et se demanda quelles pensées complexes l'agitaient. Il savait que ses sentiments à l'égard de sa mère étaient mitigés, mais il savait aussi qu'elle prendrait la bonne décision à ce sujet, sans perdre de temps en atermoiements ni en excuses. C'était une des raisons pour lesquelles il était fou d'elle. Elle soupira et posa la tête sur son épaule, sans dire un mot, et ils eurent une profonde sensation de bonheur au simple fait de se retrouver ensemble, tandis que des coups de feu venus du salon les informaient que les jumeaux avaient trouvé quelque chose de divertissant parmi la centaine de chaînes que Phil pouvait recevoir. Pendant un long moment, ils restèrent silencieux, puis Gabbie embrassa doucement Jack sur la joue et lui dit :

— Allez, mec. Allons nourrir les fauves.

Avec un gémissement exagéré à l'idée de quitter le confort du canapé, Jack se leva et suivit Gabbie dans la cuisine.

Octobre

1

Gabbie arriva en courant dans l'entrée comme la sonnerie du téléphone retentissait pour la cinquième fois. Elle tenta de maintenir une serviette de bain enroulée autour de son corps, furieuse et ruisselante.

— Merci, crétins ! dit-elle en passant devant la chambre des jumeaux.

Sean et Patrick levèrent les yeux de leurs bandes dessinées et échangèrent un regard interrogatif. Ils n'avaient aucune idée de ce qu'elle voulait dire. Tous deux étaient plongés dans un monde en quadrichromie peuplé de super-héros et d'aventuriers galactiques, et un événement aussi banal qu'un téléphone en train de sonner ne risquait pas de briser leur concentration. Patrick regarda la fenêtre striée d'eau de pluie et se demanda en silence : *Est-ce que ça va s'arrêter un jour ?*

— Bien sûr, dit Sean. Lundi, juste à temps pour l'école.

Aucun d'eux ne trouvait bizarres ces moments de communication silencieuse, qu'ils connaissaient depuis leur naissance.

Patrick retourna à ses bandes dessinées en poussant un grognement inaudible. Cela faisait un mois qu'ils allaient à l'école, et la pluie n'avait apparemment pas cessé de tomber depuis le lendemain de la rentrée. Ou bien il pleuvait à verse, ou alors le sol du parc était trop boueux pour qu'on puisse jouer au base-ball. Et voilà qu'un nouveau samedi était presque fichu. Ça faisait trois semaines qu'ils n'avaient pas fait une partie et ils se sentaient frustrés. Et puis les autres écoliers n'avaient guère envie de jouer au base-ball. C'était la saison du football à présent, et même si les jumeaux appréciaient aussi ce jeu, ils lui préféraient le base-ball. L'été avait décidément pris fin, et le prochain leur semblait infiniment lointain. De plus, l'année prochaine allait voir l'organisation d'une équipe dans le coin, et bien qu'excités à l'idée d'y participer, les deux garçons avaient également l'impression qu'un certain élément de liberté allait disparaître de leurs jeunes vies.

Sean étudia son frère. Sa mauvaise humeur se lisait sur son visage, mais on y percevait également quelque chose de plus sombre. Sean savait que Patrick souhaitait encore ardemment se venger de la Chose noire, mais il espérait que, préoccupé par leur scolarité, Patrick se contenterait d'attendre le 1er novembre, date du départ du Bon Peuple. Il savait cependant, au fond de lui, que c'était fort improbable. Patrick était un livre ouvert pour Sean. Il allait bientôt passer à l'offensive.

Gabbie traversa le couloir dans l'autre sens, interrompant sa course pour leur jeter :

— Foutu vendeur ! Si le téléphone sonne encore pendant que je suis dans mon bain, vous avez intérêt à répondre, sinon…

Elle laissa sa phrase inachevée, voyant que ses petits frères n'étaient guère impressionnés par ses vagues menaces. Elle ne savait absolument pas ce qu'elle leur ferait s'ils n'obéissaient pas. Et la serviette dans laquelle elle s'était enroulée n'était pas assez grande pour cacher ce qu'elle souhaitait cacher, ce qui ne faisait rien pour lui conférer un aspect menaçant. Elle renonça et s'en fut.

— Elle prend beaucoup de bains et de douches, remarqua Patrick.

— Toutes les filles font ça, acquiesça Sean. Elles n'aiment pas la saleté.

Une fois effectuée cette constatation pleine de sagesse, ils retournèrent à leurs bandes dessinées.

Peu de temps après, le téléphone sonna de nouveau. Sean leva les yeux et vit que son frère était absorbé par les dernières aventures de Wonder Woman. Il tendit l'oreille et entendit la voix de Gabbie qui résonnait dans le couloir.

— Allez répondre, bon sang !

Sean se leva et se précipita vers l'appareil, décrocha le combiné et dit :

— Allô ?

— Patrick ? Sean ? dit une voix rendue éraillée par la distance.

— C'est Sean.

— Ici Mark. Est-ce que ton père est là ?

— Non. Papa et maman sont allés faire des courses. Ils seront rentrés pour dîner.

— Est-ce que Jack et Gabbie sont là ?

— Jack va arriver. Gabbie est dans son bain. Ça fait longtemps que vous êtes partis. Quand est-ce que vous revenez ?

— Bientôt. Je suis en Allemagne. Maintenant, écoute bien, Sean. Je veux que tu transmettes un message à ton père. C'est très important. Je ne sais pas quand je reviendrai… (Il y eut des parasites, puis Mark dit :) … mais quoi qu'il en soit, dis à ton père de ne pas toucher à ce qu'il y a dans la cave avant mon retour, quoi qu'il découvre. Et s'il trouve autre chose, dans la maison ou dans votre propriété, dis-lui… (Les parasites vinrent de nouveau occulter sa voix.) Il ne doit toucher à *rien*, c'est très important. Tu as compris ?

— Oui. Vous êtes en Allemagne et papa ne doit pas toucher à ce qu'il y a dans la cave.

— Bien. Maintenant, dis à ton père que j'ai traduit une partie du parchemin et que j'ai d'autres informations…

Il y eut un soudain assaut de parasites au moment où un éclair claquait au-dehors. Le téléphone devint subitement muet. Sean resta quelques instants à l'écoute, recevant une série de déclics, suivis, après un long silence, par la tonalité. Quelque chose le troublait, dans le ton de la voix de Mark aussi bien que dans le soudain silence de l'appareil. Il tint le combiné en main jusqu'à ce qu'un message enregistré lui demande de raccrocher. Il s'exécuta et se dirigea vers sa chambre.

Gabbie ouvrit la porte de la salle de bains, laissant s'échapper un nuage de vapeur, et lui demanda :

— Qui était-ce ?

— Mark. Il est en Allemagne.

Gabbie sortit de la salle de bains, vêtue d'un peignoir-éponge blanc, une expression intriguée sur le visage.

— Il appelait d'Allemagne ?

— Ouais, il est en Allemagne, répondit Sean. Il a dit de dire à papa qu'il ne fallait rien faire dans la cave avant son retour.

Gabbie s'essuya les cheveux.

— Je me demande ce que ça signifie. En Allemagne ? Je croyais qu'il était à New York. Il y avait autre chose ?

— Oui... (Sean réfléchit durant un long moment.) Mais j'ai oublié quoi.

— Génial. Eh bien, tu ferais mieux de t'en souvenir avant le retour de papa. Quand est-ce que Mark doit revenir ?

— Il a dit qu'il ne le savait pas.

Sans autre commentaire, il regagna sa chambre et se replongea dans les aventures de Batman. Sean regarda pendant un long moment les pages brillamment colorées, mais il n'arrivait pas à oublier la voix étrange de Mark. Sean n'était guère apte à juger de telles choses, mais il avait eu l'impression que Mark était terrifié.

2

Phil n'était guère satisfait du caractère confus du message.

— Il a dit de ne rien faire ? demanda-t-il.

Sean hocha la tête.

— De ne rien faire à quel sujet, mon chéri ? dit Gloria.

Sean lutta pour se souvenir.

— Il avait quelque chose pour toi, je crois. De toute façon, il a dit qu'il t'en parlerait quand il reviendrait.

Gloria regarda la pluie qui tombait au-dehors.

— Mais il n'a pas dit quand ?

— Il a dit bientôt, répondit Sean en haussant les épaules.

Gabbie mangeait en silence. Elle avait décliné toute responsabilité en arguant de son droit à se baigner sans être dérangée. Les jumeaux étaient assez grands pour noter les messages. Son père avait accepté le principe mais semblait néanmoins irrité contre elle. C'était à elle qu'on avait confié la maison.

Un coup à la porte annonça l'arrivée de Jack. Il ruisselait d'eau mais souriait.

— Tu es prête ? demanda-t-il.

— Juste une minute, dit Gabbie en se levant de table d'un bond. On a dîné un peu en retard ce soir.

— Nous avons tout le temps. Le film ne commence que dans une heure.

— Non, partez tout de suite, dit Gloria. Avec ce temps, je ne veux pas que vous rouliez vite, et je sais comment Gabbie conduit. (Celle-ci se précipita vers l'escalier pendant que Gloria regardait la flaque d'eau qui s'élargissait sous Jack.) Pourquoi diable n'est-elle pas allée vous chercher ? Même avec ce ciré vous êtes trempé.

Jack lui fit un clin d'œil.

— Parce que si j'étais resté chez Aggie, Gabbie aurait attendu la dernière minute pour venir me chercher, et je sais comment elle conduit, moi aussi.

— J'ai tout entendu ! dit la jeune fille depuis l'étage.

— Gabbie m'a dit que vous alliez être absent quelques jours, dit Gloria.

— Je pars demain à la première heure, répondit Jack en déboutonnant son ciré. Un de mes vieux copains de

Fredonia va m'aider à mettre au point mon mémoire, puis me faire réviser pour mon deuxième oral, dans quinze jours.

— Le grand jour approche, alors ? dit Phil.

Jack hocha la tête avec quelque nervosité.

— Si je réussis cet oral, ce sera une étape importante. Je ne décrocherai pas automatiquement mon doctorat, mais il me suffira alors de travailler correctement. C'est comme ça qu'ils éliminent les étudiants qu'ils estiment insuffisants, l'ultime écrémage en quelque sorte.

— Tout ira bien, affirma Phil.

Gloria changea de sujet.

— Mark Blackman a appelé. Il est en Allemagne.

— En Allemagne ?

— Si Sean a bien compris, ça fait quinze jours qu'il est là-bas.

Jack parut déconcerté.

— Tout ça a rapport avec ce qu'il y a dans la cave, sans doute. En Allemagne ? Quelle histoire !

— En effet, dit Phil en reposant sa fourchette. Et ça ne nous dit pas où est passé Gary. Je pensais qu'il allait revenir il y a quelques jours.

Patrick leva les yeux de son assiette, l'air contrit.

— Il est encore à Seattle, dit-il.

— Comment le sais-tu ? demanda Phil.

— Il a téléphoné.

— Quand ?

— La semaine dernière. J'ai oublié de te le dire. Il a dit que Mark était parti pour l'Allemagne depuis New York et qu'il allait rester dans l'État du Washington pendant quelque temps.

— Demain, j'achète un répondeur, dit Phil, hésitant entre la colère et un amusement résigné. Il y a cinq personnes dans cette maison, et il est humainement impossible de se faire transmettre un message…

3

Gabbie bondit en entendant une voiture remonter l'allée. Elle lâcha le livre qu'elle était en train de lire et alla regarder par la fenêtre. Jack était à peine descendu de la voiture d'Aggie qu'elle dévalait les marches du porche pour lui sauter au cou. Il recula et alla heurter le pare-chocs de la voiture, laissant choir le sac plein de livres qu'il portait. Il souleva la jeune fille pendant qu'elle l'embrassait. Lorsqu'elle se dégagea finalement, il lui dit :

— Hé ! Ça ne fait que huit jours que je suis parti.

Elle l'embrassa de nouveau avidement.

— Ça m'a paru durer un mois. J'en ai tellement envie que c'en est incroyable, ajouta-t-elle en souriant.

Jack lui rendit son sourire.

— Il va falloir soigner ça. (Elle lui donna un coup de langue dans l'oreille, ayant découvert que cette caresse le rendait positivement fou, et il frissonna, se hâtant de se dégager de son étreinte.) Mais pas avant ce soir, femelle sans vergogne. Aggie a invité des ménagères du coin à prendre le thé, expliqua-t-il devant sa moue boudeuse. Elle s'est remise à cuisiner les gens pour son bouquin. À moins qu'il n'y ait personne ici ? demanda-t-il d'une voix pleine d'espoir.

— Hélas, non. Les jumeaux rentrent de l'école dans une heure et Gloria est à la cuisine. Papa s'amuse avec son ordinateur, bien que nous soyons censés croire qu'il travaille. (Elle pinça le postérieur de Jack.) On pourrait prendre une couverture et aller faire un tour dans la grange.

Jack sursauta et éclata de rire.

— Tu es insatiable, dit-il en l'embrassant. Et tes deux frères ont un radar imparable. Ils seraient capables de faire irruption dans la grange au moment le plus mal choisi. De plus, le temps est humide, le toit de la grange est percé, et il fait *froid*. Sois donc un peu sensée.

Gabbie eut un large sourire en l'étreignant de nouveau.

— Sensée ? Je suis sensass. C'est toi qui me l'as dit.

Jack eut un rire résigné. Quelques gouttes annoncèrent la venue imminente de l'averse qui avait menacé toute la journée.

— Rentrons, dit-il.

Elle lui passa un bras autour de la taille et ils se dirigèrent vers la maison.

Dans le bureau, Phil était devant son ordinateur, se concentrant sur les instructions qui apparaissaient sur l'écran. Après quelques instants, il ouvrit un des tiroirs de son bureau et en sortit un crayon et un bloc. Il consulta ses notes et tapa sur son clavier les instructions nécessaires pour revenir à son point de départ. Il était résolu à en finir et à obtenir un score parfait de 400 points au jeu de Zork, et ce sans l'aide de quiconque. Il leva la tête et sourit à Jack.

— Comment ça va ?

— Bien. Je pense être prêt pour mon oral mardi prochain. Mon copain Mike a trouvé des questions auxquelles même Aggie n'aurait pas pu penser. À propos d'Aggie, je pensais passer quelques heures ici avant de rentrer chez elle. Sa cérémonie du thé devrait être finie d'ici là.

— Bien, dit Gabbie. On va pouvoir en profiter.

— Pour quoi faire ?

— Il y a encore des malles qu'on n'a pas ouvertes au grenier. Allons faire un tour là-haut et voyons si on ne trouve rien d'intéressant.

— Dans quelle intention ? demanda Jack.

— Qui sait ? Peut-être découvrirons-nous quelque chose susceptible d'aider Mark et Gary quand ils reviendront.

On était déjà dans la troisième semaine d'octobre, et les deux hommes étaient toujours au loin, en train de chercher des indices pour éclaircir le mystère de la pièce secrète.

— Gary a appelé il y a deux jours, poursuivit-elle. Il est coincé chez son ami linguiste à Seattle. Il a perdu la trace de Mark et il voulait savoir si on avait eu des nouvelles de lui.

— Il a perdu sa trace ? murmura Jack. C'est étrange.

— Gary ne semblait pas particulièrement inquiet. D'après lui, Mark a l'habitude de partir à l'aventure quand il voyage. Il a dû trouver quelque chose d'intéressant qui l'a retenu là-bas après qu'il nous a annoncé son retour. Je me porte donc volontaire pour fouiller le grenier. Quoi qu'il en soit, ça nous occupera cet après-midi.

— D'accord, dit Jack en secouant la tête. Tu m'as convaincu, diablesse à la langue d'argent.

Toute l'attention de Phil était de nouveau mobilisée par l'écran de son ordinateur.

— Amusez-vous bien, tous les deux, dit-il distraitement.

— Viens donc fouiller ce grenier, dit Gabbie à Jack, et je te montrerai tous ses trésors cachés.

Tandis qu'ils montaient l'escalier, le jeune homme eut un sourire malicieux et murmura :

— Voilà une invitation qui pourrait être mal comprise.

En guise de réponse, il eut droit à un coup de coude dans les côtes.

4

Cela semblait impossible. Si vous essayiez de traverser la pièce emplie de gaz avec une torche allumée, vous explosiez mais si vous éteigniez la torche pour avancer dans le noir, le monstre hideux vous attrapait. Le bruit de la pluie sur la fenêtre attira l'attention de Phil. Il quitta son ordinateur des yeux et découvrit que l'averse s'était transformée en chute de cordes. Puis le bruit de la pluie fut couvert par les voix de Jack et de Gabbie. Il jeta un coup d'œil à sa montre et vit que cela faisait presque une heure et demie qu'il jouait. Il sauvegarda son avancée dans le jeu et éteignit l'ordinateur.

Jack entra dans la pièce, un rouleau de papier à la main.

— Phil, regardez donc ça, dit-il.

Phil étudia le papier pendant quelques instants.

— C'est un plan de la propriété. Et pas très jeune, apparemment, ajouta-t-il en remarquant à quel point le papier était jauni et flétri.

Jack désigna un cartouche en bas à droite de la feuille.

— Il daterait de 1906, à en croire ces indications, l'époque où Kessler a acquis cette propriété.

— La grange n'est pas au même endroit, dit Gabbie. Et elle est plus petite.

— Il a dû en faire construire une autre plus tard. (Phil lut la légende et ajouta :) C'est sûrement le plan de masse originel de la propriété. Il n'y a pas de belvédère, ni de remise à côté de la grange, et le tracé de l'allée est légèrement différent.

Ce plan présentait un détail troublant, mais il ne parvenait pas à mettre le doigt dessus. Il leva les yeux et vit que Jack était en train de le regarder.

— Vous aussi ? dit le jeune homme.

— Il y a quelque chose de bizarre dans ce plan, papa, renchérit Gabbie en secouant la tête.

— Oui, mais quoi ?

— On dirait quelque chose de déjà-vu, mais avec quelques différences.

— Je ne me rappelle pas avoir déjà vu un plan de la propriété, excepté à la banque quand on l'a achetée, et c'était un plan de petit format fourni par l'agence.

Gabbie regarda le plan avec intensité, comme si elle avait pu lui soutirer son secret par la seule force de sa volonté. Puis son expression s'illumina lorsqu'elle comprit.

— J'ai trouvé ! cria-t-elle.

— Quoi donc ? demanda Jack.

— Ne bougez pas, vous allez voir !

Elle s'enfuit du bureau en courant, et Jack et Phil l'entendirent ouvrir la porte de la cave, dévaler l'escalier en bois, puis ouvrir la porte de la pièce secrète. Quelques instants plus tard, la jeune fille était de retour avec un parchemin.

— C'est ce truc bizarre qu'on a trouvé quand on aidait Mark. (Elle le déroula et ils se trouvèrent de nouveau devant l'étrange feuille de vélin couverte de lignes et de cercles.) Regardez les sept lignes sur la droite, puis regardez les mots qui sont soulignés sur le plan ! dit-elle d'une voix excitée.

— Gabbie, tu es un génie ! dit Jack. C'est un calque. Regardez. (Il posa la feuille de vélin translucide par-dessus le plan.) En appuyant un peu, on peut distinguer le plan en dessous.

— À peine, dit Phil en se penchant sur les feuilles.

— Peut-être qu'ils ne connaissaient pas le papier pelure à l'époque, dit Gabbie.

— Ou qu'ils voulaient quelque chose de plus durable, dit Jack. Regardez les sept lignes à droite, ajouta-t-il en les désignant du doigt.

Chacune des lignes tracées sur la feuille de vélin venait souligner un mot dans le paragraphe descriptif que l'employé de l'enregistrement avait rédigé lorsque la carte avait été dressée au début du siècle.

— Cette spirale s'enroule autour de la base de la colline du Roi des elfes, dit Jack. (Il ôta la feuille de vélin et lut le paragraphe à haute voix :) De la ligne médiane du chemin rural numéro 15, à une distance exacte de deux miles au sud de la jonction avec la route nationale numéro 7, vers le point d'intersection des lignes partant de…

De toute évidence, ce texte décrivait les limites de la parcelle à l'aide des points topographiques de l'époque. Le mot *vers* avait été souligné. Il s'agissait d'un texte strictement légal et descriptif, mais sa dernière ligne était la suivante : « … la propriété connue dans le voisinage sous le nom de colline du Roi des elfes », et les mots *du Roi des elfes* étaient soulignés.

Gabbie lut les sept mots soulignés à haute voix :

— *Vers la maison du Roi des elfes.* Qu'est-ce que ça veut dire ?

— Je pense que c'est un code à l'intérieur d'un code, dit Jack. (Gabbie et Phil le regardèrent d'un air interrogatif.) *La maison du Roi des Elfes* signifiait quelque chose pour Kessler et peut-être pour d'autres, mais… vous savez, au cas où quelqu'un serait tombé sur le plan et sur le calque, comme nous l'avons fait, il ne serait pas plus avancé.

Les yeux de Phil suivirent le tracé des lignes et il vit que le plus grand des cercles se trouvait à sept cents mètres environ de la maison. Il désigna la spirale du doigt.

— Qu'est-ce que c'est que ça ? demanda-t-il.

— Je ne sais pas, dit Jack d'une voix surexcitée. Mais ce grand cercle est situé à la base de la colline du Roi des elfes. (Il regarda Phil et Gabbie.) Vous savez ce que je pense ?

— Vous pensez que c'est là que Kessler a enterré son or ? dit Phil.

— Je croyais que le trésor était toujours indiqué par une croix, dit Gabbie sur le ton de la plaisanterie.

— Ça me paraît bien tiré par les cheveux, commenta Phil.

— De quoi d'autre pourrait-il s'agir ? demanda Jack. Pourquoi prendre tant de peine à indiquer un point précis sur le flanc d'une colline dégarnie ? Et ce calque, et ce code. Il y a quelque chose de caché là-dessous.

— Et cet autre cercle, ici ?

Phil désignait un cercle plus petit, situé à une trentaine de mètres à l'est du premier.

Gabbie écarta le calque et lut la légende du plan.

— C'est là que se trouve une grosse souche. Regardez : « Tronc d'un chêne frappé par l'éclair, qu'il sera nécessaire de déraciner. »

Phil sourit mais le sourire de Jack s'effaça.

— Si je devais enterrer de l'or, dit Phil en haussant les épaules, je choisirais un endroit que je pourrais retrouver sans l'aide d'une carte, au pied d'un tronc par exemple.

— Alors, que représente l'autre cercle ? demanda Jack.

Phil retourna s'asseoir.

— Peut-être un puits comblé ? Ou un autre détail banal dont l'existence devait être connue du propriétaire des lieux.

Jack secoua la tête.

— Pas avec toutes ces histoires de secrets dont on nous a rebattu les oreilles, Phil. Regardez ces lignes bizarres, et tout le reste. Un de ces deux cercles désigne l'endroit où Kessler a enterré son or, je le parierais.

— Eh bien, dit Phil en riant, si vous voulez aller creuser, vous avez ma permission. Mais rebouchez les trous quand vous aurez fini, hein ?

Jack eut un sourire légèrement emprunté.

— Entendu. Viens, dit-il à Gabbie, allons jeter un coup d'œil là-bas.

— Avec ce qui tombe ? dit-elle, incrédule.

— On va juste regarder, c'est tout. D'accord ?

Levant les yeux au ciel avec un soupir de résignation, Gabbie dit *sotto voce* à son père :

— Regarde-le, je suis sûre qu'il va passer par la grange pour prendre une pelle.

Gabbie sortit du bureau derrière Jack et Phil se rassit, mi-amusé, mi-curieux. Peut-être enfilerait-il un imperméable pour aller donner un coup de main à Jack. Pour l'instant, il ralluma son ordinateur et tenta de nouveau de traverser la salle emplie de gaz sans déclencher une explosion.

5

— Papa !

Phil quitta son siège d'un bond et courut vers la cuisine dès qu'il perçut l'excitation dans la voix de Gabbie. Il ouvrit la porte en grand et s'immobilisa en découvrant sa fille. Gabbie était trempée et couverte de boue, et Gloria et les jumeaux la regardaient avec des yeux incrédules.

— Il faut que tu viennes. On a trouvé quelque chose !

— Quoi ? dit Phil, qui n'en croyait pas ses oreilles.

— Sous la souche, comme tu le pensais. On a jeté un coup d'œil sous les racines et on a vu un trou. Ça fait des années que l'eau érode le sol. Jack n'a eu qu'à glisser la pelle dedans et tout s'est effondré. Il a évacué la boue, et après avoir creusé trente centimètres, il a touché le haut.

— Le haut de quoi ?

— Je ne sais pas, dit Gabbie. Mais il y a quelque chose là-dedans. On a regardé avec la lampe torche et Jack est encore en train de creuser. Je n'ai pas pu voir ce que c'était, papa, mais c'est gros.

— Je vais chercher mon imper, dit Phil.

— Moi aussi, dit Gloria.

Les jumeaux se précipitaient déjà vers l'entrée où se trouvaient accrochés les imperméables, et Phil les arrêta.

— Hé, où croyez-vous aller comme ça ?

— Oh ! papa, commença Patrick. On veut aller voir, nous aussi.

— Pas question. Vous restez ici à regarder la télé ou à faire ce que vous voulez, et vous répondez au téléphone. Et notez bien les messages s'il y en a ! cria-t-il tandis que les deux garçons, frustrés, sortaient de la cuisine.

Quelques minutes plus tard, les trois adultes franchissaient le pont du Troll au pas de course. Peu après, ils retrouvèrent Jack en train de creuser à la base du vieux tronc d'arbre. Phil étudia l'excavation. Elle s'était remplie d'eau et Jack s'empressa de creuser une rigole d'évacuation. Puis il se mit à genoux et braqua la lampe sous les racines. Phil s'accroupit et scruta le trou. Il aperçut une forme étrange, qu'un écoulement d'eau nettoyait peu à peu des traces de boue qui la recouvraient. Phil resta silencieux pendant une longue minute, puis il se releva pour laisser Gloria et Gabbie examiner à leur tour la découverte.

— Qu'est-ce qu'on fait, papa ? demanda Gabbie.

— Voyons si on peut sortir ce truc de là.

Il fit signe à Jack, qui posa sa pelle et s'accroupit à côté de lui. Ensemble, ils tendirent la main et chacun saisit un bout de ce qui semblait être un gros coffre en bois. Ils tirèrent, mais la chose refusait de bouger.

— Bon Dieu ! jura Phil. Ce truc pèse une tonne.

Jack se mit à creuser autour du coffre tandis que Phil l'éclairait. Le jeune homme fut bientôt dans la boue jusqu'aux genoux, l'évacuant par pelletées loin du trou. Phil lui fit signe de dégager le devant du coffre et dit :

— Ce truc a une poignée. Gabbie, il y a une corde dans le coffre de ma voiture. Tu veux bien aller la chercher ? Jack, il faut creuser une rampe dans la boue.

Gabbie prit les clés de la voiture et partit en courant, pendant que Phil braquait la lampe sur le coffre et que Jack continuait à creuser avec frénésie.

Lorsqu'elle revint, Jack avait façonné une rampe sous la souche pour dégager un accès au coffre.

— S'il n'y avait pas eu cette averse, remarqua Jack, on en aurait eu pour des heures. (Il transpirait néanmoins avec abondance, et, sous l'abri de sa capuche, la sueur coulait sur son front, mêlée à l'eau de pluie.) Voyons si on y arrive.

Ils attachèrent la corde à la poignée métallique la plus proche, puis Phil et Jack tirèrent ; lorsque le coffre refusa obstinément de bouger, Gloria et Gabbie se joignirent à eux. Ils tirèrent tous de concert, mais le coffre demeurait immobile. Jack leur cria de s'arrêter et se glissa au fond du trou. Il inséra la pelle entre le coffre et le sol, puis se redressa et fit pression sur le manche.

— Qu'est-ce que vous faites ? cria Phil pour courir le bruit de la pluie à présent battante.

— J'essaie de décoller le coffre du sol, la boue fait ventouse. C'est le seul moyen.

Phil hocha la tête et vint poser son pied à côté de celui de Jack, ajoutant son poids à celui du jeune homme pour faire fonctionner ce levier de fortune. Après une longue minute durant laquelle les deux hommes pesèrent de tout leur poids sur la pelle, celle-ci bougea. Phil faillit tomber sur Jack et il se recula d'un bond. Jack retira la pelle et sortit en hâte du trou. Il fit signe aux autres de saisir la corde, et tous se mirent à tirer. Ils dérapaient sur le sol glissant, mais après bien des efforts, le coffre se déplaça légèrement, puis il se bloqua.

— On dirait que les racines le retiennent au fond, dit Jack.

Il sauta de nouveau dans le trou et s'attaqua aux racines avec le tranchant de la pelle, sans grand résultat.

Après quelques minutes de vains efforts, Gabbie dit :

— Je vais chercher la hache dans la grange.

Elle partit en courant et revint peu après avec la hache, ainsi qu'avec une hachette. Jack passa une bonne demi-heure à tailler dans la masse des racines pour dégager le coffre. À plusieurs reprises la lame heurta le métal, leur indiquant la composition de leur trouvaille.

Jack jeta la hache hors du trou et prit la hachette. Après avoir dégagé une issue suffisante, il dit :

— Essayons encore.

Tous quatre saisirent la corde et tirèrent. Le coffre émergea lentement de sa cachette. À mesure qu'il glissait sur la rampe, son inertie s'ajouta à leurs efforts, et lorsqu'il eut dépassé le bord de la rampe, il glissa lentement de lui-même pour s'immobiliser enfin devant eux. C'était un coffre en bois d'une soixantaine de centimètres d'arête, cerclé de deux bandes de fer et pourvu de renforcements de fer à chaque coin. Le métal était bruni par la rouille mais semblait intact. Des éclats argentés brillaient sous les balafres infligées par la hache de Jack. Il n'y avait apparemment ni serrure ni cadenas, rien qu'un fermoir de fer sur un anneau de fer.

— Qu'est-ce qu'il y a dedans ? dit Gabbie sans attendre.

Elle se mit à genoux et ouvrit le couvercle. Phil braqua le rayon de la lampe. Elle souleva le couvercle, révélant le contenu du coffre. Des reflets chatoyants dansèrent sur les pièces d'or qui l'emplissaient presque à ras bord.

— Pas étonnant que cela soit si lourd, dit doucement Jack.

— Merde ! dit Gloria. Un authentique trésor dans un authentique coffre.

— L'or de Kessler, dit Gabbie. C'est pour de vrai.

Puis Phil se mit à rire, et en quelques instants ils s'étaient tous mis à hurler et à glapir. Après cette courte démonstration d'enthousiasme, Gabbie demanda :

— Qu'est-ce qu'on fait maintenant ?

— Je crois qu'on va rentrer à la maison et qu'on va dîner, dit Phil.

Gloria leva les yeux vers son mari.

— Tu crois qu'on devrait en parler à quelqu'un ?

— J'appellerai Darren demain matin et je lui demanderai de jeter un coup d'œil sur les lois en matière de propriété foncière, de droits minéraux, de droits d'épave, ou de quoi que ce soit qui s'applique dans un cas pareil.

— Darren ? demanda Jack.

— C'est l'avocat de la famille, dit Gabbie.

— Pour ce que nous en savons, ajouta Phil, peut-être ce trésor est-il un bien national allemand, ou peut-être quelqu'un a-t-il sur lui des droits bien établis. Alors, mettons-le à l'abri dans la maison et informons-nous. En attendant, on la ferme tous, et surtout les jumeaux. À présent, venez. Allons nous sécher et manger.

Jack repoussa la boue dans le trou à coups de pelle, le comblant rapidement. Puis il attrapa une des deux poignées du coffre, et Phil et lui le soulevèrent. Il était fort lourd, mais à présent qu'il était dégagé de l'emprise de la boue il se révélait très maniable. Ils repassèrent sur le pont, se dirigeant vers la cuisine chaude et sèche de leur maison.

Parmi les arbres, deux paires d'yeux suivaient leur progression. Une haute silhouette tenait une petite forme noire, la berçant comme un bébé. Les longs doigts qui caressaient la peau squameuse du ventre de la chose s'immobilisèrent. Soulignant ses paroles d'un geste brutal qui fit pousser un cri de douleur à la petite créature, l'être grand et élancé dit :

— Ah ! L'heure est proche !

Le ton de sa voix était empreint de frustration et ses yeux brillaient de folie. Saisissant la Chose noire par la peau du cou, il la fit pivoter pour lui faire face et ajouta :

— Bientôt, mon bébé. Bientôt.

D'un geste dédaigneux, il jeta la petite créature sur le sol. La Chose noire alla choir dans une flaque avec un éclaboussement sonore, elle roula aussitôt sur elle-même pour se redresser aux pieds de son maître, prête à exécuter ses ordres.

— Va et veille, mon bébé, murmura-t-il d'une voix où l'on percevait l'écho d'une ancienne brise. Va et veille dessus jusqu'à ce que l'acte soit accompli.

Puis il rejeta la tête en arrière et poussa un hurlement de plaisir, que couvrit le tonnerre qui roulait dans les cieux. Ensuite, dans un bref éclat de lumière qui déchira la pénombre, il disparut.

6

Le lendemain, la pluie avait cessé. Phil eut un petit rire amusé en raccrochant le téléphone.

— Darren n'a pas trouvé ça drôle, dit-il. Il pense que je suis dingue. Mais il va dénicher toutes les informations sur les trésors perdus, comme il dit, et il nous rappellera. Il a dit de ne pas déplacer le coffre tant qu'il ne nous aura pas contactés. Ce qui devrait lui prendre quelques jours, car il pense qu'il vaut mieux essayer de tirer les vers du nez au fisc et à la police sans les laisser deviner ce qui se passe. Sinon, l'un ou l'autre risque de tout saisir et de nous obliger à intenter un procès pour récupérer la partie à laquelle nous avons droit.

— Tu penses que ça ne risque rien ? demanda Gloria.

— Bien sûr. Jack a comblé le trou, et, après cette averse, il ne restera aucun signe de notre excavation. De plus, combien de personnes sont passées par là depuis notre arrivée ? Quelques copains de classe des jumeaux, et puis Jack, c'est tout. Personne ne sait que le coffre est dans la cave. Il y sera très bien pendant quelques jours.

Gloria était assise sur le canapé en face du bureau de Phil. Gabbie et Jack, qui faisaient leur première promenade à cheval depuis plus de quinze jours, n'étaient pas encore rentrés ; et les jumeaux étaient partis pour l'école – après qu'on les eut sermonnés pour qu'ils ne parlent pas du trésor à leurs camarades de classe.

— Tu ne crois pas que nous devrions appeler Gary ? dit Gloria.

— Bien sûr, si seulement je savais comment le joindre. Peut-être pourrais-je le contacter au laboratoire de linguistique de l'université du Washington. (Phil étudia sa femme quelques instants.) Qu'est-ce qui te tracasse ?

Elle se redressa lentement sur son siège.

— Phil, j'ai peur. Je suis terrifiée, pour tout dire. Il se passe ici des choses qui sont… impossibles à expliquer. Je ne sais pas. Mais avec ce qui est arrivé à Gabbie, et toutes ces histoires que Mark et Gary ont racontées sur Kessler, et la façon dont Ernie a été tué…

Phil quitta son bureau et alla s'asseoir à côté de sa femme, lui passant un bras autour des épaules.

— Écoute, ma chérie, il existe une explication très simple pour tout cela, j'en suis sûr. Je ne sais pas exactement laquelle, mais ça m'étonnerait qu'il y ait quoi que ce soit de menaçant là-dessous. Bien sûr, ce qui est arrivé à Gabbie est terrifiant, mais, d'après Mark, elle va apparemment s'en tirer sans problème, et maintenant il y a Jack auprès d'elle. Ce violeur est probablement à un millier de kilomètres d'ici, à présent. Et le mystère de Kessler et de ses amis en Allemagne ? Eh bien, je pense que tout recevra finalement…

— Je sais : une explication parfaitement rationnelle. (Elle croisa les bras.) Écoute, peut-être que quelqu'un va venir réclamer cet or.

— Pourquoi ? dit Phil en haussant les épaules. La maison est restée vide pas mal de temps entre le départ de Kessler pour l'Allemagne et notre installation ici. Toute personne au courant de l'existence du trésor aurait pu se pointer et l'emporter sans qu'on se doute de rien. Et puis, qui d'autre pourrait être au courant ? Je suis sûr qu'il s'agit de l'or dont Mark nous a parlé, celui que Fredrick Kessler a utilisé pour ses emprunts frauduleux.

Gloria ne paraissait guère convaincue, mais elle cessa de protester. Quelque chose la rongeait, un sinistre pressentiment de malheurs à venir. Ses pensées furent interrompues par l'arrivée des jumeaux.

— Salut, les gars, leur dit Phil. Comment était l'école aujourd'hui ?

Ils haussèrent simultanément les épaules, signifiant par là qu'il n'y avait rien d'extraordinaire à raconter.

— Robbie Galloway s'est fait renvoyer chez lui pour avoir déchiré le pull-over de Maria Delany, dit Sean.

Gloria s'efforça de paraître intéressée, mais elle demeurait soucieuse.

— Ouais, dit Patrick, il essayait de la chatouiller. Il aime bien chatouiller les filles. Le prof a dit qu'il fallait qu'il aille parler au père de Robbie.

Phil eut un sourire entendu pendant que Gloria levait les yeux au ciel.

— Je vous en prie, Seigneur, dit-elle à mi-voix, faites qu'il n'y ait pas de puberté précoce sous mon toit.

— Eh bien, dit Phil, comme il est hors de question de tenter de trouver Mark, je vais partir à la recherche de Gary et le mettre au courant de ce qui se passe. Est-ce que l'un de vous sait où Gary loge à Seattle ? demanda-t-il aux jumeaux.

— Chez Lupinski, dit Patrick.

— Qui ça ? dit Gloria.

— Il l'a connu à la fac, expliqua Sean. Il nous l'a dit. Ce type travaille pour les SuperSonics. Gary allait souvent voir les matchs avec lui. Il a dit que c'était comme ça qu'il avait eu son chouette blouson et qu'il allait loger chez ce type. Je lui ai demandé s'il pouvait nous en rapporter des pareils, ajouta-t-il d'un air presque contrit.

Phil consulta sa montre.

— Il est presque midi là-bas. Je vais appeler les Renseignements à Seattle et demander le numéro du siège des SuperSonics. (Il s'exécuta, puis appela le numéro qu'on lui avait donné et attendit que l'on décroche.) Allô, pourrais-je parler à Mr. Lupinski, s'il vous plaît... Mr. Lupinski ? Ici Philip Hastings... comment allez-vous ?... J'essaie de joindre Gary Thieus... (Phil haussa les sourcils.) Il est avec vous ? S'il vous plaît, oui... Salut, Gary, dit-il quelques secondes plus tard, comment allez-vous ? Je ne croyais pas que je vous trouverais aussi facilement.

Il écouta en silence pendant quelques instants, puis dit :

— Non, tout va bien ici. Mais attendez-vous à un choc. Non, rien de grave, grâce à Dieu. Ce qu'il y a, c'est que Jack et Gabbie ont découvert l'or de Kessler. (Il sourit devant la réaction de son correspondant, et même Gloria entendit le cri poussé par Gary lorsque Phil écarta le combiné de son oreille.) Non, je ne plaisante pas, mon vieux. Cet étrange rouleau de vélin que Mark et vous aviez trouvé à la cave, c'était un calque qu'il fallait poser sur un plan que Kessler avait planqué dans une malle, au grenier. Jack et Gabbie se sont contentés d'aller là où se trouvaient certains signes sur le calque, ils ont creusé, et *voilà*[1] : un coffre plein d'or.

Il reposa le combiné en gloussant.

---

1. En français dans le texte. (*NdT*)

— Il a dit : « J'arrive tout de suite » et il a raccroché. Il va nous rappeler de l'aéroport pour nous dire à quelle heure son avion atterrit à Buffalo.

— Je crois que je vais faire un peu de thé, dit Gloria en se levant. Tu en voudras ? (Il lui fit signe que oui tandis qu'elle se dirigeait vers la porte.) Allez, les garçons, laissez votre père travailler. (Les jumeaux passèrent devant leur mère pour regagner l'entrée.) Et merci, chéri, dit Gloria près de la porte.

— Pourquoi ?

— Pour m'avoir dit que tout irait bien.

Tandis qu'elle disparaissait en compagnie de ses fils, Phil se renversa dans son siège et soupira. Les jumeaux échangèrent un regard, se demandant ce qui avait encore pu arriver. Au désespoir de jamais comprendre les adultes, ils décidèrent de se trouver une occupation plus distrayante et s'éclipsèrent en douce. Phil espéra qu'il n'avait pas émis un vœu pieux en tentant de calmer les nerfs de Gloria. Depuis que Gabbie avait été agressée, lui aussi avait senti dans l'atmosphère quelque chose d'étranger, de troublant… d'imminent.

Il chassa ces sombres pensées de son esprit, se reprochant d'être trop sensible aux inquiétudes de Gloria. Il alluma son ordinateur et chargea le logiciel de traitement de texte. Le jeu de Zork fut momentanément délaissé, à la fois parce que toutes ses tentatives pour traverser la salle emplie de gaz s'étaient révélées infructueuses, et parce qu'il avait eu une nouvelle idée de roman et voulait coucher certaines choses sur le papier. Il sourit en pensant au « papier » électronique dont il se servait. Il glissa une nouvelle disquette dans le lecteur et se mit à taper. Bientôt, il fut perdu dans ses pensées, tout son enthousiasme mobilisé par ce nouveau projet.

7

Gary poussa un sifflement incrédule en découvrant le coffre ouvert sur la table de la cuisine, et ses yeux las s'éclaircirent. Il avait pris le vol de nuit au départ de Seattle et Jack était allé l'accueillir à l'aéroport.

— Que je sois damné ! dit-il.

— C'est quelque chose, hein ? dit Jack.

Gloria tendit une tasse de café à Gary.

— Je dois avouer que lorsque Mark et vous nous avez raconté toutes ces histoires sur Kessler et compagnie, je n'y ai cru qu'à moitié. Mais avec tous ces trucs à la cave, et maintenant ça… eh bien, je suis bien obligée d'y croire.

— Vous avez une idée de ce que ça vaut ? demanda Phil.

Gary prit une pièce et l'examina. Des années de pluie l'avaient ternie, le coffre n'étant pas étanche, et personne n'avait touché à son contenu depuis qu'on l'avait transporté dans la maison, deux jours plus tôt. Gary alla laver la pièce dans l'évier et l'essuya avec une serviette en papier. Ses yeux s'écarquillèrent. Il saisit le rouleau d'essuie-tout et se mit à nettoyer avec frénésie plusieurs pièces prélevées au hasard, les posant sur la table au fur et à mesure.

— Ce n'est pas possible, dit-il.

— Quoi donc ? dit Phil.

— La plupart de ces pièces me sont inconnues, mais j'en reconnais quelques-unes. Un numismate serait prêt à vous offrir mille dollars pour celle-ci, dit-il en désignant une pièce minuscule reposant au creux d'une serviette.

— Vraiment ? dit Phil, que plus rien ne pouvait désormais surprendre.

— C'est une pièce de cinq dollars en or, et je sais que c'est une pièce de collection parce que j'avais fait un exposé là-dessus au lycée. J'en ai vu quelques-unes dans des livres. À moins que je me trompe, dit-il en prenant une large pièce, ceci est un mark impérial autrichien datant du XIXe siècle. Et voici un réal espagnol du XVIIe siècle. Et ce petit bout de métal est une pièce de huit escudos venant de… (il examina les lettres minuscules)… du Pérou, période coloniale espagnole. Rien que ces quelques pièces valent au moins dix mille dollars, Phil, dit-il en secouant la tête.

Comme soudainement épuisé, il prit une chaise et s'assit. Il désigna une pièce presque polie par les ans.

— Je crois que celle-ci date des Romains.

— Elles ont donc toutes de la valeur ? demanda Gloria.

— À mon avis, il ne doit pas y avoir une pièce sur cinquante, dans ce coffre, qui vaille moins que son poids en or. Certaines, comme cette pièce romaine, valent peut-être cent fois leur poids en or.

Tous perçurent soudain ce qu'impliquaient les paroles de Gary. Phil en resta bouche bée.

— Mon Dieu, dit-il. Ça veut dire que ce coffre vaut…

— Peut-être un million de dollars, acheva Gary.

— Qu'allons-nous faire ? demanda Gloria.

— Je pense que vous devriez rappeler votre avocat, dit Gary en se relevant. Quant à moi, je vais rentrer chez moi et dormir un peu. Il faut que je téléphone à Seattle pour donner quelques instructions aux types à qui j'ai confié des photocopies afin qu'ils les traduisent. Je suis parti un peu vite. (Son visage recru de fatigue fut éclairé par un petit sourire.) Et peut-être Mark va-t-il rappeler un de ces jours, ajouta-t-il doucement. Ce n'est pas que je sois inquiet, mais… enfin, j'aimerais bien savoir ce qu'il fabrique en Europe.

— Moi aussi, dit Gabbie, qui s'était assise près de l'évier. Qu'est-ce que vous avez tiré de ces documents, au fait ?

Gary haussa les épaules. Il semblait peser le pour et le contre de ce qu'il allait dire.

— Pas grand-chose de sensé, dit-il finalement. Mais les pièces du puzzle commencent à s'assembler. Pour autant que je puisse en juger, Mark avait raison quand il parlait d'une société secrète.

Il parut sur le point d'ajouter quelque chose mais se ravisa. Gloria remarqua son hésitation.

— Oui ? fit-elle.

— Oh ! rien, répondit Gary. Je suis un peu fatigué, c'est tout.

— Non, vous alliez dire autre chose, insista Gloria. Quoi donc ?

Gary poussa un soupir.

— D'accord. Supposez que Kessler ait été en rapport avec une organisation quelconque. Ils pourraient être au courant de l'existence de cet or. Et… enfin, peut-être n'apprécieraient-ils pas que quelqu'un l'ait déterré.

Le visage de Gloria devint blanc comme un linge et elle jeta à Phil un regard qui lui fit comprendre que les paroles de Gary réfutaient ses déclarations rassurantes.

— Peut-être devrions-nous n'en parler à personne ? dit-elle.

— C'est décidé, dit Phil. J'appelle la police. Je vais leur demander de prendre ce coffre en charge. Puis j'en parlerai au journal local et je veillerai à ce que Malcolm Bishop écrive bien que l'or n'est plus chez nous. Si quelqu'un en a après ce trésor, il n'aura qu'à s'attaquer au poste de police.

— N'allez pas si vite, Phil, dit Gary. Je veux dire, ajouta-t-il en voyant l'air surpris de Phil, c'est une bonne idée. (Il semblait se forcer pour adopter un ton enjoué.) Vous savez, j'ai renoncé à assister à un match amical entre les SuperSonics et les Lakers pour venir voir ça. Mais ça en valait la peine. (Il eut un pauvre sourire.) De toute façon, je devais bientôt rentrer. Il faut que je parte pour le Canada – demain matin, sans doute – afin de faire quelques recherches que Mark m'avait demandé d'effectuer après mon séjour à Seattle. Pas de repos pour les félons, donc. (Il observa une pause, et son sourire disparut.) Écoutez, ce que je voulais dire, c'est que vous auriez peut-être tort de parler de ça à quiconque, même à la police. Demandez à votre avocat. Peut-être devriez-vous le rappeler ? Est-ce que quelqu'un peut me ramener chez moi ? conclut-il.

— Bien sûr, dit Phil en se levant. Je vais chercher mon manteau.

Une fois hors de la maison, Phil demanda au jeune homme :

— Il y a quelque chose qui vous tracasse. Qu'est-ce que c'est ?

Gary ouvrit la portière et se glissa dans la voiture pendant que Phil se mettait au volant. Il garda le silence un long moment, réfléchissant à ce qu'il allait dire. Il avait toujours du mal à accepter ce que Mark et lui avaient découvert un mois auparavant. Il y avait là-dedans tant de choses complètement fantastiques, étrangères à toute expérience de la normalité, que lui-même parvenait à peine à y croire. Et l'absence prolongée de Mark l'effrayait. Il décida d'attendre encore quelque temps avant de partager plus d'informations qu'il n'était nécessaire. Si, à son retour du Canada, Mark n'était pas revenu, peut-être dirait-il alors à Phil tout ce qu'il savait.

Gary leva les yeux et vit que Phil l'étudiait attentivement.

—Je ne voulais rien dire devant Gloria, dit-il. Elle semble un peu… nerveuse ces jours-ci.

—Eh bien, ces trucs dans la cave, et puis cet or… tout ceci nous fait entrevoir des suites peu rassurantes.

Gary pensa à la cassette que Mark avait enregistrée dans la forêt, cette fameuse nuit, et se demanda l'espace d'un instant s'il ne se sentirait pas plus à l'aise après avoir confié ce qu'il savait à quelqu'un. Il décida néanmoins de s'en tenir à sa première résolution et d'attendre d'être rentré du Canada.

—Je ne vais pas prétendre le contraire, dit-il.

Il laissa quelques instants s'écouler jusqu'à ce que Phil fasse démarrer la voiture et passe en prise.

Tandis qu'ils prenaient l'allée pour se diriger vers la route, il garda les yeux braqués sur le lointain.

—Je n'avais pas l'intention d'inquiéter Gloria, dit-il finalement.

Phil répondit par un grognement indistinct.

Gary pensa aux cavaliers qui avaient failli piétiner Mark et au mystérieux adolescent qui l'avait sauvé, puis à la blessure de Jack, dont Mark prétendait qu'elle avait été causée par un dard d'elfe. Il y avait des possibilités qui troublaient profondément le jeune homme. Il resta silencieux jusqu'à ce que Phil s'arrête devant la maison que Mark et lui avaient louée.

— Eh bien, dit-il, demain, je pars pour le Grand Nord. Si je trouve quoi que ce soit qui ait rapport avec l'or, je vous appelle. Sinon, je vous parlerai à mon retour.

Phil lui souhaita bon voyage. Sur le chemin du retour, il ne put se défaire du pressentiment que la découverte de l'or de Kessler allait se révéler plus néfaste que bénéfique.

8

Gabbie était assise à la table de la cuisine et tentait de mettre un semblant d'ordre dans le monceau de pièces. À côté d'elle se trouvaient deux livres sur la numismatique qu'elle avait empruntés à la bibliothèque et qu'elle consultait constamment. La plus haute pile était formée de pièces allemandes, mais elle avait trouvé des pièces en provenance de bien d'autres pays. Elle avait repéré une abondance de pièces anglaises, françaises et espagnoles des XVIIe, XVIIIe et XIXe siècles, mais d'autres étaient bien plus anciennes. Gabbie en tendit une vers Jack :

— Celle-ci est grecque, je crois.

— Regarde cette couleur, dit-il en la prenant. Elle est pleine d'impuretés, et presque rouge par endroits.

— C'est du cuivre, dit Gloria depuis l'évier. C'est comme ça qu'on fabrique l'or rouge.

— Elle est vraiment vieille, dit Gabbie. Et celles-ci ont l'air romaines.

Jack s'assit à côté de Gabbie.

— Quelqu'un a mis un sacré bout de temps pour amasser ce trésor.

Phil entra dans la cuisine. Il venait de ramener Gary chez lui et il était arrivé juste à temps pour répondre au téléphone.

— Darren vient d'appeler. Il saute dans un avion.

— Vraiment ? dit Gloria. Ça doit lui sembler bigrement important pour qu'il quitte Los Angeles.

— Assez important pour qu'il nous ordonne de n'en parler à personne. Il arrive à Buffalo ce soir. Un notaire le retrouvera demain matin à son hôtel. Ils seront ici vers 10 heures. Il dit qu'il veut des déclarations sous serment de chacun de nous. Selon lui, la meilleure chose à faire est de refiler tout le paquet au fisc et ensuite d'attendre. Si personne d'autre n'a de droits sur cet or, et il a les moyens de s'en assurer, alors nous en hériterons. On aura des taxes à payer, mais avec les nouvelles lois fiscales nous toucherons quand même plus de la moitié de la valeur globale. Si nous agissons autrement, les fédéraux risquent de nous confisquer le trésor et de nous obliger à aller en justice pour le récupérer, ce qui pourrait prendre des années.

— La moitié ? dit Jack. Ça représente quand même une petite fortune.

— Est-ce qu'on appelle nous-mêmes le fisc, ou bien est-ce qu'il s'en chargera ?

— Il a dit : « Ne faites rien, R-I-E-N », dit Phil.

— Papa, dit Gabbie, certaines de ces pièces sont très rares. Il y en a deux ou trois qui, selon ce livre, valent vingt mille ou vingt-cinq mille dollars l'unité. (Elle sourit.) Maintenant, je sais ce qu'ont ressenti les types qui ont trouvé la tombe de Toutankhamon.

— Oui, la malédiction, dit Gloria. Je plaisantais, les amis, ajouta-t-elle lorsque les autres la regardèrent d'un air surpris.

Elle regarda par la fenêtre la pluie qui tombait toujours, et se demanda pourquoi elle se sentait aussi vide. Elle ne parvenait pas à partager l'émerveillement de sa famille devant le trésor qu'ils avaient découvert. Quelque chose bougea dans les bois, aussi brièvement qu'un éclair, puis disparut. L'espace d'un instant, elle sentit un frisson glacé la parcourir : « Il y a quelqu'un qui marche sur ma tombe », aurait dit sa mère. Puis cette impression s'évanouit, laissant derrière elle un sinistre mélange de terreur et de résignation. Il allait se passer quelque chose et elle était impuissante à le prévenir. Personne n'aurait pu prévenir quoi que ce soit.

Parmi les arbres, sous le manteau de pluie et de vent, ils avançaient. La grande créature aux yeux déments, qui ouvrait la marche, était tout près de la lisière de la forêt. Elle regarda la maison humaine, pleine de métal et d'électricité, et réfléchit.

— Bientôt, dit-elle à ses compagnons, ils emporteront le magot loin de cette terre, pensant le mettre en sécurité. (Avec un sourire pareil au rictus d'une tête de mort, elle se tourna vers sa suite.) Alors, nous serons de nouveau libres de courir de par le monde.

Le ciel cracha un éclair et tonna en signe de contrariété, et la clairière fut brusquement vide, ceux qui s'étaient assemblés ici à peine un instant plus tôt s'étant évanouis. Ils s'enfuirent dans la forêt, disparaissant à la vue aussi vite que les gouttes de pluie qui tombaient dans les flaques sur le sol boueux.

9

Durant trois jours, la maison des Hastings fut transformée en camp retranché. Darren Cross, l'avocat de la famille, jeta un seul coup d'œil à l'or et appela aussitôt une agence de sécurité. Deux hommes sombres, larges d'épaules et impressionnants, débarquèrent pour s'assurer qu'il ne se produirait aucune surprise désagréable. Le premier faisait constamment la ronde autour de la maison et de la grange tandis que le second restait en faction dans un coin de la cuisine et observait les événements. À 15 heures, ils furent relayés par deux hommes également sombres, larges d'épaules et impressionnants, qui furent relayés à leur tour à 23 heures par un troisième duo, qui resta sur les lieux jusqu'à 7 heures le lendemain, heure du retour des deux premiers. Les six hommes étaient polis mais taciturnes et refusaient de converser avec qui que ce soit. Sean était persuadé qu'ils appartenaient à la CIA.

Darren Cross reçut les dépositions de toute la famille, y compris des jumeaux, puis prit congé du notaire en lui accordant un bonus important pour s'assurer de son silence. Il appela ensuite un expert afin de se faire une idée aussi juste que possible de la valeur du trésor et d'en dresser l'inventaire. Le numismate faillit s'évanouir en découvrant le contenu du coffre. Après l'avoir examiné pendant une heure, il insista pour qu'on fasse appel aux services d'un de ses collègues, affirmant que certaines des pièces étaient des antiquités et ne relevaient pas de sa compétence. Darren accepta, mais seulement après s'être assuré que cela ne compromettrait pas leur sécurité, ce qui retarda encore la procédure d'expertise.

Darren insista pour que les deux spécialistes couchent dans la chambre des jumeaux afin de réduire les risques de fuite, et les jumeaux dormirent dans la chambre de leur sœur, qui logeait chez Aggie avec Jack. À présent, les deux hommes avaient fini l'inventaire et, après de longues discussions, s'étaient mis d'accord sur la valeur de l'ensemble.

Cross, un homme gras et presque chauve dont l'originalité vestimentaire se limitait aux costumes trois-pièces en fil-à-fil gris anthracite, était assis dans la salle de séjour, Phil à ses côtés. Gloria s'était installée sur le bras du canapé. Nelson Toomes, le premier numismate qu'ils avaient consulté, et Murray Parenson, l'antiquaire, avaient pris place dans des fauteuils de l'autre côté de la petite table.

Darren examina plusieurs feuillets sur lesquels le trésor était évalué.

— Apparemment, dit-il finalement, cette trouvaille est d'importance majeure, à ce que je vois.

— Très certainement, dit Parenson, un homme mince affligé d'un éternel rictus. Certaines des pièces que Mr. Hastings a en sa possession étaient peut-être inconnues jusqu'à ce jour. Il y en a seize qui sont uniques au monde. Pour cette raison, il est difficile de déterminer leur valeur – nous ne la connaîtrons qu'après avoir effectué une vente aux enchères. Mais, excepté ces quelques cas particuliers, la plupart de ces pièces ont une valeur historique évidente. Cette valeur va du trivial à l'essentiel, mais, dans l'ensemble, il y a moins d'une dizaine de pièces qui valent moins que leur poids en or. Il s'agit des plus répandues parmi les pièces américaines et britanniques frappées au début de ce siècle.

— Ces dernières n'ont peut-être aucune valeur historique, l'interrompit Toomes, mais elles auront une valeur pour les collectionneurs.

— Ça veut dire quoi, en fin de compte ? demanda Phil.

— En fin de compte, ça veut dire que vous êtes un homme très riche, dit Cross. Jusqu'ici, vous étiez seulement aisé. À présent, vous pouvez prendre votre retraite si vous en avez envie.

— Riche à quel point ? demanda Gloria.

— Il nous faudra en discuter avec le Trésor public. Ils considéreront qu'il s'agit d'argent trouvé, un peu comme des gains au jeu. Ils surveilleront également de très près les résultats des ventes. Et le marché risque de fluctuer légèrement.

L'avocat se tourna vers Toomes.

— Très légèrement, répondit celui-ci. Il n'y a pas assez d'exemplaires d'une même pièce – même année et même frappe – pour modifier sa valeur de façon significative.

— Nous accepterons donc ces chiffres pour l'instant.

Cross tendit un feuillet à Phil et lui indiqua le montant qui figurait en bas.

Phil lut, cligna des yeux, et lut de nouveau.

— Deux millions de dollars ? dit-il à voix basse.

— Et des brouettes, dit Cross en remontant ses lunettes sur son nez. C'est-à-dire environ trois cent mille dollars. Net d'impôts, cela reviendra à un million quatre cent mille dollars. Mais nous pouvons agir autrement, former une corporation à votre nom et mettre en place une rente exonérée d'impôts. Mais vous en donnerez quand même un quart à l'Oncle Sam.

— Comment allons-nous faire ? demanda Phil.

Ce fut Toomes qui lui répondit.

— Il y a dans le pays plusieurs firmes qui peuvent acquérir jusqu'à un million de dollars en pièces sur-le-champ. En formant un cartel avec quatre ou cinq d'entre elles, nous pourrions vous acheter tout l'ensemble pour un prix de gros. L'alternative serait de vendre les pièces en votre nom, moyennant une commission. Vous réaliseriez un léger bénéfice, mais cela risquerait de prendre beaucoup plus de temps, peut-être un an avant que vous ayez vendu la dernière pièce.

— Darren ? dit Gloria.

— Vendez en gros, Gloria. Vous ne perdrez pas plus de dix pour cent en agissant vite, et vous les regagnerez grâce à des investissements avisés pendant la période qu'il vous aurait fallu pour vendre au détail. De plus, vous en serez débarrassés et vous ne risquerez pas d'ennuis.

— Vous pouvez faire ça ? demanda Phil à Toomes.

— J'aurai besoin de votre permission pour faire circuler des copies de l'inventaire que nous avons dressé, mais nous n'aurons aucun problème pour mettre en place un cartel. Nous devrions nous mettre d'accord sur un prix en moins de huit jours afin de pouvoir vous faire une offre.

— Il n'est pas question d'offre, dit Cross. Vous avez l'inventaire. Nous vous accordons une remise de vingt pour cent à condition que le paiement soit fait cash. Pour simplifier les choses, considérons que la valeur globale est de deux millions trois cent mille dollars. Nous tiendrons compte des fluctuations du marché sur une période de quatre-vingt-dix jours – le délai durant lequel la police insistera pour que l'or soit placé sous séquestre au cas où quelqu'un le revendiquerait. Si rien de tel ne se produit, le quatre-vingt-onzième jour venu, envoyez à mon client un chèque d'un million huit cent quarante mille dollars et vous pourrez dépêcher un camion blindé pour prendre livraison de votre or. Sinon, nous vous payons votre salaire d'experts et nous contactons vos concurrents afin de voir qui d'autre est prêt à former un cartel. Messieurs, je vous assure que plus le temps passera et plus le prix définitif sera élevé. Vous savez parfaitement que, si nous effectuons une vente aux enchères, le prix que nous en retirerons sera d'au moins trente pour cent plus élevé que le prix que nous sommes prêts à accepter aujourd'hui. Mais vous devez dire oui tout de suite.

Toomes n'avait guère l'air content, mais il dit :

— Je pense que vos conditions sont acceptables.

Cross eut un petit sourire pincé.

— Y a-t-il autre chose, messieurs ?

— Il y a la question des pièces uniques que j'ai mentionnées, dit Parenson. Puis-je me permettre de vous conseiller de ne pas les vendre ? En en faisant don à un musée, vous pourrez en retirer certains avantages fiscaux, et elles seront à la disposition du public plutôt que de se retrouver au fond du coffre d'un quelconque collectionneur.

Toomes semblait sur le point de protester, mais Cross ne lui laissa pas le temps de parler.

— Je vois qu'aucune valeur n'a été attribuée à ces pièces en raison de leur caractère unique. Il me semble donc que nous avons parlé de la valeur globale de l'ensemble, moins, euh… seize pièces. (Toomes était à présent visiblement irrité.) Nous vous ferons savoir notre décision, messieurs, dit Cross. Si nous choisissons de vendre ces pièces, Mr. Toomes, nous demanderons à ce que le prix soit revu. Sinon, nous tiendrons compte de votre suggestion, Mr. Parenson. Maintenant, je vous remercie de vos bons offices, messieurs, et je vais faire venir une voiture pour vous reconduire à l'aéroport. (Il consulta sa montre.) Vous devez être partis dans dix minutes si vous ne voulez pas manquer votre avion.

Ils prirent congé, et Cross dit à Phil :

— Je repars ce soir. J'ai laissé trop de travail en plan dans mon cabinet pendant qu'on jouait à la chasse au trésor. Je pense que les choses se présentent bien.

— Je ne sais pas comment vous remercier, Darren, dit Phil.

— Vous n'avez pas besoin de me remercier. Vous allez payer les études universitaires de mon petit-fils. Et je pense qu'il ira à Harvard. (Phil éclata de rire.) À présent, je vais faire mes bagages pendant que vous appelez la police. Ils vont vouloir envoyer une de leurs voitures, insistez pour que nous leur apportions l'or nous-mêmes. Ils enverront une voiture pour nous escorter et nous ferons un compromis. Nous leur fournirons un inventaire et ils voudront que leurs experts le passent au crible, ce qui devrait se révéler amusant. Puis nous aurons un dîner d'adieu et je retournerai en Californie. Ces nuits humides ne sont pas bonnes pour mon arthrite.

Sans autre commentaire, il monta à l'étage faire ses valises.

— Je suis contente que ce soit fini, dit Gloria.

— Tu as été bien silencieuse toute la semaine, ma chérie. Des ennuis ?

— Ça fait quinze jours qu'on se croirait dans *Alice au pays des merveilles* ici. Et je suis inquiète au sujet de Mark. Il est absent depuis plus longtemps que Gary ne l'avait prévu. Il ne dit rien, mais je sais qu'il est inquiet, lui aussi. J'ai peur qu'il lui soit arrivé quelque chose. Et je m'inquiète encore de ce que Gary nous a dit.

Phil prit sa femme dans ses bras.

— Tout va s'arranger. Maintenant qu'on a réglé cette histoire de trésor, les choses vont revenir à la normale. Des enfants qui braillent, un toit qui fuit, un mariage le printemps prochain – la routine, quoi.

Elle sourit et se serra contre lui.

— J'espère que tu as raison. Oh, les jumeaux veulent aller à la soirée que leur école organise pour Halloween. Ils ont besoin de notre permission signée.

— Pas de problème. (Il réfléchit durant quelques instants.) Halloween, c'est dans cinq jours, n'est-ce pas ? On ferait mieux de faire provision de bonbons.

— Pas la peine. Les enfants ne sortent pas. Il y a eu des problèmes avec des bonbons avariés il y a quelques années de ça, maintenant ils se réunissent à l'école – à l'école primaire pour les plus petits et au lycée pour les plus grands. On n'aura besoin que de les amener et d'aller les rechercher.

— Voilà qui simplifie les choses, dit Phil.

Gloria sentit un nouveau frisson de prémonition, de la même nature que ceux qui l'avaient troublée depuis la découverte de l'or. L'écartant d'un haussement d'épaules, elle dit :

— Eh bien, il faut quand même continuer à manger. On prépare le déjeuner ?

— Je croyais que tu n'en parlerais jamais, dit-il en souriant.

Phil passa un bras autour de la taille de sa femme et l'accompagna jusqu'à la cuisine.

10

Le moteur de la voiture de police ronflait, légèrement déréglé. Les deux officiers, détendus mais vigilants, observaient Phil et Jack en train de soulever le coffre de bois et de le placer à l'arrière de la voiture de Phil. Quelques instants plus tard, Phil et Darren montèrent dans le véhicule, qui descendit à faible allure l'allée conduisant à la route. Gloria le regarda s'éloigner puis retourna à la maison, refermant la porte derrière elle.

Dans la forêt, une autre paire d'yeux observait les voitures avancer le long de l'étroite allée vers les limites de la propriété. La voiture de Phil s'arrêta pendant que d'autres véhicules défilaient sur la route. Lorsque la voie fut libre, elle s'inséra dans la circulation et prit de la vitesse, suivie de près par la voiture de police.

— Le Pacte est rompu ! murmura celui qui avait observé la scène à l'abri des arbres, une note de satisfaction et de menace dans la voix.

Luisant et virevoltant, il s'évanouit. Son compagnon, suspendu à une branche nue, regarda avec des yeux brillants les voitures qui disparaissaient derrière la colline. La Chose noire ne comprenait pas tous les agissements de son maître, car ce n'était qu'une créature simple, dont l'intelligence avait été émoussée au fil des ans par la douleur et la perversion. Mais elle savait que son maître était heureux, et cela était bon. Cela était très bon. Peut-être son maître allait-il la laisser disposer du chien, ou de la fille, ou, mieux encore, des deux garçons. Avec un léger soupir, et caressant d'étranges visions de meurtre dans son cœur perverti, la Chose noire rampa le long du tronc d'arbre, et disparut dans les frondaisons couleur de rouille.

Le Fou

11

Les jumeaux ne parvenaient pas à s'endormir. Le vent qui soufflait au-dehors provoquait d'étranges sons. Le temps s'était subitement rafraîchi, d'une façon qui leur était peu familière. Le vent vif et méchant dérobait la chaleur de leurs corps malgré les blousons fourrés achetés chez Sears, au centre commercial. Il semblait s'être levé durant l'après-midi, aussitôt après que leur père eut emporté l'or. Et il paraissait pourvu d'une certaine qualité électrique, émettant un bourdonnement ténu lorsqu'il agitait les branchages de l'arbre qui se trouvait près de leur fenêtre. Sean avait l'impression que le vent retenait son souffle, dans l'attente d'un événement terrible qui était à présent imminent. Blotti sur la couchette supérieure, il caressa distraitement la pierre-à-fées que Barney lui avait donnée, réconforté par sa présence. Chassant son inquiétude, il appela son frère à voix basse.

— Qu'est-ce qu'il y a ? répondit Patrick d'une voix ensommeillée.

— Qu'est-ce que tu vas mettre ?

Patrick savait que Sean parlait du bal costumé de Halloween, qui devait se tenir le samedi suivant. Pendant la période agitée qui avait suivi la découverte de l'or, personne n'avait parlé aux jumeaux de leurs costumes. Puis maman s'en était soudain souvenue. Ils devaient se décider au petit déjeuner, et ne plus changer d'avis par la suite, même si l'idée de l'un paraissait plus séduisante à l'autre. Il y eut une pause de quelques instants, puis Patrick répondit :

— Je ne sais pas. Et toi ?

— Je serai en pirate. Le capitaine Billy Kidd, dit Sean.

Patrick éclata de rire.

— Crétin ! dit-il. C'est le capitaine Kidd. Billy le Kid était un hors-la-loi.

Sean s'abîma dans la contemplation du plafond, légèrement embarrassé.

— Enfin, tu vois ce que je veux dire. Et toi, qu'est-ce que tu vas mettre ?

— Je ne sais pas, répondit Patrick d'une voix quelque peu irritée. J'étais en train de rêver quand tu m'as réveillé.

— Tu ne dormais pas, répondit Sean, refusant à son frère le droit de le blâmer.

— Si, insista Patrick, mais au lieu de poursuivre la dispute, il dit : Dans mon rêve, j'ai vu… j'ai vu un type avec un superbe costume de chevalier. Avec une armure, des épées et un cheval. Peut-être que j'irai en chevalier.

— Dans ton rêve ? demanda Sean.

— Oui, un rêve qui faisait un peu peur. Mais le costume de chevalier était chouette. Il avait des cornes sur la tête, tu sais, comme des bois de cerf. Et il montait un chouette cheval. Et il brillait.

Sean resta muet. Il était bien éveillé pendant que son frère rêvait en s'assoupissant. Mais lui aussi avait vu ce chevalier en imagination, malgré tous ses efforts pour chasser l'invasion mentale. Il avait observé cette silhouette qui avançait au milieu des ténèbres, devenant plus distincte à chaque minute. Mais Patrick se trompait au sujet de ce rêve, ou plutôt de cette vision. Elle n'avait pas fait un peu peur à Sean. Elle l'avait terrifié. Sean poussa un soupir presque audible. Patrick était souvent amusé par ce qui terrifiait son frère jumeau. Sean, plus timide, s'efforçait de dissimuler sa terreur à Patrick, car c'était là le seul domaine où il se sentait en état d'infériorité par rapport à lui. Peut-être était-il plus sensible que son frère, mais, comme tous les enfants du monde, il estimait nécessaire de ne pas le laisser paraître auprès de ses pairs. Il n'y a rien de pire que de se faire traiter de « fillette » par ses camarades de classe.

Les jumeaux mirent fin à leur conversation. Sean se retrouva bientôt dans un état semi-onirique, bercé par le souffle régulier de son frère endormi. Mais chaque fois que le sommeil menaçait de l'engloutir, un changement dans le vent, un bruit étrange – la maison en train de craquer, peut-être –, quelque chose l'éveillait brusquement. Cela dura fort longtemps. Sean se força à fermer les yeux et resta ainsi un long moment, tâchant de s'endormir mais ne réussissant au mieux qu'à somnoler. Le vent qui sifflait au-dehors annonçait la venue de quelque chose, de plus en plus proche à présent. Sean s'agita dans son lit, incapable de se calmer, car une certitude croissait en lui à chaque minute. Quelque chose *approchait.*

Les yeux de Sean s'ouvrirent brusquement et son cœur bondit lorsqu'il sentit l'arrivée imminente d'une force terrible. Puis un hoquet de peur le convulsa, et il eut conscience de l'étendue du danger. Ça n'approchait pas ! *C'était déjà là !*

Il ressentit la même terreur que lorsque la Chose noire s'était introduite dans leur chambre, mais décuplée. Sean était figé dans son lit, redoutant de regarder, à peine capable de respirer. Il y eut un bruit étrange dans le coin de la pièce, un mouvement, une masse qui se tassait contre le mur, un bruit auquel se mêlait l'écho d'une mélodie inconnue et terrifiante. Puis une odeur de fleurs et d'épices atteignit les narines de Sean. Inspirant vivement une gorgée d'air, il rabattit les couvertures sur son visage, puis risqua un œil au-dehors pour regarder de l'autre côté de la chambre.

Quelqu'un se tenait dans le coin.

Il était immobile, dissimulé par la pénombre, mais les contours de sa silhouette étaient perceptibles. Puis il se déplaça légèrement. Une faible lueur argentée, pareille au reflet de la lune sur l'océan, jouait sur son corps, comme si ses mouvements avaient été source d'énergie. Dès que Sean l'eut aperçue, cette luminosité ténue disparut et la silhouette se confondit avec les ombres, immobile, silencieuse, invisible, mais néanmoins présente.

Sean *sentait* cette présence. Une terreur glacée l'étreignait. Il lutta pour obliger ses poumons à inhaler, afin de pouvoir crier, mais il était incapable d'émettre le moindre son. Il lui était impossible de bouger. Le temps cessa de s'écouler et il fut pris au piège dans un espace infini hors de toute mesure, pétrifié à l'idée que quelque chose attendait de l'autre côté de la pièce, une chose immobile, silencieuse, invisible, mais dont il percevait la présence grâce à une aura si glacée qu'elle lui figeait le cœur. Et cette présence ne se trouvait qu'à trois pas de lui. Les dents de Sean se mirent à claquer et ses mains tremblèrent lorsqu'il ramena la couverture sous son menton. Puis, avec un bruit qui n'était guère plus qu'un soupir étranglé, la chose dans le coin s'avança vers lui.

Sean ne distinguait aucun détail de sa silhouette. Il ne voyait que la faible lueur bleutée qui dansait le long de son corps, comme si on avait recouvert un mannequin noir d'une substance légèrement phosphorescente. Cette silhouette était celle d'un homme grand et élancé, qui se déplaçait avec la grâce contrôlée d'un danseur et dont les muscles étaient aussi lisses que des eaux tranquilles. Des ténèbres d'encre et une aura bleutée obscurcissaient la couleur de ses yeux et de ses cheveux, le teint de sa peau et les traits de son visage. Tout ceci n'avait aucune importance aux yeux de Sean. Il ne savait qu'une chose : cet homme était venu ici pour s'emparer d'eux.

Et cet homme sombre aux éclats bleutés était incomparablement plus maléfique que la Chose noire.

L'homme sombre s'avança jusqu'au centre de la pièce, son visage restant à la limite du visible. La forme de sa tête était longiligne, son menton paraissait trop étroit, mais on ne percevait aucun détail de ses yeux ni de ses lèvres, de ses cheveux ni de son front. Il eut un rire qui n'était qu'un écho lointain et vide, surgi du fond des âges. Sean se tint immobile, les couvertures relevées sur le visage, et son estomac se noua lorsqu'il l'entendit rire. Il suivit les mouvements de l'homme sombre qui se dirigeait vers la porte près de laquelle se trouvaient les lits superposés, l'épiant jusqu'à ce qu'il soit sorti de son champ de vision. Du coin de l'œil, Sean aperçut fugitivement un visage. Il tourna la tête pour mieux le voir et tous les détails qu'il avait entrevus s'évanouirent, comme s'il était impossible de distinguer l'homme sombre quand on le regardait de face. Sean se redressa, terrifié à l'idée que l'autre ait pu repérer son mouvement mais incapable de demeurer immobile. Il n'aperçut néanmoins que l'esquisse d'une silhouette dans la chambre. En silence, apeuré, Sean détourna les yeux. L'espace d'un instant, le visage de l'homme réapparut. Sean essaya de tourner la tête, comme si la silhouette spectrale et faiblement lumineuse allait disparaître dès qu'il aurait cessé de la regarder, mais cela lui fut impossible. Ses yeux étaient pris au piège d'une terrible fascination. Il était figé par la terreur, tremblait de tous ses membres, respirait par à-coups, claquait des dents. Il distingua brièvement les détails de ce masque confus lorsque l'homme sombre eut un sourire. Ses dents étaient parfaites et son sourire était celui d'un crâne, luminescent dans son visage de ténèbres. Et Sean lut dans ce rictus de squelette la folie et l'épouvante qui étaient venues s'emparer de son frère et de lui, puis les traits de ce visage dément disparurent de nouveau.

Avec un soupir silencieux, reprenant son souffle, Sean se plaqua contre le mur au milieu de son lit. Il essaya de fermer les yeux et de chasser cette vision par la force de sa volonté, mais n'y parvint pas. Il ne souhaitait qu'une chose : se rouler en boule et se cacher à l'abri dans un endroit chaud. Mais il lui était impossible de bouger. Quelque chose de totalement étranger à sa nature d'enfant le maintenait en son pouvoir. Il était figé par le désespoir.

L'homme sombre avança d'un pas, réduisant la distance qui le séparait des deux lits comme s'il avait voulu détailler les jumeaux. D'autres ombres se mouvaient à ses pieds, comme si des créatures plus petites l'avaient escorté. Sean força ses muscles rigides à bouger et tourna lentement la tête, plaquant sa joue contre le mur, regardant l'homme terrifiant du coin de l'œil.

— Patrick, murmura-t-il.

Il n'avait réussi à émettre qu'un faible croassement. Et l'homme fut soudain à côté des lits superposés.

Doucement, d'une voix pareille à un millier de murmures, il parla.

— Deux.

Une chaude brise d'été avait prononcé un mot, et ce mot était désespoir.

Sean eut l'impression qu'une main plongeait au cœur de son être et le saisissait dans une étreinte atroce pour ne plus jamais le lâcher. Puis il y eut un petit ricanement dément et les yeux de Sean s'inondèrent de larmes de terreur. Son estomac se noua de nouveau comme s'il était sur le point de vomir, et il déglutit péniblement, refoulant le goût amer qui lui montait à la gorge. Il ne souhaitait qu'une chose : pouvoir crier pour appeler papa et maman à l'aide, mais aucun son ne venait à ses lèvres. Le cri était prisonnier à l'intérieur de lui-même et luttait pour s'échapper. Il lui était impossible de détacher ses yeux de la silhouette qui se trouvait à son chevet. Vu de près, l'homme sombre brillait, entouré d'une faible aura de lumière argentée, parsemée d'éclairs bleutés, les traits encore invisibles. Mais Sean percevait à présent l'ombre d'un regard dans ce visage.

L'homme sombre se pencha, sortant quelques instants du champ de vision de Sean, et l'enfant sentit une lame glacée le frapper à la poitrine, comme si la main qui l'avait agrippé quelques instants plus tôt venait d'arracher à son cœur quelque chose d'infiniment précieux. Il sut que l'homme s'était emparé de Patrick! Sean sentit son cri se débattre contre la force qui le réprimait, impatient de sortir. Il déglutit, la gorge nouée par la peur, et réussit à avaler une gorgée d'air.

Puis l'homme sombre se redressa devant Sean, tenant dans ses bras Patrick endormi. Soudain, l'homme déplaça son fardeau pour libérer son bras droit, et sa main s'avança en sinuant vers Sean.

Dans un murmure rauque qui était à peine plus qu'un croassement sec, Sean appela:

— Maman.

Un écho moqueur dansa en murmurant autour de la chambre, criant: « Maman, maman, maman », de plus en plus faiblement.

La main légèrement luminescente hésita et l'homme sombre la retira. D'une voix dure et chuchotante, il prononça un seul mot:

— Talisman.

Sean agrippa la pierre-à-fées, secouant la tête en répétant son cri quasiment inaudible:

— Maman.

L'écho moqueur résonna de nouveau, répétant tout doucement son appel.

L'homme sombre parla, d'une voix spectrale pareille à une multitude de flûtes de Pan éveillées par le vent:

— Ôte-le.

Sean se déplaça soudain, sa peau picotant d'une fièvre étrangère, comme si cette terreur sombre avait été source de chaleur. Il recula à croupetons jusqu'à la tête du lit, essayant de s'éloigner le plus possible de la silhouette noire et lumineuse. Il se tapit dans le coin du mur, se faisant aussi petit que possible, ses pieds raclant les draps et les couvertures. Les larmes coulaient sur ses joues et ses yeux étaient braqués sur l'intrus. Patrick était blotti comme un chaton dans les bras de l'homme et ses yeux étaient sans expression, sa bouche béante. Il paraissait dépourvu de toute couleur, sa peau n'était qu'un camaïeu de gris.

— Le talisman !

La voix était aussi douce et calme qu'auparavant, mais plus ferme. Comme Sean restait immobile, l'homme sombre fit un geste en baissant les yeux.

Soudain, la Chose noire bondit depuis le plancher pour atterrir au pied du lit. Elle trottina vers Sean et s'arrêta près de lui. Ses grands yeux marron, dont la sclérotique était d'un jaune lumineux, étaient enchâssés dans un visage pareil à celui d'un singe pris de folie, et ses crocs de babouin semblèrent luire lorsqu'elle sourit à Sean. Son corps ressemblait à celui d'un nain, mais il y avait trop d'articulations dans ses membres trop longs, et sa peau avait la couleur du charbon, comme la peau d'une antique momie ou d'une chauve-souris. Il émanait d'elle une odeur de choses mortes depuis une éternité, et son souffle chaud et répugnant caressa le visage de Sean tandis qu'elle bavait en émettant des bruits de succion. Une main griffue se tendit vers Sean, puis hésita.

Soudain, une autre silhouette jaillit depuis la couchette inférieure, et le cœur de Sean fit un bond. Patrick était accroupi au pied de son lit. Puis Sean vit que ce n'était pas Patrick mais une caricature maléfique de lui-même !

Ce petit garçon lui était physiquement identique, mais il était nu et dodelinait de la tête d'étrange façon, un peu comme un singe, tandis qu'il le regardait. Le *doppelgänger* jouait distraitement avec son sexe en observant Sean, comme un singe dans un zoo. Ses lèvres étaient figées dans un sourire obscène lorsqu'il tendit une main pour toucher Sean. Comme la Chose noire, il la retira dès qu'elle s'approcha du talisman.

Les yeux de Sean étaient écarquillés, révélant le blanc autour de ses iris, et les larmes ruisselaient sur ses joues. Son nez coulait et sa bouche se tordait silencieusement. Les créatures semblaient lutter contre quelque chose lorsqu'elles s'approchaient de la pierre-à-fées accrochée à son cou. Une fois, deux fois, trois fois, chacune à son tour, elles tentèrent d'agripper le talisman, pour se figer alors que leur main parvenait à quelques centimètres de lui. Finalement, la Chose noire se tourna vers l'homme sombre et parla. Sa voix était l'immonde parodie d'une voix humaine, épaisse et traînante, déformant les mots, comme si sa langue avait été trop grande et sa bouche emplie de coton.

— Maître. Mal.

La bouche du faux Sean s'ouvrit en grand et il glapit, émettant un son dément et simiesque.

Les tremblements de Sean redoublèrent, comme si son corps avait été secoué par une crise d'épilepsie. Sa peau brûlait d'une fièvre empoisonnée. Des miasmes maléfiques déferlaient sur lui, emplissant ses narines, chassant l'air de ses poumons, l'étouffant, menaçant de le noyer dans un océan de panique. Ses mâchoires se convulsaient tant il luttait pour appeler au secours, mais il ne sortait de ses lèvres que des glapissements pitoyables, presque inaudibles tant le vent soufflait fort au-dehors.

Sean vit la Chose noire se tourner une nouvelle fois vers lui, et la main noire et griffue avança de nouveau, presque jusqu'à le toucher.

L'espace d'un instant de terreur, l'esprit de Sean tenta de s'envoler hors de son corps, et il sentit la force de sa volonté le soulever au-dessus de sa couche. Comme un ressort trop tendu, il se sentit à la limite de son endurance. Pareil à un animal captif se jetant sur les barreaux de sa cage, il chercha une issue et, n'en trouvant aucune, redoubla de furie. La Chose noire tendit de nouveau sa main vers lui, et la retira.

— Maman, murmura Sean.

Les accords étranglés d'un violon tourmenté tournèrent son cri en dérision lorsque la Chose noire sourit et répéta ses mots.

— Maman, maman, maman, chanta-t-elle.

Son souffle emplissait les narines de Sean d'une puanteur cadavérique, son visage était figé dans un rictus hilare, comme si ce mot l'avait amusée ou réjouie pour quelque raison inconnue. Le faux Sean remua les lèvres pour prononcer le mot que chantait la Chose noire, mais le son qu'il émit n'était qu'un grognement bestial.

Puis l'homme sombre se pencha vers Sean, jusqu'à ce que son visage ne soit qu'à quelques centimètres du sien. Il s'illumina soudain d'une lueur si intense que Sean en eut mal aux yeux. Et durant ce bref instant de brillance et d'éclat, Sean vit le visage de l'homme. Des yeux profondément enchâssés dans leurs orbites se rivèrent aux siens, et Sean sentit son esprit se tordre tandis qu'un gémissement sourd et douloureux s'échappait enfin de ses lèvres. Car dans ces yeux, Sean vit danser des éclairs, et son âme faillit être brûlée par ces orbites d'un bleu électrique. En cet instant, une beauté pure au point d'en être terrifiante fut révélée à l'enfant, une beauté qui n'était pas de ce monde et que l'esprit humain était incapable d'appréhender. Et Sean ne souhaita rien tant que de rendre les armes et partir avec cet homme, et cette pulsion inattendue fut accompagnée d'un désir si concret qu'il secoua son corps jusque dans son tréfonds. Car ce désir était un sentiment pour lequel il n'était pas prêt, qu'il ne pourrait connaître qu'après que son corps aurait grandi, qu'après que l'amour et la tendresse auraient laissé la place à la passion. Mais le désir le frappait à présent avec une chaleur bestiale, lui faisant éprouver une faim si intensément sexuelle que son corps d'enfant était incapable de l'interpréter. Sean sentit son pénis enfantin se raidir de façon inattendue, tandis que son corps était parcouru de frissons et que sa peau se couvrait de chair de poule. La transpiration sembla jaillir de son corps, inondant son pyjama. Il regarda son jumeau factice et découvrit une créature obscène accroupie à quelques mètres de lui, la langue dardée hors de sa bouche tandis qu'elle se caressait de façon immonde, reflet dans un miroir impur. Les yeux de ce jumeau maléfique étaient écarquillés comme ceux de Sean, mais son expression ne devait rien à la terreur et sur son visage se lisait un désir pervers et inhumain.

Le cœur de Sean battait à tout rompre et il ne put en supporter davantage. Ses entrailles se contractèrent et son érection minuscule disparut tandis que sa vessie se vidait. Son estomac eut un spasme, comme si on avait serré le nœud qu'il était devenu. Et dans cet instant de lumière aveuglante, alors que des désirs d'adulte secouaient son corps d'enfant, alors que les passions les plus belles se transformaient en appétits les plus noirs, Sean sut quelque chose. C'était un sentiment qu'il croyait avoir déjà éprouvé auparavant, lorsque la Chose noire avait pénétré dans leur chambre pour la première fois, ou lorsque Patrick avait été emporté par le torrent. Mais ces rencontres avec le Mal n'avaient été que des scènes de grisaille comparées avec cette ténèbre absolue. Ce sentiment était l'horreur. L'horreur qui s'était insinuée en lui et qui l'entourait à présent de toutes parts, comme solidifiée. Et elle se trouvait devant lui, incarnée dans cet être qu'il appellerait toujours par la suite l'Homme-Lumière. Cette prise de conscience déchaîna tout ce qui se trouvait comprimé en lui.

Sean hurla.

Au-delà de tout ce qu'il aurait cru possible, il hurla, un bruit à terrasser l'âme. Il hurla si fort qu'il lui sembla entendre la voix de sa mère avant que les échos de son hurlement aient fini de résonner jusqu'à l'escalier.

Le temps se figea pour Sean, et des dizaines d'images assaillirent simultanément ses sens. La lueur qui entourait l'Homme-Lumière disparut, et il fut de nouveau enveloppé dans un manteau de ténèbres aux liserés d'un bleu luminescent. Il bougea, et Sean aperçut son visage du coin de l'œil. L'espace d'un instant, Sean y vit une expression inhumaine de haine si maléfique et si démente que rien ne pourrait plus le terrifier après cette vision. Sean continua à hurler. La Chose noire recula pour s'éloigner de ce bruit, ne sachant pas ce qu'elle devait faire, tandis que le faux Sean tombait à la renverse en poussant un cri simiesque, atterrissant hors de vue au pied des lits superposés.

Sean voyait l'Homme-Lumière qui tenait Patrick dans ses bras comme s'il s'était agi d'un poupon. Son frère semblait pâle, dénué de toute couleur. Le hurlement de Sean retentissait toujours. Il entendait les voix de ses parents dans le couloir, qui les appelaient, lui et son frère, et la voix de Gabbie qui demandait ce qui se passait. Pas-de-Pot grimpait l'escalier quatre à quatre, menaçant de ses aboiements quiconque voudrait nuire à sa famille. Sean hurlait sans fin.

L'Homme-Lumière s'avança de nouveau vers lui, tendant la main, puis la retirant d'un geste vif, reconnaissant apparemment son incapacité à capturer l'enfant. Un soupir de résignation précéda un avertissement :

— Nous nous retrouverons, dit-il d'une voix lointaine.

Puis il eut un rire si glaçant qu'il couvrit le hurlement.

Sean était au désespoir.

L'Homme-Lumière battit en retraite jusqu'au coin de la chambre. La Chose noire et le faux Sean trottinèrent jusqu'aux pieds de leur maître. L'Homme-Lumière tenait Patrick au creux de son bras comme s'il n'avait rien pesé. L'aura qui l'enveloppait disparut tout à fait, et les ténèbres engloutirent les quatre silhouettes qui se tenaient dans le coin.

Puis la lumière s'alluma brutalement dans la chambre et Gloria apparut sur le seuil. Elle se figea l'espace d'un instant en apercevant les créatures sombres tapies dans un coin de la chambre, au pied d'un homme qui tenait dans ses bras un de ses fils. Ce n'étaient que des ombres, comme si la lumière de la pièce n'avait pas pu vaincre l'obscurité qui les entourait. Puis ces silhouettes disparurent. Gloria fit un pas puis s'immobilisa, clignant des yeux sous l'effet de la confusion, doutant du témoignage de ses sens. L'instant passa. Gloria secoua légèrement la tête, comme pour s'éclaircir la vue. Elle baissa les yeux vers Patrick, toujours couché dans son lit, puis s'approcha de Sean.

— Mon chéri ! dit-elle. Qu'est-ce qu'il y a ?

Sean tremblait et tressautait, incapable de se contrôler. Il avait souillé ses draps et son pantalon de pyjama. Ses yeux refusaient de se fixer sur quoi que ce soit. Sa bouche était grande ouverte, ses dents claquaient tandis qu'il continuait à pousser ce cri qui lui arrachait la gorge, la salive coulait sur son menton et son corps était trempé de sueur. Son souffle était aigri par la peur. Il ne pouvait produire qu'un seul son : *ce hurlement.*

Le hurlement devint réalité pour Sean. C'était quelque chose de tangible dans ce monde distordu par une folie insaisissable. Il pouvait se cacher dans ce hurlement, se dissimuler dans ses plis, et envelopper sa famille et la mettre à l'abri en son sein, dans une absolue sécurité. Sa gorge était à vif, et son corps était noué par la tension et la douleur, tandis que la peur s'insinuait sous sa peau comme un poison brûlant, mais le hurlement persistait, rassurant et réel. Il emplissait la chambre, l'entourant, lui et sa famille, d'une barrière tangible, aussi réelle que le bois, la pierre ou l'acier. Le hurlement était éternel, car Sean savait que, dès qu'il s'arrêterait, l'Homme-Lumière et ses compagnons reviendraient pour s'emparer de son père, de sa mère et de Gabbie.

Phil entra dans la chambre et vint à son chevet. Gabbie resta sur le seuil, épouvantée, tandis qu'il s'agenouillait près de la couchette inférieure. Gloria tendit une main pour toucher Sean, mais l'enfant s'écarta d'elle, comme s'il avait cherché à s'enfouir plus profondément dans le coin du mur.

— Sean ! Qu'y a-t-il, mon bébé ? (Sa voix se fit aiguë, comme si la terreur venait accentuer le désarroi qu'elle avait ressenti en entrant dans la chambre.) Qu'y a-t-il, mon bébé ? Je t'en prie, arrête de hurler. Tout va bien.

Ses yeux étaient humides de larmes et son visage laissait transparaître la douleur et la crainte qu'elle percevait en lui.

Sean voulait lui dire que tout n'allait pas bien, et il savait qu'elle le comprenait, qu'elle ne disait ça que par réflexe, il le lisait sur son visage, mais il savait aussi qu'il ne pouvait pas arrêter de hurler pour le lui dire. S'il s'arrêtait, ils seraient tous pris au piège par l'Homme-Lumière. Il ne pouvait que tendre le doigt vers le coin de la pièce, tendre le doigt et hurler, pour essayer de leur faire comprendre. Sa main droite était tendue devant lui et son poing gauche tapait sur le mur, pour leur faire comprendre. Il oscillait d'avant en arrière en tremblant, frappant le mur pour leur faire comprendre. Gloria resta immobile, la main à demi tendue vers son fils, rendue impuissante par son incapacité à saisir ce qui se passait. Elle voyait son fils en proie au tourment infligé aux innocents et elle était impuissante à l'aider. Sean hurlait.

— *Ô mon Dieu !* sanglota Phil, et Gabbie agrippa le chambranle de la porte, faisant blanchir ses phalanges.

— Quoi ? cria Gloria, sursautant de terreur devant le ton de sa voix.

— Patrick est inconscient. Il est brûlant de fièvre. Ô mon Dieu ! Gabbie, appelle l'hôpital et dis-leur qu'on arrive.

Phil enveloppa Patrick dans une couverture et le porta dans l'entrée.

Gloria se força à tendre la main et à toucher Sean.

— Il est brûlant, lui aussi, dit-elle.

Dans le besoin de prendre soin de son fils, elle ignora les souillures de la couverture et du pyjama et prit l'enfant toujours hurlant dans ses bras, l'enveloppant dans sa couverture. L'urgence de l'instant chassa de sa mémoire la vision étrange et terrifiante qui l'avait accueillie lorsqu'elle avait ouvert la porte de la chambre, et elle se précipita vers l'entrée derrière son mari.

Gabbie courut jusqu'à sa chambre et décrocha le téléphone près de son lit, demandant à l'opératrice qu'elle la mette en contact avec la salle des urgences de l'hôpital. Elle entendit la voiture de son père démarrer, puis ses pneus crisser sur le gravier lorsqu'elle fonça vers la route. Et au cœur de la nuit, longtemps après avoir cessé de percevoir le bruit de la voiture, Gabbie continua à entendre le hurlement de Sean.

12

L'équipe des urgences était prête avant même que la voiture de Phil ne se soit arrêtée devant l'entrée de l'hôpital.

Phil tenait dans ses bras le corps flasque de Patrick tandis que Gloria portait Sean. Il n'avait pas cessé de hurler depuis qu'ils étaient partis de la maison, mais sa gorge était si fatiguée qu'elle ne pouvait plus produire qu'un léger bruit rauque. Curieusement, l'attitude de détachement professionnel des médecins rassura Gloria, comme si ce qui venait d'arriver à ses fils n'était qu'un problème intéressant à résoudre, comme s'il n'y avait vraiment pas de quoi s'affoler. On plaça les jumeaux sur des tables d'examen, chacun d'eux flanqué de deux infirmières. Le jeune médecin de service, un homme mince au léger accent new-yorkais, écouta l'infirmière lui donner les résultats des premiers examens pendant qu'il examinait les jumeaux. Il ordonna qu'on calme Sean au moyen d'une légère dose de sédatif, puis s'alarma lorsque l'infirmière lui donna la température de Patrick :

— 41,1 °C.

— Oui, et ça monte encore, dit-il d'une voix volontairement calme. Surveillons-la et essayons de la faire baisser.

Une infirmière apporta un thermomètre numérique et inséra une sonde rectale dans l'anus de Patrick pendant qu'une autre le frictionnait à l'alcool. L'écran du thermomètre affichait 41,2 °C. Quelques plus minutes plus tard, il affichait 41,3 °C.

— Docteur, dit l'infirmière de sa voix la plus calme, ça monte encore.

Le jeune médecin jeta un coup d'œil vers l'appareil, eut un hochement de tête et dit :

— Bien. Apportez la glace.

On souleva Patrick et on glissa sous son corps une alèse en caoutchouc. Un infirmier apporta deux seaux pleins de glace et se mit à en disposer des poignées autour de Patrick tandis qu'une de ses collègues maintenait l'alèse levée afin d'empêcher la glace de tomber par terre. Lorsque Patrick fut recouvert de glace, elle replia l'alèse sur son corps. Le médecin s'écarta de Patrick pour examiner Sean.

— Qu'est-ce que vous êtes en train de faire à Patrick ? demanda Gloria.

— Pourquoi n'allez-vous pas dans la salle d'attente, je vous rejoins dans quelques minutes, dit le médecin à Phil. (Voyant que Gloria était prête à lui tenir tête, il ajouta d'une voix calme :) Madame, nous avons deux garçons très malades ici. Laissez-nous les soigner, voulez-vous ?

Phil guida sa femme hors de la salle et ils s'assirent sur un canapé en vinyle. Le seul bruit qu'ils entendaient, excepté les voix étouffées en provenance de la salle des urgences, était le bourdonnement d'une horloge électrique accrochée au mur. Phil y jeta un coup d'œil et vit qu'il était minuit vingt. Puis il oublia momentanément son propre souci en s'apercevant que sa femme tremblait.

Gloria gardait les yeux braqués sur la salle des urgences où des inconnus s'affairaient à sauver ses enfants, mais son esprit ne cessait de ressasser le souvenir d'une vision, un étrange et bref éclat de ténèbres dans le coin de la chambre des jumeaux au moment où elle était entrée, et la certitude qu'elle avait eue, l'espace d'un instant, que Patrick s'était trouvé dans ce coin, entouré par ces ténèbres. Elle ne pouvait chasser cette image de son esprit, ni l'impression qu'il s'agissait d'un vague souvenir de sa propre enfance. Elle soupira et se prépara à entendre le médecin confirmer ses pires craintes et lui dire que ses petits garçons étaient à jamais perdus.

Phil tendit les bras vers sa femme et la laissa se blottir contre lui, la tête sur son épaule. Il tenta de la réconforter par une caresse, mais tous deux savaient qu'il n'y aurait pas de réconfort pour eux cette nuit. Ils s'installèrent dans l'attente.

13

Jack distribua les gobelets de café. Gabbie et lui étaient arrivés vingt minutes après Phil et Gloria. La jeune fille l'avait appelé chez Aggie et il était aussitôt accouru. Il venait de repérer une machine à café et avait apporté des gobelets pour tout le monde. Celui de Gloria refroidissait devant elle tandis qu'elle restait penchée en avant, immobile, les yeux braqués sur la porte de la salle des urgences.

Une demi-heure après l'arrivée de Jack et de Gabbie, le jeune médecin sortit de la salle, un dossier sous le bras et une tasse de café à la main. Gloria se leva d'un bond.

— Comment vont nos enfants, docteur… ?

— Murphy, Jim Murphy, Mrs. Hastings.

Le médecin s'assit devant eux dans la salle d'attente. Il sirota son café et Gloria se rendit soudain compte qu'elle était la seule personne debout. Elle s'assit pendant que le Dr Murphy ouvrait le dossier et disait :

— Celui qui était conscient…

— Sean, lui souffla Phil.

— Sean, continua le médecin, était assez agité. Mais excepté une forte fièvre – sans raison apparente –, nous ne lui avons rien trouvé de préoccupant. Nous lui avons administré un sédatif et nous allons l'hospitaliser en pédiatrie. S'il ne s'est rien passé au bout d'une journée, il pourra rentrer chez lui. L'autre garçon… (il jeta un œil à son dossier)… Patrick, c'est une autre histoire. Il avait une forte fièvre, plus de 42, et… enfin, on a réussi à la faire baisser, mais nous avons besoin de le garder en observation.

Alors même qu'il prononçait ces mots, deux aides-soignants sortaient de la salle des urgences, manœuvrant un chariot sur lequel reposait Patrick.

Gloria les regarda s'éloigner et demanda :

— Où l'emmenez-vous ?

Il y avait une note de panique dans sa voix, et le médecin la regarda un long moment avant de lui répondre.

— Nous avons besoin de le garder en observation, répéta-t-il doucement. On l'emmène dans l'unité de soins intensifs.

La panique apparut aussitôt dans les yeux de Gloria.

— Mon Dieu, que lui arrive-t-il ?

Le médecin tenta de se montrer rassurant.

— Mrs. Hastings, Patrick avait une forte fièvre. Nous l'avons ramenée à environ 38,5 °C, mais nous allons encore le garder ici quelque temps. Sous l'effet d'une telle fièvre, le corps perd toute capacité à réguler sa propre température. Par souci de sécurité, nous voulons garder Patrick en observation pour le reste de la nuit. (Il jeta un coup d'œil aux formulaires qu'une infirmière du service des admissions avait remplis avec l'aide de Phil.) En vérité, nous n'avons pas la moindre idée de ce qui est arrivé à vos fils. Nous pouvons écarter pas mal d'hypothèses étant donné qu'ils ne se sont pas plaints avant de se coucher.

Peut-être s'agit-il d'une intoxication alimentaire, mais aucun de vous n'en a été affecté.

— Docteur Murphy, ils étaient tous les deux en parfaite santé hier soir, dit Phil.

— Je sais, Mr. Hastings. À mon avis, nous avons sans doute affaire à un virus particulièrement méchant et rapide. Mais tant que nous n'aurons pas fait quelques analyses, nous ne pouvons que deviner. Il ne nous reste qu'à installer confortablement vos fils, à rester vigilants, à traiter les symptômes et à nous mettre au travail dès demain matin. Et vous devriez tous prendre garde. Si c'est un virus qu'ils ont attrapé à l'école, vous risquez d'être atteints à votre tour dans les jours qui viennent. Si l'un de vous commence à se sentir faible, je lui conseille d'accourir ici dès les premiers symptômes. S'il s'agit bien d'un virus, il n'est pas à prendre à la légère.

Gloria semblait incapable de parler ou de bouger, et ses yeux étaient démesurément élargis par la peur. Elle frissonna.

— Madame, lui dit le médecin, nous faisons tout ce qui est en notre pouvoir pour les soigner. (Elle resta muette, lui répondant par un hochement de tête.) Je vais vous rédiger une ordonnance pour un tranquillisant, Mr. Hastings. Je pense que vous et votre femme devriez en prendre un comprimé dès maintenant. Nous n'aurons pas la moindre idée de ce qui se passe avant demain après-midi.

Gloria s'effondra contre Phil, qui remercia le médecin.

Celui-ci se leva pour se diriger vers le bureau des infirmières, où il remplit une ordonnance. Il la tendit à Jack.

— Vous trouverez ça à la pharmacie dans le hall d'entrée. Elle reste ouverte toute la nuit. (Jack partit en courant.) Vous devriez rentrer chez vous, ajouta le médecin. Tout ceci va prendre un certain temps, j'en ai peur. Attendez-vous à ce que Patrick reste ici au moins quelques jours.

Gloria était appuyée contre Phil et sa tête reposait sur l'épaule de son mari. Elle ferma les yeux quelques instants et revit l'éclair de ténèbres dans le coin de la chambre des jumeaux. Le vague souvenir d'un bruit, comme un carillon lointain, et d'une odeur de fleurs et d'épices, lui revint à l'esprit et, l'espace d'un instant, elle sentit un éclat de panique la transpercer.

Gloria semblait désorientée, tentant apparemment de focaliser sa vision. Phil perçut la peur dans son regard. Il étreignit sa main et dit :

— Tout ira bien, ma chérie. Ils vont faire tout ce qui est en leur pouvoir pour le soigner.

Gloria ne parut pas l'entendre et regarda autour d'elle avec des yeux fous. Soudain, elle poussa un cri d'angoisse :

— Patrick !

Elle voulut se précipiter vers l'unité de soins intensifs. Gabbie et Phil la maîtrisèrent et sa voix s'éleva jusqu'à devenir quasiment hystérique.

Le médecin demanda en criant qu'on lui apporte un sédatif et une infirmière arriva en hâte avec une seringue. Il fit une injection à Gloria, à présent frénétique, et en moins d'une minute elle était plongée dans un état de semi-hébétude. Jack revint avec le remède prescrit par le médecin et comprit aussitôt la situation.

— Je pense que vous devriez tous rentrer chez vous et essayer de dormir quelques heures, dit le médecin. Et avant de revenir ici, vous auriez intérêt à prendre un des comprimés que je vous ai prescrits, mais faites-vous conduire par quelqu'un d'autre.

— Merci, dit Phil. Jack, ramenez Gloria et Gabbie à la maison, voulez-vous ?

Gabbie posa une main sur le bras de son père.

— Papa ?

— Je reste ici.

Le médecin était sur le point de protester, mais il se ravisa en découvrant le regard de Phil.

— D'accord, dit-il, je ferai savoir aux infirmières du service de pédiatrie que vous êtes autorisé à passer la nuit dans la chambre de Sean. Mais défense de pénétrer dans l'unité de soins intensifs. (Phil allait protester mais le médecin ajouta :) Inutile de discuter. Les visiteurs ne sont pas admis plus de dix minutes dans cette unité, et seulement durant les heures prévues à cet effet. Il n'y a pas d'exceptions, Mr. Hastings.

Phil s'inclina et dit au revoir à Jack et à Gabbie, qui emmenaient sa femme. Il remercia le médecin et prit l'ascenseur qui le conduirait au service de pédiatrie, remarquant grâce à une liste affichée dans la cabine que l'unité de soins intensifs se trouvait deux étages plus bas. Il passa par le bureau des infirmières où on lui apprit que Sean se trouvait dans la chambre 512. Il s'y rendit et découvrit son fils endormi dans une chambre à deux lits. Le second lit était inoccupé.

Phil se pencha au-dessus du lit. Il contempla le visage de son fils, et vit les traits de Patrick dans ceux de Sean. Il dissimula ses yeux d'une main et se mit à pleurer. Philip Hastings s'était toujours considéré comme un homme rationnel, il avait dû endurer les crises de nerfs d'une première femme à la nature capricieuse et une carrière dans un domaine où les changements imprévisibles étaient la norme. Il s'était cru capable d'affronter l'imprévu. Mais ceci le terrassait.

Toujours mal à l'aise devant les démonstrations émotionnelles, Phil lutta pour se ressaisir. Il regarda le lit vide durant quelques instants, puis y renonça. Il lui répugnait de se coucher sur un lit d'hôpital. Il alla jusqu'au large fauteuil près du lit de Sean et s'assit. En moins de quelques minutes, l'heure tardive et la fatigue nerveuse eurent raison de lui et il sombra dans un sommeil agité.

Phil se sentit dériver dans un paysage grisâtre, un lieu de pénombre parsemé d'arbres noircis et calcinés par les éclairs, une forêt trouble et sans vie où des silhouettes obscures se déplaçaient juste à la limite de son champ de vision. D'étranges murmures presque compréhensibles vinrent le titiller de leur quasi-familiarité, mais il lui fut impossible de les comprendre. Puis une voix lointaine l'appela. C'était Patrick ! Il l'entendait crier :

— Papa !

Phil se redressa brutalement, le cœur battant, alors qu'une voix calme répétait un message dans les haut-parleurs de l'hôpital. Il cligna des yeux, découvrit qu'il était trempé de sueur froide, et secoua la tête pour éclaircir son esprit embrumé. La voix répéta de nouveau son message :

— Code bleu, soins intensifs. Le docteur Murphy est demandé à l'unité de soins intensifs.

Phil passa en courant devant le bureau des infirmières avant que l'infirmière de garde ait pu l'interpeller. Il dépassa l'ascenseur sans s'arrêter et descendit l'escalier quatre à quatre. Arrivé deux étages plus bas, il poussa violemment une large porte et pénétra dans un hall. Une pancarte lui apprit qu'il se trouvait devant l'unité de soins intensifs et que l'entrée était interdite aux personnes étrangères au service. Il franchit l'obstacle et se retrouva devant un bureau où étaient installés six écrans de surveillance et qu'une cloison de verre séparait de six lits. Autour d'un de ces lits, un groupe de médecins s'activaient frénétiquement. Une infirmière se dirigea vers lui pour lui barrer le passage.

Elle le saisit avec rudesse et sans s'excuser.

— Vous n'avez pas le droit d'être ici, monsieur.

Phil, à moitié hébété, se laissa repousser vers la porte par cette femme minuscule. Une fois dehors, il dit :

— Que… ?

— Le docteur viendra vous parler dès qu'il le pourra.

Elle refranchit la porte à vive allure et laissa Phil seul dans la salle d'attente.

Une demi-heure plus tard, le Dr Murphy apparut et vint s'asseoir à côté de lui.

— Mr. Hastings… (Il s'interrompit.) Écoutez, j'aurais échoué aux tests de compassion, alors je vais vous parler franchement. Patrick vient d'avoir ce que nous appelons un incident cardiaque.

— Une attaque ? dit Phil, incrédule.

Le médecin paraissait épuisé.

— Pas exactement. Une légère fibrillation. Nous l'avons contrôlée et nous observons son évolution. Le corps de cet enfant a été soumis à pas mal de pression durant les six dernières heures… et de telles choses arrivent parfois. Les fonctions régulatrices du corps sont perturbées.

— Mais est-ce qu'il va bien ?

— En ce qui concerne l'élément cardiaque, je le pense. Nous pouvons effectuer des tests pour voir si les muscles du cœur ont subi des dommages permanents. Mais…

— Quoi donc ? dit Phil, angoissé, certain à présent que quelque chose de terrible s'était produit.

Le médecin se leva.

— Suivez-moi, Mr. Hastings.

Phil suivit le jeune médecin dans l'unité et vit qu'un autre médecin, ainsi que plusieurs infirmières, se trouvait à mi-chemin entre le bureau et les lits, observant avec fascination les écrans qui se trouvaient au-dessus de la tête de Patrick.

Avec une note de fatigue dans la voix, le Dr Murphy dit :

— Mr. Hastings, Patrick a été en proie à une forte fièvre qui a duré… qui sait combien de temps ? J'ai peur que nous découvrions des dommages neurologiques graves.

— Neurologiques ? murmura Phil, comme si ce mot lui était inconnu et sa signification incompréhensible.

— Le cerveau est atteint, Mr. Hastings, dit le médecin, trouvant de toute évidence ces mots peu ragoûtants.

Les yeux de Phil se fermèrent tandis qu'il grimaçait.

— Quelle est la gravité exacte de son état ? demanda-t-il calmement.

Le médecin secoua la tête.

— Normalement, je ne penserais pas qu'il s'en tirerait.

— Qu'entendez-vous par « normalement » ?

Le Dr Murphy désigna la batterie d'appareils reliés à Patrick. Les écrans étaient traversés par des lignes qui dansaient à un rythme frénétique.

—Vous voyez ces moniteurs, Mr. Hastings ? (Phil hocha la tête.) Ils nous informent à chaque instant de ce qui se passe dans l'organisme de Patrick.

Il se dirigea vers un écran situé près du lit.

—Ceci est un électroencéphalogramme, un EEG. (Il désigna de l'index trois lignes qui avançaient sur l'écran à un rythme effréné.) Si Patrick était cliniquement mort, ces lignes seraient plates.

—Alors il va bien ? dit Phil.

—Mr. Hastings, dit Murphy, je ne suis qu'un interne en deuxième année. Pour l'instant, je ne connais même plus mon propre nom. Je n'ai jamais vu quoi que ce soit qui ressemble de près ou de loin à ça – et ça m'étonnerait que notre neurochirurgien en ait vu plus que moi. Ce graphe n'a strictement aucun rapport avec ce que l'on aperçoit sur un EEG en temps ordinaire, même en temps extraordinaire. Pour l'instant, je ne peux même pas essayer de vous dire ce qui arrive à votre fils.

—Est-ce que Patrick va bien ?

Murphy se dirigea vers Phil, le prit par le bras et le conduisit vers la porte qui donnait sur la salle d'attente.

—Mr. Hastings, je n'en ai pas la moindre idée.

Il le fit sortir.

Phil s'assit et regarda le médecin.

—Qu'allons-nous faire ?

—Dès demain matin, j'appelle le docteur Wingate, c'est le chef du service de neurochirurgie. Peut-être aura-t-il une idée sur ce qui se passe, mais je ne peux rien vous dire de plus.

Phil se rassit. Au bout d'une minute, il ferma les yeux. Le médecin resta un long moment assis à ses côtés. Puis il y eut un appel au haut-parleur, annonçant une nouvelle admission en salle des urgences. Le Dr Murphy se leva. Il ne pouvait plus rien faire ici.

Tandis que Phil se morfondait dans la salle d'attente, une des infirmières de garde observait le lit de Patrick à travers la vitre. L'espace d'un instant, elle aurait pu jurer avoir aperçu un éclat de lumière autour du garçon, comme s'il y avait eu un rayonnement d'énergie vite dispersé. Elle attribua cette illusion à la fatigue, à l'agitation frénétique de la procédure Code bleu et aux écrans bizarres. Elle jeta un regard vers ceux qui se trouvaient devant elle, identiques à ceux que l'on avait installés dans la chambre, et secoua la tête. Si quelque chose clochait, comment le saurait-elle ? Les écrans étaient indéchiffrables. Elle consulta sa montre et vit qu'elle aurait fini son service dans deux heures. Ce serait ensuite au tour de ses collègues d'attraper une migraine en les regardant. Elle continua à remplir la fiche d'incident qu'elle devait annoter toutes les demi-heures.

Dans le lit qui se trouvait derrière la vitre, sous le drap blanc, le pied de Patrick bougea, un imperceptible fléchissement des muscles, comme s'il dansait en rêve, et un sourire ténu vint recourber sa lèvre l'espace d'un instant. Puis tout mouvement cessa.

14

Gabbie se tenait sur le seuil, en train de regarder son père qui avait les yeux fixés sur Sean. Jack l'avait déposée à l'entrée de l'hôpital et était parti chercher une place pour se garer. Elle était arrivée dans la chambre un instant plus tôt. Elle regarda par-dessus l'épaule de son père pour apercevoir le petit garçon qui dormait d'un sommeil agité.

— Papa ? dit-elle finalement.

Phil leva les yeux et Gabbie crut que son cœur allait se briser lorsqu'elle perçut la douleur de son regard. Elle se précipita vers lui et s'agenouilla à ses côtés.

— Papa ? répéta-t-elle en lui saisissant la main.

D'une voix que l'émotion avait rendue rauque, il lui dit :

— Salut, ma chérie.

Les yeux de Gabbie s'inondèrent de larmes car, sans qu'il ait eu besoin de lui dire quoi que ce soit, elle savait que quelque chose de terrible était arrivé à Patrick. La jeune fille lutta en silence contre sa peine pendant un long moment, jusqu'à ce que Jack entre doucement dans la chambre.

Comme si son arrivée avait été un signal, une infirmière vint les informer qu'il y avait trop de monde dans la chambre. Quelque chose dans le ton de sa voix porta sur les nerfs de Gabbie. Telle une furie, elle se releva pour affronter l'infirmière et aboya :

— Où est le docteur ?

Elle avait parlé à voix basse, mais son ton était sec.

L'infirmière, vétéran de maintes scènes tragiques, fut néanmoins surprise par la colère soudaine de la jeune fille. Elle recula d'un pas.

— Je vais faire appeler le docteur Murphy..., mademoiselle.

Jack vint se placer derrière Gabbie et demanda :

— Patrick ?

Gabbie se contenta de hocher légèrement la tête et elle sentit Jack se crisper tandis qu'un triste soupir résigné s'échappait de ses lèvres. Peu après, le Dr Murphy arriva. Gabbie parla à voix basse, mais sans la moindre hésitation :

— Docteur, est-ce que mon frère est mort ?

Le médecin lança un regard à Phil, qui hocha la tête. Il fit signe à Gabbie et à Jack de les rejoindre dans le couloir.

— Non, Miss Hastings, dit-il une fois sorti de la chambre, votre frère n'est pas mort. La nuit dernière, il a souffert d'une très forte fièvre, qui semble avoir eu d'étranges conséquences au niveau de ses fonctions cérébrales supérieures. Pour le moment, nous l'avons relié à une batterie d'appareils de surveillance, mais en toute honnêteté, nous n'avons pas la moindre idée de ce qui lui arrive.

— Est-ce qu'il va s'en tirer ? demanda Gabbie.

Le médecin parut incertain durant quelques instants.

— Nous n'en savons encore rien, mademoiselle.

Gabbie sembla frappée par la foudre.

— Quand le saurez-vous ? demanda-t-elle tout doucement.

— Le docteur Wingate, notre meilleur neurochirurgien, est en train de l'examiner en ce moment même. C'est un homme brillant. Il... il ne vous cachera rien, à vous et à votre père. J'ai vu que Patrick s'était déjà fait soigner ici pour quelques coupures et que vous aviez indiqué John Latham comme médecin de famille. Il ne va pas tarder à arriver et je lui parlerai dès qu'il sera ici. Ils iront ensuite voir votre père.

Gabbie acquiesça et jeta un coup d'œil vers Phil à travers la porte vitrée. Il était assis au chevet de Sean, apparemment indifférent à la conversation de Gabbie et du médecin.

— Merci, docteur, dit Gabbie.

L'estomac noué par un sinistre pressentiment, elle alla auprès de son père et le serra dans ses bras.

Le Dr Murphy la contempla quelques instants et fut surpris de penser à quel point elle était belle. Puis, chassant cet éclair d'intérêt déplacé, il se tourna vers le jeune homme qui les avait écoutés avec attention.

— Sacrée jeune fille, lui dit-il.

— Je sais, docteur, dit Jack en rentrant dans la chambre derrière Gabbie.

Près du lit de Sean, Gabbie ne prêtait aucune attention à l'inconfort de sa position et continuait à serrer son père contre elle. Jack s'arrêta près d'elle et lui posa une main sur l'épaule. Aucune parole ne fut prononcée. Ils ne pouvaient faire qu'une chose : attendre.

Deux étages plus bas, une infirmière jeta un coup d'œil à Patrick à travers la vitre. Lorsqu'elle écarta les yeux, elle perçut un éclair de mouvement et tourna vivement la tête. Le petit garçon gisait dans la position exacte qui avait été la sienne lorsque l'infirmière avait pris son service, mais elle aurait juré l'avoir vu bouger. Un mouvement imperceptible, peut-être, mais elle ne pouvait pas s'empêcher d'y croire. Elle jeta un coup d'œil sur les écrans ; leurs indications chaotiques étaient toujours indéchiffrables et elle chassa ces divagations de son esprit.

— Je suis trop vieille pour être nerveuse, murmura-t-elle pour elle-même. Peut-être que j'ai besoin de vacances.

Dans une contrée inconnue, Patrick luttait pour entendre une voix lointaine. Puis cette voix disparut et son attention se reporta sur ce qui l'entourait. *Comme tout est étrange*, pensa-t-il. *Ces arbres noirs et ces étoiles lointaines, le parfum de cette brise chaude. Comme tout est étrange.* Ses pensées devaient franchir une épaisse brume pour lui parvenir. Patrick savait que quelque chose n'allait pas, mais il ne savait pas quoi et, bizarrement détaché de tout, il ne s'en souciait guère. Il laissa son esprit vagabonder et la voix fut bientôt oubliée.

15

Le Dr Theodore Wingate examinait le listing fourni par l'ordinateur relié aux appareils de surveillance de l'unité de soins intensifs. Le Dr Latham regardait par-dessus l'épaule du neurochirurgien. Le Dr Murphy, quant à lui, se trouvait au chevet de Patrick.

Phil était assis dans le bureau de Wingate, en face des deux médecins. Gabbie et Jack arriveraient dans quelques minutes pour venir chercher Sean, qui devait sortir de l'hôpital ce jour-là. Gloria était à la maison, sous sédatifs, gardée par Aggie.

Wingate avait l'air rude, ne cessant de grommeler et de se plaindre, mais Phil avait eu vite fait de le percer à jour : Teddy Wingate était un homme d'une grande bonté, un neurochirurgien extrêmement compétent qui feignait constamment d'être irrité par tout le monde. Mais cette façade bourrue cachait un homme des plus chaleureux, qui appelait son interlocuteur par son prénom une minute après lui avoir été présenté. Il reposa le listing et remonta sur son nez ses petites lunettes à la Benjamin Franklin. Il avait un visage rond et ses cheveux prématurément blanchis faisaient d'autant plus ressortir son teint rougeaud. Il semblait toujours en train de lutter pour trouver une position confortable à l'intérieur de son costume froissé.

— Phil, dit-il d'une voix douce, je ne sais absolument pas ce que tout cela signifie.

Phil soupira. Il était oppressé par cette incertitude et se découvrait de plus en plus impatient à chaque heure qui s'écoulait.

— Qu'allons-nous faire ? demanda-t-il.

— Attendre, répondit doucement Wingate. Phil, Patrick a eu une très forte fièvre, ce qui a endommagé son cerveau d'une façon encore inconnue. (Il jeta un œil sur le listing.) Apparemment, ses fonctions supérieures sont atteintes. L'activité de son cerveau est… unique. Je ne peux même pas vous dire pourquoi son cœur bat et pourquoi ses poumons respirent. Il a survécu à sa crise cardiaque, mais pourquoi a-t-il survécu… Phil, je ne sais foutrement pas de quoi je parle. Peut-être y a-t-il eu dans son cerveau une sorte de… court-circuit, qui se réparera tout seul. Peut-être est-il… perdu pour de bon. Mais je n'en sais rien. Ces données ne me permettent même pas de deviner ce qu'il faut chercher. Je suis désolé.

— Que vais-je faire ? murmura Phil d'une voix rauque.

— La même chose que le reste d'entre nous : attendre, dit John Latham. Vous feriez mieux de rentrer chez vous, Phil. Vous avez besoin de repos.

Phil hocha la tête en silence. Il savait qu'il lui faudrait affronter Gloria. Mais que pourrait-il lui dire ? Phil n'avait pas connu le père de sa femme, qui était mort deux ans avant leur rencontre, mais Gloria et sa mère lui en avaient brossé un portrait fidèle lors de leurs conversations, avant et après le diagnostic de son cancer. Un homme puissant et énergique, qui n'aimait rien tant que la vie en plein air – le camping, le cheval, la chasse, la voile, la course de fond qu'il avait commencé à pratiquer passé la cinquantaine –, un homme qui avait été obligé de compter sur les autres pour prendre soin de lui, pour lui tenir un bassin hygiénique tandis qu'il pleurait de douleur et de honte. Gloria parvenait à peine à parler de son père. Et Phil savait que l'idée de son impuissance devant Patrick était pour elle une terreur bien plus forte que celle de la mort. Il tenta de s'endurcir en vue de l'épreuve qui l'attendait et fit mine de se lever.

— Vous avez sans doute raison…

Il allait prendre congé quand, soudain, l'énormité de son impuissance le frappa. Il s'effondra dans son siège en poussant un cri de douleur, un sanglot de supplicié qui monta des profondeurs de son âme brisée.

— Ô mon Dieu ! Ce n'est qu'un bébé !

Le Dr Latham se leva et vint poser une main sur son épaule, tentant vainement de lui procurer quelque réconfort. Soudain, les sanglots de Phil se transformèrent en une question pleine de tourment.

— Qu'est-ce que je vais dire à Gloria ?

Après un long et douloureux moment, Wingate dit :

— Rentrez chez vous, Phil. J'appellerai votre épouse, si vous le voulez.

Phil secoua la tête, levant vers lui des yeux rougis. Il sembla soudain prendre conscience de son attitude. Le Dr Latham s'empara d'une boîte de Kleenex sur le bureau et la lui tendit. Phil se moucha bruyamment.

— Non, Teddy. Gabbie et Jack vont arriver… (Il jeta un coup d'œil à l'horloge murale et ajouta :) Merde, ils sont sans doute déjà là et ils m'attendent dehors.

Il se leva en chancelant légèrement.

Le Dr Latham lui fit signe de se rasseoir.

— Je vais aller les chercher.

— Non, il vaut mieux que ce soit moi, dit Phil, qui ajouta une fois près de la porte : Merci beaucoup, à tous les deux.

— Phil, dit le Dr Wingate, je regrette sincèrement qu'il n'y ait rien que nous puissions faire. Vraiment.

Phil s'en fut et les deux médecins parurent se détendre quelque peu à présent que le père affligé les avait quittés.

— Cela ne devient jamais facile, n'est-ce pas ? dit le Dr Latham.

— Non, répondit Wingate à voix basse. Je me souviens d'un interne brillant qui avait fait un stage dans mon service. Il était si intelligent que j'avais l'impression d'être un imbécile – ce qui ne m'arrive pas souvent, comme vous le savez. À la fin de son stage, j'ai essayé de le convaincre de se joindre à nous l'année suivante. Je me rappelle encore sa réponse : « Moi, en neurochirurgie ? Je ne suis pas devenu docteur pour voir mourir tous mes patients. »

— C'est vrai, Teddy, dit John Latham en hochant la tête avec sympathie. C'est pour ça que je suis heureux de n'être qu'un médecin de famille. Eh bien, j'ai des patients à voir, ajouta-t-il en se dirigeant vers la porte. Je vous retrouverai…

La porte s'ouvrit soudain et la tête du Dr Murphy apparut.

— Venez, vite !

Les deux médecins le suivirent au pas de course jusqu'à l'escalier. Même Wingate, qui n'était guère svelte, grimpa les marches quatre à quatre jusqu'à l'unité de soins intensifs. Lorsqu'ils poussèrent la porte, ils furent accueillis par un hurlement rauque et bestial. Patrick était assis sur son lit, un sourire maléfique sur le visage, et glapissait tout son saoul. Il avait déchiré sa chemise de nuit et se caressait le bas-ventre d'une main. De l'autre, il frictionnait ses cheveux avec une substance brunâtre tout en riant comme un dément. Les sondes reliées aux divers appareils d'observation avaient été arrachées et pendaient à présent au flanc des machines.

Une des infirmières se tenait près de la porte, tandis que l'autre nettoyait avec frénésie le devant de sa blouse blanche. Wingate se tourna vers cette dernière et lui demanda :

— Nancy, que s'est-il passé ?

La jeune femme lui lança un regard quasi meurtrier et dit :

— J'étais en train de vérifier les sondes quand il s'est réveillé. Comme les écrans sont indéchiffrables, j'ai été prise par surprise.

Tandis que Wingate se dirigeait vers Patrick pour l'examiner, Murphy demanda à l'infirmière :

— Qu'est-ce que vous avez sur votre uniforme ?

— De la merde, répondit-elle. Vous n'avez pas reconnu cette odeur délicieuse ?

— C'est lui qui a fait ça ? interrogea le Dr Latham.

Luttant pour garder quelques vestiges de son attitude professionnelle, la jeune femme répondit :

— J'ai senti quelque chose m'agripper le sein droit et j'ai baissé les yeux. Il était réveillé et il avait déféqué dans son lit. Il était en train de frotter sa merde sur mes seins.

L'expression de Latham était franchement incrédule. La voix de l'infirmière avait retrouvé un semblant de calme, mais son visage était ouvertement furieux. Latham ne comprenait pas ce qui avait pu causer une telle réaction. Nancy Roth était une infirmière expérimentée et elle n'ignorait plus rien des aspects les plus désagréables de son métier. Elle avait déjà été obligée de nettoyer des patients, elle avait été maculée par leurs vomissures et par leur sang. Rien d'aussi banal que des excréments n'aurait pu causer un dixième de la détresse et de la colère qu'elle ressentait.

— Et ensuite ? demanda-t-il.

Les yeux de la jeune femme évoquaient un ouragan à peine contrôlé.

— Je me suis écartée, et le… le *patient* était en train de se masturber. (Sa voix s'adoucit, passant de la colère à la confusion, et la détresse envahit son visage.) Et il m'a lancé un… un regard.

D'un même geste, Murphy et Latham se tournèrent vers la vitre, derrière laquelle Wingate et une troisième infirmière tentaient d'examiner l'enfant toujours hurlant. Nancy Roth reprit son récit :

— Docteur, je ne sais pas si je peux vous le dire… Il m'a regardée comme… Docteur, il avait une expression sur le visage qui… on ne devrait jamais voir ça sur un visage d'enfant.

Les deux médecins se tournèrent vers elle.

— Nancy, dit Murphy, que voulez-vous dire ?

— On aurait dit un marin dans une boîte à strip-tease. Non, c'était pire. (Elle perdit un peu de sa colère, devint de plus en plus confuse.) C'était un regard obscène. (Elle jeta un regard vers Patrick, puis détourna les yeux. Sa voix devint un murmure, comme si elle était embarrassée.) Je sais que ce n'est qu'un gamin, mais… c'est comme s'il avait été prêt à baiser.

Les deux médecins échangèrent un regard interrogatif.

— Je sais, dit l'infirmière en agitant la main avec résignation. Je sais que c'est impossible. Mais… il y a quelque chose qui cloche. Ce patient… Docteur, je ne sais pas ce que c'était. Mais c'était répugnant. Et il a tenté de me saisir quand j'ai essayé de le maîtriser. (Elle poussa un lourd soupir, essayant de se contrôler.) Je… il a glissé sa main entre mes jambes… comme un dégénéré. Ah ! (Cette exclamation traduisait une révulsion pure. Elle jeta la serviette à terre.) Il faut que j'aille me changer.

— Allez-y, dit Latham.

L'infirmière s'en fut au moment où Wingate revenait.

— Allez chercher Phil Hastings avant qu'il reparte chez lui, dit-il à Murphy, ajoutant alors que le jeune médecin s'éloignait : Et pour l'amour de Dieu, dites-lui de se préparer à un nouveau choc !

Wingate et Murphy se tournèrent vers la vitre et regardèrent Patrick, toujours hurlant et glapissant tandis que trois infirmiers tentaient de nettoyer son corps qu'il avait souillé de ses propres excréments.

16

Phil attendait Gloria et Aggie près de la porte de l'unité de psychiatrie. Lorsqu'il avait appris que Patrick avait repris conscience, l'espoir avait resurgi en lui, pour être aussitôt anéanti. À travers la petite fenêtre, il voyait Patrick assis sur son lit, toujours nu car il déchirait tous les vêtements qu'on essayait de lui mettre. Il oscillait d'avant en arrière, tenant son pénis dans sa main, hurlant et glapissant de plus belle, les yeux constamment fixés sur le poste de télévision placé sur le mur en face de son lit. Heureusement, cette télé était entièrement faite de plastique, si bien que la nourriture et les déjections que Patrick avait jetées sur elle n'avaient fait que recouvrir sa surface d'une bouillie multicolore qui ne semblait en rien l'empêcher d'apprécier le programme.

Phil sentit une main se poser sur son épaule et se retourna pour découvrir Gabbie, Jack à ses côtés.

Teddy Wingate pénétra dans l'unité, suivi par un autre médecin.

— J'ai transmis les données au docteur Webster, le chef de l'unité de psychiatrie.

Phil serra la main du nouveau venu.

— Qu'est-il arrivé à mon fils ? demanda-t-il.

— Il est trop tôt pour le dire, Mr. Hastings, répondit Webster. (Voyant que Phil n'était guère satisfait de cette réponse, il ajouta :) Je crois que l'incident survenu au cerveau de Patrick l'a fait régresser au stade… d'un bébé. Un bébé âgé de six mois environ.

Phil s'effondra contre la porte, ignorant les bruits qui venaient de la chambre.

— Que pouvons-nous faire ?

Webster examina la feuille de température.

— Nous allons effectuer d'autres tests et essayer d'atténuer la violence de son comportement. Écoutez, je vous reparlerai plus tard dans la journée, d'accord ?

Webster s'éloigna sans attendre sa réponse et disparut par une porte. Gabbie se tourna vers son père.

— Je n'aime pas ce type, dit-elle.

— Peter est parfois brusque, mais il est compétent dit Wingate, qui répéta en voyant la moue dubitative d Gabbie : Vraiment compétent.

— Je veux faire venir un spécialiste, dit Gabbie.

— Qui ? demanda Wingate, nullement embarra

— Qui est le meilleur ?

— Michael Bergman, du centre hospitalier univ Johns Hopkins, à Baltimore, dit Wingate sans h Il a fait plus de découvertes que quiconque dans des dysfonctionnements cérébraux. Et il a c prototype d'analyseur d'imagerie par réson tique qui vous donnera un aperçu en coul se passe dans la tête de Patrick. Ce bijou condition que vous ayez deux gros bras C'est le premier qui soit plus petit qu'u

— C'est le meilleur ? demanda Ga

— Pour un truc de ce genre, sa dit Wingate. Je l'ai rencontré dans type brillant.

— Alors, je vais le faire venir

— Vous êtes capable de le Murphy en souriant.

Gabbie hocha la tête.

— Regardez-moi faire. Puis-je utiliser votre téléphone ?

Wingate acquiesça et fit sortir Phil, Jack et Gabbie de l'unité de psychiatrie. Une fois dans le bureau de Wingate, Gabbie s'assit dans le fauteuil du médecin, décrocha le combiné et demanda l'extérieur. Elle donna à [illegible]andardiste des instructions pour la facture et attendit [illegible]nt que le téléphone sonnait plusieurs fois chez son [illegible]dant.

[illegible] ? Ici Gabbie. Il faut que je parle à John. (Au [illegible]nt, son visage s'assombrit et elle dit :) Alors, [illegible]nion. C'est urgent. (À l'autre bout du [illegible]ire quelque chose et Gabbie coupa :) [illegible]en. Mon petit frère est gravement [illegible]hn dans les soixante secondes, [illegible]n nouveau boulot à la soixante [illegible]ins d'une minute plus tard, [illegible]ie Hastings. Écoutez, est-ce [illegible]n disponible à proximité de [illegible]Bien, que l'on dise au pilote [illegible]dès que possible. Je veux… [illegible]reprit d'une voix glaciale :) [illegible] frère est très gravement [illegible]venir ici un spécialiste de [illegible]au de dire quelque chose [illegible]tionnaires aillent se faire [illegible] pour cent de Larkercorp [illegible]la compagnie pour mes [illegible]ement pas me gêner. La [illegible]facture, si ça fait plaisir [illegible]ntenant, s'il vous plaît, [illegible]lisé le docteur, je veux qu'on l'emmène par avion à Buffalo. Non, l'aérodrome du coin est trop petit. J'enverrai quelqu'un le chercher. Le spécialiste en question s'appelle Michael Bergman, il est à Johns Hopkins. Que quelqu'un de la Fondation Larker le contacte. Il a inventé une sorte de prototype… (Wingate lui indiqua le nom exact et elle le répéta :) Un analyseur d'imagerie par résonance magnétique. Nous avons aussi besoin de ce truc. Donnez-lui ce qu'il vous demandera, John, ou accordez-lui une aide d'un million de dollars pour ses recherches. Mais débrouillez-vous pour qu'il vienne ici. (Elle lui indiqua les coordonnées de l'hôpital et celles du service du Dr Wingate. Il y eut quelques instants de silence, puis elle ajouta :) Merci. Oh ! et, John, excusez-moi pour cette réunion. Et dites à Helen que je regrette de m'être conduite comme une garce.

Elle raccrocha.

— Il m'a dit qu'il allait s'en charger. Il ne nous reste plus qu'à attendre l'appel du docteur Bergman.

— Je suis impressionné, dit Jack.

— Ce n'est que du fric, Jack, dit Gabbie avec un léger sourire. Pas de quoi être impressionné.

— Vous pouvez lui obtenir une aide comme ça ? dit Wingate.

— Mon grand-père et ma grand-mère ont créé la Fondation Larker afin d'aider la recherche. Je suis sûre que je n'aurai aucun problème.

Elle soupira et retourna s'asseoir près de son père.

— J'ai de la paperasse à remplir, dit le Dr Wingate, ne m'en veuillez pas si je m'en occupe pendant qu'on attend.

Le téléphone sonna moins d'une demi-heure plus tard. Wingate décrocha aussitôt.

— Docteur Bergman ? Vous ne vous souvenez sans doute pas de moi, mais nous nous sommes rencontrés à… (Il sourit.) Eh bien, je suis flatté que vous ne m'ayez pas oublié. Écoutez, nous avons ici un petit garçon très malade, avec l'EEG le plus dingue que j'aie jamais vu, ainsi qu'un comportement vraiment spécial. Assez bizarre pour vous intéresser. Si je ne me trompe pas, c'est le cas rêvé pour l'analyseur d'IRM sur lequel vous travaillez. (Il resta quelques instants à l'écoute sans rien dire.) Je sais que ce n'est qu'un prototype, docteur Bergman. Mais ne vous faites pas de souci à ce sujet. Le petit garçon en question a une richissime grande sœur. (Il fit un clin d'œil à Gabbie.) Non, elle veut que vous veniez ici. Son frère est trop… violent pour qu'on courre le risque de le transférer. Un avion vous attendra, vous et votre équipement.

Il y eut une longue réponse, puis Wingate reprit la parole.

— Bien, dans combien de temps ? Entendu, à bientôt. (Il raccrocha.) Que je sois damné ! Il arrive ici demain.

Phil regarda sa fille avec une expression indéchiffrable.

— Merci, ma chérie, dit-il tout doucement. Je ne sais pas ce que…

Elle lui coupa la parole.

— Ce n'est rien, papa. (Elle luttait contre les larmes et ne gardait son sang-froid qu'à grand-peine.) Patrick est mon petit frère.

— Tu sais, dit Phil avec un léger sourire, pendant une minute tu ressemblais exactement à mamie Larker.

Repensant à la réflexion que le Dr Murphy lui avait faite la veille, Jack dit :

— Ça devait être une sacrée bonne femme, elle aussi.

— En effet, dit Phil. En effet.

— Eh bien, Gabbie, dit Wingate, vous vous rendez bien compte que, si le docteur Bergman casse son joujou en chemin, vous devrez lui en payer un neuf?

— Si vous parvenez à aider Patrick, je vous en achèterai un à tous les deux, dit la jeune fille.

Wingate eut un large sourire.

— Je m'en souviendrai, ma belle, je m'en souviendrai. Il faut que j'y aille, ajouta-t-il en se levant. J'ai des patients à visiter. Utilisez le bureau comme il vous plaira.

Gabbie se tourna vers son père, franchissant l'espace qui séparait leurs sièges pour aller l'embrasser.

— Tout ira bien, papa.

Avec un cri de douleur, il répondit :

— Ô mon Dieu ! je l'espère.

D'un signe de tête, Gabbie indiqua à Jack qu'elle souhaitait rester seule avec son père quelques instants. Jack hocha la tête et quitta la pièce. Lorsqu'ils furent seuls, Gabbie dit :

— Papa, pourquoi ne rentrerais-tu pas à la maison ? Tu es épuisé. Et Gloria est dans tous ses états. Je ne sais pas ce qui lui arrive, mais elle m'a raconté des choses bizarres. Elle se sentirait mieux si tu étais avec elle, j'en suis sûre. Quand elle viendra ici pour chercher Sean, rentre avec elle.

— Ça me fait peur, Gabbie, dit Phil. Je… je ne sais pas pourquoi, mais j'ai l'impression que Patrick a besoin de moi ici. (Il leva vers sa fille ses yeux injectés de sang et murmura :) Il a besoin qu'on le protège.

Les yeux de Gabbie se plissèrent. Elle allait dire quelque chose, mais l'écho ténu d'un souvenir lui traversa l'esprit, un carillon mélodieux et un parfum fugace de fleurs des champs et d'épices. Elle se sentit rougir et se redressa. Sans rien dire, elle posa la main sur l'épaule de son père et se pencha vers lui pour l'embrasser sur la joue, ignorant sa barbe de deux jours. Lorsqu'elle plaqua son visage contre le sien, elle sentit la chaleur d'une larme. De quels yeux venait cette larme, elle n'en savait rien.

— Je t'aime, papa, dit-elle tout doucement.

— Moi aussi, je t'aime, chaton, murmura-t-il.

Sans ajouter un mot, elle laissa son père seul, sachant que son impression au sujet de Patrick n'était pas seulement une réaction émotionnelle causée par la maladie de l'enfant. Un danger menaçait quelque part, un danger rôdait autour d'eux, et il n'avait pas fini de se manifester. Gabbie l'avait senti et Gloria le savait, et c'était à présent au tour de son père d'en prendre conscience. Jack l'attendait dans le couloir et elle alla vers lui ; sans rien dire, il la prit dans ses bras. L'espace d'un instant, elle se sentit en sécurité et regretta que ce sentiment fût si éphémère.

Gloria et Aggie apparurent, et Gabbie les étreignit toutes les deux pendant que Jack ouvrait la porte du bureau pour informer Phil de leur arrivée. Il embrassa sa femme et dit :

— Sean va bien. Ils ne lui ont rien trouvé et il peut rentrer à la maison.

Gloria, qui semblait épuisée mais calme, parut reprendre espoir à cette nouvelle.

— Bien, dit-elle. Et Patrick ?

Phil prit sa femme par le bras, et le couple s'éloigna, suivi à peu de distance par les autres. Il lui fit monter un étage, puis la conduisit au fond d'un long couloir, vers l'unité de psychiatrie. Avant de l'amener devant la porte de la chambre de Patrick, il lui dit :

— Il va falloir que tu sois forte, ma chérie. Patrick a changé.

Les yeux de Gloria s'écarquillèrent.

— Changé ?

— Il a subi des dommages au... au cerveau.

Poussant un cri purement animal, Gloria écarta son mari avec violence et poussa la porte. Une infirmière de garde voulut protester et Gabbie lui cria :

— Allez chercher le docteur Latham !

Phil, pris par surprise, réagit avec un temps de retard et pénétra dans la chambre alors que sa femme se ruait au chevet de Patrick. Les infirmières avaient essayé de le nettoyer, mais il avait uriné dans son lit et la chambre empestait l'ammoniac. Il était assis et se caressait toujours, oscillant d'avant en arrière, regardant la télévision. Il se tourna pour faire face à ses parents et l'expression de son visage les figea tous les deux. Il y avait sur ses traits quelque chose de si aberrant que ses parents ne parvenaient pas à franchir les quelques mètres qui les séparaient de lui. Phil tendit la main, la posa sur l'épaule de Gloria, et celle-ci hurla :

— Patrick !

Gisant au sein de douces ténèbres, Patrick entendit une voix lointaine et, l'espace d'un instant, sentit une vague alarme. Mais elle disparut lorsque le serviteur noir revint. Les pensées de Patrick redevinrent diffuses et il se lova au milieu des fleurs noires qui entouraient le lit de son maître. Quelques autres créatures s'étirèrent confusément, plongées dans un sommeil qui durerait jusqu'à ce que le jour s'achève et que la nuit envahisse le monde de la lumière, annonçant que le moment était venu d'aller jouer.

Pour la première fois depuis son arrivée en ce lieu, Patrick sentit une étrange bouffée de plaisir à cette idée. Puis une pensée s'insinua dans son esprit. Il y avait quelque chose dans le monde extérieur… Cette pensée s'évanouit lorsque le serviteur noir se coucha dans les fleurs à côté de Patrick. L'enfant renifla l'odeur douce-amère de la Chose noire et remarqua qu'elle n'était pas aussi répugnante qu'il l'avait naguère cru. Alors que le sommeil revenait l'envelopper, Patrick s'en étonna, tout comme il s'étonna d'avoir si vite accepté cette créature comme compagnon de jeux. La Chose noire vint l'embrasser, sa main griffue se posa doucement sur le ventre de l'enfant, et pour la première fois Patrick ressentit un étrange réconfort au contact de cette peau squameuse. Et l'espace du plus bref des instants, il s'interrogea sur cette voix familière qui l'avait réveillé.

17

Phil attendait devant la salle d'examen. Personne ne lui disait rien tant qu'il se tenait à l'écart. Tout le monde avait conscience du tourment qu'il ressentait tandis qu'il observait les événements à travers la petite fenêtre. Il était à présent midi. Les médecins s'étaient occupés de Patrick durant toute la matinée et complétaient les derniers tests. Gloria était à la maison avec Sean qui donnait tous les signes d'un prompt rétablissement. Il avait affirmé avec insistance que son cauchemar était bien réel, parlant d'un Homme-Lumière et d'une chose noire. Son récit semblait avoir troublé Gloria, mais Phil savait qu'il ne s'agissait que d'un délire causé par la fièvre. À présent, au bout de l'épuisement, il attendait d'avoir des nouvelles de Patrick. Phil se demanda distraitement où étaient passés Gabbie et Jack, puis il se rappela qu'ils s'étaient proposés pour aller faire les courses à la place de Gloria, ainsi que pour poster quelques chèques que Phil avait laissés sur son bureau ; ils ne tarderaient pas à regagner l'hôpital.

Patrick était attaché à une table d'examen dans la salle où on avait installé l'analyseur IRM du Dr Bergman. Les quatre médecins – Wingate, Bergman, Latham et Murphy –, assistés de deux infirmiers et de deux techniciens, observaient les graphiques faire la gigue sur trois larges écrans en couleur et sur plusieurs moniteurs plus petits. Patrick semblait minuscule au milieu de toute cette machinerie, et son visage était un masque de colère grimaçante que l'on apercevait à peine sous l'anneau de métal qui encerclait sa tête. Il hurlait et glapissait comme un singe pris de démence tandis que les assistants l'empêchaient de se défaire de ses liens et de se faire du mal. Phil sentait son estomac se nouer chaque fois qu'il le voyait. Son fils ressemblait à un extraterrestre en cours de dissection et il ne pouvait rien faire pour l'aider. L'espace d'un instant, Phil revit en esprit l'image qui lui était apparue lors de la première nuit, l'image de Patrick emprisonné dans un lieu sombre et lointain. Il inspira profondément et, pour la première fois en neuf ans – il avait cessé de fumer lorsque Gloria s'était retrouvée enceinte –, il regretta de ne pas avoir une cigarette sous la main.

Il voyait les médecins parler, mais ne pouvait entendre ce qu'ils disaient. Il avait devant lui le dos de Michael Bergman, qui insistait pour que tout le monde l'appelle

Mickey. Bergman était un homme sémillant d'une cinquantaine d'années, vêtu sous sa blouse d'hôpital d'un costume en soie qui venait tout droit d'Italie. Ses cheveux d'un gris métallique étaient soigneusement peignés et il arborait une fine moustache. Il fit le tour de la machine pour examiner une dizaine de sondes reliées au large anneau de métal qui encerclait la table d'examen et la tête de Patrick. Il suivit les fils sur toute leur longueur, jusqu'à la machine, et s'assura que tout était correctement branché. Avant de s'éloigner, il ne put résister au désir de caresser la joue de l'enfant dans un geste paternel. Il écarta vivement sa main avant que Patrick ait eu le temps de la mordre.

Il se rendit finalement devant la console et étudia les graphes. Quelques instants plus tard, il faisait signe aux médecins de le suivre à l'extérieur, tandis que les infirmiers, deux types costauds, commençaient à détacher Patrick.

Bergman et Wingate sortirent de la salle, suivis par Murphy et Latham.

— Eh bien ? dit Phil, plein d'espoir.

— Venez, Phil, dit Wingate. Il faut que nous vous parlions.

— Je vous laisse, dit Murphy à Phil. Il y a eu un nombre imprévu d'admissions aux urgences ces deux dernières nuits. Je me suis éclipsé pour venir ici, mais il faut que j'y retourne.

Alors qu'il s'éloignait, Phil lui dit :

— Docteur Murphy ? Je... eh bien, merci. Et vous auriez passé haut la main le test de compassion.

Le jeune médecin, visiblement épuisé, eut un faible sourire.

—Il faut toujours essayer, Mr. Hastings. (Il regarda dans la direction de Wingate qui, d'ordinaire plutôt volubile, attendait en silence avec Bergman et Latham, et serra le bras de Phil afin de le rassurer.) Croyez-moi, le docteur Bergman est le meilleur. S'il y a quelque chose à faire, il le fera.

Phil hocha la tête en signe d'assentiment pendant que Murphy s'éclipsait.

Puis il accompagna les trois médecins dans le bureau de Wingate. Celui-ci s'assit en soupirant dans son fauteuil, pendant que Phil et Bergman prenaient place sur deux chaises. Le Dr Latham resta debout près de la porte.

—Phil, dit Bergman en soupirant. J'ai traité des centaines de cas durant les vingt dernières années. Et celui-ci est le plus étrange que j'aie jamais vu. (Il agita un listing dans l'air.) À côté de ça, tout ce que j'ai pu voir semble normal.

—Que se passe-t-il ? demanda Phil, hésitant à espérer quoi que ce soit de peur de voir ses espoirs de nouveau anéantis.

—Selon mon analyseur IRM… votre fils n'a pas de cerveau.

Phil n'arrivait pas à prononcer quelque mot que ce fût.

—Je viens de faire une série de tests pour m'assurer que l'analyseur n'avait pas souffert durant le voyage, et tout marche bien. Mais vu les résultats obtenus, il ne se passe rien de normal à l'intérieur du crâne de Patrick.

—Que voulez-vous dire ? demanda finalement Phil.

Les médecins échangèrent un regard.

—Je ne sais même plus comment je m'appelle, aujourd'hui, Phil, dit Wingate. L'EEG nous donne les mêmes insanités que d'habitude. Mais l'IRM de Mickey ne décèle aucune réponse électrochimique du cerveau devant quelque stimulation que ce soit. (Il tapa sur son bureau avec ses lunettes.) Ou bien l'une des deux machines ment, ou alors nous avons là quelque chose qui défie toute explication rationnelle.

— Je… je ne comprends pas, dit Phil, déconcerté.

— Mickey ? dit Wingate.

— Mon analyseur permet de déceler ce qui se passe dans le cerveau, au niveau électrochimique. La médecine nucléaire a fait des pas de géant dans plusieurs domaines et nous avons beaucoup travaillé récemment sur la résonance magnétique nucléaire. La plupart des analyseurs permettent d'observer le tissu cérébral, dans de meilleures conditions que les rayons X et sans le moindre risque. Mon analyseur permet de déceler les réactions chimiques dans ce tissu. On obtient grâce à lui une image analogique du cerveau restituée par ordinateur, obtenue en observant les variations énergétiques dans les circonvolutions cérébrales. Supposons que je claque des mains près de l'oreille d'un sujet, vous verriez apparaître sur l'écran un changement de couleur traduisant la réaction à ce stimulus. En ce moment, nous nous efforçons de constituer une carte du cerveau grâce à l'aide de dizaines de volontaires dans mon service de Johns Hopkins, en essayant de dresser le catalogue des réactions « normales ». Un jour, nous utiliserons cette machine afin d'isoler les tumeurs cérébrales avant qu'elles deviennent dangereuses pour la vie du patient.

— Et pour diagnostiquer bien d'autres choses, intervint Teddy Wingate. L'épilepsie, les troubles de l'intelligence, peut-être même les dysfonctionnements cérébraux à l'origine de la psychose, ainsi que l'autisme.

— Peut-être. Mais nous n'en sommes qu'au début, dit Bergman en s'adossant à son siège. Pour l'instant, nous disposons d'un outil de diagnostic approximatif. Nous pouvons examiner les réactions cérébrales d'une personne et dire : « Ce patient a des réactions dans l'ensemble normales », ou « en dehors du registre normal ». Nous ne pouvons pas encore affirmer : « Ce patient a la maladie d'Alzheimer », ou « Cet enfant est dyslexique ». Et ce ne sera pas possible avant longtemps.

» Vous devez savoir que l'électroencéphalogramme mesure des impulsions électrochimiques grâce à des sondes implantées sur le cuir chevelu. Ma machine essaie de déceler la nature de ces transformations chimiques. Dans le cas de Patrick, l'EEG nous montre qu'il se passe quelque chose – du moins, les sondes captent assez d'énergie pour semer la panique dans les graphes. Mais mon analyseur dit qu'il ne se passe rien dans la tête de Patrick au niveau chimique. Le premier dit que le cerveau fonctionne, d'une façon unique et aberrante, et le second dit qu'il n'y a rien dans ce crâne. Si ma machine a raison, ou bien Patrick a entre les oreilles un tube à vide plein d'électricité, ou alors il est mort. Et pour un cadavre, il fait beaucoup de bruit, ajouta-t-il avec amertume. Je ne vois pas comment je pourrais mieux vous l'expliquer.

— Vous connaissez l'expression « Il y a de la lumière, mais personne à la maison » ? demanda Wingate. (Phil hocha la tête.) Eh bien, elle s'applique à merveille à notre cas.

— Phil, dit Bergman, il est impossible que Patrick respire sans qu'il y ait de réactions chimiques dans son cerveau. Même si ses fonctions cérébrales supérieures avaient été annihilées par la maladie, ne laissant fonctionner que les plus primitives – un peu comme dans le cas de Karen Anne Quinlan[1] –, nous aurions quand même décelé un grand nombre de réactions. Nous devons donc supposer que ma machine est cassée – en dépit des vérifications qui prouvent le contraire – et que Patrick a souffert de dommages cérébraux importants, ce qui expliquerait cet électroencéphalogramme inexplicable. (Il jeta un coup d'œil au listing qui se trouvait sur le bureau de Wingate et ajouta :) Mais que veulent dire ces trucs, ça me dépasse totalement.

— Ça n'a aucun sens, dit Phil.

— Exact, dit Wingate. Ça n'a aucun sens. Nous avons un patient qui n'a eu aucune réaction normale aux stimuli qui lui ont été infligés.

— Que pouvez-vous faire ? demanda Phil.

— L'observer, dit Wingate. J'aimerais le garder ici encore quelques jours, puis nous pourrons le transférer dans un hôpital psychiatrique mieux équipé, sans doute pour un séjour à long terme.

Bergman acquiesça.

— Je vais encore rester ici quelque temps. Quand je l'aurai observé quelques jours, peut-être pourrons-nous commencer à expliquer son cas.

Wingate soupira, luttant de toute évidence contre un sentiment de défaite.

— Quelles sont ses chances de guérison ? demanda Phil.

---

1. Jeune femme plongée durant plusieurs années dans un coma profond et dont le cas relança en son temps le débat sur l'euthanasie. (*NdT*)

Ce fut Bergman qui lui répondit.

— Je ne peux même pas envisager la possibilité d'une amélioration, Phil. (Il regarda le listing d'un air pensif.) Nous ne savons même pas quelle est la nature physiologique de son affection. Et ça fait un moment que j'ai étudié la pathologie des comportements anormaux.

Wingate hocha la tête en signe d'assentiment.

— Parmi ses actes, il y en a certains qui suggèrent un comportement autistique. L'onanisme constant est un exemple classique de comportement autostimulatoire, ainsi que ses oscillations d'avant en arrière.

Phil s'agita sur son siège, mal à l'aise.

— Je me posais des questions sur son comportement sexuel.

— Nous ne savons pas s'il s'agit de sexe au sens où nous l'entendons normalement, dit Bergman. Bien que son attitude envers les infirmières me pousse à le croire, en dépit de son jeune âge – c'est pour ça que nous l'avons confié à des infirmiers et à des aides-soignants. Mais la manipulation du pénis est un comportement normal chez les bébés de sexe masculin. Quant à ses cris, ses glapissements et tout le reste…

Le regard de Bergman se fit lointain.

— Quoi donc ? demanda Phil.

— Pendant un instant, quand Patrick a tenté de me mordre la main… j'aurais juré percevoir de l'intelligence dans ses yeux. Comme si tout son numéro n'était qu'une sorte de jeu. (Il ferma les yeux et se frotta les paupières.) Excusez-moi, Phil. Je ne devrais pas vous imposer mes divagations. Si je continue comme ça, vous allez croire que Patrick est possédé par le démon.

Phil secoua la tête en signe de frustration.

—Je rendrais grâce au Ciel s'il se mettait à vomir de la purée de pois et à tourner la tête de 360 degrés. J'appellerais un exorciste et on en aurait fini.

—Phil, dit Latham, nous ne pouvons qu'imaginer le tourment que vous ressentez, Gloria et vous. Rentrez chez vous, et nous veillerons sur lui quelques jours encore. Je ferai le nécessaire pour qu'on le transfère à l'hôpital de Tonawanda, ou dans une clinique privée si vous préférez, mais attendons jusqu'au… (il jeta un coup d'œil sur son calendrier mural)… jusqu'au lundi 2 novembre, d'accord ?

—Je suis d'accord, dit Bergman en se levant. Nous devons nous en remettre aux méthodes éprouvées, même si elles sont lentes – observation, médication, thérapie – et voir ce qui en résulte. C'est ça ou la magie.

Latham et Wingate firent mine à leur tour de quitter le bureau.

Phil se leva et suivit les trois médecins. Gabbie et Jack attendaient devant la porte. Gabbie embrassa son père sur la joue alors qu'il demandait :

—Y a-t-il… y a-t-il vraiment un espoir ?

—Je serais tenté de vous répondre par ce vieux cliché : « Tant qu'il y a de la vie… », dit Bergman, mais j'ai bien peur que tout ce que nous puissions dire, c'est que nous n'en avons pas la moindre idée. Nous ne savons rien, voilà tout.

—Et maintenant ? dit Gabbie à son père.

—Nous rentrons à la maison et nous disons ce qui se passe à Gloria. (Il fit une pause, regardant sa fille et son futur gendre.) Et nous commençons à faire des plans.

Jack acquiesça, sachant qu'il parlait de plans à long terme pour l'hospitalisation de Patrick. Phil se força à sourire.

— Venez. J'ai besoin de prendre l'air, dit-il en se dirigeant vers la sortie.

Latham se tourna vers Wingate.

— Teddy ? dit-il.

D'ordinaire fort volubile, Wingate s'était montré inhabituellement silencieux depuis qu'ils avaient quitté l'unité de psychiatrie.

— Je ne voulais rien dire devant Phil, déclara-t-il finalement, mais l'un de vous a-t-il remarqué autre chose de bizarre chez notre petit patient ?

— Simplement ce que j'ai dit, répondit Bergman. J'ai cru voir une lueur d'intelligence dans ses yeux.

— C'est ça, dit Latham. Parfois, il regarde ce qui se passe comme s'il comprenait tout. C'est ce que vous vouliez dire ?

Wingate secoua la tête et commença à s'éloigner.

— Non, pas ça, bien que j'aie également eu cette impression. Ce qu'il y a, c'est que lorsque je reste plus de quelques minutes près de ce petit monstre, j'ai une trouille bleue.

Latham et Bergman échangèrent un regard, mais ni l'un ni l'autre ne commentèrent la remarque de Teddy.

18

Patrick se trouvait au milieu du cercle, les yeux vagues et vitreux. Autour de lui dansaient des silhouettes sombres, des créatures que l'œil était impuissant à distinguer. La brume étouffait tous les bruits et une lumière ténue tentait faiblement de percer la pénombre. Puis une présence se manifesta, une présence si terrible qu'elle en était insoutenable. Patrick se tourna lentement vers l'horreur qui approchait et ses yeux demeurèrent vides. Puis la terreur fut sur lui, le saisissant et l'emportant au loin.

— Non ! hurla Gloria en se redressant sur sa couche.

Son cœur battait à tout rompre et elle ravala un sanglot. Elle regarda autour d'elle et vit que la place de Phil dans le lit était inoccupée. Elle savait qu'elle le trouverait endormi sur le canapé du salon, la télévision lui dispensant des actualités qu'il n'écoutait pas.

Puis la voix de Sean retentit dans la maison.

— Maman !

Gloria se précipita vers la chambre de son fils. Il dormait dans le lit de Patrick, comme il en avait pris l'habitude depuis son retour à la maison. Gloria s'assit à côté de lui, le prenant dans ses bras. Il pleurait à longs sanglots déchirants.

— J'ai fait un cauchemar, dit-il au creux de son épaule. Un cauchemar avec Patrick dedans.

— Je sais, mon bébé, dit-elle, mêlant ses larmes à celles de son fils. Je sais.

Gloria tenait toujours Sean dans ses bras lorsque Gabbie apparut sur le seuil.

— Est-ce que ça va ? demanda la jeune fille d'une voix ensommeillée.

— Oui, dit Gloria, tendue. Va dormir, ma chérie.

Gabbie hésita un instant, puis regagna sa chambre à pas lents.

— Je peux dormir avec toi ? demanda Sean.

Gloria ne se donna même pas la peine de répondre et conduisit Sean vers sa chambre. L'enfant grimpa dans le lit de ses parents et se blottit contre l'oreiller de Phil. Gloria se recoucha, regrettant amèrement l'absence de son mari mais sachant qu'une fois réveillé, Phil mettrait toute la nuit à se rendormir.

Gloria contempla Sean tandis que son souffle se faisait plus profond et plus régulier. Tous deux avaient conscience d'une sinistre menace que Phil ne pourrait jamais comprendre, une menace qu'ils percevaient en dépit de toute raison. Ils savaient que tous les scientifiques et tous les médecins du monde ne leur ramèneraient jamais Patrick. Luttant contre un désespoir terrible au point d'en être presque insoutenable, Gloria essaya de trouver le sommeil, bercée par le souffle de Sean. Le sommeil mit longtemps à venir. Et les images de petits garçons perdus dans les ténèbres mirent longtemps à s'estomper.

19

Gabbie jeta un coup d'œil par la fenêtre en entendant un bruit de voiture dans l'allée.

— C'est Gary ! cria-t-elle aux autres.

Jack et Phil se trouvaient dans le bureau de ce dernier, en train de discuter de l'hospitalisation de Patrick. Aggie était dans la cuisine et aidait Gloria à préparer le thé, tandis que Sean regardait la télévision au salon.

Tous allèrent accueillir Gary à la porte, et Gabbie l'embrassa.

— Vous avez l'air épuisé, dit-elle.

— Voulez-vous une tasse de thé ? demanda Gloria.

— Puis-je me permettre de vous demander plutôt un verre d'alcool ? demanda Gary.

— Pas de problème, répondit Phil.

Ils entrèrent dans la salle de séjour, où Aggie Grant posa le service à thé sur la petite table près du canapé. Gary ôta son manteau et parcourut la pièce des yeux. Il perçut la tension qui régnait parmi ses amis et demanda :

— Que s'est-il passé ?

Les yeux de Gloria s'emplirent de larmes et elle fit un signe de tête à son mari. Phil informa le jeune homme de la maladie de Patrick.

— C'est horrible, dit Gary en s'asseyant. Phil, je suis vraiment navré. Peut-être devrais-je…

— Non, coupa Phil. Restez ici. Ça ne servira à rien que vous repartiez.

— Alors, comment allez-vous ? demanda Jack.

— Je suis crevé. (Il but une gorgée du verre que Phil venait de lui tendre.) Merci. Je suis crevé et inquiet.

— Pourquoi ? demanda Phil.

— Mark a disparu.

— Qu'est-ce que vous racontez ?

— Mark a disparu quelque part en Allemagne, dit Gary, qui reprit après une pause : Ça a rapport avec cette société secrète dont Fredrick Kessler faisait peut-être partie. J'ai parlé à Mark quand j'étais à Seattle. Il se trouvait encore à New York et nous avons comparé nos notes. Je lui ai envoyé des copies des traductions que j'avais fait faire à partir des parchemins. Elles n'étaient pas plus bizarres que d'autres vieux écrits religieux peuvent l'être à nos yeux. Mais Mark est tombé sur quelque chose qui l'a décidé à partir pour l'Allemagne. Il ne m'a pas dit quoi. Je le connais assez pour dire qu'il était vraiment troublé. Et, soupira-t-il, depuis notre dernière conversation, il s'est évanoui dans la nature.

» Il m'a appelé à Seattle depuis son hôtel de Munich pour me demander de faire des recherches sur un des amis de Kessler qui s'était installé au Canada. Je me suis rendu à Ottawa, puis à London, dans l'Ontario, puis je suis revenu à Ottawa. J'ai appelé son hôtel à l'heure dont nous étions convenus mais il avait quitté les lieux. On m'a donné sa destination, mais il n'y est jamais parvenu. Il est déjà arrivé à Mark de prendre la tangente, parfois une semaine ou deux, cependant il s'est toujours arrangé pour que je puisse le contacter en cas de besoin. Cette fois-ci, rien.

Gary sirota son verre pendant que les autres échangeaient un regard.

— Devrions-nous essayer de contacter quelqu'un en Allemagne ? demanda Phil.

— Je ne sais pas, dit Gary en haussant les épaules. Peut-être l'ambassade américaine. Ils pourraient nous orienter. (Il secoua la tête.) Mais j'ai l'impression que, si Mark a des ennuis, nous risquons de ne plus jamais le revoir.

Ces paroles refroidirent considérablement l'atmosphère de la pièce.

— Gary, vous me faites peur, dit Gloria dans un murmure.

Elle se rappelait la prémonition qu'elle avait eue le soir du départ de Mark.

— Excusez-moi, dit Gary. Ce qui m'est arrivé au Canada était tellement bizarre. (Il but une nouvelle gorgée.) Le plus… troublant, dans l'histoire, n'est pas ce que j'ai trouvé, mais ce que je n'ai pas réussi à trouver.

— Que voulez-vous dire ? demanda Gabbie.

— Je n'ai trouvé que des impasses. Le copain de Kessler qui s'était établi au Canada s'appelait Hans von Leer. Arrivé à London, il a changé de nom pour devenir Hans Van der Leer.

— C'est un patronyme hollandais, non ? dit Jack.

— Exact. Les journaux locaux parlaient de lui comme d'un Hollandais. Il a débarqué cinq ans après l'arrivée de Kessler à Pittsville. Difficile de savoir où il était avant. Mr. Van der Leer, ou von Leer si vous préférez, a pris beaucoup de peine pour dissimuler ses origines. Partout où j'ai fait des recherches, je n'ai trouvé que des pages manquantes aux registres, des dossiers égarés, des notations effacées, un millier de choses conçues pour empêcher quiconque de savoir qui était Van der Leer quand il vivait en Allemagne. Je pense que c'est pour ça que Mark est parti là-bas : pour savoir qui était ce type et quels étaient ses rapports avec Kessler et avec les autres exilés d'Allemagne du Sud. Et quel était le lien avec tous ces événements bizarres survenus au début du siècle.

» J'ai donc poursuivi mes recherches, sans aucun résultat. Ce qui m'a rendu inquiet, c'est que… c'est qu'il me semble que la société secrète de Kessler existe toujours, qu'elle est toujours active.

— C'est terrifiant, dit Gabbie.

— Gary, dit Phil, Mark nous a parlé de cette histoire de société secrète, mais il est resté bien vague. Avez-vous une idée de ce dont il retourne exactement ?

— Si Mark ne se trompe pas, dit Gary, il existe une personne, ou un groupe de personnes capables d'agir sur votre mémoire et de vous faire oublier tout souvenir de leur existence. (Gary fit une pause, puis dit :) Que personne d'autre ne réponde. Gabbie, que vous rappelez-vous au sujet de la grange ?

Troublée, Gabbie regarda les autres personnes présentes dans la pièce, puis elle sourit.

— La grange ? dit-elle en riant. Vous voulez parler de ses murs qui ont besoin d'être repeints, ou de son toit qui fuit ?

— Non, je veux parler du type que vous avez rencontré là-bas et qui a tenté de vous violer.

L'expression de Gabbie trahissait sa totale confusion.

— De me violer ? (Peu à peu, elle passa de la perplexité à la terreur et son visage devint blanc comme un linge.) J'avais oublié, dit-elle d'une voix faible et presque inaudible.

— Tu avais oublié ? dit Jack, incrédule. Comment est-ce possible ?

Gary leva la main pour arrêter le feu roulant des questions.

— Doucement, les amis. Je voulais seulement vous faire la démonstration de ce que Mark a découvert la nuit où nous avons poursuivi l'agresseur dans les bois. Gabbie a tout oublié parce que le type qu'elle a rencontré avait le… le pouvoir de lui faire oublier ce qui s'était passé ce soir-là. Si j'insiste encore un peu, Gabbie va se rappeler certaines choses, mais dès que je m'arrêterai, elle recommencera à tout oublier. Je ne suis sûr de rien, mais il est possible que, si nous ne persistons pas à lui rappeler son agression, elfe finisse par l'oublier totalement. Peut-être même… (il fit le tour de l'assemblée)… ira-t-elle jusqu'à la nier.

— Si je me concentre, dit Gabbie, je peux… C'est bizarre, mais c'est comme si je me rappelais un vieux film que j'ai vu il y a longtemps… ou un rêve que j'ai fait quand j'étais petite.

— C'est plus que bizarre, dit Gary. C'est foutrement impossible. Si j'en crois le peu de connaissances que j'ai dans ce domaine, les moindres détails de l'agression dont vous avez été la victime devraient être gravés dans votre esprit – à moins que vous les ayez refoulés de façon classique. (Il reprit une gorgée de son verre.) La même mésaventure est arrivée à Mark.

Il leur raconta ce qui s'était passé la nuit où Mark et lui avaient poursuivi l'agresseur dans la forêt, leur expliquant que Mark n'était jamais parvenu à se rappeler son épreuve sans écouter la cassette qu'il avait enregistrée, jusqu'à ce que Gary l'ait hypnotisé pour le forcer à se souvenir. Puis il se tourna vers Jack et lui demanda :

— Comment va votre épaule ?

Jack sembla fort surpris par cette question.

— Ça va bien… Quelle épaule ?

— La droite, celle qui a été infectée.

Jack siffla longuement. Il regarda les autres.

— Merde, moi aussi.

— Mark a… subtilisé une sorte d'étrange fléchette. Le docteur croyait que c'était un fragment d'os, m'a-t-il dit.

Gloria était de plus en plus nerveuse.

— Qu'est-ce que vous racontez, Gary ? Il y aurait des dingues planqués dans la forêt près d'ici ? Des dingues qui violent les femmes et qui tirent des fléchettes empoisonnées et… merde, quoi d'autre encore ?

— Je ne sais pas si je devrais vous raconter tout ça, dit Gary, mais… bon sang ! si Mark ne… ne doit pas revenir, je ne veux pas me retrouver tout seul face à eux. Mark n'a pas seulement vu un adolescent dans la forêt cette nuit-là.

Il leur fit part du contenu de l'enregistrement et de ce que Mark lui avait dit après avoir été hypnotisé.

Tous furent stupéfiés par la description des cavaliers dans la forêt. Aggie fut la première à prendre la parole.

— Gary, ceci est impossible, dit-elle d'une voix ferme.

— Si je n'avais pas été près de Mark quand il a écouté la cassette, si je n'avais pas observé sa réaction, eh bien, je serais d'accord avec vous sur ce point. J'ai beaucoup réfléchi à tout ça, Aggie. Ou bien Mark a vu l'impossible. Ou alors… (il fit une pause)… quelqu'un contrôlait son esprit.

— Peut-être y avait-il des cavaliers dans la forêt, dit Gabbie, ajoutant avec hésitation : Déguisés ?

— Ma chère enfant, dit Aggie, ce que Mark a décrit, c'est la Chasse sauvage.

— Pardon ? dit Phil.

— C'est une légende. Les membres de la Chasse sauvage chevauchent dans la forêt pendant la nuit, pourchassant ceux qui… sont maléfiques, ou ceux qui les ont offensés, ou – cela dépend des différentes versions – ceux qui ont le malheur de se trouver sur leur chemin.

— Qu'est-ce que c'est que ce truc ? dit Phil, réprimant un rire nerveux comme s'il ne comprenait strictement rien à ce qui se disait. Un Ku Klux Klan irlandais ?

Le trouble d'Aggie perçait nettement dans sa voix.

— Philip, ces cavaliers sont les *Daonie Sidhe* – le Vieux Peuple, des fées. (Phil cligna des yeux.) Leur meneur est une créature à tête de cerf sauvage. Aucun mortel n'est capable de chevaucher leurs montures. C'est une légende féerique irlandaise.

— C'est impossible, dit Jack.

— Papa, dit doucement Gabbie, tu te rappelles la tapisserie ? On y voit ces cavaliers et, parmi les carcasses suspendues aux arbres, il y a… des gens.

Phil secoua la tête.

— Je suis prêt à accepter un groupe de dingues déguisés qui font du cheval la nuit… peut-être. Et prêt aussi à croire que Kessler et ses acolytes ont été chassés d'Allemagne parce qu'ils avaient formé un groupuscule de terroristes religieux… mais quel rapport y a-t-il avec l'agression dont a été victime Gabbie et la rencontre qu'a faite Mark ?

Gary paraissait abattu.

— Je n'en ai aucune idée. En grande partie parce que je ne sais pas ce que Mark est allé faire en Allemagne. Il s'est montré peu loquace au sujet de cette affaire et de ses conclusions. J'arrive à me faire une vague idée de ce qui se passe grâce au travail qu'il m'a demandé de faire. (Il soupira.) Tout ce que je peux dire, c'est que j'ai la certitude qu'il y a encore aujourd'hui des gens impliqués dans cette histoire au même titre que Kessler l'était il y a quatre-vingts ans.

» Supposez – juste quelques instants – que cette société secrète dont Kessler et Van der Leer faisaient partie ait détenu le secret d'une forme de contrôle mental, grâce auquel ils pouvaient contraindre les gens à oublier ou leur donner des visions. Peut-être que *The Shadow* n'est pas le seul à pouvoir embrumer l'esprit des gens. (La voix de Gary s'était élevée, trahissant sa frustration, et il s'obligea à se calmer.) Excusez-moi, je suis vraiment épuisé. Écoutez, si un tel groupe existait jadis, et si ses membres avaient vraiment un tel pouvoir, cela expliquerait qu'ils soient encore actifs, sans que quiconque ait conscience de leur existence.

» Supposez qu'il n'y ait rien de surnaturel là-dessous. Supposez que Phil ait raison, qu'il s'agisse seulement d'un groupe de gens déguisés et qu'il y ait une explication rationnelle aux étranges pouvoirs que Mark leur a trouvés. Peut-être ont-ils fait usage d'une drogue sur Mark et sur Gabbie – il y avait certainement une substance toxique sur la fléchette qui a atteint Jack, d'après ce que m'a dit Mark. Reste le fait qu'il y a dans les parages un groupe de types bizarres qui se déguisent et qui font du cheval la nuit afin d'imiter de leur mieux une légende celtique. D'ailleurs, c'était dans ce domaine que Mark m'avait demandé de continuer les recherches avant que vous ayez trouvé la pièce secrète dans la cave. Il m'avait chargé de dresser un catalogue de légendes celtiques, puis irlandaises et écossaises. Bref, peut-être avons-nous affaire à la bande de Kessler, tout le reste n'étant que de la poudre aux yeux. Mais tant que nous ne saurons pas qui ils sont et ce qu'ils trafiquent, nous n'aurons aucun indice sur ce qui se passe vraiment. Mark en savait plus que moi là-dessus, mais il a… disparu. Il est cependant évident que ce qui s'est passé en Allemagne au début du siècle est en train de se reproduire ici, quoique à un moindre degré. (Il resta silencieux quelques instants.) Et vu ce qui m'est arrivé au Canada, je pense que quelqu'un tente d'empêcher les profanes de découvrir ce qui se trame.

Gabbie porta une main à sa bouche.

— Oh, Gary, vous me faites peur.

— Je suis terrifié moi aussi, Gabbie. Tout cela est si bizarre. Bien plus bizarre que les choses que nous étudions d'habitude. Et plus on avance, plus il devient difficile de comprendre ce qui se passe. Plus j'en trouve, et moins j'en sais. J'aimerais bien savoir où est Mark. (Gary se passa la main sur les yeux.) Eh bien, fit-il en secouant la tête, à présent que je vous ai gâché votre journée, j'ai besoin de sommeil. Je vais y aller.

— Vous ne voulez pas rester ici et manger quelque chose ? demanda Phil. On a mis un gigot au four.

— Non, merci. Je n'ai pas faim et j'ai vraiment besoin de dormir. De plus, telle que je connais Ellen, elle va vouloir venir me mijoter un bon petit plat, étant donné qu'elle ne m'a vu que trois jours durant le mois dernier. Laissez-moi une journée pour me retaper, et je reviendrai faire un tour ici. Et tenez-moi au courant pour Patrick.

Ils se levèrent et prirent congé de Gary. Au moment où il s'en allait, Sean apparut sur le seuil, demandant ce qu'il y avait pour le dîner. Aggie l'emmena dans la cuisine pour lui préparer un sandwich en attendant qu'on se mette à table.

— C'est vraiment une drôle d'histoire, dit Gabbie. Sacrément terrifiante.

— Et il y a l'or de Kessler, dit Jack en hochant la tête. C'est peut-être ça qu'ils veulent.

— Peut-être, dit Gabbie. Et peut-être qu'ils ne savent pas que nous l'avons déjà trouvé et qu'ils essaient de nous effrayer afin d'avoir la paix pour le chercher.

— Eh bien, dit Phil, c'est la première théorie sensée que j'entende. Si ce sont les acolytes de Kessler qui cherchent son or, cela explique tout : une poudre hallucinogène et des costumes de carnaval. Tant que je n'aurai pas vu de mes yeux une de ces fées, les mystérieux acolytes de Kessler me paraîtront plus vraisemblables. Mais je crois que je vais réserver mon jugement, parce que même ça, c'est trop étrange pour moi. En dépit de la bizarrerie de toutes ces hypothèses, je pense quand même que la vérité se révélera bien plus simple que ces sociétés secrètes antiques aux membres doués de mystérieux pouvoirs mentaux.

Gloria vint près de son mari et lui passa un bras autour de la taille.

— Non, dit-elle doucement. Tout cela est cohérent. Nous n'avons pas encore toutes les pièces du puzzle, voilà tout. Et cela a un rapport avec ce qui arrive à Patrick…

Phil l'interrompit, redoutant une nouvelle crise de larmes.

— Ma chérie, nous sommes au XXe siècle, pour employer un cliché. Notre maison n'est quand même pas bâtie au-dessus d'un autel consacré à Cthulhu. Tout ce que nous avons, c'est un peu d'or et des trucs bizarres abandonnés par un immigrant venu d'Allemagne, ainsi que… (sa voix s'adoucit)… ainsi qu'une tragique maladie. Ça suffit pour l'instant. (Il la serra dans ses bras, puis ajouta d'un ton plus léger :) Écoute, pourquoi n'irais-tu pas passer quelques jours chez ta mère avec Sean ?

Les deux journées qui venaient de s'écouler avaient été pénibles pour tous, mais Gloria et Sean semblaient les avoir le moins bien supportées. Après avoir découvert

Patrick sur son lit, Gloria avait été la proie d'une crise d'hystérie qui avait duré plusieurs heures, et bien qu'elle ait réussi à se ressaisir, sa tension nerveuse était évidente. Et Sean était devenu mélancolique et renfermé.

— Non, dit Gloria sans un instant d'hésitation. Merci, mais… je veux rester ici, et ça ne ferait pas de bien à Sean. Essayons de vivre aussi normalement que possible.

— D'accord, si tu en es sûre. Pour l'instant, je vais regarder les infos à la télé. Tu viens ?

Gloria acquiesça, un faible sourire aux lèvres, et elle suivit Phil dans le salon. Son mari fit halte près du seuil.

— Jack, dit-il, avec tout ça, j'ai oublié de vous demander. Et votre oral ?

Jack grimaça.

— Demain à 15 heures. J'allais le faire reporter…

— Mais je n'ai pas voulu, dit Gabbie.

Gloria eut un petit sourire triste.

— Tu as eu raison. Eh bien, bonne chance, Jack.

Phil fit écho à sa femme tandis qu'ils quittaient la pièce. Gabbie se tourna vers Jack.

— Cette histoire d'agression, c'était vraiment bizarre.

— Tu avais réellement oublié ?

— Tout. Si Gary ne m'en avait pas parlé, je crois que je ne m'en serais jamais souvenue. Et même à présent, il faut que je fasse un effort pour me rappeler.

— Ça me donne la chair de poule. Moi aussi, il faut que je me force pour me souvenir de ma blessure à l'épaule.

— Que penses-tu de tout ça ?

— Je n'en sais rien. Gary nous a raconté des trucs vraiment dingues. Peut-être que ton père a raison. Peut-être qu'il y a une explication rationnelle à tout cela. (Il se leva.) Écoute, dit-il avec un soupir théâtral, il faut que je fasse un peu de bachotage pour mon examen. J'aurais besoin de ton aide, si ça ne te dérange pas.

Gabbie le prit par la main.

— Plus tard… ce soir. (Elle se leva à son tour et son expression se fit plus joyeuse.) Pour l'instant, je veux aller me promener tranquillement avec mon homme. Allons faire un tour jusqu'à la route. C'est le premier jour sec depuis une semaine, et il ne fait pas trop froid.

— Ça me convient parfaitement, dit Jack en souriant.

Le tirant par la main, elle le conduisit dans la cuisine. Après avoir promis à Aggie qu'ils reviendraient à temps pour l'aider à préparer le dîner, ils partirent se promener. Aggie les regarda s'éloigner tandis que Sean mangeait en silence un sandwich au beurre de cacahuète. Elle sentait planer une menace terrible sur cette scène domestique et un frisson monta dans sa poitrine.

L'espace d'un instant, Aggie demeura immobile, puis elle sentit les yeux de Sean se poser sur elle. Elle lutta contre le frisson qui s'emparait d'elle, chassant cette impression de danger imminent, et concentra son esprit sur ses tâches présentes. Elle avait une famille à nourrir.

Sean regarda Jack et Gabbie s'éloigner, puis se concentra de nouveau sur son sandwich. Il se demanda distraitement ce que Patrick avait pour dîner chez les… Il laissa son sandwich retomber sur la table tandis que ses yeux s'écarquillaient. Chez les… L'espace d'un instant, il avait compris quelque chose, puis cette connaissance s'était enfuie. Il resta assis en silence durant une longue minute tandis que son cœur battait la chamade, essayant en vain de capturer cette idée fugace, attendant son retour. Puis il poussa un soupir et ramassa son sandwich, le mangeant distraitement en pensant à l'assiette en plastique dans laquelle Patrick était en train de dîner à l'hôpital. Mais il ne parvenait pas à chasser l'image d'une créature sombre et pourtant lumineuse tapie dans un coin. Finalement, il reposa son sandwich à moitié mangé sur la table et quitta la cuisine.

20

Phil passa la tête par la porte de la cuisine, informant sa femme et son fils qu'il repartait pour l'hôpital. Gloria hocha la tête tandis que la porte se refermait derrière lui. Phil tentait de se comporter le plus normalement possible afin de préserver la stabilité de sa famille.

Il monta dans sa voiture et tourna la clé de contact. Le moteur se mit péniblement en marche, bien que la voiture ait déjà roulé ce jour-là. *Il est temps que je la fasse réviser*, pensa-t-il distraitement. Alors qu'il sortait de l'allée pour s'engager sur la route, il réfléchit aux effets de la maladie de Patrick sur les membres de la maisonnée. Durant les deux derniers jours, Gabbie s'était chargée de préparer le petit déjeuner et le déjeuner de Sean et avait veillé à ce que la maison soit en ordre, Gloria réussissant à peine à s'occuper du dîner avec l'aide d'Aggie. Outre le souci qu'il se faisait pour Patrick, Phil était préoccupé par l'état mental de son épouse. Il ne savait absolument pas comment réagir. La semaine qui venait de s'écouler l'avait laissé dans un tel état de fatigue nerveuse qu'il lui était impossible d'émettre un jugement rationnel. Il savait que, dans des circonstances normales, Gloria aurait constamment été au chevet de Patrick. Mais elle ne pouvait se résoudre à approcher cette créature répugnante qui avait naguère été son fils. Et Phil savait qu'elle se sentait coupable de ne jamais aller à l'hôpital. Peut-être que, lorsqu'ils l'auraient transféré dans un hôpital psychiatrique ou lorsqu'ils l'auraient ramené à la maison, si une telle chose était possible... Il ne s'attarda pas sur cette dernière idée.

Phil savait que Gloria finirait par avoir besoin d'aide à son tour. La moitié du temps, elle se déplaçait comme un zombie, à moins qu'elle reste assise sur une chaise, le regard perdu dans le vague. Si quelqu'un lui adressait la parole, elle se ressaisissait presque aussitôt, mais dès qu'elle se retrouvait seule, elle se renfermait de nouveau sur elle-même. Elle s'endormait à 20 h 30 et faisait le tour du cadran, à moins qu'elle se réveille en hurlant à l'issue d'un cauchemar. Ses cris réveillaient également Sean, et il fallait l'amener dans le lit de ses parents pour qu'il se rendorme. On aurait presque dit que Sean se réveillait en même temps qu'elle. Phil réfléchit à cela pendant un instant, puis écarta cette pensée. Jusqu'à ce qu'il se passe quelque chose de concret – jusqu'à ce qu'on ait décidé du destin de Patrick –, Phil se contenterait d'attendre, comme les autres. Alors qu'il accélérait, il se rappela qu'il n'avait pas dit au revoir à Sean. Refoulant une bouffée de culpabilité, il se dirigea vers l'autoroute qui le conduirait à l'hôpital.

21

Gloria lavait distraitement la vaisselle, les yeux fixés sur la fenêtre, inconsciente de la présence silencieuse du petit garçon assis à la table de la cuisine. Le désespoir avait envahi la jeune femme. Elle ne parvenait pas à parler de Patrick sans éclater en sanglots et les rares visites qu'elle lui avait rendues à l'hôpital avaient été pour elle à la limite du supportable. Sa phobie de la maladie, ajoutée à la douleur qu'elle éprouvait pour son fils, menaçait de lui faire perdre pied. Au cœur de son univers privé, il y avait désormais un espace vierge là où s'était trouvé un petit garçon prénommé Patrick. Personne ne faisait de commentaire sur sa répugnance à se rendre à l'hôpital. Si Patrick avait été physiquement malade, elle serait restée à son chevet. Mais cette chose indicible qu'il était devenu, ces miasmes... impies... qui l'entouraient, lui faisaient ressentir bien plus que de la peine. Il y avait une ombre autour de Patrick, une aura qui n'était pas de ce monde. En dépit de la confusion de ses émotions, Gloria lutta pour se souvenir. Il y avait quelque chose que personne ne percevait, quelque chose qu'elle-même avait vu. Et si elle parvenait à s'en souvenir, Patrick lui reviendrait. Son impuissance à se rappeler la plongeait dans la frustration et dans la colère, et, devant son humeur, tout le monde marchait sur la pointe des pieds autour d'elle. Elle entendit vaguement Sean reposer son verre de lait sur la table et consacra toute son attention à la vaisselle.

Sean boudait parce que sa mère refusait de le laisser sortir de la maison et lui avait interdit d'aller au bal costumé de Halloween. Il n'avait pas vraiment envie de s'y rendre, d'ailleurs, mais il ne supportait plus de rester enfermé dans la maison – si loin de Patrick. Il n'avait pas réellement assimilé son expérience de la nuit où on les avait emmenés à l'hôpital. Quelque chose brouillait ses souvenirs, les rendait vagues et insaisissables. Mais il était sur le point de comprendre. La pierre-à-fées paraissait l'aider lorsqu'il la serrait dans son poing. Et il lui semblait qu'à chaque jour qui passait, il parvenait à se souvenir des images de cette nuit un peu plus vite et avec un peu plus de clarté. Il avait renoncé à tenter de faire comprendre ces images aux autres. Ils ne l'écoutaient même pas. Ils ne comprenaient rien. Sean soupira en silence.

Il serra la pierre-à-fées dans son poing et la regarda fixement. Il parvenait à se rappeler un détail de la nuit où Patrick était tombé si malade. Une vague silhouette dans les ténèbres, quelque chose qui flottait à la lisière de sa mémoire, quelque chose qui s'était approché et qui...

Les yeux de Sean s'ouvrirent en grand et son cœur fit un bond. Il se rappelait ! L'Homme-Lumière ! Et la chose qui ressemblait à Sean ! L'Homme-Lumière et la Chose noire avaient emporté Patrick ! Sean se trémoussa sur son siège, sans que sa mère remarque son agitation. Il fallait qu'il fasse quelque chose. Mais il ne savait pas exactement quoi. Et il ne parviendrait à rien en restant enfermé dans la maison. Il avait besoin d'aide, et il savait où il pourrait peut-être en trouver. Sean repoussa son sandwich à moitié mangé et demanda :

— Maman, je peux aller dehors ?

— Non !

Sean sursauta devant la véhémence de cette réponse. Gloria regarda son fils avec des yeux las et adoucit la voix.

— Non, mon chéri. Tu as été malade.

Elle estimait qu'il valait mieux ne pas parler de ce que Gary leur avait dit. Mais elle n'allait pas laisser Sean se balader seul dans les bois.

— Mais, maman…, commença Sean.

Alors sa mère se tourna vers lui et il vit dans ses yeux une expression nouvelle, qui le terrifia. Elle savait ! Ou du moins, elle soupçonnait quelque chose. Consciemment ou inconsciemment, elle avait décidé qu'un fils perdu suffisait. Sean savait que, s'il révélait à sa mère ce dont il s'était souvenu, cela ne la rendrait que plus résolue à lui interdire de sortir. Il cessa de geindre et sortit de la cuisine pour se diriger vers le salon, où il se résigna à regarder une série de dessins animés ou de retransmissions sportives, tout en cherchant un moyen de sortir. Peut-être pourrait-il se coucher tôt, puis s'éclipser lorsque maman se serait endormie. Il s'assit sur le sol, s'adossant à un fauteuil, et se servit de la télécommande pour allumer la télévision. Il fit le tour des programmes jusqu'à ce qu'il ait trouvé un match de football en division universitaire. Il se fichait de savoir quelles équipes s'affrontaient.

Moins d'une heure plus tard, Gabbie passa la tête par la porte et demanda :

— Qu'est-ce que tu fais enfermé ici, gamin ? Il fait un temps superbe dehors. C'est l'été indien.

— Je regardais un match, dit Sean après avoir réfléchi à sa réponse. (S'efforçant de paraître le plus naturel possible, il se leva et éteignit la télé.) Où est maman ?

— Elle fait la sieste. Pourquoi ?

— Pour rien, dit-il en haussant les épaules. Je vais faire un tour au parc, d'accord ? Jouer avec mes copains.

Gabbie faillit dire non, pensant aux théories de Gary, mais elle se souvint que, selon ses dires, il ne se passait rien avant le coucher du soleil.

— D'accord, mais rentre avant qu'il fasse nuit.

— Oui. Je rentrerai tôt.

Il lui fit un geste machinal de la main en guise d'au revoir et traversa la cuisine pour sortir par le porche de derrière. Dès que ses baskets se posèrent sur l'herbe, il se mit à courir. Il pénétra dans la forêt et atteignit le pont du Troll en un temps record. Il s'immobilisa pour reprendre son souffle et perçut l'aura maléfique qui signalait la présence de la Chose noire sous le pont. Il sortit la pierre-à-fées de dessous sa chemise et la serra dans son poing. Adoptant une allure résolue, il traversa le pont sans s'arrêter. Une fois sur l'autre rive, il ressentit une impression de triomphe qui lui donna le vertige. Lorsqu'il se retourna vers le pont, ses souvenirs s'affinèrent encore et une certitude l'envahit. C'était de *lui* que dépendait le sort de Patrick. Ce n'était ni de son père, ni de sa mère, ni des médecins. Aucun d'eux ne savait ce qu'avaient enduré les deux garçons et aucun d'eux ne daignait l'écouter. La surdité qui afflige les adultes lorsqu'un enfant tente de leur expliquer quelque chose les avait gravement frappés. Même le papa de Sean, qui d'ordinaire prenait le temps de l'écouter, semblait incapable de prendre en compte, ne fût-ce qu'un instant, les tentatives confuses que faisait son fils pour lui décrire ce qui s'était passé cette nuit-là. À présent que Sean pouvait tout lui expliquer avec précision, il savait que jamais son père ne croirait qu'il y avait une part de vérité dans ses propos.

À présent, Sean comprenait ce qu'il devait faire. Il devait de nouveau affronter l'Homme-Lumière et la

Chose noire. Ils le terrifiaient toujours, mais il savait confusément qu'après avoir atteint le nadir de la peur cette nuit-là, il ne serait plus jamais terrifié par leur présence. Il leur avait fait face et il avait survécu. Et il comprenait qu'il lui faudrait de nouveau les affronter et que la bataille serait cette fois-ci décisive. Le sort de Patrick en dépendait.

Sean savait qu'il n'existait qu'une seule personne susceptible de comprendre ce qu'ils avaient affronté. Il reprit sa course à travers bois. Peu après, il tambourinait à la porte de l'appentis de Barney Doyle.

La porte s'ouvrit et Barney apparut devant Sean.

— Eh bien, quel est ce vacarme ?

— Barney, bafouilla Sean, c'était l'Homme-Lumière ! Tout le monde croit que Patrick et moi, on est tombés malades. Mais c'était l'Homme-Lumière. Lui et la Chose noire sont entrés dans notre chambre avec deux créatures qui nous ressemblaient et ils ont emporté Patrick. Ils ont failli m'emporter, moi aussi, mais j'avais la pierre...

Sean s'interrompit en apercevant une silhouette qui s'avançait dans la pénombre derrière Barney. Aggie Grant s'approcha de lui, une expression soucieuse sur son visage.

— Qu'est-ce que c'est que ça ? dit-elle.

Sean recula, mais Barney posa une main sur son épaule et dit :

— Tout va bien, garçon. Entre.

Sean se laissa entraîner dans l'appentis et vit qu'Aggie était occupée à consulter un grand carnet de notes. Il jeta un regard vers elle et Barney dit :

— Miss Grant allait chez toi et elle s'est arrêtée ici pour écouter quelques contes, Sean.

— Qu'est-ce que tu voulais dire en parlant d'Homme-Lumière, Sean ? demanda patiemment Aggie.

Sean regarda Barney, qui ne l'avait pas quitté des yeux.

— L'*Amadán-na-Briona*, dit doucement le vieil homme.

— Le Fou ? demanda Aggie à voix basse. (Ses yeux étaient écarquillés.) Vous n'êtes pas sérieux. Patrick a une forte fièvre, c'est tout.

Barney se passa une main sur le visage, trahissant son incertitude, puis il prit la parole, d'une voix grave et mesurée, mais où perçaient une frustration et une intensité que ni Aggie ni Sean ne lui connaissaient.

— Aggie Grant, il existe des vérités que vous ne trouverez jamais dans les livres, et c'est un fait. Dieu a un plan, et seuls les vaniteux parmi nous pensent le connaître. Vous venez me voir ici et vous demandez à entendre des histoires du Bon Peuple... (Il fit une pause, comme s'il luttait pour trouver ses mots.) Mais ce que vous ne comprenez pas, c'est que ces histoires ne sont pas... des inventions. Ce sont des histoires que l'on se raconte, aujourd'hui comme hier, parce qu'elles nous enseignent quelque chose. Elles nous enseignent à vivre en harmonie avec le Bon Peuple. Ces histoires ont été racontées pour la première fois par des gens qui avaient rencontré le Bon Peuple... (sa voix se fit plus grave encore)... et qui avaient survécu à cette rencontre.

L'expression d'Aggie était ouvertement incrédule.

— Barney, dit-elle doucement, vous ne croyez pas vraiment à ces histoires de bonne femme ?

Le visage du vieil homme était figé dans un masque résolu qui affirmait sans ambages qu'il y croyait. Il hocha la tête une seule fois.

— Je crois qu'il vaudrait mieux que je te ramène chez toi, dit Aggie en se tournant vers Sean.

Celui-ci se prépara à fuir.

— Non ! dit-il. Il faut que je parle à Barney.

Le petit garçon avait pris un ton suppliant, mais Aggie perçut autre chose dans sa voix : une nuance de désespoir. Elle se tourna de nouveau vers Barney, incapable d'accepter sa profession de foi sans éléments objectifs.

— Barney, quelles histoires avez-vous racontées à ces enfants ?

— Les plus connues, répondit-il avec franchise, mais je ne leur ai pas soufflé mot du Fou. Je n'aurais pas voulu faire peur à ces garçons. Et je ne sais toujours pas qui est cette Chose noire.

Aggie se rassit sur le tabouret, laissant son regard aller de Sean à Barney. Les années qu'elle avait passées à enseigner l'avaient rendue réceptive à la frustration que ressentent les jeunes gens qui ne se croient pas écoutés. Elle réfléchit longuement, puis dit finalement :

— D'accord, continue.

— La nuit où on est tombés malades, dit Sean, on n'est pas tombés malades. L'Homme-Lumière et la Chose noire sont entrés dans notre chambre...

Sean parla jusqu'à ce qu'il ait fini de raconter ce qui s'était passé cette nuit-là.

Aggie l'écouta avec attention et, lorsqu'il eut fini, dit :

— Sean, à quoi ressemblait cet Homme-Lumière ?

Son intuition lui soufflait que, quelle que soit la nature exacte des événements, elle n'avait pas devant elle un petit garçon qui se contentait de répéter un conte vaguement entendu ou une histoire fabriquée de toutes pièces pour berner les adultes, mais plutôt un petit garçon qui lui révélait quelque chose qu'il croyait dur comme fer. Sean croyait avoir vu ce qu'il lui racontait, et Aggie n'allait pas ignorer une chose qui avait autant d'importance à ses yeux. Sean fit de son mieux pour décrire l'intrus, et plus il parlait, plus Aggie était convaincue qu'il avait vu l'incarnation d'un mythe, à moins qu'il ait été victime de la plus incroyable hallucination de tous les temps. Lorsqu'il eut répondu à toutes ses questions, elle était bien moins sûre d'elle-même et sa voix était presque un murmure.

— Barney, dit-elle, c'est incroyable. Je ne peux pas croire que cet enfant ait vraiment vu l'*Amadán-na-Briona*. Et vous ne le croyez sûrement pas, vous non plus.

On ne percevait aucune incrédulité dans sa voix, mais plutôt une prière adressée à la raison, une supplique pour que cet incroyable récit sorti de la bouche d'un enfant de huit ans ne soit qu'un numéro soigneusement répété, une plaisanterie étrange, déplacée et inexplicable. Sinon, le monde était un lieu inconnu et l'homme une créature aveugle qui le traversait en ignorant les périls qui le menaçaient à chaque pas. Le visage d'Aggie était pâle quand elle insista :

— N'est-ce pas ?

— Je le crois, dit Barney. Je le crois, Aggie. Votre nez est trop plongé dans les livres et pas assez tourné vers le monde. (Il se leva et désigna la fenêtre du doigt.) Là-dehors, tout n'est que mystères et merveilles, et tout nous est caché par une magie si puissante que votre science ne peut la décrire. Notre histoire nous apprend ce qui est arrivé quand nous avons débarqué en Irlande : comment nous avons découvert que les *Firbolg* et les *Tuatha De Danann* vivaient déjà sur cette île, et comment nous leur avons arraché cette terre. Les Anglais et leurs enfants, les Américains, se sont trop détachés de leurs racines celtiques et ils ont oublié l'Ancien Savoir, celui qui nous guidait avant que l'Église soit venue nous sauver. Les Britanniques sont comme les envahisseurs romains, saxons et normands : ils ont perdu leur vision du passé. Beaucoup d'Irlandais n'en ont rien fait.

— Mais…, commença Aggie.

— Pas de mais, s'il vous plaît, Miss Agatha Grant, coupa Barney, les yeux perdus dans le lointain, toujours fixés sur la fenêtre sale de son appentis. Vous avez entendu les contes que racontaient les anciens. Vous les avez couchés sur le papier, les trouvant bizarres et pittoresques. Pas une seule fois vous n'avez demandé aux personnes que vous interrogiez si elles croyaient en ces contes. N'est-ce pas ?

Aggie secoua la tête. Là où elle n'avait vu qu'un vieil Irlandais un peu simple, elle découvrait un homme jouissant d'une profonde appréciation de son héritage culturel et d'une connaissance approfondie des récits folkloriques. Il se rappelait tout ce qu'il avait entendu, et il savait parfaitement écouter. Et il transmettait ses connaissances. À sa façon, Barney Doyle était un barde, le dépositaire d'une ancienne tradition.

— J'ai seulement supposé…, dit-elle faiblement.

— Oui, c'est bien là le mot approprié, n'est-ce pas ? Supposé. Vous croyez que ces vieilles histoires ne sont que des mythes et des légendes. Nous savons qu'elles sont vraies, murmura-t-il. (Pas un seul instant ses yeux ne quittaient le ciel qui s'assombrissait au-dehors.) Nous allons bientôt avoir de la pluie, je crois, dit-il d'une voix qui s'était adoucie. Que diriez-vous donc si je vous racontais que j'ai moi-même aperçu les *Daonie Sidhe*, dansant sur un tumulus au clair de lune ? Je n'étais qu'un garçon, guère plus vieux que Sean. Mais jamais je n'oublierai cette vision. À la fois superbe et terrifiante, joyeuse et triste. La musique si ténue qu'elle n'est qu'un souffle de brise, et la senteur des fleurs… des fleurs d'un autre monde. Quels désirs j'ai ressentis cette nuit-là, quelle peur sans commune mesure ! (Il se signa.) Et quel danger pour mon âme immortelle.

» Il disparaît souvent à la vue, le Vieux Peuple, le Bon Peuple. (Il lança un regard noir à Aggie.) Mais il est toujours là, avec nous. Il vit dans le même monde que nous, et c'est folie que de nier la vérité parce qu'il est plus commode de ne pas croire.

Aggie se sentait impuissante devant la conviction de cette déclaration.

— S'il vous plaît, Barney, dit Sean, il faut qu'on retrouve Patrick. Où est-il ?

Barney regarda la fenêtre, derrière laquelle le soleil de l'après-midi teintait le ciel de jaune rosé sous la masse noire des nuages.

— Il est avec le Fou, garçon, autant dire qu'il est perdu.

— Qui est le Fou ? demanda l'enfant, apparemment incapable d'accepter que Patrick lui ait été définitivement enlevé.

Barney le regarda sous ses sourcils broussailleux, de ses yeux indéchiffrables. Mais ce fut Aggie qui répondit.

— Ton Homme-Lumière, Sean. L'*Amadán-na-Briona*, le chef du Peuple noir. Il est à la tête de ce que les Écossais appellent la Cour maudite, qui rassemble les *Sidhe* maléfiques.

— Mais pourquoi a-t-il emporté Patrick ? dit Sean, en proie à une agitation de plus en plus grande.

Aggie regarda le visage de Barney se tourner vers Sean, puis de nouveau vers elle.

— Parce que ce sont des êtres méchants et pervers, Sean, dit-il. Pour sûr, un changelin s'est substitué à ton frère.

— Un changelin ? dit Aggie. Mais il est à l'hôpital.

— Ce n'est pas Patrick qui se trouve dans cette chambre, dit Barney d'une voix ferme.

Sean leva vers le vieil homme des yeux emplis de larmes. Le soulagement l'envahit. Il avait enfin trouvé quelqu'un qui comprenait. Barney savait que la chose qui se trouvait à l'hôpital et qui ressemblait à Patrick n'était pas le frère de Sean.

Aggie se releva.

— Tout ceci est trop invraisemblable pour moi, Barney Doyle. Je ne vais pas rester ici à écouter ces histoires de kidnapping magique. (Elle était de toute évidence troublée par les paroles de Barney, et elle lutta pour se ressaisir.) Viens, Sean. Je pense que tu serais mieux chez toi. Le temps va changer, je vais te ramener en voiture.

Sean se leva et fit mine de se précipiter vers la porte, mais Barney lui posa une main sur l'épaule pour le retenir.

— Non, garçon, tu ferais mieux de partir. (Les yeux du vieil homme brillaient comme s'il était au bord des larmes.) Il n'y a rien à faire. Rien. Il n'existe aucun moyen d'aller au secours de Patrick.

Il attendit qu'Aggie ait récupéré son sac à main et son carnet de notes, puis leur ouvrit la porte. Après qu'ils furent sortis, Barney la referma doucement, puis il dit à voix basse :

— Nous ne sommes plus à l'ère des héros, Sean. C'est bien triste à admettre, mais c'est la vérité.

Sean pensa s'enfuir, mais Aggie avait passé sa vie à s'occuper de jeunes gens, de tous âges et de tous tempéraments, et il lui suffit de frôler l'épaule du petit garçon de sa main pour étouffer son désir de rébellion et lui rappeler sa docilité naturelle. Il monta dans la voiture en silence et se laissa ramener chez lui.

22

Sean broyait du noir dans sa chambre lorsque le soleil couchant passa derrière le vieil arbre, projetant sur le mur des ombres grotesques. Un désespoir tranquille l'habitait depuis qu'il était revenu de chez Barney, la veille au soir. Heureusement, sa mère dormait encore lorsque Aggie l'avait ramené à la maison. Celle-ci était restée silencieuse tout le long du chemin. Elle n'avait pas dit un seul mot à Gabbie de ce qui s'était passé chez Barney, comme s'il avait suffi de parler de cette conversation pour donner plus de poids aux paroles de ce dernier. Mais il était évident, même aux yeux de quelqu'un d'aussi jeune que Sean, qu'elle était profondément troublée par ce que lui avait dit le vieil homme, et elle avait persuadé Gabbie de garder Sean à la maison jusqu'à ce qu'il soit tout à fait guéri.

Après son départ, Sean avait supplié sa sœur de ne pas le dénoncer. Gabbie avait accepté de ne rien dire, lui faisant promettre en échange de ne pas quitter la maison jusqu'à ce que Gloria lui en ait donné la permission.

Son père ne tarderait pas à rentrer pour dîner, de retour de l'hôpital où il était allé voir la créature que tous croyaient être Patrick, et où il s'était entretenu avec les médecins. Sean fulmina et roula sur son lit. Il lui restait une dernière chance de sortir d'ici, et il savait qu'il lui fallait agir cette nuit. Il aurait aimé pouvoir parler à Barney maintenant, plutôt que d'attendre que tout le monde soit endormi. Cela lui laisserait trop peu de temps, il en était sûr. Il ne comprenait pas tout, mais il en avait assez deviné pour savoir qu'il lui fallait agir cette nuit, et plus tard il se mettrait en route, moins de temps il lui resterait pour faire quelque chose pour Patrick.

La porte d'entrée se referma et Sean bondit. Il descendit l'escalier quatre à quatre, rejoignant son père dans l'entrée. Phil regarda son fils et sourit.

— Salut, chef. Comment ça va ?

Sean se força à ne pas paraître trop anxieux. Il embrassa son père, puis se lança dans son boniment.

— Maman ne veut pas que j'aille à la soirée de Halloween.

À en croire le ton presque geignard de sa voix, cette interdiction de sortie était la moins raisonnable des choses.

Phil se dirigea lentement vers la cuisine.

— Écoute, il y aura d'autres occasions, et puis... eh bien, ta mère ne se sent pas très bien ces jours-ci.

Il fit halte et étudia le visage de son fils. À force de s'inquiéter au sujet de Patrick, Phil en était presque venu à négliger Sean. Après quelques instants, il dit :

— Mais tu n'as pas été à la fête, toi non plus, hein ?

Une étrange expression passa sur le visage de Phil et il poussa la porte de la cuisine. Gloria et Gabbie s'affairaient à préparer le dîner. Ils s'embrassèrent et Gabbie dit :

— Jack a appelé. Il arrive avec sa gueule de bois. Il sera ici dans une heure.

Jack avait passé son oral haut la main le vendredi après-midi, faisant ainsi un pas de plus vers son doctorat. Il avait appelé Gabbie pour l'en informer, et avait souhaité revenir tout de suite, mais la jeune fille l'en avait dissuadé, le convaincant d'aller fêter son succès avec ses condisciples, festivités qui s'étaient prolongées tard dans la nuit. En conséquence, il était déjà samedi après-midi lorsque Jack se mit à remplir les paperasses qui devaient se trouver sur le bureau de son directeur d'études dès le lundi matin. Il était donc hors de question qu'il parte pour Pittsville le samedi même. Gabbie avait regretté de ne pas être avec lui, mais elle avait refusé de partir, vu l'état de Gloria.

— Chérie, dit Phil, je crois que nous pourrions laisser Sean aller au bal costumé ce soir.

Gloria leva brusquement la tête, une lueur de panique dans les yeux. Avant qu'elle ait pu émettre une objection, Phil ajouta :

— Il va beaucoup mieux depuis deux jours, et ça lui ferait du bien de sortir un peu.

Sean jeta un regard suppliant à Gabbie, lui enjoignant en silence de ne pas parler de son escapade de la veille. Gabbie secoua légèrement la tête et lui fit un clin d'œil, puis se concentra de nouveau sur la salade.

Gloria semblait sur le point de dire quelque chose, mais elle retourna à ses préparatifs.

— Eh bien…, dit-elle finalement, il n'a pas de costume.

Sean bondit.

— Je peux me déguiser en pirate ! Je mettrai un bandeau autour de la tête et j'enfoncerai mon pantalon dans mes bottes de pluie, et je porterai une des ceintures de papa comme ça… (il fit mine de passer la main par-dessus son épaule)… et Gabbie peut me faire une cicatrice avec du rouge à lèvres. S'il te plaît, maman.

Gloria semblait au bord des larmes, et Phil dit calmement :

— Ça se passe à l'école. Ils seront surveillés et il sera rentré à 21 heures. Alors ?

Gloria lutta intérieurement. Quelque chose montait en elle et elle ne comprenait pas de quoi il s'agissait. Son intellect lui affirmait qu'il n'y avait aucun risque à laisser Sean se rendre à une soirée organisée par l'école, mais ses tripes, son instinct, lui disaient qu'il y avait un danger, un terrible danger. Et pourtant, il lui était impossible de formuler cette peur diffuse, aussi se contenta-t-elle finalement de hocher la tête, les traits tirés et le visage blême.

— Merci, maman ! hurla Sean, quittant sa chaise d'un bond et se précipitant vers la porte.

Phil alla près de sa femme et la serra dans ses bras.

— Nous le déposerons en allant à l'hôpital.

— Et Jack et moi irons le rechercher, dit Gabbie.

Gloria posa sa tête sur l'épaule de Phil. Elle comprenait presque, la solution se trouvait tout juste hors de portée de son esprit : quelque chose de puissant et de maléfique rôdait dans la nuit, quelque chose qui avait jeté son dévolu sur sa famille. Ils étaient aux prises avec un mystère ancien, une magie sombre et un trésor perdu, et des créatures qui n'étaient pas de ce monde. Ces créatures avaient emporté un de ses fils. Et elle savait avec une sinistre certitude qu'elle allait perdre l'autre cette nuit. Mais elle savait aussi qu'elle était totalement impuissante et que ceux qui l'entouraient, ceux qu'elle aimait le plus, ne pourraient jamais comprendre. Tout ce savoir était sur le point d'être formulé, mais quelque chose l'empêchait de s'ordonner dans son esprit, de se concrétiser suffisamment pour qu'elle puisse le partager. Elle ferma les yeux quelques instants, puis, avec un soupir de résignation, dit :

— Gabbie, tu voudras bien sortir le poulet du four quand il sera cuit ? Je crois que je vais aller m'étendre un peu avant le dîner.

Elle s'écarta de son mari, ouvrit la porte qui donnait sur l'entrée, et les laissa.

23

Sean sortit de la maison, escorté par ses parents. Il était fort content de son déguisement de fortune. La vieille blouse que lui avait prêtée Gabbie donnait exactement l'effet recherché, son col était parfait et, ses manches bouffantes une fois retroussées, elle ressemblait tout à fait à une chemise de pirate. Il avait enfoncé son jean dans ses bottes de pluie et la vieille ceinture de son père qu'il avait passée par-dessus son épaule imitait à s'y méprendre un baudrier. Un foulard rouge lui ceignait le front, à la mode pirate. Gloria ouvrit la portière, restant muette, les yeux rougis, tandis qu'ils montaient dans la voiture.

Elle avait dormi pendant le dîner, mais s'était levée pour rejoindre son mari et son fils. Elle ne dit pas grand-chose, se contentant de répéter à Sean qu'il devait être prudent. Sean ne lui prêta aucune attention, trop occupé à prier pour que personne ne remarque sa démarche, car il avait dissimulé le coupe-papier en argent de son père dans sa botte droite.

Phil parlait d'un ton léger, comme s'il voulait forcer sa famille à se conduire normalement. Sean répondit sur le même ton aux questions de son père tandis qu'ils roulaient vers l'école. Phil tentait désespérément de retrouver avec son fils une attitude normale – son fils survivant, pensa-t-il avec amertume. La pluie se remit à tomber et il dit :

— Tu aurais dû prendre un blouson, fiston.

— Ça ira, insista Sean. L'auditorium est tout près de la rue et j'attendrai à l'intérieur que Jack et Gabbie viennent me chercher.

— D'accord, boucanier, dit Phil avec une jovialité forcée.

Il se gara devant l'école primaire et regarda Gloria descendre de voiture pour laisser sortir Sean. Lorsqu'il passa près de sa mère, elle le saisit brusquement et, dans un bref moment de panique, Sean redouta qu'elle le force à regagner le véhicule. Mais elle se contenta de le serrer farouchement contre elle, toujours silencieuse, puis le laissa s'enfuir et resta debout sous une fine pluie à le regarder pénétrer dans l'auditorium. Pris d'une soudaine mélancolie, Phil sentit une larme couler sur sa joue, et il eut l'impression de voir Sean pour la dernière fois. Il chassa ce sentiment d'un haussement d'épaules, l'attribuant à la tension nerveuse et à la fatigue accumulée durant la semaine, et, lorsque Gloria fut revenue, il démarra et s'éloigna.

Sean s'avança dans l'auditorium. Les autres enfants s'étaient déjà rassemblés. Il y avait toutes sortes d'activités organisées, des jeux de hasard – des parties de pile ou face pour gagner des poissons rouges, des jeux de fléchettes, une roue de la fortune, une course en sac, *et cætera* – et des gâteaux à volonté pour tout le monde. On avait aussi apporté une chaîne hi-fi pour faire danser les convives, mais Sean pensait que les filles seraient plus intéressées que les garçons.

Sean entendit la voiture de ses parents s'éloigner et il jeta un coup d'œil dans sa direction. De lourds nuages cachaient les derniers rayons de soleil, transformant le paysage en un camaïeu de gris tandis que la bruine devenait une averse normale. Sean réfléchit : la fête était censée durer de 18 heures à 21 heures, aussi devait-il tout minuter à la perfection. Il regarda autour de lui, se joignit à un groupe d'enfants près de la porte, et attendit.

24

Aggie roulait avec prudence sur la Highway 117, qui reliait Pittsville à l'Interstate 90 et à Buffalo. Elle cligna des yeux, éblouie par les phares des véhicules qui venaient en sens inverse et par leur reflet sur la chaussée humide. Il avait cessé de pleuvoir, heureusement, car sa vieille Ford était aussi pataude qu'un cuirassé lorsque la chaussée était trop glissante. Elle quitta la grand-route pour prendre la direction de la maison des Hastings.

Alors qu'elle passait sous un pont, son autoradio devint muet et la pluie se remit à tomber de plus belle. Des trombes d'eau se déversaient sur la route, et elle ne distinguait qu'à grand-peine la ligne jaune discontinue sur le sol. Aggie mit les essuie-glaces à pleine puissance et ralentit son allure. Il y avait deux virages dangereux à négocier avant d'atteindre le croisement qui donnait sur l'allée des Hastings, et elle ne savait pas exactement où elle se trouvait. Les points de repère habituels étaient invisibles. En l'absence de tout éclairage public, elle ne voyait que la portion de route éclairée par ses phares. Elle s'avançait dans un tunnel de ténèbres. Sous l'effet des éclairs lointains, la radio n'émettait plus qu'un grésillement rauque, et elle l'éteignit.

Elle roula pendant un bon moment et se demanda finalement si elle ne s'était pas égarée. Le manque de sommeil l'avait épuisée – elle avait passé de longues heures chez les Hastings durant la semaine écoulée. Et le souci qu'elle se faisait pour Patrick lui rongeait les sangs. La conversation qu'elle avait eue la veille avec Barney et Sean l'avait profondément troublée et avait fait naître en elle une angoisse diffuse. Un sentiment innommé l'avait envahie. Depuis l'appel de Mark, elle pouvait lui donner un nom : la peur.

Aggie jeta un coup d'œil à son passager, qui regardait la route devant lui d'un air stoïque et ne disait pas un mot. Moins de six heures plus tôt, elle avait reçu un coup de téléphone de Mark Blackman. Il avait essayé d'appeler Gary, mais le jeune homme était parti pour la journée avec son amie. Mark avait tenté de joindre les Hastings, mais la ligne était occupée. En désespoir de cause, il avait appelé Aggie et, durant l'étrange communication qu'ils avaient eue, l'avait plongée dans un monde terrifiant, un monde qu'elle avait entraperçu pour la première fois la veille, lorsque Sean était venu voir Barney Doyle.

Puis le téléphone avait de nouveau sonné et, usant de pouvoirs de persuasion incompréhensibles pour Aggie, un inconnu l'avait convaincue de rouler jusqu'à Buffalo pour aller le chercher à l'aéroport. Tout ce qu'Aggie savait sur lui, c'était qu'il était allemand et qu'il prétendait être attendu par Mark Blackman. Aggie avait été incapable de formuler sa confusion lorsqu'elle avait accepté d'aller chercher cet homme. Un pouvoir était à l'œuvre cette nuit, et ce pouvoir était au-delà de son savoir, mais elle en devinait partiellement la nature. Elle savait que ce pouvoir n'avait rien d'ordinaire. Et cette prise de conscience l'aidait à le comprendre un peu mieux.

Ce qu'elle avait réussi à comprendre, même s'il ne s'agissait que d'un fragment, la terrifiait plus qu'elle n'aurait pensé pouvoir être terrifiée. La présence de son passager la préoccupait tellement qu'elle avait toutes les peines du monde à se concentrer sur sa conduite. Les spéculations de Mark et de Gary, selon lesquelles la société secrète de Kessler était toujours en activité, n'avaient désormais plus rien de théorique. Car un des membres de cette société était assis à côté d'elle, venu tout droit d'Allemagne. Et ils roulaient vers la maison des Hastings dans cette terrible tempête parce que, pour une raison inconnue, cet homme devait y parvenir avant Mark.

Ce dernier n'avait pas dit à Aggie d'où il l'appelait. Peut-être se trouvait-il à New York, ou à Buffalo, ou à Toronto. Peut-être avait-il atterri une heure avant cet homme et se trouvait-il quelques kilomètres devant eux dans une voiture de location, ou peut-être fonçait-il derrière eux pour les rattraper. Mais dans tous les cas, Mark avait affirmé qu'il devait impérativement se trouver sur la colline du Roi des elfes avant minuit et que personne ne devait être mis au courant de son arrivée. Et sans que Mark ait eu besoin de le préciser, Aggie avait compris que sa vie était en danger.

Et cependant, en dépit de la promesse qu'elle avait faite à Mark, cet inconnu avait triomphé de sa volonté, l'avait forcée à venir le chercher, à lui dire ce qu'elle savait, et à le conduire à la recherche de Mark. À présent, chaque ombre recelait un péril, chaque coin sombre une menace de destruction.

Aggie pensa à ce que signifiait la connaissance et perçut la sagesse de ce vieux cliché selon lequel l'ignorance était une bénédiction. La menace d'un loubard était irréelle pour le paysan alors qu'elle inspirait la terreur au citadin. Tel était le prix de la connaissance. À présent, des menaces qu'Aggie aurait considérées comme fantastiques quelques jours plus tôt étaient pour elle un danger tangible et bien réel. Elle ressentait ce qu'un paysan aurait ressenti en se trouvant dans une ruelle sordide, face à face avec un junkie en état de manque braquant un revolver sur lui.

Aggie regretta de ne pas avoir pu joindre Gary avant de partir pour Buffalo, pour lui dire de la retrouver chez les Hastings. Mais la volonté de cet homme l'avait empêchée d'agir ainsi. Elle décida d'appeler Gary dès son arrivée – à condition que son passager le lui permette. Elle jeta un coup d'œil dans sa direction. Il avait à peine prononcé une dizaine de mots depuis qu'elle l'avait trouvé à l'aéroport, et toujours avec un fort accent allemand. Il avait tout à fait l'allure d'un homme d'affaires provincial, avec sa brioche, son crâne dégarni et son costume bon marché froissé par le voyage. Elle ne connaissait de lui que son nom : August… quelque chose. Elle agrippa son volant, terrifiée, car, malgré son apparence inoffensive, cet homme irradiait la même force inconnue qu'elle avait perçue durant toute la soirée.

Aggie cligna des yeux à plusieurs reprises, se demandant où elle était. Puis elle vit le premier repère, la boîte aux lettres de Lonny Boggs. Encore deux maisons avant d'arriver chez les Hastings. Elle négocia le premier virage avec prudence, mais prit de la vitesse en approchant du second. À voix basse, elle informa son passager qu'ils approchaient de leur destination. L'homme se contenta d'émettre un grognement, qui signifiait peut-être « *Gut* ». Alors qu'Aggie sortait du virage, un éclair illumina la route.

Quelque chose surgit de la forêt pour bondir sur la chaussée. L'espace d'un instant, Aggie crut qu'il s'agissait d'un cerf car elle aperçut une tête couronnée d'andouillers. Une seconde plus tard, elle tournait le volant avec frénésie, car la créature s'était immobilisée au milieu de la route pour lui barrer le passage. La voiture fit une embardée et Aggie freina par pur réflexe tandis que son passager poussait un juron étonné en allemand. Soudain, Aggie perdit le contrôle du véhicule, et ce fut en vain qu'elle tenta de l'empêcher de déraper.

Le monde parut basculer autour d'elle. L'espace d'une seconde, la créature qui se trouvait sur la route fut éclairée par les phares de la voiture et Aggie vit une silhouette à cheval. Alors que la voiture se mettait à tourner sur elle-même, Aggie pensa brièvement que Jack ou Gabbie étaient sortis à cheval sous la pluie, puis, lorsque le véhicule acheva une première rotation, la silhouette fut de nouveau clairement visible. Ce n'était ni Jack ni Gabbie. Le cheval était d'un blanc impossible, presque luminescent sous l'averse, et sa crinière et sa queue étaient parcourues de flammèches dorées. Son cavalier n'avait rien d'humain. Sur ses épaules reposait un lourd casque doré, couronné d'andouillers en ivoire. Et sous la visière du casque, un visage aux traits inhumains contemplait la voiture folle. Des yeux luisant d'un éclat intérieur suivaient sa course désordonnée. La bouche d'Aggie s'ouvrit sur un cri de terreur, suscité plus par ce qui lui faisait face que par l'appréhension du choc. En dépit de sa peur, elle entendait vaguement son compagnon pousser des cris de colère. L'esprit d'Aggie se rebella devant cette vérité à présent indiscutable, bien qu'elle l'ait déjà pressentie, et elle ferma les yeux et se pressa contre le volant alors que la voiture commençait à basculer.

Lorsque le véhicule quitta la route pour aller se fracasser contre un arbre, le cavalier rejeta la tête en arrière et partit d'un rire qui n'était qu'un hurlement inhumain. Le vacarme du choc fut assourdi par la pluie battante.

Durant une longue minute, Aggie demeura immobile, en état de choc, puis elle secoua la tête pour s'éclaircir les idées. Ses yeux brûlaient lorsqu'elle les essuya. Sa main sentit un liquide chaud, et elle sut qu'elle saignait. Elle jeta un regard vers son passager et vit que sa tête s'était fracassée contre la vitre, dessinant une toile d'araignée sur le verre. Le sang coulait copieusement sur son front.

En voyant son visage flasque et ses yeux vides, Aggie sut qu'il était mort.

La voiture était finalement retombée sur ses roues, pointant son capot vers la chaussée depuis le bas-côté. Aggie tenta vainement de déboucler sa ceinture de sécurité, ses doigts se révélant incapables de coordonner leurs mouvements pour presser le bouton. À travers le pare-brise arrosé par la pluie, elle perçut un mouvement. Alors qu'elle essayait de se dégager, une vague de nausée déferla sur elle et elle s'effondra, la tête tournoyante, contre la vitre gauche, sentant sa vision se brouiller.

Aggie ferma les yeux et son vertige s'accentua encore, aussi se força-t-elle à les rouvrir et à demeurer consciente. Elle ressentait un étrange détachement, et elle se demanda si elle allait mourir. Elle distingua le cavalier sur la route, vague silhouette dans les ténèbres, et sentit son regard maléfique se poser sur elle.

Lorsque la créature dirigea sa monture vers le véhicule, Aggie sentit ses forces la quitter et comprit qu'elle serait bientôt morte. Le cavalier avait su qu'ils approchaient et que le passager d'Aggie était un ennemi. Les vieux contes dont elle se souvenait, ces histoires dont elle savait à présent qu'elles étaient vraies, comme le lui avait dit Barney, lui disaient que c'était l'anéantissement qui se dirigeait nonchalamment vers elle. Aggie découvrit que toute peur l'avait quittée à l'approche de la mort, mais elle ressentit un profond regret à l'idée du prix que d'autres seraient bientôt obligés de payer.

Puis la nuit fut éclairée par des lueurs rouges et bleues et un véhicule franchit le virage : une voiture de police. Aggie vit le cavalier tirer sur ses rênes et diriger sa monture vers la forêt. Alors que les ténèbres l'engloutissaient, elle perçut vaguement les grésillements de la radio en provenance de la voiture de patrouille. Elle pensa qu'on avait dû entendre l'accident chez Lonnie Boggs et appeler la police. Aggie poussa un cri, et sa voix parut faible et lointaine à sa propre oreille. Elle lutta pour ne pas perdre conscience ; il restait si peu de temps, rien que quelques heures.

Au moment où les ténèbres se refermaient sur elle, elle crut entendre une autre voiture s'approcher et s'arrêter, puis une porte claquer. Puis ce fut une voix lointaine qui l'appelait, la voix de Mark. Sa dernière pensée fut : *Pauvre, pauvre Patrick*. Puis elle coula dans un grand vide noir.

25

À 19 h 30, Sean se dirigea vers la porte de l'auditorium et demanda à Mr. Hanes la permission d'aller aux toilettes. Le professeur hocha la tête d'un air distrait, car les enfants n'avaient pas cessé d'aller et venir durant toute la soirée. Plusieurs garçons se trouvaient déjà dans les toilettes et Sean se dirigea ostensiblement vers une cabine vide. Il resta assis sur le siège, le pantalon sur les chevilles, durant un temps qu'il estima raisonnable, puis repartit. Au lieu de retourner dans l'auditorium, il emprunta un couloir, puis courut en direction de la bibliothèque. Il se rappelait avoir entendu que, durant les soirées organisées à l'école, toutes les portes du bâtiment étaient déverrouillées pour faciliter une éventuelle évacuation. Arrivé près de la porte proche de la bibliothèque, il souleva doucement la barre qui empêchait qu'on l'ouvre de l'extérieur et la porte s'ouvrit avec un déclic. Sean avait réussi son évasion. Moins de quelques minutes plus tard, il traversait le parc au pas de course en direction de l'appentis de Barney.

Il pleuvait de nouveau, une averse lourde et glacée. Sean était trempé et transi de froid lorsqu'il atteignit sa destination. Il se mit à taper du poing contre la porte, appelant Barney à grands cris.

Après ce qui lui sembla être une éternité, la porte s'ouvrit et Barney apparut devant lui, une bouteille de whiskey Jameson à la main, de toute évidence à moitié ivre.

— Ah ! fit le vieil homme. Es-tu venu chercher des sucreries, Sean Hastings ? Je n'en ai pas, comme tu le sais sans doute. Entre donc, car tu vas sûrement attraper la mort en restant ainsi bouche bée sur mon seuil. (Le petit garçon obéit tandis que Barney attrapait une serviette presque propre et la lui jetait afin qu'il se sèche.) Courir ainsi sous la pluie sans manteau, voilà qui n'est guère raisonnable, Sean, surtout quand on sort d'une fièvre.

— Barney, il faut que je retrouve Patrick. Vous avez dit que le Bon Peuple repartait cette nuit !

— En effet. Au premier coup de minuit, ils feront leurs bagages, rempliront leurs sacs à malices, et s'en iront. Et au douzième coup, ils auront disparu pour gagner une autre forêt – Dieu sait où – et pour aller terroriser d'autres pauvres gens. Dieu veuille que ce soient des Anglais.

Il leva sa bouteille de whiskey en l'honneur de ce vœu et but une gorgée. Puis il se tourna vers le petit garçon et, le regardant d'un œil encore clair, lui dit :

— Alors, as-tu apporté un arc et des flèches d'argent, ou une épée d'argent, comme j'avais dit à ton frère de le faire ?

Sean plongea une main dans sa botte et en retira le coupe-papier en argent.

— J'ai ça.

Barney s'agenouilla lentement devant l'enfant. Il prit le coupe-papier et le tourna et le retourna dans sa main. Il était bien en argent. Il le contempla pendant ce qui sembla être un long moment, puis regarda Sean et poussa un long soupir. Les larmes perlaient à ses yeux lorsqu'il posa une main tremblante sur l'épaule du petit garçon.

— Tu es donc résolu à accomplir cette tâche ?

— *Il le faut*, Barney. Patrick va partir avec eux cette nuit, n'est-ce pas ?

— Oui, répondit Barney dans un murmure, et il sera perdu pour l'éternité, car les chances de revoir le Bon Peuple sont fort minces. Je ne les ai vus que deux fois dans ma vie, à une cinquantaine d'années d'intervalle. Et la plupart des mortels ne les rencontrent jamais. Mais c'est une chose terrible et dangereuse que tu te proposes de faire, Sean Hastings. Tes parents risquent de pleurer leurs deux fils à l'issue de cette nuit. Y as-tu pensé ?

Sean hocha sèchement la tête, puis dit :

— Où est Patrick ?

Barney se releva, gardant le coupe-papier à la main. Il prit un aiguisoir dont il se servait pour affûter les ciseaux, les couteaux et les sécateurs qu'on lui confiait, et le passa sur le fil de la lame, prenant également soin de tailler sa pointe. Une fois que la dague de fortune fut suffisamment aiguisée, il la rendit à Sean. Puis il décrocha son manteau, fourra la bouteille de whiskey à moitié vide dans une poche et une lampe torche étanche dans l'autre. Il prit un petit bocal sur une étagère, le vida des boulons qu'il contenait et remit son couvercle en place.

— Alors, si tu es résolu, dit-il, il faut te donner toutes les armes nécessaires pour accomplir ta tâche. Suis-moi, et vite, car il nous reste peu de temps. (Il allait partir, puis, se ravisant, ouvrit un tiroir et fouilla à l'intérieur jusqu'à ce qu'il en sorte un rosaire et une croix.) Cela fait une éternité que je n'ai pas eu la bonne idée de prier, Sean, mais ce soir, je vais rattraper tout ce temps perdu.

Barney fit sortir le petit garçon de l'appentis, claquant la porte derrière lui sans se soucier de la fermer à clé. Il se mit à marcher aussi vite que le lui permettaient ses vieilles jambes, tandis que Sean trottinait à ses côtés.

— Allons d'abord à Sainte-Catherine, dit le vieil homme.

Il conduisit Sean à la vieille église située sur la 3ᵉ Rue, à deux pâtés de maisons du parc. En poussant ses larges portes, il murmura :

— Demain, c'est la Fête de tous les saints, et il y a des gens qui prient, alors ne fais pas de bruit.

Il conduisit l'enfant jusqu'à la vasque où l'eau bénite était mise à la disposition de la congrégation. Barney dévissa le couvercle du bocal et le remplit, se dépêchant ensuite de remettre le couvercle en place.

Lui intimant le silence d'un geste, Barney conduisit le petit garçon dans la nef. Il n'y avait dans l'église que deux ou trois fidèles en prière qui ne leur prêtèrent aucune attention. Dans le transept se trouvait une statue de la Vierge Marie, devant laquelle se consumaient des dizaines de cierges. Barney fit halte devant l'autel et s'agenouilla en se signant. Sean l'imita. Puis le vieil homme se dirigea vers la Vierge et fouilla dans ses poches à la recherche de pièces de monnaie. Il en déposa quelques-unes dans un tronc, prit un cierge et le donna à Sean.

— Allume-le, et prie pour que Notre-Dame veille sur toi, Sean. Une tâche comme celle-ci doit être sanctifiée, sinon elle est condamnée à échouer. Tu comprends ?

Sean hocha la tête. Ses parents n'étaient pas pratiquants, mais il était déjà allé à l'église avec mamie O'Brien. Il alluma le cierge et le plaça devant la statue de la Vierge. Il ferma les yeux et dit doucement :

— Je vous en prie, Notre-Dame, aidez-moi à retrouver Patrick et à le ramener sain et sauf.

Barney étudia le petit garçon durant un long moment, l'approbation se lisant dans ses yeux.

— Voici en vérité une prière des plus honnêtes, dit-il. Maintenant, dépêchons-nous.

Il passa devant les confessionnaux pour guider le petit garçon hors de l'église. Dehors, la pluie leur fouetta le visage tandis qu'ils traversaient les rues à vive allure, passant devant l'appentis de Barney avant de pénétrer dans la forêt. Barney sortit la lampe de sa poche et l'alluma.

— À présent, écoute-moi attentivement, car ton voyage sera périlleux. Si jamais tu t'égares, tu seras perdu pour toujours, tu comprends ?

Sean refoula sa peur et acquiesça. Barney poussa un soupir de résignation.

— Alors écoute : le chemin que tu dois prendre pour parvenir au pays du Bon Peuple se trouve sous la colline, dans la propriété de tes parents.

— La colline du Roi des elfes, dit Sean.

— C'était ainsi que l'appelaient les Allemands. Une véritable butte-aux-fées, sans aucun doute.

Ils s'avancèrent lentement parmi les arbres, prenant le sentier que les jumeaux avaient l'habitude d'emprunter pour se rendre au parc. Sean connaissait le chemin et n'avait aucune difficulté à suivre Barney. L'Irlandais à moitié ivre continua à lui donner ses instructions.

— Tu te mettras face au soleil couchant et tu feras neuf fois le tour de la butte en avançant dans le sens contraire des aiguilles d'une montre, jusqu'à ce que tu trouves l'entrée du pays du Bon Peuple. (Il se passa une main sur le visage, cherchant un savoir depuis longtemps enfoui dans son esprit.) Une fois dans la caverne, tu trouveras un chemin.

— Comme la route de briques jaunes qui mène à Oz ?

— Si tu veux, garçon. Mais elle ne sera pas jaune. Et si tu dis ceci : « Par le nom béni de saint Patrick, par Notre-Dame et par le nom de Dieu, guidez ma route », tu trouveras un guide.

— Un guide ? Qui ça ?

— Je ne sais pas, garçon, car les contes ne sont guère précis sur ce point. Ce sera peut-être un corbeau, et tu devras t'en méfier, car ce guide-là est perfide et il cherchera à t'égarer, à moins que tu gardes l'œil sur lui et lui ordonnes de respecter la vérité. Ce sera peut-être un homme ou une femme, qui parlera une langue inconnue de toi et qui cherchera à te charmer. Ou ce sera peut-être un enfant. Mais il s'agira sans doute d'une boule de lumière dorée. Du moins les légendes le disent-elles. Suis-la. Tu ne devras jamais quitter la route, excepté pour suivre ton guide.

Tu ne devras pas t'arrêter plus de temps qu'il ne t'en faut pour reprendre ton souffle, ou tu perdras ton guide. Et tu ne devras te fier à personne, quelles que soient la beauté et la droiture apparentes de ceux que tu rencontreras. À part une personne, dit-il après avoir réfléchi quelques instants. Tu trouveras peut-être un homme nommé Tom le Franc, comme l'appellent les contes. Il ne peut pas mentir, et, si tu le rencontres, tu pourras te fier aux réponses qu'il donnera à tes questions. Tu le reconnaîtras à son accent, car c'est un Écossais, ce qui signifie qu'il est presque irlandais. Du moins, ajouta-t-il avec un haussement d'épaules, ce n'est pas un Anglais.

Sean hocha la tête, mais il se sentait fléchir devant l'énormité de son entreprise. Il s'efforça de bien assimiler ce que lui disait Barney, et découvrit que l'effort de concentration nécessaire pour retenir la liste des choses à faire et à ne pas faire lui faisait oublier sa peur.

— Bien. En chemin, tu verras peut-être des choses superbes et merveilleuses, mais ne quitte jamais la route, excepté lorsque ton guide te l'indiquera. Il y aura une maison emplie de musique et de lumière, et une autre dont les piliers seront d'énormes arbres, plus épais que des séquoias. Tu seras tenté d'y pénétrer, mais n'en fais rien. Tu pourrais ne jamais revenir. (Barney tourna la tête, comme pour chercher à voir quelque chose dans la nuit, et ses yeux rougis s'emplirent de larmes.) Il y a tant de contes, garçon, et je ne me rappelle qu'une infime partie d'entre eux. Ah ! où s'est enfui mon savoir ? Je ne me souviens plus. Sean, ajouta-t-il avec insistance, rappelle-toi ceci : ne quitte jamais la route, excepté lorsque le guide que Dieu t'aura envoyé te l'indiquera.

Ils approchaient de la colline et Barney conduisit Sean vers son flanc, braquant le rayon de sa lampe sur le sol humide. Il tendit la main et arracha une poignée d'herbe.

— Qu'est-ce que vous faites ? demanda Sean.

— Je vais te rendre capable de voir ce qui est réel, répondit Barney en tendant sa paume vers lui. Du *shamrock.*

— C'est du trèfle, dit Sean.

— Et qu'est-ce que c'est que le *shamrock*, à ton avis, Sean Hastings ? Un foutu cactus de Californie ?

Il dévissa le couvercle du bocal contenant l'eau bénite et y écrasa le *shamrock*, tenant le bocal ouvert à l'abri de son manteau. Ajoutant un peu d'eau bénite à la mixture, il acheva de la broyer avec son pouce.

— Je ne crois pas que la pluie envoyée par Dieu diluera cet onguent, murmura-t-il en un vœu pieux. (Il fit signe à Sean de s'approcher et plongea son pouce dans la mixture verdâtre.) Ferme les yeux. (Il frotta légèrement son pouce sur les paupières de Sean.) Fais une visière de ta main afin que la pluie ne fasse pas partir cet onguent.

Sean s'exécuta. Barney entonna une prière :

— Saint Patrick, dont le nom est béni, veillez sur ce garçon et faites que ses yeux distinguent ce qui est vrai de ce qui ne l'est point. Amen. Sans ce mélange de sève de *shamrock* et d'eau bénite, dit-il à Sean, tu serais incapable de résister à leurs charmes. La pierre-à-fées les empêchera de poser la main sur toi, garçon, et cet onguent préservera ton esprit de leurs charmes et de leurs enchantements, mais uniquement tant qu'il restera sur tes paupières. Rappelle-toi, il y a beaucoup de belles choses qui sont illusoires dans le pays du Bon Peuple. Sois prudent.

Il vida le couvercle du reste de la mixture et, protégeant toujours le bocal d'eau bénite, le nettoya avec de l'eau de pluie. Quand il s'estima satisfait de son travail, il le remit en place sur le bocal.

Il tendit celui-ci à Sean et le conduisit vers le pont du Troll.

— Quand tu arriveras au bout de ton périple, tu trouveras le Fou.

Barney s'arrêta devant la souche de l'arbre foudroyé sous laquelle Jack avait trouvé le trésor. Il s'agenouilla, ignorant le sol boueux, et saisit Sean par les épaules.

— Écoute-moi bien, si tu veux garder quelque espoir de sauver ton frère et de te sauver toi-même. On l'appelle le Fou, car tel est son nom dans la vieille langue, mais ne va pas croire que c'est un farceur ou un imbécile. Dans la vieille langue, « fou » signifie « celui qui méprise le risque » : c'est un scélérat téméraire qui ignore le danger, qui ose faire des choses qui feraient reculer tout homme sain d'esprit. Et ce Fou est dangereux au-delà de tout ce que tu peux concevoir. Comprends-tu ce que je suis en train de te dire, Sean Hastings ?

Sean hocha la tête, mais à l'évidence ce que lui disait Barney le déconcertait grandement.

— Enfin, dit finalement le vieil homme, rappelle-toi bien qu'il est plus dangereux que quiconque, excepté le diable, et tu auras tout compris. Maintenant, voici ce que tu devras faire, garçon. Tu devras l'appeler par son véritable nom. *Amadán-na-Briona*. Répète après moi. (Sean s'exécuta et Barney le coupa.) Non, ce n'est pas ça.

Il lui fit répéter le nom une dizaine de fois avant d'être satisfait de sa prononciation. Puis il jeta un regard vers la colline, masse noire s'élevant dans la pénombre de la forêt.

— Quand tu auras prononcé son véritable nom, tu auras un pouvoir sur lui. Ce n'est pas grand-chose, mais ça suffira. Ordonne-lui de te rendre ton frère et de vous laisser repartir tous les deux, au nom du Seigneur Jésus. Tu dois lui ordonner, à lui et à ses suivants, de vous laisser repartir sains et saufs. Il doit le faire. Mais fais attention à la façon dont tu formuleras ton ordre, petit, car tu ne pourras le donner qu'une fois. (Barney dit à Sean ce qu'il fallait dire, puis son visage s'assombrit.) J'aimerais bien que nous sachions quel genre de créature est cette Chose noire, mais nous n'en savons rien, et il est inutile de pleurer là-dessus. Si elle doit se dresser sur ta route, elle le fera. La pierre-à-fées la tiendra à l'écart, mais il faudra que tu protèges Patrick. Sers-toi de ta dague, ainsi que de l'eau bénite. Ces créatures se sont tenues à l'écart lorsque Satan a conduit ses troupes rebelles contre Notre Père. Elles n'étaient pas assez vertueuses pour demeurer au Ciel, mais pas assez maléfiques pour descendre aux enfers avec le diable, et ont donc été placées dans une région intermédiaire. Mais elles ont tendance à éviter les objets bénits, aussi utilise l'eau si c'est nécessaire, mais gardes-en un peu. Ceci est très important. (Barney resserra son étreinte sur les épaules du petit garçon, comme pour insister sur ce point.) Une fois que tu auras retrouvé ton frère, tu devras verser un peu d'eau bénite sur son front, faire le signe de la croix et dire : « Au nom de Notre-Seigneur, tu es libre. » Répète.

Sean s'exécuta sans problème.

— Prends bien garde à ne pas l'oublier. Car tant que tu n'auras pas accompli ce rituel, Patrick fera partie des serviteurs du Fou et il se battra pour rester avec lui. Ensuite, il vous faudra fuir au plus vite, car le Fou pourrait décider de vous suivre, s'il trouve un moyen de contourner l'ordre que tu lui auras donné. Et s'il devait vous suivre hors de la colline, il pourrait vous reprendre avec lui. Et ce serait définitif. Personne ne peut le vaincre en ce monde, excepté un barde ou un sorcier, et ni toi ni moi ne pouvons prétendre à cette sorte de magie. Alors, dis-lui bien de rester où il est quand il libérera ton frère, car, une fois minuit passé, il devra s'en aller. Et pour finir : *ne t'arrête jamais pour te reposer*, même si ton guide te le permet. Le temps ne s'écoule pas de la même façon ici et là-bas. Si tu t'arrêtes pour faire une sieste, tu risques de te réveiller dans plusieurs années, sans avoir vieilli de plus d'une nuit, mais il te sera à jamais impossible de revenir ici, et tu seras trop loin du monde pour qu'on te retrouve. Alors, reste éveillé et ne cesse pas d'avancer.

Les yeux de Barney s'emplirent de larmes et il dit :

— Ah ! c'est une route périlleuse que tu as choisi de prendre, Sean. Ne t'arrête pas, rappelle-toi ce que je t'ai dit, et ne te fie à personne, excepté à Tom le Franc si jamais tu le rencontres. Quand tu reviendras, sors de la caverne et fais neuf fois le tour de la colline, dans le sens des aiguilles d'une montre, et tu seras de retour dans notre monde. Il faut que tu sois sorti de la colline avant minuit, sinon, qui sait où tu te trouveras. (Sa voix s'adoucit et il serra le petit garçon dans ses bras.) Si j'étais un homme et non un vieux fou d'ivrogne, c'est moi qui accomplirais cette tâche au lieu de rester là et de regarder un petit garçon comme toi s'en charger. Tu es un garçon brave et courageux, Sean O'Brien Hastings, même si tu n'es qu'à moitié irlandais. Va et reviens vite, que saint Patrick te bénisse et que Notre-Dame te protège.

Il fit un signe de croix et regarda Sean s'éloigner. Le garçon se plaça face à la colline. Il se dirigea vers la droite et fit un tour complet de l'éminence. Après son huitième tour, il disparut à la vue de Barney. Le vieil homme resta à genoux dans la boue, prit le rosaire et cria dans la nuit :

— Je vais prier pour toi, Sean Hastings. Je prierai saint Jude, qui veille sur les entreprises impossibles, et Notre-Dame, et saint Patrick… et même cet Anglais, saint Georges, pour qu'il guide ta dague si tu as besoin de t'en servir. (Sa voix s'adoucit et il ajouta :) Et je ne bougerai pas d'ici avant le douzième coup de minuit, brave, brave garçon.

Ignorant la pluie battante qui tombait sur lui et la boue dans laquelle il se trouvait, Barney Doyle pria. Et il pria avec une ferveur qu'il n'avait pas ressentie depuis son enfance.

26

Sean s'éloigna de Barney, protégeant ses yeux de l'averse. Il avait conscience de tout ce qui l'entourait : la pluie qui tambourinait sur les arbres et les étranges échos qu'elle faisait naître autour de lui. Il y avait dans l'air une forte odeur de pin, si humide et si intense qu'elle lui donnait la migraine. Il sentait autant qu'il l'entendait la boue qui ne relâchait qu'à regret ses bottes en plastique. La blouse de Gabbie lui collait au corps et un vent glacé lui caressait la peau. Il chassa de son esprit ces contingences et essaya de se rappeler ce que Barney lui avait dit, faisant le tour de la colline et disparaissant à la vue du vieil homme.

À son troisième passage, la pluie disparut et il baissa la main qui avait protégé ses paupières. Il trouva que Barney avait un air étrange, comme s'il avait été séparé de lui par une vitre en verre teinté d'ambre.

À son quatrième passage, il se mit à faire plus chaud.

À son sixième, il semblait y avoir plus de lumière.

À son septième passage, la colline était visiblement éclairée tandis que les bois environnants étaient plongés dans la nuit noire, si bien qu'il lui était impossible de distinguer la silhouette agenouillée de Barney. Le vent n'était plus qu'un murmure lointain et l'odeur de pin et de terre mouillée un vague souvenir.

À son huitième passage, la colline était une île au cœur de l'espace, et il ne subsistait plus aucune trace du paysage qui l'avait entourée. On ne percevait ni lumière ni bruit au-delà de sa masse.

À son neuvième passage, il découvrit une caverne ouverte au flanc de la colline et aperçut au fond de sa gueule une lumière lointaine.

Sean observa une pause, inspira profondément, et fit un pas en avant.

27

Sean pénétra dans la caverne au flanc de la colline du Roi des elfes. Avec un luxe de précautions, il avança furtivement dans un long tunnel, cherchant sa voie à tâtons dans les ténèbres. Soudain, il tomba vers l'avant, comme s'il avait posé le pied dans un trou démesuré. L'espace d'un instant, il poussa un cri de terreur et son estomac se noua. Puis, brusquement, il se retrouva debout sur la terre ferme. Il poussa un nouveau cri, subitement et absolument désorienté. On aurait dit que l'univers avait pivoté de 90 degrés : sa chute s'était interrompue et la pesanteur le rattrapa au moment où il se retrouvait debout.

Sean savait qu'il était ailleurs.

Il ne distinguait rien, excepté une faible lueur au bout du tunnel. Luttant pour ne pas pleurer, il fouilla la pénombre à tâtons jusqu'à ce qu'il ait retrouvé sa dague. Il plongea une main dans sa chemise et fut rassuré de constater que le bocal empli d'eau bénite était toujours à l'abri dans ses plis. Sean inspira profondément et s'intima l'ordre de cesser de pleurnicher. Puis, se sentant mieux après cette réprimande, il reprit le cours de son périple.

Il avança dans le tunnel obscur durant ce qui lui sembla être un long moment, entouré de toutes parts par une riche odeur d'humus. Au bout d'une éternité subjective, il vit la lueur lointaine se faire plus large. Il se dirigea vers elle et émergea d'une caverne ouverte au flanc d'une colline.

Sean soupira tandis que ses yeux découvraient un paysage inconnu. Des arbres trop parfaits pour pousser sur terre oscillaient doucement sous un ciel indigo. Il faisait jour, mais un jour étrange et inquiétant, comme si la lumière provenait de toutes les directions et non pas d'une seule, une lumière qui n'avait que le quart de l'intensité normale. C'était un temps à aller à la plage sans courir le risque d'attraper des coups de soleil. Et il y avait une nuance dorée dans cette lumière, un soupçon de champagne qui influait insidieusement sur les perceptions. Tout paraissait sombre aux yeux de Sean, mais il pouvait néanmoins distinguer les détails du paysage.

Le petit garçon frissonna et lutta contre sa première attaque de panique. Ceci ne ressemblait en rien à son attente. Il avait pensé découvrir un monde à la Walt Disney, bariolé de couleurs vives et intenses. Au lieu de cela, il avait devant lui un pays de nuances subtiles, de nimbes dorés et de douces fumées, où les couleurs étaient atténuées, comme s'il avait porté des verres teintés de gris. C'était un pays de brouillard, mais ce brouillard restait invisible. La lumière coulait avec douceur, comme si sa course avait été régie par d'autres règles. Il n'y avait jamais de soleil ici, pensa Sean. Jamais.

Un sentier, ou plutôt une route, naissait sous ses pieds pour s'étirer jusqu'au lointain. Cette voie était faite de pierres légères, d'une couleur presque blanche. Il resta immobile, incapable de bouger. Regardant autour de lui, il vit un groupe de personnes émerger de l'obscurité qui régnait entre les arbres, à la lisière d'un pré. Un instant plus tôt, elles avaient été invisibles. Elles se dirigèrent vers lui, gambadant et dansant, le désignant du doigt et parlant dans une langue qui lui était inconnue. Les yeux de Sean faillirent jaillir de leurs orbites lorsque les nouveaux venus s'approchèrent de lui et qu'il put les détailler. Ils portaient toutes sortes de vêtements, certains étaient presque nus tandis que d'autres étaient vêtus de la tête aux pieds de riches étoffes brodées de dessins complexes. Mais tous avaient la peau verte. Le vent lui apporta l'écho ténu de leur rire, et Sean frissonna. Ce n'était pas le rire dément du Fou, mais il ne recelait aucune trace d'humanité.

Sean déglutit, étourdi de peur, et leva la main vers l'onguent qui recouvrait ses paupières. Il en sentit la présence, et s'il fallait en croire Barney, c'étaient bien de petites créatures vertes qui couraient vers lui. Il refoula son désir de pleurer et prononça les mots que Barney l'avait obligé à apprendre :

— Par le nom béni de saint Patrick, par Notre-Dame et par le nom de Dieu, guidez ma route.

Sa voix était aiguë et déformée par la peur, mais il réussit à prononcer clairement ces mots.

Instantanément, un bourdonnement emplit l'air et les créatures vertes cessèrent de s'avancer vers lui. Un objet apparut au bout de la route, se précipitant dans sa direction. Un soleil miniature fondait sur Sean, mais lorsqu'il s'approcha, le petit garçon vit que c'était le paysage glauque dans lequel il se trouvait qui le faisait paraître brillant en comparaison. C'était un globe de lumière dorée qui tournait sur lui-même à si vive allure qu'aucun détail de sa surface n'était visible. Les créatures vertes échangèrent quelques murmures, désignant du doigt le petit garçon et la sphère dorée. Celle-ci se précipita vers Sean en émettant un bourdonnement ténu, jusqu'à ce qu'elle vienne flotter devant lui.

— Êtes-vous mon guide ? dit Sean.

Le globe sembla acquiescer d'un rapide mouvement vertical, et Sean dit :

— Aidez-moi. Je veux retrouver mon frère Patrick. C'est le Fou qui l'a emporté.

Le globe parut hésiter, comme saisi de peur, mais après quelques mouvements erratiques il fit le tour de Sean et commença à voler au-dessus de la route. Sean aspira une gorgée d'air, se rendit compte que ses joues étaient inondées de larmes, et les essuya. Affichant une résolution qu'il ne ressentait nullement, il se mit à marcher derrière le globe qui avançait à faible allure, décidé à le suivre jusqu'à l'accomplissement de sa quête. Les créatures vertes restèrent silencieuses lorsque le petit garçon passa devant elles. Elles ne semblaient pas le moins du monde troublées par le spectacle auquel elles venaient d'assister, mais toute gaieté avait disparu de leurs rangs lorsqu'elles avaient entendu le nom du Fou, et elles s'écartèrent du chemin, laissant Sean suivre son guide sans entraves.

28

Le temps semblait avoir disparu. Barney lui avait parlé de quelque chose comme ça, mais Sean ne se rappelait pas exactement ce qu'il lui avait dit. Il ressentit les premiers tiraillements de la faim et regretta de ne pas avoir apporté de quoi manger, comme un sandwich au beurre de cacahuète. Mais il ne pouvait pas penser à tout. Il serra sa dague d'argent dans sa main droite et suivit la boule de lumière dorée. Il avait essayé de lui parler, mais elle était restée muette. La contrée qu'ils parcouraient était un délice pour les sens, un paysage boisé à la sombre beauté. Un ruisseau cristallin coulait non loin de la route et Sean se demanda si son eau était potable. Barney n'avait rien dit à ce sujet, mais Sean pensa qu'il valait mieux attendre que sa soif soit insupportable avant de courir un risque quelconque.

La boule avançait à un rythme bizarre, oscillant de droite à gauche au-dessus de la route comme si elle dansait. Sean marchait en silence au milieu de la chaussée de pierres blanchâtres.

Après une longue période indéterminée, Sean aperçut un château dans le lointain. Il crut qu'il n'allait jamais l'atteindre, car il était immense et augmentait lentement de taille à mesure qu'il s'avançait vers lui. Après avoir franchi un virage, Sean vit un homme assis sur le bas-côté. Il était perché sur un gros rocher qui se trouvait à l'intersection de la route blanche et d'un sentier plus petit qui conduisait au pont-levis du château.

Le petit garçon plissa les yeux afin de mieux distinguer l'édifice dans la brume, mais, en dépit de tous ses efforts, il vit seulement qu'il était immense et que ses murs semblaient façonnés dans le verre plutôt que dans la pierre. En haut de ses tours, des pavillons flamboyants flottaient dans la brise intermittente et Sean apercevait vaguement des silhouettes dont il lui était impossible de dire si elles étaient humaines. La lumière qui éclairait cette contrée déformait subtilement tout ce qui était lointain. Le château se dressait sur la berge d'un grand lac ou d'une baie. Sean se demanda comment il avait pu ne pas voir une si vaste étendue d'eau. Il jeta un coup d'œil au-delà du château et vit que la rive était envahie par une brume aux lueurs dorées et argentées. Un tremblement le parcourut pendant qu'il tentait de comprendre ce qu'il voyait. Il se serait cru devant un poste de télé sur l'écran duquel se succédaient des images en fondu enchaîné. Chassant l'inquiétude de son esprit, il continua à avancer au milieu de la chaussée et arriva bientôt près de l'homme assis sur son rocher.

Sean ralentit le pas pour l'étudier. Ses longs cheveux noirs pendaient sur ses épaules et sa barbe était sale et mal entretenue. Il portait une cotte de mailles cousues sur du cuir et une paire de braies en laine enfoncées dans des bottes en peau de mouton. Sean pensa qu'il ressemblait à un Viking, mais il n'avait pas de casque à cornes. Il s'approcha avec précaution jusqu'à cinq ou six mètres du guerrier silencieux, lequel ne sembla cependant pas s'apercevoir de sa présence. On aurait dit qu'il était en transe, à moins qu'il fût perdu dans ses pensées au point d'être indifférent à ce qui l'entourait. Une profonde cicatrice rosâtre courait sur son crâne, apparemment récente et entourée de quelques touffes de cheveux ras. Sean remarqua qu'il tenait un fourreau vide sur ses genoux. Le petit garçon ralentit encore plus son allure afin d'observer quatre femmes qui émergeaient de la poterne du château et franchissaient le pont-levis, suivies par un cortège de serviteurs. Chacune semblait humaine, mais leur beauté n'était pas de ce monde. L'une d'elles était vêtue d'atours royaux tissés de pourpre et d'or, tandis que la deuxième était également resplendissante dans sa robe d'un vert sombre. La troisième portait une robe blanc et argent, alors que la quatrième était vêtue de noir. Lorsqu'elles s'approchèrent, Sean s'immobilisa, incapable de détourner les yeux de cette merveilleuse procession. La femme vêtue de noir fut apparemment la seule à le remarquer, mais elle se contenta de le regarder brièvement, une expression triste et résignée dans ses yeux bleus, et de lui adresser l'esquisse d'un sourire ayant de se tourner vers l'homme assis sur le rocher. Elle lui parla si doucement que Sean ne put entendre ses paroles, et l'homme sembla sortir de sa transe.

Les quatre femmes attendirent pendant que l'homme se levait lentement. Il observa une brève pause en apercevant Sean, puis se mit à parler. Il s'exprimait dans une langue inconnue, et sa voix était ténue, comme si une puissance quelconque était intervenue pour empêcher Sean d'entendre ce qu'il disait, et ses gestes étaient hésitants et incertains. La femme en noir l'interrompit, jetant un regard de côté au petit garçon. L'homme acquiesça, lui offrit son bras qu'elle prit, et le couple se dirigea vers le château, tandis que les trois autres femmes le suivaient et que les serviteurs fermaient la marche.

Sean était fasciné par ce spectacle et se demanda qui pouvaient être ces personnages fabuleux, mais son attention fut attirée par la disparition de son guide doré à l'horizon. Il se rappela que Barney l'avait averti de ne jamais s'arrêter, de peur de perdre son guide. Sentant la panique l'envahir, il se mit à courir après la boule de lumière.

Il arriva au sommet d'une colline et vit qu'il avait rattrapé une partie de son retard sur la boule de lumière dorée, mais il continua sa course, redoutant de perdre son seul espoir de sauver son frère. Lorsqu'il l'eut rattrapée il remarqua que les arbres s'étaient rapprochés des bords de la route et que tout était devenu plus sombre. Cette forêt était plus oppressante, plus ténébreuse, que celle qui s'étendait du château à la colline des créatures vertes. Sean agrippa sa dague. Se forçant au calme, le petit garçon suivit avec entêtement son guide iridescent.

29

Phil regarda au travers de la vitre, dans la chambre où Mickey Bergman se trouvait auprès de Patrick, l'examinant une dernière fois avant son départ pour Baltimore prévu le lendemain matin.

Le médecin quitta le chevet de son malade et sortit de la pièce. Il prit Phil par le bras, le conduisant vers la salle d'attente où se trouvait Gloria. Elle avait laissé Phil tout seul, incapable de supporter le spectacle de cette créature hurlante qui avait été son fils, et qui n'avait cessé de glapir et de mordre les infirmiers pendant l'examen.

— Philip, j'allais vous appeler si vous n'étiez pas venu. Il faut que je vous dise quelque chose.

— Au sujet de Patrick ? dit Gloria.

— Oui. Je suis désolé, mais son comportement… s'est aggravé. De plus, il est… plus fort, comme si… Je ne sais pas, une force due à l'hystérie, peut-être. Il est de plus en plus difficile de le soigner. Il… il a agressé une infirmière aujourd'hui.

— Quoi ? dit Phil, stupéfié.

Bergman s'assit devant Phil et Gloria.

— Cette fille n'est pas une idiote, mais elle a fait preuve de stupidité en entrant dans sa chambre – elle est nouvelle ici. Elle a dit qu'elle avait vu Patrick à travers la fenêtre et qu'il *semblait* malheureux et terrifié. Il a fallu l'intervention de deux aides-soignants et d'un infirmier pour les séparer,

— Que lui a-t-il fait ? demanda Gloria.

Mickey secoua la tête.

— S'il n'était pas âgé de huit ans, je dirais qu'il a tenté de la violer.

L'expression de Gloria était éloquente, même s'il lui était impossible de trouver les mots pour formuler son émotion.

— Il lui avait à moitié déchiré sa blouse et la maintenait de force sur le lit, continua Bergman, qui sembla hésiter à poursuivre. Il l'a mordue au sein gauche, une vilaine blessure. Cette fille en gardera une cicatrice. Écoutez, si ça continue comme ça, je ne pense pas que l'hôpital que Wingate vous a suggéré conviendra à Patrick. Je peux le faire admettre dans une unité de psychothérapie de Johns Hopkins. J'aimerais le suivre encore un peu.

— Merci, Mickey, dit Phil. Mais pourquoi ce soudain intérêt ?

Bergman s'adossa à son siège et croisa les bras.

— Je ne peux pas vraiment vous le dire. Il y a quelque chose qui me tracasse dans son cas. (Il jeta un regard vers Gloria et, la trouvant plus calme qu'il ne l'avait vue jusque-là, s'aventura à émettre une opinion.) Je ne sais pas ce qui se passe avec Patrick, mais c'est un cas unique. Et... si nous parvenons à découvrir ce dont il est atteint... peut-être pourrons-nous...

— L'aider ? dit Gloria, qui de toute évidence n'entretenait aucun espoir à ce sujet.

— Je ne peux pas vous le promettre, dit Mickey en secouant la tête. Je pense seulement que nous risquons de découvrir quelque chose d'important. Je ne peux vraiment pas vous dire pourquoi. Appelez ça une intuition.

— Nous en reparlerons, dit Phil. Quand pourrons-nous revoir Patrick ?

— Pas avant longtemps, j'en ai peur. Il vous faudra attendre. Il faut des doses de plus en plus fortes de calmant, et elles mettent de plus en plus de temps à agir. J'envisage de modifier son traitement pour qu'il n'acquière pas une dépendance en plus de ses autres problèmes. Et... il faudra du temps pour qu'il n'y ait plus trace de drogue dans son système. Avez-vous bien compris qu'il devra être ligoté quand vous le verrez ?

Tous deux acquiescèrent, et Mickey se leva.

— Très bien. Je vous rappellerai demain, quand je serai arrivé à Baltimore. (Phil se leva et lui serra la main.) Je suis content d'être venu ici, dit Bergman. Et pas seulement à cause de ce monstrueux pot-de-vin que m'a offert votre fille. Ce cas est unique. Je regrette sincèrement de ne pas avoir pu vous être plus utile.

Phil le regarda s'éloigner et se rassit à côté de sa femme. Gloria paraissait engourdie, perdue dans un autre monde, et ils attendirent qu'une infirmière vienne leur donner l'autorisation d'aller voir Patrick. Phil souhaita ardemment que la douleur qui lui rongeait l'estomac disparaisse. Depuis le début de leurs ennuis, il avait absorbé des antiacides presque toutes les heures. Et la situation semblait empirer. La disparition de Mark avait eu des effets étranges sur tout le monde. Et Sean semblait si grincheux et si troublé. Passant une main sur son visage épuisé, Phil murmura :

— Ne pense pas trop à tout ça, mon vieux.

— Hein ? dit Gloria en se tournant vers lui.

Il secoua la tête.

— Rien, je parlais tout seul.

Gloria retourna dans son monde solitaire.

Phil se morigéna : bien sûr que tout le monde était sur les nerfs et que cette anxiété générale n'était pas sans conséquences. Mark était sans nul doute fourré dans des archives quelconques et il avait oublié de contacter Gary. Et Sean… eh bien, son frère – plus que son frère : son jumeau – lui avait été enlevé. Bien sûr qu'il était grincheux et troublé. Phil espérait que le bal costumé lui remonterait le moral.

Il sentit l'épuisement triompher de lui. La fatigue nerveuse, cet étrange engourdissement électrique, le fit dériver dans un demi-sommeil agité, dans lequel il était conscient de ce qui l'entourait sans toutefois être éveillé.

Il pensa à Patrick et vit son fils à quelques mètres de lui, comme si les murs qui séparaient sa chambre de la salle d'attente avaient disparu. Puis il se passa quelque chose de bizarre et il vit également Patrick gisant sur… sur du trèfle ? Le petit garçon semblait somnoler dans un endroit inconnu, étendu sur une couche d'herbe et de fleurs. Et auprès de lui se trouvait quelque chose de… noir. Quelque chose de… maléfique. Phil essaya d'alerter Patrick, de lui crier de se réveiller et de courir jusqu'à lui, mais son corps refusa de lui obéir. Il le sentit se tendre, mais ses membres refusèrent de bouger et sa voix de sortir. Il hurla le nom de Patrick en esprit. Le petit garçon s'assit. Le cœur de Phil fit un bond lorsqu'il vit son fils regarder autour de lui, clignant les yeux de confusion. Puis il aperçut son père. Il se releva en souriant et esquissa un pas dans sa direction.

Mais la chose noire et maléfique se dressa derrière lui. Phil lui ordonna dans un cri de courir jusqu'à lui, mais son corps refusait de suivre l'ordre de son esprit. Patrick sentit la présence de la chose maléfique et regarda par-dessus son épaule. Les yeux du petit garçon s'écarquillèrent de terreur devant la vague silhouette sombre et il se retourna vers son père. Il fit un pas infiniment lent vers lui et l'horreur noire tendit ses longs bras fuligineux pour l'étreindre. Patrick ouvrit la bouche et poussa un cri.

— Phil !

Il se réveilla en sursaut, trempé de sueur, le cœur battant. Il lui fallut quelques secondes pour recouvrer ses esprits et se rendre compte qu'il s'était endormi sur son siège. Mark était à genoux devant lui.

— Est-ce que ça va ? dit-il.

— Ouais, dit Phil d'une voix rauque. Je me suis assoupi quelques instants. Un cauchemar.

Il s'essuya le visage et poussa un profond soupir, tentant de se ressaisir. Puis il prit conscience en même temps que Gloria de la présence de Mark.

— Ne me posez pas de questions, dit celui-ci avant qu'ils aient pu prononcer un mot.

À en juger par son expression, cela faisait longtemps qu'il n'avait pas dormi. La belle ordonnance de sa barbe n'était plus qu'un souvenir, ses yeux étaient cernés et injectés de sang, et sa peau paraissait crayeuse. Il était trempé, comme s'il était resté un long moment sous la pluie.

— Est-ce que vous vous sentez bien ? demanda Gloria.

— Aucune importance, dit Mark. Dites-moi exactement ce qui est arrivé depuis mon départ. Je suis passé chez vous et Gabbie m'a dit que vous étiez ici avec Patrick.

Phil commença le récit de leurs malheurs, bientôt aidé par Gloria, et en quelques minutes Mark eut un compte rendu fidèle de ce qui s'était passé pendant son absence. Il était toujours à genoux devant Phil et Gloria, la main devant la bouche, perdu dans ses pensées.

— Seigneur, dit-il finalement. Vous en avez vraiment bavé.

À en juger par son expression, il était arrivé autre chose de grave et Phil demanda :

— Que s'est-il passé ?

— Aggie a eu un accident. Elle est ici, en bas. Le docteur Murphy m'a dit que je vous trouverais en haut avec le docteur Bergman, aussi suis-je monté vous voir.

— Comment est-ce arrivé ? dit Phil.

— Après être parti de chez vous, je suis tombé sur l'accident. J'ai reconnu la voiture d'Aggie. (Il parlait sans la moindre émotion.) Elle a quitté la route entre votre maison et celle de Lonnie Boggs.

— Est-ce qu'elle va s'en tirer ? demanda Gloria en se levant.

Phil se leva à son tour et fit mine de se diriger vers l'ascenseur, mais Mark le retint.

— Elle n'a pas survécu, dit-il.

— Comment le savez-vous ? demanda Phil.

— J'ai vu les flics la sortir de sa voiture et les envelopper d'une couverture, elle et son passager. Et elle se trouve au service de pathologie, pas aux urgences.

— Bordel de merde, dit doucement Gloria. (Ses yeux se mouillèrent et elle répéta doucement :) Bordel de merde.

Phil restait muet, trop choqué pour assimiler le décès d'Aggie. C'était son mentor bien-aimé, quasiment un membre de sa famille.

— Comment est-ce arrivé ? dit-il d'une voix mécanique.

— Je ne peux que le deviner, répondit Mark. Mais ce genre de détail n'a aucune importance. (Il jeta un coup d'œil sur l'horloge murale.) Le temps presse.

— Que voulez-vous dire ? demanda Gloria.

Mark écarta doucement Phil pour se placer en face d'elle.

— La nuit où Patrick est tombé malade, vous rappelez-vous quoi que ce soit d'inhabituel, outre les cris de Sean ?

Gloria secoua la tête, puis se rappela vaguement l'image d'une ombre dans un coin de la chambre.

— Eh bien, il y avait quelque chose...

— Quoi ?

Les yeux noirs de Mark semblaient la percer jusqu'au cœur. Elle fit de son mieux pour lui expliquer ce qu'elle avait entrevu et Mark demanda :

— Qu'est-ce que Gary vous a dit ?

— Beaucoup de conneries, répondit Phil. Apparemment, lui-même ne croyait pas à la moitié de ce qu'il racontait, mais il m'a dit que vous l'aviez mis au courant juste avant son départ pour Seattle. Il nous cachait cependant quelque chose.

— Ce qui est arrivé est encore pire que ce qu'il a pu vous raconter, dit Mark. Il va falloir que je reparte, et ce pour deux raisons. La première, c'est cet homme qui se trouvait dans la voiture d'Aggie. Il a des amis, et ils ne vont pas tarder à le suivre. Peut-être même sont-ils déjà en route. S'ils me retrouvent, ils vont sans doute me tuer.

Gloria se rassit, visiblement au bord de l'hystérie, les yeux grands ouverts, un Kleenex froissé dans son poing pressé contre ses lèvres.

— Nous allons disparaître pendant quelque temps, Gary et moi, poursuivit Mark. Ça ne fera que retarder l'inévitable. Ils nous retrouveront tôt ou tard. Mais à ce moment-là, j'espère être en mesure de conclure un marché avec eux.

— Mais de qui parlez-vous ? demanda Phil.

Mark ignora cette question.

— La seconde raison de mon départ, c'est que je dois absolument me rendre quelque part. Phil, et il faut que vous m'accompagniez.

— Où ça ?

— En un lieu que peu d'hommes ont visité, afin d'éviter un sort horrible à quantité de personnes. J'ai besoin d'aide, mais Gary doit accomplir certaines tâches qui l'empêchent de venir avec moi. Je n'ai personne d'autre sur qui compter, mais si je vous demande ce service, c'est aussi parce que vous aurez une raison personnelle de me le rendre.

— Laquelle ? demanda Phil.

— Je vais aller là où vos fils ont disparu. Je suis le seul qui puisse vous aider à retrouver Patrick et Sean.

— Que voulez-vous dire ? demanda Gloria dans un murmure.

— Quand je suis passé chez vous, Gabbie m'a dit que Sean ne se trouvait pas à l'école lorsque Jack et elle sont allés le chercher. Ils ont prévenu la police, mais la police ne le retrouvera jamais. Je sais où il est. Il est parti au secours de Patrick.

— Qu'est-ce que c'est que ces conneries, Mark ? dit Phil. Vous débarquez ici pour nous dire qu'Aggie est morte et que quelqu'un vous court après, vous faites toutes sortes de mystères, et maintenant vous nous racontez que Sean est parti je ne sais où pour aller chercher Patrick ! (Sa voix s'éleva sous la poussée de la colère et de la frustration qu'il avait jusqu'ici refoulées.) Au cas où vous ne l'auriez pas remarqué, Patrick est ici, dans cette unité, malade du cerveau mais physiquement indemne !

Mark posa une main sur le bras de Phil. Lorsqu'il prit la parole, sa voix demeura égale, mais elle était dure.

— Ce n'est pas Patrick, Phil.

Phil s'écarta violemment de lui.

— Qu'est-ce que vous racontez ! Je suis capable de reconnaître mon propre fils.

Mark jeta un regard à Gloria, puis écarta soudain Phil pour se diriger vers la porte de l'unité. Phil resta immobile quelques instants avant de se précipiter à sa suite.

Mark pénétra dans l'unité et regarda à travers plusieurs portes jusqu'à ce qu'il ait repéré celle de la chambre de Patrick. Il se dirigea droit vers le bureau des infirmières. Un trousseau de clés se trouvait sur une table à laquelle était assise l'infirmière de garde, plongée dans son magazine. La plupart des patients étaient calmes à cette heure-ci, endormis ou devant la télévision.

Mark s'empara des clés et, avant que la femme ait réagi, il les essayait sur la porte de Patrick.

— Monsieur ! Qu'est-ce que vous faites ?

L'infirmière avait parcouru la moitié de la distance qui les séparait quand il ouvrit la porte et entra dans la chambre.

Phil et Gloria écartèrent l'infirmière de leur route sans ménagement et rejoignirent Mark.

— Vous n'avez pas le droit d'entrer ici ! cria-t-elle.

Mark se trouvait au pied du lit de Patrick. Le petit garçon était attaché à sa couche par d'épaisses sangles de cuir. Il jeta un regard noir à Mark, sifflant comme un serpent enragé.

Mark tendit le doigt vers lui, prononçant quelques mots dans une langue inconnue. Patrick grimaça et se recroquevilla, tentant de s'éloigner de Mark, comme terrifié par sa présence. Ses liens étaient étirés à la limite de leur point de rupture. Phil arriva près de Mark, mais avant qu'il ait pu le saisir, quelque chose lui figea le cœur. Pour la première fois depuis la nuit où Patrick était tombé malade, l'intelligence se lisait dans les yeux de son fils. Un gémissement monta de ses lèvres et il tira sur ses liens, puis il regarda Phil et dit :

— Papa, il me fait mal.

Gloria eut un cri et se recula, agrippant le chambranle de la porte. Mark continua son invocation, et Phil reconnut les accents d'une langue gaélique, vieil écossais ou vieil irlandais. Puis Patrick tira et une des sangles cassa. Trois autres saccades et il fut libéré de ses liens. Il s'accroupit devant le doigt accusateur de Mark, courbant la tête comme si ses paroles l'atteignaient physiquement. Il recula jusqu'à la tête du lit, puis se mit à ramper sur le mur pour se diriger vers le plafond.

Mark tenait toujours son doigt braqué sur Patrick et il se mit à crier dans sa direction. Gloria hurla et l'infirmière blêmit en voyant Patrick ramper le long du mur. Deux aides-soignants baraqués écartèrent les deux hommes et s'immobilisèrent devant le spectacle.

— Merde ! dit l'un d'eux, un Noir colossal. C'est Spider-Man !

Puis la voix de Mark résonna.

— Au nom de Dieu, rends-nous l'enfant !

— Jamais ! siffla Patrick, et son corps se mit à chatoyer.

— Rends-nous l'enfant ! ordonna Mark.

— Le Pacte est rompu ! hurla la chose blottie contre le mur. Tu ne peux plus me commander !

Mark se retourna vivement, saisit une carafe d'eau et en jeta le contenu sur l'enfant.

— Que l'eau te purifie ! Que l'enchantement soit banni ! Que le charme soit rompu ! Changelin, disparais !

L'eau éclaboussa le corps suspendu, et soudain Patrick disparut. À sa place se trouvait une créature de la même taille que lui, une chose grasse et trapue, aux membres grêles, au ventre proéminent et au pénis énorme. Mais sa tête était deux fois plus grande que celle de l'enfant et son visage était un masque de batracien, empli de haine et de rage, sa large bouche figée dans un hideux rictus. Une langue se darda entre des crocs aiguisés que l'on put voir depuis l'autre bout de la pièce. Ses yeux jaunes aux iris rouges parcouraient frénétiquement la chambre. La peau de cette créature était d'un gris terne, et des oreilles pareilles à des éventails ou à des coquillages se dressaient de chaque côté de sa tête. Les doigts de ses mains et de ses pieds se terminaient par des griffes noires et acérées. C'était un cauchemar incarné.

La créature rejeta la tête en arrière, ouvrit une bouche démesurée et poussa un hurlement terrible, pareil à celui d'une corne de brume, souligné par un profond grondement. Une odeur d'œuf pourri emplit la pièce et la voix de la créature monta de plusieurs octaves, passant de la basse au ténor pour atteindre le suraigu.

— Mon maître est puissant, dit-elle. Tu seras sa provende.

Avec un rire qui donnait la chair de poule comme le crissement d'un ongle sur un tableau, la créature quitta le mur d'un bond, atterrissant sur le lit et rebondissant comme sur un tremplin. Elle fendit l'air et alla fracasser la fenêtre, projetant en tous sens des éclats de verre, puis disparut dans la nuit.

Mark se précipita vers la fenêtre. On entendit des coups de klaxon et des crissements de freins comme les automobilistes tentaient d'éviter la créature qui courait sur la chaussée. Le bruit d'un carambolage emplit la nuit. Un des aides-soignants stupéfaits regarda la vitre fracassée et dit :

— C'est impossible ! C'est du verre Securit. On ne pourrait pas le casser avec un marteau-piqueur !

Mark prit Phil par le bras et le fit sortir en hâte de la chambre. Gloria sanglotait, en proie à une crise d'hystérie, et l'infirmière tentait de la calmer. Une de ses collègues s'était effondrée près de la porte, évanouie, et l'aide-soignant noir essayait de la ranimer.

Un véritable pandémonium régnait dans l'unité. Mark, tenant toujours Phil par le bras, se dirigea calmement vers la salle d'attente, s'engagea dans l'escalier et conduisit Phil vers le rez-de-chaussée.

Phil sembla émerger de sa confusion et demanda :

— Où allons-nous ?

— À la colline du Roi des elfes.

30

Mark guida Phil vers la zone de calme relatif qu'était la salle d'attente principale et lui enjoignit d'un geste de se diriger tranquillement vers la sortie.

— Ça ne va pas durer. Dès que quelqu'un aura donné l'alarme en psychiatrie, cet endroit va grouiller d'infirmières, d'aides-soignantes, d'employés de la sécurité et de docteurs. Et ils vont tous se mettre à la recherche du dingue qui a pénétré par effraction dans la chambre du gamin.

— Qu'allons-nous faire ? (Phil jeta un regard pardessus son épaule.) Gloria…

Mark parlait à voix basse, mais avec intensité.

— Phil, quelqu'un s'occupera d'elle. Ça va bientôt être l'enfer ici. Vous et moi avons beaucoup de choses à faire durant… (il jeta un coup d'œil à l'horloge murale tandis qu'ils traversaient la pièce : il était 23 heures)… durant l'heure qui vient.

— Mark, que se passe-t-il ?

— Nous allons faire usage de magie pour sauver le monde. Et récupérer Sean et Patrick.

Phil cligna des yeux.

— De magie ? Pourquoi pas. Après ce que je viens de voir…

— La voiture que j'ai louée est garée sur le parking, dit Mark. On pourrait remonter jusqu'à moi grâce à elle. C'est Gary qui a ma voiture. Nous prendrons la vôtre.

Ils sortirent de l'hôpital et traversèrent le parking jusqu'à l'endroit où Phil avait garé sa voiture. Phil fit démarrer le moteur et demanda :

— Qu'est-ce que Gary est en train de faire ?

— Il assure mes arrières, j'espère. (Mark regarda Phil et il y avait de la tristesse dans ses yeux.) Nos adversaires n'auraient aucun scrupule à nous éliminer tous.

Phil fit marche arrière et se dirigea vers la route. Lorsqu'une autre voiture pénétra dans le parking, éclairant les deux hommes de ses phares, Mark tourna la tête afin que son chauffeur ne puisse pas distinguer son visage. Alors que Phil s'engageait dans la circulation, Mark déclara :

— Au fil des siècles, des milliers d'hommes et de femmes sont morts pour protéger un incroyable secret, Phil. Gary et moi avons découvert ce secret. Nous disposons à présent d'une monnaie d'échange.

— Seigneur, Mark, qu'est-ce que vous racontez ? Quel secret ?

Mark sembla se tasser sur son siège lorsque Phil donna un coup d'accélérateur.

— C'est une histoire fort longue et fort compliquée, dit-il. Et quiconque en a connaissance, même superficiellement, est… eh bien, disons qu'il est potentiellement en danger. Je ne sais pas. (Il jeta un coup d'œil par la vitre, comme pour rassembler ses pensées, et désigna du doigt une route qui les conduirait en ville.) Allez jusque chez Barney Doyle. Je veux me rendre à la colline du Roi des elfes, mais pas en prenant le sentier qui part de chez vous, au cas où… où ils m'attendraient déjà.

Phil se tourna vers lui.

— Qui sont donc ces adversaires qui vous font si peur ? Et que feraient-ils chez moi ?

Mark contempla quelques instants la pluie battante.

— Je me trouvais à Friedrichshafen – à la frontière suisse. J'ai été retenu prisonnier pendant une semaine. Une nuit, ils ont relâché leur surveillance et j'ai pu m'échapper. J'ai mis trois jours pour atteindre Paris – j'ai eu des problèmes à la frontière et il a fallu que je fasse intervenir quelques relations. Je crois qu'ils ont failli me retrouver par deux fois.

— Mark, je sais que vous êtes un peu nerveux. Nous le sommes tous. Mais je ne comprends rien. Qui donc ?

— Les Mages.

— Les Mages ? répéta Phil. Comme dans l'Évangile ?

Le visage de Mark fut brièvement éclairé par un réverbère lorsqu'ils franchirent un carrefour.

— Lorsque j'étais encore à New York, Gary m'a transmis certaines des traductions qu'il avait fait faire à Seattle et elles m'ont fourni les indices qui m'étaient nécessaires. Ajouté à ce que j'avais appris des traductions dont je m'étais chargé à New York et à ce que je savais déjà, tout concordait parfaitement. Je savais que la société secrète de Kessler était encore en activité. (Il fit une pause.) Eh bien, elle m'a retrouvé. L'homme qui se trouvait dans la voiture d'Aggie s'appelait August Erhardt. Erhardt était un des Mages.

Phil jeta un regard vers Mark.

— Comme dans le roman de John Fowles ?

— Ce que j'ai appris couvre une grande partie de l'Histoire mondiale, dit Mark sans prêter attention à cette interrogation, et nous n'avons pas beaucoup de temps, aussi vais-je me contenter d'un résumé succinct. Vers 500 avant Jésus-Christ, la Perse a envahi la Médie, un pays qui s'appelle aujourd'hui l'Azerbaïdjan et qui se trouve à cheval sur l'Iran et l'URSS. Les Mages formaient dans ce royaume une secte secrète qui a été rapidement assimilée par la société persane et a pris une grande importance politique. Les historiens ne connaissaient que peu de choses à leur sujet.

Une voiture venant en sens inverse inonda la Pontiac de Phil d'un jaillissement d'écume qui couvrit le pare-brise d'une pellicule ondoyante. Les essuie-glaces la chassèrent et Mark reprit son récit.

— Lorsque la Perse a été conquise par Alexandre le Grand, les Mages ont survécu. Ils ont aussi survécu à Rome, à Gengis Khan et à Tamerlan. Au IIIe siècle, leur culte était devenu l'une des religions dominantes de l'Orient. On croyait qu'ils avaient été finalement détruits par les chiites durant le VIIe siècle, lorsque l'islam a conquis la Perse. Mais il s'avère que non.

Phil secoua la tête avec incrédulité.

— Vous voulez dire que l'homme qui accompagnait Aggie était membre d'un culte perse ultrasecret qui existe depuis deux mille cinq cents ans ?

Mark hocha la tête.

— *Et Fredrick Kessler en faisait aussi partie*, dit-il. Kessler, Erhardt, et l'ami canadien de Gary, Van der Leer, étaient les héritiers d'une tradition qui a été transmise par les Mages au fil des siècles. Et cette tradition perse est directement liée à un culte spirituel primitif qui a donné naissance à la légende des fées et d'autres races vivant sur terre aux côtés de l'humanité.

— Cette chose dans la chambre de Patrick ? dit Phil. C'était un changelin substitué à lui ?

— Quelque chose comme ça, bien qu'il y ait beaucoup de choses là-dessous que les contes de fées ne suffisent pas à expliquer. J'en saurai plus quand nous serons arrivés.

— Alors, dites-moi : comment se fait-il qu'il se soit écoulé tant d'années sans que personne ait eu connaissance de l'existence de ces Mages ? Est-ce qu'il ne s'agit pas tout simplement d'un groupe qui… qui prétend remonter à la plus haute antiquité ?

— Vous ne croyez toujours pas à leur magie. Vous avez vu cette chose à l'hôpital, mais vous ne croyez toujours pas. (Mark réfléchit durant quelques instants, laissant Phil conduire en silence.) Les francs-maçons prétendent que leur origine remonte à la fondation du temple de Salomon. Et d'autres groupes prétendent avoir une histoire aussi ancienne. Qui pourrait réfuter leurs affirmations ? Tout ce que je sais, c'est qu'il y avait beaucoup de points obscurs autour de Fredrick Kessler, qui ne s'éclaircissent que si l'on suppose l'existence d'une organisation puissante, capable d'aplanir ses difficultés en Allemagne, de négocier avec les gouvernements allemand et américain, de lui fournir un capital de départ, de le présenter aux banquiers locaux, *et cætera*. La même chose s'est produite pour Van der Leer au Canada. Il a bénéficié des mêmes appuis.

» Ce qui s'est passé en Allemagne au début du siècle était un conflit sans objet entre cette secte et les religions traditionnelles. Un des Mages est devenu fou et a tenté de rendre sa religion publique. Il a agité la paysannerie locale, la poussant à ressusciter d'anciens rites, jusqu'à ce que les chefs religieux lui déclarent la guerre, ainsi qu'à ses disciples. Ce fut une véritable guerre ouverte. Et ce sont *les autres Mages* qui ont aidé l'Église à étouffer l'affaire. Ils se sont arrangés pour que tous ceux d'entre eux qui étaient liés au Mage fou puissent quitter l'Allemagne. D'autres Mages ont pris leur place.

Phil doubla un camion qui se traînait devant lui et il regagnait le côté droit de la route lorsqu'une autre voiture déboula droit devant. Un éclair déchira le ciel et ses phares éclairèrent brièvement le véhicule lorsqu'il les croisa.

— Merde ! fit Mark dans un murmure.

— Quoi donc ? dit Phil en se tournant vers son passager.

— Les hommes dans la voiture qui vient de passer. J'ai cru reconnaître celui qui était assis à l'arrière. C'est un nommé Wycheck. Il fait partie de l'organisation.

— C'est un Mage ?

Mark se contenta de hocher la tête.

— Ils se dirigent vers l'hôpital. Ça veut dire que nous n'avons qu'un quart d'heure d'avance sur eux.

Phil tourna pour s'engager sur la Route 451, en direction de l'appentis de Barney.

— Tout ça est trop compliqué pour moi. Quel rapport avec le fait que vous ayez été retenu prisonnier ? Et avec cette créature soi-disant magique qui a pris la place de Patrick ?

— Les Mages ne forment pas une secte comme les autres, dit Mark. C'est un véritable *pouvoir*, une organisation ultrasecrète qui a des ramifications dans le monde entier : l'incarnation des fantasmes paranoïaques les plus échevelés. Les *Illuminati* n'étaient qu'un écho déformé des Mages. Ce sont des hommes et des femmes qui, durant toute l'Histoire, ont occupé des positions élevées au sein des gouvernements, des clergés et du monde des affaires.

Ce sont eux qui dirigeaient clandestinement les vestales dans la Rome antique – ils avaient le pouvoir de gracier les prisonniers condamnés à mort par le sénat, selon leur bon plaisir ! C'étaient eux, les druides des anciennes races celtiques – les érudits, les prêtres, les gouvernants – et, pour ce que j'en sais, l'oblitération des druides par les Romains a sans doute été une manœuvre de diversion accompagnant la consolidation de leur position dans divers gouvernements, à moins qu'il se soit agi d'une lutte entre deux factions. Nous ne le saurons jamais. Et ils avaient probablement des chamans et des hommes-médecine dans le Nouveau Monde bien avant l'arrivée de Christophe Colomb, d'après certains indices que j'ai recueillis.

» Quoi qu'il en soit, tous les éléments ne sont pas encore en ma possession, mais à mon avis, il y a, parmi les Mages, une faction qui tente de s'emparer du pouvoir. Je n'en suis pas sûr, mais je pense que la situation internationale devient trop complexe pour que même eux puissent empêcher un anéantissement nucléaire, aussi certains d'entre eux désirent-ils prendre ouvertement le pouvoir, et pour ce faire, il leur faut un avantage stratégique. (Il secoua la tête.) Je crois qu'ils veulent lâcher ces fées sur l'humanité, laisser le chaos régner quelque temps, puis prendre le pouvoir. C'est un plan dément.

» De nombreuses vies sont en jeu, mais même si je parviens à prévenir cette catastrophe, les deux factions voudront peut-être me tuer quand même – les rebelles parce que j'aurai contrarié leurs plans, les autres tout simplement parce que j'en sais trop. Et ensuite, ils s'attaqueront à vous… et à Gloria, et à Jack et à Gabbie, aux jumeaux si nous les retrouvons, à Ellen, aux médecins et aux infirmières de l'hôpital, à tous ceux qui auraient eu vent de leur existence.

— Oh merde, murmura Phil. J'ai l'impression que je vais me trouver mal.

Il était presque vert de nausée.

— Vous n'en avez pas le temps, dit Mark.

— Que devons-nous faire ? demanda Phil dans un murmure.

— Voici ce que Gary n'a pas pu se résoudre à vous dire. Bon sang, il n'y croyait pas lui-même. Cette chose à l'hôpital était une créature d'une autre race, une race que nous avons appelée au fil des siècles du nom de gnome, d'elfe, de sylphe... J'ai fini par leur donner le nom de fées. J'ai déjà eu des preuves de leur existence, des éléments épars et incompréhensibles, à peine plus que des indices, pas assez pour que je me livre à des recherches sérieuses, rien de comparable à ce qui s'est passé chez vous ces derniers mois. L'agression de Gabbie, la blessure de Jack, tous vos problèmes, tout cela a été causé par ces créatures.

» Cette race se donne un autre nom dans sa propre langue, mais quelle que soit la façon dont on l'appelle, c'est une race d'êtres... irrationnels, irréels. Ce sont des êtres spirituels. Mais ces fées ont des qualités corporelles tout comme les humains ont des qualités spirituelles. Leur univers est distinct du nôtre, mais il existe des points de rencontre. Pour passer de leur côté, il faut utiliser... ce que nous appelons la magie.

— C'est imposs..., commença Phil, mais il se tut avant d'avoir fini sa phrase, car il aurait émis une prière et non une objection. Oh merde ! dit-il en passant devant l'entrée de Williams Avenue.

Il avait perdu sa concentration. Il fit demi-tour et s'engagea dans la rue. L'attention toute banale qu'il dût accorder à sa conduite l'aida à regagner une partie de son calme.

— Quel rapport y a-t-il entre les Mages et les fées ? dit-il.

— La plus ancienne légende féerique connue est celle de la femme de Péri, dit Mark. Elle est d'origine perse, ce qui porte à croire que les premières légendes de ce type coïncident avec l'avènement des Mages. Ce que nous appelons le folklore est en fait basé sur une réalité, c'est un… un guide sur la façon de se comporter avec le Vieux Peuple, pas une simple collection de légendes.

» Il existe un traité, quelque chose appelé le Pacte. C'est ce qui empêche les fées de nous faire la guerre. C'est bien plus complexe que ça, mais je ne peux guère vous en dire plus, parce que je n'en sais pas davantage. Il existe parmi les fées un être qui souhaite rompre ce traité. C'est là qu'interviennent les Mages. Ils l'empêchent de bafouer les règles, de mettre fin à la paix qui règne entre les deux races. C'est cet être qui s'est emparé de Patrick.

Phil fit mine de parler, puis se tut, impuissant devant ces mots. Finalement, il dit :

— Qu'allons-nous faire ?

Mark se tourna vers lui.

— Nous devons réparer les dégâts. En vous emparant de l'or, vous avez rompu le Pacte.

— L'or ?

— Il leur appartient, dit Mark en hochant la tête. Cela fait partie du… du traité. Il faut que je me rende dans l'endroit où vivent ces créatures afin de leur parler. Les parchemins disent comment y parvenir… et comment survivre à cette rencontre. J'ai mémorisé les détails nécessaires. J'ai demandé à Gary de quitter la ville avec Ellen et de les emporter. Je ne voulais pas qu'ils restent ici, et ainsi, je dispose d'une assurance.

— Contre les Mages ? demanda Phil.

Mark acquiesça.

— Je n'y comprends rien, dit Phil. Vous voulez que le traité soit respecté, et les Mages veulent la même chose, alors où est le problème ?

Mark eut un rire amer, à moitié couvert par le bruit de la pluie battante.

— À cause de certains errements de ma part, et en raison de l'astuce déployée par notre adversaire, les Mages me croient allié à la créature qui s'est emparée de Patrick. Ils ont envoyé Erhardt pour réparer les dégâts, mais cet elfe, cette créature qui a tout déclenché, a causé l'accident dont Aggie a été victime, supprimant le seul homme capable de préserver le Pacte se trouvant dans les parages. Je suis sûr que les Mages en seront d'autant plus persuadés que nous sommes ses alliés. Mon seul espoir – notre seul espoir –, c'est que je puisse prendre sa place et tout arranger avant minuit. Sinon…

— Qui est-ce ? dit Phil. Qui est celui qui s'est emparé de Patrick ?

— La même créature qui s'est arrangée pour que vous rompiez le Pacte en vous guidant jusqu'à l'or, le Roi des elfes.

— Je ne sais pas si je serai à la hauteur, Mark, dit Phil.

Près de l'appentis de Barney, Phil ralentit, comme s'il avait hésité à atteindre sa destination. Mark prit la parole.

— Vous n'avez guère le choix, Phil. D'un côté, nous avons les Mages, et de l'autre, les fées, et si nous ne faisons pas ce qu'il faut avant minuit, nous allons nous retrouver en pleine guerre mondiale, et ce ne seront pas les Russes que nous aurons à affronter. (Il eut un rire amer.) Et si nous réussissons, les Mages risquent quand même de nous attaquer.

Ils se garèrent devant l'appentis.

— Avez-vous une lampe ? demanda Mark.

Phil tendit la main derrière son siège et attrapa une grosse lampe torche multifonction. Il l'alluma, vérifiant que la pile n'était pas hors d'usage, et elle émit une lueur à l'intensité satisfaisante. Puis il la donna à Mark.

Il hésitait encore à descendre de voiture.

— Ce que vous m'avez raconté paraît vraiment dingue, Mark. Si je n'avais pas vu cette chose à l'hôpital, j'aurais déjà téléphoné à l'asile pour qu'on vienne vous chercher. Mais la majeure partie de ce que vous venez de me raconter n'est que spéculation. Que savez-vous au juste ?

— Pas grand-chose. (Mark alluma un instant la lampe pour consulter sa montre.) Nous n'avons pas beaucoup de temps et je vous raconterai le reste de mes déductions en chemin.

Les deux hommes descendirent de voiture et se regardèrent. L'ondée s'était transformée en crachin, mais ils se mouillaient néanmoins très vite. Ils ignorèrent cet inconfort,

Mark alluma la lampe torche et guida Phil dans la forêt.

31

Tout en se frayant un chemin dans les fourrés humides, Mark reprit :

— Ces Mages ont toujours posé des problèmes épineux aux historiens : il n'existe que peu de documents à leur sujet. Nous savons qu'ils ont longtemps régné sur la Perse. Ils ont été à la tête du zoroastrisme après la mort de Zoroastre, et le plus célèbre d'entre eux était un homme nommé Saena. L'*Avesta*, le livre sacré des zoroastriens, nous apporte quelques éléments, mais nous ne pouvons qu'émettre des conjectures sur les croyances communes aux deux religions. Tout le reste n'est qu'hypothèse. (Il réfléchit quelques instants, puis ajouta :) Ensuite, et peut-être était-ce une mesure de protection, le terme de « mage » s'est appliqué aux prêtres de toutes les religions héréditaires de cette partie du monde. Il existe encore aujourd'hui des traces de la foi zoroastrienne. Les Parsis, en Inde, sont toujours héréditaires : il faut être né dans cette foi, elle n'accepte pas les convertis. Mais nous savons à présent que, sous couvert de ces sectes publiques, la société secrète des Mages a continué à fonctionner.

Les deux hommes avançaient à une allure régulière sur le sentier, mais celui-ci était glissant et, en dépit de leur lampe torche, l'obscurité rendait le sol encore plus traître.

— Les Mages étaient monothéistes. Les zoroastriens parlent de deux demi-dieux créés par l'Être suprême, une force du bien nommée Ormuzd qui est restée loyale à Dieu, et une force du mal nommée Ahriman qui, comme Satan, s'est rebellée contre Lui. Les Mages n'avaient pas de temples et célébraient leurs rites dans les forêts et au sommet des montagnes – la pièce secrète de votre cave était un entrepôt et une sorte de bibliothèque, pas un temple clandestin. Ils adoraient le feu et la lumière, ainsi que le soleil, mais ce n'est qu'une façon de parler. Ils ne vénéraient pas le feu en soi, mais plutôt une forme d'énergie spirituelle, une essence qui se manifestait en eux. C'étaient des astrologues et, dit-on, des enchanteurs. Ce dernier point relève apparemment du fait et non de la légende, ajouta-t-il sèchement. Ils conversaient avec les esprits et pouvaient les contrôler. Avant la découverte de votre pièce secrète, on avait émis quantité d'hypothèses au sujet de leur origine, de la tribu perdue d'Israël aux rescapés de l'Atlantide. Mais il ne s'agissait que de légendes.

Mark se tut tandis qu'ils traversaient une ravine parcourue par un courant rapide. Phil se retrouva avec de l'eau jusqu'aux chevilles et sentit ses souliers s'inonder.

Mark ne sembla pas prendre garde à cet inconfort et reprit son récit.

— Je ne sais pas quel est leur nombre exact aujourd'hui. Mais il n'y en a sûrement pas partout. Vous n'auriez jamais dû avoir l'occasion d'acheter la maison de Kessler, Phil. Si elle était restée un peu plus longtemps sur le marché, le culte aurait dépêché quelqu'un pour l'acquérir. Le fait que vous l'ayez achetée prouve qu'il n'y avait pas de Mage à proximité. Mais, même s'ils sont peu nombreux, leur influence est grande.

» Je suis sûr qu'ils ont des contacts à tous les niveaux dans le monde de la politique et dans celui des affaires, un réseau d'agents qui ferait paraître sensée la plus échevelée des théories du complot. Ils doivent bénéficier d'appuis puissants pour avoir été capables de préserver aussi longtemps leur secret. Et nous parlons en termes de siècles.

— Même si quelqu'un découvrait la vérité, qui donc le croirait ? fit remarquer Phil. Seigneur, j'ai vu cette chose de mes yeux, et même moi je n'y crois pas. Non, j'y crois, ajouta-t-il après quelques instants, puis il demanda : Alors, pourquoi les… fées se trouvent-elles sur ma propriété ?

— Il faut bien qu'elles se trouvent quelque part. (Mark écarta une branche basse, le souffle un peu court, et ajouta :) Ce n'est qu'une supposition de ma part, mais… Avez-vous jamais réfléchi au développement social de l'homme ? L'*Homo sapiens* est sur terre depuis environ un million d'années, mais la civilisation n'existe que depuis… disons neuf mille ans – si nous acceptons la définition la plus large que nous puissions donner d'un tel concept. Que s'est-il passé durant les neuf cent quatre-vingt-onze mille ans précédents ? Peut-être un état de guerre totale entre les deux races, sans qu'aucune soit capable d'éliminer l'autre. Des dizaines de tentatives pour sortir de la barbarie, avortées chaque fois que les fées faisaient replonger l'homme au niveau de la chasse et de la cueillette. Et nous avons infligé autant de dommages aux fées, les capturant et les réduisant en esclavage, leur dérobant leurs pouvoirs par… euh, par magie, les détruisant tout comme elles nous détruisaient.

» Puis il s'est passé quelque chose. Si nous survivons à ceci, peut-être apprendrons-nous un jour quoi. Mais la paix a été conclue et les deux races ont pu coexister. Une trêve, un armistice, ou… (il réfléchit)… ou un pacte. C'est ainsi que l'appelaient les Mages qui m'ont capturé. Le Pacte.

» Peut-être y a-t-il eu une bataille trop sanglante pour que chaque camp puisse survivre à un nouvel affrontement. Peut-être des gens plus raisonnables dans chacun des camps ont-ils fait admettre l'idée d'un traité. Je n'en sais rien. Je ne peux même pas deviner comment pensent ces créatures.

» Mais, si mes hypothèses sont fondées, alors il est probable qu'au moment de la conclusion de ce traité entre les hommes et les fées, une clause de l'accord stipulait que les Mages préserveraient des endroits de par le monde où les fées pourraient passer six mois sans être troublées, et disposer librement des intrus tant qu'elles ne s'attaqueraient pas au monde extérieur.

— Des sortes de réserves ? demanda Phil. Vous voulez dire que ces Mages étaient des sortes d'agents des affaires féeriques ?

— Plutôt des geôliers, dit Mark, si l'humanité avait l'avantage lorsque le Pacte a été conclu. Mais ce n'est qu'une hypothèse, admit-il. Quoi qu'il en soit, Herman Kessler était le seul Mage dans la région. Et vu ce qui est arrivé à Gabbie et ce qui m'est arrivé dans la forêt, je pense qu'il est en train de se produire des choses qui n'auraient jamais dû se produire si un Mage s'était trouvé à proximité.

— Que voulez-vous dire ? demanda Phil.

— La lignée des Mages de cette région s'est arrêtée avec Herman. Il n'avait pas d'enfants. Il ne s'était même jamais marié, ce qui est étrange pour un Mage si nous admettons le concept d'une religion héréditaire. Quelqu'un aurait dû néanmoins être prêt à prendre la relève. Mais Kessler est mort subitement lors de son voyage en Allemagne, et peut-être les autres Mages l'ont-ils su trop tard. Quelque chose les a empêchés de l'apprendre jusqu'au moment de mon arrivée là-bas, et ils avaient certains soupçons à mon égard – ils croyaient que je n'étais pas étranger à la mort d'Herman.

» Normalement, la mort d'Herman n'aurait dû poser aucun problème, à moins que les fées aient décidé d'apparaître à la colline du Roi des elfes – ce qu'elles ont fait. Je pense que leurs déplacements sont aléatoires, aussi est-il probable que les Mages disposent de plusieurs « réserves » similaires où les fées ne se montrent pas durant des générations. Mais elles sont arrivées ici, et, comme il n'y avait pas de Mage sur les lieux, la situation s'est dégradée. Et ça n'a pas été par hasard. Il y a encore dans cette affaire un point que je n'ai pu élucider. Ils m'ont gardé prisonnier dans une chambre d'hôtel pendant presque quinze jours. (Il prit un air pensif.) Lorsque Erhardt a été envoyé ici pour réparer les dégâts, ils ont commis une erreur : ils ne m'ont pas transféré ailleurs, personne n'était avec moi lorsqu'une femme de chambre est venue faire le ménage. Je lui ai fait mon plus beau sourire, je lui ai refilé cent marks, et je me suis éclipsé. Il m'a fallu trois jours de voyage en autocar pour atteindre la frontière française – je savais qu'ils me croiraient parti pour l'Autriche ou pour Stuttgart. Mais pendant que j'étais leur prisonnier, j'ai eu l'impression qu'ils soupçonnaient un humain d'être l'allié d'une faction parmi les fées, peut-être même l'allié du Roi des elfes.

— D'accord, dit Phil, qui était à présent presque totalement calmé. Maintenant, quel rapport avec mon fils ?

— Quelque chose est allé de travers, répondit Mark. Je ne sais toujours pas exactement quoi, mais les règles ont été bouleversées. Si je déchiffre bien la situation, vous n'auriez jamais dû souffrir de quoi que ce soit, excepté quelques petites farces – le lait qui tourne, des objets qui disparaissent, des bruits bizarres durant la nuit…

Il dut élever la voix car la pluie redoublait de violence, leur criblant les yeux avec acharnement. Le bruit de l'averse dans les frondaisons évoquait celui de la marée sur les récifs.

— Mais les choses ne se sont pas passées comme elles l'auraient dû, reprit Mark. À l'origine de tous ces événements, il y a une personne, ou un groupe de personnes, qui souhaite un retour à la guerre ouverte des âges passés. C'est pour ça qu'on vous a conduit jusqu'à l'or.

— Vous en avez déjà parlé. Quelle est la nature de cet or ?

— Cet or n'appartenait pas à Kessler. Il est d'origine humaine, mais il est la propriété des fées, le garant par lequel les humains manifestent leur volonté de respecter le traité. Chaque année, un rituel est célébré, au cours duquel un peu d'or est ajouté au trésor en signe de bonne foi. Chaque « réserve » dispose de son magot caché. C'est peut-être là l'origine de la légende suivant laquelle les *leprechauns* conduisent les hommes à un trésor. Quoi qu'il en soit, Phil, vous avez rompu le Pacte en emportant cet or. (Il leva une main.) Ma chevalière est en or. Si je réussis à célébrer le rituel et à la leur offrir, peut-être pourrons-nous sauver la situation en attendant l'arrivée d'un Mage. Sinon…

— Que s'est-il passé en Allemagne au début du siècle ?

— Ce fut bien pire, j'en ai peur. Mille fois pire. Le conflit serait resté mineur si les paysans n'avaient fait que suivre le Mage fou et adorer ouvertement les fées. Tout se serait bien vite arrangé s'ils n'avaient commencé à célébrer des rituels fort bizarres. Selon certaines sources, ces paysans auraient fait des sacrifices humains. Quoi qu'il en soit, si le gouvernement n'avait pas déclenché une chasse aux sorcières, les Mages eux-mêmes auraient étouffé l'affaire. Je vous laisse imaginer ce qui se serait passé si le traité avait été complètement bafoué. Mais, même si nous ne sommes pas sûrs qu'un humain soit en partie responsable de cette situation, nous savons au moins qui incriminer parmi les fées.

— Le Roi des elfes ? dit Phil.

— Lui-même. Et c'est un adversaire redoutable. Les Irlandais l'appellent le Fou, et on le connaît sous d'autres noms, mais c'est bien lui le coupable. Il est le plus susceptible de se révolter contre la réclusion à laquelle l'astreint le traité. (Après quelques instants de silence, Mark ajouta :) Je ne sais pas comment il s'y est pris, mais je sais que c'est lui le responsable de l'accident qui a tué Aggie. Et le fait qu'il ait été au courant de l'arrivée d'Erhardt démontre qu'il est en contact avec quelqu'un de bien informé des intentions des Mages.

Phil sentit le désespoir menacer de le submerger.

— Comment diable allons-nous réussir à accomplir quoi que ce soit en un quart d'heure ?

— Il faut que nous soyons devant cette colline à minuit. S'il doit se passer ce à quoi je m'attends, nous n'avons pas besoin d'arriver plus tôt. Mais que Dieu protège le monde si nous avons une seconde de retard !

Phil suivit Mark en silence. Le monde était soudain devenu un endroit impossiblement étranger et terrifiant.

32

Sean sentait la fatigue ralentir ses pas tandis qu'il continuait à avancer derrière la boule de lumière. Il était toujours alerte, mais la monotonie de la forêt qu'il traversait avait atténué son anxiété. Les bois sombres et touffus qui l'entouraient avaient cessé d'être menaçants pour devenir tout simplement étranges. Les arbres étaient... bizarres, c'était le seul mot qu'il pouvait trouver pour les qualifier. Délicats et élancés, ils oscillaient doucement sous la brise, et les couleurs confuses de leurs frondaisons donnaient à celles-ci une transparence illusoire. Non, cet endroit était bizarre, mais pas effrayant. Il savait qu'il allait être mis à l'épreuve quand il atteindrait l'endroit où Patrick était retenu, et cette perspective le terrifiait, mais il n'avait que huit ans et demi, il aurait dû être au lit depuis longtemps et il était trop épuisé pour s'inquiéter.

Sean fit halte. En contrepoint au bruissement des branches dans la brise, il entendait une mélodie. Il se remit en marche et la mélodie se précisa à mesure qu'il avançait derrière le globe de lumière. Elle était produite par des pipeaux, des harpes, des clochettes et des tambourins. La route déboucha sur une clairière et Sean écarquilla les yeux sous l'effet de l'étonnement lorsqu'il découvrit devant lui ce qu'il crut tout d'abord être la colline du Roi des elfes. Un regard lui suffit pour se rendre compte que la ressemblance n'était que superficielle, car les arbres qui entouraient ce lieu ne ressemblaient à aucun de ceux que l'on trouvait dans l'État de New York.

Mais le sommet de la colline grouillait de silhouettes en mouvement, des hommes et des femmes à la beauté stupéfiante en train de danser devant un trône. La femme qui était assise sur ce trône était elle-même d'une beauté parfaite et saisissante, fière et droite, élancée et superbe. Alentour, une lueur couronnait l'éminence d'une aura bleutée éclairant toute la scène. Dans la pénombre ambiante, le sommet de la colline était une île de lumière. La boule dorée parut passer devant la fête, mais la femme qui se trouvait sur le trône fit un geste de la main et le globe se dirigea vers elle.

Sean hésita, puis suivit son guide jusqu'au sommet de la colline. La danse s'interrompit et la musique s'estompa lorsque le petit garçon s'avança au milieu de la cour. Au sommet régnait une lumière crépusculaire, mais néanmoins plus intense que celle qui éclairait la route.

La femme qui se trouvait sur le trône était magnifique. Ses cheveux d'un roux doré étaient maintenus par une couronne d'or qui dégageait son haut front. Sa robe était taillée dans un tissu léger et ne cachait presque rien de sa poitrine somptueuse. Son cou et ses bras étaient vierges de toute imperfection. Sean n'était pas sûr de ce qu'il voyait, mais ou bien elle avait une décoration bizarre dans le dos de sa robe, ou alors elle avait des ailes translucides ! Elle sourit et le petit garçon ne ressentit aucune crainte. Des yeux bleu pâle se posèrent sur lui et une voix de contralto dit :

— Un petit mortel ! Qu'est-ce qui te conduit à suivre ainsi le Guide des quêtes, bel enfançon ? Es-tu venu éclairer notre cour de ton doux sourire ? (Elle se pencha et tendit une main pour prendre Sean par le menton. Ses doigts se reculèrent en touchant sa peau.) Tu portes un talisman ! Tu dois l'ôter.

Sean regarda autour de lui. Au pied du trône se trouvaient des êtres minuscules qui chuchotaient entre eux en le montrant du doigt. Plusieurs créatures voletaient autour du trône en décrivant des cercles, prenant apparemment soin de ne pas passer au-dessus de la femme. Près de celle-ci se trouvaient plusieurs hommes, beaux et élancés, et n'ayant rien d'humain. Un peu plus loin, un groupe de femmes à la beauté ensorcelante attendaient en silence. Quel que soit leur sexe, ces êtres étaient vêtus de toutes sortes de façons, ainsi que l'avaient été les créatures vertes, leur tenue allant de la nudité quasi totale au costume le plus élaboré. Mais les nuances de leur peau étaient cependant plus humaines. Sean se demanda pourquoi cette dame n'était entourée que d'hommes, mais il chassa cette idée de son esprit et réfléchit à ce qu'elle lui avait demandé de faire.

Derrière le trône se trouvait un homme d'une quarantaine d'années, qui appartenait de toute évidence à la race humaine. Il portait une splendide tunique finement tissée, à l'étoffe verte parcourue de fils d'argent. Des joyaux et des perles étaient cousus à son col, lui donnant une apparence royale bien qu'il n'ait été qu'une ombre comparé à cette femme lumineuse. Tout doucement, afin de ne pas être aperçu par les autres, il secoua la tête en signe de dénégation.

Sean regarda autour de lui tandis que la dame reprenait :

— Viens, bel enfant. Reste avec nous, chante et danse avec nous. Nous te régalerons de mets fins et de nectars, et tu seras le plus beau des pages à notre service. Tu connaîtras des plaisirs dont ta race n'a jamais rêvé, bel enfançon..., dit-elle avec un sourire sensuel, ajoutant après avoir estimé sa taille : ... quand tu seras plus grand.

Sean inspira profondément. Il y avait chez cette femme quelque chose qui le mettait mal à l'aise. Elle était pourtant belle et fort gentille. Et il ne ressentait ni la terreur ni l'impression de danger qui avaient accompagné ses rencontres avec la Chose noire et l'Homme-Lumière. Mais l'odeur d'épices et de fleurs des champs qui flottait dans l'air, la mélodie enivrante et la tendre puissance de cette femme, tout cela le troublait, accélérait les battements de son cœur. Il reconnut vaguement le sentiment qui l'avait envahi quand une de ses camarades de classe l'avait embrassé lors d'un anniversaire. Il avait pris soin d'afficher sa répugnance, mais il avait fortement souhaité recommencer, sans toutefois en parler aux autres garçons de peur qu'ils se moquent de lui. Il avait ressenti le même malaise le jour où il était entré sans frapper dans la salle de bains, pour découvrir Gabbie en train de se sécher après sa douche. Le souvenir de son corps nu encore humide et rosi l'avait hanté durant plusieurs jours, et il aurait souhaité pouvoir rester là, rien que pour la regarder. Il ne savait pas pourquoi. Quand elle était habillée, Gabbie était une fille débile comme les autres, sauf lorsqu'elle apprenait aux jumeaux à monter à cheval. On aurait dit qu'il avait entraperçu quelque chose qu'il comprendrait une fois grand et qui ne faisait pour l'instant que le déconcerter. C'était là une pulsion puissante et inquiétante, qui troublait Sean et lui donnait l'impression d'être coupable d'un crime dont il n'aurait pu préciser la nature. Écartant la sensation de malaise qui lui retournait l'estomac, il dit :

— Je suis venu chercher mon frère.

Le sourire de la femme s'effaça pour laisser place à un regret sincère.

— Tu refuses notre hospitalité ?

On aurait presque dit qu'elle boudait.

— Je dois retrouver mon frère, insista Sean.

— Comment es-tu entré dans notre domaine, bel enfançon ? dit la femme après avoir poussé un soupir de résignation.

— Barney m'a dit de faire neuf fois le tour de la colline et d'entrer dans la caverne. Il m'a dit de suivre la lumière pour arriver jusqu'à Patrick.

— Et comment ton frère, Patrick, est-il arrivé ici ?

— C'est l'Homme-Lumière qui l'a emporté.

Le visage de la femme perdit son air affable, ses yeux devinrent électriques, et Sean perdit toute envie de grimper sur ses genoux et de se blottir contre sa poitrine. Lorsqu'elle parla, sa voix avait un accent de colère qui évoquait le son d'un cor, et Sean frissonna.

— Parle-moi de cet Homme-Lumière !

Sean décrivit sa rencontre avec l'Homme-Lumière, la Chose noire, le faux Patrick et le faux Sean, et quand il eut fini, la femme déclara :

— Il n'a que trop abusé de notre patience. Écoute-moi bien, mon enfant. Lorsque tu auras retrouvé ton frère, tu auras le choix entre deux chemins de retour. Prends celui qui est blanc, de façon que je puisse être avisée de la suite de cette affaire, et que vous puissiez regagner votre monde tous les deux. Évite le chemin noir.

Sean se rappela les avertissements de Barney. Tout doucement, de façon à ne pas offenser la dame, il dit :

— Je veux seulement retrouver mon frère. (Puis, après quelques instants de réflexion :) Vous ne pouvez pas m'aider ?

— Ici, dans la Contrée de la lumière, nous régnons, petit mortel. Mais sache que, dans ton monde et dans la Contrée des ombres, lui et nous sommes égaux, et que dans la Contrée des ténèbres, celui que tu appelles l'Homme-Lumière est suprême, et que nous le redoutons. Tu dois le conduire jusqu'à nous, continua-t-elle, ici, dans la Contrée de la lumière, afin que nous puissions décider de son sort. En tout autre lieu, l'issue du conflit serait incertaine. Fais cela, et ton frère et toi pourrez regagner votre foyer. Telle est notre parole.

Sean regarda la boule de lumière, qui semblait trépigner d'impatience. Il ne voulait pas mentir à cette femme, mais Barney lui avait dit de ne se fier à personne. Puis il jeta un regard en direction de l'homme. Celui-ci paraissait triste, mais il eut un léger sourire et hocha la tête.

— Êtes-vous Tom le Franc ? lui demanda Sean, enhardi.

— Ainsi me nomme-t-on parfois, répondit l'homme.

Son accent était très prononcé et ses paroles étaient difficilement compréhensibles, mais Sean se rappela que Barney lui avait dit que Tom était écossais.

— Il est de ta race, dit la femme, mais nous l'avons longtemps gardé près de nous… (elle lui adressa un sourire lumineux)… parfois en dépit de ce que nous dictait notre discernement. Mais il est fort aimé ici et il nous est loyal, conclut-elle en se tournant vers Sean.

— Je reviendrai avec Patrick, dit ce dernier. Vous nous laisserez rentrer chez nous ?

La femme éclata de rire, et sa voix fut de nouveau douce comme une harpe lorsqu'elle reprit la parole.

— Oui, courageux enfant, nous vous laisserons repartir tous les deux. Mais il faut d'abord que tu retrouves celui que tu appelles l'Homme-Lumière, ainsi que ton frère. Ensuite, tu reviendras jusqu'à nous, mais sois prudent : pour arriver à la cour de ton adversaire, il te faudra passer par le manoir des Saisons anciennes. Ne franchis aucune des portes, excepté celles d'entrée et de sortie, et tu seras sauf. Et tu devras te garder contre la traîtrise. Puis il te faudra revenir très vite, car notre cour et la sienne iront dans un autre coin de ton monde cette nuit, et tu risquerais de te trouver très loin de chez toi. Va, maintenant.

D'un geste de la main, elle libéra le Guide des quêtes, comme elle avait appelé le globe de lumière, et celui-ci dévala la colline en direction de la route blanche. Sean courut derrière lui, redoutant de se laisser distancer, mais une fois sur la route le globe retrouva son allure de flâneur et se remit à danser d'un côté à l'autre de la chaussée. Sean reprit son souffle, rassembla ses forces, et le suivit. Quelques minutes plus tard, il remarqua que les pierres sous ses pieds avaient viré du blanchâtre au gris neutre, et que le ciel s'assombrissait au-dessus de lui. Chassant la crainte de son esprit, il poursuivit son chemin.

33

La forêt se faisait plus sombre, mais elle n'en avait pas pour autant l'aspect menaçant que Sean se serait attendu à lui trouver. Il y avait moins de lumière, tout simplement. Le chemin qu'ils suivaient vint à longer un ruisseau d'eau vive, et Sean jeta un regard en direction du Guide des quêtes. Celui-ci continuait à danser d'un côté à l'autre de la chaussée, et il n'aurait aucun mal à le rattraper à condition de ne pas le laisser aller trop loin. Il courut vers le ruisseau et se mit à genoux pour boire son eau.

Les lèvres de Sean touchèrent la surface de l'eau et il se hâta de boire. Brusquement, une image apparut sous ses yeux. D'un mouvement vif, il s'écarta de l'onde. Il regarda autour de lui et vit qu'il était impossible que quelqu'un ait pu nager dans ce courant. Le ruisseau n'avait que deux ou trois mètres de largeur et à peine quelques centimètres de profondeur. Il regarda de nouveau par-dessus la berge et acquit une nouvelle fois la certitude que cet endroit n'avait aucun rapport avec le monde qu'il connaissait. La surface des eaux n'était qu'un plan le séparant d'un autre monde, un univers océanique de turquoise et de vert. Il s'approcha un peu plus des eaux et regarda le visage qui se trouvait dans l'onde. C'était le visage d'une femme, du moins le pensait-il, et il semblait flotter à quelques centimètres en dessous de la surface. Sa peau était d'un bleu pâle et Sean apercevait vaguement une queue de poisson aux écailles bleuâtres là où auraient dû se trouver ses jambes. La créature était nue et parfaitement formée au-dessus de la taille. En fait – pour autant que Sean ait pu en juger –, elle était très belle, ses seins étaient lourds, sa gorge gracile, et ses bras ondoyaient délicatement en contrepoint des mouvements de sa queue. Ses cheveux noirs rayonnaient autour de sa tête comme une aura de filandres et un sourire se lisait sur ses lèvres plus pourpres que rouges. Ses traits étaient humains, mais ses yeux étaient entièrement noirs, sans iris ni sclérotique. Elle semblait lui faire signe, l'encourager à la rejoindre dans les flots. Derrière elle, Sean apercevait des profondeurs marines. Il se rappela le jour où Patrick et lui avaient accompagné leurs parents à Catalina et où ils étaient montés à bord d'un bateau à coque de verre. Du fond trouble de l'océan s'élevaient de puissantes flèches de corail, et Sean comprit dans un éclair qu'elles n'avaient rien de naturel, mais qu'il s'agissait des tours d'une cité qui se dressait depuis les profondeurs océanes.

Le petit garçon s'écarta de la berge, déconfit plutôt que terrifié, en proie à l'étrange sentiment qu'il avait éprouvé en voyant la Reine. Son corps enfantin n'était pas encore prêt à assumer ces pulsions d'adulte, et la beauté séduisante de la souveraine n'avait fait que le plonger dans la confusion. Le petit garçon remarqua que le Guide des quêtes s'était éloigné et se mit à courir après lui, soulagé de quitter la superbe femme-poisson. Ici, même l'eau lui était étrangère. Il eut un léger frisson en se rappelant que Barney l'avait averti de ne pas s'écarter de sa route.

Le globe de lumière n'avait qu'une centaine de mètres d'avance sur Sean et il ne lui fallut qu'une minute pour le rattraper. Se forçant à rester calme, le petit garçon se replaça derrière son guide pour le suivre.

34

Sean vit la forêt s'ouvrir devant lui. Depuis qu'il avait quitté la berge du ruisseau, il avait pénétré dans des bois sombres et touffus, plus menaçants que ceux qu'il avait déjà traversés, et il tenait plus fermement sa dague. La route qu'il suivait avançait en ligne droite et croisait une autre voie, faite de pierres noires. Sean s'arrêta quelques instants, car ce chemin noir émergeait d'une caverne. Il aperçut la pluie qui tombait à l'autre bout. C'était une autre route qui menait à son monde ! Il se rappela que la dame lui avait dit qu'il lui faudrait choisir entre deux chemins et qu'il devrait prendre le blanc. Mais celui-ci le ramènerait plus vite à destination, sans qu'il ait besoin de marcher interminablement pour rejoindre la colline lumineuse par laquelle il était arrivé.

Il soupira et suivit le Guide des quêtes. La boule de lumière était presque invisible au milieu des arbres et, alors qu'il se remettait en route, le petit garçon redouta un instant de l'avoir laissée s'échapper, mais après une petite course, il la retrouva en train de danser au-dessus de la chaussée. La forêt semblait de nouveau plus touffue autour d'eux, et plus menaçante. Les arbres paraissaient plus hauts et leurs troncs plus rapprochés, il eut bientôt l'impression d'avancer dans un tunnel. Luttant contre le désir de courir jusqu'à la caverne et jusque chez lui, il suivit d'un pas résolu la boule luminescente.

Le petit garçon et son guide franchirent un nouveau tournant et Sean découvrit que la route passait devant la maison la plus étrange qu'il ait jamais vue. Elle était construite entre quatre arbres immenses, d'une espèce qui lui était inconnue, peut-être des chênes géants. En s'approchant de l'édifice, il vit que les troncs d'arbres lui servaient de coins, que quatre murs reliaient entre eux. Une lumière chaude et accueillante émanait de ses fenêtres, contrastant vivement avec la pénombre de la forêt. Le Guide des quêtes hésita devant l'entrée, oscillant de haut en bas et décrivant de petits cercles. Sean alla jusqu'à lui, puis regarda la porte de la maison.

— Est-ce que Patrick est là-dedans ? dit-il.

Le guide oscilla de droite à gauche et Sean regretta que cette créature ne puisse ni lui parler ni communiquer avec lui. Puis une idée lui traversa l'esprit et il se rappela comment le globe avait répondu à sa première question, au pied de la colline lumineuse.

— Est-ce que tu me demandes si je veux entrer ?

La boule oscilla vigoureusement de haut en bas. Cette créature pouvait répondre par oui ou par non !

— Est-ce que je devrais entrer ? demanda Sean.

La boule eut un mouvement hésitant.

— Tu ne sais pas ?

La boule oscilla de nouveau de haut en bas.

— Est-ce que ça m'aidera à retrouver Patrick si je rentre là-dedans ?

De nouveau un mouvement hésitant.

Sean se rappela brusquement quelque chose que lui avait dit Barney.

— Est-ce que c'est dangereux là-dedans ?

Une nouvelle fois, la boule oscilla de haut en bas.

— Eh bien, allons-nous-en, dit Sean. Conduis-moi à Patrick.

La boule hésita, décrivant des cercles. Sean comprit.

— C'est un raccourci !

La boule oscilla de haut en bas.

— Est-ce ça nous fera gagner beaucoup de temps ?

Nouveau mouvement vertical.

Sean déglutit et dit :

— Alors, on passera par là.

La boule de lumière se dirigea vers la porte de la grande maison en bois, qui s'ouvrit sans qu'on l'ait touchée. Sean serra sa dague dans son poing et suivit son guide.

35

Sean resta immobile un long moment, émerveillé par ce qu'il voyait. Il n'y avait qu'une seule pièce dans la maison. Mais quelle pièce ! Son plancher était en bois poli, au grain si riche que le sol ressemblait à un fleuve aux courants sombres et clairs. Sur les puissants troncs d'arbres qui se tenaient aux quatre coins de la pièce étaient gravées des scènes décrivant des créatures humaines et non-humaines en train de se livrer à toutes les activités possibles et imaginables. Sean les contempla et découvrit tous les événements qui jalonnaient la vie : naissance, mort, amour, guerre, découvertes, guérisons, actes héroïques ou lâches, passe-temps banals ou extraordinaires. Il ne savait pas comment il comprenait ce que représentaient ces gravures, mais il savait ce que signifiait chacune d'elles, il en était parfaitement sûr. La boule s'avança lentement à travers la pièce, comme redoutant de faire du bruit.

Les murs de la pièce étaient en marbre blanc veiné d'or, ce que Sean trouva bizarre étant donné que, de l'extérieur, l'édifice avait ressemblé à une gigantesque cabane en rondins. Ses yeux étaient agrandis par l'émerveillement lorsqu'il s'avança à la suite de son guide. Il y avait six portes dans la pièce, celle par laquelle il était entré, une autre sur le mur opposé, et deux de chaque côté. Ces quatre portes étaient de la même taille, mais chacune était décorée de façon spécifique. Il arriva près des deux premières et s'arrêta, saisi par la peur lorsqu'elles s'ouvrirent brusquement.

Le cœur battant, Sean regarda à droite et à gauche, tentant de comprendre les spectacles qui se présentaient à lui. Il savait que, si ces portes avaient donné sur l'extérieur, il aurait dû découvrir une profonde forêt. Mais il ne vit qu'une forêt clairsemée d'arbres resplendissants dans leur robe automnale qui s'étendait jusqu'au lointain. Une odeur âcre de noix parvint à ses narines tandis qu'il contemplait cette scène ; dans un coin, un petit écureuil rouge vitupérait contre un geai malicieux qui venait de lui chiper sa nourriture. Un couple apparut devant Sean, un homme et une femme aux cheveux gris mais à la démarche altière. Ils étaient élégamment vêtus, la femme d'un tailleur et d'une jupe de tweed, et l'homme d'un costume de velours et d'un pull-over à col roulé. Chacun d'eux avait une canne, apparemment plus par affectation qu'en raison d'une quelconque infirmité. L'homme s'arrêta et ôta sa casquette pour l'agiter vers Sean, et la femme lui fit signe de s'approcher en souriant.

Sean savait qu'il devait continuer sa route, mais il était envahi par le désir d'aller voir ce que lui voulaient ces gens si aimables. Il allait faire un pas vers eux lorsqu'un pépiement d'oiseau le fit pivoter sur lui-même. Derrière l'autre porte, il découvrit un superbe pré à la couleur vert émeraude. Son herbe était parsemée de fleurs, et il y avait aussi des arbres fruitiers en pleine floraison, abritant un millier d'abeilles récoltant leur nectar. En haut d'une branche, un rouge-gorge donnait un récital. Sean soupira. Il ne savait pas quel était cet endroit, mais il le terrifiait. Il allait se diriger vers la porte du fond, où l'attendait patiemment le Guide des quêtes, quand un ballon rouge rebondit devant lui, que deux enfants, un garçon et une fille, poursuivaient en courant. Tous deux portaient une tunique toute simple qui leur arrivait jusqu'aux genoux et une paire de sandales. Ils saisirent le ballon en même temps et la bataille s'engagea. Au moment où elle allait dégénérer, la fillette, presque parfaite dans sa beauté enfantine, aperçut Sean de l'autre côté de la porte. Elle lâcha le ballon et le désigna du doigt. Le garçonnet avait les cheveux et les yeux bruns, et il était aussi beau que la fillette. Il dévisagea Sean avec ce qui ressemblait à de la méfiance, mais la fillette lui sourit et lui fit un signe de la main pour l'inviter à venir jouer avec eux. Sean ressentit un désir soudain d'abandonner sa quête et de les rejoindre. Ces deux enfants semblaient tellement s'amuser.

Un pas vers la porte, et Sean ressentit soudain un autre désir. Il regarda derrière lui et vit que l'homme et la femme étaient arrivés jusqu'au seuil et agitaient vigoureusement les bras dans sa direction. Le petit garçon se sentit attiré vers eux et les battements de son cœur s'accélérèrent. Il se passait ici quelque chose de magique, pensa-t-il. Il savait qu'il ne devait pas succomber à ces étranges désirs, mais continuer à chercher Patrick. Le fait de penser à son frère l'aida à se diriger vers la porte du fond et à s'éloigner des quatre silhouettes qui lui faisaient toujours signe.

Avançant avec lenteur, il passa devant les deux autres portes, et celles-ci s'ouvrirent à leur tour. Sean regarda la porte à sa droite et découvrit derrière elle un paysage hivernal à l'impossible beauté. La bise qui soufflait jusqu'au seuil lui apporta un bruit de rire. Un homme et une femme, tous deux très âgés, entrèrent en scène, riant de toute évidence d'une plaisanterie que l'un d'eux venait de faire. Leurs cheveux blancs comme neige étaient visibles sous leurs toques de fourrures, semblables à celles que Sean avait vues sur la tête des Russes à la télé. Ils parlaient une langue qui lui était inconnue. Ils passèrent devant lui sans s'apercevoir de sa présence, puis, alors qu'ils allaient sortir de son champ de vision, le vieil homme l'aperçut. Aussitôt, il se mit à lui faire des signes, l'invitant à les rejoindre et parlant avec animation dans la même langue étrange.

Sean recula, luttant contre le désir de se joindre à ce couple de vieillards. Il se tourna vers la porte opposée derrière laquelle il découvrit une plage, et son cœur se serra. On aurait dit la plage où ses parents avaient l'habitude de l'emmener avec Patrick quand ils vivaient en Californie. Un jeune homme et une jeune femme émergèrent de l'écume. La jeune femme était torse nu, tout comme son compagnon. Chacun d'eux portait un pagne noir qui ne dissimulait presque rien de leurs formes. Ils s'aspergèrent mutuellement et une chaude brise d'été fit voler leurs cris de joie au-dessus du vacarme des vagues. L'odeur salée de l'écume et la chaude senteur de l'été déferlèrent sur Sean et il pleura en silence des larmes de nostalgie lorsque le cri ténu d'une mouette parvint jusqu'à lui. Il aurait voulu être en Californie avec ses copains plutôt que d'errer dans cet endroit terrible à la recherche de Patrick. Puis le jeune couple s'embrassa, riant de nouveau lorsque le jeune homme entraîna sa compagne jusqu'au rivage. Il l'embrassa en roulant au-dessus d'elle, puis il leva les yeux et aperçut Sean. Lui souriant de ses dents rendues encore plus blanches par son teint bronzé, le jeune homme poussa un cri de bienvenue. La jeune femme roula sur elle-même tandis que son compagnon se relevait. Elle resta couchée sur le sol, souriant et agitant la main. Sean sentit une bouffée de panique monter en lui tant il souhaitait ardemment aller sur cette plage, la plus familière des quatre scènes qui lui avaient été révélées. Déglutissant et se concentrant sur Patrick, il se tourna vers la porte du fond et se força à faire un demi-pas vers elle. Il avança lentement et, lorsqu'il eut posé une main sur la poignée, il demanda à son guide :

— Est-ce qu'on est dans le manoir des Saisons anciennes ?

Le guide oscilla de haut en bas et Sean se retourna vers les scènes encore visibles derrière les quatre portes.

— J'aurais eu des ennuis si j'avais franchi ces portes, hein ?

Le guide répondit vigoureusement par l'affirmative, tournant vivement sur son axe et bondissant de haut en bas. Sean se demanda ce qui lui arriverait s'il succombait à la tentation. Probablement serait-il à jamais perdu et incapable de rentrer chez lui. Il oublia sa curiosité et examina la porte. Contrairement à la porte d'entrée, celle-ci ne s'était pas ouverte spontanément à leur arrivée.

Sean appuya sur la large poignée et la porte s'ouvrit lentement.

Il resta immobile durant quelques instants, et même le Guide des quêtes parut hésiter avant de s'enfoncer dans la forêt sombre et menaçante qui se trouvait derrière l'édifice. Sean inspira profondément et avança avec prudence sur la route noire, suivant la boule de lumière dorée vers le désespoir.

36

La forêt semblait à présent tout droit sortie d'un cauchemar, peuplée d'arbres sombres si denses que leurs branches tordues évoquaient un enchevêtrement de lignes sur une draperie noire, une voûte de batik à l'aspect sinistre s'élevant loin au-dessus de sa tête. Il se dégageait de ce lieu une impression d'antiquité. Sean lançait de toutes parts des regards apeurés, comme si quelque chose pouvait à tout moment fondre sur lui. L'écorce des arbres était profondément entaillée, ravagée par le temps, évoquant des visages ridés de vieillards qui auraient été torturés une éternité durant. Le vent faisait résonner des échos et les branchages ondoyants paraissaient se tendre vers lui, comme pour le menacer… ou le supplier.

Sean continua à avancer, se rappelant la nuit de terreur où Patrick avait été enlevé, et la peur qu'il avait ressentie. Il savait que, sans la pierre-à-fées de Barney, il aurait été capturé en même temps que son frère. Lorsque l'Homme-Lumière était venu pour s'emparer d'eux, Sean était devenu une créature moins qu'humaine, un animal paralysé par la peur. Rien de ce qu'il verrait désormais ne pourrait engendrer en lui un tel désespoir, une telle renonciation à tout désir de survivre. Son esprit juvénile se débattait avec la réalité de ses sentiments, fierté bafouée et soif de vengeance, ne les reconnaissait pas tant ils étaient différents de ce qu'il voyait d'habitude dans les séries télévisées. Mais il était néanmoins guidé par ces sentiments, et il savait que, lorsqu'il se retrouverait face à face avec l'Homme-Lumière, il agirait, en dépit de la terreur qu'il ressentait à cette idée. Il ne s'attarda pas sur ce point : il l'acceptait. Privé de Patrick, Sean avait l'impression qu'il lui manquait une partie de lui-même, comme si le lien qui existait entre eux – ce lien qui leur permettait de partager leurs pensées, leurs sentiments, leurs existences – avait été rompu. Privé de Patrick, Sean se sentait diminué. Le destin lui avait offert une chance de sauver son frère, et rien ne l'arrêterait, excepté la mort.

La voix flûtée et sinistre du vent fut couverte par le bruit d'une galopade qui s'approchait à vive allure. Le ciel s'assombrit, comme si la nuit précédait le cavalier. Sean s'immobilisa, hésitant sur ce qu'il devait faire : se cacher, fuir, ou tenir tête. Il choisit la première solution et courut pour rattraper la boule de lumière. Il la saisit et découvrit que le noyau en était solide et à peu près aussi grand qu'une balle de base-ball. Il la serra contre lui et s'enfonça dans les fourrés qui bordaient la route, s'accroupissant derrière un arbre abattu et glissant un œil à travers les hautes herbes tout en dissimulant le Guide des quêtes sous son corps.

Un cavalier apparut sur la route, silhouette de cauchemar. Son cheval blanc et lumineux semblait voler, tant le rythme de ses mouvements était fluide. Sa crinière et sa queue s'embrasèrent lorsque le cavalier lui donna un coup d'éperon. Il était entièrement vêtu de noir et d'argent, casque et armure, cape et tunique. Sa cape d'ébène flottait derrière lui comme une voile géante battue par la tempête. Il se tenait la tête haute, comme s'il avait fouillé la forêt du regard, et les deux fentes noires de son casque couronné d'andouillers semblaient effectivement scruter les bois alentour.

Perchée sur un étrier, agrippée à la botte de son maître, la Chose noire émettait un rire aigu et maléfique qui couvrait le fracas des sabots sur le sol. Cette chevauchée périlleuse paraissait l'amuser au plus haut point. En l'espace de deux battements de cœur terrifiés, le cavalier avait disparu.

Sean demeura immobile une minute pour permettre à son cœur de se calmer, puis il se rappela le guide. Il se releva et découvrit un globe de métal gris terne, à présent lourd et immobile. Il le regarda avec désespoir : comment allait-il retrouver Patrick sans son aide ? Il sentit les larmes monter à ses yeux et murmura :

—Je t'en prie. Ne meurs pas. Aide-moi à retrouver Patrick !

Il répéta les mots que Barney lui avait appris, mais le globe resta inerte. Finalement, il allait se résigner à errer tout seul lorsqu'un rire ténu et amical résonna au-dessus de lui. Sean roula sur lui-même, reculant de quelques pas et brandissant sa dague d'argent.

Un adolescent âgé de quatorze ou quinze ans descendit avec souplesse d'un arbre, fixant Sean de ses yeux bleus.

Il semblait peu impressionné par la dague, mais Sean continua à braquer sa pointe vers lui. Puis il le reconnut, se rappelant la description qu'on lui en avait faite.

— C'est vous qui avez fait du mal à Gabbie !

Le jeune garçon secoua la tête en souriant, puis bondit avec l'agilité d'un chat. Avant que Sean puisse réagir, il s'agenouilla devant lui, tendit une main et le saisit par le poignet, immobilisant son bras.

— Si je te voulais du mal, Sean Hastings, il me serait facile d'agir. Mais le fait que je puisse te toucher, en dépit de ton talisman, prouve mes bonnes intentions mieux que les mots ne sauraient le faire. (Lâchant la main du petit garçon, il continua :) Ce n'est pas moi qui ai troublé ta sœur.

Sean recula en hâte, terrifié. Le fait que cet inconnu ait pu lui faire mal mais s'en soit abstenu n'était guère rassurant.

— Vous lui ressemblez, dit-il, rassemblant son courage.

— Chez nous, soupira l'adolescent, l'aspect est une question de caprice.

L'espace d'un instant, il chatoya d'une lueur bleutée pareille à celle qui avait nimbé l'Homme-Lumière la nuit où il était venu enlever les jumeaux, puis il changea de forme, devint une silhouette noire, et son aura disparut. Cette métamorphose n'avait duré qu'une ou deux secondes. À la place de l'adolescent se trouvait un homme plus âgé que lui sans toutefois être vieux. Il portait un drôle de chapeau aux larges bords, une barbe, un pantalon tout simple, une chemise et de grandes bottes. Il saisit Sean sous les bras avant qu'il ait pu protester, le souleva dans l'air et, d'une voix à présent grave comme celle d'un homme mûr, lui dit :

— Tu vois seulement ce que nous désirons que tu voies, enfant de sang mortel. C'est notre volonté qui dicte notre forme. Et dans celle-ci, j'aurais pu prendre ta sœur si je l'avais souhaité. (Il eut un sourire à ce souvenir et continua :) Cette fille est une des plus belles de ta race que j'aie vue depuis des lustres, mais bien qu'elle eût volontiers écarté les jambes pour moi, je ne voulais pas être celui qui briserait le Pacte.

Il relâcha Sean, l'aura réapparut autour de lui, et soudain, un petit garçon apparemment âgé de six ou sept ans se tenait devant lui.

Lueur, viens-tu de loin ? Lueur, viens-tu de près ?
Viens-tu de la chandelle ou viens-tu de l'étoile ?
Tu vois ce que tu veux, tu vois ce que tu crois,
Mais trouves-tu l'eau douce avant de l'avoir bue ?
Qui peut distinguer la vérité de l'illusion ?
Quand l'homme peut-il croire ce que disent ses yeux ?
Ne crois pas, mon ami, à tes sens de mortel,
Car notre nature se rit de toutes les barrières
Qui séparent le vrai de tous les faux-semblants,
Et nous retournons à la vérité… ou au rêve.

Il chantonnait d'une voix enfantine et malicieuse. Il se mit de nouveau à luire, et l'adolescent réapparut.

— Tel est le secret de notre pouvoir, car tu vois ce que tu crois, et les armes et les armures, les mets fins et les nectars, tous sont réels pour ceux qui acceptent leur réalité. L'illusion est puissante lorsqu'on y voit la vérité. Si tu avais toi-même la volonté de croire, tu pourrais vivre éternellement de la vie qui se trouve en abondance dans l'air ! Tu portes l'onguent vert sur tes paupières, aussi es-tu capable de percer l'illusion, pas parce que cet onguent a un pouvoir, mais parce que tu le crois.

Il éclata de rire, et à ce bruit, Sean sentit un frisson torride parcourir son échine.

— Et tu te souviendras, reprit l'adolescent. Non, ce n'est pas moi qui ai troublé ta sœur, enfançon. C'est un autre qui a cherché à faire le mal, comme il l'a déjà fait par le passé et comme il recommencera à le faire si on le laisse agir, et il a rejeté le blâme sur moi. Une revanche mesquine pour un tour que je lui ai joué et dont le souvenir le tourmente toujours.

Sean se releva, désirant ardemment s'éloigner de cet adolescent troublant. Comme pour le mettre au défi de l'en empêcher, il lui dit :

— Il faut que je retrouve mon frère.

Le rire de l'adolescent évoquait le bruit d'un carillon.

— Et je ne chercherai pas à entraver ta quête, Sean. (Il regarda la route, comme s'il s'attendait au retour du cavalier.) Celui-ci a causé bien des ennuis au fil des siècles, en dépit du Pacte, mais cette fois-ci, c'est plus que la Reine n'en pourra tolérer… (Il se mit de nouveau à rire, comme si cette perspective lui paraissait amusante. Puis sa voix redevint sérieuse.) Mais au-delà des frontières de la Contrée de la lumière, il est aussi puissant qu'elle. Retrouve ton frère, tant que le Fou est parti, puis retourne vite à la cour de la Reine en prenant la route blanche. S'il devait te rattraper, lutte de toutes tes forces. Certains d'entre nous t'aideront, bien qu'aucun de nous – même pas moi – ne soit de taille à affronter le Fou. Seule la Reine est son égale. (L'adolescent se remit à rire, comme si tout cela n'était qu'un jeu.) Mais, pour être moins puissants que le Fou, nous ne sommes pas sans pouvoir.

Il ramassa le globe inerte et souffla dessus. Aussitôt, un point rouge brilla à sa surface et s'épanouit en une lueur sourde. D'un geste de la main et d'un mouvement de poignet, l'adolescent imprima au globe un mouvement de rotation et le jeta en l'air, et le guide retrouva sa luminescence.

— Reprends vie, petit esprit de lumière, guide la quête de cet enfant. Emmène-le là où son cœur désire aller. Trouve celui qui lui est semblable en corps et distinct en esprit, trouve celui qui est sorti des mêmes entrailles que lui. Va !

Le Guide des quêtes voleta jusqu'au-dessus de la tête de Sean, puis bondit vers la route. Il recommença à danser d'un côté à l'autre de la chaussée, mais plus vite qu'auparavant, comme si les instructions de l'adolescent lui avaient instillé un nouveau souffle. Sean courut derrière lui, le rattrapant au moment où il franchissait un tournant. Il regarda pardessus son épaule pour faire un geste de remerciement au jeune garçon, mais plus aucun signe de sa présence ne subsistait sur le bas-côté. Sean frissonna, chassant de nouveau la peur de son esprit, et reprit sa quête.

37

Il lui semblait qu'il avait déjà parcouru plusieurs kilomètres dans ce paysage tourmenté. Cela faisait longtemps qu'il avait perdu toute notion du temps, se résignant à traîner les pieds derrière le Guide des quêtes. Il avait l'impression d'avoir passé une éternité dans cette désolation.

Arrivé au sommet d'une crête, Sean aperçut une nouvelle maison à travers les arbres tordus. Elle était adossée à une éminence, ou plutôt, elle en faisait partie, car seule sa façade était visible. Apparemment, quelqu'un avait dressé un mur devant une caverne ouverte au flanc de la colline, et on entendait un bruit de voix derrière une porte ouverte. Ces voix s'exprimaient dans une langue incompréhensible, qui paraissait consister en grognements et en couinements, en cris et en rires déments, accompagnés par des bruits de vaisselle brisée et de meubles fracassés. Comme il ne souhaitait nullement rencontrer les participants de cette bruyante conversation, il se hâta de poursuivre sa route.

Sean courut si vite qu'il dépassa le Guide des quêtes et qu'il dut attendre que le globe l'ait rattrapé. Alors qu'il s'arrêtait, il remarqua une étrange propriété de la chaussée. En tournant la tête, il la voyait virer du noir au blanc, un peu à la manière de ces images changeantes qu'on trouve parfois en guise de cadeau dans les boîtes de céréales. De toute évidence, route noire et route blanche coexistaient à cet endroit.

Sean suivit la route jusque dans un vallon et, une fois de l'autre côté, découvrit que le paysage avait subitement changé. Devant lui se dressait une forêt d'arbres sombres et massifs, et le ciel passait brusquement du gris au noir le plus total. Il sut aussitôt qu'il quittait ce que la Reine avait appelé la Contrée des ombres pour pénétrer dans la Contrée des ténèbres.

Il fit halte, intimidé par ce qu'il voyait. Alors que la Contrée des ombres lui avait paru être un domaine triste et hanté, la Contrée des ténèbres était un royaume de beauté surnaturelle. Des arbres délicats aux formes inconnues ondoyaient doucement sous une douce brise d'été, et leurs branches abritaient des oiseaux nocturnes au chant frêle et poignant. Chacun de ces arbres avait un feuillage d'un vert profond, où perçait çà et là une fleur, mais nulle lumière ne venait du ciel. La lueur qui éclairait ce lieu émanait des troncs d'arbres, des feuilles, des fleurs, de l'herbe, même de la terre nue. C'était un tableau d'une clarté impossible et phosphorescente, dans lequel aucune source de lumière ne projetait une ombre. Le parfum des fleurs nocturnes était lourd dans l'air et les criquets grésillaient en contrepoint au chant des oiseaux. Ce n'était pas là un lieu sinistre et maléfique où des esprits déments ruminaient leur haine de l'humanité. C'était une forêt magique, une forêt féerique, enchanteresse et merveilleuse. Sa beauté était presque étourdissante, et il n'y avait rien à redouter au sein de ce paysage doux, sombre et boisé. Sean avait plutôt l'impression de se promener la nuit dans la plus belle forêt du monde. Et cette forêt était pleine de couleurs, étranges et inattendues. Chaque détail du paysage semblait peint à la lumière noire, chaque fleur, chaque feuille était dessinée avec de subtiles nuances, mais tout ici était vivant, tout ici était en harmonie, il n'y avait rien de corrompu en ce lieu, contrairement à ce qu'il avait vu dans la Contrée des ombres. C'était le pays des fées dont il avait toujours rêvé dans son cœur !

Sean remarqua que le Guide des quêtes émettait une lueur plus faible, comme si, ayant moins besoin d'être vu, il brillait moins que dans la Contrée de la lumière ou dans celle des ombres. Excepté ce détail, le globe avançait avec la même insouciance, dansant d'un côté à l'autre de la chaussée, indifférent au lieu où il se trouvait. Repensant à son agitation lorsqu'il lui avait demandé de trouver le Fou, Sean se sentit rassuré. Il pria en silence pour que l'Homme-Lumière et la Chose noire se trouvent encore dans la Contrée des ombres et ne soient pas en train de se diriger vers lui. Le petit garçon espérait plus que tout pouvoir retrouver Patrick et s'échapper avec lui sans avoir à affronter l'Homme-Lumière. Il pressentait que cette éventualité était improbable, mais elle lui faisait envisager l'avenir avec optimisme.

Le Guide des quêtes prit de la vitesse et Sean calqua son allure sur la sienne. Cela signifiait sans doute qu'ils approchaient de leur destination ou qu'un nouveau danger les menaçait, aussi les battements de son cœur se firent-ils plus rapides, et il se tint aussitôt aux aguets, oubliant sa fatigue.

Le chemin qu'ils suivaient s'enfonça dans la forêt, devenant si étroit par endroits que Sean se demanda comment le cheval de l'Homme-Lumière pouvait passer par là. Puis ils se retrouvèrent soudain devant une nouvelle colline, qui paraissait plus grande que celle de la Reine et au-dessus de laquelle les frondaisons formaient une voûte de ténèbres. Le lieu semblait désert, du moins Sean n'apercevait-il personne.

Le guide s'écarta de la route pour monter vers le sommet de la colline et Sean le suivit, grimpant avec difficulté sur ses petites jambes. Il découvrit une tente, toute de soie noire et de coussins noirs, et à l'intérieur de cette tente, il trouva Patrick.

Son frère dormait d'un sommeil profond au milieu d'une pile de coussins. Sean le regarda un long moment et sentit son cœur se serrer. Pendant les quelques jours qu'avait duré sa captivité, Patrick avait commencé à changer. Il ne portait pour tout vêtement qu'un petit pagne tressé de feuilles, et ses cheveux étaient ornés d'une guirlande de fleurs noires et de feuilles vert sombre. Ses lèvres avaient été peintes avec une substance pourpre, et ses ongles et ses paupières avaient l'éclat de la perle. Autour de lui reposaient de minuscules créatures, dont aucune ne sembla troublée par l'arrivée de Sean. Celui-ci les examina, car il avait pour la première fois devant lui des fées conformes à la description qu'il en avait trouvée dans les contes. Des sylphides minuscules étaient nichées contre Patrick. Chacune d'elles était nue, d'apparence humaine, et avait de délicates ailes dans le dos. Mais des êtres à l'aspect bien moins rassurant étaient également couchés autour de lui, évoquant par leurs formes des crapauds ou des rats. Sean évita de les regarder trop longtemps, de peur de les arracher à leur profond sommeil.

Autour de lui bourdonnaient des insectes nocturnes, des lucioles aux lueurs douces qui éclairaient la soie noire du ciel de leur éclat bleu-vert. Des chants lancinants résonnaient faiblement dans cette nuit éternelle comme des oiseaux inconnus gazouillaient leurs secrets. La brise était douce et sa caresse était sensuelle, et Sean eut envie de pleurer devant la beauté de ce lieu. Puis il perçut une odeur d'épices et de fleurs des champs, un parfum totalement étranger au monde qu'il connaissait. Cette trouble senteur lui fit battre le cœur, et il sut que ce qui se passait sous cette tente finirait par changer Patrick au-delà de tout espoir. Il fallait qu'il lui fasse quitter ce lieu au plus vite.

Il s'avança sur la pointe des pieds et secoua Patrick. Celui-ci s'étira lentement, comme s'il était drogué, et Sean dut le secouer à plusieurs reprises. Finalement, ses yeux s'ouvrirent, s'écarquillant lorsqu'il aperçut son frère jumeau penché sur lui. Sean lui fit signe de se taire, et Patrick acquiesça, l'air toujours engourdi. Il dut ôter avec douceur une femme minuscule qui s'était nichée sur sa poitrine avant de pouvoir se lever. Les jumeaux attendirent un long moment, mais les créatures féeriques étaient plongées dans un profond sommeil et ne prêtaient aucune attention à leurs mouvements. Sean prit Patrick par la main et le fit sortir de la tente. Patrick avançait lentement, mais il réussit à éviter les créatures endormies.

Une fois dehors, Sean inspira profondément et regarda son frère. Patrick ne cessait de cligner des yeux, comme pour éclaircir sa vision, et il secoua la tête. Ses paupières semblaient lourdes et sa mâchoire flasque, comme s'il devait lutter pour rester éveillé.

Sean conduisit Patrick en bas de la colline, le tirant à moitié derrière lui.

— Viens, murmura-t-il, il faut qu'on s'en aille.

Patrick acquiesça, toujours désorienté, et Sean se rappela ce que Barney lui avait dit à propos du sommeil dans cet endroit. Peut-être Patrick n'avait-il pas cessé de dormir depuis que l'Homme-Lumière l'avait emporté ! Il était encore à moitié endormi à présent et peut-être croyait-il que tout ceci n'était qu'un rêve. Peut-être n'avait-il aucune idée de l'endroit où ils se trouvaient et de la menace qui pesait sur eux. Sean devait prendre la direction des opérations et espérer que son frère le suivrait sans rien dire jusqu'à ce qu'ils soient en sécurité.

Le Guide des quêtes suivit les jumeaux en bas de la colline. Sean s'était à moitié attendu à le voir disparaître ou s'enfuir après qu'il eut retrouvé Patrick, et il lui dit :

— Vas-tu nous montrer le chemin du retour ?

Le Guide des quêtes oscilla de haut en bas et repartit dans la direction d'où Sean était venu. La présence de cette boule lumineuse remonta quelque peu le moral de Sean et, pour la première fois, il espéra pouvoir faire sortir son frère de ce domaine sans avoir à affronter l'Homme-Lumière. Il savait que, s'ils sortaient de la colline et évitaient l'Homme-Lumière jusqu'à minuit, le Bon Peuple s'en irait et qu'ils seraient en sécurité.

— Je vous en prie, mon Dieu, dit-il à voix basse, faites que nous puissions rentrer chez nous.

Patrick avançait en trébuchant derrière son frère, se laissant prendre par la main, les yeux toujours vagues et l'expression rêveuse et lointaine. Il ne dit pas un mot tandis que Sean le conduisait sur le chemin du retour.

38

Sean et Patrick attendaient. Pour une raison inconnue, le Guide des quêtes avait cessé de batifoler au-dessus de la chaussée. Il était suspendu dans l'air, tournant autour de son axe, comme s'il réfléchissait au chemin à suivre. Cela faisait quelque temps – plusieurs heures aux yeux de Sean, mais il s'agissait sans doute de quelques minutes –

qu'ils avaient regagné la Contrée des ombres. La forêt était sombre et sinistre, suintante de désespoir, un lieu idéal pour des créatures faites de rêves maléfiques et de desseins terrifiants. Les arbres aux feuilles grises et aux branches tordues qui ne porteraient jamais ni fleurs ni fruits, les troncs d'ébène condamnés à vivre éternellement dans cet automne de grisaille, tous semblaient prisonniers en ce lieu, pleurant en silence pour que l'on vienne à leur secours. Une brise amère fouettait le visage de Sean, emplissant ses narines d'un vague souvenir de fumée et de mort. Il se tourna vers Patrick et vit que les yeux de son frère restaient lointains, comme si son esprit s'était trouvé à cent lieues de là. Patrick était d'un calme inhabituel depuis qu'il l'avait retrouvé. Sean était obligé de se répéter pour obtenir une réponse, le plus souvent brève et distraite, et Patrick gardait un air soucieux. Sean attribua l'attitude de son frère à sa captivité et finit par renoncer à toute conversation, encouragé en cela par sa fatigue et par sa peur. Il se remit en marche, prenant son frère par la main. Patrick hésita, puis le suivit à un pas derrière lui.

Il y eut un bruit dans les arbres sur leur droite, auquel fit écho un autre bruit sur leur gauche. Sean fit halte et dut tirer sur la main de Patrick pour qu'il s'arrête. Le bruit devenait de plus en plus fort, le bruissement des branches qu'on écarte, le fracas des sabots des chevaux, et le cliquetis des armures. Au moment où Sean comprenait ce qui se passait, des cavaliers émergèrent de la forêt de chaque côté de lui, se positionnant de façon à pouvoir encercler les jumeaux.

Puis une horde de créatures jaillit des bois, monstrueusement déformées, dans leur âme sinon dans leur corps. Des dames d'une beauté stupéfiante, vêtues de robes translucides qui ondoyaient jusqu'au sol, flottèrent jusqu'à eux depuis l'abri des arbres rabougris. Les sylphides qui avaient entouré Patrick, à peine plus grosses que des colibris, fendirent l'air à la rencontre de Sean. Les chevaux et leurs cavaliers, magnifiques dans leurs splendides armures, encerclèrent lentement les jumeaux. Des créatures trapues à l'air sinistre, leurs traits hideux figés dans des grimaces de joie maléfique, surgirent entre les pattes des chevaux. Sean se demanda comment tant de créatures, y compris les plus petites, avaient pu être dissimulées à ses yeux à peine un instant plus tôt. Il se sentait terrifié mais il ne broncha pas, tenant fermement la main de Patrick dans la sienne et agrippant sa dague en argent.

— Ceci est notre héritage, dit une voix derrière lui.

Sean sursauta et pivota sur lui-même, découvrant, le cœur battant, le Fou qui se penchait vers lui. Le cavalier s'était approché en silence dans son dos. Sean sut pourquoi le Guide des quêtes s'était immobilisé : l'Homme-Lumière avait arrêté sa course par magie, tout comme l'avait fait la Reine.

Le Fou resplendissait dans son armure noir et argent, tenant son casque sous son bras. Son étalon blanc regardait Sean de ses yeux luisant d'un éclat doré. La silhouette en armure bougea légèrement la tête pour examiner le petit garçon qui se tenait devant elle, brandissant sa dague.

— Tu es courageux, petit guerrier, dit le Fou en riant. À moi, mes enfants ! cria-t-il. Venez ! Nous avons un invité.

Il tendit son casque à un adolescent qui courut vers lui pour l'en débarrasser.

Alors que les fées commençaient à l'encercler, Sean regarda autour de lui, cherchant une issue. Le Fou s'avança vers les jumeaux et fit arrêter sa monture. Il se pencha et son visage s'immobilisa au-dessus de celui de Sean.

— Cette contrée était jadis pareille à celles que vous avez traversées, dit le Fou en se tournant et en désignant la forêt stérile d'un geste de la main. Entre la Contrée de la lumière et la Contrée des ténèbres s'étendait la Contrée du crépuscule, où les enfants du Peuple jouaient sous le regard de leurs maîtres. Tout n'était qu'équilibre et harmonie, et la cour était une et vivait en paix. Je régnais, ma Reine à mes côtés. Et cela était bon. Puis vinrent les Mages, avec leurs charmes et leurs sortilèges, et une grande bataille eut lieu. (Il se dressa sur sa selle, de toute sa majestueuse taille, et sa voix était pleine de fierté.) La lutte fut héroïque. (Puis sa voix s'apaisa.) Mais nous avons été vaincus, et nous avons été obligés de conclure le Pacte. Ceci est notre héritage, répéta-t-il en se penchant vers Sean. Ceci est l'œuvre de ta race, la Contrée de l'ombre. L'équilibre a été rompu, l'harmonie a disparu, et les pouvoirs ont été anéantis, si bien que, là où régnait une seule cour, deux se disputent aujourd'hui la suprématie. Désormais, ma Reine ne se trouve plus à mes côtés. Et rien n'est bon. Alors dis-moi, demanda-t-il en plissant les yeux pour étudier Sean, courageux petit garçon, que penses-tu des dons que ta race a faits au Peuple ?

Sean jeta un regard vers Patrick, qui semblait toujours étourdi, et déglutit. Le Fou se pencha de nouveau et sa main se tendit vers Sean avec hésitation. À un centimètre de son épaule, elle se retira vivement.

— Tu portes toujours ton talisman, garçon. (Sa main franchit une distance apparemment incroyable et saisit

Patrick.) Mais lui n'en porte pas ! Il restera à jamais ici, garçon, et toi aussi. J'aurai la paire, ajouta-t-il avec un rire dément.

Patrick demeura suspendu à la main de l'Homme-Lumière, comme un chaton qu'on aurait attrapé par la peau du cou, sans bouger ni protester.

Sean ravala sa peur. Lentement, de façon à ne pas se tromper, il dit :

— *Amadán-na-Briona*, au nom de Notre-Seigneur Jésus, je vous ordonne, à vous et à votre cour, de relâcher mon frère, et n'essayez pas de nous suivre.

Plein de peur et de doute, il sut qu'il n'avait pas exactement dit ce que Barney lui avait conseillé de dire, mais il adressa une prière à Notre-Dame pour que cela suffise.

Le Fou rejeta la tête en arrière et poussa un hurlement de douleur, et les fées qui l'entouraient reculèrent d'un pas, émettant un souffle qui ressemblait à une soudaine bourrasque. L'étalon du Fou se cabra et pivota sur lui-même, martelant le sol comme s'il avait partagé la rage de son maître. Le Fou réussit à rester en selle, bien qu'il ait écarté les bras, tenant Patrick d'une main comme s'il ne pesait rien. Une aura éclatante apparut autour de lui, luminescence de rage et de furie. L'intensité de son hurlement terrifia Sean qui recula d'un pas en frissonnant tandis qu'un sanglot s'échappait de ses lèvres. Des larmes coulèrent sur ses joues, mais il tint bon, refoulant son désir de s'enfuir. Le hurlement emplissait l'air, évoquant le souvenir de ce bruit torturé que Sean avait émis la nuit où l'Homme-Lumière était venu emporter Patrick. Il ne cessait de se prolonger, cri impossiblement cru de rage et de haine. Puis il s'estompa et la silhouette en armure tourna vers Sean un visage de démence pure. L'aura qui entourait le Fou diminua d'intensité alors qu'il laissait tomber Patrick, et le petit garçon chut comme une masse sur le sol, où il secoua la tête, tentant de rassembler ses esprits, et se releva lentement. La forme contrefaite de la Chose noire apparut au milieu de la cohue et se précipita vers Patrick, le saisissant par le bras en attendant la décision du maître. L'expression de l'Homme-Lumière passa de la douleur à la rage. Il tendit la main et agrippa la blouse de Sean, soulevant le petit garçon jusqu'à lui d'un geste puissant, en dépit de la douleur que lui causait de toute évidence la pierre-à-fées. Sean poussa un petit cri de terreur et brandit sa dague, égratignant le dos de la main de l'Homme-Lumière et criant :

— Lâchez-moi !

Le Fou poussa un hurlement de douleur et lâcha le petit garçon. Sean tomba sur le chemin, où il resta assis quelques instants, observant le Fou. Celui-ci agrippait sa main, souffrant le supplice, et s'agitait sur sa selle, tandis que l'aura qui l'entourait gagnait de nouveau en intensité. Son cheval piaffait nerveusement tandis qu'il hurlait. Le bruit se prolongea et les fées reculèrent encore d'un pas. Puis le bruit mourut, la lumière diminua, et le Fou se tint immobile sur sa selle devant Sean. Ses yeux bleus étaient parcourus d'éclairs de folie lorsqu'il dit à travers ses dents serrées :

— Tu as prononcé mon nom, enfant de mortel. Je dois obéir à ta volonté, car le *geas*[1] que tu m'as lancé pèse sur

1. Mot signifiant « sort » en vieil irlandais. (*NdT*)

mes épaules. Mais tu n'es pas encore libre. Le chemin du retour sera long pour toi. Et tu ne pourras plus me donner d'ordre, l'ayant déjà fait une fois. J'obéis à ta volonté, mais je ne le ferai plus par la suite!

Il agita sa main blessée d'où le sang coulait à flots. Trois fois il l'agita dans l'air, et sa blessure s'évanouit. Poussant un rire dément, il fit tourner sa monture pour faire face à ses suppôts.

— Laissez-les partir, car ils ont ma parole!

La masse sombre des fées cessa d'avancer vers Sean, à l'exception de la Chose noire qui saisit Patrick par la main et commença à le tirer vers elle.

Le Fou poussa un nouveau cri, de joie plutôt que de rage ou de douleur. Il était juché sur son cheval, le visage empreint d'une folie égale à celle qu'il avait manifestée la nuit où il avait pénétré dans la chambre des jumeaux. Sa monture labourait le sol, hennissant et roulant des yeux fous. Sean se précipita vers son frère. La Chose noire s'accroupit, s'écartant de Patrick, son intelligence rudimentaire déconcertée par les ordres inhabituels de son maître. Sean étudia cette redoutable créature, la découvrant plus petite qu'il ne l'avait cru. Ses yeux brun et jaune, presque luisants, se plissèrent en suivant les mouvements de Sean, puis elle se tourna vers l'Homme-Lumière, attendant ses ordres. Sean fut saisi d'un terrible courroux – il était las d'être terrifié et pourchassé par ces créatures.

— Laissez-nous tranquilles! cria-t-il.

Il agita sa dague d'argent dans la direction de la Chose noire et celle-ci s'éloigna, feulant de colère mais redoutant son arme. La créature montra ses crocs, mais Sean la menaça une nouvelle fois et elle s'enfuit pour aller se tapir derrière la monture de son maître.

Patrick semblait toujours étourdi, les yeux dans le vague, et il ne paraissait pas reconnaître son frère. Ne sachant que faire, Sean tira Patrick par la main pour reprendre la route du retour.

Patrick le suivit durant quelques mètres. Puis la voix du Fou résonna :

— Patrick, attaque !

Sean sentit qu'on tirait sur son bras et il pivota sur lui-même tandis que Patrick plantait fermement ses pieds sur le sol. Il tira une nouvelle fois et Sean tomba à terre. Puis Patrick se jeta sur son frère. Sean n'avait jamais été capable de triompher de Patrick lorsqu'ils se battaient. Durant toute leur jeune vie, quelque chose l'avait toujours retenu, comme s'il n'avait jamais voulu infliger toute la force de sa colère à son frère, sentant que lui faire mal serait se faire mal à lui-même. Patrick ne partageait apparemment pas cette inhibition et ne ménageait pas Sean chaque fois que leurs disputes se transformaient en bagarre. À présent Sean savait que l'enjeu de cette lutte était bien plus important que celui d'une quelconque querelle fraternelle.

Faisant preuve d'une fureur nouvelle pour lui, il souleva Patrick et roula sur lui-même. Puis une autre silhouette se jeta dans la bataille, et Sean sentit une odeur de pourriture. Des bras puissants le saisirent et un hurlement lui apprit que leur propriétaire avait payé le prix de son audace, car la magie de la pierre-à-fées tourmentait à présent la Chose noire. Sean n'hésita pas. Il brandit sa dague à l'aveuglette et sentit sa pointe pénétrer dans la chair. La Chose noire poussa un hurlement de douleur et s'enfuit, laissant Sean sur la route blanche, encore étourdi.

Sean entendit le rugissement de colère du Fou résonner dans la forêt, poursuivant de ses échos le cri de la Chose noire qui s'enfuyait, mais il ne voyait que Patrick, son frère, qui bondissait de nouveau sur lui. Sean sentit le bocal se casser sous sa chemise et un liquide couler sur ses côtes. L'eau bénite ! Il avait oublié de libérer Patrick de l'emprise du Fou et à présent, l'eau était perdue.

Sean sentit la terreur l'envahir à l'idée de perdre Patrick, et, soudain investi d'une force quasi hystérique, il empoigna un pan de sa chemise et en mouilla sa main gauche. Il laissa Patrick se jeter de nouveau sur lui et tendit sa main ointe. Barbouillant le visage de son frère, il fit maladroitement le signe de la croix et dit avec peine :

— Au nom de Notre-Seigneur, tu es libre !

Patrick s'effondra en avant, comme frappé par une pierre. Il cligna des yeux et, pour la première fois, sembla voir ce qui se trouvait autour de lui. Il regarda son frère, puis ses yeux s'écarquillèrent, comme s'il ne croyait pas à ce qu'il voyait devant lui. Avant qu'il ait pu ouvrir la bouche, Sean s'était relevé et l'aidait à faire de même. Tremblant de terreur, Sean déglutit et cria à l'Homme-Lumière :

— Vous n'avez pas tenu parole !

Il s'attendait à moitié à des représailles, mais le Fou se contenta de jeter aux jumeaux un regard furibond.

— Cette créature à l'esprit élémentaire a défié mes ordres, dit-il en montrant du doigt la direction dans laquelle la Chose noire s'était enfuie. Et quant à lui… (il désigna Patrick)… il ne faisait pas encore partie de ma cour. J'ai agi conformément à tes ordres.

Sean savait confusément qu'il ne s'était pas débrouillé aussi bien qu'il l'aurait dû, mais il était incapable de se contenir plus longtemps. Patrick se trouvait à côté de lui, les yeux exorbités devant ce spectacle, et il paraissait sur le point de s'évanouir. Sean saisit la main de son frère et le tira vers lui.

— Viens !

Patrick se laissa faire, mais il ne pouvait pas détacher son regard des fées rassemblées. Sean fit face à la horde qui lui barrait le passage et qui, toujours immobile, observait les jumeaux.

Soudain, le Fou poussa un hurlement aigu, presque féminin, et absolument assourdissant. La douleur avait pris voix par sa bouche et il fit décrire un cercle à sa monture, levant son poing ganté vers les cieux. Il fit une nouvelle fois tourner son cheval, agitant la main avec colère et criant :

— Allez ! Disparaissez ! Tous !

Les fées se ruèrent vers la forêt, battant en retraite devant la colère de leur maître. Elles disparurent aussi vite qu'elles étaient venues, et les jumeaux restèrent seuls sur la route avec le Fou. Celui-ci avança d'un pas dans leur direction, menaçant, et Sean et Patrick bondirent.

Leurs jeunes pieds martelaient les pierres tandis qu'ils couraient le long de la route blanche, précédés par le Guide des quêtes. Chaque pas les rapprochait d'un havre de paix, les éloignait d'une terreur si puissante qu'elle avait acquis forme et substance : le Fou.

— Qu'est-ce qui se passe ? cria Patrick. Où allons-nous ? Il semblait s'éveiller d'un rêve.

— Tais-toi et cours ! répondit Sean.

Ils continuèrent leur fuite silencieuse, gardant les yeux fixés droit devant eux, comme si se retourner signifiait renoncer à leur victoire si chèrement acquise. Chaque instant était une nouvelle épreuve, un nouveau danger, un nouveau piège destiné à prévenir leur évasion.

Puis, après une course éternelle, ils aperçurent l'étrange maison qui paraissait marquer la frontière entre le domaine de la Reine et la contrée où Sean avait rencontré le Fou. Seuls quelques arbres tordus séparaient les jumeaux de cette ligne de démarcation.

Arrivés à quelques mètres de la porte, les jumeaux ralentirent leur allure.

— Qu'est-ce qui se passe ? dit Patrick.

Sean tendit une main derrière lui.

— Ce type, l'Homme-Lumière, il t'a emporté de la maison. Ça fait plus d'une semaine que tu es ici.

— Je ne me souviens de rien ! dit Patrick, de toute évidence perturbé. Où sommes-nous ?

— Barney m'a dit que c'était le pays du Bon Peuple. Je ne sais pas comment il s'appelle. Je ne lui ai pas demandé.

— Comment on fait pour en sortir ?

Sean tendit une main devant lui.

— On passe par ici, puis on prend une route blanche, pour aller voir une Reine qui doit nous aider. Puis on va dans une caverne où Barney nous attend à la sortie.

— Pourquoi ce type veut-il nous faire du mal ? demanda Patrick.

— Je ne sais pas. Peut-être que Barney nous le dira. (Puis il réfléchit.) Il a dit que c'étaient les hommes qui avaient rendu cet endroit si triste, tu sais, là où tous les arbres sont laids. Peut-être qu'il est simplement en colère contre nous.

En général, c'était toujours Patrick qui commandait lorsque les jumeaux s'embarquaient dans une aventure, mais, étant donné la bizarrerie des circonstances, il était plus que disposé à laisser Sean prendre l'initiative. Se réveiller en sursaut pour se retrouver en pleine bagarre avec son frère, au milieu d'une assemblée de monstres et de fées, c'en était trop, même pour son sens de l'aventure. Il leva une main et sentit la guirlande dans ses cheveux.

— Qu'est-ce que c'est que ce truc ? dit-il en arrachant les fleurs noires et les feuilles de ses boucles.

Soudain une silhouette se jeta sur Sean depuis un arbre, le plaquant à terre. Patrick s'écarta brusquement avec un cri de surprise.

Sean roula sur lui-même, toujours agrippé par la créature. Il n'avait pas besoin de voir son agresseur pour savoir que la Chose noire avait couru à travers bois pour les rattraper et tentait de les intercepter avant qu'ils aient quitté la Contrée des ombres. La Chose noire hurla de douleur en luttant pour maîtriser Sean, de toute évidence tourmentée par le talisman. Ses pattes griffues déchirèrent la blouse de Sean et elle tenta de lui arracher la pierre-à-fées du cou.

Sean frappa à l'aveuglette derrière lui, mais sa dague s'enfonça dans la terre humide. Il poussa un cri, mi-colère, mi-terreur, et roula de nouveau sur lui-même, mais la Chose noire restait accrochée à son dos.

Sean sentit des griffes puissantes le saisir à la gorge, et, dans un spasme de panique, il réussit à rouler sur son ventre. Il se mit à ramper tandis que la Chose noire hurlait de plus belle, émettant un cri presque humain. La pierre-à-fées la mettait au supplice, mais elle continuait à obéir aux ordres de son maître : arracher le talisman à l'enfant et le ramener, ainsi que son frère.

Puis la Chose noire bascula, et Sean se sentit libéré de son poids. Il tourna la tête et vit que Patrick avait frappé la créature, lui faisant lâcher prise, et luttait à présent avec elle. Patrick agitait désespérément le roc qui lui servait d'arme, mais Sean savait que, sans talisman ni dague en argent, son frère n'était pas de taille à affronter la Chose noire.

Sans un instant d'hésitation, Sean bondit sur les deux combattants, ajoutant son poids à celui de Patrick pour maintenir la créature plaquée au sol. Il donna un coup de dague et sentit la pointe s'enfoncer dans la chair. La créature poussa un hurlement qui hanterait à jamais les cauchemars des jumeaux.

Sean cria de terreur, les yeux brouillés de larmes, mais il tint bon et tomba de tout son poids sur la poignée de la dague, utilisant sa masse pour suppléer à la faiblesse de ses bras. Le pommeau s'enfonça dans l'estomac de Sean tandis que la lame plongeait dans le ventre de la Chose noire, et il sembla au petit garçon que leur douleur était partagée. La Chose noire hurla. Et les cris de peur des jumeaux firent écho aux hurlements de douleur de la créature. C'était un bruit étranglé et gargouillant, puis ce fut un feulement rauque. Patrick se jeta sur le dos de Sean et la dague s'enfonça dans la Chose noire. Ses cris bouleversants changèrent de tonalité, pour devenir un gémissement confus, le sifflement d'un jet de vapeur, un ultime son suraigu. C'était le bruit de la mort.

Patrick s'écarta de son frère. Sean s'éloigna vivement du corps, écœuré par la chose la plus répugnante qu'il ait jamais vue. Ils restèrent muets et regardèrent la créature se tordre sur le sol. La dague enfoncée jusqu'à la garde dans son estomac, elle se tortillait comme un poisson qu'on vient de pêcher, du sang écarlate jaillissant de ses narines et de sa gueule. Puis elle cessa de se débattre, tressauta faiblement, et ne bougea plus.

Sean regarda Patrick, qui était assis sur le sol, silencieux, des larmes coulant de ses yeux écarquillés par la panique. Il s'essuya le nez à la manche de sa blouse, puis les yeux, et s'éloigna de son frère. Il alla jusqu'à l'endroit où gisait la Chose noire, en faisant lentement le tour pour s'assurer qu'elle était bien morte.

Finalement, satisfait, il se pencha pour récupérer sa dague. Alors que ses doigts touchaient le pommeau, une main noire jaillit et agrippa sa blouse. Sean hurla. La Chose noire attira le petit garçon vers elle, ses yeux brun et jaune ouverts et bien vivants. Lorsqu'il fut à quelques centimètres de son visage, elle cessa de tirer. Puis la Chose noire parla, remuant faiblement ses lèvres ensanglantées. Au milieu de gargouillis, Sean entendit un doux murmure pareil à une voix d'enfant :

—J'étais… jadis… comme toi. (Puis, dans un chuintement presque inaudible :) Je suis… libre… Merci.

L'espace d'un instant, Sean vit toute haine quitter le visage de la créature. Il la regarda dans les yeux, et ceux-ci n'étaient plus éclairés par une lueur inhumaine et démente, mais bruns et doux. Et au fond de ces yeux humides, derrière des ténèbres de haine et de rage, il y avait la trace d'autre chose. En percevant cette lueur, Sean comprit : jadis, il y avait bien longtemps de cela, cette Chose noire avait été aussi humaine que lui. D'où qu'elle soit venue, elle avait eu des parents et une maison, une vie pleine de promesses et d'espoir, et tous les enthousiasmes de la jeunesse. Mais tout cela lui avait été dérobé par une silhouette noire et lumineuse. Comme Patrick, la Chose noire était un enfant enlevé par les fées à ses parents pour être emporté dans ce lieu étranger. Cet enfant oublié avait été perverti au fil des ans, sa chair tendre avait été modelée par des passions inhumaines jusqu'à ce qu'il devienne cette horrible créature. Et Sean comprit autre chose : être emporté par l'Homme-Lumière signifiait devenir pareil à cette chose. Puis la lumière disparut des yeux de la créature et sa tête retomba, tandis que sa main restait accrochée à la blouse de Sean. Celui-ci décrocha doucement ses doigts et fut libéré de son étreinte.

Il s'écarta de la chose, sachant désormais quel serait son sort et celui de Patrick si l'Homme-Lumière venait à les capturer de nouveau. Objets de désirs pervertis, ils seraient pervertis à leur tour, et leur corps et leur esprit seraient modelés jusqu'à ce qu'ils deviennent pareils à la Chose noire, des créatures à l'âme si souillée que leur humanité ne serait plus qu'un vague souvenir à demi enfui.

Sean contempla avec un mélange de soulagement et de chagrin la créature contrefaite qui avait été jadis un enfant pareil à lui. Peut-être était-ce cette humanité presque perdue qui avait donné à la créature assez de force pour résister au talisman. Et peut-être était-ce cette humanité presque perdue qui avait permis aux jumeaux de triompher, offrant d'un coup de dague un éternel repos à cet être.

Soudain il entendit une galopade qui s'approchait et sut que le danger courait de nouveau vers eux. Il s'écarta de la Chose noire, oubliant sa dague. Patrick était toujours muet, comme si la parole avait été un narcotique le privant de toute volonté. Sean saisit sa main et le tira vers la porte de l'étrange maison, où le Guide des quêtes les attendait, oscillant rapidement de droite à gauche, comme saisi par l'impatience – ou par la terreur. Ils s'approchèrent de la porte et Sean appuya sur la poignée, mais la porte refusa de s'ouvrir. La panique l'envahit, car la porte semblait décidée à leur barrer le passage. Sean persista jusqu'à ce que la poignée cède. La porte s'ouvrit lentement et Sean la poussa, découvrant de nouveau l'intérieur du manoir des Saisons anciennes. Les jumeaux firent un seul pas avant de s'immobiliser lorsqu'une haute silhouette apparut devant eux, émergeant de la pénombre qui régnait dans l'édifice. Ayant renoncé à son armure en faveur d'un costume composé d'un casque barbare, couronné de bois d'antilope, et d'une tunique cousue de joyaux et avec des crânes d'oiseaux de mer en guise d'épaulettes, le Fou leur barrait le passage à l'intérieur du manoir. Il étudia un long moment les jumeaux immobiles, puis rejeta la tête en arrière et poussa un hurlement de plaisir pur.

39

Phil et Mark trouvèrent Barney à genoux sous la pluie, en train de prier en serrant son rosaire. Phil s'approcha de lui. Criant pour se faire entendre dans le vacarme de l'averse, il demanda :

— Sean ?

— Là-dedans, dit Barney en désignant la colline.

— Quoi ? dit Phil, stupéfié. Où est l'entrée ?

Mark saisit l'épaule de Phil.

— Il faut faire neuf fois le tour de la colline, dans le sens inverse des aiguilles d'une montre. Comme dans les vieilles légendes.

— Eh bien, allons les chercher ! cria Phil.

Mark resserra son étreinte sur l'épaule de Phil, tandis que Barney lui criait d'attendre. Phil s'immobilisa. Barney tendit une main et, avec l'aide de Mark, se releva.

— Si vous foncez là-dedans, vous risquez de perdre tout espoir de les sauver, dit le vieil homme. Le temps et la distance ne sont pas les mêmes dans le pays du Bon Peuple, à en croire les contes.

— Je ne comprends rien à ce qui se passe, cria Phil, mais si mes fils sont perdus quelque part là-dedans, je vais les en sortir.

— Parlé comme un homme, Philip Hastings, dit Barney en soupirant. Mais il est presque minuit, et s'ils ne sont pas revenus dans quelques minutes, rien ne dit que vous survivrez vous aussi. Vous avez une femme et une fille dans ce monde, et vous devez aussi penser à elles.

— Nous restons ici, dit Mark. Si tout se déroule conformément à mes prévisions, ajouta-t-il alors que Phil était sur le point de protester, alors nous récupérerons les jumeaux. Si je suis dans l'erreur… alors, plus rien n'aura d'importance.

Au sommet de la colline, la nuit fut soudain déchirée par l'éruption d'une lueur incandescente. Phil vit une femme à la beauté superbe – si toutefois il s'agissait d'un être humain –, entourée de ce qui semblait être une cour royale, prendre forme en haut de l'éminence, et des silhouettes confuses émergèrent de la lumière pour descendre vers eux. Mark s'avança aux côtés de Phil.

Les trois hommes contemplaient la Reine des fées. Elle paraissait flotter au-dessus de la boue en descendant le flanc de la colline. Comment était-elle passée d'un monde à l'autre, cela était impossible à dire. Elle était suivie des membres de sa cour, dont l'un était de toute évidence humain car, seul de toute la compagnie, il pataugeait dans le sol boueux. Tous les autres flottaient au-dessus de la terre.

Barney chancela – sous l'effet de l'alcool ou de la terreur, c'était difficile à dire –, bouche bée devant l'apparition de la Reine des fées. Celle-ci regarda Mark comme si elle s'attendait à une déclaration de sa part. Voyant qu'il restait silencieux, elle finit par dire :

— Tu n'es pas un Mage.

Mark parla doucement, mais ses mots résonnèrent dans l'air à présent immobile.

— Le Roi des elfes, celui qu'on appelle le Fou, a pris la responsabilité de bafouer le Pacte. Il était allié en cela à des traîtres dans les rangs des Mages – des hommes qui souhaitaient régner sur l'humanité à ses côtés. Il s'est arrangé pour que cet homme… (il désigna Phil)… trouve l'or. Et, ne sachant pas que cet or était le garant du traité, cet homme s'en est emparé. Il n'avait nulle intention de violer la loi.

— Nous savons reconnaître la vérité, dit la Reine. Nous regrettons tous ce qui a été. Si le Pacte a été bafoué, ce ne fut pas du fait d'un mortel. Il en est un parmi nous qui regrette les temps anciens et qui a voulu se venger sur ceux qui nous ont vaincus il y a si longtemps. C'est avec raison qu'il s'est nommé le Fou, ajouta-t-elle avec tristesse, lui qui n'est désormais plus Roi. (Elle poussa un soupir que l'on aurait pu qualifier de théâtral chez une autre femme, mais qui était parfaitement approprié à sa nature surhumaine.) Nous serons obligés de lui demander des comptes quand il nous rejoindra, dit-elle en regardant tout autour d'elle. L'heure de notre départ est presque venue. Il tarde à nous rejoindre. Fou ou Roi, nous sommes obligés de l'attendre, car c'est par sa volonté autant que par la nôtre que nous voyagerons.

— Titania et Obéron, dit doucement Mark.

— Ainsi ont-ils été appelés, dit le compagnon humain de la Reine. Ce ne sont là que noms mortels, et nullement les leurs, pas plus qu'il n'est Elberich et elle Gloriana. Ils ne sont pas non plus Ahriman et Ormuzd. Ils sont seulement ceux qui ont toujours régné sur les *Faies*.

— Les *Faies*, dit Phil. Est-ce ainsi qu'ils se nomment ?

L'homme secoua la tête.

— C'est là un mot normand. Ils se nomment la Race, ou le Peuple – comme tous les peuples du monde –, mais leurs mots ne peuvent être prononcés par les mortels, car seuls les anges ou les démons ont des voix pareilles aux leurs. Pour nous, ils sont les *Fées*, les *Peri* ou les *Sidhe*. Ou une dizaine d'autres noms. Mais, tout simplement, ils sont ce qu'ils sont – tout comme nous sommes ce que nous sommes. Et chacune des races, chacune des nations de l'homme, les voit dans une forme pareille à la sienne.

Mark secoua la tête avec lassitude.

— Que va-t-il se passer à présent ?

— Il en sera comme il en a toujours été dans les siècles des siècles, dit l'homme. Il y aura un changement. Pour le bien ou pour le mal, je ne saurais le dire.

— Je ne comprends pas, dit Mark.

— Voici Ariel. Et derrière lui devrait bientôt venir son maître.

Un tourbillon de lumière vive survola les membres silencieux de la cour de la Reine qui avaient envahi la clairière, et monta jusqu'au sommet de la colline. Il était suivi des serviteurs du Fou. Ils s'immobilisèrent en voyant la Reine, mais le tourbillon de lumière passa près d'elle avec hardiesse pour s'arrêter près de Phil et de ses compagnons. Il prit bientôt la forme d'un adolescent, celui-là même qui avait ranimé le Guide des quêtes pour Sean.

— Salut, Thomas, dit le jeune garçon, de toute évidence épuisé.

— Bienvenue, Ariel, répondit l'homme. Viens te reposer. Tu sembles dolent.

— En effet, dit Ariel avec résignation. Je me suis de nouveau mesuré à mon maître et il m'a fait hurler de plaisir dans la défaite. Ce fut un grand et merveilleux combat. Mais même s'il est de nouveau mon maître, dit-il en souriant, il ne l'est pas devenu sans mal. Et il est tombé victime des caprices du destin et se trouve à présent dans le manoir des Saisons anciennes. S'il n'en sort pas avant le douzième coup de carillon, même ses pouvoirs ne lui serviront à rien. J'aurai donc un maître, ou je n'en aurai point. C'est là un paradoxe qui me laisse fort perplexe.

— Et que faisais-tu dans la Contrée des ténèbres ? demanda Thomas. T'y es-tu rendu avec l'aval de la Reine ?

—Pas exactement, dit le jeune garçon. Mais elle savait ce que je faisais. Ce n'est pas la première fois qu'elle me perd au bénéfice de la cour noire et du service du Fou. Et, si le Fou ne s'était pas perdu dans le rêve du temps, elle m'aurait regagné, et ce n'aurait pas été la dernière fois que j'échangeais la cour du Roi pour la sienne. Aucun ne m'a jamais considéré comme un serviteur digne de foi, ajouta-t-il avec un sourire malicieux. Je pense que le moment est venu pour moi de trouver une nouvelle vocation et d'améliorer ma condition, dit-il non sans insolence. Ah! être maître et non plus serviteur. Le service du Fou avait ses avantages, soupira-t-il. La dernière fois qu'il m'a envoyé vivre parmi les mortels, ce fut pour entrer en contact avec les Mages dans les forêts de Grèce. Ah! Quelle joie ce fut de voyager avec un groupe d'étudiants! Les nuits étaient pleines de réjouissances à faire pâlir d'envie le vieux Dionysos. Avant cela, j'ai espionné le Mage Kessler pendant quelque temps.

Mark se tourna vers Phil.

—Je crois que nous venons de retrouver Wayland Smith.

L'adolescent sourit et hocha la tête. Il chatoya et prit la forme du maréchal-ferrant.

—C'est là un de nos talents, dit-il d'une voix à présent basse et résonnante. Cette forme plaît beaucoup aux femmes mortelles. Dans ma forme habituelle, elles me considèrent comme un enfant charmant et veulent me cajoler. Cette forme-ci semble susciter des réactions plus passionnées. J'ai aussi découvert que, grâce à elle, je n'avais pas besoin d'user de charmes pour conquérir les cœurs. Tel que je suis, les femmes viennent à moi. Un mot gentil, une caresse, une promesse d'amour, et elles sont plus que désireuses d'écarter leurs jambes et de faire la bête à deux dos. (Il éclata de rire.) Lorsque j'avais cette forme pour surveiller le Mage Kessler, j'ai connu bien du plaisir avec les filles des mortels, et ceux dont je cultivais la société formaient une joyeuse compagnie de ruffians. Mais servir le Fou après cette lutte sera bien moins joyeux. S'il venait à l'emporter, ce serait la guerre. S'il perdait la bataille, il en serait fort marri et déchaînerait sa colère contre moi.

Sa voix se fit plus aiguë alors qu'il reprenait son apparence juvénile.

—Qui est ce Wayland Smith? demanda Phil, désorienté.

—Je vous en parlerai plus tard, dit Mark. S'il y a un plus tard.

Phil étudia l'adolescent pendant un long moment, puis dit:

—Ma fille! Est-ce que c'est vous qui?...

—Non, heureux père, dit le jeune garçon en s'étirant. Ce n'est pas moi qui ai troublé tes enfants. Ta fille ne m'a vu qu'une seule fois dans ma dépouille d'humain, et je lui ai rendu un petit service à cette occasion. Elle est fort belle et j'aurais été heureux de lui faire don du plaisir. (Il frissonna et sourit.) Ma chair se durcit en pensant à elle. Mais elle ne s'est pas offerte, dit-il tandis que son sourire s'estompait, et je ne voulais pas être celui qui romprait le traité en usant d'un enchantement. C'est un autre qui a pris ma forme la plus commune, cherchant à me faire porter le blâme pour cet acte de guerre au cas où la Reine en aurait vent. Si elle en était venue à me chasser, la plaisanterie aurait paru splendide à l'imposteur. Ce fut là un acte cruel de sa part. La querelle qui nous oppose est fort ancienne, car moi seul parmi le Peuple suis parvenu à devenir presque son égal, moi qui fus jadis son bouffon. Et puisqu'il a cherché à me déshonorer, dit l'adolescent avec un sourire malicieux, je pense que je vais lui rendre la monnaie de sa pièce en prenant sa place.

Dans un chatoiement de lumière, le jeune garçon changea de forme, et soudain, les dominant de toute sa splendeur, le Fou apparut devant les humains stupéfaits.

40

Le Fou éclata de rire, et Phil sentit ses cheveux se dresser sur sa nuque en entendant ce bruit venu d'un autre monde.

— Ôte immédiatement ce masque de tes traits ! cria la Reine depuis l'endroit où elle se trouvait. Tu ne dois pas te moquer ainsi de celui qui t'est supérieur !

L'adolescent réapparut aussitôt. Il fit une révérence à la Reine, qui appela sa suite d'un signe de la main. Des sylphides minuscules et étincelantes volèrent vers le sommet de la colline pendant qu'elle tentait de se ressaisir. Ariel adressa discrètement un clin d'œil aux humains et dit :

— L'heure n'est pas encore venue, mais elle ne saurait tarder.

Puis, d'une voix presque distraite, il dit à la Reine :

— Le fils du roi indien est mort.

La Reine hocha la tête.

— Nous avons senti son trépas.

Thomas poussa un soupir.

— Il est bon qu'il repose enfin. Sa nature avait atteint le comble de la perversité depuis que le Fou l'avait pris à la Reine. Et c'était depuis longtemps une cause de conflit entre les deux cours. Comment est-il mort ?

— Sean, le fils de cet homme, l'a tué avec une dague en argent, dit Ariel en souriant. C'est un enfant courageux. Le fils du roi indien l'a remercié pour son acte. Tous ont pu entendre son chant de gratitude sur les ailes du vent. Son âme est à présent libre de trouver le repos auprès de Dieu.

— Sean ? dit Phil. Que… ?

— Dix mille questions, dit Mark. Et je ne sais par où commencer.

Barney acquiesça et s'assit lourdement sur le sol boueux.

— Et leurs réponses ne vous serviraient à rien, Mark Blackman. Quel homme sensé vous croirait ?

Mark se tourna vers l'adolescent.

— Que voulez-vous dire, « l'heure n'est pas encore venue » ?

Ariel jeta un regard vers la Reine entourée de sa cour. Il se retenait à grand-peine de rire lorsqu'il répondit :

— Je l'ai servie durant des âges, et puis j'ai servi l'autre, ballotté de cour en cour au gré des caprices du destin. Bientôt, je pense, je régnerai, car, si mon maître ne triomphe pas des enfants mortels dans le manoir des Saisons anciennes, je prendrai sa place. Et j'irai dans le lit de la Reine sans souffrir des conséquences de mon acte.

— Quelles conséquences ? dit Mark, déconcerté.

Ariel lança un regard vers Thomas.

— Les désirs de la Reine sont cruels et son appétit est sauvage. Par deux fois j'ai eu l'honneur de lui plaire. Grande fut ma défaite. Personne ne peut endurer l'étreinte de la Reine sans être terrassé, excepté… (il s'inclina vers Thomas)… celui-ci.

Mark leva un sourcil. Thomas eut un haussement d'épaules.

— La Reine prend… plaisir à ma compagnie, dit-il. Je peux lui apporter ce que donne… le corps. Avec moi, il n'est jamais question de domination. Elle peut accepter ce que je lui apporte sans avoir à se rendre ni à redouter quoi que ce soit, et je survis à ses dons.

Ariel eut un gloussement aigu et moqueur.

— Elle a trouvé en lui un amant si superbe que, lorsqu'il a cherché à nous quitter, elle lui a jeté un sort. (L'adolescent s'allongea par terre, les bras croisés derrière la tête, de toute évidence ravi de raconter cette histoire.) Et quel sort ! Il ne pourrait jamais parler sans dire la vérité – rien que la vérité, ni plus ni moins. Pas de fioritures, pas de libertés, pas d'exagérations ni d'euphémismes, pas de pieux mensonges, pas d'allusions charitables. Rien que la vérité. Un poète victime d'un tel sort n'aurait jamais la faveur des mortels. Les seigneurs qui se sentent une âme de mécène veulent qu'on chante leurs louanges, pas qu'on leur dise la vérité toute nue. (Il jeta un regard à Thomas.) Et être privé de tant de mots n'a guère dû t'aider à trouver des rimes, poète. Il nous est revenu, gardien du savoir, dit-il en se tournant vers Mark, comme la Reine savait qu'il le ferait.

Les yeux de Mark s'écarquillèrent.

— Bien sûr ! Vous êtes Thomas Learmont !

— C'est bien moi, répondit l'homme.

— Qui ça ? dit Phil en le dévisageant.

— Thomas d'Erceldoune, dit Mark. Thomas le Rimailleur.

Barney, qui avait retrouvé ses esprits, eut un rire faible et rauque qui trahissait sa peur, mais il dit avec hardiesse :

— Un Écossais, ce qui est presque aussi grave que si c'était un Anglais, mais un poète, ce qui fait de lui presque un Irlandais.

Thomas ignora cette pique.

— Je vous en prie, dit Mark, nous avons si peu de temps. Que sont ces créatures ?

Thomas haussa les épaules et se tourna vers lui.

— Des êtres spirituels. Ils n'ont pas de véritable forme mortelle, mais prennent la forme qui leur plaît. Ils suscitent la terreur ou la passion, l'amour ou la peur, les plus fortes d'entre toutes les émotions, les font naître dans le cœur des mortels et attisent leur flamme. Puis ils se nourrissent de ces émotions, les dévorant comme des mets raffinés. Lorsqu'ils prennent des amants mortels, leur esprit et l'esprit de leur amant s'embrasent. S'ils sont tendres, ils ne causent qu'un peu de terreur ou un peu de passion, se nourrissent avec raison et laissent guérir le mortel sur lequel ils ont jeté leur dévolu. Mais s'ils sont sans tendresse, ils prennent tout jusqu'à ce qu'ils aient dévoré l'esprit des humains dont ils usent ainsi, ne laissant derrière eux que des cendres. C'est là une chose difficile à comprendre. C'est ainsi qu'ils sont. La chair leur est refusée, et ils la désirent ardemment. Ils nous imitent, nous et nos corps, car ils n'ont eux-mêmes pas de corps. Ils nous envient. En dépit de leur gaieté, c'est une race souvent triste.

— Mais vous êtes humain, dit Phil. Et vous restez avec eux ?

— J'endure, dit Thomas. La Reine et moi avons fini par bien nous connaître. C'est un arrangement qui nous satisfait. (Sa voix s'estompa.) Mais je me languis parfois du spectacle de la brume sur la lande et du soleil sur les collines de l'Écosse.

— Peut-être cette année, dit Ariel. On ne sait jamais quel endroit elle choisira. À présent que les cours sont réunies et qu'elle est libre des désirs aigris du Fou, peut-être va-t-elle choisir un endroit où pourra se dérouler une grande fête.

— Avant cette nuit, dit Thomas en se tournant vers Mark et ses compagnons, depuis l'époque du Pacte, la Reine et le Fou étaient en tous points égaux. Chacun avait sa cour, et ils devaient se mettre d'accord sur notre prochain lieu de séjour. La cour bénie et la cour maudite sont séparées dans leur royaume, mais en ce monde mortel, elles doivent voyager ensemble.

Le sourire d'Ariel s'élargit et sa voix prit un ton de conspirateur.

— Jadis, il y a une éternité de cela, il n'y avait qu'une seule cour. C'est après la Destruction, lorsque le Pacte nous a été imposé, que notre peuple a été séparé. (Ses yeux paraissaient s'éclairer de joie.) Et peut-être qu'une fois ce conflit résolu, nous ne ferons plus qu'un ! (Puis une certaine noirceur apparut dans son regard.) Ou alors, si ceux d'en bas l'acceptent, un autre prendra le contrôle de la Contrée des ténèbres.

Ariel ricana, et Phil frissonna devant la folie contenue dans ce rire.

— N'est-ce pas là la plus grande des ironies, humains ? A-t-on jamais vu race plus affligée que la nôtre ? Car prendre le plaisir, c'est devenir esclave, et le donner sans retour, c'est amère victoire. Aussi prenons-nous des humains en guise de proies, afin de ne pas nous détruire. (Il eut un nouveau rire, plein d'amertume cette fois-ci.) Pourtant, notre perversité n'est rien comparée à celle de l'humanité. Il faudra bien que je comprenne un jour pourquoi vous autres, humains, vous gaspillez les dons que Dieu vous a faits. Ressentir avec autant de force… connaître le plaisir et la douleur… la joie et l'émerveillement… la mort même !

La voix de Mark était incrédule.

— Vous ne mourez pas ?

— Ce sont des êtres spirituels, dit Thomas, et la mort est l'anéantissement ultime. Ils n'ont pas d'âme, ou ils ne sont que des âmes, à vous de décider comment comprendre ce paradoxe. Mais s'ils viennent à trépasser, c'est pour l'éternité, alors que l'esprit de l'homme accède à un monde meilleur.

Mark et Phil échangèrent un regard. Mark allait poser une nouvelle question, mais dans le lointain, le son d'une cloche d'église déchira la nuit.

— L'heure est venue, dit Thomas.

Au son du carillon, les fées se mirent à briller. Nombre d'entre elles changèrent de forme. Les chevaliers de la cour de la Reine et les suppôts du Fou furent tous entourés d'une aura bleutée. Les chevaux disparurent, ainsi que toutes les armures. Ne restèrent que des créatures minuscules aux ailes translucides, flottant au-dessus du sol.

— Que… ? dit Phil.

Au deuxième coup, la Reine se nimba d'une aura lumineuse. Elle acquit une nouvelle forme, encore plus superbe et resplendissante que la première. Ses ailes étaient dorées et parcourues de nervures multicolores et doucement chatoyantes, et ses cheveux flottaient sur ses épaules comme un voile tissé dans l'or le plus fin. Elle portait une robe au dessin fabuleux, dont le tissu transparent ne cachait rien du corps nu qui s'élevait dans les airs. Ses seins, ses hanches, ses fesses et ses longues jambes fuselées avaient des proportions et des formes parfaites, mais sa stature était héroïque, et elle dépassait Mark de plus d'une tête. Sa peau était vierge de toute imperfection et ses muscles impossiblement souples et fluides. Ses membres étaient presque dorés dans cette lumière d'un autre monde, et son corps était glabre excepté son pubis, qui était couvert d'un duvet doux et doré. Son visage était encore plus beau à présent, chaque trait encore plus finement ciselé, chaque courbe encore plus subtilement tracée, chaque angle encore plus empreint de grâce. Et pourtant, sa nature inhumaine transparaissait avec encore plus de force.

Mark regarda autour de lui, mais ce fut Phil qui cria :

— Où sont mes fils ?

Ariel lui répondit avec un rire sauvage.

— Dans un endroit d'où le temps est absent et où règne le désespoir, et s'ils n'échappent pas bientôt aux griffes de mon maître, ils y demeureront pour l'éternité.

Le ton de sa voix fit naître un frisson d'angoisse dans l'âme de Phil, le plongeant dans des ténèbres plus profondes que toutes celles que son cœur avait connues jusqu'à présent. Il se tourna vers la colline pour guetter l'apparition de ses fils, sachant qu'après dix autres sonneries, ils seraient perdus à jamais.

41

Sean et Patrick étaient immobiles. L'écho des sabots résonnait dans la forêt sombre, de plus en plus proche.

— Vous n'avez pas fait ce que je vous avais dit ! protesta Sean. (Il s'aperçut soudain qu'il avait laissé sa dague plantée dans le cadavre de la Chose noire.) Vous n'avez pas tenu parole !

Les mains sur les hanches, en proie à une gaieté maléfique, le Fou répliqua :

— Mais si, mon enfant ! Tu m'avais ordonné de ne pas te suivre. (Avec une grâce feinte qui terrifia Sean encore plus que la colère qui l'avait naguère saisi, il se planta devant les jumeaux.) Mais tu ne m'as pas interdit de te précéder. Et tu ne leur as pas ordonné de ne pas te suivre !

Il désigna la forêt. Derrière le corps immobile de la Chose noire, une véritable armée de fées maléfiques se déployait. Les cavaliers faisaient lentement avancer leurs montures, et les fantassins se tendaient dans l'anticipation du moment où les jumeaux chercheraient à fuir le Fou.

— À présent, vous êtes à moi ! dit-il. Emparez-vous d'eux ! ordonna-t-il aux fées.

Sean et Patrick échangèrent un regard et connurent un de ces instants de communion silencieuse auxquels ils étaient habitués depuis leur naissance. Ils foncèrent vers la porte et vers le Fou, fuyant ses suppôts. Le globe de lumière tourbillonnante qu'était le Guide des quêtes les suivit.

Dès que les trois fuyards eurent franchi le seuil, la porte claqua derrière eux, les libérant momentanément de leurs poursuivants. Le Fou hésita quelques instants devant cette charge inattendue, tandis que Patrick fonçait vers la gauche et Sean vers la droite.

Patrick se jeta de côté et, lorsqu'il passa devant la porte qui donnait sur l'été, elle s'ouvrit brusquement et alla claquer contre le mur. Ce bruit le fit hésiter, et il fit un écart, ce qui l'amena à portée de main du Fou.

Son bras puissant se tendit et la chair du petit garçon fut saisie par une poigne de fer, mais il réussit à se dégager, sentant sa peau se carboniser comme s'il avait touché un fil électrique. Il tomba en avant, fit une roulade et se releva.

Patrick s'attendait à voir le Fou se ruer sur lui, mais il découvrit que l'horrible créature s'était tournée vers Sean. Et cette fois-ci, la main gantée du Fou put se saisir de la blouse de Gabbie. Avec un cri de triomphe, le Fou souleva Sean et, éclatant d'un rire démoniaque, lui dit :

— Tu ne me tourmenteras plus, mon garçon ! À présent, tu vas connaître la douleur !

Il souleva Sean et leva sa main libre. Patrick vit que son gant de cuir avait des griffes et qu'elles s'apprêtaient à déchirer la chair de son frère.

42

— Sean ! cria Patrick. Libère-toi !

Sean gigota et se trémoussa, et le gant griffu s'abattit.

Le petit garçon poussa un hurlement lorsque sa chair fut déchirée. Patrick restait pétrifié ; incapable de venir en aide à son frère en péril, il vit une tache écarlate se répandre sur sa blouse. Le Fou ricana, et ce fut un bruit à glacer l'esprit. Patrick vit que les plaies de Sean étaient superficielles, car le Fou ne faisait que jouer avec sa victime.

Puis Sean agrippa un pan de sa chemise avec sa main libre. Les boutons se déchirèrent et, soudain, il glissa vers le sol. Les yeux du Fou s'écarquillèrent d'étonnement lorsque le petit garçon se libéra et qu'il resta avec un morceau de tissu dans la main. Sean, à présent torse nu, s'écarta, et le Fou se tourna vers lui pour lui barrer le passage.

Sean fit un pas de côté, et la porte qui donnait sur l'hiver s'ouvrit. Le petit garçon recula dans sa direction, sentant qu'il pouvait s'agir d'une issue de secours. Le visage du Fou s'anima d'une joie maléfique.

— Tu ne pourras pas t'échapper par là, mon garçon. Là se trouve le royaume de l'Éternel Hiver, et y pénétrer signifie perdre tout espoir.

Sean se tendit, comme s'il se préparait à bondir, et le Fou réagit en se déplaçant vers sa droite. Sean fit mine de bondir dans l'autre direction, et le Fou lui barra de nouveau le passage. Le petit garçon était pris au piège.

Sean sentit la panique l'envahir. En le voyant ainsi paralysé de terreur, Patrick sentit sa résolution s'affermir. Il n'allait pas laisser ce type étincelant emporter son frère. Il chercha une aide du regard. Il n'y avait qu'un seul objet dans cette pièce. Il tendit la main et saisit le Guide des quêtes, tout comme Sean l'avait fait naguère. L'éclat du globe augmenta d'intensité, comme s'il avait été pris de colère ou de peur.

— Pardon, dit faiblement Patrick en reculant. (Puis il cria :) Sean ! Lancer de balle !

En entendant ces mots, l'Homme-Lumière se tourna vers Patrick, tandis que Sean se tendait encore un peu plus. Patrick visa la tête de leur adversaire et lança le Guide des quêtes. Il n'était pas aussi bon lanceur que Sean, mais la force de son lancer était supérieure à celle de tous les garçons de son âge, et il savait que ce lancer-là était le plus important de sa jeune vie. Le Guide des quêtes fonça tout droit vers la tête du Fou, qu'il frappa avec un bruit sourd. Poussant un cri – de douleur ou de rage, les jumeaux n'auraient su le dire –, le Fou recula en trébuchant.

Sean se baissa dans la position célèbre du garnement qui se glisse derrière sa victime, attendant que son complice la pousse en arrière. La botte du Fou le heurta, le Fou bascula en arrière et, avec un hurlement strident, tomba dans le royaume de l'Éternel Hiver.

Sean roula sur lui-même, s'éloignant de la porte avec la précipitation d'un crabe. Mais, alors que les jumeaux s'attendaient à découvrir une silhouette enragée en train de fondre sur eux, ils virent le Fou assis dans la neige. Le vieil homme et la vieille femme étaient accourus vers lui, un de chaque côté, pour l'aider à se relever. Puis les jumeaux virent qu'ils n'étaient pas venus pour le secourir mais pour s'emparer de lui. Leurs visages naguère souriants et amicaux étaient à présent des masques de démence plus horribles que ne l'avait jamais été celui de l'Homme-Lumière. Celui-ci se débattait dans l'étreinte du couple, mais même sa force magique était impuissante à l'en libérer.

— Regarde ça ! dit Patrick en s'approchant de Sean.

Sous leurs yeux, le visage du Fou sembla pâlir et se rider, jusqu'à ce qu'il ait l'air aussi âgé que ceux qui l'avaient maîtrisé. Il poussa un cri, et ce ne fut que le plus ténu des murmures d'épouvante.

Puis Patrick saisit Sean par l'épaule et se retourna. Derrière la porte opposée, un autre Fou, jeune et vigoureux, se trouvait dans une position identique à celle de son double, maintenu en place par les deux amants de l'Éternel Été.

Sean se releva à grand-peine. D'une voix étouffée par la fatigue et l'émotion, il dit :

— Allons-nous-en.

Patrick lui tendit une main secourable, puis ils se dirigèrent lentement vers la porte de devant. Lorsqu'ils se furent éloignés des deux portes latérales, elles se refermèrent en claquant et les deux autres portes s'ouvrirent. Derrière le seuil de l'Éternel Automne, un Fou d'âge mûr était entraîné par l'homme et la femme que Sean avait aperçus lors de son premier passage dans le Manoir. Les jumeaux se tournèrent vers le mur opposé.

Derrière la dernière porte, celle de l'Éternel Printemps, un enfant-Fou, toujours vêtu de même mais diminué jusqu'à avoir la taille d'un petit garçon de sept ans, était emporté par le garçonnet et la fillette. Les jumeaux virent quelque chose de sinistre sur leurs trois visages. Et le faible cri enfantin qu'ils entendirent était empreint d'une épouvante infinie.

Sean s'écarta et vit ses propres larmes reflétées sur le visage de Patrick.

— Rentrons chez nous, dit-il.

Patrick acquiesça, sachant qu'ils ne trouveraient jamais les mots pour raconter ce qu'ils avaient vu. Puis on entendit le bruit lointain d'un carillon et Sean s'exclama :

— Il est minuit ! Il faut qu'on se dépêche !

Forçant leurs jambes épuisées à avancer, ils se dirigèrent vers la porte de devant.

43

La nuit fut soudain percée par une voix d'enfant.

— Barney ! hurla Sean.

Apparemment surgis de nulle part, les jumeaux coururent vers les trois hommes sur des jambes de plomb. Phil se précipita vers eux pour les prendre dans ses bras, répétant sans cesse leurs noms d'une voix brisée par l'émotion. Barney s'avança sur le sol boueux aussi vite que le lui permettaient ses vieilles jambes engourdies. Il s'approcha des jumeaux, les larmes aux yeux et une prière aux lèvres, et dit :

— Que saint Patrick soit béni ! Tu as réussi, Sean ! Tu l'as ramené !

Sean voulut parler mais ne put dire un seul mot. Finalement terrassé par la peur et l'épuisement, il ne pouvait que se blottir dans les bras de son père. Les jumeaux épuisés laissèrent Phil soulever leurs petits corps rompus. Presque à bout de souffle, Patrick réussit à dire :

— L'Homme-Lumière a essayé de nous attraper, mais on l'a bien eu, et il est coincé dans la maison aux quatre portes.

La voix de la Reine résonna dans la nuit.

— Dans le manoir des Saisons anciennes ?

Patrick hocha la tête.

— Il a attrapé Sean, et je lui ai jeté la boule brillante à la tête. Il est tombé de l'autre côté de la porte.

La Reine se couvrit le visage de ses mains et pleura à chaudes larmes.

Mark se tourna vers Thomas, pendant que le troisième coup de minuit sonnait à l'église de Sainte-Catherine.

— Je ne comprends pas, dit-il.

— Elle l'aimait grandement, répondit Thomas.

Embrassant ses fils et repensant à ce qu'il avait entendu au sujet du Fou, Phil demanda :

— Elle aime ce dingue ?

— Nombreux sont ceux qui sont aimés par la Reine, lui répondit Thomas avec une note de tristesse dans la voix, et nombreux sont ceux qui l'aiment. Mais celui qui est à présent prisonnier des Saisons anciennes fut le premier de ses amants et le premier de ses ennemis.

— Jadis, dit la Reine d'une voix aux accents mélodieux, nous étions les maîtres de ce monde mortel. Puis nous en avons disputé la possession à l'homme. (Sa main traça un cercle dans l'air, indiquant le domaine dans lequel vivait à présent son peuple, au sein de la colline.) Nous avons découvert cet autre monde et déchiffré ses secrets, où et quand il se trouvait et comment passer du royaume de l'esprit à celui de la substance. Mais lorsque les humains ont maîtrisé les arts magiques, soupira-t-elle, nous avons souffert grandement. Cette ère est celle de l'homme, et nous n'existons que grâce à son bon vouloir. Son peuple s'accroît sans cesse tandis que le nôtre reste immuable, et la puissance de ses arts est sans pareille. Il a découvert les secrets du métal et ceux de cette électricité haïe qui nous dérobe notre force. Et il connaîtra bientôt tous les secrets de l'univers, s'il ne les devine déjà, il connaîtra jusqu'au cœur de l'ultime mystère. Nous ne sommes plus vos égaux, dit-elle en se tournant vers Mark. Il nous faut à présent compter sur votre bonté.

Mark hocha la tête en signe de sympathie. Phil s'approcha de lui, regardant ses fils d'un air soucieux, et demanda :

— Que veut-elle dire ? Sommes-nous en sécurité ?

— Vis-à-vis des fées ? Oui. Ce sont des êtres d'énergie pure. Sachant cela, nous pourrions trouver le moyen de les vaincre, même sans user de magie. La Reine a parlé de « cette électricité haïe ». Je crois que nous serions capables de créer des armes pour les défaire. Et par conséquent, ajouta-t-il avec une frustration évidente, nous allons être obligés de collaborer avec ceux qui gardent depuis toujours le secret de leur existence aux yeux de l'humanité.

— Les Mages ? dit Phil en serrant ses fils contre lui.

Mark inspira profondément afin d'apaiser sa colère.

— Oui, et je parierais que, pendant que nous faisons tout le travail à leur place, ils sont en train de s'assurer que nous n'allons pas révéler leurs secrets. Ils ont déjà assez d'influence auprès des gouvernements de ce monde pour étouffer toute cette affaire. Nous risquons tous d'avoir un « accident ». Nous n'avons rien à gagner si nous parlons. Nous allons donc nous taire. De toute façon, conclut-il en hochant la tête, personne ne nous croirait.

La Reine s'adressa aux deux hommes.

— Je ne comprends pas tout ce que vous dites, mais je sens que vous comprenez notre malheur. Le Fou et ses courtisans peuvent tourmenter un homme égaré dans la forêt en faisant donner la Chasse sauvage, mais vous avez des armées puissantes et des engins de destruction redoutables. Ce que les Mages ont fait il y a une éternité à la Contrée des ombres ne serait rien comparé à ce dont vous êtes capables aujourd'hui. La Contrée de la lumière et la Contrée des ténèbres seraient à leur tour transformées en terres de désolation. Ce serait la fin du Peuple.

— Nous devons donc nous assurer que personne n'apprendra la vérité, dit Mark. Je n'écrirai jamais mon livre. Majesté, il y a tant de choses que je souhaiterais savoir, même si je ne dois jamais rien dire à quiconque. Tant de choses au sujet des âges lointains. Thomas a parlé d'anges et de démons, il a dit que Dieu vous avait placée au-dessus du Peuple…

— Ami mortel, dit doucement la Reine, nous connaissons l'histoire du Peuple bien moins que tu ne connais celle de l'homme. Le Peuple n'a pas de gardiens du savoir comme toi, et nous ne sommes pas la première à régner, ni la dernière. Nous ne sommes que le plus récent guide du Peuple à apparaître sous cette forme. Nos jours ne sont pas infinis, bien qu'ils puissent sembler l'être aux yeux de ta race. Nous ne nous rappelons rien de ce qui s'est passé avant l'époque du Pacte.

— Mais Thomas a dit…, commença Mark, déconcerté.

— Il applique son intelligence de mortel à ce qu'il voit, ainsi que tous ceux de ton peuple, excepté les Mages. Nous ne sommes pas comme vous. Lorsque celle qui la première avait arboré cette forme s'est estompée, une autre a pris sa place, la même forme dissimulant une autre essence, tout comme je l'ai prise à mon tour, et tout comme une autre la prendra à ma suite. Et celle qui m'a précédée est aujourd'hui pareille à ces petits êtres. (La Reine indiqua les sylphides minuscules qui voletaient autour d'elle.) Ou pareille au Guide des quêtes. Ce sont tous des êtres jeunes, sans grande intelligence, qui entament à peine leur vie. Peut-être ne peux-tu pas comprendre ceci. Je suis celle qui régna au commencement des temps auprès de mon Seigneur, et pourtant je ne le suis pas. Cela fait partie du cycle éternel de l'existence.

Mark réfléchit durant quelques instants.

—Quand votre niveau d'énergie baisse, un autre arrive et prend votre place, un être dont l'énergie est en train de croître. Comme c'est son cas en ce moment, dit-il en regardant Ariel. Et l'énergie du prédécesseur diminue jusqu'à ce qu'il redevienne pareil à un enfant! (Les yeux de Mark s'écarquillèrent et il dit à Ariel :) Vous serez le Fou!

—Notre destin n'est pas de lire l'avenir, dit Ariel en haussant les épaules, ajoutant avec un sourire insouciant: Et contrairement à vous, nous n'en avons aucun désir. (Puis il cligna de l'œil tandis que sonnait le quatrième coup de minuit à l'église de Sainte-Catherine.) Bien que je puisse déchiffrer le proche futur, dit-il.

—Nous pensons que tu connais déjà plus de choses sur nous que notre bien-aimé Thomas, fit remarquer la Reine, qui se tourna vers Ariel et ajouta: Je pense que ta prédiction se réalisera un jour et que je découvrirai que celui-ci a changé pour devenir pareil à celui qui se languit à présent dans le manoir des Saisons anciennes. Celui-là est resté inchangé bien plus longtemps que moi. (Son regard se fit lointain, comme captivé par un souvenir.) Je pense que c'est la haine de ta race qui a alimenté son essence. Non, dit-elle en tournant vers Mark des yeux brillants d'émotion, tu n'apprendras rien de plus, humain. Et souviens-toi qu'au cœur de toute chose il y a toujours le Mystère, ce que vous autres mortels appelez Dieu.

La Reine regarda autour d'elle et le ciel sembla changer de couleur, perdant la nuance bleutée qui était apparue lorsqu'elle avait surgi de la colline.

— L'heure est à présent venue pour nous de partir, afin que ce monde et le nôtre restent en harmonie. Le Peuple doit se rassembler sur une autre colline de cette terre. Il nous faut choisir notre destination. Éloignons-nous, dit-elle à Ariel. Nous devons décider de l'endroit où se tiendra notre cour durant les six prochaines lunaisons.

Mark agrippa le bras de Phil et tendit la main, et Phil vit ce que lui montrait son ami. Alors que les humains étaient maculés de boue et d'eau de pluie, on n'apercevait nulle tache sur les vêtements et les corps des fées.

— Ce sont des illusions, dans toutes leurs formes, dit Mark. Ce sont vraiment des êtres d'énergie pure. Comme j'aimerais en savoir plus !

Il sentit une profonde tristesse l'envahir en pensant à toutes ces questions sans réponse. Puis il se rappela le problème qu'il leur restait à résoudre et dit :

— Et nous avons intérêt à nous dépêcher. Je ne sais pas combien de temps il nous reste avant que les Mages nous rattrapent, mais je n'ai aucun doute sur ce qu'ils nous feront.

— Mr. Blackman, vous avez un sens exagéré du mélodrame, j'en ai peur.

Tous les regards se tournèrent vers celui qui avait prononcé ces mots, un homme qui émergea des ombres sur le sentier qui conduisait au pont du Troll. Le nouveau venu était vêtu d'un somptueux manteau au col en vison. Il n'était ni jeune ni vieux et pouvait être âgé de quarante ans comme de soixante. Sa barbe était soigneusement taillée, dans un style tombé en désuétude depuis les années trente, et ses mains étaient manucurées. Il portait un chapeau mou et tenait à la main une canne au pommeau en or. De l'autre main, il braquait sur Mark et Phil un pistolet tout à fait moderne.

L'inconnu s'inclina légèrement.

— Mr. Hastings ? demanda-t-il. (Phil hocha la tête.) Je m'appelle Anton Wycheck, Mr. Hastings. (Il avait un léger accent évoquant l'Europe centrale.) Je suis venu régler quelques affaires avec votre ami, Mr. Blackman.

— Mr. Wycheck, répondit Phil, cela ne me surprend guère.

— Salut, Anton, dit Mark. C'est lui que j'ai aperçu dans la voiture, expliqua-t-il à Phil. Anton faisait partie de mes hôtes en Allemagne.

— Un malentendu fort regrettable, Mr. Blackman. Nous avons depuis lors compris la vérité. Et nous n'aurions eu nul besoin de preuve après la scène dont je viens d'être le témoin.

Il s'inclina devant la Reine et s'adressa à elle dans une langue qui était complètement inconnue à Phil. Puis il parla à Ariel avec la même déférence.

Phil sentit ses fils trembler et dit :

— Je me sentirais bien plus à l'aise si vous vouliez bien pointer cette arme dans une autre direction, Mr. Wycheck.

L'homme regarda son arme et l'enfouit dans sa poche.

— Je m'excuse, dit-il. Je ne savais pas ce que j'allais trouver en arrivant ici et j'ai pensé que cet objet serait nécessaire. J'avais oublié que je le tenais encore.

Puis il parla dans une autre langue, aux tonalités slaves, et trois hommes apparurent, tous vêtus de pull-overs à col roulé noirs et de Levi's. Deux d'entre eux portaient le coffre que Jack avait découvert, et le troisième tenait dans ses bras des robes de cérémonie provenant de la pièce secrète de la maison des Hastings, ainsi qu'une pelle. Le coffre fut déposé à terre et les robes furent distribuées aux quatre hommes, qui les enfilèrent.

— Nous devons nous hâter, mes frères, dit Wycheck. Minuit est là.

Phil jeta un regard vers la Reine, qui, entourée de sa cour, observait sans rien dire les quatre nouveaux venus.

— Le Pacte est respecté, dit Wycheck en se tournant pour faire face à la Reine.

Il s'inclina, produisit une pièce d'or, et la tint bien en évidence devant lui. Puis il la plaça dans le coffre, et l'un de ses acolytes se mit aussitôt à creuser, tandis que les deux autres se plaçaient de part et d'autre du coffre.

— Le Pacte est respecté, répondit la Reine. Les dons des Mages sont des gages de bonne foi. Cette bonne foi n'a jamais été bafouée par vous. Seuls étaient responsables les rêves d'un passé révolu entretenus par un esprit mal inspiré. Nous vous remercions de votre bonne foi.

Ce fut Tom qui prit alors la parole.

— Demeurez où vous êtes, et ne vous approchez pas, car nous allons partir dans un instant pour un nouvel endroit où se rencontreront le royaume des mortels et le royaume des fées. Je resterai près de ma Reine pour voyager à ses côtés, mais vous ne souhaitez sans doute pas faire de même. Vous serez en sécurité près de ce tronc. Adieu, car le matin de tous les saints est proche et nous devons partir.

Mark hésita, comme si la pensée de toutes ces questions sans réponse lui était insupportable, mais il se contenta de hocher la tête et d'attendre.

Sean se serra contre son père et regarda Patrick. Son jumeau semblait plus détendu, plus naturel, et il observait lui aussi le spectacle du départ de la cour des fées.

Puis Sean suivit le regard des adultes. Tous les yeux étaient fixés sur la Reine, qui s'éleva dans les airs, suivie un instant plus tard par Ariel. Toutes les fées s'illuminèrent et l'on vit apparaître deux colonnes d'énergie chatoyante qui pulsaient en silence. Les fées qui se trouvaient sur la colline s'élevèrent, et d'autres surgirent de la forêt, trottinant, bondissant, volant, des dizaines et des dizaines de créatures qui rejoignaient leurs semblables. Toutes brûlaient d'un vif éclat et se joignaient en un instant aux colonnes d'énergie, les sylphides se transformant en points lumineux pas plus gros que des lucioles, tandis qu'Ariel brillait d'un éclat presque aussi grand que la Reine. Puis le carillon de Sainte-Catherine résonna de nouveau, pour la dixième ou la onzième fois – Phil avait cessé de compter. Les fées commencèrent à tourner de façon presque rituelle autour des deux plus brillantes d'entre elles, de plus en plus vite. Thomas le Rimailleur se tenait près des deux colonnes de lumière sans souffrir de leur éclat. Le carillon résonna de nouveau et le rythme des fées s'accéléra encore. Juste avant le douzième coup, on entendit une voix.

— Ne considérez pas votre victoire comme acquise, mortels. Qui peut dire ce que le destin décidera un autre jour ?

Sean saisit la main de son père, car cette voix pouvait tout aussi bien être celle d'Ariel que celle de l'Homme-Lumière.

Puis vint le douzième coup, et la lumière et les fées disparurent. La clairière était cependant toujours emplie de bruit, et l'aura de la Reine, qui avait empêché la pluie de tomber, les protégeait encore. Durant un long moment, les humains demeurèrent sur une île de tranquillité, puis ce fut le noir.

Soudain, seule la lampe torche de Barney éclairait la scène, la pluie battante tombait sur eux et la bise froide leur giflait le visage.

Puis la voix d'Ariel se fit entendre :

— Ta dette envers moi est acquittée, gardien du savoir. Que Dieu veille sur toi.

— Adieu, joyeux vagabond de la nuit ! cria Mark d'une voix où se mêlaient le regret et l'amusement. Tu es vraiment un esprit rusé et malicieux !

Le rire éclatant d'Ariel transperça les airs comme le son d'une clochette, puis il s'estompa et seul le silence régna.

— Messieurs, dit Wycheck, cette nuit n'est guère propice aux promenades en forêt. Puis-je vous suggérer de regagner la maison de Mr. Hastings ? Apparemment, vous avez tous eu une nuit agitée.

Ils s'aperçurent que Wycheck et ses compagnons avaient retiré leurs robes.

— Je ne pense pas que vous consentiriez à éclairer notre lanterne sur certains détails, Mr. Wycheck ? dit Phil.

— Je ne peux vous dire qu'une chose, dit l'élégant inconnu, dont la voix était amicale mais dont les yeux restaient froids comme le silex. L'univers est vaste, et peu de gens ont le privilège d'apercevoir ne serait-ce qu'un fragment de sa nature et de son étendue véritables. Parmi ceux-là, peu survivent à cette expérience. Considérez que vous-même et votre famille font partie de ces âmes bénies, Mr. Hastings. Ne pensez plus à votre expérience et chassez-la de vos souvenirs. Si mes associés ou moi-même venions à découvrir que vous vous mêlez de nouveau de nos affaires... nous serions obligés de prendre les mesures qui s'imposent. (Ces mots étaient prononcés sans la moindre trace d'hostilité ou de menace. Mr. Wycheck ne faisait qu'énoncer un fait.) À présent, Mr. Hastings, je suggère que nous rejoignions Mrs. Hastings, votre fille et son fiancé. Je suis sûr qu'ils sont impatients d'avoir de vos nouvelles, et vos fils semblent avoir besoin d'un bon bain et d'un lit chaud. Nous continuerons cette conversation une fois chez vous. Nous avons beaucoup de choses à nous dire. Au fait, Mr. Blackman, votre associé Mr. Thieus nous attend également là-bas, ainsi que sa charmante amie.

Phil vit un des compagnons de Wycheck recouvrir le coffre de plusieurs pelletées de terre et demanda :

— Comment avez-vous fait pour sortir ça du poste de police ?

D'un geste plein de courtoisie, Mr. Wycheck pria Phil de le précéder sur le sentier.

— Comme vous l'a sans nul doute appris Mr. Blackman, nous avons des relations, Mr. Hastings.

— Les Mages ?

— Nous préférons garder pour nous-mêmes le secret de notre identité, dit l'homme en souriant. À présent, si vous le voulez bien, je crois que nous ferions mieux d'emmener vos enfants au lit.

Phil dut en convenir, car les jumeaux étaient sur le point de s'endormir debout. Il posa les mains sur leurs épaules, soulagé de pouvoir faire ce geste si banal, et, tandis que Barney récupérait sa lampe torche, les conduisit vers la maison.

44

Gabbie faillit voler à travers la porte lorsqu'elle entendit la voix de son père dans la nuit, et Gloria n'était qu'à un pas derrière elle. Sean et Patrick se tenaient à côté de leur père, de toute évidence épuisés. Phil et Mark discutaient à voix basse de leurs expériences de la nuit.

— Papa ! cria la jeune fille. Il y a des hommes armés...

Elle se tut brusquement en voyant Patrick. Gloria se précipita vers ses fils et les saisit dans ses bras, les embrassant farouchement. Elle ne put s'empêcher de pleurer et se mit à se balancer doucement d'avant en arrière en les serrant de plus belle.

— Maman, tu m'étouffes ! dit Patrick au bout d'une minute.

Phil sentit quelque chose se briser en lui et des larmes coulèrent sur ses joues. Rien, mieux que cette plainte, n'aurait pu lui confirmer que les choses étaient revenues à la normale. Il se rendait compte à présent à quel point il avait refoulé ses sentiments durant les dernières semaines, et quel effort il avait dû faire pour accepter les événements de cette nuit improbable et démente.

— Messieurs, dit-il à Barney et à Mark, laissez-moi vous offrir un verre – si le scotch vous convient, Barney, car je n'ai pas de whiskey irlandais.

— Un whisky en vaut bien un autre, en fin de compte, et un invité n'a pas le droit de se plaindre de l'hospitalité que lui accorde son hôte. Merci, j'accepte. Mais ce sera le dernier verre pour moi, car demain, j'irai revoir les Alcooliques Anonymes et prononcerai de nouveau leur serment… à moins qu'ils reviennent. (Il jeta un regard à Wycheck et à ses compagnons.) Vous n'y voyez pas d'objection ?

Mark hocha la tête. Il comprenait ce que Barney ressentait.

— Venez, Phil. C'est votre tournée. Vous nous tiendrez compagnie, Anton ? dit-il en se tournant vers ce dernier.

— Non, dit Wycheck en souriant, mes associés et moi ne resterons ici qu'un moment.

Mais il les suivit à l'intérieur. Les trois autres se dirigèrent vers le devant de la maison. Phil remarqua qu'ils chantonnaient doucement ce qui semblait être un chant rituel et, l'espace d'un instant, la sonorité de ces mots lui tirailla l'esprit. Il chassa cette étrange sensation d'un haussement d'épaules et rejoignit ses invités.

Lorsque Phil pénétra dans la salle de séjour, il découvrit Jack, Gary et son amie Ellen assis sur le sofa en compagnie de deux hommes, vêtus eux aussi de pull-overs à col roulé noirs et de jeans. Ces derniers semblaient détendus, mais il était évident qu'ils n'avaient cessé de monter la garde que quelques minutes auparavant. Gary se leva et se dirigea vers Mark, lui parlant avec animation. Phil servit tout le monde et se mit à passer les verres. Gabbie alla s'asseoir à côté de Jack, qui paraissait lugubre.

Phil avala une gorgée d'alcool et vit Gloria se tourner vers Wycheck.

— Les enfants sont épuisés, dit-elle. Puis-je leur faire prendre un bain et les mettre au lit ?

— Je vous en prie, Mrs. Hastings, dit l'homme en souriant. Nous souhaitons vous déranger le moins possible.

Sean et Patrick se dirigèrent vers leur père pour lui souhaiter une bonne nuit, et Gloria les emmena à l'étage. Quand sa femme et ses fils eurent quitté la pièce, Phil dit :

— Alors, Mr. Wycheck, quel est le sort qui nous attend ?

— Eh bien, je souhaite vous acheter cette maison. (Voyant le visage de Phil se figer, il sortit un chèque de la poche de son manteau et ajouta :) Je pense que mon offre vous paraîtra plus que raisonnable, Mr. Hastings.

— C'est le double du prix que je l'ai payée.

— Nous ne souhaitons pas profiter de votre urgent désir de vendre. Je sais que vous et votre famille devez déménager au plus vite, avant le nouvel an. Y a-t-il un problème ?

— Non, répondit Phil. Nous aurons amplement le temps.

— Un avocat vous contactera afin de signer l'acte de vente, dit Wycheck, mais vous pouvez encaisser le chèque tout de suite si vous le souhaitez.

— « Urgent désir de vendre », dit Phil en secouant la tête. J'aime ça. C'est un bel euphémisme pour « extorsion ».

— Il ne s'agit nullement d'une extorsion, Mr. Hastings. Vous avez besoin de vendre cette maison. Enfin, ce matin même, votre agent vous a informé que le studio souhaitait produire un nouveau film dans la série des *Star Pirates*. Il vous a fortement conseillé d'accepter leur offre, vu le montant qu'ils proposent. Et comme Henderson Crawley ne souhaite pas réaliser ce film, ils veulent que ce soit vous qui vous en chargiez.

Tandis qu'il parlait, l'esprit de Phil fut envahi par d'étranges échos, comme si chacun des mots qu'il entendait était répété par une autre voix quelque part à l'intérieur de sa tête, comme si c'était la voix de son agent qui s'adressait à lui. Cette sensation fort désagréable disparut dès que Wycheck cessa de parler.

— Je croyais que nous allions tous disparaître, dit Mark.

— Mr. Blackman, notre époque est hélas encore une de celles où la violence est parfois le seul moyen de résoudre un problème, mais nous nous efforçons de trouver d'autres méthodes lorsque cela est possible. La disparition d'une célébrité fait beaucoup trop de vagues. Sans parler de votre notoriété et de celle de Mr. Hastings, imaginez l'agitation qui régnerait si la seule héritière de la fortune Larker devait disparaître sans laisser de traces. Non, nous essayons d'être raisonnables quand c'est possible. Les membres de notre fraternité qui ont conspiré pour changer la nature de nos « accords » ont été identifiés, isolés et châtiés. Si vous étiez resté un jour de plus avec nous, Mr. Blackman, vous auriez fait un voyage de retour en première classe plutôt que d'accomplir ce pénible périple en autocar. Voyez-vous, le dernier espion en notre sein n'était autre qu'August Erhardt. Certains de nos frères avaient estimé qu'une reprise du conflit aurait été de nature à consolider notre puissance déjà considérable, et aurait peut-être même abouti à un monde unifié sous nos ordres. Une utopie, qui réapparaît périodiquement dans nos rangs, et qui semble plus séduisante en ces temps où la tension internationale se fait plus aiguë. Idéalisme déplacé, j'en ai peur. Nous nous sommes arrangés – comment, vous n'avez pas besoin de le savoir – pour que l'on croie qu'il avait été dépêché ici afin de redresser la situation. Sa mort n'a été que la juste récompense de ses activités.

—Et Aggie Grant ? dit Mark avec amertume.

—Son décès est fort regrettable, répondit Wycheck, apparemment sincère. Mais des innocents périssent dans toutes les guerres.

—Eh bien, dit Gary, comment allez-vous réussir à étouffer cela ? Et ce qui s'est passé à l'hôpital ?

—Mrs. Grant a péri dans un accident de la route, c'est de notoriété publique. John Wilson, un auto-stoppeur venu de Selma, en Alabama, qu'elle avait eu la gentillesse de prendre à bord de sa voiture, a péri avec elle. Mr. Wilson n'avait pas de famille. Il sera enterré aux frais de la municipalité.

Tandis que Phil écoutait ces paroles, il entendit de nouveau d'étranges échos, mais la voix qu'il percevait semblait cette fois-ci être celle du Dr John Latham.

Wycheck adressa un signe de tête à l'un des hommes vêtus de noir, qui lui tendit une épaisse liasse de documents. On avait fait du feu dans la cheminée et Mr. Wycheck se mit à y jeter les papiers.

— Ces documents n'ont jamais existé. Le docteur Michael Bergman, de l'hôpital Johns Hopkins, a gracieusement accepté de venir à Pittsville pour essayer son prototype sur un enfant gravement malade de l'orphelinat local. Malheureusement, cet enfant est mort sans que le docteur Bergman ait pu l'aider. Faisant preuve d'une compassion admirable, le docteur Bergman a payé son incinération et ses cendres seront dispersées dans cette forêt. De plus, un vagabond suspect aux yeux de la police – celui-là même qui a sans doute agressé Miss Hastings il y a deux mois – était maintenu en observation à l'hôpital sous surveillance policière. Il s'est évadé cette nuit après avoir attaqué une infirmière et deux aides-soignants, brisant une fenêtre à l'aide d'une chaise et s'enfuyant dans la nuit. La police est en ce moment même à sa recherche, mais on ne le retrouvera jamais.

Phil secoua la tête, la voix dont il entendait l'écho ressemblait à celle de l'inspecteur Mathews.

— Vous nous avez convaincus, dit-il en soupirant.

Wycheck jeta la dernière feuille de papier dans les flammes. Il désigna une valise posée sur le sol.

— Les documents que vous avez trouvés dans la cave seront remis à celui que nous désignerons pour occuper ces lieux, Mr. Hastings. Nous les conserverons en attendant. Je suis certain que vous le comprendrez.

Phil acquiesça. Wycheck eut un sourire, les salua de sa canne et dit :

— Nous en avons fini ici. Permettez-moi de vous souhaiter à tous une bonne nuit.

Il fit un signe aux hommes vêtus de noir, dont l'un ramassa la valise, et ils s'en furent. Pendant que Wycheck se dirigeait vers l'entrée, Phil se tourna vers Mark.

— Ça aurait fait un sacré bouquin, Phil, dit ce dernier.

— En effet, Mark, dit Phil en riant. Mais qui diable en aurait cru un seul mot ?

L'expression de Mark se fit moins sombre, et après quelques instants il se mit à rire lui aussi.

— Vous avez probablement raison.

Phil perçut un étrange bourdonnement et tendit l'oreille pour mieux l'entendre. On aurait dit que quelqu'un chantait dehors, à la limite de l'audible. Il secoua la tête et le bruit disparut.

— Je pensais bien avoir entendu quelqu'un arriver ! dit Gloria en entrant dans la pièce. (Elle se dirigea vers Mark et l'embrassa sur la joue.) Mon Dieu, comme je suis heureuse que vous soyez bien rentré. Cela faisait si longtemps que vous étiez parti. Presque deux mois !

Son expression était détendue, bien qu'elle ait l'air quelque peu triste, mais aucun des signes d'hystérie qui avaient hanté son visage ces dernières semaines n'était visible.

Mark et Phil échangèrent un regard lorsqu'elle reprit :

— Vous savez, je crois qu'un verre me ferait du bien, à moi aussi. Pauvre Aggie, c'est horrible. (Elle leva les yeux vers le plafond.) Les jumeaux ont été plus affectés que je ne l'aurais cru. Ils sont tout bonnement épuisés.

Phil regarda Mark, et ils se tournèrent tous deux vers Ellen et Gary, Jack et Gabbie. Gary semblait en possession de ses moyens, mais Gabbie, Jack et Ellen avaient tous les yeux vitreux.

Puis Ellen secoua la tête, comme si elle venait de se réveiller, et dit :

— C'est… si triste. Vous savez, nous étions venus ici pour vous annoncer notre mariage, mais cela semble presque déplacé à présent.

— Je suis sûre qu'Aggie aurait été heureuse pour vous, dit Gloria.

Gary, Mark et Phil étaient stupéfaits, partageant la même pensée : *Ils commencent à oublier.* Barney se frottait la tête, comme s'il souffrait d'une migraine.

— Eh bien, merci pour ce verre, Mr. Hastings, dit-il. (Il se leva, se frottant de nouveau la tête.) Il va falloir que je renouvelle mon serment. L'alcool ne me vaut plus rien. Ma tête vibre comme si on l'attaquait au marteau-piqueur. (Il baissa la main et saisit sa lampe torche posée sur le sol.) Désolé pour votre voiture, dit-il. Mais on y jettera un nouveau coup d'œil demain matin.

Phil hocha la tête, sentant que quelque chose s'enfuyait de son esprit. Il posa un pouce sur son front, au-dessus de l'arête de son nez, et dit :

— D'accord, Barney, mais… ouf ! Avez-vous jamais bu quelque chose de froid trop vite et souffert comme je souffre ? Oooh !

Gloria hocha la tête avec compassion.

— Eh bien, bonne nuit à tous, dit Barney, si la nuit peut

être bonne après ce qui est arrivé à Mrs. Grant. Et ce pauvre jeune homme qu'elle avait pris en stop. Quel triste sort !

Gloria regarda Phil, maculé de boue après son périple dans la forêt.

— Tu aurais dû laisser la voiture tranquille au lieu de ramper dessous.

— En effet, dit Phil, mais elle est tombée en panne entre l'école des gamins et chez Barney et… (il plissa les yeux, se massant le front du bout des doigts)… et on s'est dit qu'on pouvait y jeter un coup d'œil tout de suite. De toute façon, on aurait été trempés en rentrant ici.

— Tu aurais dû m'appeler, dit Gloria d'un ton réprobateur. (Elle se tourna vers Mark.) Sean avait mis une blouse de Gabbie, ce qui était déjà léger avec un tel temps, mais il s'est accroché à un buisson et il a dû la laisser quelque part dans la forêt. Et Patrick s'était déguisé en Puck, incroyable, non ? Des feuilles tissées sur un maillot de bain. Pourquoi ai-je accepté, je ne le saurai jamais.

Assis sur le canapé, les bras croisés, Jack semblait pâle et abattu.

— Jack, ça va ? dit Phil.

— Oui, c'est seulement… la mort d'Aggie me fait beaucoup de peine.

Gabbie le serra dans ses bras.

Alors qu'on entendait Barney sortir par la porte de derrière, Mark fit signe à Gary de s'approcher de lui.

— Ils sont tous en train d'oublier. Je crois que nous devrions comparer nos notes. Peut-être ne pourrons-nous jamais parler de cela à quiconque, mais aucune loi ne nous empêche…

Il vit une étrange expression envahir le visage de Gary.

— Parler de quoi, Mark ?

— Eh bien… les…

Mark cherchait vainement ses mots tandis que les pensées semblaient s'enfuir de son esprit.

Dehors, une portière claqua.

— Qui est-ce ? demanda Gloria tout en resservant Phil et Mark.

— Mr. Wycheck, dit Phil, l'homme qui va nous racheter la maison. Il a insisté pour venir nous apporter le chèque ce soir. Je lui ai dit au téléphone… (le front de Phil se plissa, comme s'il avait une soudaine migraine, puis il continua :)… que ce n'était pas nécessaire, mais il a insisté.

Mark se tourna vers lui, sur le point de dire quelque chose, mais son esprit n'était qu'un chaos d'images. Il inspira profondément, sentant le vertige l'envahir, puis cette sensation disparut. Il se secoua et dit :

— Je… j'ai oublié ce que j'allais dire. (Il cligna des yeux.) Comment ça, vous allez revendre votre maison ?

— Tout s'est passé très vite, dit Phil en haussant les épaules. Mon agent m'a téléphoné ce matin. Le studio veut produire un autre film dans la série des *Star Pirates*, et ils souhaitent que je me charge de la mise en scène.

Gloria tendit leurs verres de whisky aux deux hommes.

— Et moins de dix minutes plus tard, dit-elle, ce dénommé Wycheck surgit de nulle part pour nous dire qu'il cherche à s'établir dans le coin et savoir si nous ne souhaitons pas vendre. Ce type est un dingue. Si vous saviez le profit que nous allons retirer de cette vente !

(Elle s'assit dans le fauteuil qu'avait occupé Barney.) Alors, racontez-nous. Vous avez trouvé quelque chose en Allemagne ?

Mark avala une gorgée et son mal de tête s'atténua. L'espace d'un instant, il sentit un étrange agacement, comme s'il avait essayé de se rappeler quelque chose, puis, frustré par son impuissance à y parvenir, il chassa cette sensation irritante de son esprit.

— Non, toujours des impasses, dit-il. Je crois bien que je vais renoncer à savoir ce qui s'est passé en Allemagne avant que le père de Kessler émigre. (Un large sourire anima son visage.) Je pense avoir trouvé quelque chose de vraiment étrange à… (son visage s'assombrit de nouveau tandis qu'il cherchait à se rappeler quelque chose, puis le souvenir s'enfuit)… à Cologne. Je sais que ça va vous paraître incroyable, mais le document semblait authentique. Je vais peut-être être en mesure de prouver que l'Atlantide a existé et qu'il s'agissait de la Crète durant l'ère mycénienne. Dès que Gary et moi aurons fini de déménager – à condition qu'Ellen ne l'empêche pas de me suivre –, nous partons pour la Méditerranée.

Ellen, qui était restée silencieuse, dit :

— Non, il pourra travailler durant notre voyage de noces, tant que ce sera dans les îles grecques !

— Racontez-nous ça ! s'exclama Gloria.

Dehors, l'homme nommé Wycheck était immobile, à l'écoute des mots qui lui parvenaient faiblement par la fenêtre ouverte. Dans sa voiture, tout comme dans celle occupée par ses frères, on entendait une incantation sourde, et une magie ancienne était à l'œuvre. Satisfait de constater que tout était en ordre, il fit signe à la seconde voiture de démarrer. Puis il ordonna à son chauffeur de la suivre tandis qu'il remontait la vitre. Lentement, presque en silence, la voiture s'engagea dans l'allée et se dirigea vers la route.

Épilogue

Décembre

Patrick et Sean revenaient de l'école en passant par la forêt lorsqu'une fine neige se mit à tomber, fondant dès qu'elle touchait le sol. C'était leur dernier jour de classe. Les vacances de Noël commençaient, mais ils ne reviendraient pas à la rentrée de janvier. Leur père avait vendu la maison à un homme bizarre et ils retournaient en Californie. Leurs parents étaient allés passer quinze jours là-bas en novembre, pour revenir en leur annonçant qu'ils avaient trouvé une superbe maison dans une ville nommée Carpinteria. C'était tout près de Santa Barbara, avait dit Gabbie. Leur père passerait la semaine à Los Angeles afin de travailler à son nouveau film, mais il rentrerait à la maison le week-end.

Jack devait s'occuper de vendre la maison d'Aggie, ce qui prendrait du temps à en croire les parents des jumeaux. Gabbie et Jack resteraient chez Aggie jusqu'à ce que Jack ait fini de soutenir quelque chose, puis ils vendraient la maison et les rejoindraient en Californie pour se marier. Les jumeaux furent enchantés d'apprendre que Bumper, le cheval de Gabbie, resterait en pension dans leur nouvelle maison jusqu'à ce que Jack et Gabbie aient trouvé leur propre demeure, car le nouveau domicile des Hastings avait une écurie et Gabbie leur avait donné la permission de monter son cheval, à condition qu'ils ne fassent pas de bêtises, comme par exemple tenter de sauter une barrière. De plus, leur mère avait sous-entendu qu'ils auraient peut-être leurs propres chevaux pour Noël.

Les jumeaux franchirent le pont du Troll sans un instant d'hésitation. Toute menace avait disparu, toute illusion s'était enfuie. En l'espace de sept mois, ils avaient oublié leurs peurs enfantines, tant la réalité qu'ils avaient dû affronter était terrifiante. À présent, ils n'avaient plus aucune peur du noir et ne ressentaient plus aucun malaise face à l'inconnu. Ils avaient survécu à une épreuve qui avait bouleversé leur conception enfantine du monde, et cette métamorphose les avait rendus à la fois plus sages et plus tristes. Leurs camarades de classe leur semblaient bien moins intéressants, comme s'ils ne se préoccupaient que de futilités. Il se trouvait cependant nombre de choses pour les distraire des événements des sept derniers mois.

Sean ouvrait la marche lorsqu'ils approchèrent de la maison. Depuis leurs aventures de Halloween, Patrick ne dominait plus son frère. Ils se traitaient à présent en égaux. Patrick savait que sa survie avait dépendu de Sean, mais Sean ne se vantait jamais de son courage. Ils étaient plus proches que jamais.

Pas-de-Pot savait que c'était l'heure de la sortie et il courut à leur rencontre, tandis que leur mère les attendait patiemment sur le seuil de la maison, d'où s'échappait une bonne odeur de cookies chauds. Les jumeaux jetèrent en même temps un regard vers les marches du perron, s'attendant à découvrir Ernie couché au soleil, baignant dans sa certitude de matou que tout allait pour le mieux dans le meilleur des mondes. S'il avait vécu, le chat aurait été indifférent à toute l'agitation qui l'entourait. Les déménageurs devaient arriver le lendemain et la famille partirait passer un week-end prolongé à New York. Gloria et les jumeaux iraient faire un peu de tourisme pendant que Phil se rendrait chez son éditeur avant que survienne la période creuse de Noël. Puis ils partiraient pour leur nouvelle maison, s'arrêtant au passage à Glendale pour passer Noël chez mamie O'Brien. Les jumeaux étaient impatients de la revoir.

Sean s'attarda sous le porche et Patrick hocha la tête en signe de sympathie. Le lendemain de Halloween, un fermier des environs avait abattu un raton laveur, et l'hécatombe de chiens et de chats, de canards et de poules, avait cessé. Mais les garçons savaient tous les deux comment Ernie avait péri. Ils se demandaient pourquoi tout le monde avait apparemment tout oublié, à part eux. Sean caressa sa pierre-à-fées, celle que Barney lui avait donnée, et pensa que c'était peut-être grâce à elle qu'il se souvenait de tout. Patrick caressa celle qu'il portait, une pierre qu'ils avaient trouvée après des journées de fouilles autour du ruisseau. Il hocha la tête en silence : *Oui, je pense que c'est pour ça.*

Sur les marches de leur maison – encore pour quelques heures –, ils se retournèrent en même temps. La grange, l'appentis, les arbres, tous ces éléments leur étaient à présent familiers ; l'étrange impression qu'ils avaient ressentie en les découvrant avait disparu pour être remplacée par une sensation de confort. À présent, ils allaient laisser cet endroit derrière eux pour en découvrir un autre, pour s'adapter à un nouvel environnement, à de nouveaux amis, pour faire de nouvelles expériences. En contemplant la forêt derrière la grange, ils se rappelèrent silencieusement leur rencontre avec une autre race, dans un autre monde, et ils échangèrent une question muette.

Est-ce qu'on les reverra un jour ?

Puis ils se rappelèrent les dernières paroles prononcées par Ariel, ou peut-être par le Fou : *Qui peut dire ce que le destin décidera un autre jour ?*

Sans pouvoir répondre à cette question, les jumeaux montèrent les marches. Sean suivit Patrick, mais il regarda derrière lui, sentant un frisson glacé le parcourir. L'espace d'un instant, il se demanda si des yeux l'observaient depuis la forêt ou si ce n'était qu'un effet de son imagination. Et il ne savait pas si ce qu'il entendait était seulement le bruit du vent dans les branches, ou les échos ténus d'un rire juvénile qui planaient dans l'air. Chassant cette inquiétude fugitive, il se retourna et pénétra dans la cuisine où régnait une douce chaleur.

Si nous, les ombres que nous sommes,
Vous avons un peu outragés,
Dites-vous pour tout arranger
Que vous venez de faire un somme
Avec des rêves partagés.

Shakespeare,
Le Songe d'une nuit d'été, acte V, scène 1
Traduction de Jules Supervielle et Jean-Louis Supervielle

CPI

Achevé d'imprimer en août 2009 par CPI-Hérissey

N° d'impression : 112044 - Dépôt légal : août 2009

Imprimé en France

81120173-1